論創ミステリ叢書　113

藤原宰太郎
探偵小説選

論創社

藤原宰太郎探偵小説選　目次

創作篇

密室の死重奏《カルテット》……2
＊
千にひとつの偶然……147
日光浴の殺人……157
白い悪徳……175
ミニ・ドレスの女……198
血ぬられた〝112〟……229
停電の夜の殺人……278
コスモスの鉢……286
手のひらの名前……314
密室の石棒《せきぼう》……346

評論・随筆篇

まえがき（日本文芸社『5分間ミステリー』）……386
『グリーン家殺人事件』……387
リヤカーのおじさん……388
収録作家に訊く……389
白い小石……390
本格推理のトリックについて……392
密室悲観論……393

インタビュー

推理小説と歩んだ半世紀……394

【解題】呉 明夫……417

凡　例

一、「仮名づかい」は、「現代仮名遣い」（昭和六一年七月一日内閣告示第一号）にあらためた。

一、漢字の表記については、原則として「常用漢字表」に従って底本の表記をあらため、表外漢字は、底本の表記を尊重した。ただし人名漢字については適宜慣例に従った。

一、難読漢字については、現代仮名遣いでルビを付した。

一、極端な当て字と思われるもの及び指示語、副詞、接続詞等は適宜仮名に改めた。

一、あきらかな誤植は訂正した。

一、今日の人権意識に照らして不当・不適切と思われる語句や表現がみられる箇所もあるが、時代的背景と作品の価値に鑑み、修正・削除はおこなわなかった。

一、作品標題は、底本の仮名づかいを尊重した。漢字については、常用漢字表にある漢字は同表に従って字体をあらためたが、それ以外の漢字は底本の字体のままとした。

創作篇

「密室の死重奏《カルテット》」において、マイケル・ボイヤー「ドアの死角」のトリックが明かされています。ご注意ください。

密室の死重奏《カルテット》

第一章　異母姉

I

まくら元で、電話が鳴った。久我京介《くがきょうすけ》は寝返りをうって、布団から手をのばして受話器をつかんだが、頭の中は、まだ夢うつつの状態だった。

「もしもし、久我さんのお宅ですか？　あの、ミステリー研究家の久我先生の……？」

中年らしい女性の声だった。

「ええ、そうですが……」

「そちらへ、西川明夫《にしかわあきお》がおじゃましていませんでしょうか？　わたしは明夫の母親ですが……、いつも明夫がお世話になっています」

「ああ、西川君のお母さんですか。どうも初めまして……」

広島からの長距離電話らしいので、思わず、久我は布団の上に起きあがった。目ざまし時計をちらっと見ると、正午に近かった。窓のカーテンに、晩春というより、もう初夏を思わせる陽光がいっぱいさしている。

「さっき明夫のアパートに電話したら、留守だったので、もしかしたら、先生のところにおじゃましてるのかと思いまして……。今日は日曜日で、大学も休みですし……」

「西川君はまだ来ていませんが、なにか急用でも？」

「いえ、べつに急用というほどじゃありませんが、もし明夫がそちらに行きましたら、わたしのところへ電話するよう伝えてくださいませんか……」

彼女はそう頼んでから、息子が久我の世話になっていることのお礼をながながと述べて、やっと電話が切れた。律義《りちぎ》なおふくろさんだな。世話になっているのは、むしろ、こちらのほうなのにと、久我は苦笑しながら、受話器をおいた。

彼は、目下、ライフ・ワークの意気込みで『トリック百科事典』を執筆中だった。その資料の収集や原稿の整理に追われて、毎月おびただしく出版されるミステリーの新刊本や雑誌などを丹念に読んでいる時間がない。そこで、その代読を大学生の明夫に安いアルバイト料で頼んでいるのだった。

彼が明夫と知り合ったのは、去年の秋だった。W大学のミステリー研究会の学生たちが彼の家に押しかけてきて、〈名作ミステリーのトリック解剖〉というテーマで、文化祭の講演を依頼した。なにごとも人前に出るのがきらいな久我は、もちろん、即座《そくざ》にことわった。無愛想にことわられて、話のつぎ穂《ほ》を失った学生たちは、書斎の外の廊下にまであふれている蔵書を興味ぶかげに眺めて、

「先生は、これをぜんぶ読破されたんですか？　すごい読書量だな」

と、感心する。

「とんでもない。半分はツンドクだよ。年とともに、読書のスピードが落ちてね。ましてや食うためには、原稿を書かなければならないから、そっちのほうに時間を取られて、とても毎日、本ばかり読んではおれないよ。ぼくの代わりに、だれか読んでくれる者がいたら、アルバイト料を払ってもいいよ」

久我が冗談めかして言うと、

「でも、他人が読んだんじゃ、先生ご自身の役には立たないでしょう」

「ぼくは評論家じゃない。ただのトリック収集家だからね。読んだあと、トリックだけを抜き出して、ぼくに教えてくれたら、それでいいのさ」

「じゃ、ぼくがやります。好きなミステリーを読んで、お金がもらえるなら、最高だな」

と、後輩らしく、後ろのほうに控えていた学生が、急にひざをのり出した。

「えっ、きみが……？」

「ええ、ぜひやらせてください。ところで、先生、一冊につき、読書料はいくらです？」

「そうだな。単行本なら、定価の倍、出そう」

「文庫本は安いから、あまり割りに合わないな」

彼はがっかりしたようにつぶやいて、後ろの本棚から古ぼけた本を一冊ぬき取ってみて、

「あれ、この定価は、たったの百九十円だ。なんだ、三十年も昔の本だ」

「じゃ、どの本も一律に、一冊につき二千円でどうかね？　ただし、読んだ本のトリックは、かならずノートにメモしておいてくれたまえ。それが条件だ。あとで、分類カードに整理しておく必要があるのでね」

「いっそのこと、コンピューターにインプットしたら、どうですか」

と、幹事役の学生がいう。

ともあれ、その後輩の学生は、さっそく外国ものの推理小説を五冊ほど借りて帰っていった。それが西川明夫だったのである。

それから毎週、三、四冊くらい読んで、短いレポートもきちんと書いてきた。わずかなアルバイト料だったが、ミステリー狂の彼は、久我のところに出入りして手伝うのが楽しそうだった。そればかりか、やもめ暮らしの久我のために、ときどきは食事の支度《したく》や洗濯まで無料奉仕してくれる。まったく、ありがたい助手兼家政夫である……。

久我京介はパジャマ姿のまま、朝刊をもってトイレに入った。便器にすわって、新刊書の広告欄に目を通していると、玄関のチャイムが鳴って、

「先生、もう起きていますか?」

と、明夫が声をかけて入ってきた。

玄関のドアは、さっき朝刊を取りに行ったとき、明夫が来そうな予感がしたので、鍵をはずしておいたのだ。

「いま、トイレだ。すまないが、コーヒーを沸かしてくれないか」

「オーケー」

「あ、そうだ。さっき、きみのお母さんから電話があったよ」

「えっ、おふくろから? なんの用だろう」

「折り返し、電話をくれとおっしゃっていた。急用かもしれんから、すぐかけてみなさい」

「じゃ、電話を借ります。長距離ですが、いいですか?」

「遠慮はいらん」

新聞のスポーツ欄にも目を通して、久我がトイレから出てみると、明夫はキッチンでコーヒーの支度をしていた。

「もう電話はすんだのか。なにか悪い知らせでも?」

「いえ、たいしたことじゃありません。姉のマンションに行って、ちょっと様子を見てきてくれと言うんです。ゆうべから連絡がとれないらしいんです」

「東京に、きみの伯母さんがいるのか」

「いえ、おふくろの姉じゃなく、ぼくの姉貴です」

「だって、きみは一人っ子なんだろう」

たしか、これまで明夫から断片的に聞かされた話では、母子家庭の一人っ子で、母親は広島市でスナック店をやっているということだった。

「姉とはいっても、腹ちがいの姉なんです」

明夫はサイホンのコーヒーを久我のカップにつぎながら、

「じつは、ぼく、俗にいうメカケの子なんですよ」

と、目に微笑をうかべて、あっさり言った。

久我は、虚をつかれた感じで、返す言葉がなかった。

「姉のほうが本妻の一人娘で、明和大学の四年生です。こちらは六畳一間の安アパート暮らしなのに、向こうは分譲マンションの３ＬＤＫでリッチな生活ですからね。人種隔離差別政策《アパルトヘイト》もいいところだ」

「それで、ふだん、きみたちはつき合っているのかね?」

「東京に出てきてしまえば、親の干渉がありませんからね。金に困ったら押しかけて行って小遣いをせびったり、めしを食わしてもらっていますよ」

「結構、弟思いの姉さんじゃないか。お父さんはご健在なのかね?」

「ええ。でも、ぼくはめったに会いません。そのおやじが、あす商用で急に上京することになったので、昨夜から何度も姉貴のところへ電話したらしいが、今朝になっても電話が通じないので、心配して、ぼくのおふくろに頼んで、ぼくに様子を見に行ってくれと言うんです。おやじが上京するときは、ホテル代わりに姉のマンションに泊まるんです」

「なるほど、それで女子大生のくせに、ぜいたくなマンション暮らしか」

「たぶん、クラブ活動の二次会で、友だちのところに外泊してると思うんです。ゴルフ同好会に入っているんですが、明和大学のことだから、どうせお遊びのクラブですよ。でも、外泊したことがばれたら、おやじに大目玉をくうだろうな」

そうつぶやいて、明夫はコーヒーを飲みほした。

明和大学は、偏差値こそＢ級だが、上流志向型の家庭がわが子を入れたがっている有名ブランド校である。戦前は女子大学だったので、いまでも良家のお嬢さん学校のイメージが強い。

「先生、今日の予定は?」

「べつに急ぎの原稿はないよ」

「じゃ、散歩がてら、いっしょに行きませんか。五月《さつき》晴れだし、たまには外出しないと、運動不足になりますよ。もう何日、外に出ないんです?」

「一週間になるかな。ゴールデン・ウィーク中も、ずっと家にいたし」

「道理で、冷蔵庫の中はからっぽですよ。散歩ついでに、食料品を買ってこないと、餓死しますよ」

だが、出無精の久我は、パジャマを着替えるのが面倒くさかったので、

「いや、やめとこう。昼は、そば屋の出前でも取るさ。きみはぼくにかまわず、早く行きなさい。おふくろさんが返事を待っていなさるんだろう」

明夫はショルダーバッグから推理小説を三冊出して、久我に返した。

「先週は六大学のミステリー研究会の合同コンパがあって、これだけしか読めませんでした。めぼしいトリックはなかったな。列車の時刻表を使った陳腐《ちんぷ》なアリバイ崩《くず》しと、カチカチに冷凍した魚を撲殺《ぼくさつ》の凶器に使うトリックです。これも、よくある手ですね」

と、メモしてきたレポート用紙を渡した。

「時間の無駄だったか。それじゃ、今週は外国ものを頼むよ」

久我は書斎から翻訳ミステリーの新刊本を数冊とってきて、ついでに代読のアルバイト料を封筒に入れて、明夫に渡した。

「帯の広告文を見ると、本格ものらしいから、こんどは歯ごたえがあるかもしれんよ」

「合同コンパで、先生のことが話題になりましたよ。トリック百科事典はいつ完成するのか、みんな期待しています」

「おいおい、あれは、あまり公表しないでくれ。いつ完成するか、ぼくにも目どが立たないんだから」

明夫は本をショルダーバッグにしまうと、自分が飲んだコーヒー・カップをきちょうめんに洗ってから、

「それじゃ、ちょっと目白台ハイツへ行ってきます」

と、そうそうに帰っていった。

久我は食器戸棚に古いクッキーの残りがあるのを思い出すと、それをコーヒーにひたして、昼食代わりに食べはじめた。ものぐさなやもめ暮らしだから、胃袋さえ満たされたら、どんな粗食にも耐える習慣が身についているのだった。

Ⅱ

目白台ハイツは、茶色の化粧レンガで外装した八階建てのマンションである。

ここの玄関を通って、エレベーターに乗るたびに、西川明夫は、日当たりの悪い自分の安アパートと比べて、腹立たしい気持ちになるのを抑えきれなかった。

七階の708号室が、異母姉の美和子《みわこ》の部屋だった。表札には、ただ〈中根《なかね》〉とだけ書いてある。インターホンのチャイムを鳴らしてみると、半ば予期したとおり、応答はなかった。ドアは鍵がかかって開かない。ドアの新聞受けに、今日の朝刊がさしこんだままになっている。昨日の夕刊はなかった。とすると、夕刊が配達されたあと、姉は昨夜からずっと外出中なのだろうか。

明夫はその朝刊を抜きとって、新聞受けの差込み口のふたを指で押して、すき間《ま》から中をのぞいて見たが、なにも見えない。新聞受けは、ドアの内側にボックスが取りつけてあるので、見通しがきかないのだ。

彼はドアの小さいのぞき窓に片目を近づけてみた。直径五、六ミリくらいの小さい凸レンズがはめてある。両手で視界を暗くして、室内をのぞいてみると、奥の部屋のほうから、かすかに明かりがもれていた。電灯の明かりらしかった。

彼はエレベーターで一階におりて、管理室に行った。窓口のガラスをたたいて、

「708号室の合鍵があったら、ちょっと貸してくれませんか」

いきなり大声で言ったので、のんびりテレビを見ていた管理人はびっくりして、ふり向き、老眼鏡をはずした。管理人は、ときどきやってくる明夫を見知ってはいたが、中根美和子のいとこか、ボーイフレンドぐらいにしか思っていなかったらしい。

「あんたは中根さんと、どういう関係かね？」

「弟です。ゆうべから電話が通じないので、心配になって、様子を見にきたんです」

「いまどきの女子大生が、一晩や二晩、外泊するのは、珍しいことじゃないよ」

「そんなに、姉はしょっちゅう外泊してるんですか？」

「さあね。居住者のプライバシーをいちいち監視しちゃいないからね」

「さっきドアののぞき窓から見たら、室内に電気がついてるんです。姉はきちょうめんな性格だから、電灯をつけっ放しにして外出するはずがないんですよ」

「そういわれても、ここは分譲マンションだから、鍵は居住者だけが持っているんだ。合鍵などは保管してないよ」

「弱ったな……」

「それに第一、あんたが中根さんの弟だという証拠もないのに、無断で部屋に入れることはできない。本当に、あんた、弟さん？　あまり顔は似ていないようだが……」

管理人は疑わしそうに、明夫の顔をじろじろ値ぶみする。

「信用しないのなら、ここへ電話してみてください。広島の実家の電話番号です。実家のおやじが心配してるから、わざわざぼくが様子を見にきたんです」

明夫は、学生証の代わりに、定期券入れから名刺を出して見せた。父の名刺だ。もし姉が急病か、事故にあったときの緊急連絡用に、おやじが明夫に渡しておいたのだ。姉とは姓がちがうので、学生証を見せたら、よけいに怪しまれる。

管理人は机の引出しから居住者名簿帳を出して、照合した。どうやら、そのノートには、ここの住人全員の緊急連絡先が記載してあるらしい。

「わざわざ長距離電話をかけて、電話料を無駄づかいすることもあるまい。さいわい、708号室のま上の部屋が、いま空室になって、鍵をあずかってるから、そこのベランダの避難口からおりてみよう」

管理人は別の引出しから鍵を取り出すと、明夫をうながして、エレベーターに乗った。

「こんないいマンションがあるのに、どうして姉弟《きょうだい》いっしょに暮らさないいんだね？」

管理人はエレベーターのボタンを押しながら聞く。

「おたがい干渉されるのが、いやなんですよ」

明夫は適当に言いつくろった。

「親のスネかじりのくせに、ぜいたくなことだな」

最上階につくと、管理人は808号室のドアを鍵であけて、中に入った。

明夫も、あとにつづく。家具一つない部屋だったが、間取りは、姉の708号室とそっくり同じである。

リビングルームの広い窓をあけて、ベランダに出る。そのベランダの隅に、避難誘導口が設けてある。マンホールのような四角なふたで閉じてあるが、緊急の場合、それを開けると、自動的に短いハシゴがさがって、それを伝って下の部屋のベランダにおりて避難するのだ。明夫は、姉のところのベランダにも、これと同じものがあるのを、いま思い出した。

彼は管理人のあとにつづいて、その穴から下へおりた。

管理人は708号室のベランダに面した窓を調べて、

「だめだ。窓はぜんぶ中から錠がかかってる」

「じゃ、中に入れないんですか？」

「リビングルームは、電灯がついてるらしいね」

どの窓もカーテンが閉まって、室内の様子はわからないが、リビングルームだけはカーテンごしに電灯の明かりがもれていたのだ。

明夫は、姉が寝室に使っている六畳の部屋の窓ガラスに、顔をくっつけて、暗い室内をのぞき込んだ。

そこのカーテンの合わせ目に、わずかなすき間があったのだ。窓ガラスに反射する陽光を両手でさえぎって、そのわずかなすき間からのぞき込む。目がしだいになれると、ベッドの端が見えてきた。

「なにか見えるかね?」

背後から、管理人が聞く。

「ええ、ベッドが……。どうも様子がおかしい」

明夫は靴を片方ぬぐと、その靴のかかとで窓ガラスをたたき割った。

「きみ、無茶をしちゃいかん」

「責任は、ぼくが取ります」

彼は割れた窓ガラスの穴から手をつっこんで、中の錠をはずすと、窓をあけて、室内に入った。

Ⅲ

美和子はベッドに寝ていた。胸まで布団がかけてあったが、明夫はひとめ見て、直感的に死んでいるのがわかった。顔が、いわゆる土気色《つちけいろ》になって、まったく生気がなかったのだ。布団をめくってみると、ブラウスに水色のカーディガンを着て、スカートもはいたままだった。姉の手にふれてみると、すでに硬直していて、氷のように冷たかった。

管理人も、明夫の肩ごしにのぞき込んで、はっと息をのみこんだ。

「もうだめかね? とにかく、救急車を呼ばなくちゃ」

管理人は電話をさがしに、隣のリビングルームへ行ったが、

「あっ、ここにも、男の人が……」

うわずった声で、さけんだ。

おどろいて、明夫が行ってみると、リビングルームは天井の蛍光灯がつけっ放しになっていて、ソファの上に、男が胸まで毛布をかけて横たわっていた。明夫の知らない男だった。

管理人が毛布をめくろうとしたので、

「さわっちゃ、危険だ!」

とっさに、明夫が引きとめた。

毛布の端から、電気のコードが伸びて、そばのテーブルの上においてあるタイマーに接続してあったのだ。タイマーのコードは、壁のコンセントにつないである。

明夫はそのコードのプラグを引きぬいた。

「タイムスイッチを使って、感電死したんだ」

「えっ……」

管理人はあわてて、ソファから飛びすさったが、

「こりゃ、救急車より、警察を呼んだほうがいいかもしれん」

と、電話機を見つけて、一一〇番にかけた。

明夫は、ほかの部屋やバス、トイレの中も調べてまわったが、別段、異常はなかった。ダイニング・キッチンのテーブルに、昨日の夕刊が折り畳んだまま置いてあった。

「すぐ警察がくるそうだ。ソファの男は、だれです？二、三度、見かけたことがあるような気がするが……」

と、管理人がうろうろしながら聞く。

「ぼくも知らないんだ。いったい、姉はどうして死んだんだろう」

明夫は、最初のショックがすこしおさまると、もう一度、寝室に引きかえして、姉の死体をみたが、どこにも外傷や血痕らしいものは見あたらない。スカートも乱れておらず、ソックスをはいた両足はきちんとそろえて伸ばしている。死体を動かして、背中のほうまで調べることは、さすがにためらった。

「自殺かね？」

管理人が遠慮がちに聞く。

「さあ……。自殺なら、遺書があるかも……」

明夫はベッドのまわりを探したが、それらしいものは見あたらない。また姉の性格からして、とても自殺とは考えられなかった。

「あっちの男も、自殺だろうか？」

二人は、またリビングルームに移った。

応接セットのひじかけ椅子に、背広が脱いであったので、そのポケットをさぐってみると、名刺入れに、〈明和大学・文学部助教授・白石正彦《しらいしまさひこ》〉と印刷した名刺が十数枚あった。

「姉の大学の先生だ」

「ひょっとしたら、これは心中かも……。先生と教え子の」

と、管理人はその名刺を手にとって見て、つぶやく。

パトカーのくるのが、ひどくおそく感じられて、明夫は気が動転しているのに、なんだか手持ち無沙汰な気がして、落ち着かなかった。

「あんた、早く実家へ知らせたほうがいいんじゃないかね」

「あっ、そうだ。忘れてた」

明夫が電話をかけようとしたら、玄関のチャイムが鳴

ったので、インターホンの受話器をとると、

「警察の者ですが、さっき一一〇番へかけたのは、おたくですか?」

という声がした。

「ええ、そうです。どうぞ」

「どうぞといわれても、ドアが開かないんだが……」

「あっ、そうか。いますぐ開けます」

明夫はドアに鍵がかかっているのを忘れていたのだ。いそいで玄関へいく。室内からは、ノブのまん中にあるつまみをまわすだけで錠がはずれて、ドアは開くのだ。だが、ドアは十センチぐらいしか開かなかった。防犯チェーンも、かけてあったのだ。

細目にひらいたドアの外に、若い制服警官がひとり立っていた。

「いまチェーンをはずしますから」

明夫は、いったんドアを閉めて、チェーンをはずしてから、またドアを開けると、

「死体はどこです?」

警官はせっかちに入ってきたが、管理人がいっしょにいるのに気づくと、やあと、目顔でうなずきあった。

この近くの交番に詰めている巡査だったのだ。管理人とは顔なじみだったらしい。一一〇番の通信指令センターから緊急連絡をうけて、いの一番に駆けつけてきたのである。

彼は二つの死体を確認すると、本署の捜査班がくるまで、いっさい現場には手をふれないようにと、明夫に注意して、もっぱら管理人から事情を聞いた。明夫より、管理人のほうが信用できると思ったのだろう。

まもなくパトカーのサイレンが聞こえて、私服の刑事や、作業衣をきた鑑識《かんしき》員たちがどやどやってきて、3LDKの室内は急にあわただしく殺気立った。

明夫と管理人はダイニング・キッチンに追いやられて、それぞれ別々に、あらためて事情を聴取された。管理人は、やがて刑事といっしょにベランダのほうへ出ていった。上の階の避難誘導口から降りたときのことを説明しに行ったのだろう。

「きみのお姉さんは、女子大生なのに、結婚していたのかね?」

メモを取りながら、事情聴取していた刑事は、明夫の住所氏名を聞いて、死んだ美和子と姓がちがうのに気づいて、いぶかったのである。

明夫は、そのことを聞かれるのが一番不愉快だったが、仕方なく、異母姉との関係を打ち明けてから、

「あの……、姉は、なんで死んだんですか?」

「死因かね。解剖してみないと、正確なことは言えないが、後頭部にすこし血がにじんでいるから、おそらく鈍器でなぐられたのだろう」

「じゃ、自殺じゃないんですね」

「自殺？　なぜ自殺だと思ったんだ？」

「いいえ、べつに。ただなんとなく……。広島の父に早く知らせたいんですが、電話を使っていいですか？」

「いいですよ。電話機の指紋採取はもう終わったから」と、キッチンを調べにきた鑑識員が、代わって答えた。

リビングルームに行ってみると、まだ現場検証はつづいていた。いろんな角度から室内を写真にとったり、巻き尺でソファの位置を測っている。明夫は、まるで刑事ドラマの撮影現場を見ているような気がした。

母に電話すると、母は声が出ないほど驚いた。明夫は、まわりで刑事たちが動きまわっているので、くわしいことは話せなかったが、とにかく、おやじに連絡するように頼んだ。

受話器を置いて、ついでに久我先生にも知らせて、相談相手にきてもらおうかと、一瞬、迷っていると、後ろから肩をたたかれた。ふり向くと、かなり年輩のベテランらしい刑事が立っていた。左の耳たぶがつぶれて、若いころは柔道の猛者《もさ》で鳴らしたと思われる風貌だった。

あとでわかったのだが、それが所轄署の山下警部だった。

「ちょっと、こっちへ来てくれ」

警部はソファのそばに明夫を呼んで、白石助教授の死体を見せた。

その死体は、チェックのオープンシャツの前がはだけて、ランニングシャツの間から見える裸の左胸に、タイマーに接続したコードの裸線がガムテープで張りつけてあった。コードのもう一本の線は背中のほうへ回っていた。

「コードのプラグを抜いたのは、きみだそうだね。そのとき、このタイマーにさわったかね？」

「いいえ、壁のコンセントから抜いただけです」

明夫はテーブルに置いてあるタイマーをよく見た。それは午前二時に、電流が通じるようにセットしてあった。

「じゃ、真夜中の二時に、感電死したんですね」

「らしいな。本当に、きみはこのホトケさんを知らないのか？　よく見てくれ」

警部はテーブルにあった銀ぶちメガネを死体の顔にかけてから、明夫の返事をうかがった。

そのテーブルには、ほかにガムテープが一巻きとハサミ、腕時計が置いてあった。どうやら、白石助教授は肌身につけている金属類をはずしてから、感電死したらしい。

「いいえ、一度も会ったことはないし、姉から話に聞いたこともありません。この人の家族には、もう知らせたんですか？」

「さっき連絡した。きみはそんなことまで心配しなくていい。万事、こっちでやるから」

山下警部は明夫を慰めるように言った。武闘派の顔をしているが、この警部は意外と根は親切そうだった。

「姉の遺体はどうなるんでしょうか？　父が広島から上京してくるのは、ちょっと時間がかかるんですが……」

「一応、解剖することになるよ」

「司法解剖ですか、それとも行政解剖ですか？」

明夫が聞きかえすと、

「ほう、きみは法科の学生か？」

「いいえ。でも、ミステリーが好きなので、こんな場合、解剖といえば……」

「ふん、推理小説か……」

警部は、ちょっと小バカにしたように、うそぶいて、

「じゃ、司法解剖がなにを意味するかわかるだろう」

「ええ。すると、やっぱり、姉はこの助教授に殺されたんですね」

「だれに殺されたかは、まだ断定できんよ。ところで、この花瓶だが、いつもはどこに置いてあったんだね？　われわれが見つけたときは、あそこのサイドボードの棚に置いてあったんだが……」

と、警部はビニール袋に押収した六角柱のクリスタルガラスの花瓶を見せた。

「これが凶器ですか？」

「たぶんね」

「この前、といっても先月の末ですが、ぼくがここに来たときは、花をいけて、キッチンのテーブルに飾ってありましたよ」

「玄関のドアには、鍵とチェーンがかかっていたそうだね」

「ええ。交番のお巡りさんが来たとき、ドアを開けようとしたら、チェーンがかかっていたので開きませんでした」

「どんなふうにかかっていた？」

山下警部は明夫を玄関につれて行って、そのときの状況を再現させてみせた。

「こんなふうに、ちゃんとかかっていましたよ」

明夫がチェーンをかけると、警部は力まかせに、二、三度、そのドアを開閉してみて、

「すると、この708号室は完全な密室になっていたわけだな。ベランダに面した窓は、みな中からロックしてあったんだろう?」

「ええ。だから、ぼくは寝室の窓ガラスを割って入ったんです。疑うなら、管理人に聞いてください」

「もう聞いたよ。ほかに出入口はないし……、ミステリー・ファンのきみには、あつらえ向きの密室事件だな」

と、警部はからかうように言った。

「でも、あの助教授が姉を殺して、そのあと自分で感電死して、無理心中したのなら、密室の意味はありませんよ。彼自身がドアに鍵とチェーンをかけたことになりますからね」

「無理心中なら、遺書があってもいいはずだが、まさか、きみがかくしたんじゃあるまいな?」

「かくす理由がありますか」

「姉さんのプライバシーを守るためなら、やりかねんさ」

「疑いぶかいな。それなら、身体検査でも、何でもしてくださいよ」

「ああ、するとも」

山下警部は有無をいわさず、その場で明夫を身体検査して、ポケットの所持品もぜんぶ調べた。

そこへ、鑑識員が明夫のショルダーバッグを持ってきた。窓ガラスを割って寝室に入ったとき、ベランダに置き忘れていたバッグである。警部はそのバッグの中も調べた。久我先生から借りてきた推理小説まで、いちいち頁をめくって、遺書をかくしていないか、徹底的に調べる。

「これじゃ、まるで被疑者扱いだな」

明夫が文句をいうと、

「第一発見者をまず疑えというのが、捜査の基本でね。きみが生半可《なまはんか》なミステリー通《つう》を気取るから、こっちだって手加減しないんだ」

山下警部は半ば真顔できめつけた。

この警部、近ごろの推理小説ブームに、よっぽど敵意をいだいているのだろう。ミステリーに登場する警察官は、とかく、まぬけ役が多いので、にがにがしく思っているにちがいないのだ。

Ⅳ

現場検証がすむまで、明夫は半ば隔離されたような形で、ダイニング・キッチンで待たされた。その間に、鑑識員が彼の両手の指紋を採取した。

手持ち無沙汰なので、冷蔵庫からコーラを出して飲もうとしたら、刑事が現場の品には手をつけないでくれと言うし、タバコも、しばらく遠慮してくれと、いちいちうるさく注意するので、とうとうたまりかねて、明夫はトイレに逃げこんだ。いまはこの狭い空間だけが、気持ちの落ち着く避難場所だった。便器に腰をかけて、たてつづけにタバコを吸っていると、急に悲しみがこみあげてきた。

美和子とは、高校時代まで広島にいるときは、一度も会ったことがなかった。一つ年上の異母姉がいることは、中学生のころ、母から聞かされていたが、実感がなく、会ってみたいとも思わなかった。むしろ、漠然《ばくぜん》と仮想敵国への憎しみといった感情をいだいていた。彼がW大学に合格して上京したとき、父親がこのマンションで初めて二人を引き合わせたのである。おやじとしては、東京でひとり暮らしをしている娘が心配なので、明夫にボディーガード役をしてもらいたい気持ちがあったのだろう。会ってみると、明夫が想像していたのとはちがって、美和子は脂ぎった肥満体の父親に似ない娘だった。ほっそりして、顔は鼻すじが通って、目もとが涼しい。ちょっとお高くとまって、なにかにつけて姉貴ぶるところは、しゃくにさわったが、期末試験のレポートを手伝ってやったり、彼女が風邪で寝込んだときは、電話で呼びつけられて看病してやったこともある。姉弟のつき合いは、わずか二年だったが、いまはその一つ一つがなつかしく思い出されるのだった……。

玄関のほうで騒がしい足音がしたので、明夫はタバコの吸いがらをトイレの水で流し、ついでに涙ぐんだ顔も洗ってから出てみると、リビングルームに、背の高い銀髪の老紳士が室内を見まわしながら、ぼう然とつっ立っていた。そばで山下警部が説明するのも耳に入らない様子だった。品のいい老婦人がソファの死体にとりすがって、声を押し殺して泣いていた。

山下警部は明夫に気づくと、キッチンにつれもどして、小声で聞いた。

「あの老夫婦を知ってるかね?」

「いいえ。白石助教授のご両親ですか?」

「そうだ。明和大学の学長さんだ」

「学長……」

明夫は驚いたときのくせで、思わず、口笛を吹きそうになった。

「さっき、きみがトイレに入ってる間に、広島のお父さんから電話があった。一応の事情は、私から説明しておいた。すぐ飛行機か新幹線で上京なさるそうだが、遺体はひとまず本署へ移してから、T大学の法医学教室に運んで解剖することになるだろう。お父さんがお見えになったら、私に連絡してくれたまえ。T大学のほうへご案内するから」

警部は捜査課の電話番号が書いてある名刺を明夫に渡すと、また気ぜわしそうにリビングルームのほうへ引きかえした。

やがて二つの遺体は、それぞれ担架にのせて運び出された。白石学長夫妻も、それにつきそって帰っていったが、玄関口で明夫と視線があったとき、銀髪の学長は、ひとこと挨拶したものかどうか、一瞬、迷ったような表情だった。だが、なにも言わずに、そのまま立ち去った。挨拶するには、相手が若すぎると思ったのだろう。

姉の遺体を見送って、室内にもどってみると、捜査員も、あらかた消えていた。まるで潮がひいたような感じだった。

「お姉さんの所持品で、なにか盗まれたものがあるかどうか、念のため調べてくれないか」

山下警部がいった。

「でも、姉がどんなものを持っていたか、ぼくはあまり知らないんです」

「現金や預金通帳ぐらいでもいい。お姉さんのポシェットに、ついでに日記帳があったら、見せてほしい。管理人の話では、鍵は三つ、玄関ドアの鍵が一つあったが、管理人の話では、鍵は三つ、各居住者に渡してあるそうだから、残りの二つがあるかどうかも調べてくれ。きみが一つ持ってるんじゃないのかね?」

「もし持っていたら、ベランダの窓ガラスを割ったりしませんよ」

「それから、あの電気タイマーだが、あれはお姉さんが日ごろ使っていたものかね?」

「さあ、わかりません。ぼくは、しょっちゅう、ここに来ていたわけじゃありませんのでね」

預金通帳は、勉強部屋の机の引出しに、キャッシュカードといっしょに入れてあった。現金も七万円ほどあった。勉強机には、ごく最近買ったらしいワープロが置いてあった。預金通帳をめくってみると、毎月、明夫が母から送金してもらっている額の倍ぐらいが振り込んである。おやじの不公平さに、明夫はちょっぴりほろ苦さを感じた。

　予備の鍵は、その引出しに一つあった。もう一つは父が持っているかもしれないので、あとで聞いてみようと思った。

　日記帳は見あたらなかった。姉は筆無精で、日記などをつける習慣がなかったのだろう。その代わり、アルバムに、姉と白石助教授が二人だけで写っている写真が三枚あった。ボートに乗っているのと、よりそって、にっこり笑っている写真だった。大学のゼミの連中といっしょに、どこかの湖畔へ旅行したときのものらしい。同級生たちと写っている写真の中にまざっていたのだ。

「白石助教授には、妻子はいなかったんですか?」

　明夫はその写真を警部に見せて聞いた。

「独身だったそうだ」

「年はいくつです?」

「三十二だと、あの学長は言っていた」

「その若さで、もう助教授ですか。親の七光りだな」

「この写真で見るかぎり、二人がどの程度の仲だったかわからんな」

「あの学長夫妻は、姉のことを知っていましたか?」

「いや、まだくわしい話は聞いていない」

「姉は大学を卒業したら、郷里に帰って、おやじのメガネにかなった婿養子をとって、会社をつぐものとばかり、ぼくは思っていたんです」

「なんの会社だね?」

「建設関係です」

「この写真は、一応、参考物件に借りていくよ。もしマスコミの連中が取材に押しかけてきても、この部屋には入れないでくれたまえ。はっきり結論が出るまでは、外の廊下に警官を見張りに配置しておくから」

　そう言い残して、山下警部たち全員が引きあげたのは、もう夕方だった。

　あとに一人ぽつんと取り残された明夫は、ぽっかり空洞ができたようで、体を動かすのも大儀だった。

　とっぷり日が暮れて、割れたガラス窓の穴から、夜風が吹きこんできた。彼は砕けたガラス片をガムテープで張って、穴をふさいだ。ベランダの上を見ると、上の階の避難誘導口は、コンクリートのふたが閉じてあった。

第二章　父と息子

I

父が羽田空港からタクシーで乗りつけてきたとき、明夫はダイニング・キッチンの戸棚からカップヌードルを見つけて、晩めし代わりに食べていた。

「おまえ一人か?」

父は玄関に入ってくるなり、持っているボストンバッグを明夫に押しつけて、怒鳴るように言った。

父と会うのは一年ぶりだった。父が商用で上京するときも、明夫はできるだけ会うのを避けていたのだ。

「ええ、警察はとっくに引きあげました」

「美和子の遺体は、どこだ?」

「T大学で、たぶん解剖中だと思います」

「それで、おまえは平気でラーメンを食ってるのか」

「……」

「とにかく、最初から、くわしく話してくれ」

明夫は二つの死体があった状況と、これまでの経過を話した。

「じゃ、無理心中か。なんてことだ!」

父は二重あごを震わせて、うめくと、ベッドの端に腰を落として、頭をかかえこんだ。

「あの……、お父さん一人だけ来たんですか?」

明夫は父の気持ちがすこし静まるのを待って聞いた。

「家内か。あれもいっしょに来るつもりだったが、出かける間際になって、ショックで貧血をおこして倒れた。そのせいで、一便、わしは乗りおくれたんだ」

明夫は父の本妻と顔を合わせずにすんだので、内心、ほっとした。

「ここにいても仕様がない。とにかく、そのT大学へ行こう。案内してくれ」

「その前に、ちょっと……」

と、明夫は山下警部からもらった名刺を出して、電話をかけた。

あいにく、警部は留守だったが、代わりに、ほかの刑事がすぐパトカーで迎えにいくとの返事だった。

「明夫、おまえは美和子がその白石とかいう助教授とつき合っていたことを、なぜわしに黙っていたんだ?」

「ぼくだって、知りませんでしたよ」

「わしが東京で、おまえたち二人を引き合わせて、姉弟のつき合いをさせたのは、あれに変な虫がつかないように監視させるつもりだったんだぞ」

「姉さんにだって、プライバシーがありますよ。それに、ぼくたちはいっしょに暮らしていたわけじゃないし……」

「よりによって、安月給の学者風情《ふぜい》と……」

「でも、明和大学の学長の息子ですよ」

「あんな大学に、美和子を入れたのが間違いだった」

父の愚痴は、悲しみの音域をこえて、いささか八つ当たり気味だった。

そこへ、パトカーが迎えにきた。

二人を乗せた車は、明るい商店街をそれて、T大学の広い構内に入った。日曜日の夜のキャンパスは、樹齢の古いイチョウ並木がうっそうと茂っているだけに、無気味なほど暗く静かだった。それでも、校舎の窓のところどころに、明かりがついているのが枝葉ごしに見える。夜おそくまで研究にはげんでいる学者がいるのだろう。

法医学教室がある医学部の校舎は、レンガ造りの古めかしい建物だった。正面石段の扉が閉まっていたので、明夫たちは通用口から二階の小部屋に通された。遺族待合室だろう。そこには、山下警部が先にきて待っていた。

警部は明夫の父にお悔みの言葉をのべてから、

「では、さっそく、お嬢さんのご遺体を確認してください。そのあと解剖させていただきます」

明夫も、父といっしょについて行こうとしたら、

「おまえはここにいなさい」

なぜか父は、明夫を押しとどめた。

おやじとしては、娘の遺体に対面して取り乱すところを見られたくなかったのだろう。

明夫がタバコをふかしながら、ぼんやり待っていると、婦人警官がジャーポットやティーバッグなどを持ってきて、熱いお茶をついで、明夫にすすめた。

「婦警さんも深夜勤務があるんですか?」

明夫が話しかけた。

「女性のご遺体を解剖するときは、婦人警官が立ち会うことになっておりますので……」

「白石助教授のほうは、もう解剖はすんだんですか?」

「白石助教授……?」

「男のほうの死体です」

「さあ……、わたしは存じませんわ」

婦警は言葉をにごして、引きさがった。

父は、思ったより早くもどってきた。心なしか、目が赤く充血している。明夫はお茶をいれて、父にさし出し

た。

父は一口飲んでから、

「わしにもタバコをくれ」

「禁煙したんじゃないんですか」

「いいから、一本くれ」

明夫はライターをそえて箱ごと渡した。

「解剖室はホルマリンの匂いがきつくていかん」

そうつぶやいて、父はタバコに火をつけた。

時間のたつのが、じれったいほど遅く感じられる。夜気が足もとから冷えてきた。父は貧乏ゆすりをしたり、窓ぎわに立って外の暗闇を眺めたりして、落ち着かない様子だった。

「この大学は、おまえが入学試験に落ちたところだな」

ふと思い出したように、父がいった。

明夫は苦笑をうかべた。

「美和子は、あす広島へつれて帰る」

「ぼくも、いっしょに帰りましょうか?」

「いや、おまえは葬式は遠慮したほうがいいだろう」

「じゃ、東京に残ります」

「こっちで冥福《めいふく》を祈ってやってくれ」

父は、なにを思ったのか、内ポケットから財布を出すと、

「これを取っておけ。後始末に、なにかと物入りだろう」

無造作に一万円札を十枚ほど、ろくに数えもしないで抜き出して、明夫の手に押しつけた。

明夫は、なんでも金で解決しようとする父の性格をよく知っていたので、黙って受け取った。

Ⅱ

父は二本目のタバコを灰皿にもみ消すと、

「いつまでかかるんだろう。ここにトイレがあるかな?」

「見てきます」

明夫は、そっと廊下に出てみた。

うす暗い廊下は、窓ぎわの壁に、歴代の有名教授の肖像画や胸像が、まるで画廊のように飾ってある。反対側には、現役の教授や助教授たちの研究室のドアがずらりと並んでいた。トイレは階段のそばにあったが、明夫は好奇心にかられて、ひっそりした廊下の先を曲がってみると、突き当たりのドアのすき間から、明かりがもれていた。解剖実習室の表札がかかっている。メスか鉗子《かんし》が

ふれあうような金属音がかすかに聞こえてくる。明夫は姉の肉体が切り刻まれているのを想像して、なんだか怪奇小説の世界に迷いこんだような気がした。

父にトイレの場所を教えて、明夫もいっしょについて行こうとしたら、そのトイレのドアが中から開いて、長身のやせた老人がハンカチで手をふきながら出てきた。

「白石学長ですよ」

明夫は父の腕をつかんで、そっと耳打ちした。

向こうも、明夫に気づいて、とまどい気味に立ちどまった。

父は明夫の手をふり払うと、ずかずか白石学長のほうへ近づいていった。

「わしは中根美和子の父親です」

と、ぶっきらぼうに名乗った。

「これは……、どうもご挨拶がおくれまして……、白石正彦の父です。このたびは、たいせつなお嬢さまを、息子が……」

学長は口ごもりながら、ひたすら銀髪の頭をさげつづけた。

明夫は父の肩が小刻みに震えているのを見て、ヤバイことになると思った瞬間、父は相手の胸ぐらをつかんで突き飛ばした。

学長はドアにたたきつけられ、勢いあまってトイレの中へ倒れこんだ。

すばやく明夫が背後から父の腕をおさえると、父はふり向きざま、彼の顔をげんこつで殴りつけた。不意をくらって、明夫はぶざまに尻《しり》もちをついて倒れた。

近くの研究室から、山下警部が飛び出してきた。その後ろから、学長夫人も出てきた。

「中根さん、乱暴はいけません」

警部は父の胸を両手で押しもどしてから、トイレのドアに寄りかかったまま倒れている学長を助け起こした。

「おけがはありませんか」

白石学長はうなずくだけで、声も出ない有様だった。

学長夫人は、ぼう然としている。

父は、はだけた背広の襟をなおすと、白石夫人を無視して、さっさと自分の部屋へ引きかえした。

警部は学長の体を支えて、研究室へつれて行きながら、明夫のほうを見て、

「きみはお父さんにつきそっていなさい。あとから、私もすぐ行くから」

と、言った。

部屋にもどってみると、父は窓の外を眺めて、乱れた呼吸を静めていた。

「明夫、おまえも男なら、護身術の一つでもおぼえておけ。本ばかり読むのが能《のう》じゃないぞ」

父は強がりを言った。

明夫は口の中が切れて、ひりひり痛かった。

すぐに山下警部がやってきた。

「中根さん、お気持ちはわかりますが、これ以上、暴力をふるわれると、傷害罪で逮捕しますよ」

「あの学長さん、けがはありませんでしたか？」

父に代わって、明夫がたずねた。

「さいわい、外傷はなかったが、奥さんのほうがひどいショックを受けてね」

「なあに、警部さん、これで、向こうさんも気がらくになったはずだ。わしに謝罪する義理がなくなったからな。どんな偉い学長か知らんが、あの紳士づらじゃ、息子の謝罪にきても、わしの足もとに土下座はようせんじゃろう」

と、父はうそぶいた。

山下警部は、粗暴な父をちょっと見なおしたように見つめてから、

「解剖がすみ次第、ご遺体はマンションへお返ししますから、一足先にあちらへお帰りになって、お待ちになってはいかがですか？」

「いや、終わるまで、ここで待たせてもらう。こんな殺風景なところに、娘をひとり置き去りにする気にはなれん」

「では、ちょっと様子を見てきます」

警部は目顔で明夫に、父を監視するようにと合図して、部屋から出ていった。

明夫は父と二人きりになると、ともすれば会話がとぎれて、気づまりだった。いままで、こんなに長い時間、二人だけで過ごしたことがなかったからだ。タバコも切れて、イライラしていると、ふとマンションの鍵のことを思い出して、父に予備の鍵を持っているかどうか聞いてみた。

「一つ、わしが預かってるが、今日はあわてて来たので、持ってくるのを忘れた。鍵がどうかしたのか？」

「いえ、それならいいんです」

「だが、去年の夏休みに帰ってきたとき、鍵を入れていた財布をなくしたというので、わしが持っている予備の鍵で、合鍵を二つ作らせた。あれは子どものころから、よく物をなくす癖があったからな」

「じゃ、やっぱり、姉さんは鍵を三つ持っていたことになりますね。正確にいうと、広島で作った合鍵が二つと、マンションに保管している予備の鍵が一つ」

「いや、そうじゃない。わしが預かっていた予備の鍵と、合鍵を一つ、美和子に持たせたんだ。いま、わしの家にあるのが、広島で作らせた合鍵の一つだ。もし美和子が上京して、合鍵が合わなかったら、マンションの自分の部屋に入れないだろうと思って、わしの予備の鍵を持たせたんだ」

と、父は答えた。

大ざっぱなようで、父は意外と細かいことによく気のつく性格だった。

Ⅲ

解剖が終わったのは、真夜中の零時をすぎていた。

消毒液のにおいがぷんぷんする執刀医が、その結果を明夫たちに説明した。それによると、美和子の死因は後頭部打撲による脳挫傷で、死亡推定時刻は、もう日付が変わったので一昨日（五月九日）になるが、土曜日の午後五時半から六時半の間だった。

「これが凶器です。白石助教授の指紋がついていました」

と、同席した山下警部が、ビニール袋からクリスタルガラスの花瓶を出して、父に見せた。

「これは、わしがゴルフの賞品にもらった花瓶だ。むごいことをしやぁがる」

父は花瓶を手にとって、その重量感を手のひらで推し量ってみた。怒りにまかせて床に投げつけるのではないかと、明夫は血がにじむほど下唇をかみしめている父の横顔を見て、ハラハラした。

白石助教授のほうは感電死で、腸の中から睡眠薬が検出されたという。

警部は、またビニール袋からタイマーを出して、補足的に説明した。

「このタイマーがセットしてあったのが午前二時でしたから、その瞬間に電流が通じて感電死したにちがいありません。白石助教授の土着のポケットに睡眠薬の錠剤があって、二錠ほど飲んだらしい形跡があり、その点も解剖の所見《しょけん》と一致しました。ですから、おそらく助教授は感電トリックの準備をしてから、睡眠薬を飲み、ソファに横たわって、静かに眠っている間に死んだものと思われます。このタイマーと、電気コードを胸と背中に張りつけていたガムテープからも、助教授自身の指紋が検出されました」

「でも、なぜ娘は殺されたんです？　いやしくも、相手は大学の先生じゃないか。まさか娘を手ごめにしようとしたんじゃないでしょうな?」

「お嬢さんの体はきれいでした。乱暴された形跡はありません」

執刀医はきっぱり否定したが、一呼吸おいてから、

「でも、妊娠三カ月でした」

と、声をひくめて、つけ加えた。

「くそ! なんてことだ!」

父は自分のひざをこぶしでたたいた。

気まずい沈黙が凍りついた。

「じゃ、それが原因で、あの男は娘を殺したんですか? 娘をはらませておきながら……」

父は怒りをこらえて聞いた。

「さあ、それはなんとも……。遺書がありませんでしたので。現場の状況から見て、お嬢さんの遺体はベッドに安らかに寝かされていましたから、おそらく白石助教授は、犯行後、発作的な激情がしずまると、取り返しのつかないことをしたと後悔して、覚悟の自殺をはかったものと思われます」

警部は父の気持ちをなだめるような口調で言った。

「それじゃ、やっぱり、無理心中か」

父は、努めて自分自身を納得させるかのように、つぶやいた。

「現場検証の結果からも、そういう結論になりました。玄関ドアには中からチェーンがかかって、窓もみなロックしてあって、お嬢さんの部屋は完全な密室になっていましたから、第三者が介入できる余地はまったくありませんでした」

「警部さん、鍵のことですが、さっき父に聞いたら、姉は三つ持っていたそうですよ」

と、明夫が口をはさんだ。

「しかし、たとえ鍵が一つ紛失していても、ドアにはチェーンがかかっていたんだからね。そのことは、第一発見者であるきみ自身が一番よく知ってるはずだよ」

「ええ、まあ……」

「これが死体検案書です。これを役所に提出して、埋火葬許可証をもらってください」

執刀医は封筒に入れた書類を父にさし出した。

Ⅳ

目白台ハイツに帰ると、美和子の棺はリビングルームに安置された。

　山下警部はその棺に花を一輪そなえて、合掌してから引きあげた。遺体を広島へ運ぶのは、警部のほうで葬儀社へ手配してくれるそうだ。

「お父さん、二、三時間でも休んだら、どうですか。あすは大変ですよ。布団を敷きましょうか?」

「そうだな。とても眠れそうにないが、すこし横になるか。長い一日だった。なにか食うものはないか?　腹がへった」

　カップヌードルの買いおきがまだ三つ残っていたので、明夫は湯を沸かした。父はそれを汁も残さず二杯食べた。晩に上京してきたとき、明夫が食べているのを見て怒鳴りつけたことなど、ケロリと忘れている。

「おまえには、大学を卒業したら、わしの会社をついでもらう。文学部をやめて、経済か商学部へ転向したらどうだ?　いまさら建築科は無理だろうから」

「急に、そう言われても……」

「最近、おまえはミステリーの先生のところでアルバイトしてるそうだな。そんなくだらんことはやめて、経営学の本でも読め。来月からの学費は、わしが送ってやる。このマンションも、おまえが使っていい」

「眠れそうになかったら、缶ビールでも買ってきましょうか?　近くに自動販売機があるから」

「いや、もうおそいからいい。ところで、おまえはどう思う?　あの警部は無理心中で、あっさり片づけてしまったが、わしはどうも納得できん」

「というと……?」

「たしかに美和子は、ちょっと勝気で、わがままなところはあったが、それでも、相手の殺意をあおるほど、とことん追いつめるようなことはしない性格だった。口論しても、引けぎわをちゃんと心得ているはずだった」

「そういえば、そうでしたね」

「それに、もう一つ解《げ》せないのは、あの助教授が遺書を書き残さなかったことだ。美和子を殺してから自分が自殺するまで、かなり時間があったのに、なぜ遺書の一枚も書かなかったんだ?　学者だろう。筆無精のわしだって、自殺するときは、メモ程度のものは書くぞ」

「自殺者が必ずしも遺書を残すとはかぎりませんよ」

「おまえが最初に美和子の死体を発見したとき、あれの顔にハンカチか布切れがかけてあったか?」

「いいえ」

「それみろ。もし警察がいうとおりに、あの助教授がおのれの罪を後悔して自殺したのなら、その前に、美和子の死に顔にハンカチぐらいかけるのが、死者への礼儀だ。そんな仏ごころさえ、あの男は持っていなかったのか」

「気が動転していたのかもしれませんよ。でも、どうしても得心がいかないのなら、もう一度、山下警部に再捜査を頼んでみましょうか?」

「おまえがアルバイトに行ってるミステリーの先生は、どんな人だ?」

「トリックの研究では、第一人者です」

「じゃ、その先生に相談して、この事件を調べてもらってくれ。費用はいくらかかってもかまわん」

「でも、久我先生が研究なさっているのは、あくまで架空のミステリーですからね。現実の事件となると、はたして……」

「いいから、相談だけでもしてみろ。わしは警察は好《す》かん」

と、父はそっぽを向いて、つぶやいた。以前、父は県会議員の選挙に立候補して落選し、そのとき選挙違反にとわれて、警察の取り調べをうけた苦い経験があったのだ。

翌日の昼前、父は棺につきそって、葬儀社の車で広島へ帰っていった。

「いいか、明夫。美和子が妊娠していたことは、おまえのお母さんにも内証だぞ。わしとおまえの二人だけの秘密だ」

と、念を押して、父は車に乗りこんで出発したのである。

明夫は、昨夜は父と語り明かして、ほとんど一睡もしなかったので、姉の部屋に残って、ひと眠りするつもりだったが、報道陣が鳴らすチャイムの音にじゃまされて、寝るどころではなかった。

たまりかねて自分のアパートに逃げ帰ったが、ここでも、すぐには寝られなかった。母が心配して電話してきたからである。根掘り葉掘り聞く母に、いちいち説明してやり、とにかく無理心中で一件落着だと告げると、

「そう……」

と、母はため息をつくだけで、しばらくは言葉がつづかなかった。

「ゆうべ一晩で、おやじの性格がよくわかったよ。結構、話せるおやじだね」

「親子水入らずで打ちとけて、よかったわね」

「近いうちに、ぼくは姉さんのマンションに引っ越しするからね」

目白台ハイツの708号室の電話番号を教えて、学費のことも話すと、

「せっかく、お父さんがそう言ってくださるのなら、

ありがたくお受けしたら」

「ああ、いまさら遠慮はしないさ。これで、人種隔離差別政策《アパルトヘイト》も解消さ」

「えっ、アパルト……、なんのこと？」

「いや、なんでもない。じゃ、またね」

彼はあわてて電話をきった。これ以上話しつづけたら、打算的な感情を母に見すかされて、しかられそうな気がしたからである。この六畳一間の安アパートから、冷暖房完備の３ＬＤＫのマンションに移れることは、正直いって、内心、うれしかったのだ。

第三章　チェーンの秘密

Ⅰ

ひと眠りして、空腹で目がさめたときは、とっぷり日が暮れていた。近くの中華そば屋へめしを食べに行こうとしたら、また電話が鳴った。六畳一間の安アパートだが、電話だけは、心配性な母のたっての希望で架設してあるのだ。

こんどは、久我京介先生からだった。

「テレビのローカル・ニュースで見たんだが、あの明和大学の助教授と女子大生の事件、もしかしたら、きみのお姉さんじゃないの？」

「ええ、そうなんです」

「やっぱりね。大学の名前が同じだし、昨日の昼、きみがお姉さんのことを心配していたから、てっきり……」

「じつは、そのことで、先生にご相談があるんです。いまお忙しいですか？」

「いや、べつに」

「じゃ、これからお伺いします」

「でも、きみはお葬式やなにかで広島へ帰るんだろう？」

「いいえ、ぼくは帰りません。例のアパルトヘイトで、葬式には列席しないんです」

「なるほど……」

「あっ、そうだ、先生。姉のマンションへいっしょに行ってみませんか？　現場をお見せしたほうが、話がしやすいから」

「でも、警察が現場保存のため立入り禁止にしてるんだろう?」

「いいえ、もう引きあげました」

「じゃ、拝見させてもらおうか。野次馬根性まる出しで申しわけないが」

「こちらこそ、ぜひお願いします。目白駅の出札口で落ち合いましょう」

と、約束の時間をきめて、すこし早めに明夫が目白駅に着いたときは、まだ久我京介はきていなかった。駅前のコーヒー・ショップでハンバーガーを立ち食いしながら、出札口のほうを見張っていると、久我京介がジャンパー姿で現われた。朝から顔もろくに洗っていないのだろう、髪は寝ぐせがついたままだった。

「あれから大変だったろう。一応、お悔みを言っておくよ。香典《こうでん》を持ってこようかと迷ったんだがね」

「よしてくださいよ、先生らしくもない」

明夫は、久我がまったく世事にうといのをよく知っているのだ。

目白台ハイツは、歩いて数分の距離だった。マンションの前には、報道陣の車はもう一台も見あたらなかった。管理室も電灯が消えて暗かった。

鍵でドアをあけて、708号室に入ると、明夫は室内をくまなく見せて、死体発見当時の状況をくわしく説明した。

「なるほど、それで警察は無理心中と断定したんだね」

「ええ、でも、おやじは納得しないんですよ」

と、明夫は父が疑問に思った点を話して、

「それで、先生にこの事件を調べなおしてほしいと言うんです」

「え、ぼくに?」

「探偵料なら、いくらでも払うと言ってますよ。なにしろ、現ナマ主義のおやじですからね。ミステリーの専門家なら、当然、探偵としても優秀だろうと、単純に思い込んでいるんです」

「弱ったな。そんなに買いかぶられちゃ……、それより、きみ自身はどう思ってるんだね?」

「ぼくも、一つ腑《ふ》に落ちないことがあるんです。白石助教授のポケットに睡眠薬の錠剤があって、現に、死体の腸からそれが検出されたのですが、睡眠薬というものは、たとえ常用者でも、ふだん、いつもポケットに入れて持ち歩くものですか?」

「心臓病などの常備薬とはちがうからね」

「でしょう。それなのに、あの夜、都合よく薬を持っていたというのは、あまりに偶然すぎますよ」

「きみのお姉さんが常用していたので、それを見つけて使ったんじゃないのか?」

「いいえ、姉は快眠快便型でしたよ」

「では、その夜、彼はここに泊まるつもりで持ってきたのかもしれない」

「恋人と一夜をすごすのに、睡眠薬を持参する野暮《やぼ》な男がいますか。薬などなくても、ぐったり疲れて、ぐっすり眠れますよ」

「それは、きみの体験からかね」

と、久我はひやかした。

「くやしいけど、ぼくは未経験ですよ。それはともかく、あの助教授が姉を殺したのは衝動的な犯行だそうだから、前もって自殺補助用に睡眠薬を用意していたはずがないんです」

「二人の間に、いったい、どんなトラブルがあったんだ? お姉さんのプライバシーを傷つけるようなら、あえて聞かないがね」

久我京介にそう言われて、明夫は返事に迷った。姉が妊娠していたことは、父から固く口止めされている。だが、かくし立てすると、探偵の相談に乗ってもらえなくなる。父が口止めしたのは、たぶん親類などに知られたくなかったからであろう。その範囲の口止めなら、ここは広島とはちがうから、かまわないだろうと思って、明夫は正直に打ち明けた。

「でも、先生、中絶しようと思えば簡単にできますからね。なにも逆上するほどのトラブルじゃないと思うけどな」

「そう思うのは、きみが男性だからさ。男がかるがるしく中絶を口にするから、よけい女性は反発する。それに、妊娠は女にとって有力な武器になる」

「姉が白石助教授に結婚を迫ったというんですか?」

「一般論だがね」

「もう一つ、引っかかることがあるんです。この部屋の鍵が一つなくなってるんです。警察は姉がなくしたんだろうと言いますが、もし外出中になくしたのなら、姉はマンションに帰ってきても、自分の部屋に入れなかったはずだ。管理人は合鍵を持っていないんですよ。姉はどうやって自分の部屋に入ったのか……」

「きみと同じように、上の階のベランダの避難誘導口から……」

「あっ、そうか。あした。管理人に聞いてみよう」

「それとも、白石助教授が持っていたかもしれんよ」

「それなら、現場検証のとき、彼の服のポケットから見つかっています」

「どうやら、きみ自身も警察の見解に反対らしいな」

と、久我京介は明夫の顔をのぞきこむ。

「べつに、これといった有力な反証はないんですけど……」

「じゃ、ここで、はっきりさせようじゃないか。無理心中説に反対なら、それに偽装した殺人事件ということになる。しかも、きみの好きな密室殺人事件だ」

「ぼくはドアのチェーンがかけてあったのが、どうも臭いと思うんです」

「なぜ?」

「だって、鍵さえかければ、もう外からドアはあきません。それなのに、わざわざチェーンまでかけるのは二重手間です。用心ぶかすぎますよ。ドアのチェーンは押し売りや不法侵入者を防ぐためのものでしょう。遺書さえ残さなかった男が、ドアだけ用心ぶかくチェーンをかけたのが、どうも解せないんです。なにか作為があるような気がして……」

「しかし、白石助教授は睡眠薬を飲んで寝ている間に感電死したんだろう。いつ薬を飲んだか知らないが、もし眠っている間に、合鍵を持った人間、たとえば弟のきみが部屋に入ってきて、未遂で発見されたら困ると思って、チェーンをかけたとも考えられる」

「なるほど……。しかし、残念だな。せっかく密室殺人事件だと意気込んでいたのに……」

と、明夫は照れて頭をかいた。姉の死の悲しみを忘れたわけではないが、ちょっぴり落胆したのも事実だった。

「きみがそう言うのなら、もう一度、気がすむまでチェックしてみようじゃないか」

まず二人はベランダに面した窓の差込み錠を調べた。どの窓も、みな同じ型の差込み錠で、つまみを半回転してロックするようになっている。

「昔の密室トリックには、窓のすき間から糸か針金を通して、外から錠のつまみを動かすトリックがよくあったが、この窓は気密性の高いサッシ窓だし、つまみは流線型で滑りやすいから、糸や針金は引っかからないね」

「たとえ窓の外から細工したとしても、そのあと、犯人はどこへも逃げられませんよ。ベランダの避難誘導口から下の階へおりれば別ですが」

「下の部屋には、だれが住んでるんだ?」

「姉から聞いた話では、商社マンの家族らしいですが、日ごろ、つき合いはなかったそうです。まさか犯人がその家族にたのんで逃がしてもらったとは考えられないし、それに、ほら、ここの避難口を見てください」

と、明夫はベランダの避難口を指さした。

ふたは閉じてあるばかりか、その上にカーネーションが咲いている植木鉢がすこしのっかっていた。かりに犯人がこの避難口をあけて下へおりたとしても、ふたを元どおり閉めたあと、その上に植木鉢をのせることは不可能である。

「すると、やっぱり問題は玄関のドアだね」

二人は玄関に行って、ドアを調べた。

ドアはスチール製で、内側のノブには、まん中につまみがある。鍵を使わなくても、そのつまみを回すだけで施錠できるのだ。

防犯チェーンは頑丈にできており、簡単に切断したり、つなぎ合わせることはできない。チェーンがとめてある金具も、またチェーンの先端をはめる受け金も、それぞれドアと外枠《そとわく》にビスでしっかり固定してある。チェーンの先にある丸いつまみを受け金の溝《みぞ》にはめてから、ドアをあけると、チェーンがぴんと張って、片手がさし込めるほどのすき間ができる。だが、ドアの外から、そのすき間に手をさし入れて、チェーンをはずそうとしても、先端のつまみを溝にそって上げねばならないので、それだけチェーンの長さが足りなくなって、ドアのすき間がせばまり、手をさし入れておくことができなくなる。ましてドアの外から、チェーンをかけることは不可能である。もしそれが可能なら、防犯チェーンの効果はない。

不可能なことがわかっていながらも、明夫はドアの外に出て、なんとかチェーンを受け金の溝にはめることができないかと、キッチンにあった針金や割りばしを使って、なんども試みたが、やはり結局は徒労だった。ドアの下部にある新聞受けの差入れ口から、長い針金をさし込んでも、内側にボックスがあるので、それにさえぎられてチェーンにはとどかない。

「この密室トリックがとけない以上、たとえ不審な点が二、三あっても、警察の無理心中説をくつがえすことはできないよ」

「先生のトリック・コレクションの中で、これに類似したものはありませんか？」

「ドア・チェーンのトリックかね。いちばん単純なものでは、チェーンをまん中から二つに分離するトリックがあるよ。チェーンは小さい環《リンク》でつながっている。環は、完全な輪ではなく、たいてい一カ所がかすかに口がひらいている。そこをペンチでこじあけて、環を一つはずすと、チェーンは二つに切りはなせる。そして、切りはなしたチェーンの先端を受け金の溝にはめてから、ドアの外に出て、その環をまたペンチで連結して、チェーンをつないでドアを閉めておけば、部屋は密室になるというわけだ」

「なるほど……。でも、ここのチェーンは、環《リンク》が太いし、開口部が溶接してあって、完全な輪になっているから、ペンチでこじあけて、チェーンを分離することはできませんね」

と、明夫はチェーンを手にとって、長円形の鉄の環を調べた。

「もっと奇抜なトリックでは、チェーンの金具の位置をずらす方法がある。ふつうチェーンをかけたまま、ドアをあけると、ちょうど対角線のように、チェーンは斜めにぴんと張るね。それはチェーンの留め金が受け金の位置より下についているからだ。もし両方の金具の位置を同じ高さにしたら、チェーンは水平に張るから、それだけ長さにゆとりができて、ドアは余分に大きくひらくので、ドアの外からでも、らくにチェーンをかけたり、はずしたりできる」

「どうやって金具の位置をずらすんです?」

「たとえば、受け金の上のビスをはずし、下のビスも一本だけ残して、下のほうへ半回転させてぶらさげると、留め金の高さとほぼ同じ位置になる。こうすれば、ドアの外からでも、チェーンの先のつまみを受け金の溝にはめることができる。はめたら、その受け金をまた上へ半回転させて元の位置にもどし、ビスも元どおりはめておけば、部屋は密室になる」

と、久我はイギリスの推理作家マイケル・ボイヤーの長編『ドアの死角』にあったイラストを思い出して、説明した。

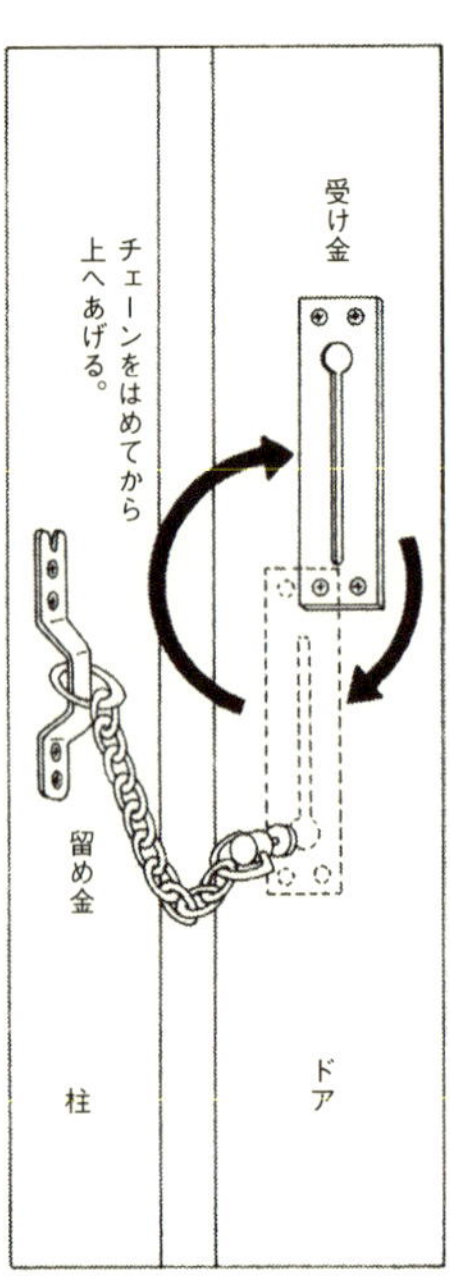

「じゃ、この事件も、きっと、そのトリックをまねしたんですよ」

「技術的には可能だが、しかし、ドアの外から受け金のビスを三本も元どおりはめるのは、ちょっと手間がかかりすぎる。一軒家ならともかく、ここのような集合住宅のマンションで、そんなことをしていたら、いつなんどき、ほかの部屋の住人に目撃されるかわからない。この七階だけでも、部屋が十あるんだろう。エレベーターから不意にだれかが出てきたら、どうする? 犯人はそんな危険はおかさないよ」

「じゃ、この事件には通用しませんね」

「やるなら、もっと手っ取り早く、ほとんど瞬間的にできるトリックを使ったはずだ」

がっかりした明夫は、気分転換に、コーヒーを沸かして、久我にすすめた。

キッチンのテーブルには、凶器の花瓶やタイマーがビニール袋に入れたまま置いてある。

「これかね、白石助教授が感電自殺に使ったタイマーというのは？」

と、久我は袋からタイマーを取り出してみた。

「ええ、一件落着で、警察が返してくれたんです。あれ、変だな。これはH社の製品だ。姉が使っていた電気製品は、みなN社製なのに。ほら、この冷蔵庫も電子レンジも、トースターや炊飯器も……」

と、明夫はキッチンにある電気製品を一つ一つ指さした。みなN社のマークがついている。

「姉は、電化製品はすべて、このマンションの近くの電器店で買いそろえたと言ってました。N社の代理店の看板が出ている店です」

「このタイマーだけ、よその店で買ったんだろう」

「ひとり暮らしの女子大生が、タイマーなど、なんに使ったんだろう？　ふつう、タイマーはご飯を炊くときぐらいしか使わないでしょう。でも、この電子ジャー炊飯器には、タイマーがついているから、不要ですよ」

「どうやら、父上から探偵料をもらう資格があるのは、きみのほうだな。ぼくはものぐさだから、探偵失格だ」

久我はあくびまじりに笑って、腕時計を見た。

とっくに深夜をすぎていた。明夫はここに残って泊まるというので、久我だけタクシーを拾って帰ることにした。

「タクシー代も、捜査費用に加えておいてください。あとで、おやじに請求しますから」

「そう言われると、なんだかアメリカの私立探偵になったような気分だな」

「ハードボイルド調でいきましょう」

「ぼくの柄《がら》じゃないよ」

明夫はマンションの外まで見送りに出た。

東の空は、いつのまにか白みはじめていた。

Ⅱ

「先生、ここにいたんですか。留守かと思いましたよ」

明夫が庭をまわって、古い土蔵造りの書庫に入ってきた。

うす暗い土蔵の中で、久我京介は蔵書の整理をしていたのだ。この書庫は、裏隣りの質屋が廃業したとき、土蔵だけを買いとって改造したものである。

「本の整理なら、ぼくを呼んでくだされればよかったのに」

「きみはマンションの引っ越しで、大変だろうと思ってね」

「引っ越しは、昨日で終わりました」

「じゃ、すまないが、玄関の土間《どま》に出してある本や雑誌を運んでくれないか。本がたまりすぎて、書斎の床が抜けそうなんだ」

「オーケー」

明夫は玄関から、なんども往復して本を運んだ。

「蔵書は全部で、いったい、何冊あるんです？」

「さあ、数えたことがないから、わからないよ。いまある本だけでも、一生かかっても読みきれないのに、どうして次から次へ買いこむのか、われながら無駄なことをしてると思うときがあるよ。死んでも、あの世へ持って行けるわけじゃないし……」

「死後、これらの蔵書はどうなるんですか？」

「さあ、どうするかな。図書館に寄贈しても、二束三文のミステリー本じゃ、かえってありがた迷惑だろうな」

「はやく再婚なさって、あと継ぎをつくったら？」

「結婚は一度で、たくさんだよ。家庭をもつのは時間の浪費でね。ますます本が読めなくなる」

「先生には、人生の楽しみがないんですか？」

「万巻のミステリーにうずもれて死ぬ、それだけが楽しみかもしれんな」

と、久我は脚立《きゃたつ》に腰をおろし、天井までとどく書架を見まわして、ため息まじりに笑った。

蔵書の整理も一段落したので、

「先生、コーヒーでもいれましょうか？」

「ああ、頼むよ。冷蔵庫に卵と食パンがあるから、ついでにトーストとゆで卵を作ってくれないか」

「昼食はまだだったんですか。じゃ、サンドイッチでも作ります」

明夫は休暇で帰郷するたびに、母のスナック店を手伝うので、サンドイッチやスパゲティなどを作るのが得意だったのだ。

「学校は、今日もサボったのかね」

「けさ登校しようと思ったら、姉の友人だったという女子大生から電話があったんですよ。姉のことで、ちょっとお知らせしたいことがあるというので、新宿の喫茶店で会ってきました。姉の同級生で、安田麻里子《やすだまりこ》というガリ勉タイプの学生でしたがね。会うなり、これをくれましたよ」

明夫はポケットから、御霊前と書いた香典袋を出してみせた。

「なかなか律義な女学生だね」

「姉が殺される四日前に、彼女は姉の部屋で一泊してるんです。おしゃべりしてるうちに帰りそびれて、そのまま泊めてもらったそうです。そのとき、姉がふろに入ってる間に電話が鳴ったので、彼女が代わりに電話に出たら、相手はぼくの姉と早合点したらしく、白石助教授との関係を公表されたくなかったら、五十万円よこせと脅したそうです」

「脅迫電話か」

「男の声で、言うことを聞かなければ、二人の関係を暴露したビラをキャンパスの掲示板にはるぞと言ったそうです。安田麻里子はぼくの姉が白石先生とそんな仲になっていたとは、ぜんぜん知らなかったので、びっくりして、どう答えていいかわからず、ただ黙って聞いていたら、相手は金は白石に出させればいい、スキャンダルになって困るのは、彼やおやじの学長のほうだから、きっと彼が金を工面する。三日後に、また連絡するから、それまでに金を用意しておけと……。そのほかにも、だいぶエッチなことを一方的にしゃべったらしいですよ」

と、明夫は冷蔵庫からサンドイッチの材料を出してそろえ、卵を鍋《なべ》に入れてゆでながら、話をつづけた。

「……それで、ふろからあがった姉に電話のことを伝えたら、一瞬、姉は顔が青ざめたが、ただのいたずら電話よ、前にも一度そんな嫌がらせの電話がかかってきたことがあるのよと言って、軽く聞き流したそうです」

「安田麻里子はそれを真《ま》に受けたのかね?」

「姉が白石先生との関係をきっぱり否定するので、彼女としては、その場は信じたふりをしたそうです。いくら親友でも、あまりプライバシーに立ち入って詮索するのは悪いと思ったんでしょう。でも、現実に、姉が白石助教授と無理心中したことを知ると、あの脅迫電話のことが気になって、警察に知らせたものかどうか迷った末、とりあえず遺族の人に知らせておこうと思って、マンションへ電話してみたそうです」

「警察には、一応、知らせておくほうがいいんじゃないのか」

「ぼくもそう思って、彼女をつれて、さっき警察に寄ってきたんです」

「で、警察の反応はどうだった?」

「逆効果でしたよ。恐喝されていたからこそ、白石助教授はせっぱつまって無理心中したんだろうと……」

「なるほど、そういう見方もできるな」

「困るな、先生までが警察と同じ意見じゃ……。たかが五十万円恐喝されたぐらいで、自殺しますか?」

「恐喝は一回で終わらないからね」

「でも、べつに不倫の恋じゃないんだから、ばれたら、さっさと結婚すればよかったんだ」

「それは、きみのお姉さんの立場だろう。白石助教授のほうには、表沙汰になったら困る深刻な事情があったかもしれない。問題は、はたして彼が五十万円払ったかどうかだな」

と、久我はゆであがった卵をひとつ殻をむいて、ほお張る。

「その点は、警察も一応、預金通帳などをチェックしてみるとはいってました」

「お姉さんの通帳は、どうだった?」

「死ぬ前日に、金を引き出した形跡はありません。それにしても、脅迫電話の男は、いったい、だれだったんでしょうね。安田麻里子の話では、声が妙にくぐもっていたから、受話器の送話口にハンカチをあてるか、マスクをして、しゃべっているみたいな感じだったそうです」

「相手は彼女をきみのお姉さんとまちがえたぐらいだから、お姉さんの声はあまりよく知らなかったわけだ。そのくせ、地声だと、正体がばれると思って、自分の声はごまかした」

「じゃ、姉に声の特徴を知られていた男になりますね」

「それに、相手は白石助教授の立場もよく知っていた。とすると、明和大学の関係者の線が強いな。教師か、または職員か……」

「白石助教授の同僚なら、姉たち生徒に講義をするから、声の特徴を知られていますよ。大学の教室では、たいていマイクを使って講義する。マイクの声は、生《なま》の声より、電話の声に近いですからね」

と、話しながら、明夫はゆで卵をすりつぶし、トマトをうすく輪切りにして、手ぎわよくサンドイッチを作る。サイホンのコーヒーも沸騰しはじめた。

Ⅲ

明夫はサンドイッチを皿にもって出し、コーヒーを久我のカップにつぎながら、

「ところで、先生。例のマンションの鍵のことですが、管理人に聞いてみたら、やっぱり姉が鍵をなくして困ったことはないそうです。それから、タイマーのことも、近くの電器店で聞いたら、姉が買いにきた記憶はないといってました。最近の電気製品は、炊飯器や扇風機でも、たいていタイマーが内蔵されているから、タイマーだけを別個に買いにくる客は、めったにいないそうです」

「きみの疑問点が、みな的中したね。すると、きみの推理では、現場にあったH社製のタイマーは、どういうことになるんだ?」

と、久我はサンドイッチをつまむ。

「第三の人物、つまり犯人が持ち込んだにきまってますよ。白石助教授を感電自殺に偽装して殺すためにね」

「きみは密室殺人説に、よっぽど未練《みれん》があるらしいね」

「だって、それ以外に考えられませんよ」

「あの助教授自身が持ってきた可能性だってあるぜ」

「えっ、まさか……」

「彼はきみのお姉さんを殺したあと、自殺するまで、かなり時間があった。死を覚悟すると、その準備のために、いったん自宅にもどってタイマーを持ってきたか、あるいは電器店で買ってきたかもしれない。そのとき、ついでに睡眠薬も用意したのだろう。すくなくとも、それだけの時間的な余裕はあったはずだよ」

「先生はぼくの推理を否定するばかりで、ちっとも味方になってくれませんね」

明夫はちょっぴり不満をもらした。

「きみの先走った推理をチェックするのが、ぼくの役目さ」

久我はサンドイッチを食べつづけていたが、スライス・チーズがはさんであるパンの断面を、ふと見つめて、考えこんだ。

「先生、チーズはきらいでしたか?」

「いや、そうじゃない……。きみのところに、金づちやタガネはあるかね?」

「タガネ……?」

「ノミのような形をした工具だよ。大型のネジまわしでもいい。先がマイナス型になってるやつだ」

「プラス型の小さいドライバーならありますが、いったい、なんに使うんです?」

「なければ、途中で買って行こう」

「どこへ出かけるんです?」

「もちろん、きみのマンションの新居だよ。あと片付けはいいから、さあ、出かけよう。善は急げだ」

久我が物置小屋から金づちと大型ドライバーをさがし

てきて、外出の支度をするので、明夫は面くらった。

タガネを売っている金物屋が見つからないので、とりあえず、二人は目白台ハイツへ急いだ。

その途中、明夫がわけを聞いても、

「まあ、見てのお楽しみだ」

と、久我は思わせぶりに微笑するだけだった。

目白台ハイツの708号室に着くと、明夫は鍵でドアをあけた。表札は、すでに明夫の名前に新しく変えてあった。

「玄関の明かりをつけてくれ」

明夫がスイッチをおして点灯すると、さっそく、久我はポケットから虫メガネを出して、チェーンの金具を調べた。

「へえ、虫メガネとは驚いたな。まるでシャーロック・ホームズそっくりだ」

明夫がひやかした。

チェーンがとめてある留め金は、ドアの外枠に四本のビスで固定してある。

「このビスをはずしてみてくれないか」

「オーケー」

明夫はキッチンからプラス型のドライバーを持ってきて、留め金のビスをまわそうとしたが、いくら力を入れても、ビスはびくとも動かない。

「変だな。全然まわりません」

「じゃ、受け金のほうをはずしてみてくれ」

溝がある受け金も、上下それぞれ二本のビスでドアに固定してある。明夫がドライバーでまわすと、そのビスはすぐにゆるくなった。

「こっちは簡単に取れますよ」

「よし、ぜんぶ抜かなくていい。やっぱり、思ったとおりだ。留め金のほうは瞬間接着剤でくっつけてあるんだ」

「接着剤……？　でも、ビスは？」

「きっと、頭だけ残して切断してあるはずだよ。留め金の接着面に、すこしすき間があるから、そこにドライバーの先をさしこんで、こじあけてみよう」

久我がマイナス型のドライバーと金づちを渡すと、明夫はそのドライバーの先を留め金の接着面にさしこんで、金づちでたたいた。ドアの外枠もスチール製なので、静かなマンションじゅうに、ガンガンものすごい反響音がする。明夫はちょっとひるんだが、かまわず、たたきつづけた。

「瞬間接着剤は接着力が強いから、少々のことでは取れませんよ」

「そうでもないさ。よく見たまえ。ドアの枠にはペンキがぬってある。その塗料の上に、じかに接着剤をぬったはずだから、もうすこしで取れるさ」

と、久我ははげました。

明夫がなおも金づちでドライバーをたたきつづけると、塗料がはげて、留め金の一部がすこし浮きあがった。

「あっ、やっぱり、ビスは頭だけです。見せかけだったんだ」

明夫は虫メガネでのぞきこんで言った。

「それだけわかれば、もう十分だ。全部はがしたら、証拠がなくなる。あとは警察にまかせよう」

「山下警部に教えたら、きっと、びっくりしますよ」

ただちに、明夫は山下警部に電話した。案の定、警部は明夫の話を聞いても、すぐには信じがたい様子だったが、とにかく、すぐ行くから、それ以上、手をふれないようにと注意した。

「鑑識班もつれてきてくださいよ」

と、明夫はもったいぶって、電話をきった。

そこへ、管理人がエレベーターであがってきて、

「いったい、なにごとです？　ドアをガンガンたたいて。ほかの居住者から苦情がきてますよ」

と、文句をいう。

「すみません。ちょっとドアの具合が悪かったので……」

明夫は適当に言いつくろった。

十数分後に、山下警部が鑑識員をつれてやってきた。

チェーンの留め金がはずれかかっているのを見て、

「うむ……、こんな細工だったのか。まんまとしてやられたな」

と、さすがに驚いた様子だった。

「留め金をはずして調べる前に、現状の写真をとっておいてくれ」

鑑識員にそう言ってから、警部は明夫といっしょにいる久我のほうをじろじろ見て、

「失礼ですが、あなたは……？」

「ミステリー研究家の久我京介先生です。このチェーンのトリックも、じつは、先生が見破られたんです」

明夫が自慢して紹介するので、久我はいささか面《おも》はゆかった。

「これはこれは、ミステリーの専門家にご出馬いただいて……。いや、恐れ入りました。カブトを脱ぎます」

警部は、まんざら皮肉とも思えない口調でいって、久我の風体を値踏みする。

鑑識員は写真をとってから、用意してきたタガネを打

ちこんで、ハンマーでたたくと、チェーンの留め金は意外にもろく取れた。ドア枠の接着面に塗料がぬってあったので、それがはがれて、簡単に取れたのである。

「ビスは四本とも頭だけを残して、ネジの足は切断してあります。巧妙な偽装ですよ。外見はビスで固定してあるように見えますからね」

鑑識員は留め金の裏を山下警部に見せた。接着剤に塗料膜が付着している。

「そのトリックで、ドアの外からチェーンがかけられるかね？」

「できますとも。やってみましょうか」

鑑識員はチェーンがついたままの留め金を持って、いったんドアの外に出た。そして、チェーンの先のつまみをドアに固定してある受け金の溝にはめてから、チェーンの長さだけでドアを閉め、そのすき間から片手をさし入れて、チェーンの留め金をドア枠の所定の位置に押しつけた。

「留め金の裏に瞬間接着剤をぬって、こうして押しつければ、数秒でぴったりチェーンは固定します。そのあと、ドアを閉めて、鍵をかければ、完全な密室になります。もちろん、四本のビスは前もって金ノコで切断して、ネジ穴にビスの頭だけを接着剤でくっつけておいたんですよ」

「なるほど、うまいトリックを考えたもんだ。いまからでは手おくれだろうな、指紋を検出するのは？」

「指紋なら、ぼくや久我先生のがべたべたついてます。さんざん、いじくりまわしたから」

と、明夫が口をはさんだ。

「一応、押収して調べてみましょう」

鑑識員はドライバーで受け金もドアからはずして、ビニール袋に入れると、照合のため、久我京介の指紋を採取した。

「これで、警部さん、無理心中説は撤回《てっかい》してくれるでしょうね」

明夫はせっかちに結論をうながす。

「うむ、弱ったな。急に、そういわれても……」

「だって、これは、あきらかに密室殺人事件ですよ。姉を殺したのは白石助教授だとしても、その助教授を感電ショックで殺し、部屋を密室にして逃げた犯人がいるんですからね」

「しかし、もしかしたら、きみの姉さんが以前、チェーンの留め金がぐらぐらして、はずれそうになったので、自分で接着剤を使ってくっつけたかもしれん」

「詭弁《きべん》だな。それなら、ゆるんだビスをドライバーで締めなおせばすみますよ。わざわざビスを切断しますか?」

「あるいは、きみたちの仕業《しわざ》かもしれん」

と、警部はわざと疑惑の眼差《まなざ》しで明夫たちの顔を見つめた。

「それ、どういう意味です?」

明夫がくってかかるので、そばから久我がなだめた。

「警部さんは、ぼくたちがミステリー狂なのがお気に召さないのだよ」

「じゃ、接着剤のトリックは、ぼくたちのイタズラだというんですか?」

山下警部は、明夫がいきり立つのをおもしろがるように、にやにやするだけだった。

「ふん、バカバカしい。せっかく親切に教えてやったのに……。警察は自分の失態を認めるのが、いやなんでしょう。まったく官僚主義だな」

「再捜査をしないとは言ってないよ。鑑識の結果を待ってから、調べることがあったら、ちゃんと手を打つ。まあ、今日のところはお礼をいっておきます。またなにか参考意見がございましたら、知らせてください」

あとの言葉は、久我京介に愛想よく言ってから、山下警部は帰りかけたが、すぐまた引きかえしてきて、

「先日、返還したクリスタルガラスの花瓶とタイマーを、もう一度、証拠物件として借りたいんだがね……」

Ⅳ

ここ一週間は、てんやわんやだったが、マンション暮らしにもすこし慣れて、日曜日の昼すぎ、外で食事をすまして、姉の事件がのっている週刊誌を買って、目白台ハイツにもどってみると、管理室で山下警部ともう一人、若い刑事らしい男が管理人と話しこんでいるのが、窓ガラスごしに見えた。

警部のほうも、目ざとく明夫に気づいて、管理室から出てきた。どうやら明夫が帰ってくるのを待っていたらしい。

「ちょっと話があるんだが、きみの部屋におじゃましていいかね」

「ええ、どうぞ」

エレベーターに乗ると、若い刑事もいっしょについてきた。警部はその同僚を松井《まつい》刑事だと明夫に紹介した。

「きみと同じW大学の出身で、本庁捜査一課のエリート刑事だよ」

「先輩ですか、どうも……。本庁の刑事さんがご同伴なら、いよいよ捜査本部が設置されたんですね」

「まあ、そういうことだ」

七階でエレベーターをおりて、明夫は708号室のドアを鍵であけながら、

「チェーンはいつ返してくれるんです？」

「証拠物件だから、当分はあきらめてくれ。犯人を逮捕しても、法廷に提出する必要があるんだ」

「じゃ、新しいのを買ってつけます。ついでにドアの錠も取りかえようかな。鍵が一つなくなっているのが気になって、おちおち眠れませんよ」

「きみも、案外、神経質だな」

山下警部は笑ったが、松井刑事がさえぎるように口をはさんだ。

「新しく取りかえるときは、こちらへ知らせてくれたまえ。ドアの錠も、もし犯人が合鍵を持っていた場合の物証になるから、保管しておきたい」

さすがは本庁のエリート刑事である。おおまかな山下警部とちがって、こまかいことにも気配りがゆきとどく。

「じゃ、当分、このままにしておきます」

「そうしてくれたまえ。犯人は往々にして犯行現場へもどってくる習性があるから、こっちには、それがチャンスかもしれん」

「じゃ、ぼくにオトリになれというんですか？　ひどいな。人の気も知らないで」

部屋にあがると、山下警部は初めて現場を見る松井刑事に、事件当時の状況をくわしく説明した。松井刑事は大きな封筒から現場写真を出して、それと見くらべながら、とくに二つの死体があったベッドとソファを念入りに調べた。

「だいぶ室内の様子がちがうが、きみが模様がえしたのか？」

と、明夫にきく。

「ええ、思い出すのがいやなので……。いけませんでしたか？」

「いまさら仕方がない。ところで、事件当夜、つまり五月九日、土曜日の夕方から深夜一時ごろまで、きみはどこで何をしていた？」

「きみが死体を発見した前の日だよ」

そばから、山下警部が補足する。

「あの日なら、アパートで夜おそくまで本を読んでいました」

「そのアパートというのは、きみがここに引っ越してくる前の、中野六丁目の富士見荘の五号室だね？」

「ええ、そうです」

「で、何時ごろまで読書していたんだ？」

「寝たのは、午前一時をすぎていたな」

「それを証明してくれる第三者がいるかね？」

「ちょっと待ってください。これ、アリバイ調べですか？」

明夫は急に腹が立った。山下警部のほうに向きなおって、

「冗談じゃないですよ。この事件が無理心中じゃなく、密室殺人であることを証明したのは、ぼくですよ。そのぼくを容疑者扱いするなんて、ひどいじゃないですか」

「まあまあ、落ち着いて。なにも、きみを疑っているわけじゃない。関係者のアリバイを一応、念のため聞いてまわっているだけだよ」

と、警部はなだめる。

「ドア・チェーンのトリックを見破ったのは、きみ自身じゃない。久我京介というミステリー研究家だろう」

松井刑事はクールに質問をつづける。

「そりゃ、まあ、そうだけど……。しかし、ぼくにどんな動機があるというんです？　白石助教授と会ったのだって、あの日、死体を見たのが初対面ですからね。恨みもなにもありませんよ」

「中根美和子さんとは、きみは異母姉弟だそうだね」

「ええ……」

「同じ姉弟で、しかも同じ大学生なのに、マンションと安アパートじゃ、だいぶ差があるな。お姉さんのぜいたくな生活を、日ごろ、どう思っていた？」

「べつに……」

「事件後、きみはすぐこのマンションに引っ越してきた。そして、ゆくゆくはお父さんの会社も継ぐ。広島で、かなり大きな建設会社らしいね」

「じゃ、ぼくが姉をねたみ、父の財産もねらって、一石二鳥の動機で、姉を殺したというんですか？」

「複雑な家庭には、よくある例でね」

「ふん、バカバカしい。これ以上、ぼくはなにも答えませんよ」

「黙秘かね」

「……」

「まあまあ、そうツムジを曲げないで……」

また山下警部がなだめ役にまわって、

「アリバイさえすなおに答えてくれたら、万事、ケリがつくんだよ。たとえば、あの晩、めしを食いに出かけたとか……」

「晩めしは、自分でニラレバ炒めを作って食べました」

「一人でか?」

「ええ、安アパートでも、自炊ぐらいできますからね」

「一度も外出したり、人に会わなかったのか?」

「あっ、そうだ。自動販売機で缶ビールを買いに出かけました」

「何時ごろ?」

「六時ごろです。ニラレバ炒めを作る前だったから……。そうだ、すっかり忘れていた。証人がいますよ。犬をつれた娘だ」

「犬……?」

「缶ビールを買っていたら、いきなり犬が走りよってきて、自動販売機の台めがけて、小便をひっかけたんです。そのとばっちりが、ぼくの足のサンダルにひっかかったので、犬といっしょに散歩していた若い女性が、すっかり恐縮して……」

明夫は玄関から黒いサンダルを持ってきて、

「これです。アパートにもどって、すぐ洗ったから、もう犬の小便は検出できないと思うけど、本当ですよ」

「どこの娘さんだ?」

「さあ、知りません。はじめて会った女性だから。鎖をつけないで犬を散歩させていたから、きっと、あの近所に住んでるんですよ。だけど、それにしては、いままで一度も見かけたことがなかったたな」

「どんな犬だった?」

「茶色の柴犬だったたな。あまり大きくなく、尾が巻いていた。後ろ足をあげて小便したから、オスですよ」

「その女性の人相は?」

「年は、ぼくと同じくらい。女子大生ふうな感じだったな。オカッパ頭で、右の目もとに大きなホクロがあった」

「なに、ホクロ……?」

山下警部が聞きかえした。

「ええ、泣きボクロというのかな。セクシーなチャームポイントでしたよ。とにかく、彼女を見つけてくれたら、ぼくのアリバイは証明されます。姉の死亡推定時刻は午後五時半から六時半の間でしたね」

「しかし、中野六丁目なら、目白駅から電車を利用すれば、二十分くらいで帰ってこられる」

と、松井刑事がいう。まったく、人の神経を逆なでする刑事だ。

「姉を殺して帰った直後に、缶ビールを買って祝杯をあげるほど、ぼくは神経がタフじゃありませんよ」

明夫も負けずに言いかえした。

山下警部は松井刑事から現場写真入りの大きな封筒を

借りると、

「これに、その自動販売機と富士見荘アパートの位置を略図にかいてくれ。目印になる駅や建物も記入して」

と、ボールペンをそえて、明夫にさし出した。

明夫がその封筒の裏に略図を描いて渡すと、警部はしばらくそれを見ていたが、目顔で松井刑事をうながして、あっさり帰っていった。

買ってきた週刊誌には、〈キャンパスの危険な関係〉というタイトルで、二ページほど記事がのっていた。だが、これを書く段階では、警察が再捜査をはじめたことは間に合わなかったのだろう。ただの無理心中事件として片づけ、もっぱら女子大生と教師との危険な火遊びをテーマにして興味本位に書きたてていた。白石助教授の顔写真といっしょに、どこで入手したのか、姉の写真も出ていた。自分は一度も取材のインタビューに応じなかったのに、よくこれだけの記事がでっちあげられるものだと、明夫は記者の筆力につくづく感心した。

その夜、父から電話があった。酒が入っているような声だった。一人娘を亡くした悲しみを、毎晩、酒でまぎらわしているらしい。

「昨日、東京から、松井という刑事がやってきた。あの事件は殺人事件に変わったそうだな。それも、おまえが密室のトリックを見破ったおかげだと言っていた」

「いや、あれは久我先生のお手柄ですよ」

「そうか。それじゃ、あの先生に、さっそく探偵料を払わなくちゃいかんな。ともあれ、無理心中でなく、殺人事件とわかって、わしも胸のつかえがおりた。あとは真犯人さえ捕まったら、美和子も成仏してくれるだろう」

「ええ……」

「ところで、明夫、松井刑事はおまえのこともいろいろ聞いていったぞ。わしはありのまま正直に話したが、あとで考えたら、すこしバカ正直に話しすぎたようだ」

「その刑事なら、今日の昼、ぼくのところにも来ましたよ」

「やっぱり行ったか。それで、どんなことを聞かれた？」

「アリバイなど……」

「まさか、おまえ、警察に疑われるようなことはしていないだろうな」

明夫は、思わず、受話器をにぎりしめた。

「それ、どういう意味です？」

「つまり、その……。いや、もういい。気にするな」

父は口ごもって、あいまいに言葉をにごした。

「お父さんまで、ぼくを疑ってるんですか。それなら、今夜にもマンションを引き払って、もとの安アパートにもどります。仕送りも結構です」

「おい、明夫、ちょっと待て。なにを一人でおこっとるんだ」

「くそおやじ！」

明夫は、一声、怒鳴って、受話器をたたきつけた。

第四章　謎の女子大生

I

「おまえ、ゆうべ、お父さんと電話でケンカしたんだって？」

翌朝、明夫は母からの電話で起こされた。

「向こうが、ちょっと酔っていたからね」

「お父さんは、あれから毎晩、深酒らしいのよ。まあ、それも無理ないけど。それで、けさ早く電話があってね。ゆうべ、おまえの気持ちを損ねるようなことを言ったといって、ちょっと後悔なさっていたわよ」

「へえ、酔いがさめると、殊勝《しゅしょう》なんだな」

「いったい、なにがあったのよ？」

と、母は知りたがる。

「たいしたことじゃないよ。気にしないで」

「反抗しちゃだめよ。これからは、お父さんはおまえだけが頼りなんだから、力になってあげなくちゃ」

「わかってるよ」

「お父さんはおまえに特別ボーナスを送りたいから、振り込みの銀行口座番号を教えてほしいとおっしゃるので、教えておいたわよ」

「それ、久我先生への探偵料だよ」

「探偵料……？」

明夫は説明するのが面倒くさかったが、いいかげんな返事では、せんさく好きな母が納得しそうにないので、いままでのことを話して聞かせた。だが、警察に容疑者扱いされたことだけは、よけいな心配をかけさせないために伏せておいた。

「そう。じゃ、久我先生によくお礼をいって、ちゃんとお渡しするのよ」

「あの先生のことだから、受け取らないと思うけど……」

「猫ババしちゃだめよ」

と、母は念をおして、やっと長電話をきった。

今日は退屈な授業しかないので、学校はサボるつもりで、目玉焼きとトーストで朝食をすましたあと、洗濯と掃除をした。姉が残してくれた電化製品が一式そろっているので、自炊や掃除はぜんぜん苦にならない。むしろ、楽しいぐらいだった。恋人をよんで同居すれば、すぐにも新婚生活の気分にひたれるのだが、あいにく、そんな便利な恋人はいなかった。

タンスには、まだ姉の衣類がそのまま残っている。父は広島へ帰るとき、すべて処分してくれといったが、ゴミに出すのが、もったいないような服がたくさんある。かといって、いつまで残しておいてもしようがない。とりあえず、タンスから出して、引っ越しに使った段ボール箱に詰めているると、また電話が鳴った。

こんどは山下警部からだった。一時間後に会いたいのだが、都合はつくかねと、警部は聞いて、このマンションの向かいにあるルルという喫茶店を指定した。

「ええ、いいですよ。でも、せっかく近くまでいらっしゃるのなら、ぼくの部屋で会ってもいいですよ」

「いや、刑事がたびたび出入りすると、きみも迷惑だろう。じゃ、一時間後に」

と、あの警部に似あわず、遠慮がちだった。

約束の時間に、明夫が喫茶店に行ってみると、山下警部が先にきていて、窓ぎわのテーブルでひとりコーヒーを飲んでいた。

「今日は、相棒のエリート刑事さんはいっしょじゃないんですか?」

「ほかを聞き込みにまわってるよ」

ウエートレスが注文を聞きにくると、

「きみの好きなものを頼みたまえ。ここは、わしのおごりだ」

と、警部は気前がいい。

「松井刑事がわざわざ広島まで調べに行ったそうですね。父から聞きましたよ」

「被害者の身辺を洗うのが、捜査の第一歩だからね」

「でも、本当は、ぼくのことを調べに行ったんでしょう」

「事件の第一発見者をまず疑えというのも、また捜査の鉄則でね」

明夫はコーヒーにミルクをたらして、スプーンでかきまぜていたが、ふと奥のほうのテーブルが気になった。サングラスをかけた女が、こちらをじっと見つめていたのだ。明夫が見かえすと、女は顔をふせて、週刊誌を読むふりをした。サングラスをかけているので、顔はよくわからないが、白いヘア・バンドをして、一見、女子大生ふうな女性だった。

「例の自動販売機だがね……」

警部は、明夫の注意をその娘からそらすように言った。

「……きみが略図にかいたとおりの位置にあったよ」

「じゃ、実地検証したんですね。犬の小便も調べてくれましたか？」

「いや、そこまではしない。たとえ犬の尿が検出されても、あの晩に排泄したものとはかぎらないし、ほかの野良犬のものかもしれん」

「あのとき、いっしょにいた女性は、もう見つかりましたか？　はやく見つけてくださいよ。ぼくのアリバイの唯一の証人ですからね」

「派出所の警官に手配してある。ところで、安田麻里子という女学生が聞いた脅迫電話のことだがね。白石助教授が預金通帳から五十万円を引き出した形跡はなかった。もっとも手元に、それだけの現金があったのなら別だが……」

「じゃ、脅迫者の正体は、まだわからないんですか？」

「あれは、ただの嫌がらせ電話じゃなかったのかね。だいぶワイセツなこともしゃべったそうだから、きみの姉さんに片思いしていた男子学生のいたずらかもしれん。そんな変態趣味のボーイフレンドに心当たりはないかね？」

「あれから、姉の持ち物を整理してみたんですが、アルバムにあった写真のほかは、ノートやメモ帳にも、男友だちのことは書いてないし……、それより、白石助教授の身辺を洗ってみたら、どうです？　あの年齢で独身というのが、どうも臭いな。それに、象牙の塔は、足の引っ張り合いや派閥争いなどがあって、すごく陰湿な世界だというじゃありませんか」

「そのほうは、目下、調査中だ」

「で、女の線でも浮かびましたか？」

「きみも、いちいちうるさい男だな。あまり首を突っこまないほうがいいぞ。じゃ、わしはほかに用があるから……」

と、警部は伝票をつかんで立ちあがった。

明夫は、ちょっと拍子ぬけがした。たいした用件でもないのに、なぜ警部はコーヒーをおごってまで、わざわざ呼び出したのだろうか。

マンションにもどって、久我先生にその後のことを報告しようかと思ったら、テレパシーが通じたのか、先生のほうから電話をかけてきた。やっぱり、先生も気にしていてくださったのだ。

「先生、ぼくも容疑者リストにのってるんですよ」

「えっ、本当か」

「例のアパルトヘイトが姉殺しの動機だっていうんですから、あいた口がふさがりませんよ」

「なるほど……。そういう見方もあるな」

「先生は人ごとだと思って……」

「いや、すまん、すまん」

「もしアリバイが立証されなかったら、ぼくはパクられるかもしれません」

「まさか……。しかし、取調室で刑事の拷問を受けるのも、めったにない経験だよ」

「いやんなっちゃうな。先生、ぼくはまじなんですよ」

「心配はいらんよ。ぼくの友人に、冤罪《えんざい》事件の好きな弁護士がいるから、いざとなったら、そいつに頼んであげる」

「無実の罪が晴れたときは、ぼくは白髪のおじんになってますよ」

「ハッハハ、そういうことだ。まあ、元気を出したまえ。じゃ、また」

と、久我京介は明夫の心配性を吹き飛ばすようにいって、電話をきった。


明夫が受話器をおくと、すぐまたベルが鳴った。今日は、つづけざまに電話がよく鳴る日だ。

どうせまたマスコミの取材記者からだろうと思って、

「……」

無愛想に無言で応答すると、

「そちら、中根美和子さんのお宅ですね?」

若い女の声が、ためらいがちに聞く。

「ええ、そうですが……」

「あなた、弟さんね。大学生の?」

女の声は、急に明るく、親しげになった。

「ええ、そうですが……。あなたは?」

「白石助教授のことで、ちょっとお耳に入れたいことがありますの」

「どんなことですか?」

「電話では話しにくいわ。いま、わたし、ルルにいるのよ。おたくのマンションの向かいの喫茶店よ。ちょっとお会いできないかしら?」

「オーケー。すぐ行きます。ところで、あなたのお名前は?」

「会ってから、教えるわ」

「じゃ、なにか目印は?」

「来れば、わかるわよ。わたしがあなたをよく知ってるから」

と、相手は謎めいた笑いをもらして、電話をきった。

いよいよ謎の女、登場か――。外国産のミステリーによくある場面だと、明夫はちょっぴり心が浮き浮きして、洗面所で髪にくしを入れ、新しいシャツに着替えてから出かけた。

Ⅱ

喫茶店ルルに行ってみると、さっき山下警部が座っていたテーブルで、オカッパ頭の若い女性がオレンジジュースを飲んでいた。

明夫は彼女をひとめ見ておどろいた。

「あっ、きみは……」

彼女はストローから顔をあげて、にっこりほほ笑んだ。右の目もとに、大きなホクロがあった。

明夫は向かいあって座ると、まじまじと彼女を見つめた。

「よくわかったな、ぼくが……」

「うふふ……」

明夫はウエートレスに同じジュースを注文してから、

「ぼくといっしょに警察に行ってくれないか。きみはぼくのアリバイの証人なんだよ。警察だって、きみを探している」

「その必要、ないわ」

彼女はバッグからサングラスを出してかけ、オカッパの髪を後ろへなであげてから、白いヘアバンドをつけた。

「あっ、きみは、さっき、あそこにいた……」

明夫は奥のテーブルを指さして、

「じゃ、ぼくが山下警部とここで話してるとき、きみはこっそりぼくを面通ししていたのか？」

「ええ、そうよ」

「あの警部、まんまと引っかけたな。道理で、デカが気前よくコーヒーをおごってくれたのが、どうも変だと思ったよ」

「あの警部さん、見かけはぶっきらぼうだけど、案外、やさしいじゃない」

「だけど、あまり頭はシャープじゃないね。たたきあげのデカさ」

「あら、そうかしら？」

と、彼女はまたサングラスをはずして、ちょっとイタズラっぽく明夫をにらんだ。

目もとの大きなホクロと黒い瞳が、まるでヒョウタンのようにつながって、その目で見つめられると、明夫は一瞬どぎまぎした。

「じゃ、ぼくがきみの犬にオシッコをかけられたことは、警部に話してくれたんだね?」

「ええ、日時も場所も、ちゃんと証言したわ」

「ありがとう。恩に着るよ」

「こちらこそ、あのときはタローが粗相《そそう》をして、すみませんでした」

「タローって、あの犬のこと?　あまりお行儀のいい犬じゃないいな」

「うちの犬じゃないんです。あの日は、たまたま叔母の家へ遊びに行って、そこの飼い犬を散歩させていたのよ」

「道理で、ぼくはあの近くのアパートに二年間も住んでいたのに、いままで一度も、きみを見かけなかったはずだ。それにしても、あの警部、よくきみを見つけ出したな」

「きっと、交番のお巡りさんに犬のことを聞いたんでしょう」

「そうか、犬の線でね。きみの名前を聞いていいかな?」

「洋子よ。太平洋のヨウに、子どものコ。平凡でしょう」

「フルネームは?」

だが、彼女は返事をそらして、

「お姉さまのこと、新聞で読んだわ。お気の毒だったわね」

「どうも……。だけど、ぼくの電話番号がよくわかったな。あの警部に聞いたの?」

「電話帳で、中根美和子さんの電話番号を調べたのよ」

「好奇心が盛んだな」

「野次馬根性で、あなたにお会いしたんじゃないわよ」

彼女は怒ったように言ってから、定期券入れを出して、なぜか住所氏名のところは指でかくして、学生証を明夫に見せた。明和大学の学生証だった。

「じゃ、きみは姉と友だちだったのか?」

「いいえ、わたしは二年後輩よ。だから、あなたのお姉さんのことはよく知らないけど、白石助教授のことで、知らせておきたいことがあるの。興味がなければ、べつだけど……」

「ぜひ聞きたいね」

明夫が身をのり出すと、彼女は店内を見まわして、

「ねえ、ここを出ない?　もっと静かなところへ行きましょうよ」

店は、いつの間にか、客がこんで満席になっていたのだ。

「あなたのマンションは、どうかしら?」

「えっ……」

「現場保存のため、まだ立入り禁止なの?」

「いや、そんなことはない。現に、ぼくが住んでいるんだから」

「部屋には、死体のあった位置がまだチョークで印がつけてあるの?」

と、彼女はあけすけに聞く。

「きみも、相当なミステリー狂だな」

「あなたほどじゃないわよ」

「ぼくのこと、だれに聞いた?」

「山下警部よ」

「ちえっ、あの警部、女子大生には甘いんだな。ぺらぺらしゃべって……」

「さあ、行きましょう」

「はじめて会った男と、きみ、平気かい? ぼくの部屋には、ベッドだってあるんだぜ」

明夫は相手の気持ちをはかりかねて、ちょっとからかってみた。

「平気よ。もし変な気をおこしたら、アリバイの証言を取り消すわよ」

「まいったな」

二人は喫茶店を出ると、表通りを横切って、マンションへ向かった。エレベーターに乗るとき、明夫は管理人が管理室の窓からこちらをじっと見ているのに気づいた。きっと、あの管理人はアベックでいる明夫のことを、男と情死した姉に負けず劣らず、プレイボーイだと思っているにちがいない。だが、明夫は他人の思惑《おもわく》など気にしないことにした。

洋子は708号室に通されると、こわいもの見たさの好奇心をまる出しにして、部屋じゅうを見てまわった。明夫が犯行現場の説明をするのは、これが三度目だったので、なんだか名所観光案内のガイドになったような気がした。

彼女は段ボール箱にあふれている女ものの衣類を見て、

「これ、お姉さんの服?」

「ああ、捨てるのはもったいないし、処分に困ってるんだよ」

「じゃ、わたしがバザーで売ってあげましょうか? うちのキャンパスでは、月に一度、リサイクル運動のガレージ・セールをやってるのよ。だれもお姉さんの遺品だとは気づかないわよ」

「それはいい。二人で売って、もうかったら山分けしよう」

「残念ね。バザーの売上金は身障者の福祉施設に寄付するのよ」

明夫はダイニング・キッチンに洋子を招いて、ヤカンで湯を沸かした。

「ぼくは昼めしを食べはぐれたから、ちょっと失礼して、カップヌードルを食べようと思うが、きみも、一つどう?」

「じゃ、いただくわ」

彼はカップヌードルを二つ出して、熱湯をそそぎながら、

「白石助教授のことで、なにか知ってるんだって?」

と、肝心の話をうながした。

「あの先生には、婚約者がいたらしいのよ」

「えっ、だれと?」

「丸木《まるき》理事長のお嬢さんよ。丸木理事長というのは、うちの大学の創立者の三代目よ」

「姉は、そのことを知っていたのかな」

「さあ……。白石先生が死んでから、急にひろまった噂よ。とくに女子学生の間でね」

「どんな女性だ?」

「名前は丸木順子《じゅんこ》。文学部の四年生よ」

「明和大学の?」

「もちろんよ。キャンパスの女王って感じだけど、あまり評判はよくないわ。いま、うちの大学は、理事長派と学長派が対立して、内紛状態なのよ」

と、洋子はプラスチックの小さいフォークでラーメンをかきまぜながら、

「なにしろ、理事長は超ワンマンだから、国の私学補助金を流用して、伊豆や軽井沢にデラックスな別荘を建てたり、ハワイにも、交換留学生の研修所という名目で、ゴルフ場つきの別荘を建設中よ。大学を完全に私物化してるのよ。これに対して、教授側は教育内容の充実と教職員のベースアップを要求しているわ」

「白石学長はどっち側だ?」

「もちろん、教職員側よ。あの学長は文部次官まで勤めあげたエリート官僚よ。その実力を買って、先代の理事長がスカウトしたんだけど、政治色のない人格者なので、いまの理事長とはソリが合わないらしいわ」

「両者が対立してるのに、どうして子ども同士を結婚させるんだ?」

「そこが政略結婚よ。白石学長は教職員に人望があるから、その学長さえ丸めこめば、こっちの勝ちだと、丸

木理事長は計算したのね」

「それで、当の白石助教授はこの縁談に乗り気だったのかな」

「さあ、それはどうかしら……。でも、理事長の令嬢と結婚したら、将来は安泰よ。学長にだってなれるもの。あら、ごめんなさい。それじゃ、あなたのお姉さんがみじめすぎるわね」

と、洋子は明夫の気持ちを察して、あわてて言いつくろった。

明夫は、姉のことより、T大学の解剖学教室の廊下で父につき飛ばされた白石学長のことを思い出していたのだ。

「一度、その丸木順子に会ってみたいな」

「会って、どうするの？」

「彼女は容疑者の一人かもしれないぜ。自分のフィアンセが、ほかの女、つまり、ぼくの姉とつき合っていたことを知ったら、しっとに狂って……。うん、こいつは有力な線だぞ」

明夫は独り合点して、つぶやく。

「あなたは、この事件を自分で探偵するつもりなの？」

「するとも。警察の無理心中説をひっくり返したのは、ぼくたちだからね。初動捜査でドジをふんだ警察にまかせておけるもんか」

「ぼくたちって？」

「ぼくと久我先生だよ。ミステリー研究家の久我京介を、きみ、知ってる？」

「推理トリックのクイズを書いた人？」

「そうだよ」

「わたし、中学生のころ、ファンだったのよ。中学雑誌の付録に、犯行現場をイラストにした推理クイズがよく載っていたでしょう。わたし、夢中で読んだわ。へえ、あなた、あの先生と知り合いなの？」

「先生の助手だよ」

「ねえ、一度、つれて行ってよ。どんな先生か会ってみたいわ」

「そうだ。これから、いっしょに行ってみないか」

「えっ、いいの？」

「ああ、今晩、行く予定だったんだ。きみ、料理はうまいの？」

「あまり得意じゃないけど……」

「あの先生、じつは、やもめ暮らしなんだ。おまけに、ひどい無精者でね。ふだん、ろくなものを食ってないから、ぼくがときどき料理してあげるんだ。そうだ、今晩は三人でスキ焼きをしよう」

「鍋ものは、ちょっと季節はずれじゃない？」

「かまうもんか。たっぷり肉と野菜で、あの先生に栄養をつけさせなくちゃ、『トリック百科事典』は未完に終わっちゃう」

「じゃ、わたし、家に連絡しておくわ。電話、借りていい？」

洋子はリビングルームにある電話を使って、急にコンパに参加することになったから、帰りがすこしおそくなると、家に連絡した。その電話の途中で、彼女は明夫に久我宅の電話番号をたずねて、それをまた母に伝えたらしい。

「きみの家って、きびしいんだね」

「外出したら、いちいち連絡先を言っておかなくちゃ、いけないし、門限は夜の九時だし、あなたみたいに親元をはなれて、自由に暮らしてる学生がうらやましいわ」

「兄弟はいるの？」

「高三の弟が一人いるわ。あなたの大学をめざして、目下、受験勉強中よ」

「ぼくが家庭教師をしてあげようか」

「うちには、そんな余裕ないわ」

「お父さんはなにしてるんだ？」

「公務員よ」

彼女はそう答えて、なぜかくすっと笑った。笑うと、目もとのホクロがまた黒い瞳につながって、そのアンバランスな眼差しが、なんとも魅力的だった。

Ⅲ

久我京介の家に行く途中、明夫はスーパーでスキ焼きの材料を買い、洋子は書店によって、児童書の棚から久我の著書『探偵トリック入門』と『名探偵トリック作戦』を見つけると、二冊とも買った。

「そんな子どもの本、どうするんだ？」

「サインしてもらうのよ。はじめて行くのに、手ぶらじゃ格好がつかないもの。この本、なつかしいわ。わたしの小学校の図書室で、よく貸し出される本のベストテンに入っていたわ。いまでも、まだ売れてるのね」

『名探偵トリック作戦』の奥付けを見ると、初版は十五年も前で、四十九版を重ねている。

「先生の本って、ロングセラーだな」

明夫はあらためて感心した。

二人が行ってみると、まだ外は明るいのに、久我京介は書斎の窓のカーテンを閉めきって、蛍光スタンドの明かりで原稿を書いていた。夜の雰囲気でないと原稿が書けないのだ。

明夫は洋子をぼくのアリバイの証人ですと、久我に紹介した。フレッシュな女子大生の来訪に、出無精の久我はすっかり相好をくずして、こころよく迎えた。いつもなら執筆中は気むずかしいのに、洋子がさし出す著書にも照れながらサインした。

「いったい、なんの原稿を書いてるんですか?」

明夫は、机の上に色とりどりの男性用化粧品が一ダースほど並べてあるのを見て、おどろいた。身だしなみにとんと関心のない久我京介には、まったく無縁の品である。

「化粧品メーカーのPR雑誌から、新発売の男性用化粧品をトリックに使ったショート・ミステリーを頼まれてね。その見本に、メーカーがプレゼントしてくれたんだよ」

「化粧品を利用したトリックなんて、あるんですか?」

洋子がふしぎがった。

「女性用なら、色が豊富だから、おもしろいトリックがいろいろあるんだがね。男性用は単調だから、ない知恵をしぼっているところだよ。原稿を書きあげたら、これらのサンプルはぼくには猫に小判だから、きみたちにあげよう」

「あら、わたしに男性用化粧品など……」

「きみのお父さんにプレゼントすればいい。二人で半分ずつもらっちゃおう」

明夫はちゃっかり言ってから、

「じゃ、先生、原稿ができるまで、ぼくたちはスキ焼きの準備をします」

と、洋子といっしょにキッチンに行った。

ご飯も炊きあがって、すっかり用意ができても、久我京介はなかなか書斎から出てこなかった。

二人は待ちくたびれて、

「先生は筆がおそいんだよ。いくら待っても、きりがないから、先にはじめちゃおう」

「でも、悪いわ」

「なあに、スキ焼きのにおいがしたら、岩戸《いわと》からお出ましになるさ」

明夫はガスコンロに火をつけて、スキ焼き鍋に白い脂身をぬりはじめた。

案の定、ぐつぐつ煮立ったころ、久我は無精ひげののびた顔をこすりながら書斎から出てきた。

「わが家で、女性と食事をするのは、何年ぶりかな」

久我はテーブルにつくと、若い二人のカップルを前にして、しみじみとつぶやいて、にこにこする。

洋子は、この先生のやもめ暮らしは、離婚が原因なのか、それとも死別のせいか気になったが、初対面で聞くわけにもいかないので、あとで明夫に教えてもらおうと思った。

明夫は先生のために小鉢に生卵を割ってやったりして、じつに、こまめに奉仕する。その気配りに、洋子は半ばあきれて見とれた。

三人は缶ビールで乾杯した。

「先生、洋子さんの話によると、白石助教授には、ビッグな婚約者がいたそうですよ」

明夫がその情報を伝えると、久我は急に興味をしめして、スキ焼きを食べるのも、いささか上《うわ》の空になった。

「すると、その丸木嬢が容疑者第一号だね」

「フィアンセに裏切られた怒りと恨み、これが殺しの動機ですよ」

と、明夫も相づちを打つ。

「しかし、感電死の偽装トリックやドア・チェーンの細工は、あまり女性的じゃないな」

「でも、べつにむずかしいテクニックがいるわけじゃないでしょう。女にだってできますよ。彼女、何科の学生なんだ?」

「英文科よ」

洋子が答えた。

「洋子さんは白石助教授の授業をうけたことがあるの?」

こんどは、久我がたずねた。

「はい。去年、心理学の講義をうけました」

「どんな先生?」

「講義はわりと面白いから、学生に人気がありましたわ。でも、テストの採点はきびしかったわ。あの先生には、ちょっと変な癖があって、メモ魔ってニックネームがついてました」

「メモ魔……」

「授業中でも、ふと思いついたことがあると、すぐ手帳を出してメモして、一瞬、放心したように考えこむんです。学生たちがくすくす笑うと、これは霊感ノートだと自慢してましたわ」

「その手帳を見てみたいな。もし死にぎわにメモしていたら……」

「ダイイング・メッセージになりますね」

と、明夫は鍋に肉やネギをどんどん追加しながら、

「単位の合格点を餌に、女子大生を誘惑するエッチな教授がいるが、白石助教授はどうだった?」

と、洋子にきく。

「そんな噂、聞かないわ。学長の息子さんだもの、ハレンチなことはしなかったと思うわ。それとも、あなたはお姉さんがそんな犠牲に……」

「いや、姉がどんなきっかけで白石助教授と仲よくなったのか、ぼくは知らないんだ。ところで、きみ、丸木順子のアリバイを調べてくれないか」

「アリバイって?」

「九日の午後五時半から夜までのアリバイだよ。彼女と同じテニス同好会に入ってる友人がいるといったね。その友だちに頼んで、それとなくさぐってくれないか。あの日、クラブ活動かコンパに出席したかどうか……」

「いいわ、やってみるわ」

「きみが協力してくれると助かるよ。ぼくたち三人がそろえば、鬼に金棒だ。きっと犯人を見つけ出してやる。あのボンクラ警部に負けるものか。こっちには知恵袋に、トリックの大家がいらっしゃるんだ」

明夫はビールの酔いがまわったのか、怪気炎をあげた。

「久我先生は、どんなインスピレーションで、あのチェーンの密室トリックを見破られたのですか?」

洋子がたずねた。

「インスピレーションだなんて、そんな神がかったものじゃないよ。明夫君が作ってくれたサンドイッチを食べていて、ふと気がついただけのことさ」

「サンドイッチ……?」

「先生はパンにはさんであるチーズを見て、それが接着剤に見えたんだよ」

そばから、明夫が解説する。

「それが霊感よ。先生の脳細胞って、すごいわ」

と、洋子はうっとりする。

久我はチャーミングな女子大生にほめられて、まんざらでもなく、いつになく食欲が旺盛《おうせい》だった。

あまりおそくなると、洋子の門限があるので、スキ焼きの肉がなくなったころを見はからって、明夫は洋子に手伝ってもらって、後片付けをはじめた。

「先生、今晩のスキ焼きの材料費は、ぼくのおごりです。というより、父が探偵料を送ってくれるそうですから、その中から実費として差し引いておきます」

「あら、探偵料が出るの?」

洋子が聞きとがめた。

「スポンサーつきなんだよ。だから、きみも協力してくれたら、それなりのお礼をするよ」

「本当? じゃ、がんばるわ」

彼女も、ちゃっかりしている。

二人は男性用化粧品のサンプルを半分ずつもらって、久我宅を辞した。

肩を並べて、暗い夜道を歩きながら、

「久我先生って、奥さんとは離婚なさったの？」

「ぼくも、くわしいことは知らないが、和室の居間の押入れに小さい仏壇があるのを見かけたことがあるから、たぶん、奥さんは病気かなにかで亡くなったんだと思うよ」

洋子はまたしばらく黙って歩いていたが、

「あなた、ホモの気があるの？」

「えっ、なんだって？」

明夫は、思わず、立ちどまって、彼女の顔を見つめた。

「だって、まるで奥さんみたいに、あの先生の世話をこまごましてるじゃないの。ちょっと正常じゃないわよ」

「よせやい。ホモかホモでないか、証明してやろうか」

「どうやって？」

彼は洋子の肩に手をまわして、ぐっと抱きよせた。そして、顔を近づけてキスしようとしたとたん、体がくるっと入れかわって、彼は片腕を後ろへねじあげられた。

「あっ、痛い……」

「これで、酔いがさめた？」

「ああ……、たまげたな。護身術の心得があったのか」

「ちょっぴりね。それに、痴漢ベルもあるわよ」

洋子はバッグからピンク色の丸い防犯ベルを出して見せた。

「ためしに鳴らしましょうか？　75ホーンの音が出るわよ」

「いや、もう結構。いつもそんな野暮なものを持って歩いてるのか？」

「お守りがわりよ」

「完全武装だな。道理で、昼間、ぼくの部屋に平気で来たわけだ。とにかく、たのもしい味方ができて、うれしいよ。しっかり頼むぜ」

「オーケー。まかしといて」

二人は足どりも軽く、駅へ向かった。

明夫は家まで送って行こうといったが、洋子は完全武装だから大丈夫よと答えて、新宿駅で乗りかえて、二人は別れた。

Ⅳ

明和大学の学長というから、さぞかし豪邸に住んでいるのだろうと思ったら、場所こそ高級住宅地だが、意外と質素な家だった。

門柱のインターホンのボタンを押すと、

「どちらさまでしょうか？」

と、女の声がした。

その声から、明夫はT大学の解剖学教室の廊下で見かけた白石学長夫人の顔を思い浮かべた。中根美和子の弟だと名乗ると、相手はハッと息をのむような気配がして、それっきりインターホンは切れた。

しばらく様子を見ていると、玄関のドアがあいて、あの老夫人が出てきた。

「あの、どんなご用件でしょうか？」

ひくい門の扉をあけようともしないで、ひきつったような顔で明夫をにらむ。

「ちょっと学長さんにお会いしたいんですが、ご在宅でしょうか？」

明夫はここにくる前に、新聞記者のふりをして明和大学に電話で問い合わせて、白石学長がしばらく学校を休んでいることを確かめておいたのだ。おそらく事件の責任をとって、一件が落着するまで、自宅で謹慎しているのだろう。

「いまさら、お話しすることはないと思いますけど……」

学長夫人の表情は凍結したままだった。自分の夫が明夫の父につき飛ばされたことを、いまだに根にもっているのだろう。それとも、息子がスキャンダラスな死に方をしたのは性悪女にひっかかったからだと、明夫の姉を憎んでいるのだろうか。

「へえ、門前払いか。おたくの息子さんの汚名を晴らしてやったのに、これがそのお返しとはね」

イタチの最後っぺのつもりで、明夫が精いっぱい嫌《いや》みをいって立ち去ろうとしたら、和服姿の白石学長がステッキをついて現われた。

「せっかく、お見えになったんだ。お通ししなさい」

と、自分から門をあけて、明夫を招き入れた。

応接間に通されても、あの夫人は奥に引っこんだまま、お茶一杯もってこなかった。

「前もって電話をくれたらよかったのに、突然、きみがくるから、家内は面くらったのだよ。まあ、気を悪くしないでくれたまえ。本来なら、こちらから、きみの父上におわびに参上しなければならないのだが、あれから密葬やら警察の調べなどがあって、ごたごたしていたものだから、つい失礼を重ねてしまった」

学長はひざに両手をついて、年若い明夫にふかぶかと銀髪の頭をさげた。

「いいえ、ぼくの父のほうこそ乱暴しまして、すみませんでした。あの……、そのつえは、あのときの後遺症のせいですか?」

「あれには、正直いって、びっくりしたよ。いや、なに、たいしたことじゃないが、まだマッサージ師にきてもらっている始末でね。もうすこし体調がよくなったら、広島へおわびに行こうと思っていたところですよ」

「いいえ、その必要はもうないと思います」

「どういう意味だね?」

「あの事件が無理心中でなかったことは、もう警察からお聞きになりましたか?」

学長はうなずいて、

「正彦の死が他殺に決まったのは、きみのおかげだそうだね。私や家内にとっては、息子が死んだことに変わりはないが、殺人の被害者だったとわかっただけでも、心の負担が軽くなる。その意味では、きみに感謝している」

と、学長はまた頭をさげた。洋子から聞いていたとおり、私心のない人格者らしい。

「ぼくの姉も、ひょっとしたら、同じ犯人に殺されたのではないかと思うんです」

「じゃ、息子の罪じゃないというのですか。しかし、警察の話では、凶器の花瓶には息子の指紋がついていたそうだよ」

「無理心中にうまく偽装したほどの犯人ですから、花瓶の指紋くらい朝めし前ですよ。それで、今日、ぼくがお伺いしたのは、白石助教授のことで、すこしお聞きしたいことがあるからです」

「きみは、警察とは別個に、この事件を調べるつもりですか?」

「ええ、姉の敵討《かたきう》ちです」

「敵討ちとは、また大時代だね」

学長は、はじめて笑顔をみせた。

「警察は初動捜査の段階でつまずきましたからね。当てにはなりません」

「なるほど……、ちょっと失礼」

学長はステッキをついて立ちあがると、応接間から出ていった。しばらくして、夫人といっしょにもどってきた。どうやら学長は、明夫がイチャモンをつけに来たのではないことを夫人に伝えて、説得したらしい。

夫人は紅茶にショートケーキをそえて、明夫にすすめた。

「おまえも、いっしょに話を聞きなさい。こちらさんは本気で事件に取り組んでいなさるから、われわれも、できるだけ協力してあげよう。それが正彦の罪滅ぼしにもなる」

と、学長は妻を引きとめた。

明夫はポケットからメモ帳をとり出した。それには、久我京介に教えてもらった質問事項がメモしてあるのだ。

「では、お聞きしますが、学長さんは、白石助教授がぼくの姉と交際していたことを、前々からご存じでしたか?」

「いや、まったく知らなかった。あの日、警察から息子が女性といっしょに死んでいると連絡をうけたときは、てっきり、丸木理事長のお嬢さんと……」

そう言いかけて、学長は和服のたもとを夫人にちょっと引っぱられて、口をにごした。

「フィアンセの丸木順子さんですね?」

明夫がずばり聞くと、学長夫妻はおどろいた。

「ほう、もうそこまで調べたのか。油断できんな。それなら、正直に話そう。ただし、外部、とくにマスコミにはもらさないでほしい。近いうちに、私は学長を辞任することになるが、明和大学の名誉だけは守りたいからね」

「ぼくだって、姉のスキャンダルをマスコミに売るつもりはありません」

「丸木順子さんとは、まだ正式に婚約したわけじゃなかった。理事長のほうから、その話があったとき、正彦はしばらく返事を待ってほしいと言った。順子さんが卒業するまでは……。いまから思えば、きみのお姉さんとのことがあったから、正彦は迷ったのだろう」

「でも、結局は、婚約は成立する予定だったんでしょう?」

「正彦の性格からすれば、最終的にノーは言えなかっただろう。いろんな事情もからんでいたし……」

「大学の内紛のことですか?」

「きみはなかなかの情報通だな。だれから聞いたんだね?」

「ガールフレンドからです」

「うちの女子大生か。けしからんな。学園にスパイがいるとは……」

と、学長は冗談めかしてつぶやいた。

夫人も、つられて目じりに微笑をうかべた。やっと心をひらく余裕ができたのだろう。

「しかし、きみ。理事長と学長が対立するのは、どこの私学でも、よくあることだよ。とかく、理事側は学校の経営と財政を重点的に考えるし、学長は教育面だけを中心に考えるからね」

「じゃ、やっぱり、政略結婚ですね」

「きみも、言いにくいことを平気で言う男だね」

「すみません」

明夫はぺこりと頭をさげた。

「端《はた》から見れば、そう見えるかもしれんが、じつは、ここだけの話だが、この縁談には、丸木順子さんのほうが積極的だったんだよ。正彦のどこがお気に召したのか知らないがね」

「すると、もし彼女がぼくの姉の存在を知ったら、それこそ女の争いになりますね。彼女はどんな性格の女性なんですか？　たとえば、父親の権威を鼻にかけたじゃじゃ馬娘だとか……」

「あなたは丸木のお嬢さまが犯人だと疑っていらっしゃるの？」

と、学長夫人が、はじめて口をひらいた。

「女の嫉妬は、殺人の立派な動機になりますからね」

「きみ、証拠もないのに、めったなことは言わないでくれ」

学長は急に不機嫌になって、ステッキを握りしめると、

「もうこのくらいでいいだろう」

話を打ち切ろうとしたが、明夫はねばって質問をつづけた。

「白石助教授は睡眠薬を常用されていましたか？」

この質問には、夫人が代わって答えた。

「精神安定剤なら、ときどき飲んでいたようですわ。睡眠薬は健康によくないので、飲まないようにと注意しておりました」

「九日、土曜日の助教授の行動を知りたいのですが……」

「土曜日は午前中、講義がありますので、あの日も、大学へ出かけましたわ」

「午後は、いったん帰宅されましたか？」

「ええ、帰ってきて、昼食のあと、午後四時ごろ、また出かけましたわ。友人のところでマージャンをするから帰りがおそくなるといって……。それを見送ったのが最後になりました。ところが、お通夜《つや》のとき、あるテレビ局の人が焼香《しょうこう》にいらっしゃって、あの日四時半に、渋谷の喫茶店で正彦に会って、クイズ番組の台本を受け取った

とおっしゃっていました」

「テレビの脚本を書いていらっしたんですか？」

これには、学長が答えた。

「息子は雑学が好きでね。それで、アルバイトにテレビ局のクイズ番組の出題原稿を書いていたんだよ。学者としては邪道かもしれんが、あれは子どものころから、文筆家になるのが夢だったのだよ」

「そのテレビ局の人とは、何時ごろまで、喫茶店でいっしょだったんでしょうね？」

「原稿を受け取って、五時十分ごろ、正彦と別れたそうだ。だから、そのあと、正彦は目白台ハイツへ行ったんだと思う。こちらは、てっきり、あの夜は友人のところで徹夜マージャンをしているものとばかり思っていたのだがね」

「ところで、おたくでは、電気タイマーを使っていらっしゃいますか？」

「ええ、一つありますわよ。古いのが……」

「いまもありますか？」

明夫が念を押して聞くと、夫人は気さくに立って、キッチンからタイマーを取ってきて見せた。それは、感電死トリックに使われたタイマーとは型がちがっていた。

白石学長は、明夫のしつこい質問に次第にいら立って、

「きみ、そんな細かいことは、先日、警察がきて、もう捜査ずみなんだよ。いまさら素人のきみが調べても、無駄だと思うがね」

「じゃ、最後にもう一つ。助教授はメモ魔で、いつも霊感ノートと称される手帳を持っていらっしたそうですが、それをちょっと拝見できませんか？　最後のページだけでもいいんですが……」

「いや、そんな手帳はなかったな。遺体を返してもらったとき、一応、所持品は調べたんだがね」

第五章　キャンパスの女王

I

明和大学の記念講堂は、一階が学生食堂やカフェテリアになっている。明夫はそのカフェテリアの片隅のテーブルでホットドッグを食べていた。まわりのテーブルでは、授業をサボった学生たちがにぎやかに飲み食いしながら、声高にしゃべっている。女子学生が圧倒的に多い

ので、はなやいだ雰囲気がある。

「ごめん、ごめん、おそくなって」

洋子がブックバンドでしばった教科書をかかえて、明夫のテーブルに近づいてきた。

「待ちくたびれて腹ぺこだから、先に食べたよ」

「わたしも、なにか買ってくるわ」

「じゃ、ついでに、ぼくのも追加を頼むよ。きみと同じものでいい」

洋子はハンバーガーとコーラを買ってきた。

「丸木順子さんは、いま文学部の３０５号教室で心理学の講義をうけてるわ。これをさぐり出すのに手間取って、おそくなったのよ。講義は三時に終わるわ」

と、彼女はまわりの学生たちに聞こえないように、声をひくめていった。

「まだ四十分あるな」

「終わるころ、教室の外の廊下で待ってたら、彼女を観察できるわ。あら、あなた、カメラを持ってきたの？用意周到ね」

「探偵の七つ道具さ」

「彼女の写真なら、テニス同好会にいる友人からもらってきたのに」

洋子はブックバンドをゆるめて、教科書の間からカラー写真を一枚ひきぬいて、明夫に見せた。

「まん中に写ってるのが、彼女よ。美人でしょ？」

白いテニス・ウェアを着た娘が三人、肩を組んで写っている。テニスコートで写した写真だ。丸木順子は、両隣りの女より頭一つ背が高く、顔も大ぶりで、派手な目鼻立ちをしている。

「高慢ちきで、浪費家ってタイプだな」

「あなたのお姉さんと、どっちがきれいかしら？　わたしはお姉さんを知らないけど、噂では、とてもチャーミングだったそうね」

「姉貴よりは、ずっとグラマーだ。とくに太ももの脚線美は、ぐっとくるな……。あっ、痛い！」

明夫は、思わず、うめいた。テーブルの下で、洋子が彼の足を踏んづけたのだ。

「じゃ、この写真、もらっとくよ」

彼は定期券入れに写真をしまってから、

「ところで、彼女のアリバイ、わかった？」

「まだ調査中よ。毎週土曜日の午後はテニスの交流試合があるんだけど、彼女、九日は休んだそうよ。わかってるのは、そこまで。サボってどこへ行ったのか、目下、友だちに調べてもらってるのよ」

「しっかり頼むよ」

「まだ時間があるから、彼女の車を見に行かない？　学生のマイカー通学は禁止されてるのに、彼女は堂々と赤い外車で乗りつけて、教職員専用の駐車場にとめてるわ。親の七光ね」

「ぜひ見たいね」

「案内するわ」

都内にある私大にしては、ここは敷地がゆったりと広く、樹木も多い。緑のキャンパスというのが、明和大学のセールスポイントの一つである。女子大学だったころの古い赤レンガ造りの校舎は、新緑のツタにおおわれて、スマートな新校舎とは対照的に、古典的なカレッジの面影を残している。

明夫は、木陰のベンチや芝生の上で輪になっておしゃべりしている学生たちを眺めながら、

「ちえっ、ここの男たちは、どいつもこいつもニヤケタ野郎ばかりだな。キャンパスをディスコと間違えてるんじゃないのか」

「あなたのW大が、田舎っぽいのよ」

「これじゃ、丸木理事長が大学を私物化しても、授業ボイコットをやる骨っぽい学生はいないだろうな。こんな大学を、きみはどうして選んだんだ？」

「母の出身校だから、むりやり入れられたのよ。昔は良妻賢母型の女子大だったのに、いまの理事長になってから、すっかりイメージ・チェンジしたのよ」

「よっぽど経営がうまいんだろうな」

「あの車よ」

洋子は教職員専用の標示が立ててある駐車場を指さした。そこに、ひときわ目立つ赤い車が駐車してあった。

「こいつはイタリア製だ。すごいな」

明夫は、さっそくカメラを構える。

「どうせ写すなら、わたしもいっしょに撮って」

洋子が車の前に立ってポーズをとる。

「もうすこし右へよって。ナンバー・プレートをはっきり写しておきたいんだ」

ファインダーをのぞいて、シャッターを押そうとしたら、急に洋子の表情がこわばるのがわかった。

「どうしたんだ？　さあ、笑って。チーズ……」

「おい、そこでなにしてるんだ」

ふいに、背後で声がした。

ふり向いてみると、上着丈《たけ》の長い学生服をきた男が二人、小走りに近づいてきた。ゴリラのような面《つら》をしたのと、ノッポの学生だった。二人とも、丸刈りの頭だ。

「この車にさわるんじゃねえ」

と、ゴリラが明夫のカメラをうろんげに見ていった。

「すてきな車だから、ちょっと記念にと思って……。おたくの車?」

明夫は、できるだけ下手《したて》に出た。

「おめえさん、うちのセイガク(学生)か?」

「この車の持ち主を知らねえやつは、モグリだぜ。どこから来た?」

ゴリラとノッポは、明夫の逃げ道をふさぐように立ちはだかった。

「ぼくは、これの兄です」

「わたし、文学部の二年生よ」

すかさず、洋子は手に持っている教科書をみせた。

「兄妹《きょうだい》にしちゃ、あまり似てねえな」

ノッポが洋子に近づいて、じろじろ見つめる。

「異母兄妹なんです」

明夫は、とっさに洋子をかばった。

「なに、イボ……?」

「腹ちがいの妹です」

「ふん、そうかい。まあ、そんなことはどうでもいいけど、はやく消えな。二度と、この車に近づくんじゃねえぞ」

ゴリラは、まるで野良猫を追っ払うように手をふった。

ノッポは学生服のそでで、赤い車体についた手あかをふいて磨《みが》く。

明夫と洋子は足ばやに立ち去りながら、

「あなたって、アドリブがうまいのね。異母兄妹だなんて、よく言うわ」

と、洋子がくすくす笑った。

「いや、ぼくと姉とは、本当にそうなんだよ。姉の姓は中根、ぼくは西川だ」

「あら、そうだったの。ごめんなさい」

「それにしても、ここのキャンパスに、あんな右翼学生の化石がいたとは、新発見だな」

「応援団員で、丸木学生部長の親衛隊よ」

「丸木部長って?」

「理事長の息子で、順子さんの兄よ。彼女の授業、そろそろ終わるわ。はやく行きましょう」

二人は文学部校舎のほうへ足をはやめた。

305号教室の心理学の講義は、白石助教授の担当だったが、彼が死んだので、参条《さんじょう》という講師があとを引きついでいるという。

「参条って、まるでお公家《くげ》さんみたいな名前だな」

「正真正銘、参条伯爵家の直系よ」

「それも、ここの大学のブランド志向かい」

「あなたって、ひねくれた言い方しかできないのね」

と、洋子は泣きボクロの目で明夫をにらんでから、

「丸木順子さんを見つけたら、そのあと、どうするの?」

「出たとこ勝負さ」

二人が教室の外の廊下で待っていると、ほどなく講義が終わって、教室がさわがしくなった。前のドアから、カギ鼻の、のっぺりした顔の男が、背広のそで口についたチョークの粉を払いながら出てきた。

「あれよ、参条講師は」

「へえ、顔までお公家さんそっくりだな」

学生たちもぞろぞろ出てきて、廊下はいっぱいになった。

「あっ、あの人よ」

洋子が目ざとく丸木順子を見つけて、明夫にそっと教えた。

丸木順子は二人の友人といっしょに、おしゃべりしながら教室から出てきた。あのテニスの写真に写っていた三人組だ。男子学生の中には、彼女のほうをちらちら盗み見る者がいる。グラマーで、おしゃれのセンスは抜群で、おまけに理事長の令嬢とくれば、男子の関心をひきつけるのも当然だが、彼女はそんな視線など無視して、まさに群鶏《ぐんけい》の一鶴《いっかく》といった態度である。


明夫と洋子は数メートルおくれて、彼女のあとをつけた。

「彼女は、今日はもう授業がないから、あの赤い車に乗って帰ったら、尾行できないわよ」

と、洋子がささやいた。

だが、丸木順子たちは駐車場のほうへは行かず、正門を出ると、表通りの横断歩道を渡って、フルーツパーラーに入った。

明夫たちも、おくれて、その店の二階へあがった。三人組は窓ぎわのテーブルに座っていた。明夫たちは奥のテーブルについた。

「ね、どうするの?　尾行するばかりじゃ芸がないわよ」

「よし、当たって砕けろだ。きみはここにいてくれ」

明夫は、三人組が注文したチョコレートパフェを食べはじめるのを待ってから、カメラを持って立ちあがった。丸木順子を観察しているうちに、彼はこの女が姉のライバルだったのかと思うと、むらむらと闘志がわいてきたのだ。

彼は三人組のテーブルに近づくと、

「ちょっと失礼」

と、丸木順子に向けてカメラのシャッターをきった。

彼女はびっくりして、スプーンを口に運びかけたまま、顔をあげた。

「失礼ね。なにするのよ」

彼女の横にいる丸顔の女が、いきなり手をのばして、カメラのレンズをさえぎった。ぬいぐるみのタヌキのような顔をしている。

「いや、どうも……。ぼく、週刊毎朝のものです。こんど、うちの雑誌で、名門キャンパスの美女というタイトルで、有名大学の女子大生の写真をグラビアにのせることになったんです。ここの明和大学なら、あなたがピカ一のモデルだな。ぜひお願いします」

明夫は口から出まかせを言って、また順子に向けてシャッターをきった。

「順子さん、すてきじゃない。ラッキー・チャンスよ」

もう一人のキツネ顔の女友だちが、目を輝かしておだてた。

順子は、ただぼう然としている。用心ぶかいのか、反応がにぶいのか。

「あなた、本当に週刊毎朝のカメラマン？　それにしては、安もののカメラね」

丸顔のタヌキが、また突っかかってきた。

「いや、ぼくは取材記者です。今日はモデルさがしに来ただけで、このフィルムを編集長に見せて、オーケーが出たら、あらためてカメラマンをつれてきます。あなたなら、編集長の好みにぴったりだ。絶対、オーケーですよ。だから、ぜひお願いします。ええと、お名前は……？」

明夫は順子をまっすぐ見つめて、取材記者らしくポケットから手帳を出して、メモのポーズをとる。

「丸木順子さんよ」

キツネ顔の女が代わって答えて、

「ね、順子さん、写してもらいなさいよ。週刊毎朝なら一流誌よ。それにのったら、あなたのお父さまも、きっとお喜びになるわよ」

「でも、パパに相談してみないと……。わたし、困るわ」

順子はもったいぶって、まだ警戒心をとかない。

「丸木さんとおっしゃると、たしか、この大学の理事長の……」

明夫は、とぼけて聞く。

「ええ、そうよ。こちら、理事長さんのご令嬢よ」

と、キツネ顔の女が誇らしげにいう。自分がそのご令嬢の学友であることを自慢するような口ぶりである。

「それは、まずいな……」

明夫は、わざと気むずかしい表情をつくった。

「あら、なにが困るのよ」

「だって、名門キャンパスの美女というタイトルで、理事長のお嬢さんを紹介したら、それこそチョウチン持ちの記事になるからね。やっぱり、まずいな」

「でも、事実、順子さんはうちのキャンパスの美女よ。それは、読者だって公正に認めると思うわ」

と、キツネ顔が力説する。

順子は、話のやりとりは二人の友人にまかせて、ほとんど口をきかない。

「わかりました。その点については、編集長と相談してみます。ところで、白石助教授の事件で、きみたちの感想を聞かせてほしいな」

明夫がさぐりを入れると、丸木順子の顔が、一瞬、こわばった。

「やっぱり、それが狙いだったのね。ノーコメントよ」

丸顔のタヌキがぴしゃりと答えた。

「しかし、助教授が教え子の女子大生と無理心中するなんて、きみたちにはショックだったんじゃない？　噂によると、あの助教授には、べつに婚約者がいたそうだね。そのフィアンセの名前、知っていたら、教えてくれないかな」

丸木順子は窓のほうへ目をそらした。その横顔は、心なしか青ざめていた。タヌキとキツネも、一様に黙りこんで、溶けかけたチョコレートパフェをスプーンでつつきはじめた。

「学校から、箝口令《かんこうれい》が出てるのかな……」

明夫が皮肉たっぷりに言いかけたとき、ふいに後ろから、肩をつかまれた。

おどろいてふり向くと、さっき駐車場で会ったゴリラとノッポが立っていた。

Ⅱ

「よお、また会ったな。こんなところで、なにしてるんだ?」

ノッポの学生が白い歯を見せてにやにやしたが、目は笑っていなかった。

明夫は、とっさのことで返事につまった。

「あら、田中君、この人、知ってるの?」

丸顔のタヌキがきく。

「こいつ、さっきお嬢さんの車を写真にとっていましたぜ」

「えっ、わたしの車を……」

丸木順子は疑惑の目で明夫を見つめると、

「不愉快ね。帰りましょう」

二人の女友だちをうながして、さっさと帰りかけたが、レジのところでノッポを手招きして、なにやら耳打ちした。

明夫はゴリラに腕をつかまれて、逃げることもできなかった。そっと洋子のほうを見ると、彼女も心配そうにこちらを見ていた。さいわい、鉢植えの観葉植物のかげになって、ゴリラはまだ洋子に気づいていない。

ノッポは丸木順子たちが帰るのを階段口まで見送ってから、引きかえしてくると、

「このフィルムは、もらっとくぜ。勝手に人さまを写すと、肖像権の侵害になるんだ」

明夫のカメラを取りあげて、乱暴にフィルムを抜き出して感光させた。

まわりのテーブルでおしゃべりしていた女子大生たちが、一様におどろいて、不安そうにこちらを見つめる。

「ここで騒ぎはおこしたくねえ。ちょいと、つき合ってもらおうか」

「どこへ?」

「来ればわかるさ」

明夫はノッポとゴリラにはさまれて、仕方なく、いっしょに店を出た。つれ込まれたのは、すぐ裏の空地だった。古い家屋を取りこわして、ブロック塀の一部だけが残っている。

その塀に、ノッポは明夫を押しつけて、

「週刊毎朝の記者だって? じゃ、身分証明書を拝ませてもらおうか」

「いや、ぼくはただのアルバイトで……」

明夫がビビッて、そう言いかけると、ゴリラが明夫のポケットをさぐって、学生証をとり出した。

「なんだ、W大のセイガクか。なめるんじゃねえ」

いきなり明夫のみぞおちに一発、パンチをたたきこんだ。

明夫は息がつまって、上体をくの字に折った。

「理事長のお嬢さんに近づいて、なにをさぐるつもりだったんだ?」

ノッポが明夫の頭髪をつかんで、顔を上向けた。

「な、なにも……」

「うそをつけ! 白石助教授のことを聞いたそうじゃねえか。てめえ、サツの犬か」

「二度と、お嬢さんに近づけねえようにしてやる」

ゴリラが、また明夫の横っ腹をまるでサンドバッグの

ようにたたいた。

明夫は前のめりに崩れそうだったが、我慢するのも、これが限度だった。彼はわざと地面に倒れるふりをして、ゴリラの両足にタックルした。不意をくらって、ゴリラはあっけなくひっくり返った。

その上へ、明夫はおおいかぶさって、ゴリラの急所をズボンの上から思いきりわしづかみした。フェアプレーでないことは承知の上だが、二人の暴力学生が相手では、とても勝ち目がないので、非常手段に出たのだ。ゴリラは足をばたつかせて、悲鳴をあげて苦しがる。と同時に、明夫も横っ腹に激痛を感じた。ノッポが靴でけったのだ。

「もういっぺん、けってみろ。こいつのタマをにぎりつぶすぞ」

明夫は必死にわめいたが、ノッポはかまわず、二度三度、顔面をねらってキックしてきた。

顔を傷つけられたら大変なので、明夫は両手で頭をガードして横転した。すると、体勢が入れかわって、こんどはゴリラの肥満体が上になり、お返しとばかりに、片手で明夫の首をぐいぐい絞めつけ、もう一方の手で彼の急所をわしづかみした。明夫は息がつまって酸欠状態になり、意識がうすれていくうちに、なにやら異様なベルの音を聞いたような気がしたが、ただの耳鳴りだったかもしれない……。

ふと静寂を感じて、目をあけて見ると、青空をバックに、洋子の顔が心配そうにのぞきこんでいた。

「大丈夫?　しっかりしてよ」

彼女は明夫の肩をゆさぶった。

「あ、ああ……」

まの抜けた声を出して、彼は起きあがろうとした。口の中が切れて、顔の左半分がはれあがっているのが感じられる。さぞかし無様な格好だろうと、自分ながら情けなくなった。

「やつらは?」

「とっくに逃げたわ。痴漢ベルにおどろいて」

「じゃ、あの音は、きみが鳴らしたのか」

「ええ、そうよ。この痴漢ベル、はじめて役に立ったわ。もうすぐパトカーがくるかもよ」

「えっ、きみが呼んだのか?」

「フルーツパーラーのウエートレスが一一〇番してくれたのよ」

あたりを見まわすと、フルーツパーラーの二階の裏窓から、ウエートレスが二人、こちらを見おろしていた。この空地はブロック塀に囲まれているので、さいわい、通行人の野次馬はいなかった。

「警察沙汰はごめんだよ。はやく逃げよう」

「歩けるの?」

彼は洋子の肩につかまって、二、三歩、歩いてみたが、横っ腹に痛みが走って、思わず、うめいて、しゃがみこんだ。彼女はハンカチで明夫の唇から流れる血をふいてやった。

そこへ、パトカーのサイレンの音が近づいてきた。

「もう手おくれか。きみは巻きぞえにならんほうがいい」

「そうね。でも、あなた一人で大丈夫?」

パトカーが到着して、警官が二人、こわれかけたブロック塀の門から入ってきた。

「どうしたんだね、けんかか?」

若い警官は明夫のはれあがった顔と、土まみれの服を見て聞いた。

「ええ、ちょっと……」

「相手はどこだ?」

「とっくに逃げましたよ」

「こちらの女性は?」

もう一人の警官が洋子のほうをうろんげに見る。

「この人は無関係です。通りがかりに、ぼくを助けてくれただけです」

明夫は洋子をかばった。

「ほう、なかなか勇敢なお嬢さんだな。で、けんかの相手は、きみの仲間か?」

「いいえ、明和大学の学生です」

「とにかく、くわしい事情はパトカーの中で聞こう」

「いや、もう結構です。ぼくは平気ですから」

「そうはいかない。一一〇番に通報があった以上、一応、事情を聞かなくちゃ。それに、はやく応急手当てをしたほうがいい。歩けるかね?」

二人の警官は両わきから明夫を支えるようにして、パトカーの後部シートに乗せると、ろくに話も聞かないうちに、さっさと車をスタートさせた。明夫がふり向くと、洋子がそっと手をふって見送った。

交番につれて行かれるのかと思ったら、パトカーは派出所の前を素通りして、そのまま本署まで直行した。

署内で、担当の警官に引きつがれて、けんかの原因や加害者との関係などを聞かれたので、明夫は姉の事件は伏せて、当たりさわりのない返事でごまかした。ただし、あのゴリラと田中というノッポの学生の人相だけは、はっきり答えた。あの二人には傷害罪に訴えても、仕返しをしてやらないことには腹の虫がおさまらなかった。

明夫はまたパトカーで近くの病院につれて行かれて、

診察をうけた。レントゲン検査の結果、ろっ骨に異常はなかったが、全治一週間と診断された。

本署にもどって、書類の作成に必要なことを供述していると、

「おい、きみ、ここでなにしてるんだ?」

二階からおりてきた山下警部が、明夫に気づいて、声をかけた。

そういえば、明和大学も目白台ハイツも、ここの警察の管轄内である。山下警部と出会っても不思議はない。

警部はあごに厚いバンソウコウを張った明夫の顔をけげんそうに見てから、担当の警官から傷害届けの書類を見せてもらうと、

「あの大学へ、なにしに行ったんだ?」

「ちょっと散歩がてら……」

明夫が照れ笑いすると、警部は彼の腹の中を見すかすようにして、

「また探偵ごっこか。ちょっと、こっちへ来たまえ」

と、つれて行かれたのは、二階の小さい取調室だった。窓に鉄格子と金網が張ってある。テレビの刑事ドラマでよく見かける部屋にそっくりだ。

「ぼくは傷害の被害者なのに、こんな取調室につれこむなんて、ひどいな」

「捜査本部では、きみの名前はまだ容疑者リストから完全に消えていないんだ」

「でも、ここの署には、捜査本部の看板が出ていませんね」

「犯人を油断させるために、わざと伏せてあるんだ。マスコミに書き立てられると、犯人が警戒するからな」

「なるほど、隠密作戦ですか……。といいたいけど、本当は本腰を入れて捜査してないんじゃないですか」

「バカをいえ」

「タバコ、吸っていいですか?」

警部は、机の上にあるアルミ製の灰皿を明夫のほうへ押しやって、

「生兵法《なまびょうほう》は、けがのもとだ。明和大学へ、なにをさぐりに行ったんだ?」

「白石助教授のフィアンセを拝見しに行ったんです。姉のライバルですからね」

「丸木理事長の娘だろう」

「あれ、もうご存じだったんですか」

「とっくに調べはついとる。きみこそ、どこから、そのネタを仕入れたんだ?」

「ぼくには、貴重なニュースソースがいるんです」

と、明夫は洋子のことを思い浮かべて、

「で、丸木順子のアリバイはどうでした?」

「きみに、いちいち教える必要はない。これにこりて、へたな探偵ごっこはやめるんだな」

「ぼくがなぜ暴力学生におそわれたか、変に思いませんか?」

「……」

「ぼくが彼女に白石助教授のことを聞いたら、彼女、顔色が変わりましたよ。そればかりか、あのボディーガード役の学生をそそのかして、ぼくを痛めつけ、カメラのフィルムまで抜き取ったんです。傷害罪と窃盗《せっとう》罪ですよ」

そう言いかけて、彼はあのカメラをフルーツパーラーに置き忘れてきたのを思い出した。

「なんのフィルムだ?」

「ぼくが彼女の赤い車と彼女の顔を写したフィルムです」

「本当に彼女がそそのかして、きみを袋だたきにしたのか?」

「ええ。彼女には、なにか後ろめたいことがあるんですよ。だからあの暴力学生をつかまえて、徹底的に調べてください」

「うむ……」

「それを突破口に、彼女を調べたら、きっと、なにかボロが出ますよ。そのために、ぼくはあえて抵抗しないで、負傷したんです。いわば肉を切らせて骨を切る戦法ですよ」

と、明夫は、いささか負け惜しみの強がりをいった。

Ⅲ

その夜、明夫がふろからあがって、ひさしぶりに落ち着いて推理小説を読もうかと思ったら、電話が鳴った。洋子からだった。

「あれから、どうなった?」

「本署までつれて行かれて、例の山下警部に、探偵ごっこはやめろとお説教されたよ」

「それで、やめるの?」

「ノー。このまま引きさがるもんか」

「カメラをフルーツパーラーに忘れたでしょう。わたしが預かってるわ」

「じゃ、あした会おう。何時ごろがいい?」

「三時まで授業があるから、そのあとなら、いいわ」

「どこで?」

「例の喫茶店ルルで、どうお？」

「オーケー。あっ、そうだ。きみの電話番号を教えてくれないか」

「だめよ。うちは男性からかかってくると、両親がうるさいのよ」

と、彼女は、べつにおかしくもないのに、くすくす笑った。

「へえ、きみは箱入り娘か」

そう言いかけたとき、玄関のチャイムが鳴った。時計を見ると、九時をすぎていた。こんな夜分、だれだろうと思いながら、

「だれか来たらしいから、じゃ、またあとで」

電話をきって、インターホンには出ず、直接、玄関へ行ってみた。ドアの小さいのぞき窓から見ると、果物かごを持った男が立っている。ネクタイをきちんと結んで、別段、あやしげな人物でもなさそうだ。

「きみが中根美和子さんの弟さん？」

明夫がドアをあけると、その男はひくい声でいった。
三十五、六の、がっしりした体格の男だ。上等な背広を着ているわりには、角刈りの頭がなにかヤクザめいたすごみを感じさせる。学生時代、柔道か相撲の選手をしていたのだろう。
「ええ、そうですが、あなたは？」

男はポケットから名刺を出した。〈明和大学・学生部長・丸木清三〉と刷ってある。すると、この男が理事長の息子で、丸木順子の兄か。

「今日は、うちの学生が乱暴を働いたそうで、まことに申しわけない。そのおわびにきたのだが、ちょっとお邪魔してよろしいかな」

と、さりげなく部屋の奥をうかがうようなそぶりである。

玄関払いするわけにもいかないし、またこの人物に興味があったので、明夫は愛想よくリビングルームに招いた。

丸木清三は果物かごを手に持ったまま、つっ立って、室内を好奇心まじりに見まわす。

「あの、うちの白石助教授は、ここで……？」

「ええ、そのソファで死んでいました。気味が悪かったら、こちらへ、どうぞ」

明夫はひじかけ椅子をすすめてから、自分は平気な顔をしてソファに座った。

丸木清三はその椅子に腰をおろしても、あたりを落ち着かない様子できょろきょろ見て、

「で、きみのお姉さんは……？」

「隣りの寝室のベッドで死んでいました」

「そう……。じつは、先日、警察が大学へ聞き込みにきてね。そのときの話によると、きみが最初に発見したそうだね」

「ええ」

「さぞショックだったろうね。タバコを吸ってもいいかね」

明夫はキッチンから灰皿を取ってきた。

丸木は外国タバコを出して、金張りのライターで火をつけた。明夫も自分のタバコをくわえると、丸木は如才《じょさい》なく、そのライターで火をつけてくれた。

「白石君も、とんだことをしてくれたもんだ、正直いって、こちらは頭が痛いんですよ。なにしろ、学長の息子だからね。マスコミには、いろいろ書き立てられるし、大学の信用にかかわるからね。これじゃ、今年の学生たちの就職活動にもさしさわりが出て、学生部長として、頭が痛いんだよ」

「……」

「いやいや、きみのお姉さんを非難してるんじゃないよ。誤解しないでくれ。悪いのは、あくまで白石君だからね。彼が教育者の立場を忘れて……。まあ、きみに愚痴をこぼしてもはじまらないが。じつは、夕方、警察に呼ばれてね。話を聞いたところでは、全治一週間のけがだったそうだね。うちの応援部員はどうも血の気が多くて困る。どうか許してやってくれたまえ。治療費は全額、こちらで負担させていただくとして、今日のところは、とりあえずお見舞いということで……」

丸木清三は果物かごにそえて、お見舞いと上書きした紅白ののし袋を出した。その袋は、かなり中身がふくらんでいる感じだった。

「あの、これは……？」

「大学からのお見舞金ですよ。納めていただければ、お手数でしょうが、これにサインとハンコをお願いしたいんだが……」

と、彼はあらかじめ用意してきた領収証を出して、明夫の前においた。

見ると、五十万円の金額が書いてあり、その下に、〈但し、示談金として、上記の金額、正に領収いたしました〉と記入してある。

「見舞金にレシートがいるんですか？」

「ぼく個人のポケットマネーなら、こんな失礼なことはしないのだが、大学の経理課から出たお金なので、帳簿上、必要なんですよ」

「でも、ここに示談金とあるのは、どういう意味ですか?」

「ああ、これはですな。あの二人の応援部員は四年生で、就職が間近いので、できるだけ履歴書に傷がつかないようにしてやりたい、こちらの親心ですよ。示談が成立したことにすれば、警察も穏便に取りはからってくれますからね」

「傷害罪は親告罪だったかな」

「さあ、その点は、ぼくもよく知らないんだが、とにかく学生同士のよしみで、あの二人を許してやってくれませんか。きみさえ承知してくれたら、警察のほうは、こちらでなんとか円満に話をすすめますから、ぜひお願いします」

と、丸木清三はテーブルに両手をついて、大げさに頭をさげる。

明夫は、内心、どうしたものか迷った。五十万円は魅力的だったが、あっさり示談に応じて、あのゴリラとノッポをのさばらせておくのも、いささか業腹な気がする。

「この金額に、ご不満ですか?」

彼は明夫の迷いを見すかすように言った。

「不満もなにも……。示談金というものの相場がわからないので……」

「相場……? きみ、示談金に相場などありませんよ。ケース・バイ・ケースでね。全治一週間の負傷なら、この金額で、十分に誠意をつくしたつもりだがね。それに、きみのお姉さんへの香典料も加味したつもりですよ」

「でも、一応、警察に相談してみないと……」

「いやいや、その点はご心配なく。あそこの警察署とうちの大学は、ごく親密な関係でしてね。けっして、きみに迷惑をかけるようなことはしませんよ。それから、これはぼく個人のお見舞いとして受け取ってくれたまえ」

と、彼は、まるで手品師のように、また一つポケットから紅白ののし袋を出した。こんどのは、前よりずっと軽そうだった。

この調子なら、もうひと踏んばり粘れば、相手は三つ目を出しかねない感じだったが、明夫はなんだか恐喝しているような気がしたので、

「じゃ、遠慮なくいただきます」

あっさり答えて、三文判とボールペンを取ってきて、領収証にサインと押印した。あれこれ考えるのが面倒くさくなったし、くれるものは、この際、もらっておくのが得策だ。あとで金欲しさに示談の再交渉をするのも、あさましい。

丸木清三はその領収証を財布にしまうと、ほっとした

のか、新しいタバコに火をつけ、椅子の背にくつろいでもたれた。

「ところで、今日のけんかの原因だが、きみはぼくの妹のことで、なにかさぐっていたというじゃないか。あまり妹には近づかないでほしいな」

と、急に学生を指導するような口調になった。

「スパイなどしませんよ。ただ妹さんが白石助教授のフィアンセだったと聞いたので、ちょっと野次馬根性で拝見しに行っただけです。ぼくの姉にとっては、いわばライバルだったことになりますからね」

「その噂、どこで聞いたのかね?」

明夫は白石学長からすでに確認ずみだと言ってやろうかと思ったが、

「おたくのキャンパスで」

と、あいまいに答えた。

「それは根も葉もない中傷だよ。妹は白石君と婚約したことはない。とにかく、うちのキャンパスに、あまり出入りしないでくれ。トラブルのもとだ。きみだって、いまさら事件を蒸しかえしても、なんの得にもなるまい」

「まだ事件のケリはついてませんよ。捜査ははじまったばかりです」

「えっ、どういうことだね?」

「じつは……」

と言いかけて、明夫はあわてて口をつぐんだ。警察が捜査本部の看板を出さずに、隠密作戦で捜査をしていることを思い出したのだ。

「じゃ、あれは単なる情死事件じゃなかったのか」

「さあ、ぼくもくわしいことは知りませんが、情死にしては遺書がなかったのが、どうも警察にはすっきりしないらしいんです」

明夫はドアのチェーンのトリックを教えて、相手の反応をテストしてみたい誘惑にかられたが、ぐっとこらえて、適当にごまかした。

「遺書か……。そういえば、うちへ聞き込みにきた刑事も、遠まわしにアリバイなどを聞いていったな。変だとは思ったが……」

「もし仮に、これが殺人事件だとしたら、白石助教授を恨んでいた人物に、丸木さんは心当たりがありませんか?」

「ないね。彼は将来を嘱望《しょくぼう》された学者で、私生活の面でも、敵をつくるような性格じゃなかった。むしろ、きみのお姉さんのほうに原因があったんじゃないのかね」

「姉は平凡な女子大生ですよ。人さまの恨みを買うほどの人生体験などありませんよ」

「しかし、最近はピンク街でアルバイトする女子大生だっているからね」

「へえ、おたくの大学にも、そんな風俗ギャルがいるんですか」

「いやいや、これは一般論だよ。じゃ、これで、ぼくは失礼しよう。けがの治療代は、あとで精算するから、遠慮なく病院の領収証をぼくのところへ持ってきなさい。それじゃ、くれぐれもお大事に」

丸木清三は、最後にまた丁寧に頭をさげて帰っていったのだが、帰りぎわに、玄関で、

「おや、ドアのチェーンがないが、どうしたんだね？警察の話では、あの事件当夜、この部屋はドアにチェーンがかかって、密室になっていたそうじゃないか」

「警察が押収したんですよ」

「押収……？　そんなことまでする必要があるのかな……」

と、彼はチェーンがついていた跡を指でなでて、しきりに不思議がった。

丸木学生部長が帰ったあとで、明夫は丸木の声が意外と女性的な甲高い声だったのを思い出した。地声をごまかして、姉に脅迫電話をかけてきたのは、もしかしたら、あの男だったのではないかと疑った。白石助教授が脅迫電話に屈して、姉との仲を精算するなら、丸木順子との婚約の障害は取り除かれるし、もし仮に白石が脅迫に屈しなかったら、このスキャンダルを公表して、父親の白石学長まで巻きぞえにして失脚させることもできる。どちらにころんでも、あの脅迫電話は、丸木学生部長にとっては、損にならない作戦だったのではなかろうか……。

Ⅳ

約束の時間に、明夫が喫茶店ルルに行ったら、洋子は先にきて文庫本を読みながら待っていた。コーヒー・カップの横に、明夫のカメラがおいてある。

「あら、それ、なによ？」

彼女は、明夫が手にさげている大きな果物かごを見て、けげんそうな顔をした。

「ゆうべ、丸木学生部長が見舞いにきたんだよ」

「えっ、うちの大学の……」

「果物のほかに、五十三万円もくれたよ」

「うわ、すごい。リッチね。でも、なんだか半端な金額ね」

「五十万が示談金で、三万円が丸木部長個人の見舞金さ」

「なんの示談金?」

「あの二人の暴力学生を告訴しないでくれというのさ」

「それで、金に目がくらんで、オーケーしたの?」

「花より団子さ。五十三万円あれば、これからの軍資金になるぜ。きみにも探偵のアルバイト料を払えるしさ。とりあえず、その第一号がこれさ」

明夫はテーブルにある伝票を手にとって、ひらひらさせた。

「じゃ、ケーキも注文していいかしら?」

洋子はちゃっかりレアチーズケーキを追加注文してから、

「傷は、まだ痛むの?」

と、彼のあごのバンソウコウを指先でつついた。

「けさ起きたときは、体の節々が痛かったが、もう大丈夫さ。くわしい話は、久我先生のところに行って話すから、いっしょに行こう」

「いまから?」

「この果物、ぼく一人じゃ食べきれないよ。三人で食べよう」

明夫は、彼女がケーキを食べおえるのを待って、いっしょに喫茶店を出た。

久我京介の家にいく途中、彼は銀行に立ちよって、キャッシュカードで預金の残高を調べてみると、父から五十万円が振り込まれていたので、それを全額、現金で引き出した。

そばで見ていた洋子は、

「それが、毎月の生活費なの?」

と、目をみはった。

「なぁに、これはアパルトヘイトのつぐないさ」

「なんのこと? 南アフリカ共和国がどうかしたの?」

「いや、なんでもない。ぼくの独り言だ」

久我の家では、京介が書斎でパンフレットの解説書と首っ引きで、ワープロを操作していた。

「あれ、先生、とうとうワープロを買ったんですか」

「あら、これ、ニュータイプの機種だわ」

洋子が興味をしめしたので、

「きみはワープロが使えるの?」

久我は聞いてみた。

「はい、一応は……」

「じゃ、あとで使い方を教えてくれないか。ぼくはメカニズムに弱くてね。これは、こんど発売される新製品で、メーカーからもらったんだよ。新聞の一ページ広告にのせるから、この最新型のワープロをトリックに使ったミステリー・クイズを書いてくれと頼まれてね」

「最近は、企業広告用の注文が多いですね」

「そっちのほうが、原稿料が格段にいいからね……。おや、その傷、どうしたんだ?」

久我は明夫の顔のバンソウコウに目をとめた。

「昨日、明和大学の学生とちょっと乱闘したんです」

明夫がその武勇伝と、丸木学生部長が見舞いにきたことを話している間に、キッチンで洋子が果物かごにあるメロンを切って、皿にもってきた。

「それにしても、学生同士のけんかに、大学当局が五十万円も示談金を出すとは、太っ腹だね」

「先生も、そう思いますか。ぼくも、これには、なにか裏があるような気がするんです」

「裏って?」

と、洋子がきいた。

「あのゴリラとノッポがイチャモンをつけて、ぼくのカメラからフィルムを抜きとったのは、丸木順子の差し金だよ。彼女はぼくが彼女の車を写真にとったことを知って、顔色が変わったからね。それで、けさ、ぼくはマンションの管理人に聞いてみたら、事件当日の夕方、マンションの裏のすこしはなれた路上に、赤い車が駐車しているのを見かけたような記憶があるというんだ」

「丸木順子さんの赤い外車かしら?」

「管理人は車のことにくわしくないので、車種はわからないといってる。最近は赤色の車が多いからね。それで、もう一度、彼女の車を写真にとって、管理人に確認してもらおうと思うんだ」

「もし本当に丸木順子の車だったら、どういうことになるんだね。彼女がきみのお姉さんの部屋に行ったのかな」

と、久我はスプーンでメロンをすくいながら、疑問をはさんだ。

「近所に、彼女が訪ねていく友人か知人がいなければ、当然、ぼくの姉のところに行ったにちがいありませんよ。白石助教授のことで、話をつけに乗りこんできたんですよ、きっと」

「そのことだけど、あの事件の前日、彼女は古典文学の授業にまぎれこんで、あなたのお姉さんの斜め後ろの席に座っていたそうよ。この情報、わたしの高校の先輩で、あなたのお姉さんと同じクラスにいる人が、けさ電話で教えてくれたのよ。その先輩が言うには、丸木順子は古典文学の単位は取っていないのに、どうして授業に出席したのか不思議に思ったそうよ」

と、洋子がいった。

「じゃ、彼女は白石助教授とぼくの姉との関係を知っていたんだ。それで、こっそり姉を偵察しにきたんだよ」

「それから、彼女のアリバイだけど、あの土曜日の昼は、テニス同好会の試合をサボって、美容院へ行ったらしいのよ。この情報も確実よ」

「美容院を出たあと、まっすぐ姉のところへ行ったのかな」

「そのとき、もし白石助教授があなたのお姉さんといっしょにいたら、大変ね」

「三角関係の火花が散るね。仮に、きみが丸木順子だったら、そんな場合、どうする？」

明夫は洋子にたずねた。

「そうね。わたしなら、あっさり引きさがるわ。ライバルと争ってまで奪い取るほど、白石助教授は魅力ある男性じゃないもの」

「でも、丸木順子はプライドが高そうだから、自分の婚約予定者がほかの女性と浮気してる現場を見たら、ただそれだけで、カッと逆上するんじゃないかな」

「かもしれないけど、いちがいには断定できないわよ」

と、洋子はすこぶる冷静な判断をする。

「きみのお姉さんは、花瓶で何回、頭をなぐられていたんだ？」

久我京介がきいた。

「解剖所見では、一撃で即死だったそうです」

「それじゃ、もし仮に丸木嬢が発作的に逆上して花瓶をふりあげたとしたら、たとえ白石助教授がその場に居合わせたとしても、とっさの凶行を防ぎきれなかっただろうな」

「じゃ、先生も、丸木順子犯人説に賛成ですね」

「まだ全面的に賛成したわけじゃないよ。白石助教授が殺されたのは、それから数時間もあとだ。感電死する前に睡眠薬を飲まされて眠っていたとしても、それまでの間、彼は警察に通報もせず、ただ傍観していたのだろうか？」

「丸木順子をかばって、警察には知らせなかったんじゃありませんか。なにしろ、彼女は理事長の令嬢だし、おまけに縁談の相手ですからね。彼女の立場に同情して……」

「そんなのを事後従犯っていうんでしょう。それなのに、どうして助教授は殺されたのかしら？」

洋子が聞きかえした。

「もちろん、口封じのためさ。丸木順子にすれば、自分の犯行を知られた以上、白石助教授を生かしておくことはできなかったはずだ。それに、裏切られた憎しみもあっただろうし……」

「でも、彼女、そんな冷酷非道な悪女には見えないわよ」

「女は魔物というからね」

「そんなの、差別用語だわ。偏見よ」

「明夫君、きみのお姉さんを撲殺したのが衝動的な犯行とすれば、そのあとの白石助教授の感電死は、あまりに計画的すぎるよ。まるで油と水だ。一人の犯人、まして若い女性がやった犯行とは思えないね」

と、久我京介は前からの持説をくりかえした。

「兄の丸木学生部長が手伝ったんじゃありませんか」

「きっと、そうよ。あの兄妹がぐるでやったんだわ」

洋子が、こんどは、あっさり明夫に同意する。

「あの部長は、ゆうべ見舞いにきて帰るとき、しきりにドアのチェーンのことを気にしていたな」

「とにかく、いままでの話は、すべて仮定の上に構築した推理にすぎない。もうすこし証拠なりデータを集めないと、一歩も前進しないよ」

久我は果物かごからバナナを一本とって、皮をむきながら、慎重にいった。

「証拠集めといっても、ぼくたちには捜査権がないから、これ以上踏みこんで、調べようがありません」

「いっそのこと、単刀直入に、丸木兄妹を脅してみたら？」

洋子がとっぴなことを言い出した。

「脅す……？」

「恐喝作戦よ。たとえば、事件当夜、目白台ハイツの近くに、あなたの車がとまっていたのを目撃したとか、マンションに入る後ろ姿を見かけたといって、丸木順子に匿名《とくめい》の電話か手紙を出して、相手の反応をうかがうのよ」

「そいつは、いいアイデアだ。ついでに口止め料も要求してやろう。それで相手が金を出したら、完全にクロだよ」

「おいおい、それはやりすぎだよ。へたをすると、恐喝罪で、きみたちが逮捕されるぞ」

久我は若い二人が意気投合するのを見て、ハラハラした。

恐喝罪と聞いて、さすがに二人はひるんだ。

「ほかに、めぼしい容疑者はいないかな。きみ、心当たりはないの？」

明夫はちょっぴり弱気になって、洋子にきく。

「しいてあげれば、参条講師ね」

「えっ、あのお公家さんタイプの講師か」

「去年の夏、あの先生がロンドンの学会で発表した論文の中に、白石助教授の研究データを無断引用した個所があるのがわかって、問題になったことがあるそうよ」

「盗作なら、先生、殺しの動機になりますね」

「盗用がばれる以前なら、口封じのために殺すかもしれないが、ばれた後では、動機にならないよ」

「それもそうか……」

と、明夫はがっかりして、腕時計を見てから、

「先生、晩ご飯はどうなさるんです。三人で、またスキ焼きでもしましょうか?」

「せっかくだが、今夜はテレビ局のプロデューサーに招待されてるんだよ」

「テレビに出演するんですか」

「いや、こんど、そのテレビ局で犯人あての推理ドラマを製作することになったので、トリックのネタを提供して、台本づくりに協力してほしいと頼まれたんだよ」

「それなら、先生。この洋子さんを正式の助手にして、テレビ局の人に売り込んでやってくださいよ。チョイ役でもいいから、出演できるように」

「洋子さんはタレント志望だったの?」

「ち、ちがいます。この人が勝手に……。ひどいわ」

洋子は顔をぽっと赤らめて、泣きボクロの目で明夫をにらんだ。

「いまは女子大生ブームだから、きみなら、絶対に、うけるよ。そのホクロがチャーミング・ポイントだ」

「人の欠点を笑いものにしないでよ。わたし、先に帰るわ」

彼女はぷいと怒って、メロンやバナナの皮を汚れた皿に集めて、さっさとキッチンへ運んだ。

「きみ、彼女を怒らして、いいのか?」

久我が二人の仲を心配する。

「ひとこと言いすぎたかな。じゃ、先生、ぼくも帰ります。あっ、そうだ。父が探偵料を送ってきました。受け取ってください。銀行からおろしたばかりで、むき出しのまま失礼ですが……」

明夫は銀行の封筒に入れた五十万円を久我にさし出した。

「こんな大金、受け取れないよ。探偵料だなんて、てっきり、ぼくは冗談だとばかり思っていたよ」

久我は封筒をおし返した。

「でも、受け取ってもらわないと困るんです」

「ご厚志だけはちょうだいしたと、お父さんによくお

礼をいっておいてくれ」

「弱ったな……」

明夫は引っ込みがつかなくて、どうしたものか迷っていると、洋子がもどってきて、

「示談金と合わせたら、百万円になるわ。これを資金に、探偵社をつくったら？」

と、さっきの立腹はケロリと忘れている。

「本気かい？　依頼客など一人もこないぜ」

「久我先生に顧問になってもらって、わたしが助手になるわ。あなたのマンションに看板を出して、電話帳に広告をのせるのよ。たとえ客などこなくても、私立探偵の気分が味わえて、結構、おもしろいんじゃない。経費で百万円なくなったら、そのときは解散すればいいのよ」

洋子はすこぶる楽天的だった。

第六章　犬と猫

I

「今日は学校へ行くの？　わたしのほうは休講よ。あなたも、サボりなさいよ」

洋子から電話があったとき、明夫は起きたばかりで、まだ顔も洗っていなかった。昨夜は、ミステリー研究会の連中が押しかけてきて、事件のことをあれこれ詮索するので、適当にあしらって退散させるのに疲れたのである。

外は小雨がふっている。

「きみが会ってくれるなら、サボってもいいよ」

「じゃ、一時間後に、ルルでね。ビッグ・ニュースがあるのよ」

「あの喫茶店のコーヒーより、ぼくがいれるコーヒーのほうがうまいぜ。経費削減にもなるしさ」

「オーケー。ただし、万年床はきちんと片付けておい

てね」

と、彼女は予防線をはるのを忘れなかった。

部屋が散らかっていたので、明夫は大いそぎで掃除した。シャワーを浴びて、さっぱりしてから、朝刊に目を通しながら、トーストと牛乳で朝食をすました。姉の事件の記事は、とっくに紙面から消えている。

ちょうどコーヒーが沸いたころ、洋子はやってきた。

「重大ニュースって、なに?」

明夫はコーヒーを彼女にすすめて、せっかちに聞く。

「事件当日、つまり九日の土曜日の午後六時ごろ、わたしの友人が渋谷駅の切符販売機の近くで、白石助教授を見かけているのよ」

「えっ、本当か」

「白石助教授がどこまでの切符を買ったかわからないけど、その友人はあの先生の講義を受けてるから、絶対、見まちがいないわ」

「姉の死亡推定時刻は、午後五時半から六時半の間だ。渋谷駅から目白駅までは、電車で約十五分。目白駅から、このマンションまでは、歩いて五、六分だ。とすると、白石助教授がまっすぐここに来たとしたら、電車の待ち時間を加えて、六時半にぎりぎり間に合うね」

「ここに来て、すぐあなたのお姉さんを殺すかしら?　最初から計画的に殺意をいだいてくれば、不可能じゃない」

「でも、なんだか不自然だわ。二人は仲がよかったんでしょう?」

「さあ、どうかな。ぼくは二人が交際していたことさえ知らなかったし、姉は日記帳など書き残さなかったから、推測のしようがないんだ」

「丸木順子さんのアリバイだけど、あの土曜日の昼は美容院に行ったと、前に教えたでしょう。美容院を出たのが午後四時ごろで、それから横浜へドライブしたそうよ。夜おそくまで」

「一人で?」

「ええ、彼女は一人で音楽を聞きながらドライブするのが好きだったらしいわ。それから、丸木学生部長のアリバイだけど、事件当夜は八時半まで、ある大学関係者のお通夜に顔を出して、それ以後はずっと自宅にいたそうよ」

「その情報、いったい、どこから仕入れたんだ?」

「それはマル秘よ」

と、洋子は謎めいた微笑でごまかした。

彼女がこんな笑い方をするのは、これが二度目か三度目だった。明夫は、どうして彼女にこんな情報収集能力があるのか、不思議でならなかった。

「自宅にいたというのは、第三者の証人がいないということだろう」

「でしょうね」

「だったら、丸木兄妹は、どちらも確実なアリバイがあるとはいえないな。それに、姉が殺されたとき、ひょっとしたら白石助教授は現場にいなかったかもしれんな」

と、明夫は眉間《みけん》に縦じわをよせて考えこむ。

洋子はポシェットから写真を二枚出して、彼に見せた。

「これ、よく撮れてるでしょう」

丸木順子の赤い外車を写した写真だった。プレートのナンバーも、ばっちり写っている。

「どこで手に入れたんだ?」

「昨日、わたしがポラロイドカメラで写したのよ。あの暴力学生たちに見つかりはしないかと、ハラハラしたわ」

「よくやったぞ。さっそく管理人に見せて、確認してもらおう」

二人は一階の管理室にいった。

お茶を飲んでいた管理人は、老眼鏡をかけて、明夫がさし出す写真をしばらく見ていたが、

「あのとき見かけた車によく似ているようだが、百パーセント断言はできないね。前にも言ったように、わしは車を運転しないので、ぜんぜん車に関心がないのだよ。せいぜい車体の色で見分ける程度でね。ここのマンションの駐車場に無断駐車した車なら、念のため、ナンバーをひかえておくのだが……」

管理人は申しわけなさそうに写真を返して、老眼鏡をはずすと、

「写真といえば、先日も、刑事さんがきて、男と女の写真を見せられて、あの土曜日の午後、ここに出入りするのを見かけなかったかと聞かれたよ」

「だれの写真です?」

「名前は教えてくれなかったが、男のほうは角刈りの頭をした三十がらみの恰幅《かっぷく》のいい男だった。女のほうは女子大生ふうで、目鼻立ちの派手な娘さんだったよ」

明夫は定期券入れから丸木順子の写真を出して見せた。それは以前、洋子からもらった写真だ。

「この女ですか?」

管理人はまた老眼鏡をかけなおして、

「そう、そう、このまん中のグラマーな女だ。だれです?」

明夫は、姉の同級生だと、あいまいに答えてから、

「で、あの日、見かけたんですか?」

「いや、見かけたおぼえはない。わしは夕方六時になると家に帰るし、昼間だって、結構、いろんな雑用があって忙しくてね。四六時中、管理室にじっと座って、マンションに出入りする者を監視してるわけじゃない。ところで、あんたたちは学校をサボって、この事件を調べていなさるのかね?」

「ええ、まあ……」

「大学生って、よっぽど暇なんだね」

と、管理人は老眼鏡ごしに、もっぱら洋子のほうをじろじろ見る。

二人はまたエレベーターであがって、部屋にもどった。

「あの管理人さん、わたしたちのこと、どう思ったかしら?」

と、洋子は明夫の表情をうかがった。

「好きなように思わせておくさ」

「いやな目つきでじろじろ見て、気色がわるかったわ。ひょっとしたら、犯人はあの人かもよ。ひとり暮らしの女子大生をねらう変態管理人……」

「まさか……」

「それはそうと、警察も、やっぱり丸木兄妹をマークしてるのね」

「先を越されたかな。早いとこ、先制攻撃をかけてみようか」

「先制攻撃……?」

「きみがいった恐喝作戦だよ」

「でも、あれは久我先生に止められたのよ」

「ぼくたちには、これしか打つ手はないよ。こちらの姿さえ見せなければ安全だ」

「具体的に、どうやるの?」

「丸木順子に匿名の脅迫状を出そう。犯行当日の夕方、彼女がこのマンションに入るのを見たと書いて、彼女のこの車の写真も同封するのさ」

「お金も要求するの?」

「もちろんさ。口止め料を要求しないと、パンチがきかないよ。金額はいくらにしようか?」

「五十万円ぐらい?」

「ちょっと半端だな。百万にしよう。問題は金の受取り方だ。誘拐事件でも、身代金の受取り方が、いちばん重要なポイントになるからね。なにかいい方法はないかな」

二人はサイホンの残りのコーヒーを温めなおして飲みながら、作戦をねる。

「相手は警察に知らせるかしら?」

「知らせるものと思って、こちらは慎重に行動しなくちゃ。警察が張り込んでるところへ、のこのこ金を受け取りにいくのは危険だ」

「脅迫状だけ出して、金を受け取らなければいいわ」

「それじゃ、相手の反応がわからないよ。そうだ、あの犬を使おう」

「犬……?」

「ぼくにオシッコをひっかけたタローだよ。たしか、きみの叔母さんとこの飼い犬だといったね」

「タローをどうするの?」

「外国のミステリーに、誘拐犯人が犬を使って身代金を奪う奇抜なトリックがあるんだ。犬なら、人や車が通れないところでも自由に走って逃げるから、張り込みの刑事が追跡しても、まんまと振りきって逃げることができる」

「おもしろいアイデアだけど、そのためには、タローを訓練させなくちゃ」

「四、五日、あの犬を借りられないかな。毎日、二時間か三時間、金をくわえて逃げてくるように仕込むのさ」

「叔母が変に思うわ」

「大学の映画研究会で、8ミリ映画をつくることになって、それに柴犬が登場するシーンがあるので、貸してほしいと言えばいいさ」

「あなたって、うそがうまいのね」

「それだけが、ぼくの取り柄だ」

「さっそく、叔母に頼んでみるわ」

「オーケーが出たら、あらためて具体的な計画を練ろう。おや、雨があがったらしい。散歩に出かけないか?」

明夫は窓をあけて、空を見あげた。雨雲が切れて、うす日がさしていた。

「どこへ?」

「金の受取り場所をさがしに行くんだよ。お寺の境内か、墓地がいい」

「じゃ、これを片付けるわ」

洋子はサイホンやコーヒー・カップを流し台に運んで洗った。明夫も手伝って、砂糖入れを食器戸棚に入れようとしたら、手がすべって床に落とした。ガラスの容器が割れて、白いグラニュー糖が床一面に散らばった。

彼がぞうきんで拭こうとしたら、

「ガラスの破片で手を切るから、掃除機で吸い取るほうがいいわ」

と、洋子がいうので、押入れから掃除機をもってきて、ホースの先で吸いとった。

「この掃除機、音が変ね。ゴミが詰まってるんじゃない?」

掃除機の集塵《しゅうじん》ケースをあけてみると、綿くずのようなゴミがいっぱい詰まっていた。

「このゴミ、いつから捨ててないの?」

「ここに引っ越してきてから、一度も捨てたことがないよ。すっかり忘れていたんだ」

「警察が現場検証したとき、鑑識員は掃除機をかけたのかしら?」

「いや、しなかったと思うな。はなから無理心中とみなして、凶器の花瓶やタイマーの指紋を調べただけで、ごくおざなりにすましたからね」

「そのあと、あなたがこの掃除機で掃除したのね?」

「おやじが姉の遺体といっしょに広島へ帰ったあとにね」

「じゃ、もしかしたら、このゴミの中には、犯人の遺留品がまざっているかもよ。たとえば、髪の毛だとか……」

「そうか。じゃ、あとで山下警部に渡して調べてもらおう」

「あの警部に渡すのは、わたしたちの恐喝作戦が成功したあとでもいいんじゃない」

「そうだな。きみも、なかなか目のつけどころがいいね」

「西川探偵社の助手ですもの」

と、洋子はにっこりした。

II

「ちょうど九時だ」

明夫は車のダッシュボードの時計を見て、つぶやいた。

洋子は助手席の窓から外の暗闇を見つめたまま黙っている。

細い三日月の夜空に、浄光寺《じょうこうじ》の三重塔の相輪《そうりん》が影絵のように浮かんでいるのが、墓地の樹木の梢ごしに見える。

さっきから、二人はこの墓地の裏の空地にレンタカーをとめて、車内灯も消したまま、暗い車内でじっと息をひそめていたのである。

「おじ気づいたのか」

「境内に、刑事たちが張り込んでいるかしら?」

「いまさら、あとには引けないよ」

「そうね。タローも、その気でいるわ」

と、洋子は後ろをふり向いた。

後部シートには、柴犬のタローがうずくまっている。洋子が手をさしのべると、タローはむっくり起きあがって、シートの背に前足をかけて、彼女の手をぺろぺろなめた。

恐喝作戦を練るときは、まだ探偵ごっこの遊びの気分があったが、いざそれを実行する段になると、さすがに二人は緊張していたのである。

明夫が丸木理事長の家の郵便受けに、順子あての封筒を投げこんだのは、昨夜だった。その恐喝状には、

①五月九日の夕方、目白台ハイツの近くの路上で、あなたの赤い外車がとめてあるのを見かけた。

②そのマンションに、あなたが入る姿も目撃した。

③この事実を警察に黙っていてほしかったら、口止め料として百万円を支払うこと。

④金は一万円札で百枚、同封の黒いビニール袋に入れて、三十日(土曜日)の夜九時、中野区弥生《やよい》町四丁目の浄光寺の三重塔の基壇北側の石段に置くこと。

⑤もし警察に知らせたら、こちらも市民の義務として、右の目撃事実を警察に密告する。

といった脅迫文に、彼女の車の写真をそえて、黒いビニール袋もいっしょに大きな封筒に入れて、郵便受けに投げこんだのである。

そのビニール袋には、じつは、煮干しの汁をつけておいたのだ。その匂いをかぎつけて、柴犬のタローが金の包みをくわえて帰るように仕込んだのである。

浄光寺は、丸木順子と目白台ハイツとのちょうど中間点にある。本堂の裏は墓地になっている。

タローを訓練するのに、五日間かかった。毎日、洋子が叔母の家から犬を借りてくるたびに、明夫はレンタカーで近くまで迎えに行き、寺の墓地で彼女といっしょに犬を訓練した。迷路のように入り組んでいる墓地の中で、タローがコースからそれないように、ところどころに煮干しの汁をたらしておいて、境内の三重塔まで往復するように仕込んだのである。

恐喝の金を受け取るには、もっとおそい時刻のほうが無難だったが、洋子の門限の時間があるし、またタローをあまりおそくまで借りておくと、彼女の叔母にあやしまれるので、九時に決めたのだった。

「もう一度、念のため、一周してみよう」

明夫は空地から車を出して、浄光寺のまわりをゆっくり走らせた。寺の山門の前を通ったが、暗い境内は石段をのぼらないと見えないので、刑事が張り込んでいるかどうかはわからなかった。あたりの路上には、覆面パト

カーらしいものは見あたらないし、丸木順子の赤い車ともすれちがわなかった。

もとの空地にもどると、彼はエンジンを切って、ライトを消した。

「さあ、いよいよ出動だ」

洋子は無言でうなずいた。彼女が極度に緊張しているのが、明夫にもぴりぴり感じられた。彼は彼女の肩に手をまわして、引きよせた。洋子は、一瞬、体をこわばらせたが、すぐに力をぬいて、彼の肩にもたれかかった。

「痴漢ベルは鳴らさないでくれよ」

耳もとでささやいて、明夫がキスすると、彼女はなんの抵抗もせず、ごく自然に受け入れた。

「ふるえてるね」

「やっぱり、こわいわ。父の顔がちらついて……」

「もし万一、張り込みの刑事に捕まったら、ぼく一人が全責任をとる。きみを巻きぞえにはしないよ。きみはなにも知らずに、ただぼくについてきたと言えばいい」

「そんなうそ、通用しないわ。タローは、わたしが叔母から借りてきたんだもの」

「そうか。じゃ、一蓮托生《いちれんたくしょう》だ」

「久我先生が知ったら、びっくりなさるでしょうね」

洋子は、今夜はじめて笑顔をみせた。


「さあ、行くぞ」

「タロー、あんたの出番よ」

二人はそっと車からおりて、後ろのドアをあけて、タローをつれ出した。空地の雑草を踏みわけて、墓地を囲むブロック塀に近づいた。その塀の一カ所に、地面にそって直径三十センチぐらいの半円形の穴があいている。

二人はそこにしゃがみこんだ。洋子はタローを抱きよせて、首輪のひもをはずした。

「じゃ、タローを放すわよ」

「しっかり頼むぞ」

「タロー、さあ、お行き!」

洋子がタローの尻をたたくと、犬はその穴をくぐり抜けて、墓地へ入った。

明夫も、その穴から首をつっこんで見たが、犬の姿はもう闇にまぎれて見えなかった。足音も聞こえない。

「コースを迷わずに行ったかな」

「大丈夫よ。利口な犬だから」

これまでの訓練では、この穴からタローが広い墓地を横切って、境内の三重塔まで往復するのに、四分とはかからなかったが、いまの明夫たちには、その四分間が息苦しいまでに長く感じられた。

「もし丸木順子が金を持ってきていなかったら、タローはまごついて、うろうろしてるだろうな」

「張り込みの警官に見つかったら、射殺されるかしら？」

「野良犬とまちがえられて、撃たれはしないよ……。しっ、なにか声がする」

明夫はまた地面に腹ばいになって、ブロック塀の穴に頭をつっこんだが、すぐに起きあがると、

「だめだ。なにも聞こえない。肩車するから、ちょっと境内のほうを見てくれ」

いやがる洋子をむりやり後ろ向きにさせて、彼はジーンズをはいている彼女の両足の間に頭を入れて、立ちあがった。首すじに彼女のまろやかなヒップの温もりを感じたが、いまはそれどころではない。

洋子はブロック塀の上に手をかけ、彼の肩の上で尻をもちあげて背のびして、まっ暗な境内のほうを見た。

「なにか見えるか？」

「懐中電灯の光がチラチラしてるわ。あっ、こっちのほうへやってくる」

「ちくしょう。やっぱり、刑事が張り込んでいたんだ……。あっ、タローがもどってきた」

足もとで、がさごそ音がしたので、下を見ると、塀の穴から犬が出てきた。口に黒いビニール袋をくわえている。

明夫は洋子を肩からおろすと、タローの頭をなでて、くわえているビニール袋を取りあげた。

「さあ、逃げるんだ」

「タロー、おいで！」

二人は車のほうへ走った。後部シートに洋子と犬を乗せると、明夫はヘッドライトを消したままで、エンジンをかけてスタートした。

「パトカーが追ってくるかしら？」

「対向車とすれちがうときは、タローを見えないように隠してくれ。犬を乗せてると、あやしまれるからね」

逃走コースは、なんどもリハーサルしておいたので、うろたえることなく、広い中野通りに出て、車の流れの中にまぎれこむことができた。

「ここまでくれば、もう安心だ」

明夫は、ほっとため息をついた。ハンドルをにぎっている手が、じっとり汗ばんでいた。

「懐中電灯の光を見たときは、肝がちぢんだわ。タロー、おまえ、よく逃げてきたわね」

洋子は犬にドッグフードを与えて、頭をなでてやる。

「あっ、そうだ。これを調べてくれ。百万円入ってるかな」

明夫は助手席に投げ出しておいた黒いビニール袋をシートごしに洋子に渡した。彼女はその袋をあけてみて、

「なによ、これ。ただの新聞紙だわ」

と、小さく折り畳んだ古新聞を明夫に見せた。

「ちくしょう、まんまと裏をかかれた」

明夫はハンドルをたたいて、舌打ちした。

「彼女は潔白だったのかしら？」

「しかし、それなら、脅迫状を無視するはずだ。張り込んでいたのは、警察じゃなく、丸木兄妹かもしれん」

「とにかく、骨折り損の、くたびれもうけね」

「警察に捕まらなかっただけでも、よしとするか」

「これから、どうするの？」

「今夜、ゆっくり考えるよ」

洋子の叔母の家の近くまでくると、タローはホームシックにかかったように、そわそわしはじめた。

明夫は車のスピードを落として、横丁をまがった。

「あら、どっちへ行くの？　叔母の家とは方角が反対よ」

「ほら、あの自動販売機だよ。タローがぼくにオシッコをひっかけたのは」

と、彼は酒屋の看板の下に見える自動販売機を指さして、その前にくると、車をとめた。

「思い出の記念に、コーラでも買おうか。のどがカラカラだ」

彼は車からおりて、その販売機で缶コーラを二つ買った。洋子も、タローの首輪にひもをつけて、車から出た。

二人はコーラを立ち飲みしながら、

「じゃ、あなたはこの近くのアパートに住んでいたのね」

「ああ、その先の路地を入ったところだ。犬を返したら、きみの家まで送るよ。はやく帰らないと、門限におくれるだろう」

「うちへは叔母の家から電話するから、大丈夫よ」

「相変わらず、秘密主義だな。もう住所ぐらい教えてくれてもいいだろう」

「そのうちにね。じゃ、明日、また電話するわ。バイバイ」

洋子は、帰心《きしん》矢のようなタローに引っぱられて、小走りに歩み去った。

その後ろ姿を見送りながら、明夫は彼女を肩車したときのヒップの温もりを思い出していた。

Ⅲ

レンタカーを返して、目白台ハイツにもどったときは、さすがに緊張の糸が切れて、ぐったり疲れた。ふろを沸かして入るのも大儀だった。

ソファに寝ころがって、恐喝作戦の失敗をぼんやり反省していると、ふいにインターホンのチャイムが鳴った。

恐喝の容疑で、はやくも警察が逮捕にきたのかと、明夫はギクッとした。インターホンには出ず、しのび足で玄関にいって、ドアの小さいのぞき穴から見ると、断髪にメガネをかけた女が白い猫を抱いて立っている。隣りの707号室の中村雪子《なかむらゆきこ》という女だ。婦人雑誌の編集記者をしているハイミスだ。ここのエレベーターで、二、三度、乗り合わせたことがある。

明夫は新しいチェーンをはずして、ドアをあけた。

「ごめんなさい、こんな夜分おそくに……。牛乳があったら、すこし分けていただけません？　猫ちゃんのミルクをうっかり切らしちゃって。ほんの少しでいいんですけど……」

と、彼女はずかずか玄関に入ってくる。

「牛乳ならありますよ」

「よかった。このミミは夜ミルクを飲まないと、どうしても寝つかないくせがあって困りますのよ」

「かわいい猫だな。ペルシャですか」

「半分は雑種がまじってるらしいのよ。マンションでペットを飼うのは禁じられてるんだけど、管理人さんに鼻薬《はなぐすり》をきかせて黙認してもらってるの。それはそうと、美和子さん、お気の毒だったわね」

「姉とは親しかったんですか？」

「ときどきお茶に呼んだり呼ばれたりしてね。それに一度、うちの雑誌で、名門女子大生の生活と意見というテーマで座談会をやったとき、美和子さんにも出席してもらったことがあるのよ」

「あの記事なら、姉に見せてもらったことがあります。去年の秋だったかな。あの、よかったら、お茶でも……」

明夫がキッチンに招くと、彼女はそれを待っていたかのように、サンダルを脱いであがってきて、

「あら、このキッチン、美和子さんのときと少しも変わっていないわね」

と、なつかしそうに見まわす。

明夫は、彼女がパジャマの上に水色のカーディガンを

ひっかけているだけなのを見て、大胆な女だなと思った。夜分だろうが、独身男性の部屋だろうが、ちっとも警戒するそぶりがない。マスコミで働いているキャリアウーマンなので、大学生の明夫など対等な異性とは思っていないのだろう。

冷蔵庫からパック入りの牛乳を出して、彼女が持ってきたミルク・カップについでやると、猫が彼女の腕の中からテーブルに飛び移って、牛乳を飲もうとする。

「ミミ、だめよ。お行儀がわるい」

「ここで飲ましてやってもいいですよ。そうだ、飲みやすいように皿に入れてやろう」

明夫は食器戸棚から皿を出して、それに牛乳を入れて、床に置くと、猫は座りこんで、ぺちゃぺちゃ音をたてて飲みはじめた。

「お皿をよごして、ごめんなさい。でも、あなたが猫ぎらいでなくて、よかったわ」

「お茶より、ビールはいかがです?」

彼は、いまさら湯を沸かすのも面倒なので、缶ビールを出してすすめた。

「ええ、いただくわ」

彼女は、結構、いける口らしい。

「それじゃ、美和子さんのご冥福を祈って」

「どうも……」

二人は乾杯のまねごとをして、缶ビールに口をつけた。

「事件のことは、新聞や週刊誌でいろいろ読んだけど、いっしょに死んでいた助教授ね……」

「白石助教授ですか」

「その人の顔写真が週刊誌にのってるのを見て、わたし、思い出したのよ。ここのエレベーターで、偶然、いっしょになったことがあるのよ」

「えっ、いつです?」

「あの事件の三日前だったかしら。一階で乗り合わせたんだけど、あの助教授が先に七階のボタンを押したので、わたしがボタンを押さないでいたら、何階ですかと聞くの。同じ七階ですと答えたら、あっ、まちがえた、ぼくは八階だといって、あわてて八階のボタンを押しなおしたのよ。きっと、あの先生、美和子さんの部屋へ行くのをわたしに見られたくなかったので、わざわざ八階まであがったんだと思うわ」

「教師と教え子の仲だから、人目をはばかったんですよ」

「それに、夜だったしね」

と、中村雪子は意味ありげにウインクする。

「事件当日、なにか気づいたことはありませんでしたか。たとえば、夜中に変な物音がしたとか？」

明夫は、犯人がドアのチェーンに細工したとき、物音をたてたにちがいないと思って聞いてみた。

「刑事さんにも聞かれたんだけど、あいにく、あの日は取材旅行で、わたしは仙台に行ってたのよ。反対隣りの長島さん夫婦も、あの夜はお留守だったそうよ。弟さんの結婚式に出席するため、四国の松山の実家に帰っていたんだって。それより、あなた、今夜九時ごろ、お部屋にいた？」

彼女は急に思い出したように聞いた。

「いいえ」

「いつ帰ってきたの？」

「あなたがくる十五、六分前だったかな。それが、どうかしたんですか？」

「今夜、わたしが帰ってきたのが九時ごろだったのよ。外から帰ってくると、わたしはマンションの手前で、自分の部屋の窓を見あげるくせがあるの。一種の条件反射よ。女のひとり暮らしだから、きっと用心ぶかいのね。だって、もし窓に明かりがついていたら、気味がわるいでしょ」

「なるほど……」

「今夜、わたしの部屋の窓は暗かったけど、あなたの部屋の窓に、ちらっと明かりが見えたのよ。それも、電灯の明かりじゃなく、懐中電灯のまるい輪のような光がカーテンごしに動くのが見えたのよ」

「えっ、本当ですか」

「うそじゃないわ。あなたが外出中だったのなら、だれかがこの部屋にいたのよ。空巣かもしれないわよ」

「まさか……」

明夫はそう言いかけて、姉が持っていた鍵が一つ紛失しているのを思い出した。ドアのチェーンは警察に押収されたので、一昨日、新しいのをつけ替えておいたのだが、ドアの錠はそのままにしておいたのだ。紛失した鍵は、いまでも犯人が持っていて、それを使って忍びこんだのだろうか。明夫は背すじが寒くなるのを感じた。

「その不審な光が見えたのは、どの窓ですか？」

「リビングルームだったと思うわ。ここの間取りは、わたしのところと同じだから、たしかよ」

二人はリビングルームにいってみた。牛乳をなめていた猫も、のこのこついてくる。

「このあたりで、光の輪が動いたのよ」

中村雪子はベランダに面した窓の中ほどを指さした。窓には、カーテンが閉まっている。そのカーテンをあけてみたが、窓に鍵がかかって、べつに異常はなかった。

「なにか盗まれたものがあったら、警察に届けたほうがいいわよ。一応、調べてみたら」

彼女に言われるまでもなく、明夫は部屋じゅうを見てまわったが、物色されたような形跡はないし、預金通帳やキャッシュカードも無事だった。

雪子は、ここが情死事件の現場だったのかと、興味ぶかげに明夫のあとについて、ベッドのある寝室をのぞいて見る。

「なにも取られたものはなさそうだな」

「じゃ、わたしの錯覚だったのかしら」

「向かいのビルの明かりが、こちらの窓に反射しただけかもしれませんよ」

「そうね。とんだお騒がせをしたわね。あら、ミミはどこかしら?」

「あそこにいますよ」

応接セットのテーブルの下に、猫はうずくまってかくれていた。

「さあ、出ていらっしゃい。おうちに帰るのよ」

彼女はテーブルの下にもぐりこんで、猫をつかまえようとする。猫はすばやくソファのかげにかくれる。明夫が追うと、猫はソファを飛びこえて、キッチンのほうへ逃げた。

「ねえ、ちょっと、これを見て」

テーブルの下から、パジャマのヒップをわざと突き出すような格好で、雪子が呼びかけた。

明夫も四つんばいになって、彼女が指さすテーブルの裏側をのぞきこんで見ると、その裏板の片隅に墨汁《ぼくじゅう》のようなものが塗ってあった。暗くて、はっきり見えないので、彼はテーブルをひっくり返してみた。

「落書きがしてあったのを、サインペンで塗りつぶしたようね。だれがこんなイタズラをしたのかしら?」

「姉がこのテーブルを買ったときから、ついていたのかな」

「でも、これ、中古の家具じゃないんでしょう。新品なら、家具屋だって、カンナをかけて消すか、塗料で塗りかえておくわよ」

「テーブルの表なら、ともかく、こんな裏側に落書きするやつはいないし……」

と、明夫はこの奇妙な黒いしみを見つめて考えこんだ。その間に、彼女は玄関の隅にうずくまっていた猫をつかまえた。

「それじゃ、もうおそいから失礼するわ」

明夫は牛乳のカップをキッチンから取ってきて、彼女に渡した。

「ねえ、もし空巣が心配なら、今夜、わたしの部屋にきて泊まってもいいのよ」

彼女は腕に抱いている猫の頭をあごの先でなでながら、ちらっと上目づかいに明夫を見つめる。ビールの酔いがまわったのか、彼女の目はうるんでいた。

明夫はまごついた。

「あ、いいえ、結構です。ドアにチェーンをかけて寝ますから」

「うふふ……。空巣より、わたしのほうが怖いのね」

「いえ、そんな……。猫にひっかかれると大変だから」

「あなたも隅におけないって、管理人さんがいってたわよ。ここに引っ越してくるなり、ピチピチの女子大生を連れこんだんだってね」

「ちえっ、おしゃべりな管理人だな」

「あなたのプライバシーに干渉する気はないけど、お姉さんの二の舞いだけはしないでね。じゃ、おやすみなさい」

誘いをことわられた腹いせか、彼女は最後に嫌みをいって帰った。

明夫はドアにチェーンをかけながら、あのハイミスめ、猫をだしに、おれを誘惑しにきたのかと、苦笑まじりに舌打ちした。


その夜、彼はベッドに入って、本当に自分の留守にどろぼうが入ったのかどうか考えた。もし忍びこんだのなら、その時刻、自分が外出することを相手は知っていたことになる。とすると、なにが目的だったのか……。

彼は、はっとして起きあがると、掃除機がしまってある押入れをあけてみた。いつか洋子に注意されて、掃除機の集塵ケースからビニール袋に移しかえておいたゴミがなくなっていたのだ。

第七章　父と娘

I

「先生、これですよ。なんだと思います？」

明夫は、ひっくり返っているテーブルの裏板の黒いしみを久我京介に見せた。大学の授業がおわって、キャンパスの公衆電話から久我に電話して、昨夜なに者かが侵入したことを話したら、出無精の久我には珍しく、すぐ目白台ハイツに駆けつけてきたのである。

「やっぱり、落書きを塗りつぶしたとしか思えないね。このテーブルを元の位置にもどしてみよう。白石助教授が感電死していたときの状態に」

二人はテーブルを起こした。カーペットにテーブルの脚のくぼみがついているので、元の位置にもどすのは簡単だった。

「テーブルのこの裏側に、なにか落書きするとしたら、書いた本人はこのへんに座っていたことになるね」

と、久我は白石助教授が死んでいたソファに座って、テーブルの下に手を伸ばして、落書きするふりをした。

「じゃ、あの助教授が書いたんでしょうか？」

「洋子さんの話では、彼はメモ魔で、手持ち無沙汰になると、ところきらわずメモをする癖があったそうだね」

「でも、いったい、なにを書いたんでしょうね」

「ひょっとしたら、ダイイング・メッセージかもしれん。睡眠薬は遅効性だから、眠りこむ前に、助教授は薬を飲まされたことに気づいて、犯人のたくらみを察知して、とっさにダイイング・メッセージを書いた可能性もある」

「しかし、そのとき都合よく、ペンを持っていましたかね」

「メモ魔なら、ボールペンの一本や二本は常に持っているさ。もしなければ、爪で引っかいて書くこともできる。当然、犯人はそれに気づいて、サインペンで黒く塗りつぶしたのさ」

「先生の推理は、どうも我田引水《がでんいんすい》だな」

「はっはは、ミステリー中毒患者の独断と偏見かな」

「そうですよ。相手も同じミステリー・マニアなら、先生の推理どおりに行動したかもしれないが、白石助教授はただの心理学の学者ですからね」

「とにかく問題は、この黒いしみがいつ塗られたかだよ。もし昨夜、忍びこんだ曲者《くせもの》がやったのなら、なぜ今ごろになってやったかだ。あの事件から、もう三週間はたっているからね。それに、ゆうべ盗まれた掃除機のゴミのことだが、なぜきみは早く警察に提出しなかったんだ？」

「もうすこし容疑者が固まってから、あの山下警部に渡してやろうと思ったんです。見たところ、ほこりやカーペットの綿くずばかりで、もしなんの手がかりにもならなかったら、それこそ山下警部に笑いものにされそうな気がして……」

「それで、出し惜しみしたのか。だけど、盗まれたからには、犯人にとって重要な遺留品があったんだよ」

「それなら、なぜ今ごろになって、犯人は盗んだんでしょうね。盗もうと思えば、もっと早く盗めたのに」

「きみが毎日きちょうめんに学校へ行っていないから、相手には、きみの外出時間が読めなかったんだろう」

「昨夜、ぼくが外出したのは、じつは、先生……」

と、明夫は恐喝作戦のことを打ち明けた。

「えっ、本当にやったのか。無鉄砲だな」

久我京介は驚くより、むしろ、あっけにとられた。

「でも、まんまと裏をかかれましたよ」

「すると、昨夜の空巣は、丸木順子につながりのある者だろう。その脅迫状を見て、きみがお寺の境内へ金を受け取りに行くことを知って、この部屋に忍びこんだのだ」

「じゃ、彼女か、兄の丸木学生部長があやしいですね。彼なら、妹にきた脅迫状を見る機会がありますからね」

「だが、ちょっと待てよ……。きみは匿名で脅迫状を出したんだろう。それなら、相手には差出人がきみだとはわからなかったはずだ」

「でも、丸木順子には、ピンときたんじゃありませんか。以前、ぼくが彼女の車を写真にとったりしたから」

「なるほど……。しかし、それなら、彼女は警察に脅迫状を見せたとき、きみのことも知らせたはずだ。そしたら、警察は事前にきみをマークしていたはずだが……」

「尾行ですか？　ぜんぜん気がつかなかったな」

「じゃ、彼女は警察に知らせなかったのかな。でも、お寺の境内には、警官が張り込んでいたんだろう？」

「さあ、それは……。洋子さんが懐中電灯の光がちらつくのを見ただけで、ぼくたちはあわをくらって逃げたんです」

明夫は頭をかいて照れ笑いした。

「なんだ、しまらない恐喝者だな」

と、久我も、つられて笑ってから、

「まあ、いまの段階で、あれこれ考えても堂々めぐりするだけだ。きみ、サンドペーパーがあるかね？」

「いいえ、どうするんです？」

「このテーブルの黒いしみをサンドペーパーでこすってみたら、下になにが書いてあるか、字が浮かびあがるかと思ってね」

「なるほど……。じゃ、ちょっと買ってきます」

明夫が小学校の近くの文房具店にいってサンドペーパーを買い、ついでに甘党の久我先生に茶菓子を買ってもどってみると、玄関に、先生の靴のほかに、男と女の靴が脱いであった。だれが来ているのかと不審に思って、リビングルームにいってみると、驚いたことに、山下警部と洋子がソファに並んで座っていた。テーブルをはさんで、久我京介と向かいあっているが、三人とも、ぎこちない様子だった。とくに、警部は苦虫《にがむし》をかみつぶしたような顔をしている。

洋子は明夫に片目をつぶって、そっと肩をすくめた。

明夫は昨夜のことが露見《ろけん》したのを直感して、警部の顔をまともに見るのが怖かった。

「明夫君、洋子さんは山下警部さんのお嬢さんだったんだよ。私も、たったいま紹介されてね」

と、久我がとりなすように言った。

「えっ……」

明夫は声がつまって、思わず、この親娘《おやこ》をまじまじと見くらべた。どう見ても、似ているとは思えない。洋子は、きっと母親似なのだろう。いままで彼女が名字や電話番号を秘密にしていたことに、明夫はやっと思い当たった。われながら鈍感だった。

「ごめんなさい。べつに、あなたをだますつもりはなかったのよ」

と、洋子はまた肩をすくめた。

「きみはお父さんに頼まれて、最初から、ぼくをスパイしていたのか?」

「黙れ! スパイとは、なんだ」

山下警部がテーブルをたたいて怒鳴った。こらえていた怒りが一気に噴火したようだった。

「わしは事件の捜査に自分の娘の助けを借りるほど、公私混同はしておらんぞ」

「すみません」

「昨夜、おまえたちを取り逃がしたのが、わしにとっては、もっけの幸いだった。もしあの墓地で、おまえたちを捕まえていたら、いまごろ、わしは署長に辞表を提出してるところだ。恐喝犯人を捕まえてみたら、自分の娘だったとは、笑い話にもならん」

「じゃ、やっぱり、警部さんはあの境内で張り込んでいたんですか」

「当たり前だ。丸木順子から脅迫状を見せられたので、部下を二人つれて張り込んでいた。いったい、きみはどういう了見《りょうけん》で、わしの娘を巻きぞえにしたんだ?」

「お父さん、そのことは、けさ、わたしが説明したでしょう」

洋子が口をはさむと、

「わしは、直接、きみから聞きたいんだ」

警部は明夫に指を突きつけた。

「それは、あの作戦に犬が必要だったから、洋子さんに協力してもらったんです」

「久我先生、まさか、あなたが首謀者じゃないでしょうな?」

警部は怒りの銃口を久我京介のほうへ向けかえた。

「いや、私は……」

「先生は無関係です。すべては、ぼくの一存《いちぞん》でやったことです。信じてください」

明夫はきっぱり答えた。

「さあ、どうかな。恐喝金の受け取りに犬を利用するとは、たいした知恵だ。きみのような青二才が思いつくトリックじゃない」

と、警部はいった。昨夜の張り込みで、まんまと犬に出し抜かれたのが、よっぽど口惜しかったのだろう。

「警部さんは、どうしてぼくたちの仕業だとわかったんです?」

「境内で見張っていたら、犬が一匹のこのこ現われて、あの黒いビニール袋の包みをくわえて逃げた。最初は、てっきり野良犬のいたずらだと思ったが、懐中電灯で照らして追っかけているうちに、どこかで見たことがあるような犬だと気づいて、わしはピンときたんだ」

「父は、叔母さんのところのタローによく似ていると気づいたのよ」

と、洋子が補足した。

「それで、念のため、わしの妹の家に電話してみたら、洋子が数日前から、毎日、タローを借り出していたというじゃないか。大学で映画の撮影に使うとか、うまいことを言いおって……」

「それで、わたしが問いつめられたってわけ。ごめんなさい。シラを切ることができなくって……」

洋子は明夫と久我に向かって、ぺこりと頭をさげた。

「犬の素性がばれたのなら、仕方がないよ。すると、百万円の代わりに、新聞紙を入れたのは、警部さんの差し金だったのですか?」

「おまえたちは本当に金が欲しくて、やったのか」

と、警部は若い二人にかみつく。

「ち、ちがいますよ。ただ丸木兄妹の反応をテストしてみたかっただけです」

「そうよ。探偵資金なら、明夫さんはたっぷり持ってるんだから」

洋子がうっかり口をはさむと、

「ふざけるのも、いい加減にしろ」

警部はまた雷を落として、

「いいか、あれは丸木さんの考えだ。ゆすられる弱みもないのに、金を出す必要はないといったんだ」

「丸木さんって、順子さんですか?」

「兄のほうだ。最初は、こんな中傷じみた脅迫状など無視するといったが、いたずら犯人を捕まえて、こらしめるためにも、彼が三重塔へあの包みを持って行ったんだ」

「そのとき、丸木順子はどこにいました?」

「自宅で待機していた。ところで、きみは本当にあの脅迫状に書いたとおり、事件当夜、彼女がこのマンションに入ったのを目撃したのか?」

「いいえ、あれはでたらめです」

「だろうと思った。きみは、その時刻、富士見荘アパートにいたことになっていたからな。わしは、あの脅迫状の主はここの管理人だろうとにらんで、昨夜、部下に彼を見張らせたんだが、彼は夕方六時にマンションから自宅に帰ったきり、一歩も外出しなかった。わしの見込みちがいだった」

「灯台もと暗しね」

洋子がひやかすと、

「バカ、笑いごとじゃないぞ。親に赤恥をかかせおって……。そもそも、久我先生がけしからん。若いものをそそのかして、探偵ごっこをさせるなんて、非常識きわまる」

山下警部の腹立ちは、いささか八つ当たり気味だった。

「監督不行き届きで、まことに申しわけない。以後、気をつけます」

久我京介は神妙に頭をさげた。

Ⅱ

「わたし、お茶でもいれてくるわ」

洋子が立ちあがって、勝手を知った様子でダイニング・キッチンへ行こうとしたら、山下警部が呼びとめた。

「おまえ、ここへは、しょっちゅう来てるのか?」

「今日がはじめてじゃないわ」

「男の部屋には、絶対に一人で行ってはいけないと、あれほど母さんに注意されていただろう」

「でも、ここは殺人事件の現場よ」

「それがどうした?」

「だから、興味があって、明夫さんに見せてもらったのよ。わたしは明夫さんのアリバイの証人ですからね」

「カエルの子はカエルですな」

久我京介が冗談をはさむと、警部はにがにがしげに顔をしかめた。

「警部さん、ぼくを信じてください。この部屋に洋子さんがきても、ぼくは指一本ふれちゃいませんよ」

「もし妙な気をおこしたら、わしが承知せんぞ」

「そのときは、強姦罪でパクってくださって結構です」

明夫が見えを切ると、

「大丈夫よ、明夫さん。強姦は親告罪だから、わたしさえ訴えなければ、父だって手出しはできないわよ」

と、洋子は父の雷が落ちないうちに、さっさとキッチンへお茶の支度にいった。明夫も、いっしょに手伝いにいく。

「一本、取られましたな」

久我が同情すると、

「いやはや、もう手に負えませんや。なまじ外国ミステリーが好きなばっかりに、なにかといえば、やれ、日本の刑事は野暮ったいだのと、小生意気《こなまいき》なことばかり抜かしおって……」

と、警部は、はじめて笑顔を見せた。

洋子がお茶をいれてきて配りながら、

「ねえ、お父さん。いい機会だから、この事件について、みんなでディスカッションしてみましょうよ。どうせ今日は私用で来たんでしょ」

「自分の娘がぐるになった恐喝事件を調べるのに、公務で来れるか」

「このままじゃ、迷宮入りになりかねないわね。だから、わたしたちはお父さんの捜査を援護射撃するつもりで、ゆうべ、あれを決行したのよ」

「出すぎた真似をしおって……。おい、洋子、おまえ、まさかわしの捜査メモを毎晩こっそり盗み読みしてたんじゃあるまいな?」

と、父ににらまれて、洋子はいたずらっ子のように、ぺろりと舌を出した。

「なんてことだ！　身内にスパイがいるとは……」

警部は、いまさら腹を立てる気力もなくして、お茶を飲みほすと、ぐったりソファにもたれこんで、太いため息をついた。

久我京介はタバコをふかしながら、この親娘のやりとりをほほ笑ましく眺めている。

明夫はいままで洋子の異常な情報収集能力をふしぎに思っていたが、その秘密がわかると、警部に気づかれないように、そっと彼女にVサインを送った。

洋子は父の態度がすこし軟化したのを見て、

「お父さん、ついでに一つ教えてほしいことがあるんだけど……」

と、父の湯飲みにお茶をつぎたす。

「なんだ?」

「白石助教授を感電死させたときに使ったタイマーだけど、あの出所はもうわかったの?」

「あれは半年前に、新宿のMデパートの電器コーナーで売りに出されたものだが、だれが買ったかは不明だ」

「残念だな。あのタイマーだけが犯人の唯一の遺留品だと思っていたのに……」

と、明夫はくやしがる。

「お父さんの手帳に、参条講師の名前が書いてあったけど、あの人も容疑者なの?」

「……」

「アリバイはもう調べたの? 盗作事件で白石助教授を恨んでいたから、動機はあるはずよ」

「そんなこと、おまえたちにペラペラしゃべれるか」

警部は、またツムジをまげた。

「それなら、ギブ・アンド・テイクでいきましょう。お父さんが参条先生のアリバイを教えてくれたら、こちらは犯人の遺留品があるかもしれない物を提供するわ」

「な、なんだって?」

「明夫さん、この際、あの掃除機のゴミを渡しましょう」

「いや、それが、もうないんだよ。ゆうべ、盗まれたんだ」

「なんですって……」

洋子はおどろいて、掃除機がおさめてある押入れをあけてみた。

「ゴミって、なんのことだ?」

警部が説明を求めたので、明夫は掃除機の集塵ケースにあったゴミのことを話し、昨夜、洋子といっしょに浄光寺に出かけた留守に、空巣が入って盗んだことを打ち明けた。

「そんな大切なものを、なぜ早く警察に提出しなかったんだ?」

警部がとがめると、

「わたしたちの落ち度じゃないわよ。お父さんたちが無理心中説を撤回して、この部屋を再捜査するとき、もっと本腰を入れてやればよかったのよ。せっかく久我先生の名推理で、密室殺人事件とわかったのに、日本の警察はアマチュアの意見を本気で聞く気がないんだから。あきらかに初動捜査のミスよ」

娘に手きびしく批判されて、さすがの警部も返す言葉がなかった。

「それにしても、目ざとい空巣だね。ただのゴミを見て、それを持ち去るとは……」

久我が不思議がった。

「先生、じつは、ぼく、あのゴミを入れた袋にメモを張りつけておいたんです」

「メモ……？」

「〈犯行現場の採取物〉と書いて、あの日の日付と、保管者として、ぼくと洋子さんの名前を書いておいたんです」

「バカね。それじゃ、わざわざ犯人に盗んでくれと教えるようなものじゃないの」

と、洋子はがっかりした。

「警察に提出するとき、それなりの形式をつけておこうと思ってね」

「これだから、シロウトの浅知恵は困るんだ」

と、警部がやり返した。

「それから、もう一つ、気になることがあるんです。洋子さん、すまないが、この湯飲みを片づけてくれないか」

明夫は彼女に手伝ってもらって、応接テーブルをひっくり返して、裏板にある黒インクのしみを見せた。そして、さっき久我京介と推理しあったことを話して、買ってきたサンドペーパーで黒いしみを削ろうとしたら、警部が制止した。

「うちの鑑識員に調べさせるから、このまま手をふれないでくれ。これが本当にダイイング・メッセージを塗りつぶしたものなら、字が浮き出て判読できるかもしれん」

と、警部はいった。

「昨夜のどろぼうがこれを塗りつぶしたのなら、そいつは、てっきり丸木兄妹のどちらかだと思ったんですがね」

「あの二人は、昨夜は所在がはっきりしている」

「じゃ、いまのところ、残る線は参条講師だけね。お父さん、彼のアリバイはどうなの？」

と、洋子が返事を催促する。

「いつのアリバイだ？」

「昨夜九時ごろよ」

「さあ、それはわからん。昨夜は彼を見張っていたわけじゃないからな」

「じゃ、五月九日の夜は？」

「あの日なら、彼は午前中の講義をおえて、自宅にもどり、ずっと一晩じゅう、本を読んでいたそうだ」

「あの先生は、たしかマンションで独り暮らしのはずよ。アリバイの証人がいるの？」

「あの晩の六時ごろまでは、確実なアリバイがある。

近所の中華料理店から、夕食の出前を取っているんだ」

「それ以後は?」

「読書していたというだけで、証人はいない。しかし、だからといって、アリバイがないとも断定できん」

「それに、その参条講師が、たとえ白石助教授を恨んでいたとしても、明夫君のお姉さんを殺す動機はありませんな」

久我京介が遠慮がちに口をはさむと、警部は大きくうなずいて、

「まったく、そうです。たかが論文の盗作ぐらいで、人を二人も殺しませんからな」

「でも、盗作は学者にとって致命傷よ。現に、そのせいで、今年の新学期から、白石先生のほうが先に助教授に昇格して、参条先生はいまだに講師どまりですもの。ねえ、お父さん、参条講師と丸木順子さんの関係はどうなの? うちのキャンパスでは、以前、参条先生は彼女にホの字だったたって、もっぱらの噂よ」

娘に追及されて、山下警部は苦笑まじりに久我と顔を見合わせると、

「これだから、女子大生の地獄耳にはかないませんな。ろくに勉強もしないで、独身教師の噂ばかりして……。高い授業料を払わされている親の身にもなってくださいよ」

と、同情を求めてから、

「たしかに、こちらの聞込み調査でも、あの講師が丸木順子にご執心《しゅうしん》だったことは確認ずみだが、例の盗作問題があってからは、立ち消えになったらしい。おそらく、彼のほうから身を引いたんだろう」

Ⅲ

参条助教授の心理学の授業は、フロイトの精神分析についての講義だった。のっぺりした青白い顔に似合わず、話術がうまく、フロイトの幼児性欲論を説明するときは、真顔できわどい冗談をいって、女子学生たちの反応をひそかに楽しんでいる様子だった。そのくせ、黒板に書く字は妙に四角四面で、完全主義者のような細心な性格をあらわしている。

明夫は教室の最後列の机で傍聴していたが、洋子がなかなか来ないので、いらいらしていた。この授業に誘ったのは、彼女のほうで、けさ電話をかけてきて、ここの教室で会う約束だったのだ。この授業には、丸木順子は出席しないから、かち合う心配はないという。

教室には、百人ほどの学生が詰めている。明夫がまぎれこんでも、ニセ学生だとあやしまれる心配はなさそうだ。

後ろのドアがそっと開く気配がしたので、ふり向くと、洋子がドアのすき間から教室をのぞきこんでいた。明夫が隣りに確保しておいた空席を指さすと、彼女は参条助教授が黒板に向かって字を書いているすきに、すばやく教室にすべりこんで、明夫の横に座った。

「おそかったじゃないか」

「わけは、あとで話すわ」

と、彼女はささやいて、口に指を立てた。

そして、バッグから筆記用具を出したが、そのバッグの中に、明夫は紅白のリボンで結んだ平たい紙包みがあるのを見て、なんだと目顔で聞くと、彼女はノートをひろげて、

〈参条先生へのプレゼント〉

と、書いた。

〈?〉

明夫も、そのノートの余白に書いて問いかえす。

〈助教授昇進のお祝いよ〉

〈白石助教授の後釜《あとがま》?〉

〈イエス〉

〈ますます容疑が濃厚だな〉

〈イエス〉

〈でも、なぜプレゼント?〉

〈アタックする餌よ〉

二人は私語をつつしんで、筆談しあった。

〈テーブルの裏の黒インクの跡から、字が判読できた?〉

と、また洋子が筆問する。

〈お父さんから聞かなかった?〉

〈父は、いっさいノーコメントよ〉

〈鑑識の結果も、ダメだった〉

〈久我先生のダイイング・メッセージ説は不発ね〉

〈イエス。残念〉

やっと授業が終わりに近づいて、参条助教授は黒板の字を消しながら、

「では、今日はこれまで……。ところで、諸君、フロイトは大変なヘビー・スモーカーだったので、口の中にガンが発生して、手術を受けること、じつに三十三回。そのあげく、親友の医者に致死量のモルヒネを注射してもらって、安楽死したんだよ。だから、きみたちも、たとえ彼の精神分析学がよくわからなくても、喫煙だけはやめたまえ。それがフロイト先生の教訓だよ」

タバコをくわえようとした男子学生を見つけると、そう当てこすってから、襟やネクタイについた白いチョークの粉をハンカチで払いながら、教室から出ていった。

「どうして遅刻したんだ?」

明夫は、さっそく洋子に聞いた。

「けさ、あなたに電話したとき、父に盗み聞きされたのよ。それで、またお説教をくっちゃった」

「探偵ごっこをやめろって?」

「今日かぎり、あなたと絶交してこいって」

「頑固おやじだな」

「それから、デパートによって、このプレゼントを買うのに時間がかかったのよ」

教室へは、つぎの授業をうける学生たちがどやどや入ってきたので、明夫はポケットからサングラスを出してかけた。

「なによ、それ? ヤクザみたい。ヘア・スタイルまで変えちゃってさ」

「変装さ。丸木順子や例の暴力学生に見つかると、まずいじゃないか。それはそうと、どこへ行くんだ?」

廊下に出ると、洋子は階段をあがった。

「参条先生の研究室よ。あの先生、今日はもう授業がないから、研究室で一休みしてるはずよ」

「いっしょに行っていいのかい?」

「あなたが来ないと、パンチが効かないわ。とにかく、わたしにまかせて」

五階にあがると、教授や助教授の研究室のドアが廊下にずらりと並んでいた。その一つに、〈参条壮児助教授〉と書いた真新しいネームプレートがかかっていた。

「へえ、壮児《そうじ》って、勇ましい名前だな。ぜんぜんイメージに合わないや」

「ここは、先月まで白石助教授の部屋だったのよ」

「部屋ごと、手に入れたわけか」

「しっ、聞こえるわよ」

と、洋子は制して、ドアをノックした。

どうぞ、と中から応答があったので、明夫はサングラスをはずして、洋子の後ろについて入った。

六畳ほどのせまい部屋だ。両側の壁にスチール製の書架が並んでいるが、本棚はまだ空っぽで、本をつめた段ボール箱が床に山積みしてある。

参条助教授は窓ぎわの机のそばに立って、ポットから急須に湯を入れているところだった。

「先生、助教授昇進、おめでとうございます。これ、二年生の有志一同からのささやかなプレゼントです」

洋子はリボンをかけた包みをさし出した。

「えっ、私に？　どうも……。なにかな？」

彼はちょっと面くらって、照れくさそうに受け取った。

「チョコレート・ボンボンです。先生が甘党か辛党かわからなかったので」

「ありがとう、大好物だよ。いまお茶を飲もうと思ってたところでね。きみたちも、いっしょにどうかね」

彼はにこにこしながら、湯飲みを三つ出して、お茶をいれてサービスする。女子学生からプレゼントをもらったのが、よっぽどうれしいのだろう。

「引っ越してきたばかりで、まだ部屋の整理がついてないんだよ。そこにある丸椅子に、適当に座ってくれたまえ。ええと……、きみたちはだれだったかな？　どうも名前をおぼえるのが苦手でね」

「山下洋子です」

「ぼく、西川です」

「あまり見かけない顔だな」

「すみません。アルバイトが忙しいもんで、つい欠席ばかりして……。でも、フロイトの『夢判断』は読みました。とはいっても、ダイジェスト版ですが」

「ダイジェスト版でも、結構、結構。あの大著はそうそう手軽に読みきれる代物じゃないからね」

と、彼は一口お茶を飲みかけて、ふと、洋子の顔をまじまじと見つめて、

「山下君というと……、ひょっとしたら、きみはあの山下警部のお嬢さんじゃ……？」

「はい」

「そうだったのか。じつは、先日、例の事件で、警部さんが私のところに見えて、いろいろ聞かれたとき、うちの娘が学校でお世話になっていますとおっしゃったもんだから……」

「すみません。父があれこれ不愉快なことをお尋ねしたと思います」

「いや、私はあの事件とは、まったく無関係だから、なにを聞かれても平気だが、こうして白石先生の後釜に座ると、なにかと色メガネで見られてね。正直なところ、助教授に昇格したのを喜んでいいのか、じつは困っているんだよ」

「タイミングが悪かったですね」

と、明夫は同情するふりをした。

「まったくだよ。しかし、それにしても、白石君があんな事件を引きおこすとはね。彼の性格からは想像もできんよ」

「先生は、白石先生とは、付属中学からのお友だちだったそうですね。父から聞きましたわ」

と、洋子がいった。

「そうなんだよ。それだけに、私にはショックだった。人間って、三十をすぎると、どう変わるかわからんもんだね」

参条助教授は急に立ちあがると、窓の外を眺めながら、

「山下君、お父さんの捜査のほうは、いまどの程度、進んでいるんだろうね。白石学長のお気持ちを察すると、私も気になってね」

と、聞くともなく聞いた。

「さあ……。父は、家では、いっさい事件の話をしませんので、よくわかりませんわ」

「このまま迷宮入りになるんじゃないかな。いまだに有力な手がかり一つないんですから」

明夫が口をはさむと、

「ほう、きみも、あの事件に、だいぶ関心があるらしいね」

「先生、この西川君は、白石先生といっしょに殺されていた美和子さんの弟なんです」

洋子が相手の反応を確かめるように、ずばり打ち明けると、参条助教授は、一瞬、とまどったように目をぱちぱちさせて、明夫を見つめたが、急に顔を紅潮させて、

「きみは、それじゃ、うちの学生じゃないのか」

「すみません。今日はモグリで傍聴させてもらいました」

「きみのことは、週刊誌で読んだよ。事件の第一発見者だってね。しかし、山下君、これは、きみのお父さんの差し金か?」

「いいえ、父とは関係ありません」

「ぼくが洋子さんに無理に頼んだんです。先生に紹介してくれって」

と、明夫は彼女をかばった。

「なんのつもりだ?」

「先生が白石助教授と親しかったと聞いたもので、なにか参考になることがあったら、聞かしてもらおうと思って……」

「話すことはないね。お悔みの言葉ぐらいしか……。山下君、こんなことをしちゃ、きみには心理学の単位はやれないよ」

「すみません。じつは、わたし、先生の講義は受けていないんです」

「なんだと……。じゃ、きみたちは私を首実検しにきたのか。悪ふざけも、いい加減にしたまえ。なにがお祝いのプレゼントだ。さあ、これを持って、さっさと帰ってくれ」

と、参条助教授はこめかみに青すじを立てて、チョコレート・ボンボンの包みを洋子につき返した。

そのヒステリックな見幕《けんまく》にひるんで、二人はほうほうの体《てい》で退散したが、三階までおりると、

「あの先生の反応、どう思う?」

洋子は階段の踊り場で足をとめて、明夫に聞いた。

「なんとも言えんな。わざと大げさに腹を立てただけかもしれん」

「でも、あなたの出現にショックを受けたのは、たしかよ。このチョコレート・ボンボンの代金、必要経費で落としてね。結構、高かったのよ」

と、彼女はちゃっかりデパートのレシートを渡した。

「一万円で、おつりがある?」

「ないわ。じゃ、あとでいいわ。このボンボン、どうしよう? 久我先生にさしあげようかしら」

「ああ、それがいい」

明夫がまた用心ぶかく変装用のサングラスをかけると、彼女はそれを見て、

「あっ、そうだわ。あの夜の空巣は、ひょっとしたら、例の暴力学生かもよ。彼らなら、丸木部長か順子さんの手足になって動くもの」

第八章　ポケットの中

I

「ここですよ」

明夫は、ひくい鉄柵の門の前で立ちどまって、久我に表札を指さして教えた。

白石学長の家である。正確にいえば、前学長である。一昨日の新聞に、明和大学の学長を辞任した記事がのっていたからだ。この前、明夫が訪ねたときは、学長の表札と並んで、白石正彦の表札もかかっていたが、いまは、息子のははずされて、門柱に白い跡が残っている。

久我は、まわりの高級住宅と見くらべて、

「意外と、つつましい家だね。豪邸を構えているのは、おそらく丸木理事長のほうだろうな」

と、つぶやいて、腕時計を見た。午後の一時十分前だった。

二人が訪問することは、昨日、明夫が白石氏に電話で

約束をとりつけておいたのだ。これは久我京介の発案だった。警察の捜査も、その後、一向にはかばかしくないらしいので、彼としては、いわゆる捜査の原点にもどって、白石助教授が死んでいたとき着ていた服や所持品を自分の目で確かめておきたかったのである。

明夫がインターホンのボタンを押して、来意を告げると、和服姿の白石夫人が出てきて、二人を応接間に通した。

そこには、前学長が新聞を読みながら待っていた。今日はもうステッキをついていなかった。明夫はそれを見て、父が加えた暴力の後遺症が治ったのかと思って、内心、ほっとした。

彼があらためて久我京介を紹介すると、白石夫妻は、ドア・チェーンのトリックを見破って、息子の無理心中の汚名を晴らしてくれたことを感謝して、お礼をのべた。

夫人はレモン・ティーにショートケーキをそえて、二人にすすめながら、

「昨夜、正彦の書斎を整理していましたら、久我さんのご本が六冊ほどございましたよ。『探偵トリック入門』とか『名探偵クイズ集』とか……」

「ほう、正彦は久我さんの愛読者だったのか。これも、なにかのご縁ですな」

と、前学長はすこぶる愛想がよかった。

「どうも恐縮です」

「電話でおっしゃってた正彦の遺品ですが、あれの書斎に全部そろえておきましたから、遠慮なく調べてください」

夫人は、明夫たちがお茶を飲みおえるのを待って、二階にある息子の書斎に案内した。

書斎は八畳ほどの広さの洋室だった。心理学の専門書のほかに、クイズ作家らしく、いろんな分野のクイズ本が一つの書架いっぱいに集めてあった。テレビがある棚には、ビデオ・テープがぎっしり詰まっている。自分が出題したクイズ番組を録画したものだろう。

ベッドの上に、上着とズボン、チェックのオープンシャツがひろげて置いてあった。

「では、拝見させてもらいます」

久我はそう言って、一つ一つ手にとって調べた。

上着のポケットには、財布、名刺入れ、定期券入れがあるだけで、胸ポケットに万年筆がさしてあった。ズボンのポケットには、ハンカチとポケットティシュが入っていた。オープンシャツには、なにもなかった。

「所持品は、これだけでしたか?」

「ええ、あの日は、テレビ局の人に渡す原稿を大きな

封筒に入れて、それだけを持って出かけましたわ。この服もクリーニングに出してから、タンスにしまおうかと思いましたけど、主人が事件が解決するまでは、このまま保管しておけと申しますので……。ただ下着類だけは洗濯しましたけど……」

と、白石夫人は答えた。

「原状のまま保存していただいて助かります」

久我が服の裏地までひっくり返して綿密に調べるので、前学長はいぶかった。

「いまさら、なにをお捜しになるのかな？　警察がひと通り調べたことだし、もし不審な点があったら、私や家内だって、とっくに気づいているはずだが……」

「息子さんは大変なメモ魔だったと聞いていますので、犯人に睡眠薬を飲まされて、眠くなる直前に、なにか手がかりになるメモを残されたにちがいないと思いましてね」

「一種のダイイング・メッセージです」

明夫が言いたした。

「なるほど、その可能性はありますな。正彦は子どものころから、ところきらわず落書きをする癖があって、何度、ふすまや壁紙を汚されて張り替えしたことやら……」

「そういえば、胸ポケットに、万年筆しかないのが変ですわ。外出するときは、たいていサインペンのようなものも差していましたのに。あの日にかぎって、忘れて出かけたのかしら……」

と、夫人が上着の胸ポケットから万年筆を抜きとって見せた。

「サインペンって、黒インクのですか？」

久我は、例のテーブルの裏に塗ってあった黒インクのしみを思い出した。

「さあ、インクの色は知りませんが……。いまどき、胸ポケットに何本もペンをさすのはみっともないから、およしなさいと注意するのですけど、あの子はおしゃれのセンスより、実用一点張りで……」

「じゃ、きっと犯人がそのサインペンを奪ったんですよ。白石先生がなにかダイイング・メッセージを書こうとしたのを見つけて……」

と、明夫が憶測《おくそく》する。

「それに、もう一つ解せないのは、手帳がないことです。メモ魔なら、たいてい一冊は持ってるはずですがね」

と、久我は首をかしげた。

「そういえば、手帳は最初から見あたりませんでしたわ。あなた、お気づきになって？」

白石夫人が夫に聞くと、前学長はかぶりをふった。

「おや、これは……？」

久我京介は上着の右のポケットをひろげて、中をのぞきこんでいたが、そのポケットの袋を裏返しにして引っぱり出してみた。

ポケットの中のネズミ色の布地に、サインペンらしい黒インクで、なにやら字が書いてあった。布地のしわをのばして見ると、大きなＳの字を横にしたような記号と、３の数字が書いてあった。

３のような数字は、横になったＳの上に小さく書いてある。また見方によっては、細長いＳの字の右下に、小さいＷが書いてあるようにも見える。

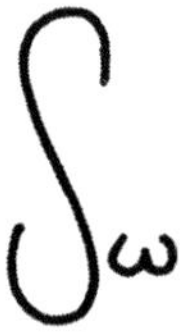

意外な発見におどろいて、みんなは頭をくっつけあって、この奇妙な字を見つめた。

「息子さんは右ききでしたか？」

久我が夫人にたずねた。

「ええ。でも、これ、なんでしょうね？　服地に、こんなインクで書いたら、クリーニングしても汚れがおちませんのに……」

「これが、息子さんが書き残されたダイイング・メッセージだと思います」

久我は確信をもって、きっぱり断定した。

「でも、なぜポケットの中に……？」

「もちろん、犯人に発見されないためです。殺されることを予感したので、服が汚れることなど気にしちゃいられなかったのでしょう」

「じゃ、正彦はポケットの中に右手を入れたままで書いたのですか」

「そうです。だから、字体がくずれて、こんな奇妙な字になったのだと思います」

「いったい、正彦はなにを書くつもりだったのだろう」

白石夫妻はポケットの袋をていねいに引きのばして、指先でこの奇妙な記号をなぞった。これが息子の絶筆だと思うと、ひとしお感慨ぶかいものがあるのだろう。

「それにしても、なぜこんな変てこな字を書いたのでしょう。どうせ書くのなら、はっきり犯人の名前でも書いてくれればよかったのに」

「犯人に見つかったときのことを考えて、クイズ作家の機転で、こんな暗号を思いつかれたのでしょう。もし犯人の名前を書いて見つかったら、この上着ごと犯人に持ち去られて捨てられますからね」

「だが、死に直面した息子に、そんなことまで考えをめぐらす余裕があったかね？　ダイイング・メッセージというのは、死にぎわの伝言という意味だろう」

白石前学長は、久我の説明があまりに推理小説的すぎる気がして、納得しかねる様子だった。

「でも、息子さんの場合は、瞬間的に殺されたわけじゃありませんからね。とっさの機転を働かせるだけの余裕はあったと思いますよ」

「じゃ、先生、例のテーブルの黒い塗りつぶしも……？」

明夫は久我にそう問いかけてから、白石夫妻に犯行現場のテーブルの裏に黒インクのしみがあったことを話して聞かせた。

「おそらく、白石助教授はポケットの中にダイイング・メッセージを書いたものの、もし万一、警察か家族のものに発見されない場合を考えて、念のため、あのテーブルの裏にも書いたんだと思う。ところが、運わるく、それは犯人に見つかって、塗りつぶされた。だから、サインペンも手帳も、抜かりなく、犯人が処分したんだろう」

「ポケットの中だけは、犯人が見落としたわけですか」

「盲点だったんだよ」

「なるほど……。しかし、久我さん、これが本当にダイイング・メッセージだとしても、はたして何を意味するのか、解読できないことには、なんの手がかりにもなりませんな」

前学長にそう言われると、久我京介も、すぐには答えられなかった。

「とにかく、警察にお知らせしたほうがよろしいんじゃありません。久我さんから届けていただけます？　あなたのお手柄ですから」

白石夫人は上着のポケットをきちんと元にもどして、それを久我に手渡そうとした。

「いや、警察へは、奥さんのほうから連絡していただければありがたいのです。素人のぼくたちがあまり出しゃばった真似をすると、警察はいい顔をしませんので」

と、久我は山下警部の苦虫をかみつぶしたような顔を思いうかべて、遠慮がちに辞退した。

Ⅱ

久我と明夫は、山下警部たちが白石夫人の連絡をうけてやってくる前に、そうそうに退散して、近くの商店街にある喫茶店で、洋子と落ちあった。

洋子は、白石氏がすでに学長を辞任しているとはいっても、いっしょに訪問するのが気おくれがして、ここで二人を待っていたのである。

「どうだった？　なにか新しい手がかりが見つかった？」

彼女は待ちわびたように聞く。

「ああ、大発見だ。とうとうダイイング・メッセージを見つけたよ」

と、明夫は白石家であったことを話して聞かせて、あの奇妙な記号を写してきたメモ用紙を見せた。

「うわ、すごい！　さすがは久我先生だわ」

洋子はすっかり興奮して、目をかがやかした。目もとのホクロが一段と大きくなって、黒い瞳が三つあるような感じだ。

「ポケットの中に気がつくとは、まさにシャーロック・ホームズ級の直観力ですよ。先生」

若い二人から、まともに賛辞を浴びせられて、久我はまぶしそうに照れたが、内心はまんざらでもない様子だった。

「だが、喜ぶのはまだ早いよ。問題は、この記号がなにを意味するかだ。きみたちはどう思う？」

と、久我に聞かれて、明夫と洋子はそのメモ用紙をテーブルのまん中に置いて、いろんな角度から眺めながら、解読に取り組んだ。

「わたしは参条助教授のイニシアルだと思うわ。参条の3に、あの先生の名前は壮児だから、頭文字はSよ」

「それなら、丸木学生部長だって、名前が清三《せいぞう》だから、Sもつけば、数字の3もあるぜ」

「丸木順子でないことだけは確かね」

「どうしてSが横になってるのかな。Sの字を縦にしたら、この小さい3は、Wの小文字のようにも見える」

「Eの筆記体かもしれないわ」

「Sは大きいのに、なぜ3のほうは小さく書いてあるのかな」

「ポケットに手を入れたまま書いたので、ポケットの布地が動いて、字のバランスがとれなかったんじゃない」

「まったく、判じ物だな」

「いくら考えても、ラチがあかないわ。ねえ、先生。先生の推理をお聞きしたいわ」

洋子はじれったくなって、黙って聞いている久我にたずねた。

「ぼくにも、チンプンカンプンだよ。それより、直接、ご本人たちに聞いてみたら、どうかね。ほら、あそこに電話や電話帳があるよ」

久我は、飲みかけていたジュースのストローで、レジの横にあるピンク電話を指さした。

「ご本人たちって?」

「丸木清三か、参条壮児だよ」

「あっ、そうか。その手があったな」

と、明夫が電話帳を取りにいこうとしたら、

「電話番号なら、わたしが控えてるわ」

洋子がバッグから手帳を出して、ページをめくった。それには、この事件の関係者の氏名や住所、電話番号が一覧表のようにきちんと書いてあった。

「へえ、用意周到だな。どうせ山下警部殿の捜査メモから、こっそりコピーしたんだろう」

「まあね」

と、洋子はいたずらっぽく笑った。

明夫はその手帳のリストを見ていたが、

「あれ、参条助教授が住んでいる町名は、ここの駅から二つ目の駅の近くだよ。電話で話を聞くより、これから行って、直接アタックするほうが手っ取り早いよ」

「でも、先日のあの見幕じゃ、玄関払いよ」

「なあに、押しの一手でいくさ。こんどは、ぼくにまかせてくれ」

「もし留守だったら?」

「今日は日曜だから、いるはずだけど、念のため、確かめてみよう」

明夫はその手帳をもって、電話をかけに行ったが、すぐにもどってきた。

「運よく、在宅だったよ。相手が電話に出たので、すぐ切ってやった。きっと、いたずら電話だと思ってるさ。先生も、いっしょに行ってみませんか?」

「いや、ぼくは遠慮しよう。なまじ初対面で年上のぼくが行くと、相手は警戒するからね」

「残念だな。容疑者の反応を観察するのに、いいチャンスなのに……」

「ぼくはきみたちの観察眼を信用してるから、あとで報告してくれたまえ。ぼくは先に帰って、このダイイング・メッセージの謎に取り組むよ」

「じゃ、帰りによります。今晩は、ぼくと洋子さんが腕によりをかけて、うまい家庭料理を作ってあげますよ」

「期待してるよ」

三人は喫茶店を出ると、同じ電車に乗った。

その電車が二つ目の駅につくと、明夫と洋子はプラットホームにおりて、久我を乗せて走り去る電車に手をふって別れた。

二人はそこの駅前の交番に立ちよって、参条助教授が住んでいるマンションの場所をたずねた。歩いて数分の近さだった。

九階建てのマンションで、そこの最上階の９０４号室である。

チャイムのボタンを押すと、ドアが細目にあいて、ポロシャツ姿の参条助教授が顔を出したが、

「なんだ、またきみたちか。しつこいな」

と、露骨《ろこつ》に顔をしかめる。

「すみません」

「こんなところまで押しかけてきて、こんどは、なんの用だね?」

「あれから、新しい手がかりが見つかったんです。それで、ちょっとお聞きしたいことがあって……」

「手がかり……?」

「ええ、犯人の決め手になる重要な手がかりです」

と、明夫は、ここぞとばかりに、もったいぶって言う。

「じゃ、まあ、入りなさい。せっかく来たんだから」

参条助教授はドアを大きくあけた。

二人は六畳の和室に招かれたが、隣りの洋間のドアが半分あいていて、カーペットの床一面に鉄道模型のレールが敷いてあるのが見えた。いろんな種類の模型機関車が並べてあり、分解した模型の部品やミニチュアの工具類が散乱して、足の踏み場もない有様だった。

この先生に、こんな子どもじみた趣味があったのかと、明夫と洋子は目を見はった。

和室には風炉と茶釜がおいてあって、茶室のような感じの部屋だった。

「あら、先生はお茶をなさるんですか?」

「これでも、私は師範の免状をもってるんだよ。祖母が家元の出だったのでね。お望みなら、一服、たてて進ぜようか」

「いえ、結構です。ぼくはコーヒー党だから」

「わたしも作法を知りませんので」

若い二人は尻ごみした。

「この炉は、炭火の代わりに、電気式だから、お湯は

すぐに沸くんだよ」

なるほど、風炉の下から電気コードが壁のコンセントに伸びている。

「きみたちが遠慮するなら、無理にすすめないがね……。ところで、新しい手がかりって、なんだね？」

参条は二人に座布団をすすめてから、自分は釜の前に座布団も敷かないで、きちんと正座して、話をうながしたので、明夫と洋子も、あわてて畳の上に正座した。

「白石先生が書き残されたダイイング・メッセージを見つけたんです」

「えっ、本当か」

明夫は例の記号を写してきたメモを見せて、それを発見したときの事情を話した。

参条はそのメモを手にとって、まるで茶器の鑑定をするように、しかつめらしく見ていたが、

「宇宙人のサインみたいだな」

と、冗談めかしていう。

「先生なら、白石先生と中学時代からの親友だったそうですから、なにか心当たりはないかと思って……」

「いたずら書きじゃないのかね」

「でも、上着を汚してまで書いたからには、ただのいたずら書きとは思えません。心理学の専門用語に、こんな記号はありませんか？」

「ないね」

「わたしには、犯人のイニシアルを暗示するような気がするんですけど」

洋子がそう言うと、

「じゃ、きみたちは、これが私の名前に関係があると疑ってるのか？」

参条は、急に気色《けしき》ばんで問いかえした。

「いいえ、そんな……」

「こじつけも、いいところだ。私のイニシアルはS・Sだよ」

「ダブルSですね」

「そうだ。3S《スリー》じゃない。ところで、山下君……」

「は、はい」

「きみのお父さんは、このことをもう知っていなさるのかね？」

「白石前学長が警察へお届けになったと思います」

「そうか……」

と、参条はまたメモ用紙をしばらく見つめてから、

「しかし、はたして警察がこんなクイズまがいのものを真《ま》に受けて、捜査すると思うかね。第一、これがあの事件の夜、白石君が書き残したものだという証拠はない

んだろう。ずっと以前に書いたものかもしれないじゃないか」

「ええ、そうおっしゃれば……」

「とにかく、こんなくだらんことで、プライベートな時間を邪魔しないでくれたまえ。それから、山下君にひとこと言っておくが、あまり事件に首をつっこまないほうがいいよ。白石君の事件は、うちの大学にとって大変なスキャンダルだった。それを在校生のきみが父親の肩書を利用して、かぎまわっていることが知れたら、学校当局はいい顔をしないよ」

と、やんわり説諭した。

「わたしは、父とは無関係です」

「そうはいっても、第三者から見れば、きみは警部さんの娘だからね。警察のまわし者だと思われるよ」

「退学処分になるというんですか?」

明夫がくってかかった。

「そんな過激なことはいわないよ。ただ老婆心で忠告したまでだ。じゃ、すまないが、もう引きとってくれないか。これから、ちょっと来客があるのでね」

と、参条助教授は、わざと当てつけがましく腕時計を見た。

Ⅲ

夕食にはすこし早かったが、明夫と洋子は、久我京介のために、おもに野菜を主にした家庭料理をつくった。

書斎から出てきた久我は、若い二人のクッキングぶりを楽しそうに眺めながら、鍋のふたをあけて、

「ほう、うまそうだな」

と、煮物のジャガイモを一つつまみ食いする。

「お味はいかが?」

洋子は味噌あえのネギを切りながら聞く。

「関西風のうす味で、とてもおいしいよ」

「わたしの母が関西生まれなんです」

「うす味のほうが、高血圧気味の先生には、いいんだよ。ところで、先生、例のダイイング・メッセージ、解読できましたか?」

明夫はマグロの切り身を照り焼きしている。

「いや、さっぱりだよ。それにしても、ポケットの中に書くとは、あの白石助教授、なかなかのアイデア・マンだ。それればかり感心して、肝心の謎解きのほうは完全にお手あげだよ」

「先生の『トリック百科事典』に、また一つ新種がふえましたね。これによく似たトリックが、ほかにありましたか？」

「犯人に見つからないところに書き残す奇抜な例では、トイレの中に逃げこんだ被害者が、トイレットペーパーをほどいて、その中ほどにダイイング・メッセージを書き、また元どおり巻きもどしたあと絶命するトリックがある。こうすれば、犯人はうっかり見逃すが、何日かたって、トイレットペーパーが使用されているうちに、そのダイイング・メッセージがあらわれて発見されるというわけだ」

「それ、知ってますよ。題名は忘れたが、ロバート・ハリスの短編でしょう。ぼくが読んで印象に残ってるのは、被害者が自分の顔にナイフで傷つけるトリックがあったな」

「なぜ顔に傷をつけるの？」

洋子がきく。

「タネをあかせば、犯人は右のほおに大きな傷跡のある男だったのさ。だから、被害者は死ぬまぎわに、自分の腹に突きささった凶器のナイフを抜きとり、それで自分の右ほおを切って、犯人の特徴を知らせようとしたんだよ」

「まあ、すごい。壮絶なダイイング・メッセージね」

「ところで、明夫君。あのメモを見せたとき、参条助教授はどんな反応をしめした？」

久我は煮物を皿に盛りつけながら聞く。

「べつに、変わった様子はありませんでしたよ」

「でも、自分のイニシアルじゃないかと疑われたときは、ちょっと気色ばんだじゃない」

と、洋子がいった。

「そういえば、むきになって反論したね。自分はダブルSだって」

「ダブルS……？」

「参条壮児だから、イニシアルはS・S。つまり、ダブルSで、スリーSじゃないって」

「なるほど、Sの自乗《じじょう》か……」

また一つジャガイモをつまみ食いした久我は、急にノドを詰まらせると、目を白黒させて、苦しそうに胸をたたきながら、

「洋子さん、きみの手帳をちょっと借りるよ。関係者全員の電話番号がメモしてあったね」

「ええ、どうぞ。バッグにありますから」

洋子は料理から手がはなせないので、久我は彼女のバッグから勝手に手帳を出して借りると、いそいで書斎へ

入った。

「急に、先生、どうなさったのかしら?」

洋子は書斎のほうを見て、ふしぎがった。

「きっと、インスピレーションがひらめいたのさ」

「あの記号の謎がわかったのかしら?」

「たぶんね」

できあがった料理をテーブルに並べて、二人が待っていると、十分ほどして、久我京介は晴ればれとした顔でもどってきた。

「先生、犯人がわかったんですか?」

明夫が待ちかねたように聞く。

「さっき、白石さんに電話して、参条助教授のニックネームをたずねたら、奥さんのほうが覚えていてね。あの助教授は、中学生のころ、友だちから相似形《そうじけい》って、あだ名をつけられていたそうだ」

「相似形……?」

「壮児という名前の発音から、そんなニックネームをつけられたのだそうだ」

「あっ、そうか。先生、ぼくにも、わかりましたよ。あのSのような字は、数学で相似をあらわす記号だったんですね」

「そうだよ。たとえば、三角形ABCと三角形DEFは相似であるというとき、この記号を書くだろう」

と、久我は洋子の手帳にボールペンで、△ABC∽△DEFと書いた。

「じゃ、∽の右下にあった小さい3は、なにかしら?」

洋子がきくと、

「もちろん、参条の3さ」

と、明夫がいったが、

「いや、参条の3でも、三乗《さんじょう》の3だよ。ほら、数学でxの自乗とか、yの三乗とかいうだろう。あの三乗だよ」

久我はまた手帳に、x^2、y^3と書いて説明した。

「なんだ、あの$∽^3$は三乗相似だったのか」

「ごろ合わせのクイズみたいね」

あっけない解答に、明夫と洋子はいささか拍子ぬけしたみたいだった。

「白石助教授はテレビのクイズ作家でもあったから、こんな記号を書くのはお手のものだよ。しかし、これは、彼があの事件の当夜、睡眠薬を飲まされたとき、とっさに思いついた記号じゃないと思う。おそらく、参条壮児自身が中学時代、自分のイニシアルの代わりに、この記号を書いて、友だちに見せて自慢していたかもしれない。理数科の好きな中学生は、数学で習う記号に興味があるからね」

「じゃ、白石助教授はそれを思い出して、ダイイング・メッセージに利用したのね」

「現に、ぼくの高校時代の先生に、俳句の好きな人がいて、俳号を無限というのだが、短冊にサインするときは、こんな記号を書いていたよ」

久我は手帳に∞と書いた。

「無限大の記号ですね」

「ポケットの中で字を書いたら、服地が動いて、漢字や仮名じゃ、とても判読できない字になってしまう。だから、白石助教授はいちばん簡単な記号を書いて、なんとか犯人の手がかりを残そうとしたんだよ。だが、もし万一、このダイイング・メッセージが発見されなかったり、解読されなかった場合を心配して、あのテーブルの下にも書いた。たぶん、そのときは犯人の名前かイニシアルをはっきり書いたんだろうが、それは犯人に見つかって、黒く塗りつぶされたんだと思う」

「今日の昼、ぼくたちが参条助教授にあの記号を見せたとき、彼はすぐ自分のことだと気づいたんだ。ちくしょう、それを見抜けなかったとは……」

「あのポーカーフェースに、まんまとだまされたのよ」

明夫と洋子は、共にくやしがった。


「彼に鉄道模型の趣味があるのを見たとき、ぼくは変な予感がしたんだ。あの模型機関車はトランスや整流器を使って電気で走らせるのだから、白石助教授を感電死さすトリックなど、朝めし前ですよ。鉄道模型を組み立てる器用さがあれば、ドア・チェーンを細工することも簡単ですよ」

「金ノコなどの工具類もあったかね?」

「ええ、あったと思います。ちらっと見ただけですがね」

「それなら、チェーンの金具をとめるビスを切断することもできたわけだ。おそらく、彼は白石助教授を睡眠薬で眠らしている間に、自宅から金ノコや接着剤を取ってきて、密室トリックの細工をしたんだろう」

「先生、これでホシは決まりですね。さあ、はやく彼のところへ行きましょう。ぐずぐずしてると、逃げられますよ」

「われわれが押しかけて行って、どうするんだね。こちらには捜査権もなければ、逮捕権もないんだよ」

「そうだ。きみのお父さんに知らせて来てもらおう」

明夫が洋子にいうと、

「いやだわ。父をここに呼ぶなら、わたし、先に帰ります。父に見つかったら、また大目玉をくうわ」

「犯人逮捕のクライマックスを、みすみす見逃すのか」

「残念だけど、仕方がないわ。それに、正直いって、あの助教授が逮捕される現場に立ち会いたくないわ。うちの大学の先生ですもの」

洋子はちょっぴり感傷的になった。

「山下警部に電話するにしても、その前に、食事をしようじゃないか。せっかく作ってくれた料理が冷めるよ」

と、久我京介はマグロの照り焼きに箸《はし》をつけた。

第九章　急転直下

I

山下警部と本庁の若い松井刑事がそろって久我の家にやってきたとき、洋子は食事の後片付けをして、一足先に帰ったあとだった。

山下警部は娘がいないのを見て、安心したらしかったが、それでも気になるのか、明夫をそっとわきに呼んで、娘もいっしょじゃなかったのかと聞いた。明夫はとぼけて、あれ以来、彼女とは会っていないと答えた。

久我京介は∞^3の謎を解いたことを話したが、そのあまりに判じ物めいた推理に、警部と松井刑事は首をかしげて、すぐには納得しかねる様子だった。明夫が参条助教授に鉄道模型の趣味があることを教えたら、むしろ、そのほうに、二人は強い関心をしめした。

「ですから、あの助教授が犯人にちがいありませんよ。はやく逮捕してください」

明夫がせかすと、

「しかし、彼には、きみのお姉さんが殺されたときのアリバイがあるんだ」

と、警部はしぶったが、とにかく、一応、彼を訪ねて調べてみることにした。

松井刑事が車を運転し、明夫は道案内をかねて、助手席に乗り、久我と山下警部は後部シートに座った。

街は、すっかり夜になっていた。参条助教授のマンションがある町内まではスムーズに来たが、そこから、はじめて車で通る明夫は道順がわからなくなった。

やっと、それらしいマンションを民家の屋根ごしに見つけたとき、

「おや、あの車は……。ちょっと、刑事さん、止めて

ください」

明夫は、ハンドルをにぎっている松井刑事の腕をつかんだ。いま通りすぎた建築現場の空地に、赤い車が駐車してあるのが目にとまったのだ。

「どうした?」

「丸木順子の外車らしい。ちょっと見てきます」

松井刑事が車を急停止させると、明夫はドアをあけて、その車のほうへ小走りで近づいていった。

山下警部と久我も、車からおりて、あとからついてきた。

「やっぱり、丸木順子の車ですよ。プレートのナンバーも一致します」

明夫は赤い外車の後部ナンバー・プレートを指さした。

「彼女の住まいはこの近くじゃないのに、なぜこんなところに駐車してるんだ」

と、警部はあたりを見まわした。

そこは、参条助教授のマンションから百メートルほどはなれている。

「きっと、参条助教授の部屋に行ってるんですよ。ほかに駐車する場所がなかったから、ここにとめたんでしょう。あの二人は、以前から、できてたんだ」

「しかし、彼女の婚約予定者は、殺された白石助教授のほうだぜ」

「とにかく、急ぎましょう。いま行けば、ベッドインしてる現場を押えられるかもしれませんよ」

「きみも悪趣味だな」

「先生、なにしてるんです?」

明夫は久我に声をかけた。

久我は車のボンネットに手をふれて、見とれていたのだ。

「いくら理事長のご令嬢とはいえ、女子大生のくせに、こんな外車を乗りまわすとは、身のほど知らずだね。それとも、そう思うぼくのほうが時代おくれなのかな」

と、久我は苦笑した。

三人は、松井刑事が待っている車にもどった。

そして、マンションの玄関前につくと、

「あの最上階の角の部屋です。窓に明かりがついてる。やっぱり、二人はいるんですよ」

明夫が最上階を指さして教えた。

四人はエレベーターであがった。

最上階でエレベーターをおりると、参条助教授の部屋の前に、丸木順子が立っていた。ドアのノブをまわしていたらしい。

彼女はふり向いて、警部たちに気づくと、一瞬、驚いたようにドアから手をはなして、表情をこわばらせた。

「お嬢さん、ここで、なにしているんです?」

山下警部が近づいて、声をかけた。

「わたしも、たったいま来たばかりですの。でも、留守らしいですわ。いくらチャイムを鳴らしても、返事がありませんし、ドアには鍵がかかって……」

と、彼女はいった。

松井刑事が確認するようにチャイムのボタンを押し、ドアのノブをまわしたが、彼女のいうとおり、鍵がかかって、ドアはあかなかった。

「参条助教授に、なにかご用ですか?」

松井刑事が聞くと、丸木順子はちょっと言いしぶるように、下唇をかんでから、

「じつは、一時間ほど前に、参条先生から、わたしにお電話があって、なんだか自殺をほのめかすようなことをおっしゃって……」

「なに、自殺?」

「ぼくはもうおしまいだとか、警察がぼくを逮捕するのは時間の問題だとか、支離滅裂《しりめつれつ》なことをおっしゃって、最後に、白石先生のことでは、きみに気の毒なことをした。許してくれ。きみにだけは、このことを言い残しておきたかったのだとおっしゃって……。最初、わたしはなんのことかわかりませんでしたが、急に心配になって、様子を見にきたんです」

と、彼女はおろおろしながら言う。

「警部、ここの管理人に、スペア・キーがあったら、もらってきます」

松井刑事はすばやくエレベーターに乗って、一階へおりていった。

廊下に面して、アルミ・サッシのはまった窓があるが、中からロックしてあるらしく、窓はあかなかった。

「本当に、参条助教授は自殺していると思いますか?」

久我が話しかけると、丸木順子は彼を刑事と勘ちがいしたらしい。

「電話の口ぶりでは、そんな様子でしたが……」

「あのダイイング・メッセージの正体を、ぼくたちに知られたと思って、覚悟したんですよ」

と、明夫がいった。

松井刑事が管理人をつれてもどってきた。

「警部、ここは分譲マンションだから、スペア・キーは保管してないそうです。でも隣りの部屋からベランダ伝いに行けるそうですよ」

「火事などの場合、ベランダにある境のボードを破って、隣りへ緊急避難できます。でも、刑事さん、捜査令

状はあるんでしょうな？」

と、管理人は自分の責任上、念を押した。

「令状はないが、いまは緊急の場合だ。とにかく、隣りの部屋の人に頼んでみよう」

警部が隣室のチャイムを鳴らすと、エプロンがけの女性がドアをあけて顔を出した。警部が警察手帳を見せて、事情を話して、ベランダ伝いに行かせてほしいと頼むと、

「でも、あとで避難用のボードは元どおり修理してくださるんでしょうね？」

彼女は管理人に確かめた。

「警察が責任をもって修復しますから、ぜひお願いします」

「ボードをこわさなくても、ドライバーで取りはずせるかもしれない。奥さん、ドライバーがありますか？」

「ええ、あるわ」

「じゃ、私がやってみましょう」

と、管理人は警部たちといっしょに、その隣室に入った。

明夫たちは廊下で待たされた。丸木順子はハンドバッグを胸にかかえるようにして、明夫たちから少しはなれたところに立って、ときどき久我のほうへ視線をやる。彼が刑事でないことはわかったが、いったい、何者だろうと、いぶかっている様子だった。

ベランダのほうで、ガラスの割れる音がした。たぶん、窓もロックしてあったので、警部たちはガラスを割って、中の錠をはずして侵入したにちがいない。明夫は、自分が姉の死体を発見したときのことを、ふと思い出した。

「先生、ガスもれの匂いはしませんね。自殺しているとしたら、なんで死んだんでしょうね」

「方法は、いろいろあるさ。手首の動脈を切ったり、首つり、感電死、服毒など……」

「丸木さん、あなたなら、どれが参条助教授にふさわしいと思いますか？」

明夫はわざと意地わるく順子にたずねてみたが、彼女は眉をしかめて、首をふるだけだった。

「そうだ、いい機会だから、紹介しよう。こちらはミステリー研究家の久我京介先生。先生、こちらが丸木順子さんですよ。明和大学の理事長のお嬢さんです」

「やあ、どうも。あなたのことは、この明夫君から、いろいろ聞いてますよ」

「こちらこそ、初めまして」

順子はよそよそしく頭をさげた。

「丸木さんは、ぼくたちがどうして山下警部といっしょに来たか、ふしぎに思っているんでしょう？」

明夫は彼女の腹の中を見すかすように言った。

「……」

「白石助教授は自分の上着のポケットの中に、犯人を名ざす暗号を書き残していたんだよ。その暗号を、久我先生が解読されて、警部に連絡して、ここへ駆けつけたというわけさ」

「まあ……。じゃ、やっぱり、参条先生が犯人でしたの?」

丸木順子は驚いたように久我を見つめた。

久我も、まっすぐ彼女を見つめ返して、

「九分九厘《くぶくりん》、まちがいありません。ただし、ぼくの推理では、犯人はもう一人いるはずです」

「えっ……」

「つまり、共犯者。いや、ひょっとしたら、その人物が主犯かもしれない」

「だれですの?」

「参条助教授がもし遺書を残して自殺しているなら、共犯者の名前が書いてあるかもしれませんよ」

と、久我は意味ありげに答えをにごした。

明夫は、いらいらして、

「おそいな。警部たちはなにをしてるんだろう。はやく中に入れてくれないかな」

せっかちにチャイムを鳴らしたが、それでも、まだしばらく待たされてから、やっと鍵をはずす音がして、山下警部がドアをあけた。

「どうでした?」

と、明夫が中に入ろうとしたら、

「入っちゃいかん。もうしばらく外で待っててくれ」

警部はドアの前に立ちふさがった。

明夫は室内をのぞきこんで、

「やっぱり、自殺していたんですね?」

「そうだ。まもなく鑑識班がくるから、現場検証がすむまで待ってくれ」

「そんな薄情《はくじょう》な……。参条助教授が犯人であることを教えたのは、久我先生ですよ。それに、ぼくは今日の昼すぎ、ここにきて、参条助教授に会ったばかりですよ。そのときと様子がちがっているかどうか確かめておくのも、あとで捜査の役に立つんじゃありませんか」

「よし。それじゃ、見るだけだぞ。現場には、いっさい手をふれてはいかん」

警部は明夫の強引さに負けて、しぶしぶ三人を中に通した。

Ⅱ

参条助教授は六畳の和室で死んでいた。

結城紬《ゆうきつむぎ》の和服姿で、釜の前にうつ伏して死んでいたのである。座布団の上に正座して、そのまま前へつんのめったような格好だった。信楽《しがらき》焼きの茶碗がころがって、緑色の抹茶《まっちゃ》がこぼれて畳にしみこんでいた。点茶の道具は盆にそろえてある。風炉の電気コードはスイッチが切ってあって、釜の湯は冷めていた。

「抹茶に農薬をまぜて飲んだらしい。この毒をね」

山下警部は、盆の横においてあるガラス瓶を指さした。その瓶には園芸用駆虫薬のラベルが張ってあり、白い粉末が半分ほど入っている。

「有機燐《りん》系の殺虫剤です。毒性が強いので、いまは使用禁止になっているが、以前は家庭園芸用にも市販されていたものです。ここのベランダに植木鉢がたくさんあるから、それに使った残りかな」

と、松井刑事がいった。

「いかにも茶人らしい死に方だな。参条助教授はお茶の免状を持っていると自慢してましたからね」

と、明夫がつぶやいた。

「死亡推定時刻は?」

久我がきいた。

「ざっと見たところ、死後一時間ぐらいでしょうな」

「遺書はありましたか?」

「いや、まだ見つかっていない。ところで、きみが昼すぎに来たときと、様子が変わっているところがあるかね?」

警部が明夫にたずねた。

「昼間はポロシャツ姿だったのに、和服に着替えています。それに、リビングルームにあった鉄道模型がきれいに片付けてあります。死ぬ前に、身辺を整理したのかな」

久我は、床の間に古い文庫本が一冊おいてあるのが気になった。床の間の飾りにしては、ちょっと変な感じだ。近よって見ると、芥川龍之介の短編集だった。

「この本を見ていいですか?」

久我は松井刑事にきいた。

「何ページをごらんになるんです? 指紋がつくといけないから、私がめくりましょう」

「表紙か、裏表紙をめくってみてください」

松井刑事が白い手袋をはめた手で、その文庫本の表紙をひろげ、つぎに裏表紙をめくってみると、そこに朱肉で蔵書印がおしてあった。

「あっ、これは白石助教授の上着のポケットの中に書いてあったマークと同じですな」

と、山下警部ものぞきこんで見て、おどろいた。

「参条先生は、きっと、これを遺書の代わりに、床の間に置かれたんだと思いますわ」

いままで黙っていた丸木順子が、ふと気がついたように言った。

「なるほど、遺書代わりにね」

と、警部はうなずく。

「刑事さん、ついでに奥付けも見せてくれませんか。本の発行年月日が印刷してあるページです」

久我がまた頼むと、松井刑事はそのページをひらいた。発行年月日は十八年も前だった。

「おそらく、この文庫本は、参条助教授が中学生のころ買ったものでしょう。そのころから、彼はこのマークの蔵書印を作って、愛読書におしていたんですよ」

「なるほど……。すると、白石助教授は中学時代から彼と友人だったので、この蔵書印を知っていて、あのダイイング・メッセージを書いたんですな。久我さんの推理がぴったり当たりましたな」

山下警部は、また単純に感心する。

「念のため、ほかの本も調べてみましょう」

松井刑事は隣りの書斎にいって、本棚から数冊本を取ってきた。古い本には、どれもみな同じ蔵書印がおしてあったが、比較的新しい本には、印はおしてなかった。

「ハンコをなくしたか、それとも、大人になってからは、こんな子どもじみた蔵書印は、さすがに照れくさくて、使わなくなったんでしょう」

「どうやら、これで一件落着だな」

「でも、警部さん。久我先生の推理によると、もう一人、共犯者がいるそうですよ」

「えっ、本当か」

「ところが、あいにく参条助教授が犯行を告白する遺書を残さなかったので、また行き止まりになりましたよ」

明夫がそう言うと、

「いや、まだ悲観するのは早い。おや、丸木さんは……?」

久我は、いつのまにか丸木順子の姿が見あたらないのに気づいた。

「リビングルームにいますよ。死体を見たので、気分がわるくなったんでしょう。若い女性にはショックですからね」

と、松井刑事がいった。

リビングルームに行ってみると、丸木順子はソファの端に腰をかけて、ハンカチで口を押えていた。

「丸木さん、あなたもお茶をなさるんですか?」

と、久我は彼女に話しかけた。

「茶道ですか? いえ、わたしは全然……」

「ところで、さっき、あなたはわれわれが来るほんの一足先に、ここに来たといいましたね?」

「はい、チャイムを鳴らしても返事がないので、帰ろうとしたところでしたわ」

「この近くの建築現場の空地に、あなたの赤い車が駐車しているのを見かけたのですが、あの車で、ここに来たのですね?」

「ええ、ほかに適当な駐車場が見つからなかったので、あそこに止めましたけど、駐車違反でしたの?」

「いや、そんなことはないが……。自宅からここまで、何分かかりました?」

「三十分ぐらいかしら。途中、道路が渋滞して、思ったより時間がかかって……」

と、答える彼女の声は、すこしずつトーンが低くなって、警戒心が強まった。

「なるほど……。それなら、警部さん、彼女のハンドバッグを調べてくれませんか」

「えっ、バッグを……?」

警部が聞きかえして、丸木順子がひざに置いているハンドバッグへ視線をやると、反射的に、彼女はそのバッグをつかんで立ちあがった。

「きっと、あのバッグの中には、ここの部屋の鍵があるはずです。さっき、われわれがここに来たとき、彼女はドアの外に立っていたが、じつは、彼女はこの部屋から出て、ちょうどドアを閉めて鍵をかけ終えて、バッグに鍵をかくすところだったんですよ。そうですね、お嬢さん?」

久我が返答を迫ると、丸木順子は、半歩、あとずさった。

「すると、このお嬢さんは、ずっと前から、この部屋にいて、参条助教授が死んでいるのを黙って平気で見ていたというのかね?」

山下警部は語気を強めて、久我に念を押す。

久我は大きくうなずいて、

「そうじゃありませんか、お嬢さん？」

「……」

「そのバッグを、ちょっと拝見」

松井刑事が手をさし出すと、突然、彼女はハンドバッグを相手の顔めがけて投げつけ、さっと身をひるがえして、あいていた窓からベランダに飛び出した。そして、手すりに両手をかけて乗り越えようとする。

一瞬のことで、みんなはあっけにとられたが、すばやく明夫があとを追った。

彼が順子の腰にタックルすると、彼女は両足をばたつかせて、明夫をけとばそうとする。彼はみぞおちをキックされて、息がつまりそうになったが、必死にしがみついて、彼女の重心が手すりの外へずり落ちそうになるのを防いだ。スカートのホックがちぎれて、彼女の足首のへんまでスカートがずり落ちたが、それでも明夫は彼女の両足をしっかりつかんではなさなかった。

山下警部と松井刑事が彼女を手すりから引きはなして、やっと三人がかりでリビングルームにつれもどした。彼女は、下半身がパンティーとスリップだけの、あられもない格好だった。

「お嬢さん、参条助教授を毒殺したのは、あなたですね？」

警部がはっきり確認するように問いただしたが、彼女は身づくろいをするのも忘れて、ただヒステリックに泣くばかりだった。

そこへ、捜査員たちがどやどやとやってきて、あわただしく現場検証がはじまったので、久我と明夫はまた外の廊下に追いやられた。

「ぼくたちの出番は、もう終わったんだ。長居は無用。帰ろう」

久我は明夫の肩をたたいて、うながした。

明夫は最後まで見とどけたい気持ちがあったが、いっしょにエレベーターに乗った。

一階におりてみると、マンションの前には、異変に気づいた野次馬がパトカーを取りまいていた。

明夫はタバコに火をつけて、マンションの最上階を見あげた。明るい窓に、刑事たちが動きまわっている影が映っていた。

「先生は、どうして丸木順子が犯人だとわかったんです？」

さっそく、疑問をぶつけた。

「簡単なことだよ。われわれがここにくる途中、彼女の外車がこの近くに駐車してあっただろう。あの車に手をふれたとき、ボンネットが冷たかったからだよ」

「ボンネット……?」

「彼女は、われわれよりほんの一足先に、ここに来たといったね。しかも、車でくる途中、道路が渋滞して、三十分もかかったといった。もしそれが本当なら、車のボンネットはエンジンの熱で、まだ熱くなっていたはずだよ」

「あっ、そうか。それなのに、先生がボンネットに手をふれたら、冷たかったので、彼女のうそを見破ったのですね」

「ご名答」

「しかし、どうして彼女は参条助教授を毒殺したんです?」

「彼の口から、自分の犯行がばれるのを防ぎたかったのさ」

「じゃ、ぼくの姉を殺したのは、やっぱり、彼女だったんですね。ちえっ、そうとわかっていたら、彼女がベランダから飛びおり自殺するのを助けてやるんじゃなかった。反対に、つき落としてやればよかった」

と、明夫はタバコの吸いがらを靴の先で踏みつぶした。

「いや、あれでよかったんだよ。彼女の口から事件の真相を知るにはね。それにしても、きみのタックルは見事だったな」

「スカートがすっぽり抜けたのには、面くらいましたよ。彼女のむっちりしたヒップが、もろに顔の前にあるんだから」

「パンティーまでいっしょに脱げたら、きみはびっくりして、思わず、手をはなしたんじゃないのかね」

二人は顔を見あって笑った。

Ⅲ

それから二日後、目白台ハイツの明夫の部屋で、彼と洋子は久我京介を招いて、ささやかな打上げパーティーをひらいた。

「久我先生には大変お世話になったから、くれぐれもよろしくお礼を申してくれと、父は言っておりました。これ、父からのプレゼントです」

洋子は輸入もののシャンパンを一本と、リボンで結んだ包みを久我にさし出した。

「ありがとう。じゃ、さっそく、みんなで乾杯しよう。こっちの包みは、なにかな」

「あけてごらんなさいよ、先生」

明夫も、中身を見たがった。

リボンをほどいて、包装紙をあけると、『独身者のための手料理３６５日』という本だった。毎日の献立メニューがカラー写真と図解入りで書いてある。

「これは調法だ。どうも……。明日から、こまめに台所に立つとするか」

「それ、本当は、きみが選んだ本だろう」

明夫がからかうと、

「やっぱり、ばれちゃったか」

洋子は、いたずらっぽく肩をすくめた。

「ぼくには、プレゼントはないのかい？」

「わたしがここに来るのを、父が公認してくれただけでも、ありがたいと思いなさいよ」

「ちえっ、もったいつけちゃって。こっちは全治一週間のけがまでして、捜査に協力したんだぜ」

「あなたへのプレゼントは、お姉さん殺しの真相を教えてあげることよ。父から、そう言われてきたの」

と、洋子は父から聞いてきた真相を、つぎのように話した。

それは、丸木順子の自供から、警察が推理した中根美和子と白石助教授殺害事件の全容である。

×　×　×

五月九日（土曜日）の昼すぎ、丸木順子は予約していた美容院で髪をセットしてもらうと、すぐその足で中根美和子のマンションに行ったのである。自分と婚約する予定だった白石助教授がひそかに美和子と交際していることを、順子が知ったのは、その二日前だった。彼女に告げ口したのが、参条講師だったのである。

順子は、白石助教授に問いただす前に、直接、美和子に会って、どんな女で、どの程度の交際をしているのか、事実を確かめてみようと思ったのだ。その時点では、もちろん、殺意などこれっぽっちも抱いていなかった。

順子の不意の来訪に、中根美和子はおどろいたが、玄関払いするわけにもいかないので、部屋に通した。白石との仲を聞かれて、美和子は別に否定はしなかったらしい。むしろ、理事長の令嬢を鼻にかける順子の高慢な態度にむっとして、その反感から、自分が妊娠していることをほのめかし、まもなく白石がここにくる予定だから、しばらく待って、三人で冷静に話し合おうといった。そして、彼がすでに自宅を出ているかどうか確かめてみるといって、美和子は電話をかけようとした。勝気な点では彼女も順子に劣らなかったのである。

彼女が背を向けて、受話器をつかんだその瞬間に、順子はカッと逆上し、サイドボードにあるクリスタルガラスの花瓶が目につくと、とっさに、それをつかんで、美和子の後頭部めがけて打ちおろしたのである。もし白石がここに来て、三人で話し合ったら、みじめな負け犬になるのは自分のほうだと思って、発作的に花瓶をふりあげたという。

殺すつもりはなかったのに、たったの一撃で、あっけなく美和子が死んだので、順子はうろたえた。あまりのことに、しばらくは茫然自失していたが、すこし気が落ち着くと、花瓶の指紋をふき消して、いそいで立ち去ろうと思った。だが、逃げ出す途中で、もし白石とばったり出会ったらと思うと、足がすくんで動けなかった。たとえ、この場はうまく逃げることができても、警察が捜査をはじめたら、白石との縁談話から、まっ先に自分が疑われる心配がある。まして人目につきやすい赤い外車をこのマンションの近くに路上駐車していたので、だれかに目撃されている可能性があって、いまさらアリバイを偽造することなど絶望的に思われた。

そこで、彼女は兄に助けを求めようとして電話したが、あいにく兄は外出中で連絡がつかなかった。両親に相談するのは怖かった。迷ったあげく、参条講師に電話して、助けを求めたのである。こんな事態になったのも、もとはといえば、彼の告げ口からであり、彼は前々から順子に思いをよせていて、また論文盗作事件では白石を恨んでいるので、彼に相談すれば、こちらの望みどおりに助けてくれると、女の直感で、すばやく判断したのである。

案の定、参条はすぐに駆けつけてきてくれた。自宅で出前の中華料理を食べかけていた彼は、順子のせっぱつまった声を聞いて、食事もそこそこに飛んできたのだ。マンションの近くまではタクシーできて、そこからは人目につかないように用心して歩いてきたのだ。彼は美和子の死体を見ると、事態をのみこみ、取り乱している順子をなだめた。

彼としては、ここで順子の窮状を救ってやれば、彼女と結婚することができて、ゆくゆくは明和大学の学長になれるのも夢ではない。

二人で死体を寝室のベッドに移してから、善後策を考えていると、そこへ、白石助教授がやってきたのである。それが午後六時四十分ごろだったという。玄関のドアは中からノブのつまみをまわして旋錠しておいたのだが、チェーンをかけ忘れたので、白石は美和子から預かっていた合鍵を使って、難なくドアをあけて入ってきたのである。

白石は、そこに丸木順子と参条がいるのを見ておどろき、美和子はどこにいるのかと聞いた。いまさら、ごまかすこともできないので、二人はありのままを白石に打ち明けた。

当然、白石はすぐにも一一〇番に知らせようとしたが、参条がそれを押しとどめた。もし警察沙汰になったら、明和大学のスキャンダルになる。大学の理事長の娘である順子を殺人犯人として警察に引き渡すことはできない。美和子さんには気の毒だが、いまさら死んだ者は生き返らないのだから、とにかくスキャンダルを未然に防ぐことが先決だし、きみの将来にも影響すると、参条は言葉巧みに白石を説得したのである。その間、順子は別室にこもったきり、白石とは、できるだけ顔を合わせないようにしていたという。

白石は美和子の死に気が動転しながらも、もしこれが表沙汰になったら、自分ばかりか、学長である父も辞任する羽目になりかねないと考えて、結局、参条の説得に負けたのである。

二人は死体をどう始末するか話しあった。真夜中、マンションの居住者が寝静まったころを見はからって、順子の車で遠くへ運んで捨てて、暴漢に襲われたように見せかけるのが、いちばん無難な方法ではないかと、参条は提案した。だが、そう話しながら、彼は別の計画を思いついたのだ。美和子の死体を遠くへ遺棄《いき》するより、このまま、ここで白石といっしょに無理心中したように偽装するほうが、手間がはぶけて、一石二鳥だと考えたのである。それは一瞬のうちにひらめいた計画だった。

そこで、メモ魔の白石が死体を捨てる適当な場所をいくつかあげて、その略図を自分の手帳にかいて検討している間に、参条はキッチンにいって、冷蔵庫に缶ジュースがあるのを見つけると、それに睡眠薬をまぜて、グラスに入れて、白石にすすめたのである。

その睡眠薬は、順子から救いの電話がかかってきたとき、参条がとっさの思いつきで持ってきたものだった。順子の話では、いまにも白石がやってきそうだというので、もし彼を説得できない場合にそなえて、一時的にしろ、彼を薬で眠らして、その間に善後策を考えるためにも必要だと思って用意してきたのである。

死体の捨て場所の検討に気をとられていた白石は、参条がすすめるジュースをなんの疑いもなく飲んだが、やがて薬が効きはじめて、急に眠気を感じたとき、参条の顔の表情を見て、相手の裏切りを直感した。自分も美和子と同じように殺されると思い、必死に睡魔と闘いながら、右手にサインペンを握ったまま、相手に不審がられないように、ごく自然に上着のポケットに入れて、参条の蔵書印のマークを書いたのである。だが、ポケットの中では、うまく書けたかどうか心もとなかったので、念のため、テーブルの裏側にも参条と順子の名前を書き残そうとしたが、書き終わらないうちに、参条に気づかれて、ペンを取りあげられ、テーブルの裏の文字は黒く塗りつぶされたのである。

参条は、白石が昏睡《こんすい》したのを見とどけると、あとは自分が万事やるからといって、順子を先に帰宅させたそうである。そして、彼も、いったん自宅にもどって、感電死とドア・チェーンのトリックに必要な道具を取ってきて、また引きかえしてきたのである。

熟睡している白石の上着を脱がせ、銀ぶちメガネと腕時計もはずして、ソファに寝かせてから、オープンシャツをひろげて、裸の胸と背中に電気コードの裸線をガムテープで張りつけた。そして、午前二時にセットしたタイマーをコードに接続したのである。左の胸と背中にコードを接着すれば、電流が心臓を貫通するので、確実に感電死する。

つぎに、ドアのチェーンの留め金をはずして、ビスを金ノコで切断し、ドアの外から瞬間接着剤でチェーンの金具をまた元どおり固定して、部屋を密室にしてから立ち去ったのである。この密室トリックは、久我京介が推理したとおりだった。

現場から立ち去る前に、もちろん、彼は自分の指紋をふき消し、白石のサインペンや手帳などは没収して、どこにも落ち度がないのを確認して、自分なりに完ぺきにやり遂げた自信があったそうだ。自分のマンションにもどったときは、ちょうど白石が感電死した午前二時ごろだったという。

Ⅳ

「以上が、美和子さんと白石助教授の偽装無理心中事件の真相だったのよ」

洋子は話しおわると、ノドが渇いたのか、シャンパンの残りをグラスについで、ノドをうるおした。

「じゃ、ぼくの部屋に忍びこんで、掃除機のゴミを盗んだのも、参条壮児だったんだね？」

明夫は、さっそく、いくつかの疑問点を問いただした。

「そうよ。彼は丸木順子から、例の脅迫状のこと、その差出人があなたらしいことを知らされると、あの夜、ここのマンションの外で見張っていて、あなたがレンタカーで出かけるのを見とどけてから、部屋に忍びこんだのよ。ドアの鍵は、白石助教授が持っていた合鍵を盗んでおいたので、それを使ったそうよ」

「あの紛失した鍵は、やっぱり、彼らが持っていたのか」

「あなたが早くドアの錠を取り替えておけばよかったのよ」

「しかし、犯行現場へもう一度舞いもどってくるとは、大胆不敵だな。お公家《くげ》さんみたいなおっとりした顔をしてるくせに……」

「彼は白石助教授がメモ魔だったことが気になって、夜もおちおち眠れなかったそうよ。テーブルの裏のダイイング・メッセージは、すぐその場で気づいて消したが、ひょっとしたら、それ以外にも、どこかに書き残しているのではないかと、それが心配で……」

「じゃ、あとで、きみたちから上着のポケットの中に書いてあったと知らされたときは、さぞショックだったろうね」

と、久我がいった。

「ええ、あれで、いっぺんに絶望的になったそうですわ」

「しかし、そんなに気がかりだったのなら、なぜもっと早い時期に忍びこまなかったんだろう。ほとんど毎日、ぼくは外出して、部屋を留守にしていたんだぜ」

と、明夫は、その点がまだ得心がいかない様子だった。

「彼だって講師の勤めがあるし、四六時中、あなたを見張ってるわけにはいかないから、チャンスがなかったのよ。でも、あの恐喝事件の当夜なら、午後九時すぎまでは、あなたが浄光寺にいて、確実に帰宅しないことが予測できたからよ」

「それにしても、ぼくが保管しておいたゴミの袋まで捜し出して失敬するとは、抜け目がないな。あの袋にメモを張りつけておいたのは、ぼくの失敗だったが……」

「あれは、丸木順子の差し金だったのよ。彼女は犯行当日の昼、美容院に行ったでしょう。事件のあとで、彼女は法医学の本を読んで、カットしたばかりの毛髪が一本でも犯行現場に落ちていたら、決定的な証拠になることを知って、急に心配になり、参条先生があなたの部屋に忍びこむとき、ついでに掃除機の集塵ケースも調べて、もしゴミがたまっていたら盗んできてくれと頼んだそうよ」

「でも、髪の毛ぐらい、たとえ現場の部屋に落ちていても、それは事件より前の日に、ぼくの姉のところへ遊びにきたので、そのとき落ちたんでしょうと言えば、言い逃れができるはずだがな」

「いや、明夫君。美容院でカットしたばかりの毛髪は、顕微鏡で調べると、先端が鋭角になっているんだよ。日数がたつにつれて、毛の先は摩滅して、まるくなるんだがね……。だから、カットしたばかりの毛髪が犯行現場に落ちていたら、そんな言い逃れは通用しないんだ。おそらく、彼女はそれを心配したんだろう」

と、久我が解説した。

「安田麻里子が姉のところに泊まった夜、変な脅迫電話をかけてきたのも、参条だったんだね?」

明夫は、また洋子にたずねた。

「そのことは、なにも聞いていないと、丸木順子は供述してるそうよ」

「ぼくは、やっぱり彼だと思うな。盗作の件で白石助教授を恨んでいたはずだから、丸木順子に告げ口する前に、ぼくの姉に嫌がらせの電話をかけたにちがいないよ。で、丸木順子はどうやって参条を毒殺したんだね?」

「ところが、彼女はそれを否認してるのよ」

「えっ、どういうことだ?」

「参条先生の死は、あくまで服毒自殺だというのよ」

「そんなバカな!」

明夫が、思わず、大声をあげたので、

「わたしに怒鳴っても、仕方ないでしょう。彼女は、久我先生に指摘されたとおり、一時間ぐらい前に、参条先生のところに行ったのは認めたのよ。でも、行ってみたら、もう参条先生は毒入り抹茶を飲んでいたというのよ」

「警察は、彼女のその自供を認めたのかね?」

と、久我が口をはさんだ。

「いいえ、信用はしていませんけど、現場検証の結果、毒入り抹茶の茶碗や茶道具などには、参条先生の指紋だけがついていたし、農薬の出所も、いまのところ不明だから、彼女を犯人と断定する証拠がないそうですわ」

「相変わらず、警察は鈍いな。指紋なんか、犯行後、なんとでも偽装できるさ。そんなことより、彼女がベランダの手すりから飛びおり自殺しようとしたのが、なによりの証拠じゃないか。犯行を認めたも同然の行動だよ」

と、明夫はじれったがる。

「あれは、あなたのお姉さんを殺したのがばれそうになったと早合点して、とっさに死のうと思ったそうよ」

「ちえっ、いまさら、しらじらしい嘘を……」

「彼女にしてみたら、殺人が一つなら死刑にはならないけど、二つ重なると、死刑になるから、必死に抵抗してるんだわ。まして、あなたのお姉さんの場合は、衝動的な犯行として情状酌量《しゃくりょう》の余地は認められるが、参条先生を毒殺したのは計画的な犯行だから、罪が重くなると思って否認してるのよ」

「ご令嬢にしては、したたかな女だな。じゃ、彼女は参条の死体を見つけてから、約一時間も、あの部屋で、なにをしていたと言ってるんだ？」

「しばらくは茫然としていたそうよ。それから、もしかしたら参条先生が遺書を残していて、その中に美和子さん殺しの真相が書いてあったら大変だと思って、遺書をさがした。でも、見つからないので、あきらめて帰ろうとしたら、そこへ、久我先生たちがやってきたので、とっさに、いま来たふりをしたのだと言ってるそうよ」

「ねえ、先生。なんとか彼女の供述をくつがえす証拠はありませんか？　彼女が参条を毒殺したにきまってますよ」

明夫が歯ぎしりするように言うと、

「わたしも父から、先生になにかいい知恵があったら、聞いてくるように頼まれましたの」

と、洋子もいう。

若い二人から過大に期待されて、久我はちょっと意外な顔をして、

「じゃ、警察はあのことにまだ気づいていないのかな。それなら、あの夜、現場のマンションから帰るとき、ひとこと山下警部に教えておけばよかったな……」

と、独り言のようにつぶやいた。

「あのことって、なんですか？」

「座布団だよ」

「座布団……？」

明夫がオウム返しに聞く。

「洋子さんは現場を見ていないから知らないだろうが、参条助教授は茶釜の前で、座布団に座ったまま、前のめりに倒れて死んでいたんだよ」

「ええ、ぼくは見ました。でも、それが……？」

「ふつう、釜の前でお点前《てまえ》するときは、座布団など敷いて座らないんだ」

「あっ、そうだわ。わたしも友人に誘われて、一度お茶会に招待されたことがあったけど、冬の寒い日なのに、畳の上にじかに座らされて、足腰が冷えて困ったことがあったわ」

と、洋子がいった。

「まして参条は師範の免状をもつ茶人だ。その彼が死を覚悟して、最後の一服をたてたのなら、作法に反して、座布団を敷くと思うかね？　たとえ死を前にして、取り

乱していたとしてもだ」

「じゃ、あの座布団は？」

「丸木順子がどうやって参条に毒入り抹茶を飲ませたかは、なんとも想像できないが、とにかく、彼が死んだのを見とどけると、彼女は彼が自分でお点前して服毒自殺をしたように偽装するため、彼を茶釜の前に座らせたのさ。だが、そのとき、うっかり座布団を死体の下に敷いたのが失敗だったのさ。おそらく、その座布団はあの和室に出してあったのだろう」

「そういえば、ぼくたちが行ったとき、彼は座布団をすすめてくれたね」

「ええ。でも、あのときも、参条先生自身は畳にじかに正座したわよ」

と、洋子が思い出していった。

「茶道の作法を知らない丸木順子は、畳の上にじかに死体をころがしておくのは、むしろ不自然に思えたので、わざわざ座布団を敷いたのさ」

「なるほど……。それで、あの現場で、先生が彼女に茶道をやるのかと聞かれたのですね」

「そうだよ。死体現場の状況をひとめ見て、なんだか変な感じがしたので、念のため聞いてみたのさ」

「すると、毒殺の動機は、やっぱり口封じのためだったんですね？」

「たぶん、参条はきみたちからあのダイイング・メッセージのメモを見せられたとき、もう駄目だと観念したのだろう。それで、きみたちを追い返したあと、丸木順子に電話した。話を聞いておどろいた彼女は、すぐ車でやってきて、参条のうろたえぶりを見て、このままでは、彼が逮捕されたら、いっぺんに犯行を自供しそうに思えたので、ひと思いに服毒自殺に見せかけて殺したのだろう」

「じゃ、あの農薬も、彼女が自宅から持ってきたのでしょうか？」

「それとも、参条のほうが服毒心中をもちかけたので、それを彼女がうまく利用して、彼だけに毒入り抹茶を飲ませたのかもしれない」

「恐ろしい女だな」

「遺書の代わりに、あの蔵書印のある文庫本を床の間に置いたのも、彼女だろう。あれは、茶の湯の心得がない彼女にしては、はからずも、利休ごのみの心にくいばかりの演出だったよ」

「でも、先生。座布団のことだけでは、彼女が参条先生を毒殺したという決定的な証拠にはなりませんわよ」

と、洋子がいった。

「たしかに直接の決め手にはならないかもしれないが、警察はあの死体現場の写真を撮っているはずだから、その写真をつきつけて、彼女の偽装工作を追及すれば、おそらく彼女の供述はくずれるはずだよ。そこは、山下警部の腕の見せどころだ」

「きみのお父さんのことだから、きっと拷問にかけてでも、白状させるにちがいないよ」

明夫がちゃかすと、

「まあ、ひどい。父は、あれでも犯人には情けぶかいのよ。ホトケのヤマさんといわれてるんだから」

と、洋子が言いかえした。

「また現場写真には、茶道具の置き方も、作法とちがっていることが写っているはずだよ。ぼくが見たかぎりでは、棗《なつめ》（抹茶を入れる小さい容器）と茶筅《ちゃせん》の位置があべこべになっていたからね。ひょっとしたら、丸木順子は左ききだったのかもしれない」

「先生が茶道にくわしいとは、知らなかったな」

明夫が感心すると、

「じつは、死んだ女房がお茶の先生をしていたんだよ」

久我は、ちょっとはにかんで答えた。

「じゃ、先生。父に座布団のことを教えてやってもいいでしょうか？」

「ああ、はやく知らせてあげなさい」

洋子がよろこんで、電話をかけようとしたら、ほとんど同時に、その電話のベルが鳴った。

「はい、西川ですが……」

彼女が受話器をとって応答すると、電話の向こうで、相手は一呼吸おいてから、

「あんたは、だれだね？」

いきなり、頭ごなしに聞きかえしてきた。

そのつっけんどんな声に、洋子はとまどって、

「あの……、どちらさまでしょうか？」

「どちらさま？ それは、こっちのセリフだ。あんたはだれだね？」

「わたしは、あの……」

返事につまっていると、明夫がそばにきてくれたので、彼女は黙って受話器を渡した。

「はい、代わりました。西川ですが……」

「明夫、おまえか」

「やあ、お父さん……」

明夫はそう答えながら、洋子に目くばせした。

「ゆうべ、おまえの母さんに会って、話は聞いた。おまえが犯人を捕まえたそうだな。理事長の娘を……。よくやったぞ」

「これも久我先生のおかげですよ」

「あの先生には、よくお礼を言っておいてくれ。とにかく、一件落着して、わしも今夜から、ぐっすり眠れる。酒なしでもな。ところで、さっき電話に出た女は、何者だ?」

父の声は、また高飛車になった。

「山下警部のお嬢さんですよ」

「山下警部……? ああ、あの警部さんか。その娘さんがどうしておまえの部屋にいるんだ?」

「これには、いろいろわけがあって……」

「わしにも言えんことか?」

「くわしいことは、あとでまた電話します」

「いいか、明夫。美和子の二の舞いだけはするなよ。女を連れこむために、そのマンションをおまえに譲ったんじゃないぞ」

「お父さん、そんな……。彼女はそばで聞いてるんですよ」

「それなら、ちょっと彼女に代わってくれ。ひとこと、わしから言っておきたいことがある」

「その点なら、大丈夫ですよ。山下警部から、もうクギをさされてますから」

「どういうことだ?」

「もし変な気をおこしたら、強姦罪で逮捕するって」

「はっはは、そいつはいい。それを聞いて、わしも安心だ」

電話の向こうで、父は爆笑した。

「ちえっ、人ごとだと思って……」

明夫が電話をきると、そばで聞き耳を立てていた洋子も、くすくす笑い出した。

「あなたのお父さんって、うちの父とそっくりね。異性から電話がかかってくると、すぐ不機嫌に怒鳴り散らすんだから」

「ああ、いずこも同じおやじの心境さ」

久我京介は、『独身者のための手料理365日』をパラパラめくって見ていたが、

「明夫君、来週からは、ぼくのほうのアルバイトにも、すこし精を出してくれよ」

と、声をかけた。

千にひとつの偶然

一

庭の片隅で、三島《みしま》氏はなれない手つきでシャベルを使っていた。それでも、穴はすでに氏の腰の深さまで掘られていた。掘り出された土の山のそばに、こもをかぶせた小さい物体と、根に土まんじゅうのついたポプラの苗《なえ》木《き》があった。

「あなた」

背後から声をかけられて、氏は一瞬ぎくっとなり、ふり向いた。いつのまに来たのか、そこには夫人が立っていた。

「あなた、山内《やまのうち》さんがいらっしゃいましたわ。わたくしが今夜東京へ帰るそのお別れの挨拶に、わざわざ来て下さいましたのよ」

「それはまた、ご丁寧なことだね。せっかくだが、失礼させていただくよ。なにしろ、こんな恰好だからね」

氏は土にまみれた作業ズボンにゴム長靴をはいた自分の姿を見まわして、肩をすくめた。頭髪や首筋にも、泥がはねていた。

「それでは、礼に欠けますわ」

「なに、かまやしないさ」と氏は腕で額の汗をぬぐいながら、「犬の墓を掘っていて、身体がけがれているから、遠慮させていただくって、よろしく伝えておくれ」

夫人はちょっと爪《つま》さき立って、穴の底をのぞきこんだ。

「それくらい掘れば、もう結構じゃありませんか。いいかげんになさらないと、身体にさわりましてよ」

氏は、こもの方へ顎をしゃくって、「浅く埋めると、雨に流されたり、野良犬《のらいぬ》に荒らされたり、それに、臭《くさ》い匂いがしないともかぎらないからね」

夫人はその気味のわるいこもの存在を強く意識しながらも、つとめて見ないよう目をそらして言った。

「そのポプラの若木を植えますの?」

「いい供養になるだろう」と氏は穴のなかから妻を見あげて、ほほ笑んだ。そのほほ笑みはすこし不自然なほど長く、夫人の顔に向けられていた。

「これで、ジュリは安らかに眠るだろう」

「ともかく、奥さまもご一緒にお見えになってますから、顔を出さないと、お気を悪くなさいますわよ。いいですわね、あちらでお待ちしておりますから」

そう言い残すと、夫人は夫の返事を待たずに、ひとり決めして、さっさと家の方へ去っていった。シャベルにもたれてその後姿を見つめる氏の表情は、さっきのほほ笑みがしだいに薄れて、それに代って、ほくそ笑みが口もとに浮かびでた。

二

「どうも遅くなって、失礼しました」

そう詫びて、にこやかに部屋へ入ってきた三島氏は、つい先刻まで土方《どかた》をしていたとは思われない瀟洒《しょうしゃ》な身だしなみだった。土の匂いはただよわず、ポマードとクリームの快い香りが氏の身体をつつんでいた。このあざやかな転身はすこしばかり時間を喰ったらしくテーブルの上の紅茶コップのなかは、あらかた飲みほされ、どことなく会話も一段落ついている様子だった。

「いいえ、いいえ」と肥った山内夫人が椅子から立って、両手を意味もなくはでに振りながらさえぎった。

「お忙しいところをお邪魔したのは、わたくしどもでございますわ。お玄関先で、失礼するつもりでしたのに」

「ちっとも忙しくはございませんのよ」と三島夫人がとりなした。

「あいにく、主人は……」

「はっ、はっ」と三島氏はぎこちなく咳きこんで、「すまないが、もう一とさじ、砂糖を入れてくれないかね」と紅茶コップを妻の方へさしだした。

三島夫人はさじで砂糖をすくいながら、「あいにく、主人は庭いじりをしていましたものですから……」

「ときに」声を高めて、三島氏は山内氏に話しかけた。「いつ東京へお帰りになります？　もうそろそろ、東京も涼しくなったでしょう」

万事おっとりした山内氏はシガレットの灰を灰皿に指先でたたき落して、答えようとすると、それより早く、山内夫人が割ってはいった。

「庭いじりは、気持のよいものでございますわ。第一、とても健康的ですもの。大地にふれる喜びは、なにものにも替えがたい人間の本能的な喜びの一つでございますわ。わたくしどもは、あまりに自然を忘れすぎておりますわ。わたくしはいつも、主人にすすめるのですけれどもね」

「で、いま、なにを植えていらっしゃるのですか？」と山内氏がたずねた。

「ポプラです」三島氏は口のなかでぽつりと答え、紅茶をにがにがしげに飲んだ。そしてふたたび巧みに話題を変えようとした。「先日の新聞で……」

が、氏のこころみは成功しなかった。

「おや、ポプラですって？」と山内夫人が耳さとく聞きとがめた。「だって、ポプラならいやというほど沢山《たくさん》、このあたりにあるじゃございませんか？」

三島氏はタバコに火をつけることに気を取られているふりをよそおった。

いつにない無愛想な夫の態度を見かねて、三島夫人が言った。

「犬の墓に植えますのよ。ジュリが今朝、死にましたの」

「おお、可哀そうなジュリ」山内夫人は大仰《おおぎょう》に両手をあわせた。「お利口《りこう》な犬でしたのにね。一体、どうして死にましたの？」

「それが、さっぱり原因がわかりませんの。嘔吐《おうと》して、死んでましたわ。昨晩は、べつに変な食物をやったおぼえはございませんのに」

「さぞ、高価な犬だったのでしょうね？」と山内氏が同情ふかく訊いた。

「見かけほど、高くはございませんの。血統書がすこしインチキでしたから」

「それで」山内夫人が声を低くめて訊ねた。「その死体を、お宅のお庭に埋葬しますの？」

「そうなんですのよ」三島夫人はちらっと夫を見て、なかば諦らめたように言った。「わたくしは薄気味がわるいからって、反対なんですけれども、ジュリは家族の一員だったから、薄情には扱えないというのが、主人の主張ですの」

「化《ば》けて出ましてよ」山内夫人は眉をひそめて、身ぶるいした。

「馬鹿なことを言うものじゃないよ」と山内氏がたしなめた。「猫が化ける話は怪談にあるが、犬のお化けなんて、聞いたことがないね」

「わたくしなら」山内夫人はかまわずに言いつづけた。「庭にお墓はつくっても、死体は遠くへ捨てますわ。生きているうちは可愛いくとも、死ねば、やはり畜生《ちくしょう》ですもの」

「すると、われわれ男性よりは」と山内氏は男同士のよしみとして、三島氏に相槌を求めた。「女性の方が、根は無慈悲なわけですな」

と、突然、サイド・テーブルの上の電話が鳴った。

三島夫人は手をのばして、受話器をつかんだ。

「もしもし、……はい、そうです」掌で送話口を塞いで、夫に渡した。「東京から長距離ですわ」

三島氏は受話器を耳にあてがったまま、所在なげにタバコをふかしながら、交換局の連絡がつくのをしばらく待たねばならなかった。やがて、通じた。氏はタバコを灰皿にもみ消した。

「もしもし……あ、関根《せきね》君か、わしだ、……うん、……うん、……え？ ……そうか。そいつは、ちょっと観測が甘かったかな。しかし、わしが乗り出さなくとも、なんとかなるだろう。わしが出ると、表立つからね。銀行の方は、わしが引受ける。明日、支店長に頼んでおく。君はもう一とふんばり強引に口説いて、なんとか持株を譲ってもらうんだね。返事があり次第、すぐこちらへ電話してくれたまえ。なに、夜でもかまわん。吉凶にかかわらず、情報は真夜中でも、歓迎するよ。わしは明日まで、こちらにいる。じゃ詳しいことは東京へ帰って。ぜひとも、ＯＫを期待している」

三島氏はしぶい表情で受話器を置いたが、来客へ向きなおったときには、すでに社交的な笑顔になっていた。

「あい変らず、はなばなしいご活躍ですな」と山内氏が言った。

「いや、はでに見える反面、危険ですよ。正直に打ちあけて、お宅の堅実なお仕事がうらやましいです。なにしろ、いまだに朝、新聞をひらくのが怖いですからね。毎日毎日、ニュースにおびやかされつづけているのが、株屋の実情ですよ」

「あら」と山内夫人が不審げにおどろいた。「今夜、ご一緒に東京へお帰りになるのじゃございませんの？」

「家内だけ、一足さきに帰って、わたしは一日こちらに残ります」

「主人は」三島夫人があとを引きとった。「家のなかのごたごたを、とても嫌いますの。わたくしが先に帰って、家《うち》のなかをちゃんと整えてから、迎えますの。女中も昨日、先発隊として帰らしましたわ」

「いや、べつにそういうわけじゃない」と三島氏は妻の方を見ないで言った。「一日くらいは、ゆっくり孤独な気分を味わいたいからだよ」

「嘆かわしいことに」山内夫人がため息をついた。「昨今の軽井沢は、全く俗化してしまいましたわ。静かな雰囲気は、踏みにじられてしまいましたもの。こう騒々しくては、来年の夏からは、北海道へでも行かないことには、避暑の気分を満喫できませんわ。先日も朝おきてべランダに出てみますと、まあ、どうでしょう、学生のアベックが庭を占領してキャンプを張ってるじゃございませんか。もうこうなりますと、奥さま、革命騒ぎでございますわ」

山内氏は妻の肘にそっと触れて、はてしないおしゃべりに終止符を打った。

「そろそろおいとましよう。奥さんには、お帰りのお仕度がいろいろあることだろうし」

三

来年の夏の再会を約束して、山内夫妻を送り出すと、三島氏はさっそくまた汚い作業ズボンに着替え、ゴム長靴をはいた。夫人はそれを見とがめて言った。

「いいかげんになさったら、いかがですの?」

「だって、ジュリを埋めないことには、穴を掘った意味がないよ」

「ご存じですの?」と夫人が嫌味を並べた。「あと一時間半で、わたくしは帰りますのよ。駅まで送って下さるエネルギーは残しておいて下さいな」

「こう見えても、案外、わたしはタフだよ」

背後へそう答えながら手をふって、彼は庭へ出ていった。

はやくも、冷気をふくんだたそがれが地面におりていた。浅間山《あさまやま》は濃いかすみにつつまれて、中腹のあたりがかろうじて夕映えを受けて、紫色に輪郭を浮かべていたが、それもつかのまに消えて、夕闇のなかに融《と》けこんだ。高地のはやい秋の気配は三島氏をすっぽりつつんだ。

彼は穴のなかへ降り立つと、一刻も時間を惜しむかのように、中止していた穴掘り作業にとりかかった。いちども小休みしないで、熱心に掘りつづけた。穴の深さが彼の肩のところに達して、はじめてシャベルを投げた。額の汗をぬぐい、背筋をのばして、一つ大きく深呼吸した。見あげると、空には星が三つ四つ小さくまたたいていた。あたりはとっぷり暮れていた。ポケットからマッチを出して火をつけて、腕時計を見た。妻が出掛けるまでに、まだ三十分あった。

彼は穴のふちの地面に腕を立てて、穴からはいあがった。家は窓から明りがもれて、ラジオが鳴っていた。彼は穴の暗い底をのぞいて、その出来栄えに満足すると、ベランダを素通りして、勝手口へまわった。

洗面所で、蛇口いっぱいに水を出して、手を洗った。いつも勢いよく迸《ほとばし》り出る水の音は、彼を勇気づけた。いつもと変らない足どりで、妻のいる部屋へ行った。ラジオは陽気にシャべっていたが、ぷツと止まった。彼はドアのノップに手をかけた。と、ドアは内側から開いた。

そこには、おなじようにノップに手をかけて、夫人が立っていた。

「あなたでしたの。ちょうどよろしかったわ」

と夫人は部屋のなかをちょっとふり向いて、

「あの……」

やにわに、三島氏は妻の首を両手で締めて部屋のなかへ前進した。夫人は足をもつらせながら、必死にもがいた。その抵抗は、意外に手ごわかった。後退する夫人の尻がテーブルにつき当った。テーブルは傾いた。ポータブル・ラジオや、タバコ盆や、花瓶がにぎやかな音を立てて、床に落ちた。

予期しないその音にひるんで、一瞬、彼は手の力を抜いた。その隙に、

「人殺しい！　助けて！」

夫人はつぶれる喉をふりしぼってわめいた。けだものじみたすさまじい悲鳴だった。

あわてて、三島氏は指先が肉にくいこむほど妻の喉仏を締めつけた。不気味なにぶい音がして、妻の首はがくりとうなだれた。彼は妻の身体を突き放した。死体はよろめいて、サイド・テーブルにもたれ、そのままテーブルもろとも、後へ倒れた。電話機が床に転げ落ちた。

彼は倒れた二つのテーブルをもとの位置におこした。灰皿も花瓶も、さいわい厚い絨毯《じゅうたん》の上に落ちたので、割れていなかった。ただ花瓶の水が絨毯を濡らしていた。受話機のはずれた電話機をサイド・テーブルに置きもどし、床に散ったシガレットを拾ってタバコ盆にいれた。ポータブル・ラジオはダイヤルをまわしたが、音が出なかった。が、外見は異常なかった。すべては、もと通りに片付いた。

彼はあらためて、部屋のなかを見わたした。ソファの上に、妻のスーツケースとハンドバックが目についた。これは明日、人目が多いようで人目につかない東京で処分するが賢明だ。彼はシガレットを一本つまんで火をつけた。そして、うまそうに吸いながら、首を不自然にねじらせて仰向けに倒れている犠牲者をしばらく見下ろしていた。彼の目はなんの感情もあらわしていなかった。

四

三島氏は妻の死体を庭へ運んだ。服を脱がして裸にし、穴の底へ落した。シャベルで土をかけた。三尺ほど土をおおうと、ゴム長靴で踏み固め、土をならした。その上に、こもでつつんだジュリの死骸を重ね、土をかけた。が、その仕事はひとまず中止して、家のなかへとってかえして、片手に妻の靴を、いま一方の手に石油罐《かん》をもって来た。落葉を焼いた跡へ靴と服を投げて、石油を浴びせて火をつけた。焔はめらめらと燃えあがった。明るい照り映えを横顔に受けて、彼は犬の墓造りにいそしんだ。最後の仕上げに、ポプラの若木を植えた。

火は燃えつきようとしていた。そのとき、サイレンの音が遠くの方で聞こえた。三島氏は外敵におびえた小さいけもののように、きき耳をそば立てた。空耳だろうか？　サイレンはみるみるうちに、こちらへ近づいてきた。彼は胸さわぎがして、とっさにシャベルで土をすくって、火の上に撒いた。火は消えて、ふたたび闇があたりを領した。けたたましいサイレンは彼の家のまえで止り、タイヤがキューーときしって急停車した。自動車のドアが開閉する音。あわただしい靴音が迫った。彼は逃げ腰になった。と、玄関のベルが布を裂くようにひびきわたった。彼は棒立ちになり躊躇したが、やおら自信をとりもどすと、ズボンの土をはたきながら、庭伝いに玄関へまわった。

二人の警官と、一人の私服がたたずんでいた。

「どなたですか？」三島氏は平静をよそおって、言葉をかけた。

「三島さんですか？」と私服は反問して、懐中電灯を三島氏の顔へ照らしつけた。「奥さんにお目にかかりたいんですが？」

「どなたでしょうか？」と三島氏はくりかえした。

「県警の久我《くが》警部です」と私服は気乗りがしないように名のって、「奥さんはご在宅ですか？」

「あいにく、家内は東京へ帰りましたが」

「それは、いつのことです？」

「四、五十分ほど前になりますが」三島氏は懐中電灯の光から、まぶしそうに顔をそむけた。

「それは残念でした」そう言って、久我警部は懐中電灯の光を相手の汚れた手や、ゴム長靴へ移した。「失礼ですが、この暗いのに、なにをしていらっしゃるのですか？」

「いや、ただ」と三島氏はてれて、「庭の手入れですよ」

「それは、ご精がでますな」

「おや」と後にひかえている警官の一人が鼻を鳴らした。「ガソリンと、皮が焼ける匂いがしますぜ」

久我警部は三島氏の顔へ、まともに懐中電灯の光を浴びせた。

「ごみを燃《も》してるんですよ」と氏が言った。

「なるほど、じゃ夜分ですから、火のもとに用心して下さい。そうですね、念のために、ちょっと見せていただきましょうか」

久我警部の口調はおだやかではあったが、うむを言わせぬきびしさがこもっていた。

「警察のお方は、もの好きですな。じゃ、こちらへ」と三島氏は先に立って案内した。

「たいした火事じゃありませんがね」

警官たちは焚火の跡を枯枝でつついて、めんみつに調べた。

三島氏が親切におしえた。「家内がはき古した靴と、ボロ布を燃しただけですよ」

「このポプラを植えましたね?」と久我警部がその根もとを照らして訊いた。

「ええ、そうです」

「木のほかに、なにか埋めましたか?」

「なにか、とおっしゃると?」

「それを、こちらでお尋ねしてるのですよ」

「実は、それは犬の墓なんですよ。今朝死んだので、墓石の代りに植えましてね」

「犬は何匹、死んだのですか?」

「一匹です」

「ポプラが一本、犬が一匹、それにしては、掘りだした土がたくさん余ってますな」と久我警部が言った。

「掘ってみましょうか?」警官がシャベルを手にとった。「道具は揃ってます」

「あえて、わたしは」と三島氏はあくまで紳士的だった。「家宅捜査状を見せていただこうとはしませんが、せっかく丹精をこめて、仕上げたばかりですから、後始末を忘れないでほしいですね」

そんな勿体ぶった繰り言にはおかまいなくまたたくまに、ポプラは引き抜かれ、墓はあばかれた。

「やっぱり犬の死体ですよ、警部」穴のなかから警官が気味わるげに叫んだ。あきらめてシャベルを投げ、穴からはい出た。

三島氏の口もとに、思わず、会心の微笑がほころびた。

「ひどいことをして下さいましたね。これでは、ジュリは安らかに成仏《じょうぶつ》できかねます」

「もっと掘るんだ」と久我警部は無感動に言った。

「仏さまを傷つけないよう、用心したまえ」

これはとどめの一撃であった。三島氏の顔はさっと硬ばった。警部と目があった。氏は悪あがきを放棄して、すべてを観念した。そのつぎに待ちかまえている運命は、もはや明白だった。数分とたたないうちに、穴は最後の底まで掘りつくされ、出るべきものは暴露された。三島氏の手首に手錠がはまった。

久我警部は女の死体をざっと点検すると、ポケットからシガレットを出して口にくわえたが、火はつけなかった。これは死体を見たあとの久我警部の習慣だった。

「電話を拝借《はいしゃく》したいのですが?」

警部の注文にうなずいて、三島氏は左右を警官に守られて、部屋へみちびいた。

久我警部は電話を借りて、言葉すくなに署へ報告し、後の手はずを命じた。そして、いったん受話機を置いたが、また手にとって、もて遊びながら、部屋の様子を珍らしそうに眺めた。

「この部屋でなさったのですね?」

「まるで千里眼ですな」最後まで自尊心を失うまいとする三島氏は、解《げ》せぬ表情をできるだけ押しかくして言った。「もっとも、絨毯が濡れているから、そう推理なさるのも、なんの不思議もありませんな」

久我警部はじっと相手の顔に目をそそいでなおも受話機で掌を叩きながら、

「ただ一つ、不思議に思うのは、慎重なはずのあなたが、なぜ、こともあろうに電話の話し中に、なさったかです」

三島氏は唖然として、開いた口から、しばらくは言葉が出なかった。

「話し中ですって?」

「東京の関根さんという方を、ご存じですか? その方がお宅へ長距離電話をかけると、奥さんが電話口に出られて、あなたと代るからとおっしゃった。が、すぐその後、人殺しい! 助けて! という悲鳴が聞こえ、やがて電話が切れたそうです。その方はびっくりして、もよりの警察へ知らせた。で、ただちにこちらの署へ連絡があって、われわれが駈け付けた次第です」

久我警部は受話機を置いた。三島氏はどうしてもそれから目がはなされなかった。

「そうだったのか」と氏はあたかも血を吐く思いでつぶやいた。

あのとき、ほとんど同時にドアを開けた妻が、部屋のなかをちょっとふりかえって、

「あなたでしたの。ちょうどよろしかったわ。あの……」と言ったその後につづく言葉がなんであったかを、氏はいまはじめて悟った。だが、もはや後の祭りだった。よりによってあのとき電話をかけてよこした関根をうらんだ。一言はやく「お電話です」と知らせなかった妻を呪った。聞こえたはずの電話のベルの音を妨害したラジオと、水道の水を勢いよく音高く出した自分のうかつさに、おのれのほぞを噛んだ。

電話のベルが生きもののように鳴った。

久我警部が応答に出た。

「あなたに、東京の関根さんからです」そう言って、受話機をさし出した。

受話機をつきつけられて、三島氏はためらった。そうだ、この瞬間にやったのだ、と氏は思い知った。手錠のはまった不自由な手で受け取った。そして生唾をのみこんで、受話機に声を送った。

「もしもし……」

日光浴の殺人

一

むちゃくちゃなスピードだった。〝週刊ニッポン〟の小旗は引きちぎれんばかりにはためく。ふり落されては百年目だと、小柄なカメラマンの太郎《たろう》は目をつぶって、スクーターの荷物台にしがみついている。デブで、オールドミスで、ベテラン記者の花子《はなこ》は鼻うたまじりにハンドルをあやつっている。

「坊や、白バイはお供してるかしら?」ミス花子は期待にみちた声でいった。「ちょっと見ておくれ」

太郎は恐るおそる片目をあけて、うしろをふりかえった。

「きょうは、白バイはストしてるらしい」

「オーケー」ミス花子はなおもスピード・メーターの針をあげた。「競走する相手のいないドライブなんて、ゴマ塩のないオムスビそっくりだわね」

ツバメ返しの早業で、さらに一台、神風タクシーを追い抜いた。

「ひゃあ」と太郎は頭のてっぺんから悲鳴をあげた。「ぼくの大事な耳が風に吹きとばされそうだ」彼はミス花子のでっかい背中にへばりついて、風をよけた。「一体ぜんたい、どこへドライブしてるんです?」

「有島美代子《ありしまみよこ》の家さ」

「ああ、あのグラマー女優ですか」だが、これは太郎の失言だった。

すかさず、ミス花子がクラクションをならした。口笛のかわりだ。「いいかい、坊や、あんなのは、ただのチンピラ女優だよ」

ごもっともだ。どんなにすばらしいキングサイズの女だって、重量感のあるミス花子のよこに並べば、チンピラに見えるだろう。

太郎がいった。「あんなダイコン女優のところへ、いまさらインタビューに行っても、ゴシップ欄ひとつ埋りませんよ」

「先々週、あたしがスッパ抜いたスキャンダルを忘れたの?」

「ぼくの頭はガラクタ箱じゃない。新陳代謝がかっぱつなんです」

「有島美代子と白川《しらかわ》ナオミのサヤ当てさ。といったら、思いだした？」

「東洋映画の社長の御曹司を頂点とする三角関係のことですね」

　またしても、ミス花子はクラクションをならした。こんどは肯定のしるしだ。「たまたま、あるパーティで、三人がいっしょになったので、表面むつまじく話してると、停電したのさ。くらやみのなかで、御曹司は頭をちょっとかがめて、自分の手に音をたてて接吻した。そして部屋が明るくなると彼氏はオツにすまして帰ったのさ。あとに残った二人のチンピラ女優はおたがいに疑いあい、とっ組みあって、白川ナオミが足をくじいたわけよ」

「それで、はじめナオミに予定されていた『拳銃は狙う』の主役が、有島美代子に廻ったんですね」

　スクーターのエンジンは、オリンピックで金メダルをとった選手のように快調そのものだった。山ノ手をでて、郊外地をまっしぐらにつっ走る。ドライブするには、全く、もってこいの秋日和だ。とはいっても、おなじアベックの相乗りでも、男がさっそうとハンドルをにぎって、かわいい恋人に肩をもたれての話だが。

　あと二つ道をまがれば、目ざす有島美代子の家だった。そこへ、むこうから空色のスポーツ・カーが滑るように疾走してきた。すれちがいざま、ミス花子は片手をはでにふって、「ヘーイ」と挨拶を投げた。それには目もくれず、スポーツ・カーは砂煙をまきたてて逃げ去った。ポマードで髪をテカテカに光らせた、のっぺりした馬面の青年がハンドルをにぎっていた。

「うわさをすれば、影だ！」太郎がさけんだ。「御曹司の矢代正彦《やしろまさひこ》だ」

「ふん」オールドミスの記者は鼻をならした。「朝がえりが恥ずかしくって、人と顔をあわせるマトモな顔がないんだろうよ。ゆうべは、あのチンピラ女優の家に泊ったにちがいない。〝週刊ニッポン〟のゴシップ欄が、また一つ、にぎやかになったわよ」

　有島美代子の家のまえで、ミス花子はブレーキをかけた。エンジンが静かになると、高くすみきった秋の空に、花火がポンポンと炸裂しているのが聞えた。郊外電車の線路とひろい畑をへだてたグランドから、どこかの会社が運動会の景気をあおって、花火を打ちあげているのだ。太郎は田舎の森の鎮守の祭りをおもいだして、心がウキウキした。

　チンピラ女優の家は、道からは二階の部分しか見えない。家のまえの庭が道路よりも、人の背丈ほど高くなって、目をさえぎっているのだ。あたりは陸稲《りくとう》の畑がひらけ、家々がまばらに散らばっている。東京では珍しい田園風景だ。

ミス花子はスカートの砂埃をはたくと、太郎を後にしたがえて、数段ある石段をのぼった。いちばん上の段で、ふと彼女が足をとめたので、チビのカメラマンはあやうく彼女の偉大なるお尻に、おデコをぶつけそうになった。

「ちょっと見てごらん、坊や」ミス花子の声には落ちつきがなかった。

「坊やだなんて呼ばないで下さい」太郎はブツブツ不平をこぼした。「誕生日のケーキのローソクがぼくのより、たった二十一本多いというだけで、大人風をふかす権利は、あなたには……」

「算術の問題はあすにしておくれ」彼女はピシャリとさえぎって、庭を指さした。「口をとじて、目をあけて、あれをごらん」

庭の芝生《しばふ》のうえに、映画製作者ならぜったいに見逃がすはずのない、ものすごい美女が仰向けにころがって、日光浴している。

チビのカメラマンは舌なめずりして、ニンマリほほ笑んだ。

「グラマー女優、日光浴するのポーズか」

さっそく、彼は肩のバッグから愛用のカメラをとり出し、抜き足さし足、こっそり近よって、レンズの狙いをさだめたが、急に、がっかりあきらめてカメラをバッグにしまった。

「この有島美代子は、もう有島美代子じゃない。ホトケさまだ。ぼくのカメラは生きてる美人しか受けつけないんだ」

「バカおっしゃい!」ミス花子がキメつけた。「カラー・フイルムで一ダースほど写しなさい」

「フイルムを浪費すれば、編集長から大目玉をちょうだいするのがオチですよ」

「このチンピラ女優とのインタビューは、あの世で再会するまで、お流れになったのよ。坊やも、あたしも、肩書をちょっと変えて、シロウト探偵に化けるのよ」

「デカのまねなんて」太郎は尻ごみした。「願いさげだな」

ミス花子は血のめぐりのわるい生徒を教える先生のような口調でいった。「この殺人事件をスクープすれば、ボスはあたしたちに、たっぷりボーナスをだすわよ……」

「オーケー、オーケー」ことサラリーの話となれば、太郎はのみこみがすこぶる早かった。

太陽の位置をたしかめると、彼は芝生のうえに腹ばいになったり、前後左右に動きまわって、機関銃のようにシャッターを切りまくった。

有島美代子がこの世にのこす最後の役の衣裳は、黒いセーターに黒いスラックスだった。ご自慢のからだの凸《でこ》凹《ぼこ》の曲線を挑戦的に見せつけるよう、巧みに着こなしていた。踵のない、赤い靴をはいていた。首には、おなじく赤い絹のネッカチーフがまいてあった。黒と赤のこの組みあわせは、色彩にたいする彼女の感覚が、かなり高級であったことを物語っている。ただ一つ惜しいことに、赤をあまり乱用しすぎたせいか、盛りあがりのなやましさを誇った胸の左のところに、大輪の牡丹《ぼたん》の花がぽたりと落ちたかと思える真っ赤な血が散って、せっかくの配色の妙をぶちこわしていた。ナワ跳びのビニールのナワが、死体のそばに蛇のようにくねっている。

ミス花子は死体の瞳孔や脈搏をしらべ、ヤブ医者よろしく男ものかと思えるほどの大ぶりな自分の腕時計をみた。「ご臨終は、二百秒くらいまえだわ。からだには、まだ暖かみがある」

「モチですとも」太郎がいった。「日光浴してるんだもの、暖かいにきまってる」

ミス花子は黒いセーターの端をつまんで、まくりあげた。セーターの下は、――下着屋さんには申しわけないが、――すぐ白い肌だった。

「坊やには、目の毒だから、後をむきなさい」

「チエッ」舌打ちしながらも、太郎はすなおに廻れ右した。「いつまで子供扱いにするんです？　いまいちど自己紹介しておきますがね、ぼくは交番のとなりのストリップ小屋へはいっても、お巡りはなんとも言いませんよ」

ミス花子はポケットからエンピツをだして、死体の左の乳房のところ、血の海のなかに口をひらいている小さい穴へさしこんだ。肉が収縮して、深くはとどかなかったが、穴の方向をさぐった。

「タマは下から上へむけて走ってるわ」そういって、彼女はセーターをもとにもどした。

太郎はもう一つ廻れ右した。「じゃ、犯人はあのスポーツ・カーのドウラク息子だ。道路がひくいんだから、庭に立ってる有島美代子を狙って、車のなかから射てば、タマは注文どおりに飛ぶ。さあ、スクーターで追跡しましょう」

「ホシが判ってるときは、急がなくていいのよ」ミス花子はのんびりかまえて、厚い胸に太い腕を組み、死体をじっと見おろした。「なんだか、すこし恰好が変だわね」

「ぼくたちは長い生涯に、いちどしか死ねないんだ。経験が不足で、死ぬときのポーズをしくじることがありますよ」

「それにしても、首がねじれすぎてる」ミス花子は芝生に片ひざをついて、赤い絹のネッカチーフがまいてある首をもちあげて、ゆさぶった。張り子のトラの首のように、思うがままにゆれ動く。「やっぱり、骨が折れてるわよ」

「ぼくは西部劇映画の大のファンです」と太郎がしたり顔でいった。「ピストルで射たれると、うしろへひっくりかえって、重い頭から先にブッ倒れる。その拍子に、細い首が折れるんです。この女ボサツだって、ちゃんと足を道路のほうへのばし、頭を家のほうへ向けて、理にかなった姿勢でころげている。きっと、スポーツ・カーへ手をふって、とっときのウインクをにっこり送ってるところを、射たれたにちがいない」

「で、ハリウッドの映画では、あおむけに倒れるとき、首をわざわざ百八十度まげ、おデコを地に打ちつけてから、もういっぺん、もとの位置にむけなおすの？」

「そんな手数のかかることはしませんよ。ヤンキーって奴はごく単純ですからね」といったが、太郎は目をパチクリさせた。「なんだって、まわりくどい所作を思いついたんです？」

「あたしの考案じゃないんだよ、坊や。ほら、死体のおデコに芝生がくっついているでしょ。葉緑素の青い汁がしみつくほど、強く打ちつけてるのよ」

「こいつは、ロクロ首だ！」太郎はトンキョウな声をあげた。「お化けは警察にまかせておけばいい。そのために、ぼくたちは税金を払ってるんだ」と、はや逃げ腰に浮きたった。

ミス花子は彼の腕をむずとつかんで、引きもどした。「ロクロ首なら、なおのこと、トピック・ニュースになるわ。来週の〝週刊ニッポン〟はベストセラーまちがいなし。さあ、あたしについておいで、坊や」

二

二人は庭をよこぎって、玄関へ行った。太郎がベルを押そうとすると、ミス花子がその手をピシャリとたたき払った。彼女はドアをあけて、まるで入場無料の公共の建物へはいるように、ツカツカと闖入《ちんにゅう》した。

太郎はシキイの外にふみとどまった。「家宅捜査令状をもってないんですよ」

「シーイッ」ミス花子はイモ虫のようにクリクリした指を口にあてた。「ジャーナリストには、天下ゴメンの通行券があるのよ」口に立てたその指をまげて、オイデオイデした。

家のなかの様子は安っぽいハリウッド趣味だった。二人はリノリウム張りの居室や、台所兼食堂、ベッドのある寝室、タイル製の風呂場、さらに水洗便所まで鼻をつっこんで拝見してあるいたが、だれの姿にもお目にかからなかった。応接間をのぞくと、テーブルの上に、ウイスキーの壜と、ソーダ水のサイフォン、グラスが三つ、ちゃんと用意してあって、飲み客を待ちわびている。

「せっかくの心づくしだもの、いただきましょうよ。血をみると、あたしは胸がムカつくの」ミス花子はハイボールを二つ作った。

太郎はえびす顔だった。「これはオールドパーだ。かねがね尊名だけは拝聴してたが、口にするのははじめてだ。さすが人気商売の女優だ。死んでも、〝週刊ニッポン〟を遇するエチケットを心えてますね。心がけのりっぱな死にぎわだ」

二人は特ダネを祝って、乾杯した。

「そうじゃないわよ」ミス花子は一つ余分のグラスを不審そうに手にとった。「あたしたちを歓迎するウイスキーじゃないのよ」

「だって、ぼくたちと、有島美代子とで、合計三つになるじゃありませんか」

「きょうのインタビューは予約なしの飛び入りよ。ちがう客がくるんだわ」

「てっきり、あのドウラク御曹司だ」太郎はせっかくのウイスキーをあの男に横取りされてはと、いそいで二杯目をあおった。「だけど、彼女と彼氏がしんみり向かいあって飲むにしては、三番目のグラスをうけもつ奴は、恋のエチケットをしらない邪魔者だ。ひょっとすると、あのアベックには、成年式をすました赤ん坊がいるのかな」

「要は、あの御曹司がここに寄らなかったことが判ったのよ」ミス花子は親心から太郎のグラスを没収した。「酔っ払わないうちに、二階を探検してらっしゃい。あたしはあの若紳士を招待するから」

彼女は卓上電話をつかんだ。

太郎は階段のあるほうへ行きかけたが、ドアのところで立ちどまった。「念のため、一こと申しそえますがね。グラスが汚れてないといって、奴さんがここに来なかったとはかぎりませんよ。乾杯するまえに、さっさと射ち殺して、サヨナラしたかも知れない。飲んだが、きれいに洗って、指紋をふき消したかもしれない。いかがです？　ぼくの頭はアルコールがまわると、すごく天才になるでしょう」

小柄なカメラマンは商売道具のショールダーを肩にひっかけて、はやくも怪しげな足どりで階段をのぼっていった。

それを見送りながら、ミス花子はダイヤルをまわして、警視庁の捜査一課の交換手に、久我《くが》警部を呼んでもらった。

「もしもし、義雄《よしお》さん？　あたし花子」

「やあ、元気かい？」従兄《いとこ》の警部はいかめしい肩書とはチグハグな家庭的な声でいった。「せっかくだが、花ちゃんにあげるネタはないね。きのうきょう、東京はすごく平和だ」

「じゃ、あたしがその退屈な平和をかき乱してあげるわ。空色のスポーツ・カーをつかまえるのよ。矢代正彦という、東洋映画のバカ御曹司がハンドルを握ってるわ。事故があって……」

久我警部はあわててきえぎった。「ああ、花ちゃんの交通事故は、もう真っ平だ。白バイ君を、法律とぼくへの義理との板バサミで、たびたび苦しめたくないんでね。たまには一度くらい、神妙に罰金を払うんだね。なにしろ、花ちゃんのスクーターは東京都の道路をそうとう痛めつけてるからな」

「そのスポーツ・カーをつかまえて、しょっ引いてきてくれると、義雄さんに、いいプレゼントがあるんだけどな」ミス花子はほがらかに鼻うたを歌うように言った。

「クリスマス・プレゼントなら、あと三カ月もあるんだぜ」

「クリスマスまで待てないのよ。腐っちゃうから」

「ははん」従兄の警部は電話線のむこうの端で合点《がてん》した。

「ぼくにくれるプレゼントで鮮度が落ちるといえば、判ったよ、肉屋に売ってない肉だろう？　さっそく頂戴にあがる。僕が行くまで、勝手に手をつけてはダメだぜ」

久我警部はせっかちに電話を切ろうとした。

「あ、ちょっと待って！」ミス花子は受話器にしがみついた。「よその新聞社や、雑誌記者にもらさないでね。あたしがスクープした事件だから、〝週刊ニッポン〟が最後まで独占する権利がある……」

と、突然、二階で、ガチャンという金属的な音がし、ただならぬわめき声が聞えてきた。

「南無三《なむさん》、坊やがあぶない」ミス花子は受話器を放りだすとスカートを膝小僧よりずっと上へまくりあげ、一気に階段をかけのぼった。

部屋を二つつき抜け、三つ目のドアをあけた。が、思わず息をのんで目を見はった。そこは、三方の窓と天井とが広いガラス張りのサンルームだった。片隅に、チビの太郎は追いつめられ、頭をかかえこんで、うずくまっていた。まるで猫ににらまれたネズミそっくりだ。カメラはリノリウムの床に叩きつけられていた。

仁王《におう》立ちに立ちはだかっているのは、布切れを最大限に節約したビキニ型の水着姿のみごとな娘だった。全身肌に、日やけ止めの油をぬりこみ、山猫のようにしなやかな身体つきだ。拳にかためた両の手を、くびれた腰の左右にあてがっている。

娘はまき舌でまくしたてた。「ニュー・フェイスだからって、見損わないでちょうだい。〝週刊ニッポン〟に裸の写真をのせてもらいたいほど、売り出しにガッツいていませんからね。ことわっておきますがね、わたしは五十パーセント以上肌が露出する写真は、いっさい写させない主義なのよ。なにさ、フイルムもないダテのカメラをさげて、わたしの身体をのぞき見してさ」

「ちょいと」ミス花子がうしろから、アネゴ肌の声をかけた。「相手をみて、ものを言ったほうが、利口じゃない、白川ナオミさん？」

水着の女はサングラスをはずし、くるりと素足の踵をまわした。

「ふふん、あんたもグルね」ナオミはあだっぽい下唇を小憎げにつきだした。「わたしが言ったこと聞いたでしょ？ 〝週刊ニッポン〟のインタビューは、ぜったいにおことわりよ」

「すこし考えなおしたほうが、身のためじゃない？」

ミス花子は近づいて、エンピツで相手のブラジャーをこつきながら楽しそうに言った。「このエンピツの先の動きよう一つで、あんたの人気投票の順位がどんな具合に変るか、暗算してごらん」

暗算してみるまでもなかった。くやしさのあまり、ナオミはジダンダをふんだが、その怒りは穴のあいた風船のように目に見えてしぼんだ。

「案外、もの判りがいいわね」ミス花子がいった。「で、あんたはいつから、この家に同居してるの？」

「よけいなお世話だわ」

「世論調査では、どこやらの御曹司をめぐって、あんたと有島美代子とはライバルだそうよ」

ナオミは猫が毛を逆なでされたように、いきりたった。

「変なこといわないでよ。わたしたちは仲よしだわ。きょうも、これから三人でドライブする予定よ」

「おたのしみのドライブは、お流れだぜ」

ミス花子に助け起こされた太郎は、カメラの残骸をひろって、腹いせに言った。「だから、オールドパーはぼくたちが処分したのさ」

「それ、ほんとなの？」

「君が心配なのは、ドライブのことかい？　それとも、あの高価なウイスキーかね？」

「ウイスキーなど、どうだっていいわよ。どうせ美代子のだもの」

「君は置いてけぼりを食ったんだ。ミスター矢代はここへは停らないで通過した。特急列車のようにね。いまごろは、君のかわり、新しい女の子が運転席のよこに坐ってるだろうな」

「美代子ものって行ったの？」ナオミは腰をくねらせて、彼のほうへつめ寄った。

このなやましい肉迫に、太郎はまごついて、まぶしそうに目を細めた。

ミス花子の巨体がなかに割って入った。「じたばたしてもあとの祭りなのさ。彼女は遠くの遠くへ、ピクニックに行ったのさ」

「わたしに黙って行くはずないわよ。美代子は庭でナワ跳《とび》してるはずだわ」ナオミは窓際へかけよった。が、そこからは庭の端しか見下せなかった。なにか本能的な疑惑にかられて、彼女はとなりの部屋へ小走った。その部屋からは、こじんまりした芝生の庭の全景が眺められた。ちょうど庭のまんなかのところに、有島美代子はこちらへ頭をむけ、足を道路のほうへ伸ばして、あおむけに倒れている。

ナオミは窓から上半身をのりだして、吸いよせられたように眺めていたが、しだいに身体が凍ったように硬ばった。

「あそこで、美代子はなにしてるのかしら？」この言葉のあとの半分はのどの途中で消えて、声にならなかった。

太郎がいった。「お行儀がいいから、ちゃんと着るものを着て、日光浴してるのさ」

「ナオミさん」とミス花子がさりげなくさぐりを入れた。「ピストルの音をきかなかった？」

ギクッとして、ナオミはふりかえった。

「からかわないでよ。あれは花火だわ。どこかの会社が運動会してんのよ」とヒステリックに叫んだが、彼女の顔から、表情がすべり落ちた。「ピストルで射たれたの？　死んでんの？」

太郎が気の毒そうに告げた。「美代子さんの体温は、もう平熱以下だろうな」

「わたし、なんだかゾクゾク寒けがしてきたわ」

ナオミは鳥肌がたつ胸を腕でだいて、サンルームに逃げこみ茶いろのガウンを羽織った。

太郎はなごりを惜しんで、目じりをさげて、彼女の水着姿をうっとり見とれた。

そんな彼の脇っ腹を、ミス花子は肘でこついた。「みっともないわよ、坊や。顔の筋肉をひきしめなさい」とたしなめてから、いわくありげにナオミに言った。「あんたはたびたびギャング映画に出演したことがあるからピストルを射つくらい、オチャノコさいさいだわね？」

ナオミは氷のかけらを襟もとへ入れられたように、ちぢみあがった。「濡れ衣をきせないでよ。そうでなくっても、水着一枚でふるえてんのよ。わたしはずっとサンルームにいたわ。ポカポカして、とても心地がいいので、ねむってしまって、ピストルの音など、ちっとも知らなかったわよ」

「そいつは眉ツバものだな」太郎が口をはさんだ。「ぼくは盗み写しの名人だぜ。そのぼくがこっそりカメラをむけると待ってましたとばかりに、君ははね起きた。君には迷惑だろうが、ぼくは裁判所の証人席へ招待されれば、君のうたたねはタヌキ寝入りだったと、判事さんに証言しなければならないね」

「まじめな女性は熟睡中でも、異性の接近には、すごく敏感なのよ。で、美代子はどんなふうに射たれてるの？」

「生前はご自慢だったバストの左に、タマが下から上へむいて入ってる」

「じゃ、犯人はすくなくとも庭か、ひくい道路にいたのね」ナオミはほっと肩から息を抜いた。「わたしはここから一歩も出なかったわ。下へは、一度もおりなかったわ。ヤオヨロズの神さまに誓ってもいいわ」彼女は芝居がかりに手をふりまわして、無罪をけんめいに主張した。

と、不意に、彼女はよこを向いた。キリリと柳眉《りゅうび》をさかだて、憤然とした。口ぎたなくののしった。「あ、あの出歯亀《でばかめ》、きょうも、のぞき見してるわ。ようし、こんどこそは風紀罪で訴えてやる」

ナオミが指さしたほうを見ると、畑をへだてた家の二階の窓に、双眼鏡がこちらをじっと偵察している。が、感づかれたと知ってか、さっとカーテンのかげにかくれた。

　ミス花子がニヤニヤして言った。「訴えるまえに、あの男に感謝したほうがいいわよ。あんたのアリバイの唯一の証人だからね。さあ、坊や、あの出歯亀氏に面会にいきましょうよ」

三

　デブのベテラン女記者を先頭に、三人は裏門を抜けて、陸稲畑のあぜ道を行進した。その家の十メートルほど手前にきたとき、表戸があき、大学生がとびだし、泡をくって逃げだした。

「坊や、とっつかまえなさい」ミス花子が命令した。

「合点《がってん》だ！」チビの太郎は背をまるめて駈けだした。

　彼は見かけによらない駿足の短距離ランナーだった。追いつめて、あと一メートル半というところで、狙いをさだめ、相手の肩へ飛びついた。が、目測をあやまって、かろうじて相手の片足にタックルできた。二人は前へつんのめった。

「なにするんだい、貴様は」と大学生は必死にもがいた。

　太郎は死んでもはなさない覚悟で、スッポンのようにしがみついている。学生は自由なほうの足で、太郎の頭をけり、やっと立ちなおったときは、すでに前後を女性軍にはさまれていた。

「ちょいと、出歯亀さん」ミス花子は学生の胸ぐらをつかんだ。「変なまねをしていながら、往生ぎわがわるいわよ」

　学生はベソをかき、ナオミにむかって取ってつけたようにペコリとおじぎした。「ぼく、あなたの大のファンです。あなたの映画はぜんぶ見てます。あなたの演技は……」

「出歯亀のファンなんて、たくさんだわ」ナオミはずけずけ言った。「まっ昼まから、講義をサボって、のぞき見するなんて、気味のわるい学生さんね。いちぶしじゅう見てたんでしょ？　写真もとったんじゃないの？」

「そんな卑劣なことはしません。遠くから拝見しただけです。しのびこんで、写真をとろうとして、カメラを叩き落されたのは、こちらの方です」

「なにいってるんだい！」チビの太郎は見ばえのしない肩をいからせた。「おれは天下ゴメンのカメラマンだぜ。貴様には、こちらの花子女史が用があるんだ」

　ミス花子が高飛車《たかびしゃ》にでた。「あんたがさっきいた部屋へ案内してちょうだい」

学生はひるんだ。

「いやなのかい？」太郎はドスをきかせて小気味よくハッパをかけた。「貴様の出歯亀ぶりを〝週刊ニッポン〟にデカデカと紹介してやるぜ。カラー写真入りでな」

学生はおそれをなして、おとなしく引きかえし、二階の部屋に案内した。ありふれた殺風景な下宿部屋だった。机の下に、表紙のめくれた〝週刊ニッポン〟がころがっている。裸の壁に、有島美代子の色あせたプロマイドが押しピンで止めてある。学生はあわてて、白川ナオミに見つからないよう背でかくして後手でひきちぎりポケットへしのばせた。柱の釘に、古ものの双眼鏡がぶらさがっている。

ミス花子はその双眼鏡をとって、サンルームを眺めた。手をのばせば、とどくま近に、ルームは見えた。ここからは位置がわるいので、死体のある庭は見えなかった。

「エロ学生さん」と彼女は提督よろしく、双眼鏡をのぞいたままで訊いた。「あんたが見てるあいだに、ナオミさんはずっとサンルームにいたの？」

「ええと」大学生は時をかせいで、ナオミの顔をうかがった。「どう答えれば、あなたに喜んでいただけます？」

ミス花子はつめより、相手の詰襟のバッチを指さした。

「あんたの専門は法律らしいわね。偽証罪という言葉には詳しいでしょ？　じゃ、すなおに答えなさい」

その見幕に、最高学府の生徒はたじろいだ。「白川さんは一度、となりの部屋へいきました」

「いつのことなの？」

「空色のスポーツ・カーが通った、すぐ後だった」

ナオミが口をはさんだ。「あれは、サングラスを取りにいったのよ」

「おだまり！」ミス花子はナオミの口を封じて、さらに学生に詰問した。「長いこと、サンルームをあけていた？」

「一分か、二分たらずでした」

「じゃ、下へおりて、庭へでて、もどってくる余裕があったのね？」

「独身のご婦人って、疑いぶかいんだな」学生はなげかわしげに言った。「サングラスをとりに隣りの部屋へいったと、白川ナオミさんがご自分でおっしゃってるじゃありませんか」

「あんたたち若僧にいっておきますがね」とオールドミスのベテラン記者は三人をずらりと眺めまわした。「あたしは口というものを、これっぽっちも信用しないんだよ。これが、苦労して人生から学びとった、あたしの教訓なのさ」

「ぼくは親ゆずりの目で、ちゃんと見ましたよ」学生は声をたかめて、やりかえした。「ドアが半開きになってたので、白川さんがとなりの部屋で、なにか探してらっしゃる姿が、ちらほら見えたんです。ぜんぶ見とおせたわけじゃないが、ぜったいに下へは降りられませんでした」

ナオミはとびきり上等の流し目を学生にくれてやった。学生はほおを赤く染めた。

「ピストルの音をきかなかったかい?」と太郎がだし抜けに訊いた。

「いったい、なんの話をしてるんです?」学生はうんざりして言った。「どうしてぼくには、こんなトンチンカンな質問に、まじめに答えなければならない義理があるのか、さっぱり判らない」

「ピストルだよ」と太郎は指でピストルの型をして、相手の胸をついた。

「冗談じゃないです」学生は後へさがった。「あの音は花火です。カメラマンさんは生まれてから今日まで、花火の音をきいたことがないんですか?」

「バカにするない。ぼくの祖母さんの曾祖父さんは花火屋だ……」

「シーイ」ミス花子がみんなを制した。

聞き耳をたてると、遠くのほうから、サイレンのうなり音がしだいに迫ってくる。

「義雄さんだわ。ミスター矢代が死体を見るまえに、訊いておきたいことがあるのよ」ミス花子は双眼鏡を学生の胸に押しつけると、つむじ風のように部屋をでていった。

太郎とナオミがそれにつづいた。

「お巡りさんなの?」陸稲畑のあぜ道を走りながら、ナオミが叫んだ。「わたし、ガウンの下には、なにも着てないのよ。軽犯罪にふれるわ。ドレスを着てこなくちゃ」

ナオミは道を別れて、裏門へかけこんだ。

四

ミス花子と太郎は表の道路へまわった。スクーターを止めてあるところへ、息せききって駆けつけると同時に、空色のスポーツ・カーをなかにはさんで、警察車と救急車がタイヤをきしませて急停車した。スポーツ・カーには、ポマードで髪をテカテカに光らせた馬面の青年がハンドルをにぎって、そのよこに、久我警部が坐っていた。

「やあ、花ちゃん」と従兄の警部は車をおりてきた。「君のボーイ・フレンドをお連れしたよ。さっそくだが、お礼に、プレゼントをいただこう」

「ありがとう」ミス花子は手をさしだして、力づよく握手した。「贈り物は庭で日光消毒してるわ。そのまえに、ちょっとボーイ・フレンドにインタビューするわ」

「ムダなおしゃべりは喫茶店か、それともブタ箱でゆっくりやってもらえないかな？　ぼくはプレゼントを見たくて、ウズウズしてるんだ」久我警部はつれの部下たちへアゴをしゃくって、庭へあがるよう指図した。

ミス花子は車のなかをのぞいた。御曹司はハンドルに胸をもたらせてこの世に怖いものはないといった退屈そうな顔つきで、小指の爪をかんでいた。

彼女は声をかけた。「さっき、すれちがったとき、挨拶したんだけど、まるでなにかに追われてるみたいに逃げたわね？」

矢代正彦はかみ切った爪を車の外へ吐きすてた。「ぼくは六法全書のなん頁《ページ》の罪を犯した犯人なんです？　こちらのやさしい警部さんにおたずねしても、あいにく六法全書をもってないから、判らないとおっしゃるんだ」

「あすにでも、法務大臣に会って、矢代さんにふさわしい罪をおしえてもらってあげるわよ」ミス花子は彼のよこの座席にすべりこんだ。

「あんた、男でしょ？」

「ありがたいことに、ぼくはオスだ」

「オスに二言はないはずよ。男のくせして、美代子さんたちとドライブする約束をトボケたわね？」

「なんだ、それっぽっちの犯罪で、おえら方の警部さんをけしかけるなんて、大ゲサだな」御曹司は退屈そうに薬指の爪をかんだ。「ぼくの口約束は、ぼくでも保証できないからな」

「ピクニックにきて、おしゃべりしてるんじゃない」と久我警部がしびれを切らして、どなった。「能率的に答えてくれたまえ」

警部は片方の耳では、太郎がこの事件のあらましを要領よくかいつまんで話すのを聞いているのだった。だからこそ、彼は警視庁きっての敏腕な警部といわれるのだ。

正彦は薬指の爪の恰好をながめながら、肩をすくめた。

「ガレージから車をだしていると、運わるく、会社へでろと、電話でオヤジに呼びつけられたんだ。しかたがないや、ドライブはお流れだと、美代子とナオミに知らせるつもりで来たが気が変って、そのまます通りしたんだ」

「なぜさ?」ミス花子がきいた。

「正直にいっても、どうせあの二人は信用しないにきまってるんだ。ぼくを呼びつけた電話は、オヤジのドラ声じゃなくチャーミングな女のささやきだろう、とかなんとか、うるさく気をまわすのは、会うまえから判ってるさ。ここを通るとき、もし見つかれば、親切に一言しらせてもいいが、見つからなければ、きょう一日、ケンカしないがおたがいのためだろうと思ったのさ。さいわい、警部さんがおいでになるまで平和だった」

「だって、美代子さんは庭にいたのよ。ここを通れば、見つからないはずないわよ」

「そんなこと知るもんか」彼は中指の爪をかみはじめた。

「きっと、彼女は後をむいてたんだろうよ」

「じゃ、姿は見たのね?」

「フル・スピードだったので、目の端をかすめただけさ。でも、立ってたことはたしかだ。庭に坐ってれば、この道からは見えないからね。赤いものがちらついたんだ。いつも首にまいてるネッカチーフだろう」

「服はなに色だった?」

「ええと、黒だったな」

「どんな服だった?」

「知らないよ」御曹司は人指し指の爪をかむのに熱中した。「とにかく、いちばん上が赤で、その下に黒いものが見えたのさ」

「顔や頭は見えなかったの? 美代子さんの髪はカラスのごとくまっ黒よ」

「ぼくの視力は、右も左も、一・六だぜ」

と彼は目玉をむいて、ミス花子をねめつけた。

「果てしないおしゃべりは、次回にしてくれ」久我警部はじりじりした。「死体は鮮度がおちると、利用価値がゼロになるんだ」

「なに、死体?」正彦はかんでいた親指を口からはずすと、短かく叫んだ。「まさか、美代子が……」

御曹司は車からとびおり、まごまごしているチビの太郎をつきとばして、石段をかけのぼった。

「チエッ」尻もちついた太郎は、ズボンの埃をはらいながら毒づいた。「犯人のくせに、悲劇役がうまいや」

久我警部がその後を追った。ぼう然とつっ立っている邪魔っけな正彦を押しのけて、警部は片ひざをついて、死体をたんねんに調べた。

警察医が説明した。「タマは下から上へむけて入ってます。ホシはよほど背のひくい奴か、ピストルをうんと下にかまえて射ったのでしょう」

「ひくい道路から射ったのだろう」と警部がいった。

「そうです。至近距離じゃありません」

「ちがう！」突然、御曹司が男らしくもない金切り声をあげた。「射ったのは、ぼくじゃない」

警部は彼を警察カーへ連れていくよう、部下に命じた。そして次に、鑑識課のものに、現場写真をとるよう指図した。

太郎がまえにすすみでて、誇らしげに愛用のカメラを胸にささげて言った。「警部さん写真なら、カラー・フイルムで一ダースほど写しておきましたよ」

「ありがとう、太郎君」久我警部はまごころをこめて礼をのべた。「だが、まさか、写すとき、モデルを動かしはしなかったろうね？」

「指一本ふれませんよ」小柄なカメラマンは得意顔だ。「エンピツでちょっとさわっただけです。エンピツなら、死体に指紋はつきませんからね」

「エンピツ？」

「花子さんがタマの進入方向をさぐったんですよ」

「だから、言わんこっちゃない」と警部はにがりきった。

「殺人ごっこじゃないんだ。ぼくに無断で、おせっかいしては困るね、花ちゃん」

久我警部は小言をあびせる相手を求めて、あたりを見まわした。が、当のミス花子はいつのまにか姿をくらませて、庭にはいなかった。

すると、家のほうから、肺活量の大きい声が聞えてきた。

「タローさーん」

みると、二階のサンルームの隣りの部屋の窓に、ミス花子がからだをのりだして、手をふっている。

太郎も手をふって答えた。「そこで、なにしてるんです？　警部さんが怒ってますよ。エンピツで死体に落書きしたって」

「もう死体など、どうだっていいのよ。坊や、そこで、ちょっと逆《さか》……」

と、突然、彼女は心臓マヒの発作に襲われたかのように息をのみこみ、ギクッと硬直して、動かなくなった。血色のいい顔はみるみるうちに青ざめて、二重アゴにだぶつくゼイ肉は、ローでつつんだ冷凍肉のように凝固した。

「ぼくにどうしろだって？」太郎は口にあてた手をラッパにして、問いかえした。

「気分でも、わるいのかね？」従兄の警部が心配そうにたずねた。「大声をはりあげるから、心臓にヒビがはいるんだよ」

だが、不気味にしずまりかえって、答えはなかった。ミス花子は目をつぶり、棒をのみこんだ固い姿勢で、ぎこちなくゆっくり廻れ右した。あたかも、わずかでも身体がぐらつけば、深い谷底へすべり落ちるおそれがある絶体ゼツメイのようすだ。時の進行がはたと止まったような緊張がつづいた。太郎や警部たちは、なにごとがおきたのか見当がつかないまま、おも苦しい気配を感じて、片唾《かたず》をのんで、なりゆきを見つめた。

一瞬、ミス花子のデブのからだが横っ飛びに倒れて、窓から消えた。テーブルか、椅子かが倒れる音がした。それにつられて、ピストルをかまえた白川ナオミがタタラをふみ、きえぎるもののなくなった窓枠に現れた。

間髪をいれず、太郎の耳もとで、銃声がとどろいた。久我警部の目にもとまらぬ早射ちだ。ナオミは右の肩を射ち砕かれて、からだをねじり、ばったり前へ崩れた。

それと入れかわって、デブの巨体がむっくりおきあがった。ミス花子は片手にピストルを分捕っていた。

「ありがとう、義雄さん。あたしは大丈夫よ」彼女は戦利品のピストルをふり、ガイカをあげて、庭にいるみんなの心配に答えた。

「すまないが、坊や、そこで、ちょっと逆立ちしてごらん」

「サカダチ？」太郎は自分の耳をうたがったが、「オーケー、逆立ちなら、ぼくのカクシ芸だ」

彼はカメラを警部にあずけると、手にツバし、エイッとばかり見事に逆立ちした。

その胸をねらって、二階のミス花子はピストルをかまえた。引金をひく寸前、銃口を空へむけなおした。すみきった秋の空に、銃声がとどろいた。太郎はたまげて、ひっくりかえった。銃声にびっくりして、手がぐらつき、おデコを芝生にこすりつけて、あやうく首を折るところだった。有島美代子の死体に平行して、足を道路のほうへ、頭を家のほうへ行儀よくならべて、あおむけに倒れた。

久我警部は、ねている太郎の左の胸に指をあて、となりの死体と比べて、うなずいた。

「なるほど、タマが下から上へむけて入ったのは、こういうトリックだったのか。ひくいところから射ったんじゃなく、高いところから射ったんだな。被害者がアベコベに立ってたんだからな」

「逆《ぎゃく》も、また真《しん》なりですね」太郎はおデコをなでた。

「ちゃんと、芝生もくっついている」

「どう、判ったでしょ？」オールドミスのベテラン記者は声たからかに言った。「御曹司が、いちばん上に赤いものが見えたといったのは、チンピラ女優の赤い靴だったのよ。彼女は美容体操してたのさ。逆立ちしてなければ、赤いネッカチーフの上に、当然、顔や黒い髪が見えたはずですものね。義雄さん、あたしの足もとに、もう一つプレゼントがあるわ。あたしが死体をプレゼントするときは、いつも犯人をオマケするのよ」

さらに、彼女はつけ加えた。「さあ、坊や、スクーターのエンジンをかけておくれ。これから、あたしたちは本職にもどって、この特ダネを書くのよ」

白い悪徳

一

武蔵野署の捜査主任である久我《くが》警部補が、射殺事件を告げる署の緊急電話で寝入り鼻を起こされたのは、夜の十時四十分だった。ほとんど同時に、夜中には珍しく、にわか雨が降りだした。大急ぎで身仕度しながら、久我はこの生憎《あいにく》な雨に舌打ちし、苛立たしさに駆られた。もし犯行現場が屋外ならば、雨で証拠が流される懸念があったからだ。

雨脚はかなり激しかったが、彼が署のさし回わしの車で現場に到着すると、嘘のように雨は止んだ。わずか十分間たらずの通り雨だった。駐在巡査やパトカーの警官、宿直の刑事たちが一足先に来ていて、ものものしい警戒のうちに現場保存につとめていた。

二台のパトカーがヘッドライトの集中攻撃を浴びせて、生垣に囲まれた一軒家を耿々《こうこう》と照らし出していた。古い煉瓦造りの洋風の平家建てで、無骨に四角張っているのがひときわ目をひく家だった。冬でもないのに枯れて葉が落ちた蔦《つた》が漁網のように煉瓦壁一面にからみついていた。この家は、久我警部補のおぼろな記憶では、武蔵野キリスト教大学の英人講師が二た月前までは住んでいたはずである。

この辺一帯は、クヌギ、ナラ、ヌルデなどの雑木林が夜の暗闇の中に墨絵のように濃く黒々と溶けて展《ひろ》がり、点在する人家の灯りが、夜風に揺らめく梢《こずえ》の間に遠く小さく漁火《いさりび》のようにまたたいていた。急激にふくれあがる東京都の人口の波が徐々に押しよせて、最近、田畑や疎林のあちこちにアパートや公団住宅が建ちはじめたが、まだまだ武蔵野の自然の面影が昔のまま残っている静寂な土地だった。銃声が夜の静寂を破ったはずなのに、人家がまばらなのと、先刻のにわか雨のせいで、弥次馬《やじうま》らしい人影は見あたらなかった。

車からおり立った久我警部補は、一呼吸、雨あがりの夜気を深く胸に吸いこんでから、じっとり湿った庭を大股に玄関へ近づくと、待ちかねていた池田《いけだ》刑事が小走りに出迎えた。その後から、ずんぐり肥った背の低い男がついてきた。久我の見知らぬ男だった。殺人事件の関係者にしては、少しもおどおどした素振りがないので、久我は何者だろうかと不審がった。

「死体は、奥の食堂です」若い刑事は気負った早口で報告した。「食堂の裏は、窓の下を、品川上水が流れています。犯人はその上水の向側から拳銃で狙撃して逃げたらしいです。まだ十五分とは経っていません。とりあえず非常警戒の手配をしましたが、あいにく、あちらは道幅がせまくて、パトカーが通れません」

「足跡はとれたかね?」

「それが、なにしろ突然な雨なので、死体のほうに気を取られているうちに、うっかり……」と池田刑事は申しわけなげに言いよどんでから、「ところで、主任、この殺しには、麻薬がからんでいるんです」そう言って、傍の男を目顔で紹介するふうに見やった。

「そうです」と男は強くうなずくように会釈して、「私は厚生省関東信越地区麻薬取締官事務所の赤尾《あかお》というものです」

赤尾は背広のポケットから黒皮の手帳を出して見せた。手帳には、金文字で「麻薬司法警察」と書いてある。久我は赤尾の右手の袖口に硝煙の匂いを嗅ぎとった。

「私はちょうど現場に居合わせていたのです。被害者は和泉貞蔵《いずみていぞう》といって、横浜の麻薬密売団のボスで、実は」と言葉を切り、さも秘密めかして、赤尾は声を落とした。「情報提供者《インホーマー》だったのです」

「インホーマー?」久我は気むずかしく訊きとがめた。早くも事件の複雑さを予感したのだ。

「オトリ捜査の協力者で、貴重なスパイでした」赤尾の口調は熱っぽくなった。「ご存じのことかと思いますが、昨年の暮から今年のはじめにかけて、私どもの事務所が、郭建水、欧金信、林耀東など中国人の麻薬ブローカーをあいついで検挙し、最近にも、陳斗傑を主犯とする『洪陳グループ』をつきとめて摘発できたのも、すべて和泉の情報活動のおかげでした」

「被害者の身もとについては、あとで詳しく承ることにして、まず死体を拝見しましょう」

「では、ご案内しましょう」赤尾は池田刑事より先に立って、案内役をかってでた。

久我は、なるたけなら事件の関係者を現場検証に立ち会わせたくなかったが、麻薬取締官は厚生省の技官とはいえ、司法警察権を持っているので、せっかく捜査に協力してくれるのを、無下《むげ》に断るわけにはいかなかった。

家の中は、すべて洋式で間取りが広く、がらんとした感じで、陰気だった。玄関のすぐ左に、応接間があった。

ドアが半ば開いていて、濡れた黒髪を粋にタオルで巻きあげた女が、なげやりな姿勢でソファに坐り、フィルター付きタバコをふかしながら、所在なげにテレビを見ていた。背後のドアに警部補たちの気配を感じても、彼女はふり向こうともしなかった。涼しげな白い襟足に、冷やかな無関心さを現わしていた。

「被害者のこれですよ」赤尾が小指を立てて、好色そうに久我に目くばせした。

「ほかに同居人は?」

「もう一人、関《せき》という子分がいます。命知らずの、おっちょこちょいの男でしてね、オートバイに飛び乗って、犯人を追って行きました」

「まだ戻って来ないのですか? まさか逃亡したんじゃないでしょうね?」

急に、赤尾は心配顔になった。

「逃げたかもしれません。私の落度でした。奴はボスを裏切っていた疑いがあるのです」

関の人相やオートバイの種類、ナンバー、横浜の住所などを、池田刑事が赤尾から訊き、手帳に書きとめると、パトカーへ手配しに走った。

応接間をすぎると、廊下は右へ折れて、まっすぐ奥へ通じていた。その曲がり角の隅に、ピンク色の卓上電話を載せた小さいテーブルがある。廊下をはさんで、右側に居間と二つの寝室、左側には、居間兼寝室と浴室と物置部屋があって、それぞれドアが閉まっていた。

廊下の突き当たりに、ドアが二つ、柱をなかにして並び、駐在巡査が立番していた。警部補たちが近づくと、律気《りちぎ》に挙手の敬礼をした。浴室のドアのところから巡査の足もとへ、床がところどころ水で濡れていた。

「これは?」久我が目ざとく見とがめた。

「和泉が射殺されたとき、美由紀《みゆき》、さっきの女ですが、入浴中だったのです。銃声にびっくりして、裸のまま飛び出してきたので、濡れた足跡がついたのです。こちらが食堂です」

赤尾は突き当たりの右手のドアを開け、自分は控え目に半歩さがって、久我を先に通らせた。

食堂は八畳ほどの広さがあった。大きいテーブルと固い木の椅子が四脚あるきりで、ひどく殺風景だった。食器戸棚をはじめ飾り皿や他の調度品をことごとく取り払った跡が、壁や寄木細工《よせぎざいく》張りの床に白々しく残って、室を一層だだっ広く見せていた。古ぼけたシャンデリヤが埃をかぶって佗しく鈍い光を落しているのが、かつて英国人が住んでいた頃の贅沢《ぜいたく》な、家庭的な雰囲気の名残りをとどめていた。

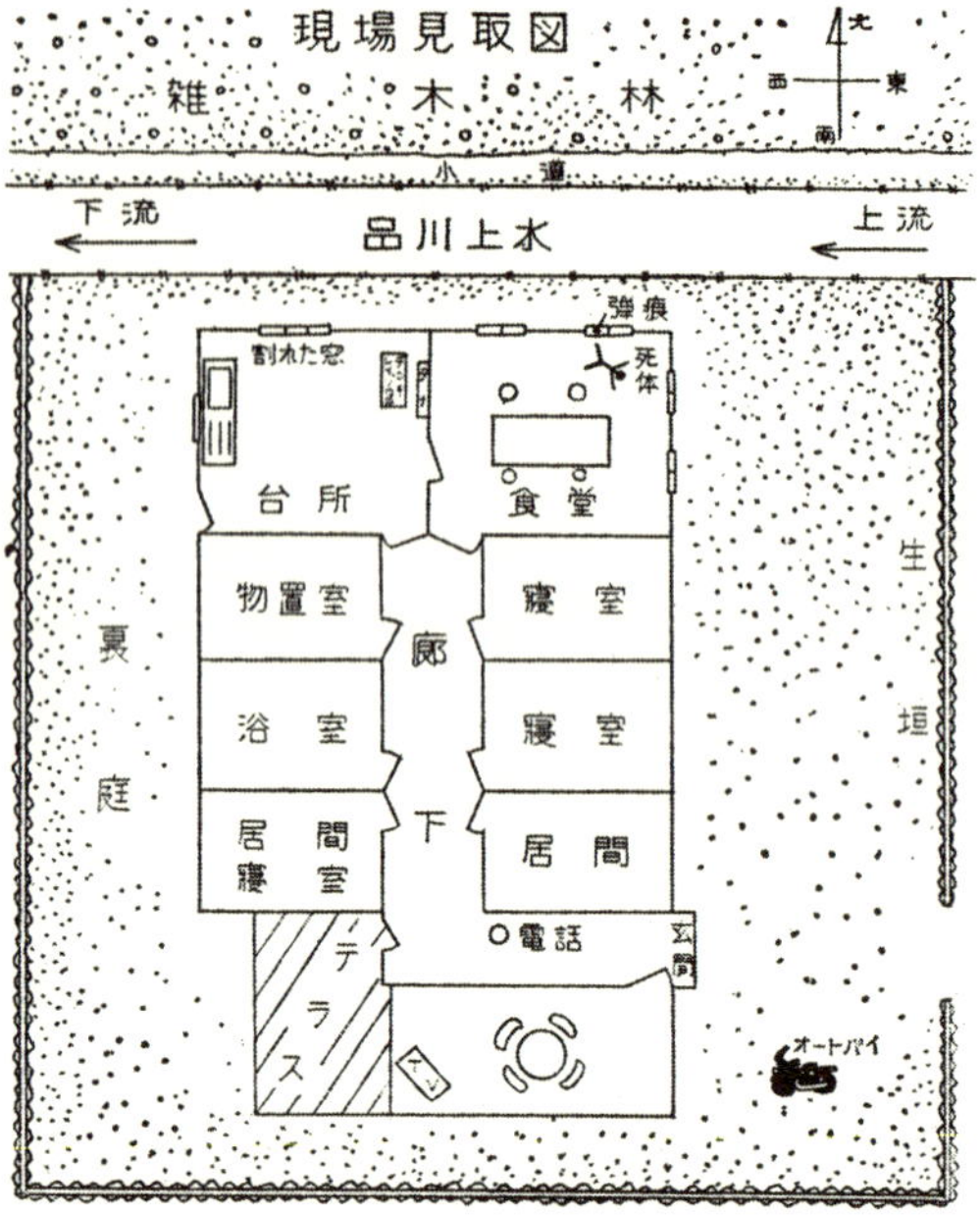

脂がしみついたテーブルの上には、ウィスキーの角壜、汚れたグラスが二箇、ハムの切れが残っている二枚の皿、吸殻がいっぱい溜まった灰皿が雑然と散らかって、誰か二人が飲み合った形跡を示していた。

室の北側と東側に、それぞれ二か所ずつ、幅のせまい長方形の両開き式のガラス窓があって、四つの窓とも、掛け錠がかかって閉まっていた。

死体は、北側の東よりの窓とテーブルとの間に、その窓のほうへ尻を向け、膝を折って、つんのめったような恰好で倒れていた。死体はワイシャツ姿だった。左肩胛《けんこう》骨《こつ》の下のところに、真っ赤な牡丹《ぼたん》の花をぽってり染め抜いたかのごとく、血がまるく滲んでいた。出血は少量だった。

検視は警視庁から捜査係員が来るのを待つとして、久我は、ワイシャツの襟首をそっと持ちあげて、射入口を確かめてみた。心臓の裏側を射たれて、即死であることは一見して明らかだった。

久我は死体のそばを離れて、北側の東よりの窓際へ行った。向かって左側の窓ガラスの一枚に、弾丸が貫通した小さい孔があき、亀裂が蜘蛛の巣の模様を描いていた。弾痕の位置は、ちょうど久我の胸の高さだった。彼は死体の背丈を目測した。死体は、中背の久我とほぼ同じ身長だった。

久我は、窓ガラス越しに外の暗闇をすかして見た。窓のすぐ下を、細い品川上水が流れていた。上水をはさんで向側は、雑木林が影絵のように黒々と立ちはだかって、視野をさえぎっていた。梢のざわめきが聞こえる。

食堂の西隣りは台所で、ドアが通じている。台所へ入った久我は、硝煙の匂いがかすかにこもっているのを嗅ぎわけた。台所も広く、乱雑に散らかって不潔だった。

でんと据えてある電気冷蔵庫の真っ白な清潔さが、なにか場ちがいな感じさえする。流し台は西側にあって、汚れた食器類が不精げに積みかさねて放置してあり、空《から》のビール壜が何本も床に転がっていた。

品川上水に面する北の窓は、錠がかかって閉まっていたが、ガラスが二枚割れて、尖ったガラス片が窓枠に残り、そのギザギザの穴から夜風が流れこんでいた。

二

「和泉は、美由紀と関を食堂から遠ざけて、私と二人だけで、ウィスキーを飲みながら、約二時間、話しました。彼は北側の、弾痕のある窓を背にし、私はテーブルをはさんで彼と向きあって坐っていました」

赤尾は、そのときの二人の椅子の位置を示して、説明した。

「窓は閉まっていたのですか？」久我が念を押して訊いた。

「そうです。今夜は風が強く、それに和泉は風邪気味でしたので、窓は全部、閉めていました。でも、ブラインドは上げたままでしたから、外からは、中がまる見えだったわけです。話が一段落して、気がつくと、十時二十五分でした。私は帰ろうとして、顔に出た酔いをさますため、台所へ行き、顔を洗いました。その時でした。外で銃声がし、同時に、食堂から押しつぶしたような呻き声が聞こえました。驚いて、濡れた顔も拭かず、ふり向くと、和泉がテーブルからずり落ちて、倒れるところでした。駈けよってみると、背中に一発くらって、もはや助けようがありませんでした」

「被害者は、椅子に坐っていなかったのですか？」

「多分、便所へでも行こうとして立ったところを、狙われたのでしょう。その瞬間を、犯人は待ちかまえていたのですよ。私は外を見ましたが、真っ暗で、なにも見えませんでした。まごまごしていると、自分も射たれる危険があるので、室の電灯を消すことが先決でした。正直なところ、私は、小川をへだてて窓越しに一発で心臓を射った犯人の腕前に、恐怖を感じました」

「あなたも拳銃を使いましたね？」久我は、硝煙の匂いが付着している赤尾の右手へ視線をやった。

「ええ。ですが、そのときは、あいにく、ホルスターを上衣と一緒に置いていて、丸腰でした。そこで、私は拳銃を取りに戻り、廊下のドアの脇にあるスイッチをひねって、室を暗くしました。そこへ、美由紀と関が駈けつけてきました。入浴中だった彼女は、濡れた裸の前をバスタオルで隠していました。関が死体を動かそうとするので、私は押しとめて、百十番へ通報するよう言いつけたが、なぜか彼は警察を呼ぶのをしぶる様子なので、怒鳴りつけてやり、ちょっと手間どりました。暗闇に目がなれると、なにやら黒い影が草かげに見えかくれして、川下のほうへ逃げるのが目にとまりました。食堂の窓からは死角に入ったので、台所へ行き、そこの窓ガラスを割って、二発、射ちましたが、残念ながら、命中しませんでした」

赤尾は面目なげに肩を落として言った。背広の裏に吊っているホルスターから拳銃をとり出した。銃身の短いコルト・38口径六連発回転拳銃である。円筒形の弾倉を外してみると、打殻薬莢《やっきょう》が二個詰まって残っていた。

「そのときは、まだ雨は降っていませんでしたか?」

「にわか雨は、パトカーが到着した直後に降りだしました」

久我と赤尾は連れだって台所の勝手口から裏庭に出、上水のほとりに行った。食堂と台所の北側は、上水との間がわずか一メートル足らずの狭い空地で、足を踏み入れる余地がないほど雑草が繁茂している。台所の割れた窓の下には、ガラスの破片が雑草の上に散り、雨に濡れて、久我が照らす懐中電灯の光でキラキラ輝いた。上水の縁には、有刺鉄線の柵が張られ、笹や蔓《つる》やすすきが肩の高さまで伸び、水面を半ば覆い隠していた。水は西へ流れていた。五メートルあるかないかの川幅であるが、底は深く、水量は豊かで、流れも速いのが、重々しい水音で夜目にも判った。橋がなければ、向岸へ渡ることは、とうてい不可能である。

「この近くに、橋はないのですか?」久我が訊いた。

「一番近い橋といえば、川上へ約五百メートル遡ったところに、土橋《どばし》があるきりです。私は、関のオートバイで犯人を追跡するつもりでしたが、一足先に彼が飛び乗って行ってしまったのです」

「狙撃するには、絶好の場所だな」久我はあたりを見わたして呟いた。「姿を見られず、付近に人家はなく、銃声を怪しまれる心配もない」

「それが皮肉なことに、被害者は香港ルートの麻薬密売団に命を狙われていると思い、二週間前に、この家を買いとって、隠れ家にしていたのですよ」

三

警視庁捜査一課と鑑識課の連中が到着した。一課一係長の辰見《たつみ》警部が現場捜査の指揮にあたり、久我警部補は脇役にまわった。辰見警部は小柄な男だが、冗談口の好きな、磊落《らいらく》な性格だった。

警部は赤尾とは顔見知りだったので、麻薬取締官が殺人現場に居合わせていたことに少なからず驚いた。

「殺しだと思ってきたら、薬《ヤク》もからんでいるとは、厄介だな。薬はぼくの役じゃないんでね」さっそく警部は、下手な語呂《ごろ》合わせみたいな駄洒落《だじゃれ》をとばした。

久我がこれまでの経過を手みじかに報告し、赤尾も、いまいちど、最初から順序を立てて事件前後の模様を説明した。

鑑識班は現場写真を撮ったり、死体の位置や室の寸法を測ったり、指紋の検出をしたり、場数をふんだ慣れた手ぎわで忙しく動きまわっていた。とくに食堂の窓ガラスの弾痕は、綿密に調べられた。その亀裂の状態から、拳銃の発射距離や方向が割り出せるからである。

「屋外の検証は、夜が明けないことには、どうにもならん」せっかちな警部は、外の暗闇を恨めしげに見て言った。「検視がすんだら、仏を病院へ運んで、どうせ解剖は明日だろうが、弾丸だけはすぐ摘出して、銃器鑑識へ急いでまわしてくれ」

てきぱきと部下に指図を与えておいて、辰見警部は、検証の邪魔にならない居間で、赤尾から被害者との関係について、説明を求めた。久我も同席して聴いた。

「私が和泉と交渉を持ったのは、去年の正月からです。それ以前の彼の経歴については、あまり詳しく知りませんが」と前置きして、赤尾は話した。「敗戦で江田島《えたじま》の海軍兵学校を中途で卒業した、いわゆるポツダム少尉です。それが彼の自慢でしたが、なぜヤクザの世界に足をつっこんだのか、尋ねても、彼はただ自嘲めいた苦笑をもらすだけでした。横浜に来たのは五、六年前のことで、はじめは、横浜の暴力団の御三家と呼ばれる近藤組に身を寄せていましたが、江田島で鍛えられた度胸と、持ち前の抜け目ない商才で、インテリヤクザとして、めきめき顔を売り出し、一昨年の春には、独立して、一家をかまえました。中古自動車販売の会社を設立し、社長に納まりましたが、もちろんそれは表看板で、裏では、会社の機構をそっくりそのまま暴力団の組織に転用し、もっぱら、利益の多い麻薬の密売を勢力拡張の資金源にしていたのです。昨年の正月、私どもの事務所が和泉組を手入れしました。そのときのオトリ捜査で、私がペーの買手に化けて取り引きにのぞみ、ヘロインを押収するとともに、現行犯として彼を逮捕したのです。新興勢力の和泉組にとって、これから伸びようとする矢先だっただけに、かなりな打撃でした。そこで、彼はすすんでインホーマーになることを申し出たのです」

麻薬取締官は、捜査上必要なときは、厚生大臣の許可を得て、何人からも麻薬を譲り受けることができる。麻薬事犯では、麻薬常用者や中毒者は、ある意味では被害者であるが、彼らがなによりも恐れるのは、薬が手に入らないで禁断症状に陥ることである。したがって、他の犯罪の場合とちがって、被害者からの届け出がない。そこで、取締官自身が麻薬の買い手に化けて、密売組織の中にもぐり込んで摘発する。これがオトリ捜査である。しかし、オトリはあくまで買い受け人を装うのが限界で、薬を売ることは禁じられている。

麻薬捜査は、厚生省の麻薬取締官と警察の麻薬係の二本立てで行なわれ、税関、海上保安庁、法務省出入国管理局、国有鉄道公安部などの関係捜査機関の協力を得ているが、オトリ捜査が許容されているのは、麻薬取締官だけである。

麻薬取締官事務所は、警察に比べて、機構が小さく、人員も少ない。一方、麻薬密輸密売組織は、捜査を受ける度ごとに手口が巧妙になる。密売者や中毒者の間では、取締官の顔写真が一枚二、三千円の高値がついて売買され、ほとんどの取締官は顔を知られている。もはや取締官みずからがオトリになって薬を買う方法では、密売組織の末端である立ち売り人を検挙するのが精一杯である。大物を捕えるには、密売網に精通した前科者か中毒患者を第三者のオトリに仕立てて使わざるをえなくなった。この第三者のオトリが情報提供者《インホーマー》である。取締官の検挙成績は、密売組織に深くくいこんでいる優秀なインホーマーを獲得するかどうかにかかっているほどである。

「最近、彼がインホーマーであることが密売者仲間に知れたので、身辺に危険を感じて、この家に隠れ住んでいたのです」赤尾はつづけて言った。「密告者を絶対に生かしておかないのが、香港ルートの密輸団の掟《おきて》です。和泉にしてみれば、非常に危ない橋を渡って、協力してくれていたわけです。もちろん、私どもも、彼との連絡はあくまで慎重にし、オトリ捜査では、彼を表面に出さないよう細心の注意を怠りませんでした。だから、どうしてこうも易々と彼の身分がばれたのか、不審でした。殺し屋に狙われていると彼が言い出したときは、正直なところ、私は彼が今後つづけて協力するのを断りたいための口実ではないかと疑ったほどでした」

「で、今夜、あなたが出向いて来られたのは？」と久我が質問をはさんだ。

「昼すぎ、彼から電話があって、相談したいことがあるので、ぜひ来てくれと言うのです。私は八時頃きました。海兵出身を自慢にしていた彼ですが、すっかり弱気になり、いささか被害妄想の気味さえありました。相談というのは、いつまで隠れていても、危険が去るわけではなし、組を留守にしていれば、ジリ貧になるばかりか、怯《お》じ気づいて雲隠れしていることが、ほかの親分衆に知れ渡れば、彼の面目はまる潰れになる。なんとか打開策を講じたい。それには、インホーマーであるという噂を打ち消す以外に、手はない。そこで彼自身と身内のものを数人、麻薬の不法所持かなにかの容疑で派手に逮捕してくれないか、と言うのです。ほとぼりがさめた頃を見はからって、保釈金を積んで出る。殺されることを思えば、一時お国の世話になるのも、むしろ保養になっていいと言うのです。私の立場としては、大切な協力者に対して、できる限りの合法的な保護を与える義務があります。もし彼を見殺しにすれば、かけがえのない協力者を失うばかりでなく、それが悪い前例になって、今後インホーマーになってくれる者がいなくなります。私は彼の頼みを受け入れてやるつもりでしたが、自分の一存でやるわけにもいかないので、いちど所長と相談してみる、と返事しておきました。しかし、それも、今となっては、手おくれでした」

赤尾は疲れて、太い溜め息をもらした。責任を感じて、気持ちが重く沈んでいた。

「香港ルートの密輸団がさし向けた殺し屋なら、とっくに高飛びのお膳立てがしてあったにちがいあるまい」

辰見警部は苦虫を嚙みつぶした表情で呟いた。ヤクザ同士の争いごとには捜査の意欲が湧かないのか、いくぶん気乗り薄な態度が見えた。

「被害者がインホーマーだったことは、身内のものは皆、知っていましたか？」と久我が訊いた。

「彼は一の子分の海老原《えびはら》にさえ話していないと言ってましたが、海老原は、私が取締官であることを見抜いているにちがいありません」

ドアが開いて、池田刑事が入ってきた。警部と直属上司の久我とへ等分に報告した。

「関を連行しました。武蔵境《むさしさかい》駅前の公衆電話ボックスで電話していたところを職務質問につかまったのです」

「犯人を見たと言っていますか？」と赤尾が上体を乗

りだして尋ねた。

「見なかったそうです」

四

辰見と久我が応接間に行くと、美由紀は所在なげにトランプで独り占いをしていた。テレビは画面が灰色に消えていた。

二人が赤尾から聞いた話によると、美由紀は外国航路の貨物船の、船医の一人娘であった。父親は航海中、胃《い》痙攣《けいれん》に苦しみ、痛み止めに自分でモヒ注射したのが病みつきになって、長い航海を終えて陸にあがったときには、もう完全な麻薬中毒者になっていた。船会社をクビになった後は、もぐりの堕胎医におちぶれた。美由紀が貿易会社のタイピストをやめて和泉の囲いものになったのは、麻薬を買う金に困って禁断症状に苦しむ父の悲惨な姿を見るに忍びなかったからである。その父親は去年の夏、薬《ヤク》のショックで死んでしまった。

彼女はゆっくり視線をあげて、二人を見つめた。和泉が死んだことで、父を破滅させた麻薬への憎悪が帳消しになったのか、彼女の黒目がちの眼は、深い沼のように感情の波立ちがなかった。麻薬ボスの情婦だからと見くびっていた二人は、うっかり馬鹿げたことを言わせない知性めいた冷たさがある目《ま》ざ《な》しで見つめられて、ちょっと勝手がちがった。

「そのとき、風呂に入っていました」と美由紀は警部の質問に、もの静かな口調で答えた。「ちょうど髪を洗っていましたので、聞きとりにくく、すぐには、まさか銃声だとは思いもよらず、庭で関がオートバイのエンジンをかけておりましたので、ノッキングの音かなと思いましたけど、どうもちがうらしく、つづいて食堂のほうで人が倒れる気配がしました。銃声だと判かると、バス・ルームにいるのが急に怖くなり、廊下にとびだしました。関も、なに事かと驚いて駈けつけて、食堂へ行くと、なかから赤尾さんがドアを開けて、急いで百十番へ電話するよう関に言いつけました」

「関は電話するの渋ったそうですね?」

「赤尾さんの態度がひどく高飛車《たかびしゃ》で命令的でしたので、関はむっと反抗的になったのですわ。和泉の身体に触れようとすると、赤尾さんが立ちふさがって、自分は麻薬取締官だ、言うとおりにするんだと声高におっしゃいました。手に拳銃がありました。それで、関はすなおに廊下の曲がり角の電話へ行きました」

「食堂のガラス窓は閉まっていましたか?」

と久我が訊いた。

美由紀は記憶をよび戻すふうに、下唇の端をかんだ。

「ええ、閉まっていましたわ。赤尾さんが肩越しに北側の窓をふり返って、上水の向こうから狙撃されたのだとおっしゃいました」

「しかし、室は電灯が消えて暗く、外も真っ暗だったのでしょう?」なぜか久我は窓のことにこだわった。「見わけにくかったのじゃありませんか? 弾痕を見ましたか?」

「そのときは、目がなれず、弾痕には気づきませんでしたけど、窓は閉まっていました」彼女はきっぱり答えた。「今夜は風が強く、もし開いていましたら、吹きこんでくる風を、湯上がりの濡れた肌に感じたはずですわ。わたくしは風邪を引きやすい体質ですので、風にはとても敏感ですのよ」

久我は、彼女のデリケイトな感覚に感心した。訊問のバトンを警部に返した。

「関は百十番へ電話し、あなたはどうしました?」

「裸同然の恰好でしたので、バス・ルームに戻りました。いそいで服を着ていると、今度は台所のほうで、窓ガラスの割れる音がし、銃声が二発、大きく響きました。すっかり怯えて、おそるおそる廊下に顔を出してみると、関が受話器を放り出して、食堂へ駆けこみました。わたくしも、怖いもの見たさに、ついて行きました。関がドア脇のスイッチをひねって電灯をつけました。赤尾さんは拳銃をかまえて窓際に立って、外をうかがっていらっしゃいましたわ。犯人が逃げたのを知ると、関はオートバイに乗って追って行きました。川上の土橋を迂回して、上水の向こうを走るのが、食堂の窓から見えました。それを見て、赤尾さんは、馬鹿な奴だ、犯人の足跡が駄目になるじゃないか、と腹立たしげでした」

「警官が到着するまで、あなたと赤尾君はどうしました?」

「赤尾さんは電話をかけられましたわ。たぶん上司の方へでしょ。所長とか課長とか呼んでいらっしゃいました。わたくしはこの室でじっと待っておりました」

「ところで、赤尾君の職業を知っていましたか?」

「今夜はじめて知りました。仕事のことは一切、和泉から知らされていませんでしたし、興味もありませんでしたわ」

「彼は以前には、ここへ来たことがありますか?」久我が訊いた。

「赤尾さんですか? わたくしたちが引越してきた翌

日、ちょっと立ち寄られたことがあります」

「被害者は拳銃を持っていましたか？」辰見警部が言った。「どうせ家宅捜査しますから、手数をかけないでおっしゃって下さい」

「護身用に一挺、ベッドの枕の下に隠していましたわ。わたくしが知っているのは、その一挺だけです」

そのとき、ドアが開いて、赤尾が応接間に入ってきた。

「関のオートバイの工具入れに、隠してありました」

と言って、二挺の拳銃をさし出した。

コルト・25口径自動拳銃と、ＳＷ・45口径回転拳銃だった。警部は銃口を嗅いでみたが硝煙の匂いはしなかった。

「この小さいのが、和泉の護身用のですわ」

美由紀がコルトを指さして言った。

五

美由紀が応接間を退がると、入れかわりに、関が池田刑事に肩をこ突かれながら入ってきた。

もみあげを長く伸ばし、いなせなヤクザを気取っている、野暮《やぼ》な若造だった。派手な模様のジャンパが雨で濡れて、しおたれていた。辰見と久我と、そして赤尾へ、ひとわたり気さくげに追従笑《ついしょう》いを見せたが、その視線がテーブルの上へ移って、二挺の拳銃が目につくと、狼狽し、ふくれ面になって、そっぽを向いてしまった。

辰見警部は、関のかたくなに閉ざした口をほぐすつもりで、まず皮肉を言った。

「勇敢にも、犯人を追跡したそうだが、にわか雨に降られて、ご苦労だったな。犯人を捕えてくれていたら、総監から賞状をもらってやったのだがね、惜しいことをした」

「紙切れなんか欲しかありませんがね」と関も負けずに皮肉を返した。「サツにはたびたびお世話になったあっしなんで、一度はご奉仕しなければと思いましたがね、いくら追って行っても、影も形も見あたらねえんで、がっかりでさ」

「駅前の公衆電話で、誰と話したんだね？　いとしい彼女におやすみなさいの挨拶でも言ったのか？」

「なに、野暮用でさ。電話ボックスが目についたんで、横浜の組の事務所へ事件を知らせたんでさ」

「海老原と話したのか？　彼は横浜にいるんだな？」

横から、赤尾が詰問した。

「兄貴はちゃんと横浜にいますぜ。横浜にいなくて、誰がボスの留守をあずかるんです。疑うなら、電話局へ確かめてみて下さいや。長距離電話なんで、一通話ごとに料金を入れろと、交換手がうるさく請求しましたぜ」

「これは、お前のだろう？」赤尾はポケットから、なにやら四角なものを取り出して、関の鼻っ先へ突きつけた。

掌におさまるくらいの小型のテープレコーダーだった。関はちらっと見て、片頬に冷笑をうかべただけで、返事をしなかった。辰見と久我は、赤尾が隠し立てして自分勝手に関を訊問するのが、内心おもしろくなかったが、テープレコーダーには興味をもった。赤尾はボタンを押してテープをまわした。ドアの開閉する音と椅子を動かすような音がしただけで、テープはむなしく回わって、話声は一言も録音されていなかった。赤尾はテープを止めた。

「席をはずせと和泉に言われて、お前は食堂を出て行くとき、台所の棚にこれを置いた。台所のドアが細目に開いていて、お前のやることが流し台の窓ガラスに映って見とおしだったんだ。わしは和泉には知らせず、そっと取りあげた。わしと和泉との話を盗聴しろと海老原から命じられたんだろう？　和泉も、とんだ裏切者をボディガードにしていたもんだ」

「裏切者はボスのほうだ」関はふてぶてしく居直って、早口でまくし立てた。「ボスはお宅のスパイだった。そうでしょう？　ちゃんと知ってまさね。ボスはあっしら子分にペイを持たせて歩かせ、そこをあんたが逮捕して、お手柄を立てる。ボスは一人いい顔になって、どんなお礼かしらねえが、お宅からリベートを取っていたんだ。よその組の連中を密告《チンコロ》するだけなら文句はねえが、手前の可愛いはずの子分を売るなんて、そんな汚ねえ薄情なボスは、もうボスじゃねえんだ。インテリヤクザなんてものは、結局、ヤクザの偽者だね」

「和泉がインホーマーだったことを、他の暴力団に告げ口したのは、海老原だったんだな。彼が最近、よその組の幹部たちに接近している情報が、わしの耳に入ってるんだ。ここの隠れ家を殺し屋に教えたのも、海老原だろう？　お前がすばやくオートバイで追って行ったのも、実は、犯人の足跡を消す目的だったのじゃないのか？」

「ふん、ばかばかしい。見当ちがいな言いがかりは、いい加減にして下さいや。あっしらが本気でボスを消すなら、サツの旦那方にご足労をかけるような、派手なことはしませんや。ごく内輪だけのお通夜で、ひっそりとすませまさね」と関は、前かがみの上目使いに辰見と久我を見やって、不敵な微笑をもらした。

赤尾は、警部をさしおいて自分が出しゃばって関を訊問しているのに気づくと、ちょっと恐縮して、後へ控え目にさがった。

「銃声がする前、お前は庭でオートバイをいじくっていたそうだが、その実エンジンをかけたままにしておいて、こっそり上水の向側へ行って狙撃したのじゃないのかね？」

「冗談じゃありませんぜ」関は、辰見警部に対しては好意的に答えた。「あっしは走り幅跳びのオリンピック選手じゃないんで、上水の向こうから戻ってくるには、五百メートルも川上へのぼったところの土橋を迂回しなければならねえんですぜ。どんなに速く走っても、五、六分はかかりまさね。あっしは銃声を聞くと、すぐ食堂へ駆けつけた。姐《ねえ》さんが証人でさ。姐さんはまるでストリッパー顔負けの、きわどい恰好で、浴室から出てきましたぜ。だから、あっしには、アリバイがありまさね」

「とにかく、今夜から当分、官費で面倒をみてやろう」警部はニヤニヤして言った。

「逮捕するんですかい？」前科者の関も、さすがに顔の色を変えて、逃げ腰になった。

「あっしは、金輪際、拳銃をぶっ放しませんぜ。疑うなら、射手鑑別とかいう検査をしてもらいましょうや。あっしの手の甲や袖口には、火薬の燃焼ガスや未燃焼の火薬粒などはこれっぽっちも付着してないんだ」

「なに、容疑は銃砲刀剣類等不法所持だ」

六

辰見と久我と、赤尾取締官も加わって、三人は上流にあるちっぽけな土橋を渡って、品川上水に沿う小道を伝って、食堂の北側のガラス窓を正面に見る地点に来た。肩を並べては歩けない細い道で、普段あまり人が通らないのか、雑草が根強くはびこっていた。こちらの川縁《かわぶち》にも、夏草が肩の高さに伸び、有刺鉄線の柵を隠すほどに繁茂している。桜の並木が水面の上へ傾いて、黒々と枝をひろげている。朽ちかけた立札があった。「この上水は都民の飲料水に使用しますから、物を投げ捨てないで下さい。東京都水道局」と書いてある墨痕《ぼっこん》が、懐中電灯の光りでかろうじて読みとれた。

ここに立つと、明るい食堂の中はまる見えだった。室内を検証している鑑識課員の動きが、窓ガラスを透して、手にとるようにはっきり見えた。

「反対に、食堂からは、こちらは暗いし、雑草に隠れて見えない。犯人の奴め、全く、有利な場所を選んだものだ」辰見警部は感服した口ぶりで呟いた。

「あなたが犯人の逃げる影を見たのは、どの辺でしたか？」と久我が赤尾にたずねた。

「そうですね、食堂の窓からは、死角に入っていましたので……この辺だったと思います」

赤尾は懐中電灯で足もとを照らしながら、地面に足跡をつけないように雑草の上を踏んで、川下へ二十メートルほど歩測して行った。

犯行直後のにわか雨は、わずか十分間たらずの降りであったが、雨脚が激しかったので、赤土の地面はじっとり湿って、なめらかだった。犯人の足跡はおろか、関が乗って追跡したオートバイのタイヤの跡も消えていた。たとえ雨が降らなくても、注意深い犯人なら、踏みつぶされた雑草の上を歩いたにちがいなく、足跡を残さずに往復できたはずである。

「もしかしたら、赤尾さん」と久我が言った。「犯人は殺す相手をまちがえたとは考えられませんか？」

「とおっしゃると、狙われたのは、この私だと？」赤尾は意外に思って、久我の顔をまじまじと見つめた。

「しかし、私と和泉とでは、身体つきが大分ちがっているので、まさが見まちがえるようなことは……」

「いや、それなら幸いでしたよ」

かなり遠くまで上水に沿って小道を調べていた現場係員が、引きかえしてきた。

「どうだ、なにか見つかったかね？」辰見警部が元気づけるように声をかけた。

「駄目ですね。雨がきれいに流していますよ」係員は力なく首をふった。「しかし、こう暗くては、まだなにか見落としているかもしれません」

背後の雑木林は、地面に笹がびっしり生えていた。小さい懐中電灯の光くらいでは、捜査の眼が隅々にまで行き届かなかった。

翌朝の再検証を期待することにして、外勤係員に現場保存を命じて、捜査要員は武蔵野署に引き揚げた。ただちに捜査会議が開かれ、捜査の方針が検討された。被害者の住居が横浜であり、和泉組や他の暴力団についての情報が必要なので、神奈川県警の協力を要請することになった。

七

翌朝、現場再検証が行なわれるに先立って、鑑識課から銃器鑑定の報告があった。それによると、死体から摘出した弾丸は、ブローニング・32口径自動拳銃から発射されたもので、使用された拳銃は、今までに発生した他の拳銃事件には無関係のもので、犯罪経歴がないことが判明した。食堂の窓ガラスの弾痕を精密に調べた結果、拳銃からの発射距離は約五メートル、入射角度は窓ガラスの面にほぼ垂直であった。貫通孔は口径が32の弾丸によって穿《うが》たれたものと推定された。

現場の窓からは、関がオートバイの工具入れに隠していたコルト・25口径自動拳銃とSW・45口径回転拳銃しか発見されなかった。二挺とも、最近発射した痕跡は認められなかった。関と美由紀を射手鑑別したが、身体にも衣服にも、火薬残渣《ざんさ》は検出されず、二人が拳銃を使わなかったことが立証された。

なお、警視庁の通信指令室の電話百十番担当の巡査は、関の通報を聞いている最中、ガラスが割れる音と、二発の銃声をはっきり聞きとっていた。これは赤尾や関の供述を裏付けた。

現場の再検証で、食堂の窓ガラスの弾痕のところから、上水の上へ巻き尺を水平に張って渡し、小道までの距離を測定した。五・五メートルあった。鑑識の結果と一致するので犯人はこの地点に立って拳銃を水平にかまえて狙撃したことがあらためて確認された。

巻き尺を巻きおさめていた鑑識課員が、ふと足もとに視線を落とすと、頓狂な歓声をあげて、辰見警部を呼んだ。

「薬莢です。薬莢を見つけました」

川縁の道端を這う野生芝が、そこだけと切れて、少し凹《へこ》んで赤土が露出しているところに、薬莢が一箇、ぽつんと置き忘れられたように落ちていた。

「この笹が邪魔になって、昨夜は見つからなかったんですよ」

鑑識課員はさっそく現場写真に撮ってから、まるで高価な宝石を扱うように、慎重にピンセットで薬莢をつまみあげた。薬莢の、地面に接していた側は、昨夜の雨で湿った土がちょっぴり付着して汚れていた。

「32口径のブローニング自動拳銃のですよ」と鑑識員は、薬莢底面に刻みつけられた発射痕を調べて、確信ありげに断定した。

「じゃ、死体から摘出した弾丸と一致する」と辰見警部が言った。

久我は薬莢が落ちていた地面にかがみ込んで、なにか解せない面持ちで仔細に見つめていた。そして薬莢のそばに転がっている小石を二箇そっと拾って、ハンカチに大事そうに包んだ。

赤尾が犯人の影を見て二発射った方向にある桜の幹に、コルト・38口径回転拳銃の弾丸が一発めりこんでいるのが発見された。もう一発の弾丸は、上水に落ちたのか、弾道がとんでもない方向へそれたのか、電気捜査器を使って付近の雑木林のなかを捜したが、発見できなかった。

辰見警部は、上水を川ざらえすることにあまり乗り気ではなかったが、なにごともおろそかにしない久我の意見を入れて、川底を捜査することにした。利口な殺し屋なら、凶行に使った拳銃は前科がつくので、二度と使用しない。現場から逃げる途中で職務質問にひっかかる危険性を考えると、いちはやく凶器を処分するにちがいない。品川上水は凶器を投棄するに便利な場所である、というのが久我警部補の意見だった。

上流の水門を閉めて水嵩が減っていくのを見守っていると、制服警官が一枚の名刺を辰見警部のところへ持ってきた。名刺には、神奈川県警察本部防犯課麻薬係長、三好《みよし》警部と印刷してあった。

「折り入ってお話ししたいことがあるそうで、応接間でお待ちになっています」と巡査が取り次いだ。

辰見は傍の久我に名刺を見せ、二人は連れだって、土橋を渡って家へ引きかえした。

三好警部は、鉤鼻の精悍《せいかん》な顔だちだったが、もの腰はいとも慇懃《いんぎん》だった。

「どうもお忙しいところを、ぶしつけにお呼び立てして恐縮です。それと言うのも、あなた方の傍に赤尾取締官がいるのを見かけたものですから、話の都合上、勝手が悪く、こちらへお越し願った次第です」三好は二人がソファに坐るのを待って、自分も長い足を窮屈そうに折って腰をおろした。「事件の概略は聞いております。赤尾取締官が昨夜の犯行時、この現場に居合わせたことを知って、驚きました。なんと言いましょうか……」と口ごもって、しばらく適切な言葉を探がしあぐねた末に、

「全く、奇妙な偶然です」

「奇妙な偶然とおっしゃると?」辰見が話の先を促した。

「私の係では、前々から、和泉貞蔵の動きを内偵していたのです。二週間前には、逮捕状を執行する手はずになっていたところ、どうして勘づいたのか、突然、彼は

横浜から姿をくらませてしまいました」三好は応接間を珍しそうに見まわして、「こんな静かな家に雲隠れしていたとは気づきませんでしたな」

「赤尾取締官は知っていましたよ。彼から連絡はなかったのですか?」

「問題は、そこなんです」話が核心にふれて、三好は眉根をよせて、深刻な口調になった。「和泉に対する逮捕容疑は、一応、銃砲刀剣類等不法所持でしたが、実は、赤尾との関係を取り調べるのが目的でした」

「関係というと、和泉がインホーマーだったことですか?」久我が訊いた。

「あの二人は捜査官とインホーマーとの限界を越えて、そうとう深い仲になっています。和泉組は、去年の一年間に、約三十ポンドのヘロインを売りさばいたと推定されます。これは卸値で六千万円、末端の最終価格にして一億五千万円にのぼります。よほど巧妙で大胆な密輸手段がないかぎり、これだけの量の薬《ヤク》は扱えません。赤尾はそれを黙視し見逃していたばかりでなく、片棒をかついだ疑いさえあります。現に、先月の十四日には、赤尾が神戸へ出張し、近畿地区麻薬取締官事務所神戸分室の車を借用し、和泉を同乗させて、税関ゲートや乗船監視の目を麻薬司法警察手帳でフリーパスして、入港中のオランダ船から大量のヘロインを陸揚げするのを手伝った形跡があります。そして、その夜は、二人で大阪へ足をのばし、一流のキャバレーやナイトクラブで豪遊し、女を抱いてホテルに泊り、翌日は飛行機で帰京しています」

三好警部の話は、辰見と久我を唖然とさせた。おなじ捜査官の立場から、にわかには信じかねるほど醜悪な不祥事である。

「なぜ赤尾はそんな悪事に加担するようになったのです?」

「いい情報をもらって検挙に成功すると、くされ縁ができるのです。オトリ捜査が陥りやすい危険な罠なのです。インホーマーは協力の恩義を売りつけておいて、やがて目こぼしを要求するようになるのです。赤尾とて、そのくされ縁に気づかぬはずはないでしょうが、彼には、小を捨てて大を取るという大物検挙の大義名分があるので、和泉から少々の金品や饗応《きょうおう》を受けることに不感症になってしまうのです。目こぼしする度に、密輸ものの高級時計や、多額の金銭をもらっており、犯罪検挙協力者として国が和泉に支払うべき報償金や謝礼金も、十五、六回にわたって、和泉は領収書を書くだけで一文も取らず、赤尾に寄付している様子です」

「なぜもっと積極的に捜査に乗り出さなかったのです?」辰見はもどかしげに言った。

「なんども和泉を逮捕しようとしましたが、そのつど、こちらの情報がつつ抜けにもれて、例えば、麻薬所持の現行犯で捕えてみると、ヘロインの代わりにメリケン粉を持って涼しい顔をしているといった具合です。半年前にも、拳銃の不法所持で逮捕しかけたら、赤尾取締官がわざわざ横浜地検に出向いて、和泉の逮捕令状執行を止める運動をしたのです。たった一挺のちっぽけな事件をつつくより、大量の拳銃密輸入の情報と交換したらどうか、和泉の使い方次第で、どんな情報でも入るのだから、彼は密輸を取り締まるには重要な協力者だと主張するのです」

「で、逮捕をまぬがれたのですか?」

「和泉の情報で、密輸入の拳銃を二十二挺も摘発できたからには、目をつぶらざるを得ませんでした。しかし、先月の神戸港での事件は目にあまるものがあるので、今度こそは、事前に検察当局と慎重に協議した上で、逮捕にふみ切るところだったのです。なにしろ、麻薬取締官は司法警察権を持っている、いわば我々の同僚ですので、慎重の上にも慎重にならざるを得ませんでした。まず和泉を逮捕してから、赤尾の収賄《しゅうわい》容疑の傍証を固める作戦でした」

「すると、和泉の死は、赤尾にとって、この上ない好運だったわけですね?」と久我が念を押して訊いた。

「全く、そうです」と三好はべつに落胆の表情も見せず、うなずいてから、二人の顔を二等分に見つめて、

「もしや、和泉を殺したのは、赤尾じゃないですか?」

「いや、それは考えられません」辰見はあっさりと否定した。「第一、不可能です。犯人は小川の向側から狙撃しています。赤尾は警官が到着するまで一歩も家の外に出ていないのですから」

そこへ、池田刑事が泥水に汚れた拳銃をもって室に入ってきた。

「とうとう発見しましたよ。ブローニング32口径自動拳銃です。まちがいなく凶器です」と誇らしげに汚ない拳銃を三人の前にさし出した。

「上水に捨ててあったのか?」辰見は久我の推測に兜《かぶと》を脱いだといわんばかりにニッコリ目くばせした。

「川下へ百メートルさがったところに沈んでいました」

「これは、なんだね?」と久我は、拳銃の引き金にからみついている、細い弱い紙紐《こより》のような切れ端に、不審の目をとめた。

それは水にほとびて、ちょっと引っ張っただけで、す

ぐ切れてしまいそうだった。

「さあ」と刑事は、そんなものが付いていることに今はじめて気づいたようだった。「指紋を消すまいと思って、ゴミまで一緒に大事に拾いあげたのですよ」

八

池田刑事に付添われて食堂に入ってきた赤尾は、神奈川県防犯課の三好警部が同席しているのを見て、一瞬、こわばった表情を隠しきれなかったが、すぐさりげない態度をとり戻して、笑顔で会釈した。テーブルの上に泥まみれの拳銃が置いてあるのが目にとまると、

「これが凶器ですか？　どこにありました？」

「川下へ百メートルほど下ったところです」久我が答えた。

「なぜ犯人は、そんなところへ捨てたんでしょう？」

「持っていては、発見されるおそれがあるからですよ。とくに現場の家から一歩も外に出ない場合はね」久我の口調は無表情だった。

赤尾は久我の言う意味が呑みこめず、キョトンとしていたが、久我の冷たい目と左右からじっと見守っている辰見と三好の固い視線を感じとると、警戒心が背筋を走った。

「じゃ、犯人というのは、私のことなんですか？」赤尾は笑いにまぎらわしたが、ぎこちない笑いだった。

「なるほど、私は一歩も家から離れませんでしたが、じゃ、どうやって百メートルも川下へ拳銃を捨てることができたのです？」

「台所の窓から上水へ流したのですよ」

「おや、拳銃は浮いて流れるのですか？」赤尾は皮肉げに言った。

「浮きがあれば流れますよ」久我は嚙んでふくめるように答えた。「拳銃は発見されたとき、細い紙紐の切れ端が付いていましたよ。もっと長い紙紐で木片に拳銃を結んで、上水に投げたのでしょう。重い拳銃が下になって流れ、流れて行くうちに紙紐が濡れてほとび、やがて拳銃の重みに耐えかねて切れ、拳銃だけが沈んで、木片と紙紐はずっと川下へ流れて行ったにちがいない。そうでしょう？」

「家から出なかった私が、どうして上水の向側から狙撃できます？　私は忍術使いじゃありませんよ」赤尾は肩をすくめて独り笑いをもらした。

「必ずしも、上水をへだてて射ったとは限りませんよ」

「だって、ちゃんと鑑識の結果が、そう認めているじゃありませんか」

「拳銃からの発射距離が約五メートルと判っているだけですよ」久我は辛抱強く答えた。

「それが、ちょうど上水の川幅にぴったりじゃありませんか」赤尾も、しぶとく一つ一つ冷静に反駁《はんばく》した。

「あなたが叩き割った台所の窓から、食堂の窓までの間隔も、四・五メートルあります。だいたい鑑識の結果と合致します」

「じゃ、私が台所の窓から射ったとでも言うのですか？　食堂の窓は閉まっていたのですよ。台所の窓から、どうやって、あんな弾痕がつくように射つことができるのです？　いわんや、和泉を射殺することも不可能じゃありませんか」

「往生際の悪い、空々しい奴じゃ」突然、辰見警部が短気に怒鳴って、赤尾をにらみつけた。「お前も、捜査官の端っくれなら、悪あがきしても無駄なことは判ってるだろう。お前が和泉を殺した動機は、三好警部から聞いた。この拳銃は、和泉からもらったのだろう？　まさかこれで自分が殺されるとは思わず、和泉はプレゼントしたにちがいない」

赤尾は唇をきつく結んで、頑固に黙りこんでしまった。片頰が痙攣していた。

「食堂の窓が普通の引き窓なら、君を疑いはしなかっただろう」久我は諭すように言った。「しかし、この家は英国人が建てた家で、造りがすべて洋式で窓は両開き式だ。君はそこに目をつけて、家の中にいながらにして、あたかも上水の向側から射殺したふうに見せかけることができると考えた。つまり場所のアリバイだ。君は顔を洗うふりをして台所へ行き、32口径の拳銃で和泉を背後から射殺した。銃声と硝煙の匂いを消すため、雑巾かなにかで拳銃をくるんだにちがいない。銃声を聞いて関と美由紀が駆けつける寸前に、食堂の電灯を消す。窓ガラスに弾痕がついていないのを怪しまれないためだ。そして、関に電話を言いつけ、美由紀を浴室へ追い返して、その隙に、君は北側の東よりの窓の、左側の方だけを九十度開けて、つぎに台所の窓ガラスを叩き割って、そこから食堂の窓を、あらかじめ測っておいた和泉の心臓の高さのところを正確に狙って射つ。三発目は、正規の38口径コルトで川下の方へ向けて、いかにも逃走する犯人を狙ったかのように射つ。しかも、その正規の拳銃は、前もって、どこかで一発無駄弾丸《だま》をぶっ放しておいた。二発射った痕跡を残しておかねば、辻褄《つじつま》があわなくなるからだ。君は急いで食堂へ戻り、うまく弾丸の貫通孔があいた窓を閉めて、掛け錠をかける。さてこれで万事オーケーだ。二度目の二発の銃声にびっくりして、関と美由紀がやってきて、電灯をつけても、もう大丈夫だ。和泉は上水の向側からガラス窓越しに狙撃されたとしか考えられない。関がオートバイで出かけた後、君は美由紀に気づかれないよう、兇器の拳銃を木片に結びつけて、上水に投げこんだ。もし関が追跡しなければ、君がオートバイで出かけ、架空の犯人の足跡を攪乱するつもりだったにちがいない。だが、どちらにしろ、思わぬにわか雨で、足跡の心配はいらなくなったがね」

「なかなかお見事な推理ですが、あくまで推測の域を出ないじゃありませんか。あなたの話どおりにやれば、なるほど、やってできないことはないかもしれないが、現実に、私がやったことを証明するものは、なに一つないじゃありませんか」

久我は相手の反論を予期していたように、おもむろにポケットからハンカチの包みを二つとり出して、テーブルの上に置き、ハンカチをひろげた。一つのハンカチには、薬莢が一箇、もう一方には、小石が二箇あった。

「昨夜のにわか雨は、犯行の直後に降った。だから、もし君のいう犯人が上水をへだてて狙撃したなら、この薬莢は雨に濡れていなければならない。ところが、よく見たまえ、この薬莢は、地面に接していた側にだけ、少し泥がついている。ほかはきれいだ」

「当たり前ですよ。雨に濡れたら、洗われてきれいになるのが道理じゃないですか?」

「そう思ったのが、君の致命的なミスだった。昨夜の雨は、かなり激しく地面を叩いた。薬莢が落ちていたところは、きめの細かい赤土だ。ほんとに、この薬莢が雨に打たれたなら、泥はねが付着しているはずだ。そんなことはないと思うなら、こちらの小石を見たまえ。薬莢の傍にあった小石だ。微細なはねがまぶしたように小石に付いているだろう。それなのに、この薬莢は雨があがった後、そこに置かれたものだ。事件の関係者で、雨があがった後、あそこへ行ったものは、君一人だ。昨夜、辰見警部と私と、三人で現場を見に行ったとき、君は暗いのを幸い、そっと薬莢を落としたにちがいない。だから、昨夜は見つからなかったんだ。あくまで上水の向側から架空の犯人が狙撃したと見せかけるための証拠として、いわば画竜点睛《がりょうてんせい》のつもりだったろうが、それが却って、君のトリックを裏切る結果になったのだ。犯罪においては、あまりに完璧を期すと、その完璧さが致命傷になるものだ」

池田刑事が足音をしのばせて入ってきて、赤尾の頭越しに久我へ目顔で頷くと、ハンカチの中の薬莢の傍に、弾丸を並べて置いた。

「32口径のブローニングのです」

「食堂の窓からずっと川上の方向にあっただろう?」

久我はわが意を得たように言った。

「おっしゃるとおりでした」と刑事が報告した。「川上へ約六十メートルの地点、上水のこちら側の川縁の雑草の中に着弾していました。電気捜査器で、やっと見つけました」

「どうだね、赤尾君」久我は赤尾の肩に手を置いた。「君の証言によれば、犯人は一発しか射たなかったそうだが、兇器の拳銃から発射された弾丸が二発あるのは、どうしたわけだね? 一発は死体の中、もう一発は、面白いことに、川上の方向へ飛んでいたんだよ」

さすが強情な赤尾も、がっくりうなだれた。そして、神妙にペコリと一つお辞儀した。

ミニ・ドレスの女

プロローグ

中学三年のK少年は、肩にめりこむ朝刊の重い束を脇にかかえて、元気よく新聞販売店をとび出した。

しらじら明けの空は、梅雨の前ぶれか、スモッグのせいか、どんより曇っていた。街灯がもやにかすんで寝ぼけたように灯っている。

氷川《ひかわ》神社の一ノ鳥居をくぐって、境内の左側に並ぶ四軒のアパートに朝刊をくばってから、本殿の前にくると、彼は毎朝の習慣で、賽銭《さいせん》箱の上の拝鈴を力いっぱい引っぱって鳴らした。信心ではなく、いたずら半分だった。裕福な両親のもとで安眠をむさぼっている同級生たちを叩き起こしてやりたい反撥心からだった。

暁の静寂をやぶる鈴の音に、境内のハトがおどろいて飛び立った。

K少年は社殿の裏の石段をかけのぼった。そこの高台は遊園地になっていて、その向うの住宅地が彼の主な配達区域だったのである。

遊園地を横切りかけたとき、ふと、ぶらんこ台のそばにあるイチョウの根元に、だれか人が倒れているのが目についた。酔っぱらいか浮浪者かと思ったが、どうやら赤っぽい服をきた女らしいので、彼はそばに行ってみた。

やはり、女だった。ほっそりした若い女がほとんど裸に近い恰好で仰向けに倒れていた。赤い服と思ったのは、ピンク色のスリップだった。ハイヒールとストッキングをはいているが、ガーターベルトと赤いパンティが膝小僧のあたりまでずりおろされて、白い太腿はくの字にひらいて剝《む》き出しになっていた。

女が死んでいる、いや、殺されていることは、K少年にも、すぐピンときたが、その露わな下半身の印象が煽情的で強烈だったので、彼は呆然と立ちすくんだまま、ゴクリと生唾をのみこんだ。そのくせ、彼の視線は女の下腹部の一点に釘づけになっていた。女の秘部を見るのは初めての経験だったのである。

だが、そこはスリップの裾にかくれて、はっきり見えなかった。

K少年は無意識にあたりを見まわしてから、おそるおそる女の足のほうへ廻って、正面からのぞきこもうとしたが転がっているハンドバッグを踏みつけて、あやうく死体の上へつんのめりかけた。

反射的に、また背後をふりかえり、誰もいないのを確かめると、逃げ腰の姿勢ながら、そっと手をのばしてスリップの裾をめくろうとした。

が、急に怖くなって、思わず、手をひっこめた。濃いアイラインを塗った女の目がパッチリあいて、いまにもムックリ起きあがるのではないかと思ったのである。

彼は五六歩あとずさりながら、くるりと踵をかえすと、一目散《いちもくさん》に逃げ出した。石段をかけおり、社務所へ走りこんだ。朝刊の束が彼の背中で踊っていた。

一

「死因は、やっぱり後頭部打撲かね？」

丸山《まるやま》部長刑事は、鑑識主任が死体のそばから立ちあがるのを待って、訊いた。

主任は長いことしゃがんでいた背筋をのばして、拳で二つ三つ腰を叩いて、

「脳内出血だね。この幹の瘤《こぶ》に、頭を打ちつけられたのさ」

と、イチョウの幹にごつごついている瘤の一つを白い手袋の指先でなでた。

瘤のささくれた樹皮に、被害者の頭髪が数本からみついていたのである。ルミノール検査したが、血痕はついていなかった。

丸山部長刑事はその瘤の位置を目測した。地面から約一・五メートルある。被害者の身長とほぼ一致する。おそらく、犯人は被害者を樹に押しつけて、なんども頭を打ちつけたにちがいない。

「このかたい砂利《じゃり》じゃ、犯人《ホシ》の足跡はとれんな」

ごく最近まかれたらしい砂利の地面を、彼はいまいましげに靴の先で蹴った。

「指紋も、このざらざらした樹皮じゃ、望みがないね。犯行時、犯人はこの幹に手をふれたにちがいないのだが」

と、鑑識主任も、いまいましそうにイチョウの幹を叩いた。

丸山は腕時計をみてから、死亡推定時刻をきいた。腕時計は六時五分だった。

「解剖してみないと確答はできんが、わしの鑑識眼を

信用してくれるなら、昨夜の、いや、正確にいえば、もう今日だが、午前零時から二時の間だね」

主任は片目をつぶって、自信ありげに微笑した。

二人は、戦時中、いっしょに警察学校に入学した同期生であった。

「で、強姦《ツッコミ》は?」

「未遂だね」

「未遂? しかし、砂が一握り、ぶっかけてあったじゃないか」

「精液の痕跡がないし、陰部に損傷もない。それに、ガーターベルトとパンティが膝までしか脱がされていなかっただろう。あれじゃ、強姦に不便だ」

「寸前に、人が通りかかったか、車の音がしたので、おびえて逃げたのかな?」

「かもしれんが、それなら、なぜわざわざ被害者《ガイシャ》の服を奪ったんだろう。死体から服を脱がすのは、案外、むずかしいもんだぜ。服はまだ見つからんらしいな」

二人は、遊園地の周辺や、下の境内を捜索している捜査員たちへ視線をやった。

遊園地の入口には、早朝だというのに、パトカーのまわりに野次馬が集まっていた。ここから西へ百メートルほど出ると、環状六号線があり、耳をすませば車の走る音が聞こえる。東中野駅から歩いて十分たらずの距離である。

「強姦するなら、なにも服を脱がす必要はない。まくりあげるだけで充分だからね」

鑑識主任がいった。

「すると、犯人はフェチシストか」

「フェチシストなら、もっと女の体臭がしみこんでい
るパンティか、ブラジャーを盗んだはずだ」

「変質者には、いろいろ変ったタイプがある。不潔なパンティより、美しいドレスを愛好するやつもいるさ」

「その服に、犯人《ホシ》の精液か、なにか証拠になるものが付着したので、持ち去ったとも考えられる」

「精液が……?」

「痴漢は、みんな小心な臆病者さ。興奮しすぎて、被害者の服に早漏したかもしれん。あくまで、わしの推測だがね」

と、鑑識主任はまた片目をつぶった。

「なるほど、それで未遂も納得がいく。砂をぶっかけたのも、失敗した腹立ちまぎれからだろう。死体《ホトケ》は抵抗していたかね?」

「一撃で即死じゃないから、多少は抵抗しただろうが、ホステスには珍しく手の爪をみじかく切っているので、

毛髪や皮膚、服地の糸くずなどは爪に残っていなかった。なに一つ犯人の遺留物はない。これじゃ、わが鑑識課ご自慢の科学的捜査もお手あげさ。きみたちの昔ながらの足の捜査に期待してまっせ」

主任はへたな大阪弁でいって、丸山の肩をポンと叩いてはげました。

「いったい、被害者はどんな服を着ていたのかな？」

丸山部長刑事は、担架で運ばれる死体を見送りながら言った。

「スリップの裾が短いから、たぶん、いま流行のミニ・スカートの服だろう。そんな服装で、ホステスが深夜ひとり歩きすれば、どうぞ襲ってくれと、痴漢を挑発するようなものさ」

「金になると思って、盗んだのかな？」

「それなら、ハンドバッグも奪ったはずだぜ」

被害者のハンドバッグには、四千円入った財布があったのである。ほかに、ありふれた化粧品が四点と、メモ帳、定期券、ホステス用の小さい名刺が十二枚あった。

その名刺には、新宿・歌舞伎町、グランド・サロン、ブルータウン、菊組と印刷してあり、ペンで蘭子《らんこ》と書き入れてあった。

国鉄の定期券は新宿―東中野区間で、わずか三日前の六月八日に購入したものだった。小島美代子《こじまみよこ》、二十三歳と記入してある。小島美代子が本名で、蘭子というのはキャバレーでの源氏名であろう。

メモ帳には、なじみ客や友人の名前が三四十、住所や電話番号をそえて書いてあった。

もし犯人が通り魔の変質者であれば、そのメモ帳の男女をいちいち洗い出すのは無駄かもしれない、と丸山は思った。だが、その無駄のつみ重ねが捜査である。

「さて、みどり荘へ行ってみるかね」

彼は鑑識主任をさそって遊園地の石段をおりた。

みどり荘というのは、氷川神社の境内の左にあるアパートだった。新聞配達のK少年の知らせで一一〇番へ通報した神官が、たまたま被害者の顔を知っていて、その証言から、みどり荘の管理人を呼んで、死体を見せたところ、今月の一日に引越してきたばかりの小島美代子にまちがいないと確認したのであった。

「丸さん、一つ、ここの神主にお祓《はら》いをしてもらってはどうかね」

石段をおりて、本殿の前にさしかかると、鑑識主任が冗談まじりに言った。

「犯人逮捕の神頼み《ヤマ》か」

「どうも、この事件は、ただの暴行殺人にしては不審な点がある。せめて、被害者の服を奪った謎だけでも、神さまにお伺いを立ててみたいね」

二人は、べつに縁起をかつぐわけでもないが、拝殿に向かって軽く柏手《かしわで》をうった。

「お賽銭をケチったら、ご利益《りやく》はないぞ」

顔を見合わして、二人は笑った。

二

みどり荘は新築して間のない小ぎれいなアパートだった。ベランダふうの廊下が二階の北側についている。

一階では、松本《まつもと》刑事が聞き込み捜査をしていた。

被害者の室は二階の十二号室だった。八畳ひと間に、台所とトイレがついている。

花田《はなだ》刑事と鑑識課員が先にきて調べており、ドアのところに、管理人がつっ立って、不安と好奇心のまざった表情で見まもっていた。

「まるで新婚用家具セットの展示場だな。せまい室に、よくもこれだけ買いこんだもんだな」

肥っている鑑識主任は、身の置場がないといった表情で、室の内を見まわした。

ダブルベッド、三面鏡台、カラーテレビ、ステレオ、洋ダンス、整理ダンス、茶ダンス、電気冷蔵庫、ミシン、それに応接セットまで、安アパート住まいには不釣り合いなほど贅沢《ぜいたく》な家具がぎっしり置いてあった。

「引越しのとき、小型トラックでごっそり運んできたんですよ。なんでも、前はマンションに住んでいたとか言ってました」

と初老の管理人がいった。

「どこのマンションです?」

丸山がきいた。

「さあ、それは聞いてませんが」

「ひとりで住んでいたのかね?」

「室貸しの契約は小島さん一人ですが、ときどき若い男がきていましたな。引越しの日にも、その男が手伝ってました」

「どんな男です?」

「道楽息子の大学生じゃありませんか。はでな身なりで、昼間から赤いスポーツカーを乗りまわしてましたよ」

「その男は、竜二《りゅうじ》というんじゃありませんか?」

と、室を調べていた花田刑事がたずねた。

「名前は知りませんが、小島さんは従兄《いとこ》だと言ってましたな」

「丸チョウさん、これを見てください。枕にヘアピンで留めてありました」

花田は一枚の便箋を丸山部長刑事《デカチョウ》にわたした。

〈一時半まで待った。もし浮気をしてるなら、承知しないぞ。竜二〉とボールペンで乱暴に走り書きしてあった。

「この竜二って男は、待ちぼうけを食って帰る途中、被害者とばったり出合ったので、やきもち喧嘩のあげく殺したにちがいありませんよ。犯行時刻とも、ほぼ一致しますし」

花田刑事が気負いこんで言った。

「しかし、やつが犯人《ホシ》なら、証拠になるこのメモを残しておかないだろう」

丸山はそう反論した。若い部下が主張する推論を、一応、否定してみるのが彼の癖だった。それで一方的な先入観にとらわれるのを防ぐのである。

「発作的な犯行なら、メモのことなど忘れたかもしれん。あとで気がついたとしても怖くなって取りにもどれず、いまごろはビクビクしてるかもしれんぞ。奴《やっこ》さん、かなり酔ってたらしいからな」

と、鑑識主任がベッド脇のテーブルからウイスキーの角瓶を手にとって、中身を透かしてみた。瓶はほとんど空《から》だった。

テーブルの上には、グラスが二つと、ピーナッツの皮が散らかって、灰皿は吸殻でいっぱいだった。丸山部長刑事は、真夜中、たとえ近道とはいえ、暗くて淋しい神社裏の遊園地を、なぜ被害者が通ったのか、不審に思っていたが、この竜二という男の出現で、どうやら、それも納得がいきそうだった。

おそらく、一時半ごろ、みどり荘を出た竜二は、終電車で東中野駅から帰ってくる小島美代子と出合ったとたん、酔いと嫉妬で、彼女の浮気を詰問し、アパートに引きかえさないうちに言い争いが昂じて、人目のない遊園地につれこんだのであろう。また美代子も、そんな相手の態度に腹を立て、アパートに誘うのを拒んだので、いっそう竜二の怒りと殺意を煽ったとも想像できるのだった。

「鍵のかかったタンスの小抽出《こひきだし》に、現金が一万五千円と、預金通帳がありました。なんと、百万円も溜めこんでいます。ホステスって、稼ぐもんですね」

若い花田刑事は定期預金証書と貯金通帳を見せながら、自分の安サラリーを思い出したのか、自嘲げに苦笑した。

定期は去年の二月から隔月に十万円ずつ預けて、最後に預金したのがこの四月で、合計八十万円あった。郵便貯金のほうは残高が二十三万円余りだったが、今月一日に八万円引き出したのであろう。

「百万円も溜めていながら、なぜマンションを出たんでしょうね」

花田刑事は家具で一杯のせまい室を見まわして、不審がった。

「金づるのパトロンでも失って、緊縮財政に切りかえたんだろう」

「ですが、もう一つ解《げ》せないのは、これほど贅沢な家具を揃えていながら、意外と衣裳の持ち合わせがすくないんです。下着はたくさんありますがね」

花田は、洋服ダンスの扉をあけ、下の抽出も抜いてみせた。

緑と卵色のワンピースが二着と、水玉模様のレインコート、ブラウス、スカートが二枚、吊ってあるだけで、十本ほどのハンガーは空のまま淋しげにぶらさがっていた。

「押入れの衣裳箱の中も、ほとんど空っぽで、冬のオーバーも持っていません。帯や長襦袢《ながじゅばん》はあるのに、着物が一枚もないんです」

「虫ぼしで、まとめてクリーニング屋に出したんじゃないのか」

「実は、そのことですが……小島さんの服や着物は、ぜんぶ、ズタズタに切り裂かれたんですよ」

と、まだ入口に立っていた管理人が口をはさんだ。

意外な話に、丸山部長刑事たちがおどろくと、管理人はその反応の強さに満足したようにうなずいて、室にあがりこんできた。このことを話すきっかけを辛抱づよく待っていたらしいのだ。

「あれは、六日の晩でした。七時半ごろ、小島さんから電話があって、留守に、田舎の叔母がアパートによるから、自分の室にあげてくれって頼まれたんですよ。そしたら、八時ごろ、その叔母というのが見えて、姪が世話になりますって挨拶されたので、私は合鍵でこの室にお通ししたんです」

「ふむ、それで」

「その婦人はここに泊まるものとばかり思ってたら、いつの間にか帰ったんですね。夜中の一時ごろ、小島さんが私を叩き起こして、自分の室にだれか入らなかったかって、まっ青な顔で聞くんです。それで、わけを話すと、彼女はそんな電話をしたおぼえはない、いったい、どうしてくれるんだと、頭ごなしに責めるので、私はさっぱり合点《がてん》がいかず、いささか腹も立って、泥棒でも入ったのかと思って、彼女の室に行ってみました」

「……」

「来てみて、びっくりしましたな。服や着物がありったけ、ハサミでズタズタに切り裂かれて、この室じゅう、足の踏み場もないくらい散らかっていました。落花狼藉《らっかろうぜき》でしたな」

「……」

「私がすぐ一一〇番へ知らせようとしたら、彼女はべつに金を盗まれたわけじゃないから、警察へは届けないでくれって言うんです。しかし、ニセ電話にだまされた私にも責任があるので、届けたほうがいいって、何度もすすめたんですがね、とうとう彼女は訴えませんでした」

「すると、その叔母という女に、彼女は心当りがあったんだね」

「どんな女だったと聞くから、四十二三の、メガネをかけた、がっちりした大柄な女だと言うと、小島さんは、畜生、やっぱり、あの女だわ、そう歯ぎしりしましたよ」

「名前は言わなかったのかね?」

「ええ、私も気になるので聞きましたが、それ以上は言いませんでしたな。なにぶん、小島さんは引越してきたばかりで、彼女の電話を聞くのは初めてなので、私はすっかりニセ電話を信用してしまったんですよ。まあ、その点は、小島さんも了解してくれたので、いくらか気が軽くなりましたがね。それから、彼女は、このことは内緒にしてくれって、実は、いままで堅く口止めされていたんです」

「内緒にね」

「ええ、ですから、そのニセの叔母というのは、小島さんのパトロンの妻で、亭主の浮気に感づいて、ここへ押しかけて、くやしまぎれに服を切り刻んだんじゃないかと、私はこう思うんです。どうせ、あの服は、みな、その亭主が買ってやったものでしょうからね。そういえば、言葉つきが上品で、田舎の女らしくありませんでしたな。だが、そんな上品ぶった女にかぎって、嫉妬に狂うと、おそろしいですからな、更年期障害のヒステリーってやつですよ」

と、管理人はなかなか穿《うが》った推理を働かせた。仕事柄、他人の私生活をのぞく目がこえているのであろう。

「しかし、被害者がここに越してきてからは、大学生ふうの若い男以外には、パトロンらしい男は訪ねてこなかったんでしょう?」

「ええ、ですが、私だって、四六時中、見張ってるわけじゃありませんからな」

「切り裂かれた服は、どうした？」

「その翌日、不良大学生がきて、布団袋をスポーツカーにつんで出かけたから、どこぞへ捨てに行ったんじゃありませんかな」

三

服切り事件と殺人事件とには、どうやら共通点がうかんできた。ニセ電話の叔母というのが、管理人の臆測どおり、パトロンの女房とすれば、よっぽど小島美代子の服に恨みがあったのであろう。被害者は暴行された形跡がないから、犯人は女である可能性もある。殺して服を奪うだけでは恨みが晴れず、自分の夫を寝取った女の性器も憎くて、砂をぶっかけたとも考えられるのだった。


管理人が引きさがると、入れちがいに、松本刑事が髪を茶色に染めた若い女性をつれてきた。

「丸チョウさん、こちらの女性が、昨夜零時半ごろ、被害者のこの室で、竜ちゃんという若い男と会っています」

松本刑事はそう報告して、一階の八号室に住む江崎ルミ子で、新宿のバーに勤めているホステスだと紹介した。

「お店から帰ってきたら、この室に明りがついてたので、美代子さんも帰ってるのかと思って、のぞいてみたら、竜ちゃんだったのよ。彼、ウイスキーを飲みながら、退屈そうにテレビの深夜映画をみてたわ。いっしょに飲まないかって言うからさ、ちょいとつき合ったのよ」

と、ルミ子は気さくに話した。ゆうべの厚化粧がくずれて、醜い寝起きの顔だった。

「いつまで、つき合った？」

丸山部長刑事がきいた。

「ほんの三十分よ」

「それから、どうした？」

「ただそれだけよ。へんに勘ぐらないでよ」

と、ルミ子は肩をすくめて、

「他人の彼氏の相手をしても、つまんないから、あたい、室に帰って寝たわよ」

「彼は何時まで、この室にいた？」

「そんなこと知らないわ。あたい、酔って、すぐ寝ちゃったからさ」

「どこの大学生だ？」

「大学生……？　だれが？」

「その竜二さ」

「竜ちゃんが……」

ルミ子はゲラゲラ笑い出して、

「彼が大学生なら、あたいだって、りっぱな女子大生だわ。彼、ただのラッパさんよ」

「ラッパさん？」

「トランペット吹きよ。渋谷のリリーってキャバレーで吹いてるわ」

「バンドマンか。で、家《ヤサ》はどこだね」

相手がズベ公みたいな女なので、丸山も、つい調子をあわせて刑事《デカ》用語を口にした。

「知らないわ。あたいは一二度、ここで会っただけだから、竜ちゃんというだけで、苗字も知らないのよ」

「小島美代子とは、どういう関係だ？」

「彼女は従兄だと、あたいに紹介したけど、恋人であることは確実ね。だってさ、室の鍵を渡してるんだもの。もしほんとに従兄妹《いとこ》同士なら、ふふふ、カモの味ね」

ルミ子はあけすけに笑った。卑猥な笑いだった。

「ねえ、刑事さん、もういいでしょ。あたい、眠むいのよ。もっと聞きたいことがあったら、今晩、お店にいらっしてよ。要《かなめ》通りのラメールよ。うんとサービスするわよ」

彼女は生あくびをしながら、さっさと室から出ていこうとした。

「ゆうべ、小島美代子は勤めに出るとき、どんな服を着ていたか、きみ、知らないか？」

丸山は引きとめて質問をつづけた。

「オレンジ色の半袖のワンピースよ。膝上十五センチの、タイトのミニ・スカートだったわ」

「たしかだろうね？」

「きのう、あたい、いっしょに出かけたから、まちがいないわ。三越で二日前に買ったのよって、彼女、言ったもの」

「値段を聞いたかい？」

彼がちょっと意地わるく訊くと、ルミ子はまた肩をすくめて、

「八千円と言ったけどさ、どうみても四千円そこそこの安物だったわ。でも、色がよく似合ったわ。彼女、ツイギーみたいにスマートだから、既製品で、たいてい間に合うのよ」

「便利だね」

「でも、買うとき、うっかりガーターベルトをつけていなかったので、おヒップがきゅうくつで、坐るとビリッと裂けそうだからって、彼女、きのうは新宿まで電車の中で、ずっと立ち通しだったわ。やせてる割りには、

ヒップが発達してるのよ。男がよろこぶ肉体ね。その服がどうかしたの?」

と、ルミ子は眠いのを忘れて、好奇心をちらつかせた。

「なくなってるんでね」

「あら、じゃ、犯人は下着ドロボーの変態じゃないの?」

「この辺には、そんな変質者がいるのかい?」

「いるわよ。ときどき洗濯物の肌着を盗まれるのよ。あたいも、三枚盗まれたわ。一枚はアンネ用の網パンティよ。気味がわるいったらありゃしない。ねえ、刑事さん、はやく犯人を捕まえてよ。でないと、あたい、今夜から、一人で帰るのがこわいわ」

「きみたちホステスは、夜帰るときは近道して、あの遊園地を通るのかい?」

「とんでもない。こわくって歩けないわよ。昼間だって、めったに通らないわ。だって、あそこは急な石段があるし、砂利が敷いてあるので、ハイヒールじゃ歩きにくいのよ」

「どの道を通るんだ。環六道路か?」

「そうよ。すこし遠まわりでも、車が走ってるし、街灯も明るいから、痴漢におそわれる危険がないもの」

「じゃ、昨夜にかぎって、なぜ小島美代子は遊園地を通ったんだろうな」

と、丸山は訊くともなしに呟いた。

「きっと、彼女、お店のお客に車で送ってもらったのよ。あたいたち、しつこい客に送ってもらうときは、自分のアパートを知られたくないので、よそのアパートの前で、うまくごまかしてバイバイするのよ。だから、彼女も、その手をつかって、遊園地の近くで送り狼をまこうとしたのよ。そしたら、その男がつけてきて、襲ったんじゃないかしら」

ルミ子はしたり顔で答えた。

なるほど、そういう見方もあるのかと、丸山部長刑事はあまり利口そうでもない彼女の顔をあらためて見なおした。

人は見かけによらず、それぞれの職業によって、独自の推理を持つものである。

四

竜二の住所は、被害者のハンドバッグにあったメモ帳から、すぐに割れた。

峰岸昌子《みねぎしまさこ》(赤尾《あかお》竜二)新宿区戸塚町四—八四四、青葉

荘、と書いてあった。すると、彼は昌子という女と同棲しているのか。

さっそく、丸山部長刑事は捜査本部の車を松本刑事に運転させて、戸塚町へいった。

青葉荘はシチズン時計工場の裏にあった。古びたアパートだが、二階の各室には、それぞれ専用階段がついている。

赤尾竜二の室は二階の端だった。

二三度ノックすると、しばらくしてから、やっとドアがわずかに開いて、黒いネグリジェの女が顔をのぞかせた。

丸山は警察手帳をみせて、赤尾竜二はいるかと訊いた。

「ええ、いますけど。なにか?」

「ちょっと聞きたいことがあってね」

「まだ寝てるから、待ってくださいよ」

女はぴしゃりとドアを閉めて引っこんだ。

またしばらく待たされてから、青いパジャマの男が眠い目をこすりながら現われた。

「赤尾竜二だね?」

「ああ、そうだよ。だけど、おれ、警察《サツ》の旦那に、朝っぱらから押しかけられるようなことはしてないぜ」

「昨夜一時前後、どこにいた?」

「バンドの連中とマージャンしてたぜ」

「トボケちゃいかんね。それとも、まだ寝ぼけてるのか?」

丸山部長刑事は被害者の室にあった書置きをポケットから出して、突きつけた。

竜二は、一瞬、とまどって、その便箋と丸山の顔を見くらべていたが、ニヤッと表情をくずすと、バツわるげに頭をかいた。もみあげを長く伸ばして、ヤクザっぽい顔だが、よく見ると、なかなかハンサムである。人なつこい目をしている。

「ここじゃ、まずいからさ。下で話すよ」

小声でつぶやいて、サンダルを突っかけた。

「ちょっと、あんた」

女が彼のパジャマの裾をつかんだ。入口の台所と部屋を仕切るカーテンのかげで立ち聞きしていたらしい。

「昨夜のマージャンは嘘だったのね。どこで遊んでたのよ?」

「うるせえな。引っこんでろ」

竜二はじゃけんに振りきって、階段をかけおりた。

松本刑事が丸山に目くばせして、すぐ後を追った。

「うちの人が、なにかしたんですか?」

女は心配そうに丸山の顔色をうかがった。

「あんたは、峰岸昌子さんだね?」

彼女は、相手が自分の名前まで知っていることに、いっそう不安な顔になった。

「あんたにも聞きたいことがある。ちょいとお邪魔するよ」

丸山部長刑事は靴をぬいで、室にあがった。

六畳と三畳だった。昌子が雨戸をくり開けると、ちょうど朝雲がきれて、パッと陽光がさしこんだ。夜の蒸れた空気と、さわやかな朝の空気とが入れかわった。

彼女は二組の布団の一つをマットレスごとひっくり返して、かしわ餅に重ねてから、坐る場所をひろげた。ほこりが舞い、荒っぽい動作だった。つるつるのジーパンと男仕立てのシャツブラウスに着替えているので、ゲイボーイみたいな感じがする。

「あんたも、夜、勤めてるのかね?」

「ええ」

彼女は枕もとにあったハイライトをとって、火をつけてから、そのマッチをぽんと丸山に投げてよこした。

新宿のクラブ・エルザのマッチだった。

「この店から、昨夜、あんたは何時に帰った?」

「零時半か、四十分ごろだったわ」

「竜二君は?」

「さあ、三時すぎてたかしら。あたしは先に寝てたから、はっきり憶えてないわ」

「彼がおそいのを心配しなかったのかね?」

「彼の徹夜マージャンは、毎度のことよ」

「きみたちは、まだ結婚してないんだろう?」

ぶしつけに訊くと、昌子はぷいとソッポを向いたが、

「だったら、どうだって言うのよ。五年も一緒にいれば、もう結婚したも同然じゃないの」

トゲのささったような口調でいって、不機嫌にタバコをもみ消した。よっぽど癇にさわったのであろう。

眉がきつく、削いだようにとがった鼻は、男まさりな気性をあらわしていた。化粧をおとした寝起きの顔は、肌があれて、目尻に小皺があった。竜二の若々しさに比べて、五つか六つも年上に見えた。

「小島美代子という女性を知ってるかね?」

「あたしの従妹《いとこ》です」

「ほう、きみのほうの従妹だったのか」

なるほど、そう言われてみれば、二人はどことなく似ていた。顔立ちよりも、体つきが似ているのだった。二人とも、体のサイズはほぼ同じで、ほそい骨格である。

昌子のほうが、いくらか肌が浅黒いので、やせていながらも芯の強靭《きょうじん》そうな肢体だった。

「美代子がどうかしたんですか?」

昌子は新しいタバコに火をつけて問い返した。

「昨夜、殺されたよ」

「えッ……」

と、彼女はタバコの煙にむせんで、

「だ、だれが殺したんです?」

「それをいま調べてるのだが、心当りはないかね?」

「岩井《いわい》さんだわ。きっと、あの人よ」

「岩井?」

「山上建設の経理部長よ。美代子は彼の世話をうけて五反田《ごたんだ》のマンションに住んでいたんです。ところが、先月の末、ひょっこりやってきて、彼と別れたいので、アパートが見つかるまで二三日泊めてくれと言うんです。わけを聞くと、なんでも、岩井さんは会社の金を何百万円か使いこんで、もう隠しきれなくなり、その上、美代子とのことも奥さんにバレたので、ヤケッパチになって、美代子に無理心中を迫まったらしいのよ。毎晩、睡眠薬を見せつけては、いっしょに死んでくれって脅すので、可哀そうに、彼女、すっかり怯えていたわ」

「それで、東中野へ引越したのか?」

「ええ、いつ殺されるかわからないので、美代子はおちおち寝ることもできず、ノイローゼになっていたから、あたしは見るに見かねて、すぐにも青森へ帰れってすすめたんです。だけど、彼女は田舎の住所を彼に知られてるから、東京に隠れたほうがいいって言うので、東中野の不動産屋に竜ちゃんの友人がいるので、アパートを探してもらったんです」

「山上建設って、どこの会社だね?」

「浜松町にあるわ。美代子の話では、そこの社長が岩井の奥さんの伯父だそうよ」

「彼女が二号になったのは、いつだ?」

「一昨年の暮だったかしら。美代子は五年前、青森から出てきたんです。はじめは喫茶店に勤めたけど、給料が安いのでバカバカしくなり、思いきってホステスになったのよ。しばらくは見習いのつもりで、あたしといっしょに働いたけど、この世界は色と金のうずまく醜い稼業でしょ。やっぱり従姉妹《いとこ》同士では、なにかと気まずいこともあって、すぐ新橋のキャバレーに移ったわ。そこで、お客だった岩井さんが惚れこんだらしいんです」

「きみはその男と会ったことがあるのかね?」

「ええ、一度、お正月に、美代子のマンションに遊びにいったら、彼がいたわ。まじめな中年紳士で、女遊びするような人には見えなかったので、正直いって、ちょっと意外だったわ。でも、美代子は結構、しあわせそうだったから、あたしは安心したんです。彼女、田舎にいたころ、不良グループに乱暴されて、ヤケで家出してきたので、まあ、この様子なら過去を忘れて、立ちなおるだろうと、あたしは安心してたのよ。それが、まさか、あの岩井さんが会社の金を横領して貢いでいたとはね。つくづく中年男の女狂いは、こわいと思ったわ」

と、昌子は、おなじ中年男である丸山の顔をまじまじと見つめた。

そのとき、階段に足音がして、竜二が室にかけ込んできた。

「刑事さん、おれ、岩井の家へ案内するぜ。やつが美代子を殺したにちげえねえんだ」

と言うなり、パジャマを脱ぎすてて、洋ダンスをあけて、シャツや服を取り出した。

昌子は彼の着替えを手伝うのも忘れて、あっけにとられていた。

タンスの中には、はでな背広や、はなやかなドレスがいっぱい吊ってある。それとは対照的に、被害者のタンスがほとんど空っぽだったのを、丸山部長刑事はふと思い出した。

「丸チョウさん、ちょっと」

室の入口で、松本刑事が手招きした。

五

「あの竜二は、どうやらシロです。ゆうべは朝方三時ごろまで、みどり荘の江崎ルミ子の室にいたと言ってます」

階段の下で、松本刑事が報告した。

「あのズベ公のホステスと寝たのか?」

「ええ、彼の話では、女のほうから誘惑したというんですがね」

「じゃ、この置き手紙はデタラメか。浮気したら承知しないぞ、と自分で書いておきながら、ふン、ひとをバカにしてやがる」

丸山は竜二のメモを握りつぶして捨てようとしたが、思いなおして、またポケットにいれた。ルミ子から竜二の証言の裏をとるまでは、まだ大切な証拠物件である。

「ルミ子と寝てる最中、美代子が帰ってきて見つかると困るので、カモフラージに書いたんだと言ってます。女房に内緒にしてくれって真剣な顔で頼むので、嘘《ガセ》じゃなさそうです」

二人が話しているところへ、竜二が階段からおりてきた。サングラスをかけ、首には水玉模様のスカーフを巻いていた。

近くの有料駐車場から赤いスポーツカーを出してきて、

「さあ、あっしの車でご案内しますぜ」

彼はピクニックにでも出かけるような浮き浮きした気分だった。

丸山部長刑事がその助手席にのり、松本刑事は署の車であとからついて行くことにした。

「捜査一課の刑事さんとご同伴じゃ、天下御免で、ふっ飛ばせるな。白バイなど、クソくらえだ」

竜二は楽しそうにエンジンをふかして、アクセルを踏んだ。

すごい出足だった。その勢いで、丸山はシートの背にのけぞった。

「バカ言っちゃいかん。制限スピードを守りたまえ」

にがにがしく叱ってから、

「岩井の家を、どうして知ってるんだ?」

と、訊いた。

「四日前だったかな。オトシマエをつけに行ったのさ」

「オトシマエ?」

「その前の晩、やつのヒステリー女房が美代子の室に入って、服を切ったからさ」

「ゆすったのか?」

「とんでもない。ただ示談に行っただけですよ。五寸きざみに裂けた服を、一山、どっさりぶちまけてやったら、あの女房、すっかりブルってさ、弁償するから警察《サツ》には訴えないでくれって、泣きついた」

「で、いくら巻きあげたんだ?」

「ちえッ、旦那は口がわるいな。向うから詫びをいれて、三万円出したから、ちょうだいしたまでさ。たったの三万ですぜ。亭主が出張中で、いま手もとには、これだけしかないと言うのさ。冗談じゃねえ。あと十五万出すなら、美代子も示談に応ずると言ってやったら、あの女房急に居直って、夫が会社の金を使いこんだのは、美代子がそそのかしたにちがいない、横領の共犯で告訴してやるって、反対にケツをまくる始末さ。な、刑事さんよ、パトロンが会社の金をくすねて、愛人を囲うと、彼女も共犯になるんですかい?」

「さあ、どうかな」

「おれ、法律に弱いからさ、そう逆襲されたときは、ぐっと返事につまってよぅ……」

「法律には弱いが、女には、めっぽう強いそうだな。昨夜、ルミ子と寝たのか?」

丸山がホコ先をかえると、竜二はカー・ラジオのスイッチをいれて、ごまかした。

「畜生、美代子が死んじまっちゃ、あとの十五万はもう取れんな」

と、流れ出るジャズのリズムにあわせて首をふりながら、うそぶいた。

「正直に答えろ。ほんとに寝たのか?」

丸山はうるさいラジオをひねり消して、詰問した。

「ああ、寝たとも。据え膳くわぬは男の恥だからな。だがよ、刑事さん、はっきり言っておくけど、あのスケのほうから、おれのズボンを脱がせたんだ」

「たいしたタマだな」

「ああ、たいしたズベ公さ」

「おまえのことを言ってるんだ」

「ちえッ、おれのことなど、どうだっていいだろう。犯人《ホシ》は岩井だぜ。無理心中のつもりが、いざ、てめえが死ぬ段になると、臆病神につかれて、逃げ出したにちげえねえんだ」

「かもしれんな」

「そうにきまってるさ。いや、待てよ……」

赤信号になったので、竜二は車をとめて、上唇をなめながら考えこんだ。その唇はトランペットの吹き口で擦れて、皮膚がかたく盛りあがっている。


「そうか、案外、犯人はヒステリー女房のほうかもしれんぞ。おれが家宅侵入、器物損壊罪で訴える、みどり荘の管理人も証人になってくれるんだと、ちょいと脅しすぎたので、あの女、ブルってさ、美代子を殺したんだ。な、刑事さんよ、そう思わないか」

「かもしれんな」

「あの女房なら、やりかねんさ。女プロレスラーみてえに、ごつい体だからな。やせっぽちの美代子をひねり殺すなど朝めし前さ」

「被害者とは、いつからデキてたんだ?」

また竜二自身のことに質問をもどすと、彼は勝手ツンボをきめこんで、口笛を吹きはじめた。

「彼女は五年前、きみの妻君を頼って、青森から上京してきたそうだが、そのときに、もう手をつけてたのか?」

口笛を吹きながら、彼はかぶりを振った。

「じゃ、いつだ?」

「ほんの十日前さ」

「引越しの相談で、きみのアパートに泊まったときか?」

「とんでもねえ。いくらなんでも、女房と三人、川の字に寝て、そんなことができるもんか。旦那はひどいことを聞くね」

「すると、引越しを手伝ってやった日だな」

「ああ、そうさ」

「無理心中を迫まるパトロンから逃がれて、ほっと一安心した隙に、うまく乗じたわけか」

「おれは、そんな卑怯な男じゃないぜ。美代子は新しい室でひとり寝るのが淋しく、不安だったので、慰めが欲しかったのさ」

「据え膳ばかり食ってるんだな」

「おれって男は、いつも女のほうから持ちかけられるようにできてるらしいや」

竜二はぬけぬけと言ってから、

「まさか、旦那は、昨夜おれが美代子の室にいたなんて、昌子に言わなかっただろうね？」

と、急に弱々しい微笑を向けた。

「そんなに妻君がこわいのか？」

「こわいさ。旦那だって、浮気した翌日は、カアチャンの顔がこわいだろう」

「あいにく、この年になるまで、そんな体験がないんでね」

丸山部長刑事はこの若者の横顔をみているうちに、つくづく羨ましく思った。好きなトランペットを吹きながら、稼ぎのある女と同棲して、スポーツカーを乗りまわし、義理の従妹に手をつける一方では、ちょっと待ちぼうけを食わされたと思ったら、行きずりの女とごく気軽に情事をたのしむ。その自由奔放な生き方に、おなじ男に生まれて、なぜこうも自分とちがうのかと、彼は柄にもなく、自分のこれまでの生活がわびしく感じられた。

「いくつだね、きみは？」

「二十三でさ」

「若いな。じゃ、十八でいっしょになったのか？」

「ちえッ、昌子のやつ、余計なことをしゃべりやがったな。ね、旦那、あっしの身にもなってくださいよ。女のオの字もろくに知らない十八の童貞で、五つも年上の女に惚れられて、むりやり一緒にされたんですぜ。だから、おれには青春時代ってものがないんだ」

「結構、楽しんでるじゃないか」

「女房の監視つきじゃ、ちっとも楽しいことはありませんや」

「そんなに彼女はやきもちを妬くのかね？」

と、訊いても、なぜか竜二はそれっきり、むっつり黙りこんでしまった。

いつのまにか車は昭和通りから環状六号線に入って、東中野の殺人現場近くへさしかかっていたのである。

六

「この家ですぜ」

竜二は、ブロック塀に囲まれた小ぢんまりした家の前で、スポーツカーをとめた。

門柱の表札は、目黒区中目黒三丁目七―五、岩井孝一《こういち》郎《ろう》、光枝《みつえ》、となっていた。

後からつけてきた松本刑事も車をおりて、丸山部長刑事と玄関へ歩を運ぶと、竜二も、のこのこついてきたので、丸山は手をふって追っ払った。

「ここの女房には、おれも一言、言いたいことがあるんだ。旦那が手錠《ワッパ》をかけるとこも見たいしさ」

「いいから帰りたまえ。帰ったら、奥さんと中野署の捜査本部へ出頭してくれ」

「出頭だって?」

「きみたちは被害者の身よりだから、死体を確認してもらいたいんだ」

竜二は不服そうに車にもどったが、運転席に坐ったまま動かなかった。

玄関のブザーの音に応じて、ドアを開けたのはエプロン姿の大柄な婦人だった。朝食後、部屋の掃除でもしていたのであろう。

「岩井孝一郎さんの奥さんですね」

丸山が警察手帳をみせると、岩井光枝の顔は青ざめて、メガネの奥で目が動揺した。

彼女は、スポーツカーの中でこちらをじっと見ている竜二に気づくと、

「ど、どうぞ、お入りください」

自分から先に逃げかくれるようにして、応接間に二人の刑事を通した。

ひくいテーブルをはさんで、三人は向かいあって坐ったが、岩井光枝はそわそわして落着がなかった。顔面神経痛なのか、左の頬がぴくぴく引きつっていた。

まるで犯人が自供する寸前の状態だな、と丸山は観察しながら、

「小島美代子のことでうかがったのですが……」

そう切り出すと、

「そ、そのことでしたら、外にいた青年と、もう示談がついておりますので、いまさら、警察のお方に……」

彼女は早合点《はやがてん》して、せっかちに彼の言葉をさえぎった。

「では、彼女の服を切り裂いたことはお認めになるんですね?」

「申しわけございません。でも、はじめから、あんなことをするつもりで行ったのではありませんので……もしや、うちの主人が隠れているのではないかと思って……」

光枝は視線を伏せて、いかつい体に似あわず、か細い声で答えた。

「ご主人が隠れてる？　どういうことです」

「実は一週間前、主人は家を出てしまったのです」

意外な話に、丸山と松本刑事は、思わず、ちちっと顔を見合わせた。

「それで、あの女とよりをもどして同棲してるものと思い、五反田のマンションへ行ってみましたら、引越したあとでしたので、興信所に引越し先を探してもらって、みどり荘へ行ったのです」

「ニセ電話で管理人をだまして、室にあがったのですね？」

「は、はい。主人がかくれている証拠はないかと、室の中を調べているうちに、むらむらと怒りがこみあげて……家出したあとで分ったのですが、主人は伯父の会社の帳簿に三百万円も穴をあけていたのです。そのお金で、あの小娘に、こんなにたくさんドレスや着物を買ってやったのかと思うと、もう口惜しいやら、情けないやらで……」

彼女の感情はヒステリックに昂ぶって、声がふるえた。

「失踪届はお出しになりましたか？」

「伯父が会社の信用にかかわるから、もうすこし様子を待ってみようと申しますので」

「ご主人の最近の写真があったら、二三枚、貸していただけませんかね」

「写真をどうなさるんですの？」

「私どもで探してあげられるかもしれません」

「ですけど、さっきも申したように、伯父が……」

「しかし、万一ということもありますからね。手おくれにならないうちに」

「万一とおっしゃいますと……？」

光枝はそう聞き返して、胸にきざした不吉な考えを自分で振り切るように首をふった。

「いいえ、主人は自殺するような、そんな気の弱い男じゃありません。根は図太い人なんです。きっと、いまごろは安アパートでも借りて、あの女と隠れてつき合ってるにちがいございません」

と、夫を非難しながらも、やはり行方が心配なのか、奥の部屋からアルバムに貼ってあった写真を二枚もってきた。

その写真で見るかぎり、マイホーム主義の堅実なサラリーマンふうの男である。若い妾をマンションに囲うパトロンといった貫禄《かんろく》はない。

「ご主人は家出なさるとき、大金をお持ちでしたか?」

「なんでも、会社の小切手で三十万円引き出していたそうです」

「山上建設では、横領の件で捜索願いを出すつもりはないんですか?」

捜索願いが出れば、それを別件逮捕の引きネタにして、岩井孝一郎を指名手配できるのである。

「伯父がわたくしと子供のためを思って、会社のほうは穴埋めしてくれましたので……」

と、光枝は二言めには、社長である伯父のことを口に出すので、丸山部長刑事は蒸発した岩井孝一郎にちょっぴり同情したい気持になった。

彼が小島美代子に溺れたのも、年中、伯父の権威を鼻にかけるこの恐妻に反抗する気持からだったにちがいないのだ。

しかし、同情してもいられない。彼が犯人である公算がますます大きくなったのである。三百万円も貢いで、愛人に逃げられたあげく、家庭を捨てた男なら、自暴自棄になり、草の根をわけても女を探し出して殺した可能性が強いのだ。三十万円もって家出したのも、雲がくれした美代子を探すための資金だとも考えられる。

「ところで、昨夜零時から二時ごろまで、奥さんはどこにいらっしゃいました?」

丸山は写真をポケットにおさめて、質問をつづけた。

「寝ていましたわ。そんな真夜中、だれが起きてるもんですか」

「お一人で?」

「もちろんですわ。変なこと聞かないでください」

「ほかに、ご家族は?」

「中学二年の娘がいます。なぜそんなことまで、しつこくお調べになるんです。服のことでしたら、もう話はついております」

声をとがらせて、光枝はすっと立ちあがった。はやく帰ってくれと言わぬばかりの態度だった。

「その時刻、小島美代子が殺されましてね」

丸山は坐ったまま、ことさら冷静にいった。

はっきり聞こえなかったのか、光枝はキョトンとして、彼の顔を見おろしていたが、口もとに、ふしぎな笑みがひろがった。いい気味だと、叫び出したいのを耐えているような残忍な微笑だった。

「ご主人が殺したとは、思いませんか?」

丸山は彼女のその残忍さをわざと刺激してみた。

「うちの人が……まさか、そんなバカな……」

光枝は笑って、頭から否定しかけたが、はっと口をつぐんだ。顔の左半分に、ふたたび神経痛が走って、メガネの奥で目がちかちか動いた。

「そ、その写真、返してください」

いきなり、彼女は丸山につかみかかった。

あまりに突然だったので、彼はあやうくソファごと後ろへひっくり返りそうになった。

「よくも、だまして、主人の写真を取ったわね。新聞に、犯人の顔写真に使う気ね。さあ、返してください」

光枝はなおも体ごとむしゃぶりついた。

「奥さん、お静かに」

松本刑事が背後から羽がいじめにして制止したが、彼女は怒り肩をゆさぶって、肘で彼を突き放した。刑事はテーブルの端にしたたか腰を打って、よろけた。

その間に、丸山が油断なく身構えたので、光枝はかなわぬと思ったのか、ソファの隅にあったクマの縫いぐるみをつかんで、くやしまぎれに投げつけた。そして、両手で顔をおおって、応接間から走り出た。

あとに残った二人は、しばし面くらって、呆然とつっ立っていた。


丸山の額には、うっすら冷汗がにじんでいた。

奥の部屋から、うめくような泣き声がたえだえに聞こえてきた。

丸山は足もとに転がっているクマの人形をテーブルに置くと、松本刑事を促して、そっと玄関を出た。

外では、竜二が車のボンネットに尻をかけて、タバコをふかしながら待っていた。

「あの女房を、なぜ逮捕《パク》らないんです？　逮捕状がなくても、しょっ引けるでしょう」

彼は二人が手ぶらで出てきたのが不満そうだった。

「うるさい。きさまの指図はうけん。おまえこそ、捜査妨害で、しょっ引くぞ」

丸山は、いつになくカンシャク玉を破裂させた。

その見幕に、竜二はびっくりし、すごすご車に乗ると、刑事たちの足もとに排気ガスを吹きつけて遁走した。

丸山はいまいましげに見送って、タバコをくわえた。

「どうします？」

松本刑事がライターの火をさし出しながら、岩井家のほうへ顎をしゃくった。

「しばらく、きみは張り込んでくれ。わしは岩井孝一郎の手配をする」

「驚きましたね。あれじゃ、カッとなると、女の一人や二人は殺しかねませんね」

「凶暴性ヒステリーだな。一種の病気さ、きみが止めてくれなかったら、わしは首を締められてたぜ」

「なにしろ相手は女性だから、こちらはうかつに手向いできませんしね」

さっきの醜態を思い出して、二人は苦笑した。丸山はゆがんだネクタイをなおした。

七

丸山部長刑事が新宿・歌舞伎町のキャバレー・ブルータウンに出向いたのは、夕方の六時すぎだった。この時間にならないと、ホステスや従業員が出勤してこないからである。

マネージャーは夕刊ですでに事件を知っていたが、小島美代子こと蘭子はこの店に勤めて日が浅いので、ほとんどなにも知らないと答えた。彼女は一週間ほど前に紹介なしで応募にきた。水商売の経験があり、小柄ながらスマートで、男ずきのする容貌だったので、日給二千五百円で採用したとのことだった。

彼女と親しかったホステスに会いたいというと、マネージャーは彼女がいた菊組の組長を呼んでくれた。

組長は三十すぎの年増《としま》だった。スリットが深く切れたチャイナ服をきており、歩くとパンティのところまで太腿がちらつく。

「この男が彼女の客に来なかったかね」

丸山は岩井孝一郎の写真をみせたが、組長は首をふって、

「蘭子は場内指名ばかりでした。前にいた店のなじみ客を引っ張って指名料を稼ごうとしないので、あたしは変に思っていたのです」

と、答えた。

よっぽど、美代子は岩井に見つけ出されるのを警戒していたのであろう。

「昨夜、彼女は何時ごろ、この店を出た？」

「いつも十一時四十五分が看板ですから、十二時には帰ったと思います」

「だれか連れはいなかったかね？　東中野に帰るホステスは何人かいるだろう」

「四、五人いますが、さっきも、みんなで蘭子のことを話していたんですけど、誰もいっしょに帰ったものはいないそうです」

まったく手がかりがないので、丸山部長刑事は内心が

っかりした。

そこへ、マネージャーが黒い網タイツをはいたバニーガール姿の女をつれてきた。

レジ係の女で、昨夜十一時ごろ、蘭子に女の声で電話がかかってきたと言った。

「八時以後は、外からの電話は取りつがないことになっていますが、その女の人は親戚のものだから、ぜひ菊組の蘭子さんを呼んでくれって頼むので、仕方なく取りつぎました」

社則を破ったことを気にしてか、彼女はマネージャーの顔色をうかがいながら話した。

「どんな話をしていた?」

「知りません。あたしはレジのほうが忙しかったので、聞いていません」

「被害者も、ここではお揃いの支那服を着ていたんだね。じゃ、昨夜、店から帰るときは、どんな服だった?」

丸山は組長にきいた。

「たしか、オレンジ色のミニ・ドレスだと思います」

「彼女の所持品で、なにか残ってるものはないかね」

組長はうなずいて更衣室に案内した。

更衣室は、ロッカーが二百余りも、ずらりと四方の壁に並んでいた。ここでホステスたちが裸になって、いっせいに着替えするときは、さぞかし壮観だろうなと、丸山は想像をたくましくした。

隅のテーブルで、十五六人、ホステスたちがおしゃべりしながら化粧に取り組んでいた。見なれぬ男が入ってきたので、一様に好奇心と非難のまざった目を彼に浴びせた。

蘭子のロッカーには、踵の高い金色のハイヒールと化粧ケースが入っているだけだった。

「あら、服がないわ。ねえ、だれか蘭子のドレスを知らない?」

と、組長が彼女たちにたずねた。

「あたしが借りたのよ」

口紅をぬっていた小柄な女が立って、

「きのう、エッチなお客にタバコの火で穴をあけられたから、ちょいと拝借《はいしゃく》したのよ。どうせ、蘭子、もう着ないんでしょ」

「小百合《さゆり》、あんた、よく平気で着るわね」

組長はその女の神経の太いのにあきれた。

「だって、べつに、このドレスを着て殺されたわけじゃないもの、平気よ。これ、あたしにぴったりよ。残りの月賦を払うからさ、もらっていいでしょ」

小百合というホステスは、ちゃっかり借り着した支那服の腰のあたりを撫でた。

まさしく、彼女の体にぴったりだった。

ブルータウンを出た丸山部長刑事は、車と人の波で雑踏する都電通りを横断して、三越百貨店の裏にあるクラブ・エルザへ行った。

エルザはビルの五階だった。一階の専用入口に、青い制服のボーイが立っていて、丸山をエレベーターに案内した。

エレベーターは床に真紅の厚い絨毯《じゅうたん》が敷いてあり、店内の音楽が流れていた。エレベーター・ボーイがボタンを押しかけると、

「おっと、健ちゃん、待った。須磨子《すまこ》のお出ましだぜ。彼女、きょうも遅刻だな」

と、外のボーイが閉まりかけたドアを押さえた。

和服の女が小走ってきた。

エレベーターに駆けこむと、

「あらッ」

丸山の顔をみて、女は長いつけ睫毛《まつげ》の目をパチパチさせた。

彼は、とっさには、その女が峰岸昌子とは気がつかなかった。


裾に白波が砕ける紫の絽《ろ》を粋に着こなした彼女は、青葉荘でジーパンをはいていたがさつな女とは、ぜんぜん別人のようだった。厚化粧した顔はドキッとするほど妖艶だった。

「やあ、きみか。いいところで会った。話がある」

丸山は彼女の腕をとってエレベーターから出た。

二人のボーイがけげんそうに見送った。

「昨夜十一時ごろ、ブルータウンへ電話したそうじゃないか。けさ、なぜ嘘をついた?」

丸山はビルの角に誘って問いただした。

「嘘などつかないわよ。聞かないから、言わなかっただけよ」

「彼女に、どんな用があったんだね?」

「べつに用などなかったわ。引越してから、美代子とは一度も会ってないので、どうしてるか聞いただけよ」

「彼女はなんて言った?」

「元気で働いてると言ったわ。店がひけたら、いっしょに食事しないかって誘ったら、ふられちゃった」

「ふられた?」

「先約があるから、明日にしてくれって、美代子は言ったのよ。きっと、お客とナイトクラブか食事にでも行く約束だったんでしょ。いま考えると、あのとき、その

客の名前くらい聞いておけばよかったわね。でも、おたがい、こんな商売だと、いろいろプライベートなことがあってね。いくら従妹だって、根ほり葉ほり聞けないものよ」

その先約の客というのは竜二のことだろうと、丸山は思った。

「で、きみはまっすぐ帰ったのか?」

「ええ、ひとり淋しくインスタント・ラーメンを食べて寝たわ」

「きみは従姉《いとこ》のくせに、彼女の引越しを手伝ってやらなかったのか?」

「あの日は、ちょうど生理で、お腹が痛かったので、それどころじゃなかったのよ。ねえ、もう聞くことない? あたし、七時までにお店に入らないと、遅刻なのよ」

「とっくに七時はすぎてる」

「あら、いやだ。また三百円罰金だわ」

「店では、いつも和服かい?」

「毎日じゃないけど、着物だと、エッチな客も遠慮してか、あまりおサワリしないから助かるのよ。ねえ、せっかくいらっしたんだから、お店で飲みましょうよ。あたしがご馳走するわ」

「あいにく、まだ勤務中でね」

「ふふふ、意外と、お堅いのね。じゃ、おひまなとき、ぜひいらっしてね。お店では、あたし、須磨子っていうのよ」

昌子はバイバイと手をふって駆け出した。脂粉と香水の甘い匂いがあとに漂った。

丸山部長刑事は彼女の艶《あで》やかな後姿がエレベーターに消えるのを見送ってから、新宿駅の中央口へ歩きかけた。が、ふと立ちどまって、タバコに火をつけた。そして、一服ゆっくり吸ってから、大股で引きかえした。

「彼女、昨夜も、和服だったかね?」

ボーイに警察手帳をみせて訊いた。

「須磨子さんですか。さて、どうだったかな。なにしろ、女の子は大勢いるんで……」

ボーイは首をかしげて記憶をさぐった。

そこへ、エレベーターが降りてきたので、

「よう、健ちゃん、須磨子は昨日も和服だったかな? 警察《サツ》の旦那が聞いてるんだけど」

「黒のドレスだったぜ」

と、エレベーター・ボーイが即答した。

「きみ、たしかだろうね?」

丸山は念を押した。

「ええ、膝上十センチのミニでしたよ。胸がＶ字型にぐっと切れてるので、あれじゃ、彼女、やせてるからさ、夜帰るとき、オッパイが風邪をひかねえのかなと、ぼくはそう心配して見たんです。まちがいありません」

八

丸山部長刑事は新宿から山手線にのって、二つめの高田馬場《たかだのばば》駅でおり、青葉荘へいった。

二階の竜二の室には明りがついていた。

張り込んでいた花田刑事が、丸山の姿をみて、電柱のかげから現われた。

「竜二がいま室にいます。女房が着飾って出勤したあと、酒屋の店員がビールを配達にきたので、奴さん、仕事をサボって、飲んでるんじゃありませんかね。あの二人は、ときどき女房のほうがホウキをふりまわして、はでに夫婦喧嘩をやるそうです」

「やきもち喧嘩か?」

「それと、竜二は競馬、マージャン、パチンコ、なんでも賭けごとが好きで、女房の稼ぎまで手をつけるのが喧嘩の原因らしいです」

これまでの調査では、竜二は練馬の東京少年鑑別所で補導をうけていたが、前科はなかった。十七のとき、二人の仲間と修学旅行の高校生をおどして金と腕時計をまきあげたのである。出所後は、スピード違反と駐車違反で一回ずつ罰金をくらっているだけだった。

「昨夜、昌子が何時ごろ帰ったか、アパートの連中から聞き出せたかね?」

「ダメでした。どの室もサラリーマン夫婦で、はやく寝たので知らないと言ってます」

「そうか。じゃ、ご苦労だが、もうしばらく張っててくれ」

丸山は花田刑事を残して、青葉荘の階段をのぼった。

室では、竜二がビールを飲みながら、テレビのナイター中継をみていた。ビールは三本空になっていた。

「どうした、リリーへは出ないのか?」

「旦那のせいで、死体と対面させられたばっかりに、気が滅入《めい》って、酔っぱらいを相手にトランペットを吹く気がしねえんだよ」

「ひとり静かにお通夜か」

「おれ、死体を見たのは、はじめてなんだ」

と、彼はグラスのビールをぐっとあおった。見かけに似ず、デリケートな男である。

「奥さんは勤めに出たじゃないか」

「ああ、そのほうが気がまぎれるんだとさ。なんだ、旦那は昌子に会ったのか？」

「さっきね」

「いつまで、おれたちのケツを追いまわすんだよ。お門《かど》ちがいだぜ。追うなら、岩井か、やつの女房の尻を洗えよ」

だいぶ酔いがまわっているらしい。

「いまごろ、一体、なにしに来たんだよォ？」

と、食ってかかった。

「タンスの中を調べさせてもらおうと思ってね。家宅捜査令状はないが、ちょいと見せてくれないか」

「なにをさぐり出そうってんだ。ここにはヤバイものはないぜ。見たいものがあるなら、言ってみな、おれが出して見せてやらァ」

「奥さんの服だ」

「女房の服だと？　どの服だ？」

「ゆうべ、店へ着ていった服さ」

「おれ、きのうは昼間から出かけたので、昌子がどの服を着て出たか知るもんか」

「黒のミニ・ドレスだよ。胸のあいた」

「ああ、あれか。それがどうした？」

と、問いかえした竜二の酔眼は、瞳孔が小さくなって、疑惑と警戒の色をうかべた。

「気になるなら、自分で調べたらどうだね」

丸山がけしかけると、竜二は洋ダンスをあけて、昌子の服を一枚一枚かきわけた。

「変だな。ねえぞ。クリーニングに出したのかな」

「洋服箱や押入れの中も探してみろよ」

「うるせえ」

怒鳴りかえして、竜二は扉を乱暴に閉めると、タンスを背後にかばった。

「旦那、帰ってくれ。令状も持たないで、ひとの室をかきまわすのは人権ジュウリンだ。さあ、とっとと帰れよ」

彼は無抵抗の丸山部長刑事の胸をどんと突いて、ドアのほうへ押しやった。

その激昂した視線がふと丸山の肩越しにそれると、竜二の顔は表情が凍りつき、胸ぐらをつかんでいた手も宙にとまった。

不審に思って、丸山がふりむくと、いつのまにか室の入口に、和服姿の昌子が立っていた。

その後から、花田刑事がゆっくり階段をのぼってきた。

「昌子、おまえ、黒い服を、どうしたんだ……」

竜二が口ごもって言いかけた。

だが、彼女は答えず、彼を冷たく凝視したまま、しずかに草履《ぞうり》をぬいで、室にあがってきた。まるで夢遊病者のような動作だった。

「おい、昌子、返事をしろ。このデカはおまえを疑ってるんだぞ」

竜二は彼女のきゃしゃな両肩をつかんで、激しくゆさぶった。

と同時に、昌子の右手が彼の頰へとんでピシッと鳴った。

竜二は面くらって、一瞬、ポカンとしたが、

「な、なにしやがる……」

反射的に、手をふりあげた。

丸山部長刑事がその腕をつかんで制した。

昌子と竜二は、張りつめた無言のまま、にらみ合っていた。彼女の顔は厚化粧の下で青ざめて、瞳は冷ややかに燃えていた。

花田刑事がそっと後手にドアをしめて、油断なく昌子の背後に立った。

「きみの黒いドレスと、小島美代子のオレンジ色のドレスは、どこへ隠した?」

丸山がおだやかに昌子にたずねた。

だが、彼女は聴覚が麻痺したかのように、竜二の目を食い入るように見すえて、答えなかった。

「昨夜のうちに、処分してしまったのかね?」

やや語気をつよめて、もう一度きくと、彼女ははじめて部長刑事の顔をみた。

そして、その視線が押入れのほうへ、つと流れた。

丸山が押入れの襖《ふすま》に手をかけるより早く、竜二が自分で開けて、下の段から柳行李《やなぎごうり》を二つ引きずり出し、さらに奥にもぐって、ごそごそ探していたが、やがて風呂敷包みをつかんで出てきた。

黒とオレンジ色のドレスが二着、小さく丸めて包んであった。黒いドレスは胸のところから大きく縦に裂けていた。

「ど、どうして、おまえは、美代子を殺したんだよゥ」

竜二はその二枚の服を昌子に突きつけて叫んだ。オモチャをこわされて腹を立てる駄々ッ子のような絶叫だった。

「あんたのせいよ、竜ちゃん」

昌子がぽつんと言い放った。

「な、なに、おれの……?」

「そうよ。だって、あんた、美代子と寝たんでしょ。あんまりひどいじゃないの」

「……」

「あんたは、ここで、この室で、あたしが寝てるすぐ横で、美代子としたじゃないの」

「お、おまえ、知ってたのか？　だって、あの夜は、酔いつぶれて眠ってたはずだぞ」

「そのときは気づかなかったけど、翌日、美代子の様子が変なので、ピンときたのよ。でも、まさか、そんな恐ろしいことはしなかっただろうと、あたしは、この十日間、あんたたちを信じようと悩みつづけたわ。でも、どうしても気になるので、昨夜、東中野駅で彼女を待ち伏せして、問いただしたのよ。美代子はシラを切って、とぼけたけど、そのくせ自分のアパートの近くの遊園地までできながら、あたしを室に招こうとしなかったわ。だから、よけい疑って、竜二が来てるんだろうと聞いたのよ。それでも、まだ美代子は強情にシラを切るから、あ、あたしは……」

昌子は感情がしだいに混乱して、声が詰まった。だが、勝気な彼女は涙をみせなかった。

「遊園地のイチョウの木に、彼女を押しつけて、頭を打ちつけたんだね？」

丸山部長刑事がやさしく先を促した。

「殺す気はなかったのよ。それが、あんまり美代子が強情で、ずぶといから……すなおに一言、わるかったと謝ってくれさえしたら、あんなことにはならなかったのよ」

「そのとき、彼女に服を破られたんだね？」

「美代子が生意気に抵抗したから、裂けたのよ」

「それで、きみは被害者のドレスを奪って、自分で着て逃げたんだね？」

「あんな恰好じゃ、タクシーにも乗れなかったから……」

「こんなもの、なぜ早く捨ててしまわなかったんだよぅ。バカだよ、おまえは」

と、竜二が二枚のドレスを丸めて、足もとに叩きつけた。

「捨てるひまがなかったのよ。昨夜は、あんたがいまにも帰ってきはしないかと、気が気でなかったし、けさは早くから刑事がきたので」

「一言、おれに言えば、捨ててやったんだ。なぜ頼まなかったんだよぅ。おれたちは夫婦じゃねえか」

竜二は腹立ちまぎれに、そのドレスを足で踏んづけた。丸山部長刑事がとめるまで、彼はなんども踏みつづけた。

彼の顔は涙でくしゃくしゃに歪んでいた。最後まで涙一滴こぼさない昌子とは、ひどく対照的な顔だった。

エピローグ

「丸さん、氷川神社で拝んだ甲斐があったね。さあ、一杯、いこう」

と、鑑識主任が丸山に酌をした。

「あのとき、なぜ昌子はタイミングよく店を早退けしてもどったんでしょう。虫の知らせですか？」

花田刑事がおでんを突つきながら言った。

「わしがエルザのエレベーター・ボーイに彼女の服のことを訊いたので、それを知って、急に心配になったのさ」

「私は岩井孝一郎か、妻の光枝が犯人《ホシ》だとばかり思っていました。丸チョウさんは、どうして昌子に眼《ガン》をつけたんです？」

と、松本刑事も部長刑事《デカチョウ》の杯に酒をついだ。

捜査本部解散の二次会で、四人はおでん屋で祝杯を交わしているのだった。

「それは、昌子と被害者の体つきがほぼ同じサイズで、二人とも、やせていたからさ。しかも、美代子はヒップのきゅうくつなタイトのミニ・ドレスを着ていたんだ。犯人が男や、彼女より大柄な女なら、わざわざ被害者のドレスを奪っても仕様があるまい」

「なるほど。ですが、なにがヒントで、そこに気がついたんです？　後学のため、ぜひ教えてください」

若い二人の刑事は熱心に知りたがったが、丸山はただニヤニヤ笑って、

「それは長年のカンさ」

と、答えただけだった。

ブルータウンの小百合というホステスが、被害者のチャイナ服をちゃっかり借り着していたのを見たのがヒントだったとは、最後まで打ち明けなかった。

ベテラン部長刑事の貫禄である。

血ぬられた〝112〟

なぞの数字

今年の夏は記録やぶりの猛暑だったが、九月にはいると、さすがに朝晩はめっきり涼しくなった。

九月十一日の土曜日。午後十二時半。

警視庁捜査一課の鬼丸《おにまる》警部は、殺人事件発生の知らせをうけると、ただちに部下をつれて、パトカーで現場へ急行した。

現場は、東京都中野区東中野一丁目にある山根利一郎《やまねりいちろう》氏の家である。

「山根利一郎……?　どこかで聞いたことのある名まえだな」

サイレンをならして走るパトカーの中で、鬼丸警部はつぶやいた。

思い出そうとしたが、すぐには思いあたらなかった。

「参議院議員ですよ」

助手席にのっている杉下《すぎした》刑事がいった。

「なに、国会議員だって」

「六月二十七日に行なわれた参院選挙で、全国区から立候補して、みごと当選した議員さんです」

「ふむ、大物が殺されたわけか」

「さぞマスコミは、おおさわぎするでしょうね」

「われわれは、よっぽど慎重に捜査しなければならん」

と、鬼丸は緊張した表情になった。

殺された被害者の身分や地位によって、捜査に手ごころを加えるわけではないが、やはり国会議員が殺されたとなると、社会にあたえる影響がおおきいので、捜査は慎重を要するのである。

やがて、パトカーは現場に到着した。

ブロックべいにかこまれた、ひろい庭のある大きい家だった。

ひと足さきに、中野署の捜査班がきて、ものものしく警戒しながら、現場検証をはじめていた。

東京都の場合、殺人事件がおきると、その現場の警察署と、警視庁の捜査一課が合同して、捜査にあたるのある。

「死体は、こちらです」

中野署の刑事が、鬼丸たちを玄関わきの応接間に案内した。

デラックスな応接間だった。

そこのドアのすぐ内側に、死体はうつぶせに倒れていた。ゆかたをきた初老の男だった。

それが、参議院議員の山根利一郎だったのである。

右のわき腹を、なにか鋭い刃物で、ななめうしろから、突き刺されていた。腹のまわりには、べっとり血が流れていて、すでにかわいていた。

が、奇妙なことに、右手の人さし指の先に血がついていて、その指で床に、血で112と数字が書いてあった。

被害者は息が絶える寸前、必死の気力をふりしぼって、犯人の手がかりを残すため、流れ出る自分の血で、この三けたの数字を書き残したのである。

おそらく、犯人が立ち去ったあと、まだ息があって、書き残したのだ。でなければ、犯人がその血の数字に気づいて、消して逃げたはずである。

だが、〈112〉とは、なにを意味する数字だろう?

鬼丸警部は首をひねった。電話番号の一部だろうか。自動車のナンバーか、それとも、金庫のダイヤル・ナンバーだろうか。マンションか、ホテルのへやの番号か。


中野署の刑事たちも、みんな、まったく心あたりがないという。

死体の足もとに、海泡石《かいほうせき》のパイプが落ちていた。落ちたとき、タバコの火がすこしこぼれたのだろう。床にこげ跡がついていた。

「このパイプは、被害者のものかね?」

鬼丸警部が聞いた。

「そうです。被害者の愛用のパイプだったと、女中がいっています」

と、中野署の刑事が答えた。

「凶器は見つかったかね?」

「いいえ、どこにも見あたりません。きっと、犯人が持ち去ったのにちがいありません」

「死亡推定時刻は、解剖してみないと、正確なことはわかりませんが、ざっと見たところ、死後およそ十五、六時間たっています」

と、嘱託医《しょくたくい》が報告した。

鬼丸は腕どけいをみた。

針は午後一時をさしている。

「すると、昨夜の九時から十時の間に殺されたことになるな」

「そうです」

「それから、警部、居間と茶の間が荒らされて、現金十五万円が盗まれています」

と、中野署の刑事がつづけて報告した。

鬼丸は奥のへやに行ってみた。

タンスは、引き出しが全部、半分ずつ引きぬかれて、乱雑にかきまわされていた。

「盗品は現金だけか?」

「ええ、預金通帳や株券は、盗んでも足がつくと思ってとらなかったのでしょう。ほかの貴重品は、もっか、被害者の奥さんが入院ちゅうなので、いま刑事が問いあわせに病院へ行っています」

「このタンスに、犯人の指紋がついていたか?」

「いいえ、逃げるとき、ふき消したらしく、被害者や、女中の指紋さえありませんでした。用心ぶかい常習犯の押し込み強盗です」

「いや、これは強盗の犯行じゃない。よく見たまえ。タンスの引き出しが、上から順に抜いてある。これはシロウトの手口だ。常習犯なら、下から抜いて捜す。そのほうが能率的だからな」

「なるほど、気がつきませんでした」

「犯人は強盗のしわざに偽装するため、へやの中を荒らしたのだ。被害者はほとんど抵抗していないし、夜おそく、犯人を応接間に招いて、パイプをすいながら、相手をしているのだから、ある程度、親しいあいだがらだったのだろう。まさか殺されるとは思わなかったので、山根議員はつい油断して、あっけなく殺されたのだ。だが、相手にお茶いっぱい出していないところをみると、あまり歓迎されない客だったにちがいない」

現場をひと目見ただけでも、鬼丸警部の推理は、するどく、的確だった。

「この家には、家族はいないのか?」

「奥さんは、胃の手術で、半月前から入院ちゅうです。ひとりむすこの山根洋太郎《ようたろう》はアメリカに留学しています。ほかには、住みこみのお手伝いさんがいるだけです。そのお手伝いさんが死体を見つけたのです。直接彼女から話を聞いてください」

中野署の刑事は鬼丸をキッチンに案内した。

ニセの電報

キッチンでは、お手伝いの北村和枝《きたむらかずえ》が食卓のいすにすわって待っていた。

目のクリクリした娘である。死体を発見したときのショックがまださめないのか、顔がひどく青ざめていた。

「きみが死体を見つけたのは、何時ごろだったの?」

鬼丸警部は、彼女をおびえさせないように、やさしく質問した。

「きょうの十二時二十分ごろでした」

「きみはこの家に住みこみで働いているんだろう?」

「はい」

「山根議員は、ゆうべの九時から十時の間に殺されたんだよ。それなのに、どうしてきょうの昼まで、きみは気づかなかったんだね?」

「きのう、あたしは千葉のいなかに帰ったんです」

「休みをもらったのかね」

「いいえ、それが変なんです。きのうの夕方、あたしに電報がきたんです。『ハハ　キトク　スグ　カエレ』という電報だったんです。ところが、帰ってみたら、母は元気に畑仕事をしていたんです。母も、あたしが突然、帰ってきたので、びっくりして、そんな電報を打ったおぼえはないというんです」

「じゃ、ニセ電報だったのか?」

「はい」

「ふむ……。ニセ電報をうったのは、たぶん、犯人だろう。きみがいては、じゃまなので、ニセ電報で、きみを実家へ帰したんだ」

「じゃあ、あたしが千葉へ帰らなかったら、だんなさまは殺されずにすんだんですね。ニセ電報にだまされたあたしが、いけなかったんですわ」

と、彼女は申しわけなさそうにいった。

なかなか責任感のつよいお手伝いさんのようだ。

「山根議員が殺されたのは、なにもきみの責任じゃないよ。もし昨夜、きみがこの家にいたら、いっしょに殺されたかもしれないんだよ」

「まあ、ほんとですか」

彼女はこわがって、身ぶるいした。

「その電報は、いま持っていますか?」

「いいえ、電報は中野電報電話局から電話で知らせてくれたのです」

「男の声だったかね?」

「はい」

「その犯人は電報電話局員のふりをして、電話をかけたのだろう。で、きみは、一晩、実家にとまって、きょうの昼、ここへ帰ってきたわけだね?」

「はい、帰ってきたら、門燈と、応接間にあかりがついていたので、変だなと思ったのです。そしたら、だんなさまが……」

北村和枝は死体を発見したときの恐怖を思い出したのか、また身ぶるいした。

「ところで、112という数字に、なにか心あたりはないかね?」

「いいえ、ありません」

彼女は首をふった。

そこへ、白衣をきた鑑識課員が鬼丸警部を呼びにきた。

「警部、庭に、犯人のものらしい足跡がありました」

「なに、足跡が」

「クツの跡です。ちょっと見てください」

なぞのクツ跡

鬼丸警部は庭にでてみた。

ひろい庭には、花壇があって、秋の七草が植えてあった。まだ花は咲いていなかった。

クツ跡は、応接間の窓の下の地面についていた。右足が二つと、左足が一つ、まるで判でおしたみたいに、くっきり残っていた。

そのクツのかかとには、すべりどめのきざみがあるのだろう。そのぎざぎざ模様がはっきり地面についていた。

「このへんは、きのうの晩、にわか雨がふって、土がやわらかく湿っていたので、こんなにはっきりクツ跡がついたんですよ。クツのサイズは二十五です」

と、鑑識課員がいった。

「雨は、いつやんだんだね?」

鬼丸はきいた。

「七時半ごろ、やみました。雷《かみなり》がなったので、よくおぼえています」

「すると、それ以後についたクツ跡だな。だが、なぜ犯人はこの窓の下に立ったんだろう?」

鬼丸はふしぎがった。

「クツ跡の位置から判断して、たぶん、犯人は窓ごしに、応接間の中をのぞき見したんだと思います。玄関からここまでは、飛び石の上を歩いているので、クツ跡はついていません。ふつうの訪問者なら、こんなところに立つはずがありません」

「指紋を消したり、凶器をもち帰ったほど用心ぶかい犯人にしては、うかつな証拠を残したもんだな」

「きのうは月のないやみ夜だったので、暗くて、うっかりクツ跡がついたのに気がつかなかったんでしょう」

「おや、この白い粉はなんだね?」

ふと、鬼丸は、クツ跡のまわりの土が白っぽいのを見とがめた。

「それは、きのうの昼、あたしが炭酸石灰《たんさんせっかい》をまいたのです」

と、お手伝いの北村和枝がいった。

彼女も、いっしょにクツ跡を見にきていたのである。

「炭酸石灰？」

「はい、花壇の肥料にまいたのが、この窓の下にこぼれたんですわ」

「草花の肥料に、石灰をまくのかね？」

「ここの庭は、酸性がつよい土壌だから、中和剤に炭酸石灰をまくようにって、入院ちゅうの奥さまからいわれたのです。奥さまはいけ花のお師匠《ししょう》さんをしていたことがあるので、花壇の手入れにはやかましいんです」

と、和枝はいった。

「すると、犯人のクツの裏には、石灰まじりの土がついているかもしれんな」

「そうです。警部、だから、犯人がそれに気づいて、クツについた石灰土を洗い落とさないうちに、はやく犯人のクツをみつけて、押収してください。指紋や凶器がなくても、このクツ跡だけで、有力な証拠になりますからね」

鑑識課員はそういってから、だ円形の木のわくで、クツ跡をかこんだ。

そして、その中に石こうをしずかに流しこんだ。

三十分くらいで、その石こうはかたまって、クツ跡の型がとれるのである。

あやしい車

近所の聞きこみ捜査にまわっていた杉下刑事が、もどってきた。

「警部、ゆうべ十時半ごろ、この家の前に、クリーム色のフォルクスワーゲンがとまっていたそうです。五軒先の家の主人が、その時刻、タクシーで帰宅したとき、目撃しています」

と、鬼丸に報告した。

「ナンバーは？」

「それはおぼえていません。でも、ときどき見かける車だといっています」

「それは、上原《うえはら》秘書の車だわ」

そばから、お手伝いの北村和枝がいった。

「山根議員の秘書かね？」

「はい。彼が殺したのかしら……」

と、彼女は口の中で、つぶやいた。

「なぜだね？」

鬼丸警部が聞きとがめた。

「上原さんは、先月秘書をクビになったんです。選挙運動中だんなさまの小切手を偽造して、選挙費用から三百万円ネコババしたのがバレたんです」

「そんな大金を、なんにつかったんだね？」

「競馬でスッたらしいんです。それで、だんなさまはおこって、今月中に全額かえさなければ、横領罪で、警察に訴えるとおっしゃったんです」

と、北村和枝が意外な事実をあかしたので、ただちに、鬼丸警部は杉下刑事といっしょに、上原元秘書の家へ出かけることにした。

上原正夫《まさお》は、中野駅に近い和光《わこう》マンションに住んでいるという。

パトカーで飛ばせば、ほんの数分たらずの距離だった。マンションの一階の半分が、専用の駐車場になっていた。

そこへ、杉下刑事がパトカーを入れようとしたら、いきなり、クリーム色のフォルクスワーゲンが、脱兎《だっと》のごとく、奥からとび出してきた。車のナンバーは〝２１５６〟だった。


とっさに、杉下刑事はハンドルをきって、出口をふさいだ。

フォルクスワーゲンは、あやうくパトカーの横っ腹にぶつかりそうになって、急停止した。

サングラスをかけた男が運転していた。三十歳ぐらいのハンサムな男だった。

鬼丸警部がパトカーから出て、フォルクスワーゲンのドアに手をかけた。

「上原正夫だね？　なぜパトカーをみて、逃げようとしたんだ？」

「逃げようとしたんじゃない。ドライブに出かけるところだったんだ」

「ドライブは中止だ。車からおりたまえ」

「いったい、ぼくになんの用です？」

「ここでは、話ができん。きみのへやに行こう。８１２号室だな」

警部は、上原の腕をつかんで車から引きずり出すと、自動エレベーターで、八階にあがった。

上原正夫のへやは、２ＤＫだった。独身なので、ひとりで住んでいる。

「きみは、昨夜十時半ごろ、山根議員の家に行ったな？」

「……」

上原はうろたえていて、声が出なかった。

「きみが殺したのか？」

相手の動揺をついて、鬼丸はずばり尋問した。

「ち、ちがう。ぼくじゃない。ぼくが行ったとき、もう山根さんは死んでいたんだ。ほんとです。信じてください」

「じゃ、そのとき、なぜ一一〇番に知らせなかった？」

「知らせたら、ぼくが疑われると思ったからです」

と、答える上原は、顔が青ざめて、びっしょりあぶら汗をうかべていた。手も汗ばむのか、神経質に、右手を上着のポケットのあたりにこすりつけていた。

「三百万円、横領したからか？」

「だ、だれが、そんなことをいったんです？」

「だれだっていい」

「そうか。お手伝いの和枝がしゃべったんだな。刑事さん、ぼくを疑うより、彼女を疑ったら、どうなんです。ぼくが昨夜、あそこへ行って、死体をみつけたとき、彼女はいませんでしたよ。きっと、彼女が殺して逃げたのにちがいありません」

上原正夫は、お手伝いの北村和枝に罪をなすりつけた。これには、鬼丸警部も、ちょっと意表をつかれた。

「彼女には、山根議員を殺す動機があるのか？」

「あります。彼女の父は、六年前、山根さんが参院選挙にはじめて立候補したときの出納《すいとう》責任者でしたが、選挙違反で警察に逮捕されたんです。責任感のつよい人だったので、当選した山根さんに迷惑がかかってはいけないと思って、留置場で首をつって自殺しました」

「その娘さんが、どうして山根議員のところで、女中をしているんだね？」

「きょねん、彼女が高校を卒業して、就職をたのみにきたら、山根の奥さんが気の毒に思って、家に引きとって、花嫁修業をさせていたのです。そんな親切をされても、父親が山根議員のぎせいになって死んだことにかわりはないのですから、彼女は、内心、山根さんをうらんでいたにちがいありませんよ」

「しかし、それは六年も前のことだろう。うらんで殺すなら、とっくにふくしゅうしているはずだ」

「六年前、彼女はまだ十三歳でした。自分の父がどうして自殺したのか、くわしい事情は知らなかったはずです。それが、今年の六月、山根さんがふたたび立候補したので、彼女は選挙運動のきたない内幕をみて、はじめて父の自殺の理由がよくわかったのだと思います。選挙違反でつかまって、刑務所にはいるのは運動員だけで、当選した本人はちっとも罪にならない。ケロリとしている。まさに『一将功《いっしょうこう》なって、万骨枯《ばんこつか》る』のたとえどおりです。そのむじゅんに、北村和枝は気づいて、父のふくしゅうをするため、昨夜、殺したのにちがいありませんよ」

と、上原はいった。

では、北村和枝がニセ電報で千葉の実家に帰ったというのは、うそだったのかもしれない。彼女のアリバイをしらべてみる必要があると、警部は思った。

盗品発見！

「秘書をクビになったくせに、なにしに被害者の家に行ったんだ？」

鬼丸は、さらに問いつめた。

「金を返しにいったんです。疑うなら、これを見てください」

上原はタンスの引き出しから札束を出した。

五十万円あった。

「しんせきから借りたんです。わざわざ金を返しにいって、殺すわけがないでしょう」

「あと二百五十万円、たりないじゃないか」

「残りは、来月まで待ってくれと頼むつもりでした」

「それを断わられたので、カッとして殺したんだろう？」

「ち、ちがいます。殺していません」

「あの家に行ったのは、何時だ？」

「十時ごろでした」

「じゃ、十時半まで、現場で、なにをしていたんだ？」

「……」

上原は急にソワソワして、黙りこんだ。

「おい、右のポケットに、なにを隠しているんだ？ 出してみろ！」

鬼丸はするどく一喝《いっかつ》した。

さっきから、上原がしきりに右のポケットを気にして、神経質に手でさわっているので、警部は不審をいだいたのだ。

見ぬかれた上原は、思わず、しりごみして、全身を硬直させた。

すばやく、杉下刑事が上原の右手をうしろへねじあげて、ポケットをさぐった。

現金十五万円と、ハンカチの包みがあった。

ハンカチの包みをひらいてみると、ダイヤやルビーの指輪、真珠のネックレスやブローチなど宝石類が六個あった。

「さあ、すなおに白状しろ！　これを盗みにいって、見つかったので、山根議員を殺したんだろう。どこへ処分しにいくつもりだったんだ。質屋か、宝石店か？」

上原は手錠をかけられて、ガタガタふるえだした。

「持っていたら心配なので、捨てにいくつもりでした。昨夜、あの家に行ったら、山根さんが死んでいたので、ついできごころで、失敬しただけです。退職金を一円もくれずに、クビにしたから、腹がたったんです」

「三百万円も横領しておきながら、退職金まで欲ばって盗むとは、あきれはてたやつだ。タンスをかきまわして、さも強盗のしわざのように偽装したのは、おまえか？」

「す、すみません」

「なぜやった？」

「こっそり現金と宝石を失敬したら、内部の事情にくわしい者の犯行と思われるので……」

「よけいなことをするから、捜査が混乱するんだ。死体のそばに書いてあった数字も、おまえの小細工《こざいく》か？」

「と、とんでもない。死体には、こわくて、手をふれていません」

「じゃ、112に、なにか心あたりはないか？」

「いいえ、なんのことか、さっぱりわかりません」

「おまえの電話番号じゃないのか？」

「ちがいます」

「よし、本署へ連行する。昨夜、おまえがはいていたクツは、どれだ？」

上原は、さっき玄関にぬいだ茶色のクツを、手錠のかかった手で指さした。

鬼丸はそのクツを手にとって調べた。サイズは二十五だった。現場にあったクツ跡とおなじサイズだ。

ついでに、げた箱をしらべると、五足も、クツを持っていた。おしゃれな男だ。

悲劇の自動車事故

捜査本部に連行された上原正夫は、取り調べ室で、きびしい尋問をうけたにもかかわらず、山根議員殺しはあくまで否定した。

午後六時から十時までのアリバイを聞かれると、マンションの自分のへやにいたと答えた。ひとりでいたので、証人はいないという。

「さっき、警部さんは、現場に犯人のクツ跡があったといいましたね。ぼくは玄関まで飛び石づたいに歩いたから、クツ跡などつけませんでしたよ。それは男のクツ跡ですか?」

上原は、なにか思いあたることでもあるのか、鬼丸警部の顔色をうかがいながら、きいた。

「そうだ。女のクツなら、おまえのクツは押収しない」

「じゃ、ひょっとすると、犯人はあの男かもしれません」

「だれだ?」

「石坂《いしざか》とかいう中学校の教師です」

またしても、上原は自分の容疑をそらして、他人に罪をきせるようなことをいいだした。

「山根議員と、どんな関係があるんだ?」

「今年の春休み、その先生は伊香保《いかほ》温泉へ新婚旅行にいって、奥さんを自動車事故でなくしたのです。その事故をおこしたのが、山根議員のひとりむすこの山根洋太郎くんでした」

「アメリカへ留学しているというむすこか」

「ええ、榛名《はるな》湖へドライブにいった帰り道、急な坂道をくだっていたら、ブレーキが故障して、ガードレールに激突したのです。そのはずみで、歩道に立っていた石坂先生の奥さんがはねとばされ、がけから落ちて即死したのです。先生のほうは、すこしはなれて奥さんの写真をとっていたので、助かりました」

「山根洋太郎も、助かったのか?」

「ええ、運がいいというのか、奇跡的にも、軽い打撲傷だけで助かりました。地もとの警察がしらべた結果、事故の原因は、ブレーキの油圧パイプの故障で、洋太郎くんに過失がないことがわかったのです。買ったばかりの新車だったのに、車に欠陥があったのです。ところが、石坂先生はそう思わず、洋太郎くんの父が国会議員なので、その地位を利用して、警察に圧力をかけて、事件をもみ消したんだろうと、もんくをいったのです」

「ほんとは、そうだったんじゃないのか?」

「とんでもない。事故のあと始末は、秘書のぼくがやりましたが、山根議員が警察に圧力をかけたことはありません。石坂先生は慰謝料をふんだくろうと思って、そんなもんくをつけたんです」

「じゃ、慰謝料は払わなかったのか?」

「いいえ、強制保険のほかに、慰謝料も払いました。そりゃ、警察の調べで、洋太郎くんに過失がないとわかったので、相手の満足する金額ではなかったかもしれませんが、それで、不足なら、欠陥車のメーカーに請求しろといってやったのです。それなのに、あの先生は、その後も、たびたび山根家に、夜、いやがらせの電話をかけてくるんです。よっぱらった声で、うらみがましい脅迫電話をかけてくるんです。よっぽどうらんでいたにちがいありません。事故とはいえ、新婚の奥さんを目の前で殺されたのですから、まあ、あの先生の気持ちもわかりますがね。それにしても、ちょっと異常な性格の男ですよ」

「それで、山根洋太郎はアメリカへ逃げたわけか」

「山根議員は六月の参院選挙に再出馬するつもりだったので、事故をおこしたむすこがいては、選挙にマイナスになると思って、アメリカへ追いやったわけです」

「その石坂先生の住所はどこだ?」

「前の住所は知っていますが、その後、どこかへひっこしたらしいです。新しい住所は知りません」

「どこの中学校の先生だ?」

「杉並区下井草《しもいぐさ》の正徳《しょうとく》中学です」

「なに、正徳中学……」

鬼丸警部は、内心、おどろいた。

ひとまず取り調べを打ちきって、鬼丸は正徳中学へ行くことにした。上原のアリバイの裏づけ捜査は、ほかの刑事にまかせた。

が、鬼丸の顔は、なぜか暗く沈んでいた。

「警部、どうしたんです? 気分でも、わるいんですか」

杉下刑事が心配してきいた。

「正徳中学というのは、わしのむすこが通っている学校なんだよ」

「えッ、ほんとですか。その石坂先生というのは、まさか明夫くんの担任の先生じゃないんでしょうね」

「いや、ちがう」

「しかし、ちょっと困ったことになりましたね。わたしがかかわりに、学校へ行ってきましょう」

杉下刑事は、警部の苦しい立場を察して、そう申し出た。

「いや、わしが行ってみよう。たとえ明夫の担任の先生だったとしても、殺人事件の捜査に、個人的な感情をはさむことはできない」

鬼丸はきっぱりこう決心すると、自分でパトカーを運転して、正徳中学へ向かった。

杉下刑事も、同乗した。

新聞記者たちの車

土曜日の放課後のグラウンドでは、サッカー部員が元気よく練習をしていた。ユニホームの白いパンツは、汗と砂にまみれて、まっ黒になっていた。

夕陽《ゆうひ》が長い影を落としている。

そこへ、突然、パトカーがグラウンドにはいってきたので、選手たちは練習をやめて、なにごとかと、パトカーのほうをながめた。

すると、その中のひとりが、手をふりながら、パトカーめざして走ってきた。

鬼丸警部のひとりむすこの明夫だった。

「パパ、なにしにきたんだい?」

明夫少年は、杉下刑事にペコリとおじぎしてから、

「授業参観日には、いちどもきたことがないのに、突然、パトカーでやってくるから、びっくりするじゃないか」

「石坂という先生はいらっしゃるかね?」

「うん、いるよ。どっちの石坂先生?」

「どっち……?」

「石坂先生はふたりいるんだ。英語と理科の先生だよ」

鬼丸警部は、思わず、杉下刑事と顔を見あわせた。

上原元秘書は、ただ正徳中学の石坂先生と姓をいっただけで、名まえも、なんの先生かもいわなかったのだ。

正徳中学に石坂という名の先生がふたりいるのを知らなかったのだろう。

「ふたりとも、男の先生か?」

「英語の石坂先生は、オールドミスだよ」

「じゃあ、理科の先生のほうだ。まだ学校にいなさるかね?」

「いないよ。もう帰ったよ」

「いつ?」

「二時間くらい前だったかな。ねえ、パパ、石坂先生になんの用があるの? まさか、一学期の成績がわるかったので、もっとシゴいてくれって、頼みにきたんじゃないだろうね」

と、明夫は心配そうに父の顔をうかがった。

「心配するな。おまえのことできたんじゃない」

「じゃ、仕事できたんだね。パパの仕事なら、殺人事件の捜査だ。いったい、だれが殺されたの? なぜ石坂先生に用があるの? 先生が容疑者なの?」

明夫は、まるで機関銃のように、ポンポン質問した。

そばで、杉下刑事がにが笑いした。

「おまえには関係のないことだ。石坂先生の住所を知りたいんだが、職員室には、まだどなたか先生はいらっしゃるかね?」

「石坂先生の家なら、ぼく、知ってるよ」

「ほんとか」

「うん、七月の第一日曜日に、先生がひっこししたとき、ぼくたちサッカー部員が手伝いにいったんだ」

「じゃ、その住所を教えてくれ」

「パトカーに乗せてくれるなら、ぼくが案内してあげるよ。そのほうが早いよ」

「でも、おまえはまだ練習があるんだろう」

「もう終わりなんだ。カバンと服を取ってくるから、待っててね」

明夫は、みんなが集まっているゴールのほうへ走っていった。

そのうしろ姿を、杉下刑事は見つめて、

「明夫くんも、大きくなりましたな。おやじさんのあとをついで、名刑事になるつもりですか」

「刑事より、カッコいい私立探偵になりたいと、テレビの見すぎで、夢みたいなことをいってるよ」

鬼丸警部は苦笑した。


やがて、明夫の案内で、パトカーは渋谷区南平台町《なんぺいだい》へ向かった。

しずかな高級住宅地である。

「その先の教会を左へまがるんだよ。そしたら、赤いレンガづくりの古い家がある。そこが石坂先生の家だよ」

明夫は指さして教えた。

ひっこしを手伝ったとき、たった一度、来ただけなのに、明夫は道順をよくおぼえていた。

教会のかどをまがると、

「おや、あれはなんだ?」

鬼丸警部は急にスピードを落として徐行した。

約二十メートル先の道ばたに、車が十台ほど、ずらりと並んでいたのである。

新聞社や、テレビ局の車だった。

「しまった! 新聞記者たちに先まわりされたか」

「しかし、警部、われわれは上原から話を聞いて、すぐここに直行したのです。かんづかれるはずはないですよ」

と、杉下刑事がいった。

「ふむ、そうだな」

「どうします?」

「しかたがない。あたってくだけろだ」

鬼丸警部は新聞社の車のうしろにパトカーをとめた。

「でも、新聞記者たちにつかまると、うるさいですよ」

杉下刑事が心配した。

新聞記者たちは、すこしでも早く捜査の動きをさぐって、特ダネ記事を新聞に書きたがる。その記事を、もし犯人が読んだら、用心して逃げるので、刑事たちは新聞記者に気づかれないように、こっそり捜査しなければならないのである。

「なあに、そのときは、明夫をカムフラージュに使うさ」

警部は明夫をうながして、車からおりた。

「すまないが、杉下くん、パトカーを記者に見つからないところにかくして、待っててくれないか」

「はい」

杉下刑事はパトカーをバックさせて、教会のむこう側に消えた。

鬼丸警部は明夫をつれて、赤レンガの家に行った。が、ふと、門の前で立ちどまった。

「明夫、ここは石坂先生の家じゃないじゃないか。表札には、西本大介《にしもとだいすけ》と書いてある」

「先生はここに下宿しているんだよ」

「西本大介というのは、どこかで聞いたことのある名まえだな」

警部は表札をみて、首をかしげた。

くりあげ当選

門をはいると、玄関のドアがあけっぱなしになって、そこに男のクツがたくさんぬいであった。

そのとき、玄関わきの応接間から、記者やカメラマンたちがぞろぞろ出てきたので、とっさに、鬼丸警部は明夫の手をひっぱって、庭へつづくしおり戸のかげにかくれた。

記者たちはガヤガヤしゃべりながら門の外へ出ていく。

もうみんな帰っただろうと思って、警部はしおり戸のかげから出て、玄関へはいった。

が、そこで、毎朝《まいちょう》新聞の鈴木《すずき》記者とばったり顔があった。彼ひとり、あとに残っていたのである。

「おや、鬼丸さんじゃないですか。ここへ、なにしに来たんです?」

鬼丸警部は、しまったと思ったが、

「きみのほうこそ、おおぜい記者《ブンヤ》さんがつめかけて、なにしてるんだね？」

と、さりげない顔をして、きき返した。

「西本新議員に、インタビューにきたんですよ」

「新議員……？」

「おや、鬼丸さんはなにも知らずに、ここにきたんですか。西本大介氏はくりあげ当選したんですよ」

「くりあげ当選……？」

「西本大介氏は、六月の参院選挙で、全国区から立候補したが、おしくも三千票の差で、次点になって落選したんですよ。ところが、きょう、山根議員が殺害されたことがわかったので、かわりに、西本氏がくりあがって当選したんですよ」

「へえ、そうだったのか」

鬼丸警部は、やっと理解ができた。

くりあげ当選というのは、選挙の日から三か月以内に、当選人に欠員ができた場合（つまり病気か事故で死亡すると）法定得票数をえた次点者がくりあがって当選者になることである。

参議院の全国区選出議員は、百人いて、任期は六年間であり、三年ごとに、半分の五十名ずつが改選される。

被害者の山根利一郎は、六月二十七日の参院選挙で、全国区から立候補して、みごと当選したが、ゆうべ殺されたため、おなじく全国区から出て、五十一位で次点になった西本大介がくりあがって、議員になったというのである。

それで、新聞やテレビの記者が、新議員になった西本氏に、くりあげ当選の感想を聞きに集まったのである。

「そういえば、鬼丸さんは山根議員殺しを担当しているんでしたね。では、その捜査で、ここにきたんでしょう。どんな容疑があるんです？　教えてくださいよ」

と、鈴木記者は熱心に聞き出そうとした。

「いや、わしは事件の捜査できたんじゃない」

鬼丸はとぼけた。

「じゃ、なにしにきたんです？」

「パパは、ぼくの先生に会いにきたんだよ」

そばから、明夫少年がいった。

「きみは、鬼丸警部のむすこさんか？」

「はい、正徳中学一年生の鬼丸明夫です。この家に、石坂先生が下宿しているので、パパは先生に会いにきたんだよ」

「ほんとですか、警部？」

鈴木記者は、まだ疑っていた。

「ほんとだよ。むすこの成績がわるいから、ひとつ、先生にお説教してもらおうと思って、つれてきたんだ」

「でも、殺人事件の捜査中に、ベテラン警部が私用で、わざわざ出向いてくるとは信じられないな。正直に、教えてくださいよ」

「疑いぶかいな。わしだって、子どもの父親だよ。事件の捜査も気になるが、せがれの教育のことは、もっと気になるからね。ここには、石坂先生が下宿しているんだろう」

「ええ、いますよ。じゃ、ぼくが呼んできてあげましょう」

鈴木記者は、世話ずきなのか、気がるに家の中に引きかえすと、ほどなく、中年の婦人をつれてきた。

「西本議員の奥さんだよ。奥さん、こちらは警視庁捜査一課の鬼丸警部です」

と、鈴木記者が紹介した。

西本夫人は、和服がよく似あう、しとやかな婦人だった。

「石坂先生はいらっしゃいますか?」

鬼丸警部がたずねた。

「はい、一時間ほど前に学校から帰って、いま二階にいると思います。あの、先生にどんなご用でしょうか?」

「むすこのことで、ちょっとお目にかかりたいのですが」

「では、どうぞ、こちらへ……」

西本夫人は玄関から二階の階段へ案内した。

鈴木記者も、のこのこついてくるので、

「きみ、個人的な用件だから、遠慮してくれたまえ」

鬼丸警部は手をふって、追いかえした。

「パパ、カムフラージュ作戦は成功したね」

階段をあがりながら、明夫が父にそっとささやいた。

位はいと写真

石坂先生は、二階のへやで、寝ころがって本を読んでいた。

まだ若いのに、どことなく陰気そうな教師だった。たぶん、奥さんに死なれたせいだろう。

「先生、こんにちは」

明夫がはいってきたので、先生はびっくりして、起きあがった。

「鬼丸くん、どうしたんだ?」

「ぼく、父を案内してきました」

「わたしが明夫の父です。いつもむすこがお世話になっています」

明夫のあとから、鬼丸警部がきちんと正座して、あいさつした。

石坂先生はあわてて、座ぶとんをすすめた。

机の上に、奥さんの写真と位はいがおいてあった。写真でみると、若くて美しい奥さんだった。黒い位はいには、かいみょうが金文字で書いてあった。

鬼丸警部は位はいにむかって、ていねいに合掌《がっしょう》してから、

「ある事件のことで、先生にお聞きしたいことがあってきました。じつは、わたしは警視庁捜査一課のものです」

と、黒い警察手帳をだしてみせた。

石坂先生は、それを見て、とまどった表情になった。

担任の教師ではないので、明夫の父親が警視庁の刑事だとは知らなかったのである。

そのとき、階段に足音がして、五十歳くらいの紳士がずかずかとへやにはいってきた。

鼻ひげをはやした、かっぷくのいい紳士だった。

「石坂くん、警視庁のかたがお見えになったそうだな」

その紳士は、じろりとメガネごしに鬼丸のほうを見て、

「あなたが、その警部さんかね」

と、見くだすようにいった。

「ええ、捜査一課の鬼丸です」

「わしは西本です」

くりあげ当選で、新しく議員になった西本大介であった。

インタビューが終わったので、なにごとかと思って、出しゃばってきたのだ。

「このたびは、おめでとうございます」

鬼丸警部は、ひととおり祝いのことばをのべた。

「いや、いや、山根議員の突然の不幸によって、わしがくりあがって、正直、めんくらっているんだよ。いまも、新聞記者たちからインタビューをうけて、当選の喜びをどういいあらわしていいか、困っていたところだ。複雑な心境だよ。しかし、まあ、くりあげ当選したからには、なき山根議員のぶんまで責任をひきうけて、おおいに国会で活躍するつもりでいますよ」

と、西本大介は神妙《しんみょう》に語った。

他人の死を踏み台にして、議員になれたのだから、心の中ではうれしくても、手ばなしで喜ぶわけにはいかないのだ。

「じつは、その山根議員のことで、石坂先生にお尋ねしたいことがあってきたのです。すみませんが、先生と

ふたりだけで話がしたいのですが……」

「なに、きみはわしに席をはずせと命令するのかね。石坂くんは、ただの下宿人じゃない。わしが父親がわりにめんどうをみているんですぞ」

急に、西本大介はえらそうな態度で、鬼丸警部をにらみつけて、

「わしは、石坂くんの父とは無二《むに》の親友だった。彼が大学に入学したとき、両親があいついで死んだので、わしがうちに引きとって、世話をしてきた。この春、お嫁さんを世話したのも、わしだ。だが、不幸なことに、新婚旅行ちゅう、花嫁が死んだので、わしは石坂くんに同情して、またうちに呼んで、父親がわりに、めんどうをみているんだ。ヤモメになったとうざ、酒におぼれて、生活が荒れていたから、これではいかんと思って、わしが保護したわけだ。だから、警部さんが石坂くんにどんな用があるのか、わしは保護者として、立ちあって聞く権利がある」

「そうでしたか。では、お話しましょう。石坂先生、先生は事故死された奥さんのことで、山根利一郎氏をうらんでいたそうですね？」

鬼丸警部は、ずばり尋ねた。

石坂先生は、一瞬、うろたえて、目をそらした。うしろめたいことがあるのだろうか。

「先生、正直におっしゃってくれませんか」

「え、ええ、それは……あんな事故で、妻が殺されたのですから、一時はうらみました。とくに、慰謝料の交渉で、相手に誠意がみとめられなかったからです。でも……」

先生はいいにくそうに、口ごもってから、

「……でも、いまは、もうなんとも思っていません。不運な災難だったと、あきらめています。いまさら相手をうらんだところで、死んだ妻は生き返ってきませんからね」

そう答えて、先生は机の上の写真へ視線を移した。その横顔には、ふかい悲しみの表情がこもっていた。心なしか、涙ぐんでいた。

アリバイを追え！

「ところで、石坂先生、ゆうべ九時から十時の間、どこにいました？」

鬼丸警部は質問をつづけた。

「きのうは宿直だったので、学校にとまりました」

「宿直制度は廃止になったんじゃありませんか」

「それは公立の学校です。正徳中学は私立なので、まだ宿直当番があるのです」

「じゃ、昨夜はずっとひとりで、宿直なさったのですね?」

「え、ええ、まあ……」

なぜか石坂先生は、あいまいに答えた。声が弱々しかった。

「すると、こっそり宿直室をぬけだして、山根議員の家へ行こうと思えば、行けたわけですね? 正徳中学から山根議員の家までは、タクシーを利用すれば、三十分とはかかりません」

「でも、わたしは行ってません」

「警部、証拠もないのに、いいかげんなあて推量だけで、犯人あつかいするのは、すこしいきすぎじゃないかね。石坂くんは教師だよ。学校の先生が人を殺すと思うのか」

そばから、西本議員が保護者のつもりで、先生のかばいだてをした。

「わたしは、なにも先生を犯人あつかいしていません。ただ念のため、アリバイを聞いているだけです」

「それなら、石坂くんは宿直室にいたと答えている。宿直はひとりでするのだから、アリバイの証人などいないのが、あたりまえだ。そうだろう、石坂くん?」

西本議員はむりに同意をもとめた。

石坂先生は、しばらく黙って、考えていたが、

「ほんとは、わたしひとりじゃなかったんです」

「えッ、ほんとか」

びっくりしたように聞きかえしたのは、西本議員だった。

期待を裏切られたので、がっかりしたのだろう。

「数年前の教え子が、ひょっこり遊びにきたのです。ふたりで碁をうって、おそくなったので、とめてやりました。学校の宿直室に人をとめたことがバレたら、校長にしかられるので、いままで黙っていたのです」

「その教え子というのは、だれです?」

「黒沢和彦《くろさわかずひこ》という、早稲田大学の学生です」

「何時ごろ、宿直室にきました?」

「七時ごろでした。ウイスキーを一本もってきてくれたんです。陣中見舞いだとかいって……」

石坂先生はきまりわるげに、そう答えてから、ふと、そこに明夫がいるのに気づくと、にが笑いをうかべながら、

「鬼丸くん、このことはないしょにしてくれたまえ。

校長にバレると、クビになるかもしれないからね」

「オーケー。ぼく、絶対に、しゃべらないよ。男と男の約束だ」

明夫はぽんと胸をたたいて誓った。

「ありがとう」

先生は、安心したのか、タバコをくわえて、黒いライターで火をつけた。

タバコはピースだった。

「何時まで、いっしょに碁を打ったんですか?」

警部がきいた。

「ウイスキーをのみながら、十二時ごろまで打ちました。あくる朝、六時ごろ、黒沢は帰りました。用務員にみつからないうちに早く帰れと、わたしがおこしたのです。彼は眠い目をこすりながら、帰りましたよ。あッ、そうだ。そのとき、彼はこのライターを忘れて帰ったのです」

石坂先生は、さっきタバコに火をつけたライターを、またポケットからひっぱり出して見せた。

ロンソンという英国製のライターだった。学生がもつには、高級品である。黒い胴に、K・Kとほってあった。黒沢和彦のイニシアルだろう。

「彼の住所をご存じですか?」

「暑中見舞いのハガキをくれたので、それを見ればわかります」

先生は、柱の状差《じょうさ》しから一枚のハガキをえらび出した。

鬼丸警部はその差し出し人の住所を手帳にメモした。

都内新宿区戸塚町四の五六、黒沢和彦と書いてあった。

証拠品のナゾ

事情聴取をおえて、ひとまず鬼丸警部は帰ることにした。

石坂先生と、西本議員も、わざわざ玄関まで見送ってきた。

さっきまで詰めかけていた記者たちは、みんな引きあげて、玄関はひっそりしていた。警部と明夫少年のクツだけが、きちんとそろえてあった。

鬼丸警部は自分のクツをはきながら、

「ゆうべ宿直のとき、先生がはいておられたクツを、ちょっと見せてくれませんか」

ふと思いついたようにいった。

「わたしのクツが、どうかしたんですか?」

石坂先生はいぶかったが、玄関にあるげた箱から黒い短グツを出した。

警部は手にとって、裏底をみた。

精密に鑑定しないとわからないが、サイズも、かかとのゴムの模様も、現場のクツ跡によく似ていた。

しかも、土ふまずのくぼみに、ほんの微量だが、白っぽい土がこびりついていた。

「このクツは、きのう一日じゅう、先生がはいておられたクツにまちがいありませんね?」

警部は念をおした。

「ええ、宿直だったので、きょうの午後、家に帰るまで、ずっとはいていましたよ」

「じゃ、昨夜の九時から十時の間、このクツは学校の宿直室にあったのですね?」

「そうです」

「まだ新しいようですが、いつ買ったのです?」

「ここにひっこして、四、五日後でした。前のクツは、庭にぬいでおいたら、片方だけ野らイヌがくわえて逃げたのか、なくなったんです」

「拝借《はいしゃく》してもかまいませんか」

「こんなクツをどうするんです?」

「現場のクツ跡と比較してみたいのです」

「警部、捜査令状をもっているのか」

突然、西本議員が高飛車《たかびしゃ》にいったので、鬼丸はまごついた。

「いいえ、いそいできたので、令状はもっていません」

「令状もなしに、押収するのは越権行為じゃないかね」

「ですから、石坂先生の許しをえて、借りているのです。それでも、反対なさるのなら、しかたがありません。さっそく本部にもどって、捜査令状を取ってきましょう」

鬼丸はクツをげた箱において、帰ろうとした。

「警部さん、令状などいりません。どうせ調べられるなら、いま調べてもらっても同じことです」

と、先生はためらいながらも、自分からクツを鬼丸にさし出した。

疑いをかけられて、あまりいい気持ちはしないのだろう。先生の顔は不きげんにくもっていた。

「最後に、もうひとつ、お聞きしますが、112という数字で、なにか思いあたることはありませんか?」

ふたりは、ちょっと考えていたが、

「郵便番号かね。それなら、ここは150だが、ほかには思いあたらんね」

と、西本議員が答えた。

被害者が死の寸前に書き残した数字だから、郵便番号のようなバク然としたものではないはずだ。

何か重要な手がかりがかくされていることは確かなのだが、かいもく見当がつかない。

消えた証人

外は、いつの間にか、暮れかかっていた。

西本家からすこしはなれたところに、杉下刑事がパトカーの中で待っていた。

「杉下くん、至急、このクツを鑑識課で鑑定してもらってくれ」

鬼丸警部は石坂先生のクツをわたして、

「それから、すまないが、途中、明夫を駅まで送ってやってくれないか。わしは戸塚町へいく。石坂先生のアリバイの裏づけ捜査だ」

「やっぱり、パパは先生を犯人だと疑っているんだね」

明夫は、それが気になるのだった。

「疑っているんじゃない。ただ事実をしらべてるだけだ。おまえはよけいな心配をしなくていいから、おとなしく家に帰りなさい。学校で、事件のことをしゃべるんじゃないぞ」

警部はかたく口どめした。

パトカーは明夫をのせて、走り去った。

鬼丸警部は表通りまで歩いて、タクシーを拾った。

あいにく、工事中の道路があって、車がつかえて、タクシーはなかなか進まない。何回も、信号待ちをくわされる。

警部はジリジリした。こんなノロノロ運転なら、パトカーを利用すればよかったと思った。

ふつうなら十五、六分で行ける距離なのに、三十分もかかって、やっと戸塚四丁目についた。

黒沢和彦の家は、とけい店だった。

ショーウインドーには、いろんなとけいのほかに、カメラやライターも飾ってあった。

学生のくせに、彼が高級な外国製ライターをもっていたのも、うなずける。店の商品をもらったのだろう。

「早稲田大学の黒沢和彦さんはいますか?」

鬼丸警部は、店の奥で腕どけいを修理している店主に、警察手帳をみせて聞いた。

「和彦なら、ついさっき出かけましたが……うちのむすこがなにかかわるいことでもしたんですか?」

黒沢の父親は、修理台から顔をあげて、心配そうに聞きかえした。

右の目にルーペ（拡大鏡）をはめているので、出目金《でめきん》みたいな顔だった。

「いや、ご心配なく。ちょっと聞きたいことがあるだけです。いつ出かけました？」

「十分くらい前でしたかな」

鬼丸は、しまったと思った。パトカーでくれば、まにあったのだ。

「どこへ行ったのです？」

「知りません。電話がかかってきて、急に、ぷいと出ていったんです」

「その電話は、だれからでした？」

「さあ、わかりません。わたしが電話を和彦に取りついだのですが、相手は名まえをいいませんでした」

「男でしたか？」

「ええ、男の声でした」

「むすこさんは電話で、どんなことを話していました？」

「おぼえていませんな。ちょうどそのとき、店に客があって、わたしはその相手をしていたので」

「昨夜、和彦くんはお宅にいましたか？」

「いいえ、外泊して、あさ帰ってきました」

「どこにとまったんです？」

「なにもいわないので、知りません。たぶん、友だちのアパートで、徹夜マージャンをしてたんでしょう。大学へはいると、ろくに勉強しないで、遊んでばかりいます。高校時代のほうが、よく勉強していましたよ」

「正徳中学の石坂先生をご存じですか？」

「ええ、あの先生なら、和彦が大学へ進学するとき家庭教師をしてもらったことがあります」

待っていても、いつ帰ってくるかわからないので、鬼丸警部は、帰ってきたら、捜査本部へ連絡してくれるよう頼んで、黒沢とけい店を出た。

日はとっぷり暮れて、商店街にはネオンがかがやいていた。

黒沢和彦を電話で呼び出したのは、だれだろうか。彼の友人だろうか。それなら、偶然の行きちがいで、会えなかっただけのことだ。

が、もし警部が黒沢に会いにいくのを知って、先まわりして呼び出したのなら、石坂先生しかいない。

そう疑うと、鬼丸はなんだか先生に裏切られたような気がした。

本部へ帰るため、山手線の高田馬場《たかだのばば》駅のほうへ歩いていくと、公衆電話ボックスが目についたので、鬼丸は、念のため、西本家へ電話してみた。

電話に出たのは、西本夫人だった。

「石坂先生はいらっしゃいますか?」

「いいえ、さっき出かけました」

「どこへ行かれたのです」

「さあ、行き先は聞いていていません。スーツケースをひとつ持って、出かけたのです」

「じゃ、旅行ですか?」

「土曜日には、ぶらりと一泊旅行に出かけるくせがあるんですよ。でも、月曜には学校がありますので、それまでには帰ってくると思いますわ。あの、石坂に、なにかご用でも?」

「いえ、べつに……。あ、それから、ご主人はいらっしゃいますか?」

「主人も出かけております。議員になったので、なんですか、急にいそがしくなりまして……」

「そりゃ、たいへんですな。どうもおじゃましました」

鬼丸は電話をきった。

むなしさが心に残った。

捜査というものは、九十五、六パーセントまでが、こんなむだの積みかさねなのである。

逮捕状

鬼丸警部は、捜査本部にもどると、これまでの経過を本部長に報告した。

「どうもくさいな。その石坂という教師は高飛びしたかもしれんぞ。任意同行で、しょっぴけばよかったんだ」

と、本部長がいった。

「アリバイを主張するので、その裏を取ってからでも、おそくないと思ったのです」

「黒沢を電話で呼び出したのは、おそらく彼だろう。教え子の黒沢にアリバイの偽証をたのんだが、それがバレたら困るので、きみに会わせまいとしたんだ」

「それなら、どうして黒沢の住所をわたしに教えたんでしょう」

「教えなかったら、最初から、うそのアリバイをいっているように疑われると思ったからだ」

「しかし、黒沢の父親は、ゆうべ、息子は外泊したといってます。石坂先生の証言と一致します」

「黒沢は宿直室にとまったのだろう。そのとき、ウイスキーを一本もっていったそうだな。石坂先生はそのウイスキーの中に睡眠薬をいれて、黒沢にのませ、眠らせたあと、こっそり宿直室をぬけだして、山根議員の家にいったのかもしれんぞ」

「死体解剖の結果はわかりましたか?」

鬼丸は話をかえた。

石坂先生のアリバイは、黒沢青年がみつからない以上、裏づけがとれないので、いくら議論しても、きりがなかったのだ。

「さっき、報告があった。死亡推定時刻は、昨夜の午後九時半ごろと確定した」

「北村和枝のアリバイは、どうでした?」

「千葉県警から報告があった。たしかに、実家に一泊している。彼女はシロだ。第一、あの殺しは、女の手口じゃない。中野電報電話局には、彼女あての電報をとりあつかった記録はなかった」

「やっぱり、犯人のニセ電報でしたか。犯人は北村和枝に電話でニセ電報を伝えたとしても、いちおう、発信者の住所と名まえをいったはずです。どうして、彼女の実家のことを知ったんでしょう?」

「彼女はこちらに住民登録をしていた。だから、中野区役所で住民票を取りよせれば、すぐわかるさ」

「もっと簡単に知ってるのは、元秘書の上原です。あれから、まだ自供《ゲロ》しませんか?」

「あくまで否認している。彼のへやと車を捜査したが、凶器の刃物も、血のついた衣服も見つからん。直接、殺しに結びつく物的証拠がないので、とりあえず、窃盗容疑で拘留《こうりゅう》した。あの宝石は、入院ちゅうの山根夫人に問いあわせたら、時価四百万円するそうだ。無事に回収されて、夫人はよろこんでいたよ」

「夫人は112の数字に心あたりがありましたか?」

「いや、ないといってる。なんの暗号だろう」

と、ふたりがこの数字のナゾについて考えているところへ、鑑識課員がやってきた。

「部長、石坂教師のクツは、現場のクツ跡と完全に一致しました。上原のクツはシロでした」

「ほんとか」

「これを見てください」

鑑識員は、二枚の大きな写真を机の上に並べた。

ひとつは、殺人現場にあったクツ跡を石こうでとったクツ型の写真だった。

もう一枚は、石坂先生のクツの裏の拡大写真である。

その二枚の写真には、特徴がぴったり一致する部分が赤インクでまるく印がつけてあった。

「比較顕微鏡でしらべたところ、つま先や、かかとの摩滅状態、ゴムのかかとの凹凸《おうとつ》模様など、すべての特徴が一致しました」

「土ふまずのくぼみに付着していた土はどうだった?」

「それも、分析の結果、現場の石灰土と成分が同一でした。このクツは、犯人のものに絶対まちがいありません」

鑑識課員は、鑑定のすんだ石坂先生のクツを机の上において、きっぱり断定したのである。

「よし、これで証拠が出た。さっそく、石坂教諭を重要参考人として、しょっぴこう」

「部長、ちょっと待ってください」

鬼丸警部がいった。

「あの先生には、直接、山根議員を殺す動機がありません」

「りっぱな動機があるじゃないか。彼は新婚旅行ちゅうに、奥さんを自動車事故で殺された。その事故をおこしたのは、山根議員のむすこだ」

「山根洋太郎はアメリカに留学ちゅうです」

「だから、かわりに、父親のほうにふくしゅうしたんだ。上原元秘書は否定するが、山根議員はむすこに事故の責任がかからないように、地もとの警察に圧力をかけた可能性がある。あの議員は群馬県の出身だ。伊香保の警察に顔がきいたはずだ。そのため、石坂教師はわずかな慰謝料しかもらえなかった。とすれば、事故をおこした山根洋太郎も憎いが、同時に、国会議員の地位を悪用した父親も憎かったにちがいない。現に、石坂は脅迫めいた電話を山根家にかけていたそうじゃないか」

と、本部長は説明した。

「しかし石坂先生が犯人なら、なぜこのクツをすなおに提供したんでしょう? 西本議員がとめるのも聞かないで、彼は自分のほうから、クツを調べてくれといったんですよ。捜査令状を要求すれば、その間に、証拠を消すことができたんです」

「たかがクツ跡ひとつで、証拠になるとは思わなかったのだろう。それに、こばめば、かえって疑われると思って、クツをわたした。だから、そのあと、あわてて逃げたんだ。鬼丸くん、きみは石坂先生に同情して、かばっているんだろう。捜査に個人的な感情は禁物《きんもつ》だ。さすがの鬼警部も、わが子のことになると、あきメクラ同然になるのか。こんなことじゃ、この捜査から、きみをはずさねばならん」

本部長はきびしく警告した。

「部長、わたしは石坂教師がむすこの学校の先生だからといって、同情したり、かばったりしていません。ほんとに彼が真犯人なら、わたしの手で容赦なく逮捕します。ですから、この事件は、ぜひ最後まで、わたしにやらせてください。お願いです」

鬼丸警部は真剣にたのんだ。

「よろしい。では、すぐ彼を逮捕したまえ」

と本部長は命令した。

鬼丸は気が重かった。

が、上役の命令とあらばしかたがない。

死への旅行

鬼丸警部は、杉下刑事とふたりの鑑識課員をつれて、ふたたび西本家へいった。

もう夜の九時をすぎていた。

玄関のブザーを押すと、西本夫人が出てきた。

この家には、お手伝いさんがいないらしい。

「石坂先生は、また帰っていらっしゃいませんか?」

「はい、まだ……」

「では、ご迷惑でしょうが、先生のへやを調べさせてもらいます。逮捕状と家宅捜査令状をもってきました」

鬼丸はポケットから二通の令状を出してみせた。

夫人はおどろいた。

「あの……。ちょっと主人に相談してきます」

と、うろたえて、奥のへやに消えた。

すぐに、西本大介があらわれた。彼の顔は、まっ赤におこっていた。

「きみ、ここをだれの家だと思っている。国会議員の家をかってに捜索するとは、けしからん。帰りたまえ」

玄関で、仁王《におう》立ちになって、どなりつけた。

「あなたの家を捜査するつもりはありません。石坂先生のへやだけを調べるのです」

「石坂のへやだって、わしの家にかわりはない。帰らなければわしは警視総監に抗議するぞ」

「たとえ国会議員でも、捜査のじゃまをなさるなら、公務執行妨害で逮捕します」

相手のこけおどしに、ひるむような鬼丸警部ではない。法を犯す者には、一歩もゆずらないのが、鬼丸警部のつよい信念であった。

西本議員は、ぐっと返事につまって、

「よし、じゃ、石坂のへやだけなら許可しよう。だが、それ以外は、ぜったい許さんぞ」

と、しぶしぶ認めた。

鬼丸は部下をつれて、二階へあがった。

西本議員も、いっしょについてきて、鬼丸たちの捜査ぶりを監視した。

六畳ひと間のへやだから、捜査は簡単におわった。

べつに、これといって怪しい証拠品はみつからなかった。犯行につかった凶器らしいものもみあたらない。

鑑識課員は、机やタンスについている石坂の指紋を採取した。はいざらにあったピースのすいがらも押収した。タバコのすいがらにはだえきがついているので、そのだえきから血液型がわかるのである。

机の上にあった奥さんの写真と位はいはなくなっていた。

「石坂に逮捕状が出たそうだが、なにか確実な証拠があったのかね?」

西本議員は心配になって聞いた。

「犯行現場にあったクツ跡が、先生のクツとぴったり一致したのです」

「夕方、押収したあのクツかね」

「そうです」

「だから、あのとき、わしはとめたんだ。うっかり警察にわたしたら、むりやり犯人にされるとな。それを、石坂のやつ、わしの忠告を聞かないから、こんなはめになったんだ」

「西本さん、われわれは科学捜査の結果、先生のクツを犯人のものと断定したのです。けっしてデタラメにでっちあげたんじゃありません」

と、鬼丸は西本議員のふとうないいがかりに抗議した。

「しかし、彼のクツは、どこにでも売っている安い既製品だ。おなじクツが、ほかになん足もあるはずだ」

「おなじクツでも、はく人がちがえば、歩き方のくせによって、つま先や、かかとのへり方に特徴ができます。つまり、それぞれのクツに個性ができるのです。だから、現場に正確なクツ跡があれば、それにあてはまるクツは、この世に一足しかありません。指紋とおなじです」

鬼丸が説明すると、がんこな西本議員も、納得せざるをえなかった。

「そうか。彼が犯人だったたか。じつは、警部、わしも、そんな予感があったんだ。まさかとは思っていたがね」

西本議員は急にしんみりしていった。

「とおっしゃると?」

「石坂は、わしのうちにひっこしてきてからも、毎晩、死んだ妻の位はいと写真をながめながら、ひとりさびしく酒を飲んでいた。奥さんのことが忘れられなかったのだろう。ということは、それだけ深く心の中で、山根一家をうらんでいたことにもなる。そう思わんかね？　ひょっとすると、彼は墓参りに帰ったかもしれん」

「墓参り……？」

「夕方、警部が帰ったあと、彼はスーツケースをさげて、ぶらりと旅に出た。行き先はいわなかったが、たぶん郷里へ帰ったのだろう」

「どこです？」

「広島県の尾道《おのみち》市だ。寺は、たしか、松泉寺とかいったな。きっと、山根利一郎の死を、奥さんの墓へ報告しにいったのだ」

「さっそく、尾道警察署へ手配してみましょう」

「いや、警部、それはすこし待ってやってくれないか」

西本議員は引きとめた。

「なぜです？」

「石坂は理科の教師だが、たいへんロマンチックな男なんだ。だから、奥さんの墓の前で……」

「自殺するとおっしゃるんですか？」

「彼が出ていったあと、ふと、そんな予感がしたので、わしはこのへやをしらべてみた。そしたら、案のじょう、遺影と位はいがなくなっていた」

「でしたら、なおさら一刻もはやく、先生をみつけて、保護しなければなりません」

「いや、警部、彼が死を覚悟しているなら、このまま、しずかに死なせてやってくれ。それが男のなさけじゃないか。わしからも、お願いする」

と、西本議員は神妙に頭をさげた。

「罪を犯した者は、あくまで法の裁きを受けるべきです。自殺はひきょうな逃げ道です」

「法の裁きを受けるのも、自分で自分を裁いて死ぬのも、けっきょく、おなじことではないか。それなら、本人の望む方法を選ばせてやってくれ。彼は、けっして逃げかくれするような男じゃない。自分の犯した罪は、自分できっぱりかたをつける男だ。わしはそう信じている」

鬼丸警部はまよった。

刑事としては、いっこくもはやく尾道の警察署に手配して、石坂を逮捕すべきである。

が、一方、明夫の父親として考えると、むすこの学校の先生を殺人容疑で逮捕するのは心苦しかった。いさぎよく自首してくれるか、あるいは、自殺してくれるほうが気持ちがらくだった。

第二の殺人

あくる朝、六時ごろ、鬼丸警部は電話のベルの音で目がさめた。

昨夜、あれから家に帰らず、捜査本部にとまりこんだのである。

眠い目をこすりながら、鬼丸は受話器をつかんだ。

「こちらは新宿署ですが、中央公園で、大学生の変死体が発見されました。所持していた学生証から、新宿区戸塚四の五六、黒沢和彦とわかりました」

「なに、黒沢和彦……」

鬼丸の頭から、眠けがいっぺんに吹きとんだ。

「そうです。そちらの事件に関係のある学生とわかったので、連絡したのです。いそいで現場検証に立ち会ってください」

「了解。すぐ行く」

鬼丸は、いったん電話をきると、捜査本部長の家に連絡した。

そして、とまりこみの捜査員をおこして、ただちにパトカーで中央公園へ急行した。

中央公園は、淀橋《よどばし》浄水場を埋めてつくられた広い公園である。近くに、新宿・副都心の官庁街が建設中で、日本一の高層ビル、四十七階建ての京王プラザ・ホテルがそびえ立っている。

日曜日の早朝なので、公園はひっそりして、ほとんど人影はなかった。

黒沢和彦の死体は、朝露にぬれて、かんぼく（ひくい木）の茂みに倒れていた。人目につかない場所である。

新宿署の捜査班が、すでに現場検証を終えていた。

「死因はなんです？」

鬼丸警部が聞いた。

「青酸カリによる中毒死です。このウイスキーにまぜて飲まされたらしい」

と、新宿署の刑事がウイスキーの小びんを見せた。びんの底に、ウイスキーがすこし残っていた。

「飲まされた？　じゃ、他殺か」

「遺書はないし、死体の状況からみて、自殺とは考えられません」

「死亡推定時刻は？」

「ざっとみて、昨夜の八時ごろです」

「はやい時間に殺したもんだな。けさまでだれも死体に気づかなかったのかね？」

「外燈のすくない公園だから、夜になれば、まっ暗になって、だれも気がつかないでしょう。たとえ気がついても、浮浪者か、ヒッピーが寝ているとしか思わんでしょう」

「発見したのは、だれだね?」

「この近所の中学生です。イヌをつれて散歩していたら、イヌが死体を見つけて、ほえたてたのです」

鬼丸警部は死体の上にかがみこんで調べた。

青いポロシャツに、うす茶色のズボンをはいていた。ポケットの中に、三千円と、ハイライト一箱、サングラス、学生証があった。

学生証にはってある顔写真とくらべてみると、被害者は黒沢和彦にまちがいなかった。

死体の足もとに、タバコのすいがらが四本落ちていた。二本はハイライトで、あとの二本はピースだった。ハイライトは被害者がすったものだろう。

「ピースのすいがらは、たぶん、犯人が吸ったのにちがいない。わたしのほうで容疑者のすいがらとしらべてみたいので、もらってもいいかね」

鬼丸は新宿署の刑事にことわって、二本のすいがらを拾い、ハンカチにていねいに包んで、ポケットにいれた。

現場は雑草が茂っているので、被害者や犯人の足跡は残っていなかった。

「死体をはこんでいいですか?」

新宿署の刑事がいった。

鬼丸警部がくるまで、現場のまま死体を保存しておいてくれたのである。

「ええ、どうぞ」

「死体解剖の結果がわかりしだい、すぐ知らせます」

死体は担架にのせて運ばれた。

「おや、これは……」

鬼丸は、死体の下になっていた雑草の中から、黒いライターをみつけた。

ロンソンの高級ライターで、K・Kとイニシアルがほってあった。

石坂先生がもっていたライターである。金曜日の宿直の夜、黒沢和彦が遊びにきたとき、忘れて帰ったというライターだった。

それが、どうしてここにあるのか?

きのうの夕方、黒沢青年を電話で呼び出したのは、やっぱり、石坂先生だったのか。忘れたライターを返すからといって、呼び出したのだろう。

そして、青酸カリをウイスキーにまぜて飲ませたのか。

理科の先生なら、青酸カリは理科実験室の薬品だなから容易に盗むことができる。

だが、それにしても、なぜ石坂先生は黒沢青年を殺したのか？

黒沢は先生にとって、たいせつなアリバイ証人ではないか。山根議員が殺された時刻、先生は学校の宿直室で黒沢と碁をうっていたといった。その重要なアリバイの証人を、どうして急いで殺さねばならなかったのだろう。

ただひとつ考えられる理由は、石坂先生のアリバイがうそだったことだ。先生は黒沢にアリバイの偽証をたのんでから、山根議員を殺しに出かけたのだろう。黒沢は、まさか恩師が人殺しをするとは夢にも思わなかったので、気がるに引きうけたのだろう。

だが、あとで、刑事にきびしく尋問されたら、黒沢がペラペラほんとうのことをしゃべってしまいそうなので、石坂先生は黒沢の口を封じるために殺したのだろう。

彼が死ねば、死人に口なしで、先生のアリバイがうそだったことを、警察が証拠立てることができないのだ。

とすると、ゆうべ、西本議員がいったように、先生は妻の墓の前で自殺する気はないらしい。山根議員殺しの罪をのがれるために、黒沢青年を消したのだから。

鬼丸警部は、暗い、ゆううつな気持ちになった。明夫の学校の先生が二つの殺人を犯したとは、とても信じられない。

ほんとうに先生が黒沢を殺したのなら、なぜ自分がもっていたライターを、わざわざ死体のそばに残したのだろう。こんな証拠品を残せば、まるで自分が犯人であることを宣伝するようなものではないか。石坂先生はそんなバカではないはずだ。

あれこれ推理するうち、鬼丸警部は頭がこんがらがってきた。

かくれ家へ向かう

黒沢和彦の死体のそばに落ちていたピースのすいがらは、検査の結果、石坂先生がすったものとわかった。

先生のへやから押収したすいがらと、ついていただえきの血液型が一致したのである。

そこで、捜査本部は、石坂教諭を二つの殺人事件の犯人として、全国に指名手配して、公開捜査にふみきった。

広島県の尾道警察署へも捜査を依頼したが、石坂が松泉寺に立ちよった形跡はなかった。

西本家を張りこんでいる杉下刑事からも、石坂が帰ってきたようすはないという。

公開捜査にふみきったにもかかわらず、石坂先生を見かけたという情報は全然なく、むなしく二日間がすぎた。先生は学校を無断欠勤のまま、しっそうしたのである。

捜査本部には、早期逮捕の見とおしに悲観的な空気が流れはじめた。

そんな重くるしい捜査会議の席で、

「本部長、ひょっとしたら、西本議員が石坂先生をかくまっているんじゃありませんか」

と、鬼丸警部が発言した。

「国会議員が殺人犯をかくまうわけがないだろう。犯人隠匿《いんとく》罪になるんだ」

「ですが、西本議員にとって、石坂先生は恩人です」

「恩人……？　それは反対だろう。彼は西本氏に学資を出してもらって、大学を出たそうじゃないか」

「昔はそうでも、今はあべこべです」

「なぜだね？」

「六月の参院選挙で、西本氏は次点で落選しました。全国区の選挙は、法定費用が八百五十万円ですが、実際は、その何倍もの金を使わなければ当選しないといわれています。落選すれば、それだけの大金をドブに捨てたことになります。ところが、山根議員が殺されたので、西本氏はくりあがって当選した。だから、もし石坂先生が犯人なら、西本氏にとっては、何千万円もの恩人になるわけです」

と、話しているところへ、うわさをすれば影とやら、当の西本議員がひょっこりやってきたのである。

「西本さん、なにかご用ですか」

鬼丸が席を立って、西本議員を迎えた。

「石坂のことで、ちょっと気になることがあってね。わしは逗子《ずし》に別荘をもっている。石坂は学生時代、夏休みには、毎年、その別荘にこもって、読書をしていた。瀬戸内海で育った彼は、逗子の海が気に入っていた」

「じゃ石坂先生はその別荘にかくれているとおっしゃるんですか？」

「尾道へ帰ってないとすると、さしあたり、そこしかかくれ場所はないはずだ」

「逗子の警察に連絡して、調べさせてみましょう。住所を教えてください」

「いや、ご足労《そくろう》でも、警部に直接行ってもらいたいんだ。わしが案内します。わしとしては、長年、わが子同様に世話してきた石坂を、こんなふうに警察に密告するのは、心苦しいんだが……」

「そのお気持ちはよくわかります」

「だが、わしも、国会議員だ。議員が指名手配ちゅうの容疑者をかくまうことはできん。つらいところだが、心を鬼にして、こうしてお知らせにきたわけです。逮捕される前に、わしが彼に会って、いさぎよく自首するよう説得したい。自首した形で警察にわたせば、いくらか情状しゃく量していただけましょうな。いま、わしが彼にしてやれることは、これしかない」

「では、さっそく行きましょう。よろしかったら、パトカーに同乗してください。そのほうが早いです」

「そりゃ、ありがたい。ここへは自分の車できたが、逗子までは遠い。運転が疲れるのでな」

鬼丸警部はパトカーに西本議員をのせて、ただちに出発した。

杉下刑事も、同乗した。

第一京浜国道をつっ走って、横浜をすぎ、やがて相模《さがみ》湾《わん》にのぞむ逗子の海岸がみえてくると、西本議員は妙にそわそわしはじめた。

「どうかなさいましたか?」

鬼丸警部が気づかった。

「じつは、さっき別荘へ電話してみたんだが、応答がなかった。それで、もしや石坂は早まった考えをおこして……」

西本議員はあとのことばをのみこんだ。

口に出していうのが、恐ろしかったのだ。

「すでに自殺しているとおっしゃるんですか?」

鬼丸はずばりいった。

「石坂の性格から考えて、その可能性がつよいんだ。とかく、ロマンチックな男は、性格がもろいからな」

「別荘にかくれているなら、電話がなっても、出ませんよ。うっかり出たら、かくれていることがバレますからね」

「なるほど、そうとも考えられるな。無事で生きていてくれればいいが……」

西本議員はそういいかけて、

「いや、彼が真犯人なら、自殺してくれるほうが、本人のためにも、いいかもしれん。警部さんはそう思わないかね?」

鬼丸は答えなかった。

が、内心では、そうあってくれと願っていた。いくら職務とはいえ、わが子の学校の先生に手錠をはめることはしのびがたかったのである。

石坂先生の死

逗子の海岸は、海水浴シーズンが終わって、さざ彼がしずかに砂浜を洗っていた。

西本議員の別荘は、その砂浜を見おろす丘の中腹にあった。赤い屋根の二階建てだった。

パトカーからおりた西本議員は、門のそばに立っている電柱を、ふと見て、

「おや、昨夜、このへんは停電したんだな」

と、ひとりごとのように、つぶやいた。

その電柱に、停電予告のビラがはってあったのだ。昨日の午後十時から十一時まで、送電線工事のため、停電すると書いてあった。

鉄さくの門は、錠がかかっていたが、ひくいので、おとなら、らくに乗り越えられる。

西本議員が錠をはずして、門をあけた。

鬼丸警部はパトカーを中に乗りいれた。

玄関のドアにも、カギがかかっていた。

「石坂くんは来ていないのかな」

西本議員はそうつぶやきながら、カギでドアをあけ、警部たちを中に招いた。

一階は、どのへやも雨戸がしまっていて、暗かった。湿っぽい空気がよどんで、むっと暑かった。

二階には、へやが二つあって、そのひとつのドアの下から、あかりがもれていた。

「やっぱり、書斎にいるらしい」

西本議員は、そのへやの前に行き、

「石坂くん、わしだ。はいるよ」

と、ノックしてから、ドアをあけた。

が、ハッと立ちすくんで、

「警部さん、なんだか様子がおかしい。見てください」

と叫んだ。

鬼丸警部と杉下刑事は、いそいで書斎にはいった。

石坂先生は、雨戸のしまった窓ぎわの机にうつぶせになっていた。居眠りをしているような姿勢だった。

鬼丸はそばに寄って、肩に手をかけようとして、思わず、手をひっこめた。

「死んでいる」

「えッ、ほんとうですか」

西本議員も、こわごわ死体をのぞきこんだ。

「青酸カリを飲んだらしい」

すぐに、警部はそう断定した。

石坂先生の首すじや、半そでシャツから出ている腕に、あざやかな赤いはんてんがういていたからである。青酸カリをのんで死ぬと、からだに、鮮紅色《せんこう》の死はんが出るのである。

コーラに青酸カリをいれて飲んだらしく、机の下に、コーラのびんがころがっていた。床のジュウタンにこぼれたコーラは、とっくにかわいていた。

机の上には、奥さんの遺影と位はいがおいてあった。雨戸がしまって、へやは暗いので、螢光燈スタンドがついていた。

が、奇妙なことに、懐中電燈も、つけ放しのまま、スタンドのそばに置いてあったのだ。

「かわいそうに、やっぱり、自殺したのか」

西本議員が悲痛な声でつぶやいた。

「いや、まだ自殺と断定するのは早すぎます」

鬼丸警部が慎重にいった。

「なぜだね?」

「遺書がありません」

「遺書はなくても、死んだ妻の写真と位はいがあるから、自殺にまちがいない。ふたりも人を殺したのだから、遺書を書き残す気にならなかったのだろう」

と西本議員はいった。

解剖しないと、正確な死亡時刻はわからないが、鬼丸警部がざっと見たところでは、昨夜の十時ごろ、死んだものと思われる。

「警部、なぜ懐中電燈をつけたまま死んだんでしょう?」

杉下刑事がふしぎがった。

それは鬼丸も、さっきから疑問に思っていたことである。

机の上には、螢光燈スタンドがついているから、懐中電燈をつける必要はないのだ。

いったい、懐中電燈を、なにに使ったのだろう。

「それは、ゆうべ、停電したからですよ。ほら、木の電柱に停電予告のはり紙があったでしょう。午後十時に、突然、停電したので、石坂はキッチンから懐中電燈をとってきて、つけたんですよ。非常用の懐中電燈がキッチンにあるのを、彼は知っていましたからね」

と、西本議員が説明した。

「でも、螢光燈スタンドのほうも、ついているのはなぜです?」

杉下刑事が聞いた。

「それは、彼が死んだあと、停電が終わったので、ひとりでに、また螢光燈スタンドがついたんですよ」

「なるほど、そうか」

杉下刑事は、西本議員の説明にやっと納得がいった。

「停電の夜、懐中電燈のあかりで、妻の位はいを拝み、写真を見ながら、毒をのんで死ぬとは、いかにも石坂らしいロマンチックな自殺だ。いまごろは、奥さんのところに行って、山根利一郎にふくしゅうしたことを報告していることだろう。やすらかに眠ってくれ」

西本議員は死体に合掌して、口の中で念仏をとなえた。

螢光燈のナゾ

やがて、捜査本部長や、鑑識課員たちが到着して、現場検証がはじまった。

青酸カリ入りコーラびんから、石坂教師の指紋とだえきが検出されたので、彼が自分でそれを飲んだことにまちがいない。

裏口の窓ガラスが一枚割れていた。そこから錠をはずして、しのび込んだのだろう。

スーツケースには、着がえの衣類といっしょに、おそらく先生の全財産なのだろう、預金通帳が二通あった。

キッチンには、かんづめや、食パン、バナナなどを食べた跡があった。

石坂先生は、西本家から姿を消して、新宿中央公園で黒沢青年を毒殺したあと、三日間、この別荘にかくれていたのだろうか。

そして、全国に指名手配されたことを知ると、もはや逃げられないと覚悟して、昨夜、ついに青酸カリを飲んで自殺したのだろう。

「遺書のないのが、ちょっと気になるが、自殺と断定してまちがいあるまい。これで、事件はすべてケリがついた。さあ、引きあげるとするか」

本部長は、そう結論をくだした。

そのとき、ふと、鬼丸警部は数か月前のある夜のことを思い出して、本部長の結論に疑問をいだいた。

——その夜、警部はたまたま非番だったので、家でのんびりくつろいでテレビを見ていた。すると、突然、停電した。停電はすぐ終わるだろうと思って、しばらくじっとしていたが、なかなか電気がつきそうにないので、警部は、二階のへやで勉強している明夫にロウソクをもっていってやることにした。ロウソクに火をつけて、階段をのぼりかけたら、パッと電気がついた。

が、明夫のへやだけは、まっ暗だった。

その暗がりの中で、明夫はじっとしんぼうづよく机に向かっていた。

「おい、明夫、どうした？　なぜスタンドをつけないんだ。停電は終わったんだよ」

「なんだ、終わったのか。変だな。このスタンドはつかないや。螢光燈がきれたのかな」

そう不思議がって、明夫がスイッチを押したら、なんなく螢光燈スタンドはパッとついたのである――

鬼丸警部は、なぜもっと早く、あの夜の経験を思い出さなかったのか、われながら、うかつだと思った。たぶん、石坂先生が自殺するものという先入観があったせいだろう。

「部長、ちょっと待ってください。自殺と断定するには、一つ、疑問があります」

「なんだね？」

「これです」

鬼丸は机の上の螢光燈スタンドを指さした。

その螢光燈スタンドは、まだ点燈していて、青白い光を放っている。コードは壁のコンセントにつながっている。

鬼丸はそのコードのプラグを引きぬいた。螢光燈は消えた。

数秒後に、警部はまたプラグをコンセントにさしこんだ。

が、螢光燈は消えたままで、再点燈しなかった。

「その螢光燈がどうかしたのかね？」

本部長はふしぎがった。

「部長、石坂先生は自殺したんじゃありません」

「なんだって？」

「この螢光燈スタンドは、グロー・ランプ（点燈管）のない簡単なスタンドです。停電で、いったん消えると、そのあと停電が終わっても、スイッチをいれないかぎり螢光燈はつかないのです。いまの実験で、おわかりでしょう」

そういって、警部はスタンドのスイッチを押した。

こんどは、一、二秒して、螢光燈はついた。

「ところが、われわれが石坂先生の死体を見つけたとき、螢光燈スタンドはついていた。しかも、懐中電燈まで、いっしょに、つけ放しになっていたので、われわれは、停電ちゅうに石坂先生が自殺したものと思いこんでしまったのです」

「ふむ……」

「もしほんとに石坂先生が停電ちゅうに、懐中電燈の光で、青酸カリを飲んで自殺したのなら、そのあと停電がすんでも、螢光燈は消えたままになっていなければなりません」

「なるほど」

「それなのに、螢光燈がついていたのは、なぜか？　停電が終わったあと、だれかがスイッチをおして点燈したからです。もし石坂先生自身が、停電が終わったあと、螢光燈をつけて、自殺したのなら、懐中電燈のほうは、先生が消したはずです」

「そうだな」

「だから、これは石坂先生が停電ちゅうに自殺したように、犯人が偽装したのです。だが、犯人はこの螢光燈スタンドが再点燈しないことを知らなかったので、懐中電燈といっしょに、螢光燈もつけ放しにしておいたのです」

「すると、停電がすんだあと、偽装したわけか」

「そうです。午後十一時以後に、犯人は石坂先生の死体をこの別荘にはこんできたのです。来てみたら、門のそとの電柱に停電予告のビラがはってあったので、あわてて、とっさの思いつきで、机の上に懐中電燈をつけて置いたのです」

「鬼丸くん、みごとな推理だ。螢光燈のことに気づかなかったら、うっかり犯人のトリックにだまされるところだった。だが、そうなると、いったいその犯人はだれなんだ？　なぜ石坂先生を殺したんだね？」

「たぶん、二つの殺人事件のぬれぎぬを着せるために殺したんだと思います」

「しかし、そう疑うのは、きみの推理だけで、証拠がない。第一、山根議員の家の庭にあったクツは、どう説明する？　あれは石坂教師のクツだったんだ」

本部長から、その点を追及されると、さすがの鬼丸警部も返事につまった。

「あのクツ跡には、なにかトリックがあるにちがいありません。部長、ぜひもう一度、山根議員殺しを再捜査させてください」

鬼丸は真剣にたのんだ。

クツを買った男

捜査本部にもどった鬼丸警部は、石坂先生の黒いクツを机の上において、じっくり考えた。

このクツは、山根議員が殺された金曜日の夜、石坂先生がはいていたものである。先生は中学校の宿直室で、十二時すぎまで、黒沢青年と碁を打っていたという。だから、その間、このクツも、宿直室にあったのだ。

ところが、おなじ時間、山根議員が自宅で殺されたとき、庭にこのクツの跡がはっきりついていたのだ。

山根議員を殺したのが、石坂先生でないとすると、では、クツだけが、ひとりで、のこのこ歩いて、山根議員の家に行ったのだろうか？

まったく、ふしぎなナゾである。

このナゾがとけないかぎり、連続殺人事件の犯人はわからないのである。

クツを前にして、ベテラン警部の鬼丸は、あれこれ考え悩んだ。表、裏とひっくり返して見ているうちに、ふと、自分のクツとくらべて、あまりいたんでいないのに不審をいだいた。

石坂先生の話によると、このクツは七月四日の日曜日、西本家にひっこしてきて、数日後に買ったという。前のクツは野らイヌにとられたといった。ちょうど二か月前である。

その間、夏休みがあったので、毎日ははかなかったとしても、クツの摩滅があまりにすくない。せいぜい、正味、一か月くらいしかはいていないように思えるのだった。

鬼丸警部にかぎらず、刑事は、毎日、聞きこみ捜査で、足を棒にして歩きまわるので、一年に三足も四足も、クツをはきつぶすのである。だから、クツについては、ふつうの人より、関心がつよい。

〈二か月もはいていたのに、どうしてこんなに新しいのだろう？〉

と、疑惑をいだいたとたん、鬼丸警部の第六感に、ある考えがひらめいた。

それは、あまりにとっぴな考えだったので、自分でも、すぐには信じがたかった。

が、クツ跡のナゾをとくには、この考えしかなかった。

鬼丸は、もっとくわしくクツを調べてみた。

底の皮に、なにか英語が印刷してあった。足でこすれて、消えかかっていたが、ＥＡＧＬＥと読める。

イーグルといえば、わしだが、銀座や新宿などに、たくさんチェーン店がある有名なクツ店の屋号でもある。

鬼丸は職業別の電話帳をめくって、イーグルクツ店をしらべた。都内に十三軒の支店があった。

石坂先生が買ったとすれば、距離的に、いちばん近い渋谷支店か、新宿支店だろう。

鬼丸はそのクツをふろしきに包んで、まず渋谷支店へ出かけた。

渋谷支店は、渋谷駅の南口にあった。奥行きの深い店で、客でこんでいた。

鬼丸は支配人にクツを見せて、事情を話した。

「ええ、これはうちの品です。でも、当店で売ったか、ほかの支店で売ったかはわかりませんな。え、二か月も前のことですか？　さあ、困りましたな。当店だけでも、一日に百人くらいのお客さんに売っていますので、二か月前の客など、おそらく店員はおぼえていないでしょう」

と支配人は、いささか迷惑そうに首をかしげた。

「そこを、なんとか店員さんに思い出してもらえませんかね。殺人事件の重要な手がかりなんです。ぜひ協力してください」

鬼丸は熱心にたのんだ。

支配人はクツをもって、数人の店員に聞いてまわったが、みんな首をふって、おぼえているものはいなかった。

鬼丸は、別段、がっかりしなかった。聞きこみ捜査に、むだ骨はつきものである。期待と失望のくりかえしである。

鬼丸は、十三軒をぜんぶあたる意気ごみで、つぎに新宿支店へ行った。

その店は、三越デパートの前にあった。渋谷支店より大きく、流行を追う若い男女の客でにぎわっていた。

こんなに繁盛《はんじょう》する店では、あまり期待できないと思ったが、幸運にも、若い女店員がおぼえてくれていた。

「このクツを買ったお客さんは、ちょっと風がわりな人だったので、記憶していますわ」

と、その女店員は答えた。

「風がわりな人？」

「はい。たしか、七月の初旬でした。そのお客さんはこのクツを片方だけ持ってきて、これとそっくり同じ品はないかとおっしゃったのです。なんでも飼《か》いイヌが隣の家のクツをかんで、傷をつけたので、弁償しなければならないんだというのです」

「で、そっくり同じクツがあったんですか」

「はい、このクツは三千六百円の大衆品なので、在庫品がおおいんです。サイズも、ぴったり同じものがありました」

五十くらいの、重役タイプの紳士でしたわ。わざわざ同じクツをさがして買わなくても、お金で弁償すればいいのに、きちょうめんなのか、ケチなのか、へんな紳士だと、わたしは思ったのです」

「その紳士は、この人じゃありませんか」

鬼丸はポケットから新聞を出して見せた。

それは三日前の新聞で、ある人物の顔写真がのっていたのである。

「ええ、この人でしたわ。へーえ、あのお客さんはこんな偉い人だったんですか」

女店員はその顔写真をみて、目を丸くした。

「ありがとう。きみの記憶力のおかげで、事件のナゾがとけたよ」

鬼丸は心から礼をいった。

と同時に、１１２のナゾも、あっけなく解けたのである。

その顔写真といっしょに出ていた記事の片すみに、この数字があったのである。

それは、公職選挙法第百十二条だった。

どうしていままで、この数字に気がつかなかったのか、鬼丸は自分のうかつさにした打ちした。

ナゾをとくかぎは、すぐ手近なところにあったのだ。

なにごとも、ナゾがとけてしまえば、コロンブスの卵である。

犯人逃走！

夕方、鬼丸警部は、みたび西本家をたずねた。

あいにく、西本議員は外出ちゅうだったので、応接間で待たせてもらうことにした。

西本夫人は紅茶をいっぱい出しただけで、すぐ奥のへやにひっこんだ。愛想のない婦人である。

たび重なる警部の来訪を迷惑に思っているのだろう。

二十分くらい待っただろうか。奥のへやで、電話のなる音がした。

数秒、ぼんやりベルの音を聞いていた鬼丸は、とっさの予感で、すばやく奥のへやにかけこんだ。

が、ひと足おそかった。

西本夫人が受話器をつかんで、ひくい緊張した声で、応答していた。

夫人は、警部のちん入に気づくと、ガチャンと電話を切った。

その顔はうろたえていた。

鬼丸は、しまった！　と思った。

なにしろ相手が国会議員なので、つい遠慮したのが、油断だった。

「奥さん、いまの電話は、ご主人からですね。どこにいらっしゃるんです？」

鬼丸は語気するどくといつめた。

夫人はくちびるをかんで、答えなかった。しとやかな顔ににず、意外と、強情な夫人である。

「われわれはご主人の逮捕状を持ってきました。さあ、現在の居所を教えてください。どこへ逃げるとおっしゃったんです？」

「……」

「ご主人は、三か月前の選挙で、ポスターや新聞に写真が出て、全国に顔を知られています。いまさら、どこへ逃げてもムダです。国会議員なら、いさぎよく罪に服すべきです。奥さんだって、ご主人をみじめな逃亡者にしたくないでしょう」

鬼丸が情理をつくして、説きふせると、強情な夫人も、さすがに心を動かされたのか、

「羽田から飛行機にのるとかいってました」

と、うちあけた。

「外国へ高飛びするんですか？」

「パスポートを持っていませんので、たぶん、九州か北海道へ逃げるつもりだと思います」

「ありがとう、奥さん。だが、お気の毒ですが、奥さんも、共犯容疑で逮捕します」

鬼丸警部はそういって、受話器をつかむと、捜査本部へダイヤルをまわして、羽田空港へ緊急手配を指示した。

そして、彼自身も、西本夫人をパトカーに乗せて、羽田空港へ急行した。


羽田空港の国内線玄関に到着すると、杉下刑事が出迎えた。警部の着くのを、いまやおそしと待ちかまえていた。

「見つかったか？」

「ええ、ついさっき全日空のフロントに現われたところを緊急逮捕しました。公安室に連行してあります」

「よくやった。きみは西本夫人を本部に護送してくれ」

鬼丸は杉下刑事にパトカーをあずけて、足ばやに公安室へ向かった。

クツのトリック

空港公安室では、西本議員が、公安官に監視されて、不きげんに、いすに腰をかけていた。

その顔には、緊張と不安と、そして疲労の色がにじみ出ていた。

が、それとは対照的に、背広の胸には、議員バッジが晴れがましく光っていた。

鬼丸警部がへやにはいってくると、

「きみ、これは、なんのまねだ？　わしは国会議員だぞ。理由もなく、議員を逮捕するとは、なにごとだ！」

西本大介はいすから立ちあがって、鬼丸にくってかかった。

「国会が開会ちゅうなら、代議士や議員の逮捕には、国会の承認がいりますが、さいわい、いまは閉会ちゅうです」

鬼丸はポケットから逮捕状を出して、突きつけた。

「いったい、わしがだれを殺したというんだ?」

「山根議員、黒沢和彦、それに石坂先生の三人です」

「証拠はあるのか?」

「あります。これです」

鬼丸はふろしきをといて、例のクツを出した。

それを見て、西本議員の顔はさっと青ざめた。

「それから、もうひとつの証拠は、山根議員が死ぬ寸前に書き残した１１２の数字です。あれは公職選挙法第百十二条のことでした。選挙後、三か月以内に、当選者に欠員ができた場合、次点者がくりあがって当選することを規定した条文です。つまり、山根議員は、第百十二条でくりあげ当選するあなたを犯人だと指摘して死んだのです」

西本大介はそっぽを向いて、黙りこんだ。顔の筋肉がピクピクふるえていた。

「あなたは六月の参院選挙で、おしくも次点になって落選した。さぞ無念だったでしょう。なんとか議員になりたい。そこで、思いついたのが、公職選挙法第百十二条だった。当選した議員は五十人もいるから、そのなかのひとりが、三か月以内に、ぽっくり病気で死ぬか自動車にはねられて死んでくれないかと、あなたは願ったにちがいない。

しかし、そんな幸運は、めったにあるものじゃない。あてもなく待っていては、すぐ三か月たってしまう。それなら、いっそのことだれかを殺すのがてっとりばやい。だけど、当選議員を殺せば、くりあげ当選する自分がまっ先に疑われる。そのときの用心に、容疑をそらすため、だれかを犯人にでっちあげることが必要だった。そう考えて、ふと思い出したのが、石坂先生のことだ」

「……」

「石坂先生は新婚の奥さんを自動車事故で殺されたので、山根一家をうらんでいる。だから、先生が山根議員を殺したように偽装すれば、あなたは疑われずに、新議員になれると計画した」

「……」

「計画を立てると、さっそく、あなたは石坂先生を自分の家にひきとった。奥さんに死なれて、ひとり暮らしでは、なにかと不自由だし、さびしいだろうと同情するふりをして、自分の家に下宿させた。

先生がひっこしてくると、あなたは先生のクツを盗んで捨てた。野らイヌがくわえて逃げたように見せかけたんでしょう。先生はしかたなく、新しいクツを買う。すると、あなたは先生に気づかれないように、こっそりそのクツを持ち出して、新宿のイーグルクツ店にいき、そっくり同じクツを買った」

西本議員は目をつぶったまま、かたくなに沈黙をまもっていた。

鬼丸はひとりで話しつづけた。

「おなじ二足のクツを、あなたは一日おきに取りかえて、石坂先生にはかせた。げた箱は玄関にあるから、毎晩、こっそり取りかえておけば、わからない。買ったばかりの新しいクツは、まだ足になじまないから、石坂先生は、二足のクツを交互にはいているとは、ぜんぜん気がつかなかった」

「……」

「こうすれば、かかとや、つま先の摩滅した状態まで、そっくり同じクツが二足できる。あとは、山根議員を殺すきかいを待つだけだ。それには、石坂先生が宿直当番の夜がいい。学校の宿直室にひとりでとまれば、アリバイの証人がいないから、先生を犯人に仕立てることができる。

さて、いよいよ、その宿直の夜、あなたはもう一足のクツをもって、山根議員の家にいった。さいわい、山根の奥さんは入院ちゅうなので、家には山根議員とお手伝いさんしかいない。お手伝いさんがいてはじゃまなので、ニセの電報で、千葉の実家にかえした。

こうして、あなたは山根議員の家に行き、応接間で議員を刺し殺したあと、窓の外の庭に、わざとクツ跡をつけた。このクツ跡のトリックには、われわれ捜査員は、みんな、だまされましたよ。まさか、そっくり同じクツが二足あったとは考えられませんからね。現に、石坂先生でさえ、自分が二足のクツを交互にはいていたとは気がつかなかったほどだ」

よごれたバッジ

鬼丸警部は、さらにつづけて話した。

「一時は、成功したかに思えた完全犯罪だったが、思いがけなく、じゃまがはいって、あやうくバレそうになった。それは、ひとりで宿直していたはずの石坂先生に、アリバイの証人がいたことです。黒沢青年です。わたしが先生にアリバイを聞いたとき、あなたも、そばで聞いていて、あわてたにちがいない。黒沢青年が先生のアリバイを裏づけたら、クツ跡のトリックがくずれてしまう。

黒沢青年をわたしに会わせてはならないので、あなたは石坂先生の名まえをつかって、電話で彼を呼びだした。たぶん、忘れたライターを返してやるといったんでしょう。

そして、中央公園で、青酸カリ入りのウイスキーを飲ませて殺した。石坂先生の犯行に見せるため、先生が持っていた黒沢青年のライターと、ピースのすいがらを死体のそばにおいた。そのすいがらは、先生のへやにあったはいざらから盗んだのでしょう」

「……」

「黒沢青年を、石坂先生が殺したように偽装するからには、もはや先生も生かしておくことはできない。そこで、あなたは中央公園へ出かける前に、奥さんに命じて、先生に睡眠薬を飲ませて、監禁したにちがいない。わたしが黒沢の家から帰るとき、電話したら、あなたの奥さんは、先生がぶらりと旅に出たとうそをいった。奥さんも、あなたとグルだったんだ……」

「……」

「石坂先生がゆくえ不明になると、あなたはしきりに先生が自殺するおそれがあると、ほのめかした。それは、あとで先生を自殺に見せかけて殺すための前宣伝だった。

そして、昨夜十時すぎ、あなたは監禁していた石坂先生を青酸カリで殺すと、死体を車で逗子の別荘へはこんだ。

ところが、別荘に来てみたら、電柱に停電予告のビラがはってあった。その停電時間が、ちょうど石坂先生を毒殺した時刻とおなじだったので、あなたは死亡時刻がずれてはいけないと思い、机の上に懐中電燈をつけ放しにして、あたかも停電ちゅうに自殺したように細工した。だが、そのときも、あなたは大きなミスをした」

「どんなミスだ?」

ながい沈黙をやぶって、西本大介が聞きかえした。

鬼丸が、停電で消えた螢光燈スタンドは再点燈しないことを教えてやると、

「ふむ……。そうだったのか」

西本は、いまはじめて自分の失敗に気づいて、思わず低くうなった。

いかにも無念そうなため息だった。

「あなたは、三人の人間を殺してまで、国会議員になりたかったのですか。そんなに、そのバッジがつけたかったのですか?」

鬼丸警部は西本の胸に光っている金のバッジを指さした。

「わしは選挙で全財産を使いはたした。家も、逗子の別荘も、みな借金の抵当にはいっている。そのあげく、落選して、残ったのは借金の山だけだ。だから、なんとしてでも、議員になりたかったのだ。くりあげ当選したら、国から歳費がもらえるし、大会社からは、たんまり政治献金がもらえる。六年の任期ちゅうに、じゅうぶん、もとは取れるんだ」

「あなたのような悪人に、たいせつな国の政治をまかすことはできません。われわれ有権者のとうとい一票を、なんとこころえているんです。さあ、男らしく罪に服してください」

「よろしい。わしも、わずか四日間だったが、議員になった男だ。逃げも、かくれもしない。いさぎよく連行されよう」

西本大介は胸のバッジをはずすと、鬼丸警部にわたして、

「だが、その前に、ちょっとトイレに行かしてくれ。こればかりは、いくら男らしくがまんしても、限度があるからな」

「では、おともしましょう」

鬼丸は逃亡を監視するため、つきそってトイレに行った。

西本は大便所のほうにはいった。

鬼丸は外で見張った。

四分くらい待っただろうか。突然、トイレの中で、苦しげなうめき声がした。

鬼丸はドアをノックした。

「どうしたんです」

が、返事がない。

鬼丸は不吉な胸さわぎがした。

五、六歩、助走をつけて、ドアに体あたりした。

かけ金がはじきとんで、ドアはあいた。

西本大介は便器の上にうつぶせに倒れていた。

足もとに、小さいびんがころがっていた。

万一、犯行がバレて逮捕されるとき、自殺するため、ポケットにかくし持っていたのである。

国会議員が公衆便所で服毒自殺するとは、まさに、あわれな末路だった。

たとえ殺人犯にしろ――。

明夫少年の誓い

あくる日、正徳中学校の近くにある寺で、石坂先生の葬式が行なわれた。

生徒を代表して、鬼丸明夫が弔辞《ちょうじ》をよんだ。

「石坂先生、
奥さんが待っていらっしゃる天国で、安らかに眠ってください。

ぼくの父が先生の容疑をはらして、犯人を逮捕しました。いや、連行する前に、犯人は自殺したのです。

父がもっとはやく犯人のトリックに気づいたら、先生は殺されずにすんだのです。そう思うと、ぼくは先生に申しわけない気持ちで、いっぱいです。

父にかわって、おわびします。どうか父のヘマを許してやってください。

ぼくは、世の中の悪と戦うため、先生のような犠牲者を救うために、父より頭のきれる名探偵になるつもりです。草葉のかげで、見まもってください……」

会葬者にまじって焼香にきていた鬼丸警部は、わが子の弔辞をきいて、顔がほてった。穴があれば、はいりたい気持ちだった。


この小説に登場する人物は、すべて架空で、モデルはありません。

ただし、警察活動は実際の捜査方法にもとづいています。

作者付記

停電の夜の殺人

既に用意された凶器《ナイフ》！

——中西洋介《なかにしようすけ》——

その男から電話がかかってきたとき、S女子大学の助教授、中西洋介は自宅の書斎で、婦人雑誌に連載中のエッセーの原稿を書いていた。今日は休講日だったし、妻は朝からゴルフに出かけて留守だった。

洋介は左手をのばして、机上にある受話器をつかんだが、

「先生、例の金はできたかね？」

その男のしわがれ声を聞いたとたん、彼はくわえていたタバコの煙にむせんで、すぐには返事ができなかった。

「ああ、なんとか……」

「じゃ、今夜、取引きしよう」

「どこで？」

「桜ヶ丘駅の近くに、明和マンションがある。そこの六階の608号室に来てくれ」

「何時に？」

「九時以後なら、いつでもいい。じゃ、五十万円、たのしみに待ってるぜ」

と、相手はいやみな笑い声を残して電話を切った。

中西洋介は受話器を置くのも忘れてしばらく思案していたが、決心すると机の引出しから登山ナイフを出した。折りたたみ式の刃をひらいて、その刃先の切れ味を指の先で確かめた。

〈あいつは五十万円と引き換えに、あの盗聴テープを返してくれるというが、どうせ何本も再生しているにちがいない。いっそのこと、このナイフで、ひと思いにブスッと……。だが、おれにその度胸があるかな……〉

彼は登山ナイフを構えて、仮想の相手を突き刺すポーズを二、三度繰り返した。

それにしても悔やまれるのは、あの一夜の浮気だった。卒業論文の指導をしている女子学生と親密になって、ラブホテルに泊まったのであるが、その数日後に、あの男から電話がかかってきて、情事を録音したテープの声を電話で聞かせて、五十万円を用意しておけと恐喝された

のである。あのラブホテルの部屋には、盗聴マイクがしかけてあったにちがいない。

教え子との浮気が、もし妻にばれたら、即座に、洋介は離縁されるだろう。女子大学学長の一人娘である妻との離婚は、洋介にとって、助教授の椅子からの追放を意味するのだ。


——小川久美子《おがわくみこ》——


その男から電話がかかってきたとき、テレビ俳優、小川春彦《はるひこ》の妻、久美子は自宅のキッチンで食後のリンゴを食べながら、テレビのワイドショーを見ていた。

「奥さん、例の金はできたかね?」

受話器から伝わる男のしわがれ声を聞いたとたん、久美子は食べかけたリンゴがノドにつかえて、すぐには返事ができなかった。

「え、ええ……」

「じゃ、今夜、渡してもらおうか」

「どこで?」

「例のラブホテルはどうだね? ハッハハ、冗談さ。桜ヶ丘駅の近くに、明和マンションがある。そこの六階の608号室に来てくれ」

「何時に?」

「九時以後なら、いつでもいいぜ。あんたの旦那は、今日もロケで出張中だろう。だったら、すこしくらい遅くなってもかまわんだろう」

「ほんとうに、あのテープを返してくれるんでしょうね?」

「約束は守る。おれを信用しろ。じゃ、五十万円、たのしみに待ってるぜ」

と、相手はいやみな笑い声をもらして、電話を切った。

久美子は食卓の椅子にもどって、しばらくは放心したように、ぼんやりしていたが、さっきリンゴの皮をむいたナイフが目にとまると、それを手に取ってみた。刃渡り十センチの鋭利な果物ナイフである。

〈どうせ恐喝は一回きりで終わらないのだからこのナイフで、ひと思いにカタをつけてやるわ。あんな男に、わたしの生活をおびやかされて、たまるもんですか。でも、うまく刺せるチャンスがあるかしら……〉

久美子はそのナイフを逆手に持って、突き刺すまねをしてみた。

それにしても悔やまれるのは、同窓会の夜の浮気だった。高校時代におなじ演劇部員だったボーイフレンドと、十年ぶりに会った懐かしさで、二次会に誘われて飲み、そのまま一緒にラブホテルへ行ったのである。その日も、夫は連続ドラマの長期ロケで家を留守にしていたので、久美子の心に気のゆるみがあったのが失敗だった。

あのラブホテルの部屋には、盗聴マイクがしかけてあったにちがいない。それから数日後に、見知らぬ男から電話がかかってきて、テープにとった情事の声を聞かせて恐喝したのである。

久美子には、その恐喝をはねつける勇気はなかった。もし夫に知れたら、破滅である。五十万円なら、へソクリで、なんとか都合がつく。だが、こわいのは恐喝が一度だけで終わらないことだった。

小川久美子はナイフを握りしめたまま、時間がたつのも忘れて、迷いつづける自分の心に決断を迫った。

――山本幸夫《やまもとゆきお》――

その男からの電話が鳴ったとき、流行歌手の山本幸夫は、まだベッドで寝ていた。一度寝返りを打ってから、枕もとの受話器をつかんだが、

「例の金はできたかね?」

男のしわがれ声を聞いたとたん、いっぺんに眠気が吹きとんで、怒りがこみあげた。

「うるせえな。金なら、いつでもくれてやる」

腹立ちまぎれに怒鳴り返すと、相手はゆっくり一呼吸おいてから、

「おれに向かって、そんな口をきいていいのかね」

と、せせら笑った。その声には、恐喝者特有のすごみがあった。

山本幸夫の虚勢は、空気の抜けたゴム風船のようにしぼんだ。

「す、すみません。寝ていたところを起こされたので、つい気が立って……。お金は用意してあります」

「よし。じゃ、さっそく今夜、渡してもらおうか。桜ヶ丘駅の近くに、明和マンションがある。そこの六階の608号室に来てくれ」

「何時に?」

「九時以後なら、いつでもいい」

「あの、九時には、後援会のファンと食事する約束があって……」

「じゃ、おれとの取引きはキャンセルするというのか?」

「いいえ、そんな……。わかりました、なんとか都合をつけて行きます」

「オーケー。五十万円、たのしみに待ってるぜ」

と、相手は一方的に電話を切った。

山本幸夫は受話器を置くと、再び怒りがこみあげてき

た。

〈ちくしょう、おぼえてろ。あんな脅し屋にナメられてたまるか〉

彼はベッドから飛び起きると、パジャマのまま、キッチンへ行って、水道の蛇口から水をガブ飲みした。流し台に、ゆうべ寝酒のさかなにサラミソーセージを切った細身の包丁が置きっ放しになっていた。

彼はその包丁をつかんだ。

〈相手の出方次第では、この包丁でケリをつけてやる。いつまでも弱みを握られていては、おちおち歌も歌えん。とはいっても、はたして、おれにその度胸があるかな……〉

彼はヤクザ映画の決闘シーンをあれこれ思い出して、いろんなポーズで包丁を構えてみた。

それにしても腹立たしいのは、あの夜の失言だった。テレビ局で歌謡ショーのビデオ撮りが終わったあと、共演した女性歌手とラブホテルに泊まったのだが、そのときの会話を盗聴されてしまったのである。

情事だけの声なら、独身でプレイボーイの彼にとって痛くも痒くもないが、情事の前後で、自分が所属しているプロダクションの女社長の悪口をさんざんしゃべったのだ。恐喝者はその盗聴テープを電話で聞かせて、五十万円よこさなければ、女社長にばらすと脅してきたのである。

もしプロダクションの女社長にテープを聞かれたら、彼はたちどころにクビになる。

クビになれば、たとえ独立しても、女社長の妨害で芸能界から完全にホサれてしまうだろう。

あの女社長は、それだけの力を芸能界に持っているのだった。

五十万円で転落が防げるなら安いものだが、はたして一回だけで恐喝が終わるだろうか……。

山本幸夫はその包丁をよく洗ってから、タオルでぐるぐる巻いた。

犯行現場にともる灯……

――現場検証――


さて、翌日の昼すぎ、××区桜ヶ丘町の明和マンションの608号室で、芸能週刊誌のルポライター、上杉良一《うえすぎりょういち》が殺されているのが発見された。

死体を見つけたのは、この部屋の持ち主で、小学校の教師をしている木原順子《きはらじゅんこ》だった。彼女は一昨日から母親の葬式に帰郷していて、今日の昼すぎ、自分のマンションにもどってみたら、上杉良一が死んでいたので、びっくりして、一一〇番に通報したのである。

上杉良一は、三ヵ月前まで順子と同棲していたので、合鍵を使って彼女の留守に勝手にあがり込んでいたらしい。

彼は八畳の和室の文机のそばに倒れて死んでいた。するどい刃物で背中を二ヵ所、刺されたのが致命傷だった。だが、凶器の刃物は見あたらなかった。おそらく、犯人が持ち去ったのだろう。

死亡時刻は、昨夜の八時半から十時半の間と推定された。

文机の上には、蛍光スタンドが点灯したままになっており、しかも奇妙なことに、懐中電灯が一つ、これも点灯したまま置いてあった。その懐中電灯は、電池が切れかかって、いまにも光が消えそうなくらい弱々しかった。

「変だな。どうして懐中電灯がつけっ放しになっているんだろう？」

「犯人が忘れて逃げたのかもしれないぜ」

刑事たちが不思議がっていると、

「主任、このマンション一帯は、昨夜変電所の事故で停電したそうですよ」

と、マンションの管理室へ聞き込みに行っていた刑事がもどってきて、捜査主任に報告した。

「なに、停電……。いつだ？」

「午後九時半から四十五分までの十五分間だったそうです」

「そうか」

「だから、主任、犯行があったのは停電中ですよ。懐中電灯がつけっ放しになっているのが、その証拠です」

「うむ……。発見者の木原順子を、もう一度、ここへ呼んできてくれ」

捜査主任は部下にそう命じてから、文机にある蛍光スタンドを調べてみた。

ドーナツ型の白色蛍光ランプが一つあるだけの簡単なスタンドだ。二十ワットの蛍光ランプには、グローランプ（点火球）はついていない。

そこへ、木原順子が呼ばれてきたので、

「この懐中電灯に見おぼえがありますか？」

捜査主任がたずねた。

「はい。わたしのです。停電などの非常用に、いつもキッチンに置いていました」

「あなたが死体を発見したとき、この懐中電灯と蛍光スタンドは、両方ともともっていたんですね？」

「ええ、そうです」

「ほかの電灯はどうなっていました?」

「ダイニングルームと玄関の電灯がつけっ放しになっていました」

と、木原順子は答えた。

「なるほど……。ところで、犯人に心当たりはありませんか?　たとえば被害者を恨んでいた者とか……」

「べつにありませんが、わたしが葬式でいなかに帰る前、彼は電話をかけてきて、近いうちに百五十万円ほど大金が入るから、慰謝料代わりに半分くれてやると、調子のいいことをいっていました」

「百五十万……。なんの金です?」

「たぶん、恐喝の金だと思います」

彼女があっさり打ち明けたので、捜査主任は驚いた。

「じゃ、被害者はゆすり屋だったのか」

「死んだ人の悪口はいいたくありませんが、タレントや有名人の弱みを探り出しては、それをネタにゆすっていたらしいんです。わたしはそんな彼がいやになって、別れたのです。どうせロクな死に方はしないだろうと思っていました」

と、木原順子は、最近まで同棲していた男の死に対して、一滴の涙も見せずに、冷淡なくらい、すらすら答えた。

「恐喝されていた相手は、誰です?」

「知りません。彼は教えてくれませんでしたので」

しかし、現場検証の結果、百五十万円という大金はどこにも見つからなかった。また恐喝を暗示するような写真や、テープやメモなども発見されなかったのである。

「きっと、犯人が被害者を殺したあと物色して、持ち去ったのだろう。だが、とにかく停電のおかげで、おおよその犯行時刻がわかったよ」

捜査主任は、壁のコンセントから蛍光スタンドのプラグを抜いたり、差し込んだりして、明りを点滅させながら、確信ありげにつぶやいた。

独白の底に潜む真実は

——新聞を読んで——

S女子大学助教授の中西洋介は、朝食のあと、妻の目を逃れてトイレの中へ新聞を持ちこみ、明和マンション殺人事件の記事を読んだ。

その記事には、事件当夜の九時半から十五分間、現場一帯が停電したことも書いてあった。

〈いやはや、危ないところだった。もうすこし遅れて、おれがあのマンションに行っていたら、停電にぶつかったかもしれん。もし停電でエレベーターの中に閉じこめられたら、大変なことになるところだった。早めに行ったのがよかったんだな。

とにかく、例のテープは無事に取り返したし、あの部屋に出入りするところは、だれにも見られなかったから、警察に疑われる心配はないだろう。あの男はルポライターだったというから、どうせおれ以外にも、恐喝されていた者が何人かいたにちがいない……〉

小川久美子も、朝食のコーヒーを飲みながら、おなじ新聞記事を何度も読み返した。

〈わたしがあのマンションの前まで行ったとき、突然、停電して、真っ暗になったのには驚いたわ。停電が終わるまで、外で時間をつぶしたからよかったものの、もうすこし早めに行っていたら、停電にまごついて、どんなヘマをしたかもしれない。危機一髪、運がよかったんだわ。

帰るとき、一階の玄関で寿司屋の出前持ちと会ったけど、わたしはサングラスとカツラで変装していたから、まず疑われる心配はないと思う。でももし万が一、刑事が聞き込みに来たらどうしようかしら？ なあに、そのときは、こう答えればいいわ。わたしがあの部屋に行ったときは、もうあの男は死んでいたと。わたしが殺したという証拠はないんだから、ビクビクすることはないわ。

とにかく、あんなやつは死んで当然よ。いい気味だわ〉

流行歌手の山本幸夫も、パジャマ姿のまま、ベッドに腰をかけて、おなじ新聞記事を熱心に読んだ。

〈あの停電には、まったく面くらったな。エレベーターは動かないし、廊下は真っ暗になるし……。さいわい、ガスライターを持っていたので、その明りで、なんとか階段から逃げることができた。だが、三階の途中でライターのガスが切れたのには困ったな。手探りで降りたので、階段を踏みはずして、足首を痛めてしまった。

でも、暗闇のおかげで、だれにも顔を見られずに逃げることができたのだから、運がよかったともいえるさ。とにかく、これで厄介払いができて、せいせいしたぜ。ふん、ざまあみろ。今夜は祝杯をあげるか〉

さて、読者のみなさん。

この朝、新聞を読んだ三人の独白から、恐喝者を殺した真犯人を推理してください。
わからない人は、ご自分の蛍光スタンドで犯行現場を再現して、推理してごらんなさい。

やっぱり⁉ 犯人は

小川久美子

グローランプ（点火球）のない簡単な蛍光灯は、いったん停電で消えると、そのあと停電が終わっても、スイッチを入れないかぎり、再点灯しないのである。

現場の蛍光スタンドはつけっ放しになっていた。ということは、停電が終わったあと、被害者自身か、または犯人がスイッチを入れたことになる。つまり、犯行は停電が終わったあとで行なわれたのだ。

三人の容疑者の中で、停電後に現場に行ったのは小川久美子である。中西洋介は停電前に行き、山本幸夫は停電中に現場から逃げている。

久美子は、停電中の犯行に偽装するため、懐中電灯をつけたままにしたが蛍光スタンドのほうを消すのを忘れたのが失敗だった。

コスモスの鉢

1

不二子《ふじこ》は、警察から送検されてきた被疑者がはじめて自分と対面すると呆気《あっけ》にとられたような表情をするのに、もう慣れっこになっていた。この被疑者も、案の定、同じ反応を見せた。

腰縄をつけられたまま、手錠だけをはずされて、検事デスクの前にあるパイプ椅子《いす》に座らされても、その婦人はまだ口をぽかんと半開きにして、正面にいる不二子をまじまじと見つめている。広い窓を背にして、革張りの回転椅子にちょこんと座っているこの小柄なオカッパ頭の女子高生みたいな若い女が本当に検事なのかと、いぶかっている目である。左側の机にいる中年の男をちらちら見て、こっちのほうが本当は検事で、この若い女はただの女子職員ではないのかと疑っている表情だった。

不二子はボールペンで机の上をコツコツたたいて、被疑者の落ち着きのない視線を自分のほうに向けさせた。

二日間の留置生活で眠れなかったのか、小じわのよった目のまわりに隈《くま》ができている。警察の送致調書によると、六十歳とあるから、不二子より倍以上も年上であるが、その老齢の割りにはスリムな体つきだ。背筋がしゃきっとして、ワンピースがよく似合っているが、腰のベルトは自殺防止のために没収されているので、ウエストのあたりが締まりがなく、ずんどうで、素足にサンダル履きなのも、うらびれた感じである。

「白坂香代《しらさかかよ》さんですね。あなたは一昨日、つまり十月七日の午後三時、M西署で夫殺しの容疑で逮捕されましたね。ここ地方検察庁でも、再度、あなたに逮捕容疑を告げて、弁解の機会を与えます。その前に、あなたには黙秘権があることを伝えておきます。黙秘権というのは……」

不二子が型どおりの前置きを説明しようとしたら、

「わたしは無実です。夫を階段から突き落とすなんて、そんなひどいことはしていません」

白坂香代は思いつめた口調で言った。しとやかな顔に似合わず、声がつぶれていた。この二日間、刑事の前で無実を主張しつづけたせいであろう。

「あなたが警察で容疑を否認しつづけたことは、調書にも書いてあります」

不二子は机上のパソコンの画面を指さして、できるだけ相手を緊張させないように、おだやかに話しかけた。その液晶画面には、すでに警察の調書がメールで送られてきているのだ。

それによると、十月六日（土曜日）の午後四時ごろ、M市天満《てんま》町四丁目六の八、白坂幸司《こうじ》宅の一階で幸司（72）が階段の下に倒れて死んでいるのを、訪ねてきた長男の妻が見つけて一一九番に通報した。死因は頭部の硬膜下出血。階段から足を滑らして転落し、後頭部を階段の角《かど》に強くぶつけたものと思われた。死亡時刻はその日の午前十一時プラス・マイナス十五分と推定された。

幸司は五年ほど前にスーパー三店舗の経営を長男に譲って引退してからは、妻の香代と二人暮らしだったが、当日、香代は娘のところに出かけて留守をしていたのである。

幸司と香代は、たがいに再婚同士だった。幸司の前妻がまだ存命だったころから、未亡人だった香代は幸司の家で通いの家政婦として働いていた。前妻が病弱だったからである。香代は四十歳のとき夫と死別して、一人娘とアパートで暮らしていたのだ。通いの家政婦として働いているうちに、幸司の妻が病死し、ちょうど同じころ香代の娘も結婚して母親と別れて暮らすことになったので、香代は幸司の家に住み込んで働くことになった。家事の手際がよく清潔好きなのが幸司の気に入られて、前妻の喪があけるのを待って、彼は香代に再婚を申し込んだが、これには彼の息子夫婦が猛反対した。一人息子だったので、もし父親が正式に再婚して、後妻より先に死亡したら、息子はおやじの遺産の相続分が半減するからである。

「でも、三年前に、あなたは入籍していますね。息子さん夫婦は、結局、再婚に賛成してくれたんですか？」

不二子は身上調書を見ながら香代に尋ねた。

「はい、三年前に主人が脳梗塞《のうこうそく》を患ったのがきっかけでした。さいわい、このときの発作は軽症だったので、主人は右半身にすこしマヒが残るだけの後遺症ですみましたが、脳梗塞は再発する確率が高いので、息子の幸一《こういち》さんはそれを心配して、やっぱり父親には親身になって介護してくれる配偶者が必要だと考えなおしてくれたのでしょう」

「つまり、息子さん夫婦は父親の老後の介護を体《てい》よくあなたに押しつけたというわけね」

不二子がちょっぴり皮肉まじりに言うと、香代は寂しげに苦笑を返して、

「まあ、そんな見方もあるでしょうが……」

「現に、その直後に、息子さん夫婦は父親の家を出て、隣のS市に転居してるじゃありませんか。現金なものね」

「まあ、それはわたしたち老夫婦が仲よく水入らずで暮らすようにと、気をきかせてくれたんでしょう。それに、スーパーの三号店をS市に出したので、当分はそっちの経営に全力を注ぐつもりで、S市に転居したのです」

と、香代はあくまで義理の息子夫婦をかばった。

不二子が意地のわるい見方をしたのも、老人の介護がその家族にどれほどの負担をかけるか実感していたからだ。彼女自身、親元をはなれて東京で学生生活をしていたころ、母方の祖父が脳梗塞で半身不随になり、その介護をめぐって、母の姉妹たちが醜いいざこざを繰りひろげたのを見ていたからである。

「ご主人の脳梗塞の後遺症は、どの程度だったの？」

不二子は聴取のスピードをあげるために、砕けた口調になった。相手が年長者だからといって、いちいち敬語を使っていたら、まだるっこい。相手は被疑者であるから、遠慮はいらないのだ。

「右半身の神経がしびれていたので、箸《はし》やペンは持てなくて、食事は左手にスプーンを持って食べ、字は左手で書く練習をしていました。だけど、七十の手習いで、なかなか思うように書けないので、字を書くのはあきらめていました。言語障害はなく、記憶力や理解力などは正常でした。杖がなくても歩くのに不自由はなかったけど、ロボットが歩くみたいにギクシャクしてました」

「階段の上り下りは？」

「手すりにつかまれば、上り下りはできました」

「左半身のほうは？」

「左は正常でした」

「じゃ、左手の握力はあったのね？」

不二子がさりげなく聞くと、

「ええ……」

一拍おいて、香代は小さく答えた。

階段の下に倒れて死んでいた幸司は、左手に女の毛髪を一本、握っていたのだ。中指の爪に長い髪の毛が食い込んでいた。鑑識で調べた結果、香代の頭髪であることがわかって、それが決め手になって、翌日、彼女は殺人容疑で逮捕されたのである。彼女が夫を階段から突き落としたとき、彼が反射的に彼女の髪をひっつかんだのだ

ろうと警察は疑ったのだ。

「でも、検事さん、わたしは夫を突き落としていませんん。あの日、わたしが娘のところへ行くために家を出るとき、夫は玄関の外まで見送ってくれたんです。きょうは体調がいいから、自分のことは心配しないで、ゆっくりして来いと言ってくれたんです。それが最後の別れになったんです。そのあと、たぶん、夫はひとりで二階に上がり、自分の書斎で時間をつぶしたあと、一階へ下りるとき足を滑らして、階段から転げ落ちたんだと思います。あの階段は滑りやすいので、日ごろから用心するようにと言っていたのですが……」

「あの日、あなたが出かけたのは午前十時ごろね。娘さんのうちまで、なんで行ったの？」

「家からM西駅までは自転車で行きました。娘は西駅から七つ目のK駅の近くのマンションに住んでいますので、電車で行きました」

「で、向こうに着いたのは、何時ごろだったの？」

「十一時でした」

「その道中、だれにも知ってる人には会わなかったそうね」

「はい。だから、いくら警察でアリバイを言っても裏づけがないので、信じてくれませんでした」

と、香代は下唇をかんだ。夫の死亡時刻が十一時ごろと推定されたのに、その時間の自分のアリバイが証明されないのが、よっぽど悔しいのだろう。

「彩子《あやこ》さんから事件を知らせるケイタイがあったのが、午後四時の、正確には、何分ごろだったの？」

彩子というのが、幸司の死体を最初に見つけて一一九番した長男の嫁である。

「四時十五分か二十分ごろだったと思います」

「そのとき、あなたは娘さんのマンションの部屋にいたのね」

「はい、二歳の孫を風呂に入れていたときです。夫が死んだと聞いて、わたしはすぐ電車で帰りました。娘はタクシーを呼んでやると言ってくれましたが、渋滞する車より、電車のほうが時間的に早いので、電車で帰りました。帰ってみたら、夫の遺体はもうリビングルームに移されていました」

「じゃ、あなたはご主人が階段下に倒れて死んでいた現場は見ていないのね？」

「はい」

「ご主人の左手に女の毛髪が握られていたのを、あなたは見ましたか？」

「いいえ、見ていません。リビングルームに寝かされた夫の遺体と対面したときは、シートをめくって、顔だけを見せてくれました。夫が手に毛髪を握って死んでいたことなど、最初、わたしは知らなかったので……」

「でも、警察はあなたに毛髪の提出を求めたんでしょう」

「はい、主人の遺体が検死解剖のために搬送されたあと、鑑識員がわたしの頭髪を二、三本提供してほしいというので、わけを聞いて、はじめて事情がわかりました。で、化粧台にあるヘアブラシについてる毛髪を渡そうとしたら、わたしの頭からじかに抜いた髪がほしいと言われたので、鑑識員の目の前で頭から抜いて渡しました。警察は、わたしが娘のところへ出かける前に夫を階段から突き落とした、夫は転落する前に、わたしの頭髪をつかんで抵抗したので、爪の間に髪の毛が引っかかったんだと疑いますが、そんなバカなことってあるもんですか。夫が転落する前にわたしの髪をつかんだのなら、わたしだって気づきますから、現場から立ち去る前に、死んだ夫の手を念のため調べてみますよ。死体の手に自分の毛髪を残したまま、娘のところへ出かけるほど、わたしはまだボケちゃいませんよ。これはあきらかに彩子さんのしわざです。わたしに濡れ衣を着せるために、わたしのヘアブラシから抜け毛を取って、死体の手に握らせたんですよ」

香代は抑えていた感情が噴火したように一気にまくしたてた。

「彩子さんのしわざとすると、その動機は、やっぱり遺産相続ですか?」

と、不二子も、ずばり聞いてみた。

「当然でしょう。わたしに夫殺しの容疑をかけたら、わたしの相続権がなくなるので、息子の幸一さんが父親の遺産を独り占めできますからね」

「じゃ、幸司さんを殺したのも彩子さんだと、あなたは疑ってるの?」

「わたしだって、そこまでは疑ってませんわ。あの日、彼女が訪ねてきたら、義父が階段の下に倒れて死んでいたので、とっさの思いつきで、わたしに濡れ衣を着せることを思いついた。それくらいの悪知恵はつく人ですからね」

「そのことを、あなたは警察に言ってみたの?」

「もちろん言いましたが、警察はぜんぜん取り合ってくれません。自分の罪を嫁に転嫁するつもりかと、反対に叱られて……。本当に刑事って人種は、どうしてあんなに石頭ぞろいなんですかね。机をたたいて、頭ごなしに怒鳴りつけるしか能がなくて……」

香代は急にヒステリックに警察の悪口を並べたてはじめた。刑事の取り調べで、よっぽど嫌な目にあったのだろうか。顔が引きつって、瞳孔が狭くなっている。

　これ以上、聴取をつづけたら、彼女はますます言いつのって収拾がつかなくなる。そのほうが彼女の本心が聞けるかもしれないが、それをそのまま調書にしたら、あとで供述の信用性が問われる心配がある。とくに被疑者が女性の場合は、細心の注意が必要だ。苛酷な留置場暮らしや、きびしい取り調べで、精神に一時的に異常をきたす女性がいるからだ。

　不二子は壁の時計を見た。きょうは、このあとまだ二件の被疑者の取り調べが控えているし、あすの公判に備えて読んでおかねばならない分厚い調書もある。これ以上、香代の調べに時間は割《さ》けないので、検面調書をつくって、勾留手続きをとることにした。

　香代が供述した内容を、不二子が要約して口述し、それを中村《なかむら》事務官がパソコンに打ち込む。彼のパソコンには、すでにM西署からメールで員面調書（司法警察員が作成した調書）が届いているので、その文面を不二子の口述に合わせて加除して訂正する。それをプリントアウトして、不二子がもう一度、香代に読み聞かせて、間違いないことを認めさせてから、末尾に署名と指印をさせるのである。これが検面調書である。検察官の面前で作成する調書という意味である。

「きょうから十日間、留置場に泊まってもらいます。その間に警察が補充捜査して、その結果を待って、あなたを起訴するか、しないかを決めます。これから隣の地方裁判所に行って、判事の勾留質問を受けてください」

　不二子は香代にそう言いわたして、押送係の婦人警官にそっと目くばせした。

　婦警は、香代が左手の人さし指についた朱肉を拭うのを待ってから、彼女の両手に手錠をかけて、検事室から静かに連れ出そうとした。

「あっ、ちょっと待って……」

　不二子はあわてて呼び止めて、

「ちょっと、これを見て」

と、現場写真を数枚、香代のほうへかざした。

　香代は検事デスクに引き返すと、手錠をかけられた手で写真を受け取って見た。

　それは鑑識員が撮った死体現場のカラー写真だった。階段の下に倒れて死んでいる白坂幸司をいろんな角度から写してある。くの字に曲がっている右足のそばに、小さい植木鉢が一つ廊下に転がっている。細い茎が数本、床に平行に横にのびて、その先にオレンジ色の小さい花が三つ咲いている。白いプラスチックの鉢から、黒っぽい土が廊下にこぼれている。

「この植木鉢は、なんなの?」

「コスモスの鉢植えです。夫が階段から転げ落ちたとき、たぶん三角スツールにぶつかって、鉢が落ちたんですわ」

「三角スツール?」

「階段の下の廊下の曲がり角に、三脚の小さい置き台があって、その上にコスモスの鉢が置いてあったんです。うちの主人は花瓶にいける切り花は、花の打ち首みたいだと言って嫌うので、うちでは家の中でも鉢植えの花しか置かないんです」

「切り花は、花の打ち首……。なるほど、うまい表現ね」

不二子が感心して写真を見つめている間に、香代は婦警にうながされて退室した。

2

司法修習を終えて、検事に任官すると、最初の一年間は「新任」と呼ばれて、東京や横浜、大阪などの規模の大きい地方検察庁で、先輩の検事の指導を受けて実際の事件を処理しながら、実務を習得するのである。そして二年目からは、全員が全国の中小規模の地検へ散って配属されるのである。

不二子が配属されたのは、北関東のM地検だった。去年の春のことである。新任明けの一、二年は殺人のような大事件が振り当てられることはないのだが、たまたま先輩検事が三人も集団食中毒で入院したため、白坂香代の事件が不二子のところへ回されてきたのである。

小規模な地検では刑事部と公判部の区別がなく、捜査や起訴、公判も、一人の検事がやるので、不二子は、配点された事件では、検事室で調書に目を通すだけでなく、できるだけ現場に出向いて、実地を見ておくようにしていた。臨場感がないと、公判で被告・弁護人側から反証されたとき困るからである。

香代を勾留して三日目に、不二子はM西署の小泉《こいずみ》刑事に案内を頼んで、白坂幸司の家を見に行くことにした。小泉は香代の員面調書をとった警部補である。とかく刑事は検事が捜査の現場に顔を出すのを嫌がるものだが、彼は別に嫌がらずに地検まで車で迎えにきてくれた。若い女性検事がよっぽど珍しかったのだろう。去年の春、不二子がM地検に赴任したとき、地元の新聞に顔写真入りで紹介されたので、県内の警察署ではちょっとした評判になった。なにしろM地検はじまって以来の女検事の第一号だったからである。

「やあ、ミス地検さんにお目にかかるとは光栄ですな。しかし、その格好はなんです？　ピクニックにでも行くつもりですか」

と、小泉は不二子の足もとに目をやって、大げさに目をパチパチさせる。短く刈り込んだゴマ塩頭の、見るからに体育会系の男であるが、笑うと太いゲジゲジ眉が八の字にさがって、意外に人懐《ひとなつ》っこい顔になる。

不二子はジーンズにスニーカー履きだったのだ。

「きょうは、もう一件、貝塚遺跡の発掘現場へまわる予定なのよ。あそこは足場が悪いでしょう」

「あの盗掘事件も、検事さんの担当ですか。じゃ、盗掘現場へも、自分の車で送ってあげるよ」

小泉は初対面なのに、ざっくばらんな口をきく。自分のほうがひと回り以上も年長なので、相手が検事でも遠慮がないのだろう。

不二子は小泉が運転する車の助手席にさっさと乗り込み、後部シートは立会い事務官の中村に譲る。

「すぐ白坂の家へ直行しますか？」

「ええ、お願いするわ」

「それにしても、なんの変哲もない白坂の家を見に行くとは、検事さんも暇ですな」

と、小泉は発車させながら、憎まれ口をたたく。

「現場百回というのが、そちらの捜査の口癖じゃないの。だったら、検事だって、おつき合いに一度くらいは現場を見ておかなくちゃね。その後、白坂香代はまだ容疑を否認してるの？」

不二子も、負けずにやり返す。相手が年長のベテラン刑事であっても、現場では敬語は使わないで、つとめて対等な口をきくようにしている。二十四歳の若さで検事になった不二子であるから、未成年者の事件をのぞいて、取り調べる被疑者や事件の関係者はほとんどみんなが年上なので、いちいち敬語を使っていては、仕事がはかどらない。だから、ときには礼儀知らずの小娘だと悪口を言われることもあるが、不二子は、いっさい気にしていなかった。

「勾留後は黙秘してる。いくら無実を主張しても信じてもらえないのなら、これ以上なにを言っても無駄だと言ってね。案外、根性のすわった女だ」

「いまのままじゃ、わたしは起訴に持ち込む自信がないのよ。なにかもう一つ決め手になる物証がほしいんだけど」

「それは無い物ねだりだな。階段から落ちて死んだだけの単純な事件だからね、遺留物がないのは当たり前で、髪の毛が一本あったのが、めっけものだ」

「あれだって、なんだかわざとらしいのよ。脳梗塞の後遺症で右半身がマヒしていたら、全身の運動機能もにぶってるから、階段から転げ落ちる寸前、仮に突き落されたとしても、とっさに左手で相手の頭髪をつかむような反射神経はなかったはずよ」

「検事さんは、その若さで、えらく脳梗塞の後遺症にくわしいですな」

と、小泉は不二子の横顔をちらっと見て感心する。

「祖父が晩年、脳梗塞を患って、その介護に母が苦労していたのを見てるからよ」

「それは、どうも失礼なことを……」

小泉はぺこりと頭をさげてから、

「しかし、起訴する検事さんの立場で、あの毛髪の証拠能力をそんな被告弁護人みたいに反証していいんですかね」

と、不二子のあけすけな言動に批判的だった。

「弁護人でなくても、公判で判事がそう判断するわよ」

「じゃ、あの髪の毛は、やっぱり死体発見者である白坂彩子の偽装ですかね。被疑者の香代はそう言い張っているが……」

「彩子には、遺産相続にからんで、義母である香代に濡れ衣を着せるだけの動機はあるのよ。いったい、どんな嫁なの?」

「一言でいえば、派手好みな女だね。前もって連絡しておいたので、いま現場の家で待ってるはずです。香代が逮捕されて以来、あの家は空き家になってるんだ」

「一人息子の幸一は、あの家にもどってくる気はないのかしら?」

「彼は来年の春、隣のS市の市議会選挙に立候補するって噂だから、M市のおやじの家に転居するわけにはいかないのさ」

「立候補するなら、息子夫婦が義母に濡れ衣を着せる動機がなくなるわね。亭主が立候補する選挙前に、たとえ義理の仲とはいえ、身内から殺人の容疑者が出るようなスキャンダルはおこしたくないだろうし……」

「しかし、十四、五億円の遺産相続がからんでるなら、市議会選挙なんかあきらめるか、先送りするだろう」

「えっ、そんな資産家なの?」

「繁盛してるスーパーが三店舗だからね。昔は小さい薬局だったそうだがね」

いつのまにか市街地を通り抜けて、あちこちに田畑が点在する緑の多い住宅地にきた。不二子は車の窓ガラスをおろして、外の景色を珍しそうに眺める。

検事はつねに十数件の事件を抱えて、検事室でパソコンの画面とにらめっこで、つぎつぎに送検されてくる調書を読むか、隣の地方裁判所で公判に立ち会うのが毎日の仕事で、めったに外出することがないので、赴任して一年半になるのに、彼女はまだこのM市の地理に疎《うと》いのである。

「その後、聞き込み捜査で、なにか新しい収穫がありました？」

風が強いので、不二子は窓ガラスを閉めて、話を元にもどした。

「ゼロだね。人通りの少ない住宅地だから、香代が自転車に乗って午前十時に出かけたときも、また午後四時ごろ彩子が訪ねてきたときも、それを目撃した者がいないんだ。ただ一つ気になるのは、白坂家の向かいの家の夫婦が事件当日、海外旅行に出かけて、いまも留守をしてる。出発するときに、ひょっとしたら白坂家の様子を目撃してるかもしれないが、いつ帰国するかわからないから、いまのところは確かめようがない」

「とにかく勾留期間中までには、なんとかメドをつけたいわね」

「香代のアリバイについては、目下、M西駅とK駅から使用ずみの乗車券を回収して、彼女の指紋のついた券を探してる最中です。それに、彼女のタンスの小引き出しに、遺産相続の解説書が二冊もかくしてあった。捕らぬタヌキの皮算用で前々から遺産相続の勉強をしていたんだろう。これも立派な動機になる。動機があり、毛髪という遺留品があって、しかもアリバイがあいまいなら、起訴するに必要な最低限の要件はそろっている。なんでこれ以上のことを望むんです」

と、小泉刑事は、起訴するのをためらっている新米検事にハッパをかける。

川ぞいの桜並木は、葉が茶色にちぢんで落葉しかけている。橋を渡ると、生け垣の多い住宅地になる。

小泉刑事は車のスピードを落として、ブロック塀の前に車を止めた。

「ここですよ」

鉄柵の門扉ごしに見ると、庭は広いが、推定十五億円の資産家にしては、意外と質素な造りの家である。

ブロック塀の一角にあるガレージのシャッターがあがっていて、白い外車の横に、もう一台分のスペースがあいているので、小泉はそこへ勝手に自分の車をバックして入れた。

そのエンジン音に気づいたのか、ガレージの奥の通用口から、色の白い肉感的な女がサンダルをつっかけてやってきた。これが白坂彩子らしい。濃いめの化粧をして、イヤリングまでつけている。S市の自宅からやってきて、不二子たちがくるのを待っていたのだ。

小泉刑事が不二子を紹介すると、

「まあ、お若いのに、検事さんですか」

彩子は大仰に驚いて、不二子と中年男の小泉刑事を露骨に見くらべる。検事というポストが刑事の捜査を指揮する権限があるのを知っているような目つきだった。

池のある庭に面したリビングルームに不二子たちを通して、お茶の支度をしようとするので、

「どうぞお構いなく。検察官は一杯のお茶もいただかないことになっていますので」

不二子はソファに座らないで立ったまま断《ことわ》って、白坂幸司が倒れていたという階段をすぐ見せてもらうことにした。

階段はダイニング・キッチンへ通じる廊下にある。二階へ上がるときは、手すりが左側にある。下りるときは、反対に手すりが右側になるので、右半身が不自由だった白坂幸司には、ちょっと下りづらい階段である。

不二子は、鑑識員が撮った死体現場写真を中村事務官に見せて、

「ちょっと、この写真の通りに転がってみてくれない」

と、頼んだ。

中村は不二子より十歳も年長のベテランの立会い事務官だが、職務上、いやな顔をしないで、彼女の指示どおり階段の下の廊下に仰向《あおむ》けに寝転がって死体のふりをする。手足の位置は、小泉刑事が死体写真を見ながら訂正する。

「あなたが訪ねてきて見つけたときも、この通りでしたか？」

不二子は転がっている中村を指さして、彩子に確かめる。

「はい」

「この現場写真を見ると、死体の右足のそばにコスモスの小さい植木鉢が転がってるが、あなたが死体を見つけたときも、鉢は転がっていたのね？」

不二子は彩子に対しても、質問のスピードをあげるために敬語は使わなかった。

「はい」

彩子は眉をひそめて答えた。自分のほうが十歳くらいは年上なのに、いくら検事とはいえ、このオカッパ頭の小娘は言葉遣いを知らないのかと、ムッとしたのだろう。

「その鉢は、いつもはどこに置いてあったの？」

「この三角スツールの上に置いてあったはずです。いつ来ても、ここに花の鉢植えが置いてありましたから。だから、あの日も置いてあって、義父が階段から転げ落ちたとき、足がスツールに当たって、鉢が転げ落ちたんだわ」

と、彩子はキッチンへ曲がる廊下の隅を指さした。そこの角に花瓶か小さい盆栽でも置くような小さい三脚の置き台がある。

プラスチック製の小さい鉢は、転げ落ちたとき割れてひびが入っていたので、事件の翌日に捨てて、コスモスの花だけ庭に植え替えたのだと、彩子は答えた。

「じゃ、あなたが遺体を見つけて驚いたとき、うっかりよろめいたりしてスツールにぶつかって、鉢が落ちたんじゃないのね？」

と、不二子は念を押して聞く。

そばで、小泉刑事が、なんでこの若い女検事は植木鉢にこだわるのかと、いぶかる顔をしている。

「はい、義父の右足のそばに、もう落ちていました。廊下にこぼれた鉢の土を、わたしは足の裏で踏んだ感触があります」

彩子はきっぱり答えた。


「ご苦労さん。もう起きていいわよ」

不二子は、死体のふりをしている中村事務官をねぎらってから、階段を上がってみた。そして、二階から下を見下ろした。脳梗塞の患者には、かなりきつい急な階段である。これなら足を滑らして転落した可能性もある。

リビングルームに席を移して、不二子は聴取をつづけた。庭の池に錦鯉が泳いでいるのが見える。

「あの日、あなたが訪ねてきたのは、ちょうど午後四時だったそうね。ここへは、なんで来たの？」

「自分の車で来ました」

「いまガレージにある白いＢＭＷで？」

「はい」

「あの日、香代さんが自分の娘のところへ行くのを知って、その留守を狙って、あなたは訪ねて来たの？」

不二子はちょっと意地わるい質問をする。

「いいえ、前の晩に義母から電話があって、あすの午前中から留守をするので、もしこちらへ来る用事があったら、ちょっと寄ってお義父さんの様子を見てくれと言われました。それで、おやつのシュークリームを買って来てみたのです」

「そのとき、玄関の戸締まりは、どうなっていたの？」

「インターホンを押しても応答がないので、昼寝でもしてるのかと思って、合鍵で玄関ドアを開けて入ってみたら、義父は階段の下に……」

「で、すぐ救急車を呼んだのね。でも、なぜ一一〇番にかけなかったの？　まだ生きてると思ったの？」

「義父の顔に手を触れたとき冷たかったので、もう死んでると直感はしましたが、わたしはまっ先に夫のケイタイにかけたんです。あの日、夫は朝からゴルフに行っていたんです。そしたら、夫はすぐ救急車を呼んで救命処置をしてもらったら、蘇生するかもしれないと言うので、一一九番したら、救急車が来てくれましたが、もう死亡してると診断されて、救急車の人が一一〇番のほうへ通報してくれました。そのあと、わたしは香代さんのケイタイにもかけて知らせました」

「彼女はすぐもどってきましたか？」

「はい、一時間後に」

「あなたはお義父さんの死体を見つけたとき、すぐ左手の指に毛髪がからんでるのに気づいたの？」

「いいえ、そのときは気が動転していたので、全然、気づきませんでした。あとで鑑識の人から髪の毛を二、三本、提供してほしいと言われて、わけを聞いて、はじめて義父の手に髪の毛がからんでいたことを知りました」

「あなたたち夫婦は、最初お義父さんの再婚に反対だったそうね」

不二子がずばりと聞いても、彩子は神経が太いのか、さして気をわるくもしないで、

「わたしより、とくに夫が反対しました。というのも、夫の母が死んで、まだ喪があけないうちに、それまで通いで来ていた家政婦の香代さんに、あすから住み込みになってもらうと、義父が言い出したので、そのわけを聞いたら、喪があけたら再婚するつもりだと言われて、それで夫はびっくりして怒ったのです」

「じゃ、お義父さんと香代さんは、前の奥さんがまだ存命中からできていたのかしら？」

「そうらしいですわ。夫がじかに聞いたら、義父はあえて否定しなかったそうだから。でも、そんな親子ゲンカも、脳梗塞の発作で、いっぺんに吹き飛びましたわ。やっぱり父には親身に世話をしてくれる伴侶が必要だと、夫も理解して、前言を撤回して、再婚に同意しました。だから、わたしたちはお義父さんの老後は香代さんにまかせて安心していたんです。それが入籍して、わずか三年後に早くも、こんな結末になるとは……。通いの家政婦として来てくれていたころは、陰日向《かげひなた》なく働いてくれる人だと信用していましたのに……。いまになって思う

と、前の義母が死んだときも、ちょっとおかしいとは思ったんですけど……、いくら病弱だったとはいえ、死に方があまりに突然だったので……」

そう言いかけて、彩子はあわてて口をつぐんだ。話す相手が検事では、あらぬ誤解を招くと気づいたふりをして口をつぐんだのが見え見えの仕草だった。なにごとも思わせぶりに話すのが、この女の癖らしい。

3

勾留五日目に、不二子は香代をふたたび呼び出した。

五日ぶりに見る香代は、留置場暮らしに少しは慣れたのか、前よりだいぶ落ち着いた表情だった。

だが、取り調べでは、小泉刑事が言っていたように頑固に黙秘をつづけた。公判で決着をつける腹づもりなのか、いまさら検事に無実を訴えても時間の無駄だと思っているような態度だった。しとやかな見かけに似合わず、腹のすわった女かもしれない。

そこで、不二子は質問を変えてみた。

「ご主人の前の奥さんは自宅で入浴中に亡くなったそうだけど、当時、あなたは通いの家政婦だったのね」

「はい」

「あなたの勤務中に亡くなったの？」

「いいえ、わたしはもう帰宅していました。奥さんが亡くなったのは夜の九時ごろだったそうで……」

と、香代はあまり気乗りのしない様子で答えた。

白坂幸司の前妻の死については、二日前に小泉刑事に問い合わせて聞いていたのである。前妻は心臓に持病があって、月に一度、大学付属病院の循環器科へ通院していた。突発性肥大型心筋症というのが病名だった。

医師が処方した降圧剤や不整脈の薬を四種類も飲んでいた。薬を飲んでいるかぎりは、日常生活に支障はないのだが、飲み忘れると、胸が苦しくなって息切れがする。その日も飲み忘れて入浴したのか、湯につかっているとき狭心症の発作がおきたらしい。義母がなかなか浴室から出てこないので、嫁の彩子が不審がって様子を見にいったら、湯の中に沈んで死んでいたのである。一応、変死ということで、死因を調べるために行政解剖した結果、直接の死因は溺死だった。

前妻が入浴中に急死して、一年もたたないうちに通いの家政婦が後妻に昇格したのであるから、当然、前妻の死をめぐって変な噂がたったが、肥大型心筋症という特殊な病歴があったので、警察が捜査に乗り出すことはなかった。

前妻の遺体はすでに火葬されて灰になっているので、いまごろ検事が取りあげて聴取しても、香代はなにも恐れることはないはずなのに、なぜか彼女の口は重かった。

ほとんど白紙に近い供述調書の末尾に、白坂香代が署名して、左手の人さし指で押印したのを見とどけると、不二子は香代の後ろに控えている婦人警官に目くばせした。

きょうの押送係は新顔の婦警だった。三十半ばの小太りな女性である。中年太りがはじまったのか、どことなく動作が緩慢そうだった。彼女は香代の両手に手錠をかけ、腰縄の端を持って、不二子に軽く一礼して、香代をうながして検事室から静かに出ていった。

ドアが閉まると、不二子は回転椅子の背にもたれて、頭の後ろに手を組んで、ふうと深いため息をもらした。このまま補充捜査に進展がないと、これ以上、勾留を延長する口実もなくなる。きょうが最後のつもりで聴取したが、やっぱり香代は頑固に黙秘したので、あとは次席検事に起訴の決裁をもらうしかない。

「意固地なばあさんだな。せっかく検事が肩入れしてやって、起訴に消極的になってるのがわからないんですかね」

中村が不二子の胸の中を察して歯がゆがる。

「一般の人は検察と警察の区別がつかないのよ。まあ、それも無理ないけど……」

不二子があきらめ半分に言いかけたとき、突然、ドアの外で女の悲鳴というか、叫び声がした。

二人は、思わず、顔を見合わせた。すばやく中村が椅子から立って、廊下へ飛び出した。

五階の廊下には、検事室がずらりと並んでいる。その各部屋からも、廊下へ飛び出す靴音がする。

「救急車だ!」

「おい、大丈夫か」

と、怒鳴り合う声がする。

不二子も、廊下に出てみた。右側を見ると、廊下の突き当たりの喫煙コーナーに、四、五人の男たちが開いた窓から下を見おろしていた。この階の検事室で執務している事務官たちだ。中村も、その一人であるが、不二子に気づいて手招きするので、彼女はそちらへ小走っていった。

「大変です。白坂香代が身投げしました」

「えっ、この窓から?」

「見てごらんなさい」

ほかの事務官も場所をあけてくれたので、不二子は窓から身を乗り出して下を見た。

窓の真下に、灰色の護送バスが駐車していて、そのバスの屋根の上に白坂香代がうつぶせに倒れていた。茶色のカーディガンに見おぼえがある。手錠をかけられているので、両手が不自然にねじれている。

バスの運転手らしい警官がひとり車体の屋根にあがって、香代の容体を見ていたが、

「大丈夫だ。まだ生きてる」

と、こちらを見あげて大声で知らせた。

庁舎の警備員たちが駆けつけてきて、護送バスの横に伸縮式のハシゴを立てて、香代を屋根からおろす準備をはじめた。

五階の窓から飛び降りたら、死ぬ確率が高いが、たまたまバスの屋根に落ちたので、奇跡的に助かったのである。

このバスは朝のうちに管轄内の各警察署をまわって、呼び出しを受けている被疑者たちを拾って地検へ送り届ける。そして夕方になると、今度は各警察署へ送り返すのである。香代も、ほかの女性被疑者たちと一本のロープにつながれて、女性専用のバスに乗せられて、M西署から押送されてきたのである。

「救急隊員にまかせたほうがいい。へたに動かすとヤバイぞ」

窓から見下ろす事務官の一人が叫んだ。

護送バスからすこし離れたところに、香代を押送してきた婦警がぽつんと立って、警備員たちの動きを心配そうに見守っている。

「あの婦警はどうして香代を取り逃がしたの?」

不二子はそっと中村に聞いた。

「検事室を出て、廊下を歩いてるとき、香代が体ごとぶつかってきたそうです。婦警は不意をつかれて尻餅《しりもち》をついて転んだ。そのすきに、香代は腰縄をひったくり、廊下をつっ走って、窓から飛び降りたんだそうです。婦警はすぐ追っかけたが、あっという間のできごとで間に合わなかったそうで、責任を感じて、しょんぼりしています」

「喫煙コーナーの窓は開いていたの?」

「らしいですね。最後にタバコを吸った者が閉め忘れたんですよ」

「わたしじゃないわよ」

即座に、不二子は否定した。じつは、彼女も、ここの喫煙コーナーで、ときどき吸うことがあるのだった。

「じゃ、窓が開いてるのを見て、香代はとっさに投身自殺を思いついたのね」

「でも、まだ起訴もされていないのに、なぜ急に死ぬ気になったんですかね」

と、中村は首をかしげた。

遠くから、パトカーのサイレンの音が聞こえてきた。別の方角からは、救急車のサイレンも近づいてくる。二つの音は競い合うようにどんどん近づいてくる。

救急車が到着して、香代を病院へ搬送して行くのを見とどけてから、不二子は次席検事にこの突発事件の経過を報告した。次席というのは、地検のボスである検事正につぐ決裁官である。

香代が身投げしたのは、不二子の執務室を出た後のことだったので、直接、不二子の責任は問われなかったが、

「被疑者を自殺に追いつめるような高圧的な取り調べをしたんじゃないだろうね。とかく、きみは権力志向が強く、若さと才気にまかせて高飛車に突っ走る傾向があるからね」

次席は苦虫をかみつぶした顔で、ずけずけ嫌味を言う。

「わたしは女性と未成年の被疑者には、やさしく接しています。これが白坂香代が身投げする直前に供述した録取書です。ごらんになればわかりますが、四十分の聴取中、彼女はほとんど黙秘を通しました。彼女は公判で勝負する腹のようでした。だから、起訴もされないうちに自殺するとは思ってもみませんでした」

と、不二子は香代が署名した検面調書を提出したが、次席はろくに目も通さないで、

「きみはあの五階の喫煙コーナーで、ときどきタバコをふかしてるそうだが、きみがあそこの窓を閉め忘れたんじゃあるまいな。今日から、あの喫煙コーナーは廃止する」

「わたしは自分の執務室でしか吸いません。これでも結婚前の乙女ですから、はたの目を気にしてるんです」

不二子は臆せずに言い返した。

「喫煙コーナーの窓が開いていたのが、飛び降り自殺の引き金になったのは確かだろう。警察の留置場や取調室は監視がきびしいから、自殺しようと思っても、なかなか実行できない。その点、ここ地検なら監視がゆるいからね。とにかく今回は一命を取りとめてくれて、こちらも助かったよ。取り調べ中の被疑者が地検の庁舎内で自殺を図るなんて、M地検はじまって以来の大失態だ。もし死んでいたら、きみも私も、責任上、お先まっ暗だったんだぞ。女の被疑者を婦警が一人で押送するのが、どだい手ぬるい。男女二人の警官が左右を固めて連行すべきだ。近ごろはセクハラを気にして、女の被疑者に甘すぎるんだ」

普段は学者タイプの冷静な次席検事だが、根が小心者なので、この投身自殺がよっぽどショックだったのだろう。目線が泳いで、言うことが八つ当たり気味だった。

次席検事室からもどってみると、所轄のM東署の刑事たちが来て、中村事務官から香代の身投げ事件の経過を聴取していたので、不二子も、それに応じた。

事情聴取が終わって、彼らが引きあげると、不二子は自分の回転椅子にぐったり腰をおろした。緊張がとけて、どっと疲れが出た。

中村がそれを見て、さっそく執務室の隅にある小さいカウンターに行って、電気ポットでドリップ・コーヒーの支度をする。

彼は不二子より十歳も年上の妻帯者である。不二子のような若い未婚の女性検事と組む立会い事務官には、彼のような年長の妻帯者がつくのが通例になっている。なにしろ検事と事務官は、いつもペアで行動する。八畳ほどの検事室で、朝の九時から、ときには夜おそくまで二人だけで顔をつき合わせて執務するので、たがいに異性を意識しないように年齢を離し、未婚と既婚をうまく組み合わせてコンビをつくるのである。

その点、中村は年長なのにフットワークが軽く、さっぱりした気性なので、不二子は働きやすかった。しかも二児の父親で、毎日、愛妻弁当を持ってくるような男であるから、不二子はほとんど異性の目というものを意識しなくてすむのがありがたかった。気配りがすぎて、ときどき口うるさいところはあるが、経験の浅い不二子がはじめて手がける事件などでは、的確な助言をしてくれるので助かった。有能な立会い事務官に恵まれるかどうかで、検事の仕事の能率は天と地ほどの差がつくのである。

「さあ、どうぞ。今週はモカですよ」

と、淹《い》れたてのコーヒーを不二子にすすめた。

コーヒー党の彼は、毎週、コーヒーの銘柄を変えてサービスする凝りようだった。

「ありがとう」

不二子は一口すすると、デスクの引き出しからメンソール・タバコを出して、一本くわえて、火をつけた。コーヒーを飲むときタバコを欠かせないのが、彼女が司法試験の勉強中におぼえた唯一の悪癖だったのだ。

二人が熱いコーヒーをゆっくり飲み終わったころ、M西署の小泉刑事が押っ取り刀で駆けつけてきた。

「まだ起訴もされない段階で死にたがるとは、せっかちな女だな。そんなに思いつめていたようには見えなかったがね」

と、小泉も香代の自殺行為に首をかしげた。彼はその後の補充捜査の報告にくる途中で、この事件を聞いたという。

「ひょっとすると、白坂幸司の前妻の死を検事が追及しようとなさったので、香代はそれを恐れて……」

中村が新しいコーヒーを淹れて刑事にすすめながら、遠慮がちに口をはさむと、

「じゃ、香代は自分が後妻になりたいために、前妻を殺したというのかね。たとえば前妻が飲んでいた薬を別の薬とすり替えて飲ませていたとか……。しかし、たとえそうであっても、もう四年も前のことだ。いまさら警察が捜査に乗り出しても、物証は残ってないんだから、なにも恐れることはない。黙秘を通せば通せたはずだ」

と、小泉刑事は否定的だった。

その後の補充捜査によると……。

白坂幸司宅の向かいに住む山田《やまだ》夫妻が、きのう海外旅行から帰国したので、事件当日の白坂家の様子について、刑事たちが聞き込みに行ったのである。山田夫妻は自分たちが出発した日に、白坂家で幸司が階段から転落死して、後妻の香代が殺人容疑で逮捕されていることなど知らなかったので、びっくりしたが、十月六日のことはよく覚えていた。出発前に二階の戸締まりをしていたら、白坂の家の前で香代が門扉の外に立っている幸司に手を振って自転車で出かけるのを窓ごしに見たという。そのとき幸司は元気そうだった。それが午前十時ごろで、そして、いよいよ成田空港へ出かける段になって、白坂宅の前に白い外車のＢＭＷがとまって、白坂彩子がガレージのシャッターをあげて、車を入れようとしているのを見たという。それが午後三時だった。空港へ行く時間を気にしていたので、時刻に間違いないという。彩子のことは、三年前まで白坂親子はこの家で同居していたので、よく知っていた。

「午後三時？　変ね。彩子はわたしの前で、義父の家に行ったのは午後四時だったと言ったのよ」

と、不二子は聞き返した。

「警察でも、彼女はそう供述した。現に一一九番の通信司令室には午後四時六分に彼女からの通報が入った記録がある。だから、彼女が義父の家に到着したのが本当に午後三時だったのなら、義父の死体を見つけて一一九番するまで一時間の空白がある。彼女のケイタイの通話記録を調べてみたら、その時間内に、ゴルフ場にいた亭主と二十分くらい長電話している。死体を目の前にして、いったい、なにをしていたのか？　彼女のアリバイを洗いなおす必要があるので、検事さんが早まって香代を起

訴しないようにと思って知らせに行こうとしたら、香代が身投げしたという一報が入って、びっくりしたわけさ」

と、小泉刑事はここに駆けつけてきた事情を説明した。

「それは、どうもわざわざご親切に、感謝するわ」

不二子はすなおに頭をさげた。

「それから、M西駅とK駅で事件当日の使用ずみの乗車券を回収して調べたら、香代の指紋のついた券が見つかった。K駅から回収したものは往路の券で、M西駅のものは帰路の券だった。だから、あの日、彼女が娘のところへ電車に乗って行ったのは確実だ。おまけに、その日の午前十一時ごろ、K駅前の街頭防犯カメラに彼女らしい老女の姿が映っていた」

「午前十一時といえば、亭主の死亡推定時刻よ。だったら、彼女のアリバイは確実じゃないの」

「しかし、その防犯カメラの映像がすこし不鮮明なので、百パーセント彼女だとは断定できないんだ」

「彩子のほうのアリバイはどうなの?」

「いま裏づけを取ってる。その結果次第で、あすにでも任意同行をかけるつもりだ。やっぱり、検事さんが危ぶんだとおり、髪の毛一本で香代を逮捕したのは、こっちの勇み足だったかもしれん」

小泉は太い首をすくめて、ちょっぴり反省のいろを見せる。

「急に弱気になったのね」

「逮捕した被疑者に自殺されかけたのは、はじめての経験だからね。弱気にもなるさ。さいわい命に別状がなくて、こっちも命拾いしたよ。検事さんはおトガメがあったのかね」

と、不二子の身の上を気づかってくれる。

「わたしもドア一枚の差で、助かったわ」

「ドア……?　どういうことだね」

「彼女は廊下の窓から飛び降りた。わたしの執務室の外の廊下だった。つまり、わたしの責任の及ばない管轄外のハプニングだったのよ」

「なるほど……。もしここの検事室の窓だったら、あんたの出世コースも一巻の終わりになるところだったな。しかし、それにしても、あの押送係の婦警、六十のばあさんに体当たりされたくらいで、尻餅をついて、腰縄を手放すとは、気がたるんどる。鍛えなおしてやる」

と、小泉はひとり力んで憤慨しながら帰っていった。

香代の身投げ事件の後始末で、不二子はその日の予定がすっかり狂って、退庁したのは夜の十時をすぎていた。

彼女は毎日、送迎バスで通勤しているが、残業して中村といっしょに退庁するときは、彼の車に乗せてもらって、官舎まで送ってもらうことにしていた。彼の帰宅ルートと官舎への道順が同じであるからだ。事務官は地元採用であるから、結婚すると、たいてい市内か近郊にマイホームを購入する。その点、検事は二、三年ごとに転勤して、全国を転々とするので、退官するまでマイホームは持てないで、官舎住まいである。

合同庁舎の側面にある駐車場に出てみると、香代が屋根に落ちた護送バスはもういなかった。あさ送検してきた被疑者たちをまた乗せて、夕方には各警察署へ送り返すのである。

駐車場の舗装の割れ目のあちこちに、雑草がはびこっているが、身投げ現場を見に集まった庁舎の職員たちに踏まれて、草の茎が横に倒れていた。

不二子は、ふと足を止めて、雑草のそばにしゃがんだ。夜空は暗くても、外灯の明かりがあるので、地面はよく見える。小さい花が咲いている雑草は、キク科のアザミらしい。長い茎の先に桃色の花が咲いている。

そんな雑草を、不二子が手に取って見るので、

「どうしたんです？　野菊の花が心ない野次馬に踏みつぶされて、かわいそうになったんですか」

中村がいぶかって茶化すと、不二子は草を一本引き抜いて、すっくと立ちあがった。

「この近くに、花屋がある？」

と、聞く。急に思いつめたような声だった。

その声の変わりように、中村はとまどって、

「あるにはありますが、この時間だから、もう閉店してますよ。いったい、なんの花を買うんです？」

「コスモスの花がほしいのよ」

「コスモスなら、うちの庭にも咲いています。あす持ってきてあげますよ」

「じゃ、鉢植えで頼むわ。小さいプラスチックの鉢でいいわ。切り花はダメよ。花の打ち首みたいな切り花はダメ。一株ずつ鉢に植えて、鉢は二つ、お願いね」

と、念を押して頼む不二子は、引き抜いたアザミの茎の先端をじっと見つめていた。

4

午後三時、指定した時刻ぴったりに、白坂彩子は出頭してきた。法律一辺倒の殺風景な地検にくるのにも、丹念に化粧して、ブランドもののハンドバッグをさげている。正面のパイプ椅子に座ると、デスクごしに不二子の

鼻にまで香水の香りがとどく。

「急にお呼び立てしてすみませんね。じつは、きのう突発事故がありましてね」

不二子がそう切り出すと、彩子は片方の眉をすこしつりあげて聞き返すような表情をする。

「ここ五階の廊下で、香代さんが窓から飛び降り自殺を図ったんですよ」

不二子が単刀直入に言うと、

「えっ……」

彩子は驚いて、さっき入ってきたばかりの後ろのドアをふり返った。

「さいわい、窓の下に護送バスが駐車していて、その屋根の上に落ちたので、肋骨と足を骨折しただけで助かったが、あれほど無実を主張していたのに、まだ起訴もされない段階で、なぜ自殺を図ったのか、あなたはどう思います?」

「やっぱり義父に悪いことをしたという良心の呵責《かしゃく》か……、それとも留置場の生活がつらかったんじゃないでしょうか。本人はどう言ってるんですか?」

「いっさい、黙秘してますよ」

「いま入院してるんですか? 見舞いに行かなくちゃ……」

「まだ面会禁止です。ところで、あなたは彼女の娘さんが、去年、二歳の赤ちゃんを抱えて離婚したのを知ってますか?」

「はい、そんな話をちらっと聞いたことがあります」

「香代さんも、一人娘を抱えて四十歳で未亡人になった人よ。赤ん坊を抱えて離婚した娘が、この先、どんなに苦労するか、香代さんはそれを心配して、自殺を図った。そうは思いませんか?」

「娘さんの離婚と、本人の自殺と、どんな関係がありますの?」

彩子は眉をひそめて、けげんそうに聞き返す。

「香代さんは死んだ夫の遺産のうち自分が相続するはずの分《ぶん》をそっくり娘に残してやるつもりで自殺を図ったんですよ」

不二子がきっぱり断定すると、

「お言葉ですが、検事さん、香代さんは夫を殺した容疑で逮捕されたんでしょう。相続人が被相続人を殺した場合は、相続人としての資格を失うんじゃありませんか。つまり、香代さんは夫の遺産を相続できないはずですよ」

と、彩子の目もとに、かすかなほくそ笑みがもれた。

「あなたは民法の第八九一条をご存じ?」

不二子も、わざとほほ笑み返して聞く。

「はっ……？」

「香代さんのタンスの小引き出しに、遺産相続の解説書が二冊かくしてあった。その本にも八九一条のことが解説してあったわよ。おそらく彼女はそれを読んでいたので、死ぬ気になったのよ。中村さん、条文をお見せして」

不二子に促されて、中村事務官は椅子から立って、彩子に一枚のコピー用紙を渡した。八九一条の第一項を拡大してコピーしたものだ。


第八九一条［相続欠格事由］　左に掲げる者は、相続人となることができない。
一、故意に被相続人又は相続について先順位若しくは同順位に在る者を死亡するに至らせ、又は至らせようとしたために、刑に処せられた者

「この条文の意味がわかります？　最後の〈刑に処せられた者〉というのがミソなのよ」

「……？」

彩子の細い眉がまたすこしつりあがった。

「わかりやすく言えば、有罪の判決が確定して服役することになって、はじめて相続の資格を失うのよ。香代さんは夫殺しの容疑で逮捕はされたが、まだ起訴もされず、ましてや有罪の判決もくだされてもいないから、推定無罪の身で、遺産の相続権があるのよ。だから、きのう飛び降り自殺に成功していたら、被疑者死亡により、不起訴になるから、この欠格条件に当てはまらず、遺産を相続することができたのよ。相続とは、被相続人、つまり白坂幸司氏の死亡ではじまるのだから、そのときに遡《さかのぼ》って妻の香代さんは夫の遺産の半分を相続できる。そのあと彼女の自殺によって、今度は彼女の娘さんが相続することになるはずだった」

不二子がかんで含めるように説明すると、彩子の顔から化粧の下ですこしずつ血の気が引くのがわかった。

「じゃ、彼女は自分の相続分を自分の娘に譲るために自殺しようとしたと、検事さんはおっしゃるんですか？」

彩子は念を押すようにして聞く。

「そうよ。このまま起訴されて、もし公判で有罪になったら、相続権を失うので、起訴される前に自殺して、娘に代襲相続させようとしたのよ。こうすれば、百パーセント確実に娘に残してやれるからね」

「でも、それって、ちょっと気が早すぎるんじゃあり

ませんか。裁判というのは、たいそう時間がかかるって聞いていますけど……」

「ええ、とくに日本ではね」

「だったら、裁判になって、判決がおりる前、有罪になりそうな形勢になってから自殺しても、まだ間に合いますわ。もし無実になりそうだったら、早まって自殺する必要はありませんもの」

「普通の状態なら、たしかに早とちりね。しかし、彼女は勾留されてる身よ。留置場や拘置所は監視がきびしいから、自殺しようと思っても、なかなか実行できない。チャンスもなければ、手段もない。ワンピースのベルトだって自殺防止のために没収されるのよ。ところが、きのうは奇跡的というか、偶然にも、ここの庁舎の五階の廊下の窓が開いていた。ここは留置場とちがって、窓に鉄格子ははまっていない。香代さんはそれを見て、とっさに窓から飛び降り自殺ができると考えて、即座に実行したのよ」

「すごい執念ですわね」

「それが、娘や孫の将来を思う老母の一念よ」

「でも、自殺に失敗して生き残ったら、今後、公判で有罪になって相続権を失うことだってありますわね。せっかくの努力が水の泡になるかも……」


彩子は義母の早まった目論みをあわれむような口ぶりだった。

「いいえ、その心配はありません」

不二子が言下に否定したので、

「……？」

彩子はキョトンとする。

「香代さんは、きょうの午前中に、わたしが釈放しました」

不二子がやんわり言うと、彩子は目をパチパチさせて、

「まあ、検事さんはおやさしいのね。自殺行為に免じて許してやるんですか」

「わたしはそんなお人好しじゃないわよ。夫殺しの容疑が晴れたから釈放したのです。代わりに、あなたを刑法第一〇四条の容疑で逮捕します。これが逮捕状です」

不二子は机の上に伏せておいた一枚の紙を彩子の眼前に突きつけた。

あまりに突然だったので、彩子は感電でもしたように腰を浮かせた。その反動で、軽いパイプ椅子が後ろに倒れた。

中村がすばやく駆けよって彼女の両手に手錠をかけたが、むしろ彼の手のほうが震えている。ベテランの立会い事務官も、ワッパ（手錠）掛けは、はじめての体験だ

ったのだ。

「一〇四条って、な、なんの罪です?」

彩子は口ごもりながらも反抗的に聞いた。手錠をかけられた屈辱で、顔が紅潮している。

「証拠隠滅罪よ。たとえば、他人を罪に陥れるために虚偽の証拠をでっちあげたというのも、その一つよ」

「わたしが何をでっちあげたと言うんですか?」

「これから容疑事実を説明してあげるから、まあ、座って、落ち着きなさい」

不二子は手ぶりで彩子を座らせてから、メンソール・タバコを一本くわえて、ライターで火をつけた。そして、相手の動揺が静まるのを待つように、ゆっくり紫煙を吐く。真犯人を追いつめたこの瞬間の一服がこたえられないので、不二子は検事をやめないかぎり禁煙できそうになかった。

一本吸い終えて、灰皿に火をもみ消してから、

「あなたは十月六日、義父の家に行ったのは午後四時ごろだったと、先日、わたしの前で供述したわね。でも、お向かいの山田さん夫婦は、あなたが到着したのは午後三時ごろだったと、海外旅行から帰国して証言してるのよ。あなたの白いBMWがガレージに入るところを見てるのよ。三時に到着して、すぐ家の中に入って、階段の下に倒れて死んでる義父を見つけたのに、なぜ四時六分になって、やっと一一九番に通報したのです? 死体を前にして一時間も、なにをモタモタしていたのかしら?」

と、相手を見すえて、畳みかけて問いつめた。

「ちがいます。わたしが義父の家に行ったのは、本当に四時でした。山田さんが記憶ちがいしてるんです」

「山田夫妻は成田空港へ行く間ぎわで、時間を気にしていたので、時刻にまちがいないそうよ」

「でも、人間には、だれしも思いちがいというものがありますわ」

「いいえ、目撃証言以外に、立派な物証もあるのよ。中村さん、お見せして」

「はい」

中村は自分の机の下から小さい植木鉢を出して、彩子の前に無造作に置いた。

白いプラスチックの小さい鉢に、コスモスが一株、植えてある。まっすぐ伸びた茎は、高さが二十センチくらいで、細い茎の先に黄色い花が三つ咲いている。白い鉢の胴に黒いサインペンでAと書いてある。

「死体の右足のそばに、こんなコスモスの鉢植えが転がっていたそうね。わたしは実物を見てないが、鑑識員

が写した現場写真を見ると、鉢は廊下に転がって、鉢の土がすこし床にこぼれてるわね。ほら、この写真よ」

不二子は現場写真をデスクごしに彩子の前にさし出した。

それを合図に、中村がコスモスの鉢を彩子の前で横に倒した。机の上に鉢から土がすこしこぼれた。

「このように鉢を横に倒すと、まっすぐ伸びてるコスモスの茎は机の天板と平行に横になるわね。この現場写真に写ってるコスモスの茎も、まっすぐ横に伸びてるわ、廊下の床と平行にね。ほら、よく見てごらんなさい」

不二子は拡大したカラー写真の一枚を彩子の目の前にかざして見せた。

彩子は顔を近づけて見ていたが、この若いオカッパ頭のチビの女検事がなにを言おうとしているのかわからない様子だった。

「この植木鉢は廊下の隅の三角スツールの上に置いてあったが、お義父さんが階段から転げ落ちたときぶつかったので、鉢も転げ落ちたんだろうと、あなたは言ったわね。お義父さんの死亡推定時刻は午前十一時ごろだったから、この鉢が落ちたのも、その時刻になる。そして、この現場写真を鑑識員が撮ったのは、記録によると、午後四時三十五分ごろだったそうよ。つまり、鉢が倒れて約五時間半後に写したのよ」

「……」

彩子は眉根をよせて、まだけげんな顔をしている。

「中村さん、もう一つの鉢を出して」

「はい」

中村は再度、自分の机の下から、そっくり同じコスモスの鉢植えを取り出すと、彩子の前に置いた。今度の鉢の胴には、黒いサインペンでBと書いてある。この鉢にもコスモスが一株、植えてあって、茎の先にオレンジ色の花が二つ咲いているが、その茎の先端はL字形に直角に曲がっていた。

中村はその鉢Bを横に倒して、L字形に曲がっている茎の先端が上を向くように鉢を置きなおした。

不二子はボールペンの先で鉢をさしながら説明した。

「このBの鉢は、いまから五時間前に、わざと横に倒しておいたのよ。あなたが出頭してくる時刻に合わせてね。鉢を横にすると、まっすぐ伸びてる茎も横になるが、普通、草は地球の重力に反して上へ向かって伸びる性質があるので、時間がたつにつれて、横になった茎の先端は上に向かって曲がる。草の種類によって曲がる時間はまちまちだが、このコスモスは四時間半たったころから、すこしずつ上へ向いて曲がりはじめたのよ。そして、五時間もたつと、この鉢Bみたいに、ほとんど直角に上を向いた。だから、死体のそばに転がっていた鉢のコスモスも、鑑識員が写真に撮るときは、もう五時間半もたっていたことになるから、茎の先端が直角に上を向いてるはずなのに、この現場写真で見るかぎり、茎は上に曲がっていない。みなまっすぐ横になったままよ。ということは、死体現場の植木鉢は、お義父さんが転落死したときに落ちて転がったんじゃない。それよりずっと後に転がったのよ」

「……」

彩子はやっと理解できたのか、一つ大きく息を吸い込んだ。

「あの日、あなたは午後三時に義父の家に到着した。すぐ家の中に入って、死体を見つけてびっくりし、ゴルフ場にいる夫に携帯電話をかけて、善後策を相談したんでしょう。二十分間も長電話したのが通話記録に残っているのよ。このまま正直に一一〇番通報したら、事故死と認定されて、遺産の半分が義母の香代さんに行くので、彼女が階段から突き落としたように見せかけて、殺人の濡れ衣を着せて、彼女の相続権を失わせることにした。そのためには、死体の左手の指に義母の抜け毛を一本、握らせておく必要がある。鏡台のヘアブラシにあった抜け毛をね。とかく証拠を偽造するときは、周囲の状況もそれらしく偽装するつもりで、犯人はよけいな細工をするものよ。それがコスモスの鉢植えを死体のそばに転がして置くことだった。よけいな細工をしたのが、命とりになったわね」

「……」

彩子は目を伏せたまま、息をつめて黙っている。

「その偽装工作を思いついて実行するのに小一時間もかかったので、死体発見を一時間おくらせて、四時に到着したと嘘の供述をした。三時に到着して、すぐ正直に一一〇番していたら、義父の死亡から、まだ四時間しかたってないから、横に倒れたコスモスの茎の先が上を向いていなくても、それほど不自然ではないし、わたし自身、茎の変化に気づかなかったかもしれない。一時間の浪費で、現場の状況に矛盾が生じたのよ」

「あの……」

彩子は不二子の話を唐突にさえぎって、

「刑法一〇四条って、どれくらいの刑罰なんですか?」

と、ずばり聞いた。いまの彼女には、不二子の理づめな推理話などより、刑罰の重さが一番気になるのだろう。

「二年以下の懲役、または二十万円以下の罰金よ。幸司氏の死は事故死で、死亡推定時刻のあなたのアリバイはM西署の刑事が裏づけを取ったそうだから、義父殺しの容疑だけは消えたから、安心なさい」

「わたしは植木鉢を一つ転がし、義母の抜け毛を一本、義父の手に握らせただけです。罰金刑ぐらいで、すみませんか?」

「裁判はそんなに甘くないわよ。香代さんに夫殺しの濡れ衣を着せたために、彼女は自殺に追いつめられた。そういう状況をつくった罪は重いわよ」

あまり反省心の見られない被疑者を前にすると、つい検事の立場を忘れて、判事のような高所から、余計なお説教の一つでも言わないと気がおさまらないのが、不二子の性分だった。

「以上が逮捕容疑の説明よ。いまから、あなたに弁解の機会を与えて、調書をつくります。わたしが言ったことで、もしここが違ってるというように弁解したいことがあるなら、遠慮なく言っていいわよ」

「いまさら弁解するつもりはありませんが、一つ聞きたいことが……」

「なに?」

「草花が横に倒れると、茎の先が上へ曲がって伸びることに、どうして気づかれたんですか?」

「香代さんが身投げしたせいで、あの日、わたしは残業して、夜十時ごろ退庁したのよ。そのとき、彼女が飛び降りた駐車場に行ってみたら、地面の舗装の割れ目から生えてる雑草が、昼間、野次馬に踏みつぶされて横になっていたが、茎の先端だけは上へ曲がって伸びていた。それを見て、植物の生命力のたくましさに感心すると同時に、死体現場写真に写っていたコスモスの植木鉢を思い出し、あの鉢が転がった時刻がほぼ推定できたのよ。死体のそばに鉢植えを転がすのなら、盆栽の鉢にすればよかったのよ。盆栽の植え木なら、草花の茎ほどには短時間で変化しないからね」

最後にちょっぴり皮肉を言ってから、不二子は中村事務官にそっと目くばせした。

中村は彩子のそばに行って、彼女の手首から手錠をはずしてやった。これから供述をとるのだが、手錠をかけられたままの供述では、あとでその任意性が疑われるからである。だが、腰縄だけはつけて、身投げした香代の二の舞いを避けるために、縄の一端はパイプ椅子の脚にしっかり結んでおく。

手のひらの名前

1

不二子《ふじこ》は、警察から送検されてきた被疑者がはじめて自分と対面すると、まるで珍獣でも見るような表情をするのに、もう慣れっこになっていた。腰縄をつけられたまま、手錠だけをはずされて、検事デスクの前にあるパイプ椅子に座らされると、たいていの被疑者は正面にいる不二子を見て、首をかしげる。広い窓を背にして、革張りの回転椅子にちょこんと座っているこの小柄なオカッパ頭の若い女が本当に検事なのかと、いぶかり、左側の机にいる中年男のほうを見て、こっちが本当は検事で、この若い小娘はただの女子職員ではないのかと疑うような表情になるのだ。

だが、今日のこの被疑者だけは違っていた。パイプ椅子に座って、不二子と正対すると、急に相好《そうごう》をくずして、さも愉快そうに高笑いしたのである。笑うと、右の頬にある凶悪そうな傷跡が深いエクボのようにくぼむ。

「これはこれは、女の検事さんとは、ありがたい。まるでジャンボ宝くじに当たったみたいで、おれもツイテるな。お手やわらかに頼みますぜ」

と、バカ丁寧に頭をさげるが、不二子を見つめる目だけは笑っていなかった。

はじめて不二子を見たとき、一瞬、驚いたのは確かだが、検事室にくるのは今日がはじめての体験ではないといった余裕がうかがえる。

不二子は相手のそんな芝居がかった追従《ついしょう》笑いなど無視して、

「あなたの名字は、九十九と書いて、ツクモと読むのね。珍しい名前ね。九十九雄太《ゆうた》、四十七歳。職業は東邦総業の専務取締役。東邦総業というのは、指定暴力団・赤木組の隠れミノの会社だそうね」

と、淡々とした口調で取り調べをはじめる。

相手は二十歳も年上の男だが、取り調べるときは、年長者に対する敬語は、いっさい使わないのが、不二子の流儀だった。聴取のスピードが落ちるからだ。

「まあ、世間では、そう言ってるがね、ちゃんとした会社ですぜ。法人税も払ってるし……」

「あなたは一昨日、つまり十月五日の午後一時、M東署で傷害致死の容疑で逮捕されましたね。ここ地方検察庁でも、再度、あなたに逮捕容疑を告げて、弁解の機会を与えます。前科のあるあなたには、いまさらシャカに説法だろうが、あなたには黙秘権があることを……」

不二子が形式どおりに説明しようとしたら、九十九は右の手のひらを立てて遮《さえぎ》った。

「検事さんよ。時間を節約するために、四角ばらずに、ざっくばらんにやりましょうや。サツは傷害致死でおれをパクったが、おれは正当防衛でやったんだ。だから、おれは無罪だ」

頬の傷跡をまたエクボにして、ニヤっと笑った。ヤクザの幹部にしては、意外と人なつこい目をしている。

「あなたが警察で一貫して正当防衛を主張したことは、警察の調書にちゃんと書いてあるわよ」

不二子は机上のノート・パソコンの画面の上端をボールペンの先で軽くたたいた。そこには、すでに警察の調書がメールで送られてきているのだ。

それによると、十月四日（土曜日）の午後十一時半ごろ、M市天神町四丁目の明和マンションの前で、九十九雄太と、クラブ〈さくら〉のママ・小出美香子《こいでみかこ》（33）がタクシーから降りて、マンションの玄関のほうへ行きかけたとき、突然、植え込みのかげから、目出し帽をかぶった男が飛び出してきて、

「よくもオレをコケにしやぁがったな」

と、大声でわめくなり、二人めがけて襲いかかった。右手にサバイバル・ナイフが握られていた。

九十九は三日前に左の足首を捻挫《ねんざ》して、杖をついていたので、とっさに、その杖を振りあげて防戦しようとしたが、左足が踏んばれずに美香子ともつれ合ってよろけた。そのはずみで、目出し帽の男も襲撃する目標が狂ったのか、体ごと美香子にぶつかって、彼女の腹部にナイフが突き刺さった。彼女と犯人は抱き合うような格好で地面に倒れた。と同時に、九十九は振りあげた杖を男の頭めがけて打ち下ろした。杖のT字形のグリップで相手の頭を強打したのである。

この現場を目撃した者が二人いた。このマンションの五階に住む大学生と、もう一人はチラシ配りの男だった。学生は近くのコンビニへ夜食の弁当を買いに行くため、エレベーターで一階に降りてエントランスから出てきたとき、偶然、外の植え込みのそばで九十九たち三人がもつれ合って争っているのを目撃したのだ。

もう一人のチラシ配りの男は、このマンションのエン

トランスにある集合郵便受け箱に健康食品のチラシを配りに自転車でやってきて、歩道のところで事件を目撃したのである。突然の凶行に足がすくんで、茫然《ぼうぜん》と見ていると、

「おい、きみ、ケータイを持ってるなら、救急車を呼ぶから、貸してくれ。おれのケータイは電池切れだ」

と、九十九に声をかけられたので、あわてて携帯電話を渡すと、九十九はすぐ一一〇番と一一九番に連絡してから、

「きみは一部始終を見たんだな。じゃ、警察がきたら、証人になってくれ。見てのとおり、おれは正当防衛でやったんだ。正当防衛だ。いいな、そう証言してくれ」

彼は正当防衛という単語を念を押すように二度も言ってから、携帯電話をチラシ配りの男に返した。

そして、倒れた女のそばにしゃがんで、

「おい、ミカ、しっかりしろ。死ぬんじゃねえぞ」

と、はげまして、腹に刺さったナイフを抜こうとしたが、いま抜いたら出血がひどくなると思ったのか、ナイフを抜くのを思いとどまると、頭をかかえてうずくまっている目出し帽の男から黒い毛糸の覆面をはぎ取った。

「ふん、この野郎か」

男の正体がわかると、彼は靴の先で男の横腹を二度けった。

「あの……、目撃者なら、あそこにもいますよ。彼も証人になってくれるはずです」

チラシ配りの男は、エントランスの外に立ちすくんでいる青年を指さして、九十九に教えた。

数分後に、救急車とパトカーが前後して到着した。

美香子は腹を深く刺されて、ほとんど即死の状態だった。

目出し帽の男は救急車で病院へ運ばれて、救命処置を受けたが、一時間後に死亡した。死因は頭部打撲による頭蓋内出血だった。浜田正夫《はまだまさお》、二十九歳。赤木組と抗争中の黒岩組の構成員で、一年半前までは小出美香子と同棲していた男だった。自分の女を九十九に奪われたので、それを恨んで襲ったものと思われるが、九十九の反撃を受けて、返り討ちにあったのである。

現場検証と、二人の目撃者の証言を参考にして、九十九は過剰防衛による傷害致死の容疑で、翌日、正式に逮捕された。最初の一撃か二撃で浜田が倒れて無抵抗になったのに、その後も杖のグリップで連打したのが過剰防衛とみなされた。その杖はT字形のグリップが鋼鉄でできていて、杖というより、護身用の武器だったのだ。

2

不二子は回転椅子から立ちあがると、机に立てかけてあった杖を手にとり、石突きのほうを握って、九十九雄太の前で頭上に振りかぶって、二度、打ちおろしてみた。

左足首を捻挫していた九十九が歩くとき使っていた杖である。これで目出し帽をかぶった浜田正夫の頭を強打したのだ。アルミ合金製の軽い杖だが、T字形の握りのところだけは鋼鉄で作ってあるので重い。

「グリップが鉄だから、まるで柄の長い金槌《かなづち》みたいね。足の不自由な人が使う杖じゃないわ。これで頭を殴られたら、ひとたまりもない。あなたは正当防衛だと主張するけど、こんな護身用の武器を用意していたところを見ると、浜田が襲ってくるのを予期していたんじゃないの？」

不二子は九十九を挑発するように質問した。

「とんでもない。やつが襲ってくるのがわかっていたら、こんな杖じゃなく、防弾チョッキを着ていたよ。あの夜、やつがハジキを使わなかったのが不幸中の幸いだった。もしハジキを使っていたら、おれはハチの巣になってオダブツだったんだ」

「じゃ、この物騒《ぶっそう》な杖はどうしたのよ？」

「これは先代の親分が脳梗塞《のうこうそく》を患ったとき、リハビリ用に使っていたもので、形見にもらったんだ。その親分は武闘派だったから、護身用に使っていたのさ。おれは事件の三日前に左足首を捻挫したので、もらった杖を思い出して使っていた。わざわざ新しい杖を買うほどのこともないのでね」

と、九十九は答えた。

不二子は杖を元の位置にもどして、回転椅子に座りなおしてから聴取をつづけた。

「浜田が小出美香子さんに体ごとぶつかって腹を刺し、いっしょに倒れたとき、あなたはこの杖を振りあげて、鉄のグリップで彼の頭を強打した。最初の一撃か二撃で彼は頭をかかえてうずくまり、無抵抗になったのに、あなたはさらに三度も四度も連打したそうね。目撃者の一人がそう証言してるのよ。戦意を喪失して無抵抗になった相手を連打したら、正当防衛の限界をこえて、過剰防衛になるのよ」

「その目撃者って、あのマンションから出てきた学生だろう。あの若造は目が節穴じゃねぇのか。おれが連打したのは、目出し帽の野郎が無抵抗なふりをして、反撃のチャンスを狙っていたからだ。もう一人の目撃者、チラシ配りの男はどう言ってるんだ？」

「どちらの目撃者がどんな証言をしてるか、いま、あなたに教えるわけにはいかないのよ。いずれ公判でわかるでしょう。でも、浜田の遺体を解剖した結果、頭骨に強い衝撃を受けた痕跡が複数あったのよ」

「検事さんは女だから、男のケンカをよく知らないいんだよ。ケンカは連続した動作だ。どこまでが正当防衛で、どこから先は過剰防衛になるか、いちいち考えながら戦うわけじゃない。こっちがちょっとでも手をゆるめたら、相手は反撃してくる。まして目出し帽の野郎はサバイバル・ナイフで美香子を刺したんだぜ。目の前で自分の女が刺し殺されて、それで三度以上殴り返したら、過剰防衛による傷害罪になるなんて、そんな理屈がどこにあるんだ。うっかり手をゆるめたら、相手は立ちなおって、今度はこっちがやられることだってある。検事さんはエリートのお嬢さんだから、ケンカの要領がわからねぇんだ。こんな事件をあんたに担当させた上司の見識を疑うね。ヤクザのからんだ暴力事件は、やっぱり男の検事に担当さすべきだよ。いや、男の検事だって、小学生のころからガリ勉ばかりして、司法試験に合格したお坊っちゃまなんか、ケンカのケの字も知らねぇだろう」

と、九十九は巻き舌で一気にまくしたてた。メリハリのきいたしゃべり方をする男である。

「女のわたしで悪かったわね。単純そうな事件だから、新米検事のわたしに割り当てられたのよ。でも、言っておきますがね、抗争中のヤクザ同士のケンカは、先に攻撃を受けた側が反撃しても、ケンカ両成敗で、正当防衛とは認められないのよ」

不二子は負けずに言い返した。ヤクザに気おくれするようでは、検事は務まらない。

「あれは組同士の抗争じゃねぇ。赤木組と黒岩組は、ここ数年、停戦状態を保ってるんだ。第一、浜田なんてチンピラがおれに刃向かってくるなんて、十年早いんだ」

「彼は同棲していた女性をあなたに寝取られたんだから、復讐するのは当然でしょう。恋の恨みに、格上も格下もないわよ。ところで、明和マンションの七階の706号室に、小出美香子は一人で住んでいたそうだけど、事件の夜、あなたは彼女といっしょにタクシーで帰ってきて、彼女の部屋に泊まるつもりだったの？」

「いや、彼女を部屋に送ったら、すぐ引き返すつもりだった。あの夜は女房の誕生日だったからね。おれだって、家庭では、よきパパを演じてるんだ」

「でも、タクシーをすぐ帰してるじゃないの。なぜそのタクシーに乗って、まっすぐ帰宅しなかったの？」

「お茶の一杯くらいは飲んで帰るつもりだったから、タクシーは帰したんだ」

「美香子さんとは、いつからの付き合いなの？」

「半年前だ」

「浜田はあなたを狙って襲ったのか、それとも自分を裏切った彼女を最初から狙って刺したのか、どっちだったと思う？」

「それは、おれにもわからん。裏切った女に復讐するか、女を寝取った男に報復するかは、本人の性格次第だね。おれだったら、男に報復する。女には手を出さねぇよ。どんなに尻軽な女だってね」

と、彼はちょっぴり見栄をはるように答えた。

不二子は壁の丸時計を見た。今日は、このあとまだ二件の被疑者の取り調べが控えているし、あすの公判に備えて読んでおかねばならない分厚い調書もあるので、初回の弁解録取にこれ以上時間はとれない。調書をとって、勾留手続きをすることにした。

九十九が供述した内容を、不二子が要約して口述し、それを中村《なかむら》事務官がパソコンに打ち込む。彼のパソコンにもM東署からメールで員面調書（司法警察員が作成した調書）が届いているので、その文面を不二子の口述に合わせて加除して訂正する。それをプリントアウトして、不二子がもう一度、九十九に読み聞かせて、間違いないことを認めさせてから、末尾に署名と指印をさせるのである。

「今日から十日間、留置場に泊まってもらうわ。その間に警察が補充捜査をして、その結果を待って、あなたを起訴するか、しないかを決めます」

不二子がそう告げると、

「検事さんよ、こんな単純な事件に十日も勾留するなんて殺生《せっしょう》ですぜ。さっさと起訴して、正当防衛か過剰防衛かは、裁判官に判断してもらいたいね」

と、九十九は不服そうに言った。

「そうはいかないわよ。わたしが判断して、起訴するのよ」

不二子はぴしゃりと言い渡して、九十九の後ろに腰縄の端を握って控えている押送係の警官に目くばせした。その警官は九十九を椅子から立たせて、両手に手錠をかけて、検事室から静かに連れ出そうとした。

だが、ドアの前で、九十九は立ち止まって、不二子のほうを振り返った。

「検事さん、一つ聞いてもいいかね」

「なによ」

「検事さんの親類に、判事さんはいなさるかね。四半世紀も前のことだが……」

「そんなプライベートなこと、答えられないわ」

「二十五年前、ここのM地裁で、おれは初めて有罪判決をくらってね。まあ、初犯だったから、お情けで執行猶予をつけてもらったが、そのときの判事が千に羽という漢字を書いて、センバと読む珍しい名字だったので覚えてるんだ。ほら、この字さ」

と、九十九は不二子のデスクに置いてあるネームプレートを指さした。それには〈千羽検事〉と書いてある。

「同じ名字だから、ふと昔のことを思い出してね。右の目もとに泣きボクロのあるヤサ男の若い判事さんだったよ。もし検事さんのオヤジさんだったら、奇遇だね」

と、笑顔まじりに軽く頭をさげて、九十九は押送の警官にうながされて退室した。

その後ろ姿が消えて、ドアが閉まると、中村事務官が椅子の背にもたれて、思わず、ふうと大きく息をついた。いままで緊張していたのか、両肩の力が抜けるような吐息だった。

不二子と目が合うと、

「やっぱり気疲れしますね。ヤクザの幹部が相手じゃ」

と、彼はぎこちなく苦笑した。

「あら、そうかしら。わたしは反対に扱いやすいと思うけど」

「前科持ちで、場慣れしてるからですか?」

「あの連中は、警察には対抗意識をもつが、検察には最初から負け犬意識なのよ」

「ところで、検事、さっきの話、本当ですか?」

「さっきの話って?」

「千羽判事のことですよ。検事のお父上は二十五年前、ここのM地裁に赴任されていたんですか?」

「もう四半世紀も昔のことよ」

不二子が三代つづく法曹一家であることは、M地検では知れ渡っている。祖父は弁護士だったし、父はいまも高裁の判事をしているのだ。

「じゃ、検事も、このM市の生まれなんですか?」

「いいえ、生まれたのは東京の祖父母の家で、小学校にあがるまで、そこで育てられたの。父が千葉に転勤になってから、両親といっしょに暮らすようになったのよ」

この返事は、土地っ子の中村にはちょっぴり期待はずれだったらしいが、彼は気をとりなおすように執務室の隅にある小さいカウンターに行って、電気ポットでドリップ・コーヒーを淹《い》れはじめた。

彼は不二子より十歳も年上の妻帯者である。不二子のような若い未婚の女性検事が赴任してくると、その立会い事務官には、彼のような年長の妻帯者がつくのが通例になっている。なにしろ検事と立会い事務官は、いつも夫婦のようにペアで行動する。八畳ほどの検事室で、朝の九時から、ときには夜おそくまで二人だけで顔をつき合わせて執務するので、たがいに異性を意識しないように年齢を離し、未婚と既婚をうまく組み合わせてコンビをつくる。

その点、中村は年上なのにフットワークが軽く、あまり感情にとらわれない性格なので、不二子は働きやすかった。しかも二児の父親で、毎日、愛妻弁当を持ってくるような男であるから、不二子はほとんど異性の目というものを意識しなくてすむのがありがたかった。几帳面すぎて、ときどき口うるさいところはあるが、経験の浅い不二子がはじめて手がける事件などでは、的確な助言をして処理してくれるので助かった。有能な事務官に恵まれるかどうかで、検事の仕事の能率は天と地ほどの差がつくのだ。

「さあ、どうぞ。今週はブルーマウンテンですよ」

中村はコーヒーの香りが立つマグカップを不二子の前に置いた。

コーヒー党の彼は、毎週、豆の銘柄を変えてサービスする凝りようだったのだ。

不二子はデスクの引出しからメンソール・タバコを出して、一本くわえて、火をつけた。喫煙は、彼女が学生時代、司法試験の勉強中におぼえた悪癖だった。特にコーヒーを飲むときは、タバコが欠かせないのだ。地検の庁舎内は、一応、禁煙になっているが、独任官の検事は自分の執務室では一国一城の主であるから、だれに気がねすることなく吸うのである。

中村もコーヒーをすすりながら、さっそくパソコンに向かって、九十九の勾留請求の手続きをはじめた。

3

難関の司法試験に合格して、二年間の司法修習を終えて、検事に任官すると、最初の一年間は「新任」と呼ばれて、東京や横浜、大阪などの規模の大きい地方検察庁で、先輩の検事の指導を受けて実際の事件を処理しながら、実務を習得するのである。そして二年目からは、全員が全国の地検へ散りぢりに配属される。

不二子が配属されたのは、北関東のM地検だった。去年の春のことだ。新任明けの一、二年は殺人のような大きな事件が振り当てられることはないのだが、県庁で大がかりな汚職事件が発覚して、先輩検事たちがその捜査に取り組んでいるため、九十九雄太の事件が不二子のところへ回されてきたのだ。

小規模な地検では、刑事部と公判部の区別がなく、捜査や起訴をした検事が、そのまま公判も担当するので、不二子は、配点された事件では、検事室で調書に目を通すだけでなく、できるだけ現場に出向いて、実地を見ておくようにしていた。臨場感をつかんでおかないと、公判で弁護人側から反証されたとき困るからだ。

九十九を勾留して三日目に、不二子は明和マンションを見に行くことにした。目出し帽の浜田正夫が九十九と小出美香子を襲って、彼女を刺し殺しはしたが、九十九の返り討ちにあった現場だ。二人の目撃者を立ち会わせて、犯行を再現して、くわしく検証するのである。

中村事務官が運転する車で、不二子が明和マンションに行ってみると、すでにM東署の連中は来ていた。あまり人目をひかないように、パトカーは来ておらず、警官たちも私服か紺の作業服を着ている。

不二子を出迎えたのは、井上《いのうえ》刑事だった。九十九の員面調書をとった警部補である。とかく刑事は検事が捜査の現場にしゃしゃり出てくるのを嫌がるものだが、

「やあ、ミス地検さんにお目にかかれるとは光栄ですな」

彼は太い眉を八の字にさげて、愛想よく迎えてくれた。柔道が得意らしく、片耳がつぶれている。

若い女性検事がよっぽど珍しいのだろう。去年の春、不二子が赴任したとき、地元の新聞に顔写真入で紹介されたので、県内の警察署ではちょっとした評判になった。なにしろM地検はじめての女検事だったからである。

「すぐはじめますか?」

「ええ、お願いするわ」

井上刑事はマンションの玄関前で待機している二人の青年を手招きして、不二子に紹介した。

一人は山根光治《やまねこうじ》というM大文学部考古学科の学生で、このマンションの五階の部屋に同じ大学生の兄といっしょに住んでいる。事件当夜は近くのコンビニへ夜食の弁当を買いに行くつもりでエレベーターで一階に降り、エントランスのドアから一歩、外に出たとたん犯行に出くわしたのだという。

彼は不二子のそばにいる中村事務官のほうを見て、目顔で挨拶しかけたが、中村が顔をそむけたので、はぐら

かされた様子だった。不二子は目ざとく、それを見逃さず、一瞬、おやっと思った。この二人は、もしかしたら顔見知りかもしれない。

もう一人は無精ひげを伸ばした若者で、石本勝《いしもとまさる》というニ十五歳のフリーターである。この辺一帯に自転車でチラシ配りにきて、このマンションの前で事件に遭遇したという。

「じゃ、きみたちは、あの夜、目撃したときの位置に立ってくれ」

井上刑事が指示すると、山根は玄関ドアの前に立ち、チラシ配りの石本はマンション前の植え込み沿いの歩道に自転車を止めて立った。そこの歩道には街灯があるので、夜の十一時半ごろでも、周囲はかなり明るく、見通しはよかったはずである。

つぎに警察車両のそばにいる二人の男と、一人の女性が呼ばれた。三人とも若い警官である。県警のロゴの入った作業服を着ている。一人の男が杖をついて九十九の役を、もう一人が目出し帽をかぶって浜田の役を、そして女性警官は九十九の愛人の小出美香子の役を演ずるのである。

「よし、本番だ。九十九と美香子がタクシーから降りる。タクシーが走り去って、二人はマンションの玄関へ向かって歩く。と同時に、植え込みのかげから、目出し帽の男が飛び出す。よし、アクションだ！」

井上刑事が映画監督さながらに号令すると、植え込みのかげから、目出し帽の男が飛び出して、九十九と美香子役のカップルの前に立ちふさがり、

「よくもオレをコケにしたな」

と、わめくなり、サバイバル・ナイフのつもりで短い警棒を突き出して襲いかかる。

九十九役の男はとっさに杖を木刀のように正眼に構えて、暴漢の襲撃を牽制するが、美香子がおびえて九十九の腕にしがみついたので、二人はもつれ合ってよろける。そのため、覆面の男は襲うターゲットが狂ったようなふりをして、美香子の腹を警棒で突き刺すまねをする。つぎの瞬間、九十九役が杖を持ちかえて振りあげ、T字形のグリップのほうで目出し帽の男の頭を二度強打すると、暴漢は頭をかかえてうずくまり、戦意を失うが、九十九はなおも追いかけて、しつこく連打する。もちろん、すべて演技である。

相手が倒れて気を失うと、

「おい、きみ、ケータイを持ってるなら、救急車を呼ぶから、貸してくれ。おれのケータイは電池切れだ」

九十九役は歩道に立っているチラシ配りの石本に声を

かける。

石本のほうが、玄関前に立っている大学生の山根より、近くにいたからだ。彼がポケットから携帯電話を出して渡すふりをする。

「よし、以上が九十九本人が供述してる動作だ。きみたちが見たのも、この通りだったかね?」

井上刑事は二人の目撃者に尋ねた。

「ええ、だいたい、この通りでした。この程度なら、正当防衛ですよ」

チラシ配りの石本はそう答えたが、

「いや、ぼくが見た感じでは、目出し帽の男が飛び出したとき、九十九という人はとっさに連れの女を自分のほうに引きよせて、目出し帽の男の正面に女を押しやるというか、自分が女の後ろに隠れるような動作だった。だから、犯人は刺す標的が狂って、女を刺したんだと思うな」

と、玄関ドアの前に立っている山根光治は言った。

「えっ、九十九は女を盾にしたというの?」

不二子がすかさず聞き返した。

「ええ、そんな感じでした。だから、卑怯な男だなと思いました。ぼくは翌日の夕刊で知ったんですが、あの顔に傷跡のある人は赤木組の幹部だそうですね。でも、女を盾にするなんて、ヤクザのすることじゃありませんよ」

山根はきっぱり言いきった。話す相手が検事や刑事であるから、ヤクザの悪口でも平気で言えるのだろうが、それにしても、なかなか腹のすわった学生だ。

すると、歩道にいるチラシ配りの石本が口をはさんだ。

「いや、ぼくはそんな感じはしなかったな。あの九十九という人は片足が悪くて、杖をついていた。だから、連れの女が彼をかばって、自分が暴漢のナイフの前に身をさらして、彼を助けようとしたんですよ。だって、テレビのワイドショーの報道によると、あの目出し帽の男は彼女の前の彼氏だったんだろう。だったら、女は自分がナイフの前に出て説得したら、昔の彼氏もおとなしく引きさがると思ったのかもしれない。ヤクザの愛人なら、それくらいの度胸はあるはずだと思うな」

と、ヤクザ映画のファンみたいなことを言う。

「九十九は杖で目出し帽の男を何回くらい殴ったの?」

不二子は二人の目撃者を等分に見くらべて尋ねた。

そばで、中村事務官が手に小型カセット・レコーダーを持って録音している。あとで二人の供述を調書にするためである。

「三回くらいだったね。目出し帽の男が倒れて戦意を失うと、もう殴るのをやめて、ぼくにケータイを貸してくれと言って、すぐ一一〇番に通報したんです」

チラシ配りの石本がそう答えると、

「いや、五回か六回は杖を振りあげたね。覆面の男が無抵抗になったあとも、殴るのをやめなかった。あれは、あきらかに過剰防衛ですよ」

と、大学生の山根は杖を振りあげて殴るまねをする。

この二人は同じ犯行現場を目撃していながら、言うことがまったく食いちがっている。二人がそれぞれ目撃した位置は二十メートルくらい距離の差があり、途中に電柱や植え込みもあるが、しかし、その程度の障害で見まちがえるには差が大きすぎる。

不二子はその点を疑問に思って、

「あなたたちは前々から、九十九という男を知っていたの?」

と、聞いてみた。

「いいえ、ぼくは、あの夜、はじめて知りました」

石本がそう答えると、

「しかし、これは、あの夜、きみが配っていたチラシだろう」

井上刑事がポケットから一枚のチラシを出して、石本の目の前にひろげて見せた。ダイエットに効くというインチキくさい健康食品のチラシだった。

「これは東邦総業が卸してる商品のチラシだ。東邦総業といえば、赤木組の会社で、九十九が役員をしてる。きみはあそこから給料をもらってるのか?」

「いいえ、ぼくは新聞販売店のバイトで配ってるだけです。赤木組の会社だとは知らなかったな」

「九十九にケータイを貸してやったのも、あらかじめ示し合わせた予定の行動じゃなかったのか?」

九十九との共謀を疑って問いつめると、

「と、とんでもない。あの場面に出くわしたのは本当に偶然だったんです」

石本は大げさなくらい首をふって、うろたえ気味に答えた。

「ぼくは、あの人とは前に二度、マンションのエレベーターの中で出会ったことがある。頬に大きな傷跡があるので怖かったですよ。あとで知ったんですが、やっぱりヤクザだったんですね」

と、山根は答えた。

この二人の目撃証言を公用車の中で調書にとって、二人を帰したあと、不二子は井上刑事に案内してもらって、小出美香子の部屋に行ってみた。

明和マンションの七階の706号室である。2LDK

のこぢんまりした部屋だった。彼女の遺族は遺体を千葉の実家へ運んで、そちらで火葬したので、ここの部屋はまだ事件当日のままで、後片付けがすんでいないそうである。

美香子は一人で住んでいたが、あまり家庭的な女ではなかったらしく、室内は掃除がゆきとどかなく雑然と散らかっていた。キッチンも料理をした痕跡があまりなく、寝室には男物のパジャマや下着がまざっていた。九十九がときどき泊まっていたのだろう。

「県警からの情報によると、美香子は暴対課の某刑事の情報提供者だったというんです。赤木組の動静をさぐるために、同棲していた浜田を捨てて、赤木組の幹部の九十九に乗り換えたらしい」

井上刑事は、室内には自分たちしかいないのに、声をひそめて言った。

暴対課というのは、暴力団対策課のことである。

「じゃ、それ以前は浜田を通して、黒岩組をスパイしていたのかしら?」

「たぶんね。でも、最近はガセネタをつかまされることが多かったと、暴対課の連中はこぼしていた。九十九が彼女の正体を見抜いて、わざとニセ情報を流していたのかもしれないが、くわしいことは暴対課が教えてくれないんですよ。美香子は組の情報を流す代わりに、自分の店で働かせてる東南アジアの女の取り締まりを目こぼししてもらっていたのでね」

「じゃ、目出し帽の浜田が美香子を刺したのも、九十九とまちがえて刺したのではなく、黒岩組の命令だったかもしれないわね」

「黒岩組の若い衆の話によると、浜田が美香子を恨んでいたのは確からしい。彼女に捨てられてからは、金まわりが悪くなって、借金がかさんでいた。飲んで酔うたびに、彼女に思い知らせてやると、わめいていたそうです。だから、九十九とまちがえて刺したんじゃなく、最初から彼女を狙っていたんですよ。暴対課では、最初から九十九を狙って襲うなら、ナイフじゃなく、ハジキを使うだろうと言ってる。ナイフで二人組を襲ったら、たとえ男女のカップルでも、一人を刺してる間に、もう一人に反撃されるか、逃げられる危険がありますからね」

「なるほど……。とにかく、九十九を過剰防衛による傷害致死で起訴するには、山根は大切な目撃証人だから、公判までは彼の身の安全を確保してほしいわ。赤木組の圧力や妨害を受けないようにね」

と、不二子は念を押して頼んだ。

「その点は心配いりません。二人の目撃者がどんな証言をしているか、また二人の氏名や住所も、いっさい九十九には教えていませんから」

「でも、山根はあのマンション内で二度も九十九と出会ってると言ってるのよ」

「わかりました。十分、注意します」

井上刑事は不二子より歳がひと回りも上らしいのに、若い女性検事の顔を立てて、すなおに承知した。

「それから、チラシ配りの石本が九十九側に買収されていないかどうかも調べてほしいわ」

と、不二子はさらに指示を追加する。検事は警察の捜査を指揮する権限を持っているのだ。

「ええ、やってみましょう。それから、美香子は三千万円の生命保険に入ってましたよ。受取人は母親でした」

「親孝行な娘ね」

「ヤクザと付き合ってると、いつなんどき抗争に巻き込まれて命を落とすかもしれないので、加入していたんでしょう」

4

その夜、不二子は官舎の独身者用のマンションに帰ると、シャワーを浴び、パジャマに着替えてから、メンソール・タバコを一本ふかしながら、缶ビールを飲んだ。これが毎夜、帰宅したときの習慣である。

一缶飲みほして、灰皿にタバコをもみ消してから、固定電話の短縮ボタンを押した。すぐに広島高等裁判所の官舎にいる母が応対に出た。

「あら、今夜は早いご帰宅ね。夕食は毎晩ちゃんと食べてるんでしょうね」

母の応答は、いつものお説教からはじまる。

「ええ、外ですませたわ」

「いつも外食ばかりね。たまには自炊しないと、栄養がかたよるわよ」

「自炊する時間などないわよ。それより、いまお父さんは電話に出てくれるかしら?」

「いま書斎で調書調べよ。お父さんに、なにか用があるの?」

「ええ、ちょっとね」

母が電話を切りかえると、すぐに父が代わった。

「いまごろ、なんの用だね?」

父は相変わらず、ぶっきらぼうである。公判の調書を読んでいる最中に邪魔が入ると、声まで不機嫌になるのが父の癖である。

「二十五年前、M地裁で、ツクモという大学生に傷害罪で懲役六ヵ月、執行猶予一年の判決を下した事件を覚えていない?」

「ツクモ……?」

「九十九と書いて、ツクモと読むのよ。珍しい名字だから、覚えてるかしらと思ってね。右の頰に大きな傷跡がある男だけど、二十五年前にも、その傷跡があったかどうかはわからないわ」

「その男がどうかしたのか?」

「彼が被疑者になってる事件をいま担当してるんだけど、わたしのデスクのネームプレートを見て、同じ名字の判事を知ってると言うのよ。自分に最初の有罪判決をくれた判事だから覚えてるそうよ」

「その恨みで、おまえに報復するとでも言ってるのか?」

「ううん、ちがうわ。なぜ執行猶予がついたのか、そのわけを、わたしが知りたいのよ」

「ツクモね。すぐには思い出さないな。当時の日記を調べてみるから、折り返し電話する」

父はそう言って、すぐまた母に電話を代わった。

5

週が明けて月曜日の昼前、M東署の井上刑事が九十九の件で緊急に報告したいことがあると言って、あわただしく不二子の執務室にやってきた。

彼は中村事務官の机が空席なのを見て、

「あれ、彼、欠勤ですか?」

ちょっと拍子抜けした顔をする。

「下痢気味とかで遅刻してるのよ。午後には出てくるそうだけど……。で、報告って、なに?」

井上刑事は検事デスクの前にある被疑者用のパイプ椅子に腰を下ろすと、

「検事、まずいことになりましたよ。山根光治が麻薬取締法違反容疑で逮捕されました。けさ、西署から連絡があったんです」

「えっ、あの目撃証人の学生が……。ヤクの常習者か、売人だったの?」

「麻薬といっても、幻覚キノコを所持していたんです」

「マジック・マッシュルームのこと?」

「ええ、あのキノコは二年前から麻薬に指定されてるんです。きのうの日曜日、郷土資料館の庭で、縄文時代の食生活を体験学習する市民カルチャー教室がひらかれて、山根もボランティアとして参加しました。彼はM大の考古学科の学生ですからね。縄文土器の複製で縄文料理をつくって試食して、縄文人の生活を体験するパーティーだったそうです」

「おもしろそうね」

「普通こういったイベントには、小中学生も参加するものだが、ゲテもの食いの一種だから、万一、食あたりしたらヤバイので、未成年者は参加させなかった。そしたら、その予感が的中したのか、試食中に、参加者のうち十人ぐらいが異常をおこして苦しみだしたので、救急車を呼んだ。病院で調べたところ、幻覚症状とわかり、さいわい軽症だったので、その夜のうちに全員が退院したが、患者の一人の着衣のポケットに乾燥した幻覚キノコがあるのを、看護師が見つけたんです。診察のために患者の着衣を脱がせようとしたら、ポケットから乾燥キノコの入った小さいビニール袋がぽろっと出てきた。それが幻覚キノコで、山根光治のブルゾンのポケットにあったんです。鑑識班が郷土資料館の庭に残っていた食後の土器を調べた結果、深鉢の底に残っていた縄文シチューから幻覚キノコの成分が検出されたそうです」

「じゃ、彼がそのシチューの中に幻覚キノコを混ぜたの?」

「たぶんね」

「でも、彼自身、幻覚症状をおこして、救急車で運ばれたんでしょう。自分で料理に混ぜて、自分で食べたの?」

「自分も幻覚症状を体験してみたかったのかもしれない。たいして重症じゃなかったそうです」

「で、彼は容疑を認めてるの?」

「いや、否認してるそうだ。幻覚キノコなど見たことも触ったこともないと言って」

「じゃ、なぜブルゾンのポケットにあったのかしら?」

「幻覚キノコは二年前までは違法じゃなかった。愛好家の間では簡単に買えたそうだから、その古い残りを、だれかがイタズラ半分に縄文料理に混ぜたと思われる。昔は学生の飲み会などでも座を盛りあげるために使っていたそうだ。あす山根はこちらへ送検されてくるはずだから、検事さんが担当してくださいよ。九十九の事件の重要な目撃証人だから」

「ええ、次席検事にかけあって、わたしが引き受けるわ」

「ところで、検事……」

と、井上刑事は身を乗り出すようにして声をひそめた。

「その試食会に、ここの中村事務官が参加していたそうですよ」

「えっ、本当？」

不二子は、思わず、ななめ右側にある中村の空席を見た。彼が郷土史にくわしいことは知っていたが……。

「郷土資料館の学芸員の話では、中村さんは貝塚や遺跡の発掘には、たびたびボランティアとして参加していたそうだ。山根と、どの程度のつき合いがあるのかは知りませんがね」

「彼が出勤してきたら、直接、聞いてみるわ。先日、明和マンションの前で実況見分したとき、あの二人が顔を合わせて、ちょっとぎこちない様子だったのを見て、変だなとは思ったのよ。やっぱり面識があったのね。でも、なぜあのとき、わたしに言わなかったのかしら」

と、不二子はそのときのことを思い出して、首をかしげた。

井上刑事が報告をすませて帰ったのと入れちがいに、中村が出勤してきた。げっそりやつれた青い顔をしている。

「すみません。おそくなって……」

「下痢はもう止まったの？」

「出るものが出て、腹が空っぽになって、すっきりしました」

「縄文料理で、食あたりしたんじゃないの？」

不二子がさりげなく言うと、

「……？」

中村は、一瞬、顔の表情が止まった。

「さっき井上刑事がきて、きのう郷土資料館であった騒動を話してくれたのよ」

「そうですか。でも、なぜそんなことを、わざわざ検事に話しにきたんですか？」

と、中村はけげんな顔をする。

「じゃ、あなたは山根光治が幻覚キノコ所持の容疑で逮捕されたのを知らないの？」

「幻覚キノコ？　いえ、知りません。きのうは参加者が十人ぐらい食中毒をおこして、救急車で運ばれたのは知ってますが……。じゃ、あれは幻覚症状だったんですか。道理で、食中毒にしては、ちょっと症状がちがうなと思ったんですよ。異常に興奮して、妙に狂気じみた騒ぎようでしたからね」

「あなたは救急病院へは付きそって行かなかったの?」

「ええ、ぼくは郷土資料館の人たちとあとに残って、煮炊きした炉の火の後始末や、炊事に使った土器などを片づけたんです。そしたら、途中から腹がゴロゴロして下痢気味になったので、急いで家に帰ったんです」

「縄文シチューに幻覚キノコが混ざっていたそうだけど、縄文シチューって、どんな料理なの?」

「深鉢状の土器にドングリやクルミなどの木の実、ヒエやアワなどの雑穀、いろんな山菜やキノコをちゃんこ鍋のようにごったに混ぜて煮込むんです。ダシは干し貝や昆布でとります。米粒のない雑炊みたいなものです。いまの季節はキノコ類がたくさん出まわってるので、偶然、幻覚キノコがまぎれ込んだんじゃありませんか」

「山根の着衣のポケットに乾燥した幻覚キノコがあったそうよ。だから、偶然、食材に混ざったのではなく、だれかが故意に混ぜたのよ」

「彼は自供してるんですか?」

「いいえ、否認してるそうよ」

「ぼくはキノコが嫌いで、縄文シチューは食べなかったので、救急車で運ばれなくて助かりましたが、縄文クッキーを食べすぎたせいか、急に下痢になって……」

と、中村は下腹のあたりをさする。

「縄文クッキーって、なに?」

「ドングリやトチの実などをアク抜きし、石皿ですりつぶして、ウズラの卵や鳥の肉をまぜて、ハンバーグ状にして、平らな石の上で焼くんです。黒く炭化したものが、あちこちの竪穴住居跡から出土しています。考古学では、これを縄文クッキーといって、なかなか高カロリーな食品です。おいしいので、ぼくは食べすぎて、そのせいで消化不良をおこしたんだと思います」

「それらの食材は、どこで仕入れるの? 山へ採りに行くの?」

「たいていは自然食品店で買えます。魚貝類はスーパーで買って、それを黒曜石の石包丁で切って料理するんです。煮炊きする土器は、焚火で焼いて作った素焼きの土器を使います」

「ところで、山根とは、どの程度のつき合いだったの?」

「遺跡の発掘に参加したとき、ときどき顔を合わせる程度で、プライベートなつき合いはありません。だから、先日、明和マンションの前で実況見分したとき、彼が目撃証人だったので、びっくりしました。向こうも、ぼくが地検の事務官だと知って驚いたようでしたが、あのときは東署の刑事たちがいたので、互いにそ知らぬふりをしたんです」

「だれが犯人であれ、なぜ縄文食に幻覚キノコを混ぜて、不特定多数の参加者を狙ったのかしら?」

「考古学では、幻覚キノコは、縄文期のシャーマニズムを研究するテーマの一つなんです。縄文人は狩猟採集の生活で、キノコもたくさん採って食べていたから、当然、幻覚キノコも知っていたにちがいありません。だから、祭りの夜には、焚火のまわりで、村の全員が幻覚キノコを食べて、興奮し、恍惚状態というか、幻覚状態になって、踊り狂ったと思われます。土俗的な原始宗教の儀式に幻覚キノコは使われたにちがいなく、だから、たぶん犯人も縄文料理に混ぜて、参加者たちに食べさせて、みんながどんな反応をするか、実験してみたんじゃないでしょうか」

と、中村は考古学マニアらしい推測をする。

それにしても、縄文時代についての学識は相当なものである。不二子は彼にこんな一面があるのを知って、内心、驚いた。副検事をめざして、刑事訴訟法だけを勉強しているものとばかり思っていたのだ。

6

火曜日の午後、山根光治がM西署から送検されてきた。押送の警官に手錠をはずされて、不二子のデスクの前にあるパイプ椅子に座らされた。先週、明和マンションでの実況見分で会ったときは、まじめそうな学生だったが、きょうの彼は不二子の視線をさけて、ふてくされた態度を隠そうともしない。逮捕されたことに精いっぱい抗議しているのだろう。

「あなたは日曜日の夜、M西署に麻薬所持の容疑で逮捕されましたね。ここ地方検察庁でも、再度、あなたに逮捕容疑を告げて、弁解の機会を与えます。その前に、あなたには黙秘権が……」

不二子が形式どおりに前置きを言おうとしたら、山根は顔をいらだたしげに左右にふって、

「ぼくは無実です。容疑を否認します。幻覚キノコなど見たことも触ったこともない。これは、ぼくをおとしめるワナだ」

反抗的に言ってから、左側の事務官席にいる中村のほうへちらっと目をやった。

だが、中村はパソコンの画面を見つめたまま、目を合わせないようにしているので、とりつく島もない。

「あなたは容疑を否認するけど、着ていたブルゾンのポケットに、これがあったのよ」

不二子は書類の下から透明なビニール袋を出して、山根の顔の前で振ってみせた。ちょうど文庫本くらいの大きさの袋である。中に乾燥した茶色い漢方薬のようなものが少し入っている。

「あなたが救急車で病院に運ばれたとき、看護師がブルゾンを脱がせようとして、これがポケットから落ちたのよ」

「だから、それはぼくの所持品じゃないと言ってるんです。ぼくが幻覚症状で錯乱してるとき、だれかが介抱するふりをして、ぼくのポケットにねじ込んだんだ。ぼくが救急車で運ばれる前にね」

「じゃ、縄文試食会に参加していた者のしわざだというの？」

「ええ、そうです」

そう答えて、山根はまた中村のほうへ同意を求めるような視線をやった。中村もその試食会に参加していたのだから、相槌を打ってくれるなり、なにか助言をしてくれるのを期待するような様子だった。

だが、中村は事務官の立場をまもって、検事の取り調べには口をはさまないで、パソコンの画面に視線を落としている。

「ぼくはそのビニール袋には、いっさい手を触れてないから、ぼくの指紋はついてないはずです。調べてください」

と、山根はなおも言い張る。

「もちろん、警察は調べたわよ。たしかに、あなたの指紋は検出されなかったが、警察が押収する前に、病院の医師や看護師たちが手にとって、袋の中身を調べたので、大勢の指紋が袋にべたべた付着して、あなたの指紋が消えたとも考えられるのよ」

「そんな……、ぼくの指紋がないのが、ぼくの持ち物でないことの唯一の証拠になるのに……。そうだ、そのビニール袋はぼくのブルゾンのどちらのポケットに入っていたんですか？」

「どっちって？」

「右のポケットか、左側か？」

不二子はメールで送られてきた送致記録を見て、

「そこまでは警察の調書には書いてないわね」

「ぼくは左利きです」

山根は左手で字を書くまねをして、

「だから、タバコやライターなど、すぐ取り出すものは、たいてい左のポケットに入れます。もし本当にぼくが幻覚キノコを縄文シチューに混ぜたのなら、そのあと、そのビニール袋は左のポケットにしまったはずです。もし右のポケットに入っていたのなら、ぼくが左利きなのを知らないヤツか、知っていても、うっかりあわてて左右の区別に注意しなかったヤツのしわざですよ」

と、彼は理づめに言った。

「なるほど……。西署に問い合わせてみるわ」

「それに、ぼくが幻覚キノコをシチューに混ぜるなら、余さずに全部混ぜるか、もし余ったら、その場で炉の火にくべて証拠隠滅《いんめつ》してますよ。救急車で病院に運ばれて、幻覚キノコのせいだとバレたら、警察の捜査が入るのに、後生大事にポケットに残して持っていませんよ」

「じゃ、幻覚キノコが違法な麻薬だとは知っていたのね」

「いいえ、麻薬に指定されてるとは知らなかったが、ヤバイ毒キノコだとは思っていました」

「それがポケットにあったのは、あなたに濡れ衣を着せるために、だれかがやったというのね。そんな人間に、あなたは心当たりがあるの?」

「ありませんよ。ぼくはだれとも争っていないし、恨みを買うようなことをした覚えもない。強いてあげれば、あの九十九という人だけです。ぼくが彼に不利な証言をしてるので」

「赤木組のほうから、なにか圧力があったの?」

「いいえ、ぜんぜん……。じゃ、検事さんは、やっぱり赤木組のしわざだと言うんですか?」

「その線が強いわね。試食会に、それらしい人物は参加していなかったの?」

「気づかなかったな。みんな考古学の好きな、いつもの常連ばかりでした。もしヤクザっぽい人間がまぎれ込んでいたら、すぐ目につきますよ」

そう言ってから、山根は中村のほうへ向きなおって、

「あなたは気づきましたか?」

と、じかに話しかけた。

はじめて声をかけられて、中村はとまどったように顔をあげて、

「いや、ぼくも気づかなかったな。あの日、ぼくはだいぶ遅れて参加したので……」

と、答えた。なんだか腰が引けたような言い方だった。

「あなたたちは前々から知り合いだったの?」

不二子は二人を等分に見くらべて聞いた。

「遺跡の発掘現場などで、ときどきお会いしてました。

まさが地検にお勤めだとは知りませんでした」

と、山根はあらためて中村に向かって軽くお辞儀した。

「ぼくは、最近は勤めのほうが忙しくて、すっかりご無沙汰していたが、先日は縄文料理を試食できるというので、ひさしぶりに参加したんです」

中村が言いわけがましく言うと、

「あの現場にいたのなら、なにか目についたことはなかったの？　あなたも土器で煮炊きしていたんでしょう。まわりで変な調理をしてる者とか、幻覚症状で苦しんでる山根君をなれなれしく介抱するふりをしてる者とか……」

不二子は、直接、中村に尋ねた。

「気がつきませんでしたね。ぼくは縄文クッキーを焼くコーナーにいたので、山根君が調理していた縄文シチューのまわりで、どんな動きがあったのか、よく見ていなかったんです」

中村は郷土資料館の庭につくった炉の配置図をメモ用紙に書いて、不二子に見せた。石を集めて組んだ炉に土器の壺を立てて煮炊きしたり、平たい石を焼いて蒸し料理をつくったのである。シチューを調理するコーナーと、クッキーを焼くコーナーは、庭の中でも、かなり離れた位置にあった。


「幻覚キノコ混じりのシチューを食べたとき、変な味に気づかなかったの？」

不二子は山根に尋ねた。

「幻覚キノコがどんな味がするのか知らないので、気づきませんよ。ごった煮の雑炊だから、いろんな味が混ざってるんです」

「で、食べたら、どんな気分になるの？」

「最初は胸がむかついて、悪酔いしたような気分がして、手足の先が虫に刺されたようにチクチク痛くなるんです。変だなと思ってるうちに、ものが二重に見え、焚火の炎が狐火のように跳びはねて見えるんです。極彩色の宮殿の中に迷い込んだか、全身にオーロラの光の粒子を浴びてるような錯覚がして、検事さんの前で言うのも不謹慎ですが、とにかく最高にハイな気分になるんです。まるで万華鏡の華麗な世界にいるみたいで……」

と、山根は照れ笑いする。最初のふてくされた態度は、すっかり消えていた。

「そんな症状じゃ、だれがあなたの上着のポケットに幻覚キノコの袋をねじ込んだか覚えてないのね？」

「ええ、まわりの人の顔がみな二重、三重にぼやけて見えましたからね」

「じゃ、もう一度聞くけど、九十九以外に、あなたを陥れようとする者に心当たりはないのね？」

「ありません。ぼくは人に恨まれるような生活はしていません」

彼はきっぱり否定した。

7

中村事務官が定時に退庁するのを待って、不二子はタクシーを拾って、ひとりM東署へ行った。あらかじめ電話を入れておいたので、署では井上刑事が出迎えてくれた。

「おや、今晩はお一人ですか。中村事務官は？」

「毎晩、残業につき合わすのも、かわいそうだから、たまには単独行動するのよ」

と、不二子は言いつくろった。

検事と立会い事務官は、つねに夫婦のようにペアで行動する。検事がひとりで行動したら、たとえ事件関係者から重要な供述を聞き取ったり、物証をつかんでも、客観性がないからである。また関係者の中には粗暴な者がいて、検事に危害を加えることもあるので、立会い事務官がつき添ってボディガード役をするのだ。


井上刑事はそのことをよく知っているので、不二子の単独行動をいぶかったのである。

「さっそく九十九を呼んできましょう」

井上は取調室の一つに不二子を招いて、室内にある電話で留置管理係にかけて、九十九を取調三号室に連れてくるように指示した。

せまい取調室には、粗末なスチール机とパイプ椅子が二脚置いてあるだけだ。

「九十九とは、しばらく二人だけにしてくれませんか」

不二子が頼むと、

「それはまずいですよ。検事さんは女性だし、こんな密室で男の被疑者と二人きりというのは……。まして相手はヤクザですよ。私が同席しないと……」

と、井上はしぶい顔をする。

「じゃ、あなたは隣の部屋からマジック・ミラーごしに監視するか、ここのドアを開けっ放しにして、外の廊下で見張ってくれてもいいわよ」

「なぜそんなに私を遠ざけるんです？」

井上は気を悪くしたらしい。

「今回の事件とは関係なく、ちょっとプライベートなことを聞きたいのよ。じつは二十五年も昔、ここのM地裁で、わたしの父が彼に有罪の判決を下してるのよ。そのことで、ちょっと……」

「えっ、本当ですか……」

彼は目を丸くして驚いたが、この若い女検事の父が高裁の判事をしていることは伝聞で知っていたらしく、

「じゃ、十分間だけですよ。私はドアの外で見張ります。万一のときは、すぐ飛び込みます」

と、しぶしぶ承知してくれた。

そこへ、九十九が看守の警官に連れられてやってきた。井上刑事が引きついで、鉄格子のはまった窓を背にして九十九をパイプ椅子に座らせた。用心のため手錠ははずさないで、腰縄の端も窓の鉄格子に結んでから、ドアを半分開けたまま、井上は外の廊下に立って見張ることにした。

ダンディーなヤクザの幹部も、留置場内では、うらぶれた感じがぬぐえない。素足にゴムぞうり履きだし、ズボンも、自殺防止のためにベルトを没収されているので、腰からずり落ちかけている。

不二子はスチール机をはさんで九十九と向かい合った。一週間ぶりに見る九十九は、無精ひげが伸びて、やつれた顔をしている。彼は不二子がわざわざ警察署へ出向いてきて、しかも刑事を遠ざけて、自分と差しで尋問しようとするのを見て、けげんな様子だった。

「正当防衛か過剰防衛か、単純な事件なのに、なぜいつまでもぐずぐず勾留するんだね。さっさと起訴して、早くケリをつけてくれ」

と、いらだたしげに言う。

「あなたの犯行を目撃した一人が、麻薬取締法違反で逮捕されたのよ」

不二子が教えると、九十九は眉根をよせて、首をかしげた。

「あの現場には、目撃者が二人いたが、どっちの男だ？」

「あなたに不利な証言をしてるほうよ。あなたの反撃は正当防衛じゃない、過剰防衛だったとね。まさかあなたが弁護人を通じて、組の若い衆に彼を始末するように命令したんじゃないでしょうね」

不二子がまっすぐ見すえて問いただすと、九十九は眉をつりあげた。

「とんでもない。おれは二人の目撃者のどっちが、どんな証言をしてるか知らないんだぜ。サツが教えてくれないんでね。しかし、検事さんよ、おれが命令しなくても、おれの意を汲んで勝手に動きまわる子分の三人や四人はいるからね」

と、彼は不敵な笑みを浮かべた。エクボに見えた頰の

傷跡が、とたんに凶悪になる。

「あなたの組の構成員に、考古学の好きな者がいるかしら?」

「考古学……? おれの業界とは一番縁の遠い世界だな」

「赤木組では、幻覚キノコは扱ってないの?」

不二子は外の廊下で見張っている井上刑事の視線を背中に意識しながら、すこし声を落として、ずばり聞いた。

「マジック・マッシュルームかね。あんな漢方薬みたいなものは、一部のマニアが自家栽培して、インターネットで密売してるのさ。最近は注射したり、吸引するヤクはやらねぇよ。手軽に飲める錠剤型の脱法ドラッグしか売れない。ただし、うちの組は、いっさいヤクには手を出してないがね」

と、九十九はまたニヤッと白い歯を見せた。

「ところで、あなたは二十五年前、M地裁で最初の有罪判決を受けたが、執行猶予がついたわね」

「あの判決を下した千羽判事は、やっぱり、検事さんのオヤジさんだったかね」

「あなたの名字が珍しいから、父は覚えていたわ。当時のあなたは正義感の強い学生だったそうね。合気道サークルの連中と飲み会をやってるところへ、赤木組のチンピラが因縁をつけて乱闘になり、あなたはチンピラを三人もたたきのめして、傷を負わせた。三人も病院送りにしたら、いくら正当防衛を主張しても通らない。過剰防衛による傷害罪で有罪になった。なんだか今回とよく似てるわね」

「あのときと今回では、正当防衛の要件である〈急迫不正の侵害〉の度合いがぜんぜん違う。二十五年前はたかがチンピラとのケンカだったが、今回は自分の連れの女性が目の前で刺し殺されたんだ。こちらが反撃しなかったら、おれまで殺されていたかもしれん。その急迫不正な侵害を防いだんだ。これが正当防衛でなくて、なんだね」

九十九は手錠のはまった両手を拳にして、机をたたいた。

「チンピラを退治した大学生が、なぜ、そのあとヤクザの世界に入ったのよ? ミイラ取りがミイラになったみたいじゃないの」

「この顔の傷は、そのときナイフで切られたものだ。頬にこんな大きな傷跡が残り、おまけに卒業前に執行猶予つきとはいえ前科がついたから、内定していた就職は取り消され、あらたに採用してくれるところもないので、窮余の末、赤木組に乗り込んで、責任を取ってくれとねじ込んだら、もちろん門前払いをくらったが、数日後、先々代の親分の未亡人がその話を聞きつけて、おれの安アパートにやってきて、三国志風にいえば、三顧の礼で迎えてくれたのさ。組を会社組織に切り替えるには経理につよい人材が必要だといわれて、一流会社の初任給よりいい条件でスカウトされたのさ」

「そういえば、あのころは全国の暴力団がそろって会社組織に衣替えしたころだったそうね。ところで、その前年、あなたは豪雨で増水した川で溺れかけた少年を助けて、消防署から感謝状をもらってるわね。それで、その少年の両親が嘆願書を法廷に提出してくれたおかげで、判決に執行猶予がついたそうね」

「あれは弁護士の作戦だったんだ。千羽という判事は若いのに情にもろいという噂だったからね」

と、九十九は不二子をじっと見つめて、にんまりした。

「助けた少年のことは、いまでも覚えてるの？」

「名前は覚えてるが、なにしろ二十六年も前のことだ。その後、一度も会ったことがないから、いま会っても、ぜんぜん顔はわからないだろうな。丸顔のずんぐりした少年だった」

彼は目をつぶって、遠い昔を思い出す表情になった。

不二子は拳に握った左手を九十九の眼前に突きつけて、パッと拳をひろげて見せた。

その手のひらには、黒いボールペンで四つの漢字が書いてあった。ここ東署にくる途中、タクシーの中で書いたのである。

「その少年、この名前だった？」

九十九は彼女の手のひらをのぞき込むと、息を止めたまま、大きくうなずいた。

「どこで知ったんだ？」

彼は声をひそめて聞き返した。驚きで、声が上ずっている。

「市立図書館で地元新聞の古い縮刷版を調べたのよ。濁流に飛び込んで救助した勇敢な学生の美談として、消防署長から感謝状を受け取る写真が大きく載っていたわよ」

不二子は背後で見張っている井上刑事に気づかれないように左手をそっと引っ込めた。

「なぜ今になって、そんな昔のことをほじくり返すんだね」

九十九はいぶかって聞き返したが、不二子は、それには直接答えず、

「とにかく、これで、すべて謎がとけたわ。気の毒だけど、やっぱり、あなたを過剰防衛による傷害致死罪で

起訴するから、法廷では、あまり争わないでほしいの。求刑どおり有罪になっても、執行猶予がつくはずだから、控訴しないでほしいのよ」

「公判の前に、検事がそんなことを被告人になるおれに頼んで、いいのかね。こんな司法取引きは、日本ではルール違反じゃないのか。もしバレたら、検事を罷免されるぞ」

「それを承知で頼んでるのよ。あなただって、昔、助けた少年に、今度は自分が助けられても、うれしくないでしょう」

「ど、どういう意味だ?」

九十九は気色《けしき》ばんで、にらみつけた。

二人は腹の中をさぐるように五、六秒、見つめ合っていたが、九十九はひらめくものがあったのか、

「そうか、読めたぞ。いいとも、あんたの作戦どおりにする。安心しろ」

彼は大きく独り合点して、にやりとウインクした。右頬の凶悪だった傷跡がまた人なつこいエクボになる。

不二子も、目顔でうなずき返すと、パイプ椅子から立ちあがって、廊下にいる井上刑事に聴取が終わったことを告げた。左の手のひらの字を井上に見つからないように、しっかり拳に握っている。

8

年が明けてからの公判で、九十九は不二子の求刑どおり有罪になった。傷害致死罪で懲役二年、執行猶予三年の判決だった。彼に殺された浜田の頭骨に強打による亀裂が複数あったことで、九十九の反撃が過剰防衛だったことが立証されたのだが、愛人が目の前で殺されたので正当防衛に近い行為だったとして、情状が酌量されて、執行猶予がついたのである。懲役二年というのは、傷害致死では最低の刑である。

判決の日、不二子が地裁から帰って、次席検事に勝訴の報告をして、自分の執務室にもどってみると、デスクの上に〈辞表〉と上書きした白い封筒が置いてあった。中村事務官の姿は見当たらない。

不二子は半ば予期していたので、封筒から一枚の便箋を出して読むなり、すぐ破って、自分のハンドバッグにしまった。

そして、中村のケータイへかけると、彼はすぐ応答した。

「いま、どこにいるのよ?」

「青葉公園です」

彼の声は沈んでいた。

青葉公園というのは、地検の裏手にある河川敷の公園である。

「あの辞表は、なによ。破いて捨てたわよ。まさか総務部のほうへも、もう辞職届を出したんじゃないでしょうね？」

「まだです。いま最後のタバコを吸い終わったら、出しに行くつもりです」

「バカね。早まって出すんじゃないわよ。わたしがなんのために山根光治を不起訴にしたか、わからないの？　べつにあなたに恩を売るつもりはないけど、すこしはこちらの苦労も察してよ」

「でも、検事、ぼくは麻薬取締法を犯したんです。辞表を出さざるをえません」

「辞職するのは、あなたの勝手だけど、まさか警察に自首して、わたしまで巻きぞえにする気じゃないでしょうね。とにかく、すぐもどってきなさい、五分以内に」

相手は十歳も年上のベテラン事務官だが、不二子は容赦なく決めつけた。

9

それから一週間後の夕暮れ、人影のない冬の公園のベンチに男がひとり座って、タバコをふかしていた。あたりは暗いのに、人目を気にしてかサングラスをかけている。右の頬に大きな傷跡があるのがいかにも凶悪そうである。

そのベンチへ、プロ野球球団のロゴマーク入りのジャンパーを着た小柄な女が近づいてきた。この女も人目をはばかるように野球帽を目深にかぶり、白い大きなマスクをつけている。

彼女は男の横にすこし距離を置いて座った。

「待った？」

マスクのせいで、声がくぐもっている。

「いや、おれもほんのすこし前に来たばかりだ」

男は短くなったタバコを足もとに落として踏み消した。そこには言葉とは裏腹に三本の吸い殻が落ちている。

彼はサングラスをちょっと額にあげて、相手の横顔をまじまじと見つめた。

「なんだね、その格好は？　まるで野球小僧じゃねぇか」

「あなたと会うときは、これぐらいの変装がいるのよ。とにかく、執行猶予がついて、まずはおめでとう」

「なにがめでたいもんか。こっちは正当防衛で、あくまで無罪を勝ち取るつもりだったんだ」

「でも、控訴しないでくれて、恩に着るわ」

「おかげで前科がまた一つふえた。まあ、これも、あんたのオヤジさんへの恩返しだと思って、文句は言わないがね」

「恩返しといえば、二十六年前の少年も、そうなのよ」

「ああ、わかってる。だから、あんたの論告に合わせて上訴権を放棄したんだ」

「じゃ、少年の正体がわかったのね」

「頭の鈍いおれでも、あんたの手のひらの字を見て、ピンときたさ。それまで、あんたから二人の目撃者のうち、おれに不利な証言をする男が幻覚キノコ所持容疑で逮捕されたと聞いて、変に思ったんだ。麻薬容疑なら、証人としての信用性がゼロになる。まるでおれを助けるために、だれかが謀《はか》ってやってくれたような逮捕だったからね」

「……」

「ところが、あとで弁護人に調べてもらって聞いた話では、あんたは幻覚キノコ容疑で送検されてきた山根という学生を不起訴にしたそうじゃないか。彼を不起訴にして、おれの公判に検察側の証人として立てるのかと思ったら、あんたはそれさえしなかった。じゃ、彼を麻薬容疑で逮捕したM西署のメンツをつぶしてまで、なぜ彼を起訴しないで釈放したのか、不可解だった」

野球帽の女はジャンパーのポケットに両手を突っ込んだまま黙って聞いている。

「山根の目撃証言などなくても、浜田の頭骨には強打された亀裂が複数あるから、おれの過剰防衛を立証できる勝算があったにしろ、わざわざ検察側に有利な目撃証人がいるのに、その男を法廷に立てないのには、なにか深いわけがあると思ったね。そのとき、あんたが東署にひとりで出向いてきて、刑事を遠ざけて、おれと差しで会ったのを思い出したよ。あのとき見せてくれた手のひらに、男の名前が書いてあった。おれが二十六年前に助けた少年の名前がね。それで、おれはピンときたのさ。あの少年がこの事件にからんでるとね。しかも、彼はあんたの身近にいると」

九十九はまたポケットからタバコを出して火をつけた。

「わたしにも一本くれない」

「ほう、吸うのかね」

彼はタバコの箱をふって、一本さし出して、

「でも、吸ったら、素顔がバレるぜ」

「平気よ。もう日が暮れて、暗くなったから」

と、女は白いマスクをはずして、男からもらったタバコをくわえた。

男がライターで火をつけてやる。小さい炎の明かりで、不二子の顔が夕闇に浮かびあがった。

九十九もタバコをふかしながら、話を元の軌道にもどした。

「彼はおれに恩返しするために、山根に幻覚キノコの濡れ衣を着せて、目撃証人としての信用性を失わせて失格させ、おれの正当防衛を有利にしようとした。それができるのは、警察の調書が読める立場にいる者にちがいない。そして、あの少年の二十六年後といえば、三十代の半ばだ。それで、あんたの検事室で会った丸顔の事務官を思い出したよ。おれの供述を無表情にパソコンで打っていた立会い事務官をね。まさか地検で、まして担当検事の部屋で昔の中村少年と再会するとは、思ってもみなかったよ。彼のほうは、おれのことを知っていたんだね」

「ええ、あなたが送検されてくる前から、彼は警察の調書に目を通して、あなたと再会する心構えができていたらしいわよ」

「それにしても、あのときの彼のポーカーフェイスは、たいしたものだ。それなのに、あんたはどうして彼のしわざだと見抜いたんだね？　彼ほどのベテランの検察事務官なら、うかつに証拠を残すようなヘマはしないはずだぜ」

「ええ、状況証拠だけで、彼の犯行を裏づける物証は、なに一つなかったわ」

「じゃ、彼が自分から告白したのかね」

「いいえ」

「じゃ、なぜ見抜いたんだ？」

九十九は畳みかけて聞く。

「あなたがわたしの検事室に最初に連れてこられたとき、彼の様子がどことなく変だったのよ。体調でも悪いのかと思ったが、どうも様子がぎこちない。あなたの供述をパソコンに打つキーの音のリズムが普段とちがってる。漢字の変換も二ヵ所ミスがあったし……。一年半もコンビを組んでると、相方のコンディションのよしわるしはピンとくるのよ。私生活で赤木組とトラブルをおこして、組幹部のあなたを怖がって、ビビってるのかとも思ったが、ヤクザとトラブルをおこすような彼じゃない。それで、二十五年前にあなたに執行猶予つきの判決を下

した父に尋ねたら、あなたの学生時代の美談を教えてくれて、中村少年の名前が浮かんだというわけよ」

「で、彼を問いつめたら、白状したのか?」

「古い新聞記事のコピーを黙って見せたら、すなおに話してくれたわ。最初は、あなたと再会しても、無関係を装うつもりだったが、いざわたしの部屋で、あなたと会ったら、どうしても二十六年前の恩返しをしなければならない衝動につき動かされたそうよ。過剰防衛を正当防衛に切り替えて、あなたを無罪にしてやりたいとね」

九十九は吸っていたタバコの煙にちょっとむせた。胸にこみ上げるものがあったのだろう。タバコを地面に落として踏み消すと、

「事務官の職を賭けて、おれに恩返しするとは、義理堅い男だな。あんたはそれを知って、彼を救うために、あえて警察と対立してでも、逮捕された山根を不起訴にして、幻覚キノコ事件をもみ消したんだな。もし山根を起訴したら、否応なしに中村事務官の容疑も浮上するからね」

「もみ消したんじゃないわよ。嫌疑不十分で不起訴にしただけよ。もしあなたが無罪を勝ちとるために、あくまで正当防衛を主張して控訴したら、わたしとしては、どうしても山根光治を検察側証人として法廷に出さざるをえない。そうなったら、当然、彼の信用性が争点になって、幻覚キノコ事件が表沙汰になり、その延長線上に中村への嫌疑も浮上する。そうなったら、彼は事務官をやめざるをえない。副検事をめざして頑張ってる彼を、いまここで挫折させたくなかった。だから、あなたに控訴を断念して泣いてもらったのよ」

「ヤクザの前科が一つや二つ増えようが、どうでもいい。副検事がひとり世に出るほうが、世の中のためになるというわけか。いかにも権力志向のつよい検事らしい発想だな」

「なんとでも批判してちょうだい。今回はあなたに頭があがらないから、甘んじて受けるわ」

「それとも本当は、M地検の体面を守るために、上のほうから隠蔽《いんぺい》しろと命令されたんじゃないのかね」

九十九が疑わしげに言うと、

「ちがうわよ。わたしの一存でやったのよ」

不二子はむきになって言い返した。

「だとしたら、あんたはいい度胸をしてる。新米検事のくせに、ヤクザのおれに司法取引きを持ちかけるんだからな。検事というのは、二、三年もすれば、すぐまた別の県の地検へ転任する。ここでコンビを組んだ立会い事務官とは、転任したら、それっきりでお別れだろう。

ほんの短いつき合いなのに、なぜあんたは法を曲げてまで彼を助けようとしたんだね」

「法を曲げたんじゃないわよ。検察は証拠第一主義。いくら状況証拠があっても、物証がないかぎり起訴しないのよ」

不二子の片意地を張ったような言い方に、九十九はほほ笑みかけて、

「それにしても、幻覚キノコなんてヤバイものを、彼はどこで入手したんだろう。インターネットで買ったのかな」

と、おだやかに尋ねた。

「三年前、M大生たちが夏休みのキャンプファイアーの飲み会で座興に幻覚キノコを食べて、悪酔いしたあげく傷害事件をおこしたそうよ。地検では起訴猶予にしたが、当時、幻覚キノコは違法な麻薬ではなかったので、証拠物としての管理がずさんだった。だから、興味半分にちょっと失敬したのが、たまたま手もとに残っていたそうよ。だが、これはオフレコよ。絶対、他言無用よ」

彼女はタバコを足もとに落として踏み消すと、マスクをつけなおして、ゆっくりベンチから立ちあがった。

「春になったら、わたしは転任するけど、わたしがこの地を去っても、彼には、いっさい近づかないでよ。あなたの存在そのものが、彼には無言のプレッシャーになっているんだから」

「ああ、わかってる。おれだって恩着せがましく彼に近づく気はない。彼に一言、伝えてくれ。恩返しなんて、ふた昔もたてば時効だから、おれのことは早く忘れろと」

「ええ、伝えるわ。ここに長居すると、カゼをひきそうだから失礼するわ」

不二子がわざと左手を出して握手を求めると、九十九はその意味がわかって、左手でつよく握りかえした。中村少年の名前の字は、とっくに手のひらから消えていたが……。

「新しい赴任地は、どこだね？」

「東京よ」

「じゃ、栄転だな。頑張れよ。オヤジさんによろしく」

落葉したイチョウ並木の下を足ばやに歩み去る不二子の小柄な後ろ姿を、九十九はサングラスをはずして、しばらく見送っていた。

密室の石棒《せきぼう》

1

昨夜うっかり目ざまし時計のアラームをセットするのを忘れて寝たので、今朝は三十分も寝すごしてしまった。やっとベッドから出たときは、どうせもう遅刻だわ、と腹をすえた。

それでも一応は遅刻の連絡だけはしておこうと思って、まくら元にあるケータイを手に取ったとたん、着信音が鳴りだしたので、びっくりした。液晶画面を見ると、発信者は井上《いのうえ》講師からだった。発掘現場の副主任である。

通話ボタンを押すと、

「大変なことになった。小野《おの》先生が亡くなった。だから、きょうの発掘作業は中止だ」

井上の声は、ひどく急《せ》き込んでいた。

「えっ、亡くなったって、どういうことですか?」

由希子《ゆきこ》は驚いて聞き返した。頭の奥に残っていた眠気が吹き飛んだ。

「けさ、ぼくが宮本君といっしょに事務所の小屋にきてみたら、仮眠室で、小野助教授が倒れて死んでいたんだよ。遺体はもう冷たくなっていたので、救急車を呼ぶかわりに、一一〇番した。これから警察の現場検証がはじまるので、きょうの作業は中止する。きみの班の連中に、そのことを、きみから連絡してくれたまえ」

そう言って、彼がせっかちに電話を切りそうになったので、

「あっ、待ってください。現場検証って、助教授は殺されたんですか?」

「いや、事故死らしいが、警察は死因をはっきりさせるために解剖するそうだ。あの仮眠室には、スチール製の収納棚がいくつもあるだろう。その一つが倒れて、その下敷きになって死んでいたんだ」

「どうして棚が倒れたんです。昨夜、地震でもあったんですか?」

「丸イスを踏み台にして、棚の上から、なにか取ろうとしたとき転んだんだろう。とにかく、いま、こちらは警察がきて取り込み中だから、これ以上のことは話せな

い」

と、井上講師は一方的に電話をきった。

ケータイからは、まわりの騒音がまざって聞こえて、現場のあわただしさが感じられた。

由希子はベッドの端に腰を落としたまま、しばらくは頭の中が空白になっていた。

小野助教授の突然の死が信じられなかった。きのうの昼、会ったときはあんなに元気で生気にあふれていた彼が、なぜ急死したのか。倒れたスチール製の棚の下敷きになったくらいで、大のおとなが簡単に死ぬものだろうか……。

目ざまし時計を見ると、もう八時半だった。この時刻なら、由希子の作業班の連中はもうF駅前に集まって、送迎用のマイクロバスを待っているか、バスに乗って発掘現場へ向かっているにちがいない。いまさら作業中止の連絡をしても手おくれのような気がしたが、念のため、班員の一人にケータイをかけてみた。郷土資料館の後輩の職員である。

「山田《やまだ》君、わたし、平尾《ひらお》だけど……」

「あっ、班長、おはようございます。大変なことになりましたね」

「あら、もうニュース、知ってるの？」

「送迎バスの運転手から聞きました。それで、いま、みんなは駅前で解散して、ぼくは館へ引き返すところです。班長は発掘現場に行くんですか？」

「今後のスケジュールもあるから、様子を見てくるわ。館長に、そう伝えてね」

由希子は電話をきると、パジャマを脱ぎ捨てて、いそいで出かける支度をした。

窓のカーテンをあけると、雲一つない秋晴れだった。

2

千葉県のF市は東京湾の奥にあって、昔はアサリ採り漁の盛んな漁村だった。それは縄文時代の太古も同じだったらしく、東京のベッドタウンになった現在、宅地開発がすすむたびに、あちこちから縄文期の貝塚が掘り出されている。

今年の春も、市の北西にある雑木林で貝塚が見つかった。大規模な宅地造成の開発中に、丘の斜面の雑木を伐採して、ショベルカーやブルドーザーが表土を削っていたら、地中から無数の白っぽい貝殻が出てきた。重機の運転手は気にもとめずに作業をつづけていたが、たまたま犬をつれて散歩していた老人が通りかかって、貝塚だと直感し、市の郷土資料館に知らせたのである。中学教師を定年退職した老人だったので、郷土史に関心があったのだ。

郷土資料館の職員が現場に駆けつけて、縄文時代の貝塚にまちがいないことを確認すると、県の埋蔵文化財センターに連絡し、ただちに開発工事を中断させて、緊急調査を開始したのである。発掘には、千葉市にある京葉大学の考古学研究室も協力した。この貝塚は地名をとって、西沢《にしざわ》貝塚と名づけられた。

平尾由希子は郷土資料館の学芸員で、第一報をうけて現場に駆けつけた館員の一人でもあった。五年前に、京葉大学の考古学科を卒業している。

死んだ小野助教授は、由希子が在学中はまだ講師だったが、いまは西沢貝塚発掘の現場主任をしていたのである。

3

由希子はマンションの駐車場からジムニーを出して、発掘現場へ向かった。小型のジープである。若い女性向きの車ではないが、野外調査をする仕事が多いので、悪路でも走れる四輪駆動車が便利なのである。

市街地を通りぬけて、北へ向かうと、宅地がまばらになって、畑地と、鳥よけの網で覆われたナシの果樹園が多く目につく。整然と植えられたナシの木は、どれも幹が太いのに、枝はすべて大人の頭の高さに押さえられて、横四方へひろがっている。ナシ狩りのシーズンは一ヵ月ほど前に終わって、いまは寒さに弱い葉が茶色にちぢんで、落葉寸前である。

小さい川にそって西へ進むと、前方に低い丘が見える。鉄板が敷いてある仮設道路の坂をのぼると、急に視界が明るくなった。野球場ぐらいの広さに雑木林が切りひらかれて、表土がえぐられている。

ここが貝塚の発掘現場である。平らに削られた茶褐色の地面は、あちこちに月面のクレーターのような大小の穴が掘ってあり、測量用の短い木の杭がいたるところに打ち込まれて、白いビニールテープが碁盤の目のように張ってある。青い防水シートがかぶせてあるのは、深いトレンチ（試掘溝）だ。掘り出した土が盛ってある斜面に、ベルトコンベヤーや手押しの一輪車が放置してある。

仮設駐車場の横に、プレハブ小屋が三棟ある。まん中の平屋建ての小屋が現場事務所で、ほかの二棟は、作業員たちの休憩所や、出土品を収納したり、水洗いする作業場などに使われている。中止になった宅地開発工事の飯場をそっくり借りきって、発掘調査団が使っているのだ。

小屋の前には、早めに出勤してきた発掘スタッフたちがパトカーや警察車両を遠まきにして集まっていた。補助作業員のおばさんたちもいる。みんなは通勤服のままで、作業服に着替えている者はいなかった。

由希子が仮設駐車場にジムニーをとめて、事務所のほうへ行きかけると、その小屋のドアから、白衣の男たちによって、脚を畳んだストレッチャーが運び出された。ストレッチャーには灰色の毛布がかけてある。小野助教授の遺体だ。

その後ろから、妻の小野景子《けいこ》と、彼女の父親である関《せき》根《ね》教授が出てきた。白髪の教授は娘の肩を抱くようにして、ストレッチャーのあとにつづく。遠目から見ても、この父娘が普段着のままであるのがわかった。悲報を受けて、あわてて駆けつけたにちがいない。由希子が二年ぶりに見る景子は、髪をむぞうさに後ろに束ねて、草色のカーディガンを着ていた。口紅も塗っていない素顔は、ひどく青ざめていた。

京葉大学の関根教授は、この発掘調査団の団長で、娘の景子は、由希子とは大学の考古学科で同級生だったのである。

ストレッチャーが搬送車の後部に乗せられると、景子と関根教授もつき添って、いっしょに乗り込んだ。

パトカーに先導されて、搬送車がゆっくり発進すると、小屋の外にいるスタッフたちは合掌したり、黙礼して、車が仮設道路の坂をくだって行くのを見送った。

由希子もジムニーのそばに立って見送ったが、搬送車の窓はカーテンが閉まっていたので、車内の様子はわからなかった。

「千葉大学の法医学教室へ運ばれるのよ」

ふいに、肩の後ろで声がした。

由希子がふり向くと、いつのまにか宮本美奈《みやもとみな》がそばにきて立っていた。

美奈は学生時代、由希子より二年先輩で、いまも大学の考古学研究室に残って助手をしている。

「解剖されるの?」

「変死体ということになるので、行政解剖して、死因を確かめるのよ」

「景子さんの様子は、どうだった?」

「そりゃ、ショックで茫然自失の有様だったわ。こちらからは、うかつに言葉もかけられなかったわ」

と、美奈は声をひそめた。

「あなたも井上さんといっしょに死体を見つけたそうね」

由希子が聞くと、

「ええ、そうよ。けさ、わたしと井上さんが一番はやく出勤して、第一発見者になったのよ。小野先生が倒れて死んでるのを見つけたときは、こちらもショックで、いまもドキドキ震えてるわ」

と、美奈は大げさに心臓のあたりに手をやった。

彼女は自宅が井上講師の住まいと近いし、彼と婚約中でもあるので、毎朝、彼の車に同乗して発掘現場にきていたのである。

「けさ来てみたら、誰もいなくて、小屋の入口のドアもロックしてあったのよ。小野先生といっしょに宿直してるはずの若いスタッフもいないし……」

「うちの班の菊地《きくち》君が当番だったけど、きのうは急用で欠勤したから、小野先生が一人で宿直なさっていたのよ」

「とにかく井上さんが持っている合鍵で小屋のドアをあけて入ったんだけど、仮眠室のドアも閉まっていて、いくらノックしても応答がないのよ。ドアは中からロックしてあって開かないし……」

「あのドアは、仮眠室の中からでないと解錠できないのよね」

「それで、わたしたちは小屋の外にまわって、窓からのぞき込もうとしたけど、ブラインドは閉まっているし、窓もロックしてあって開かない。だから井上さんが窓ガラスを割って開けてみたら、小野先生が倒れたスチール棚の下敷きになっていたのよ」

「あのスチール棚は安定がわるかったからね」

「死体のそばに、丸イスも倒れていたので、きっと小野先生はそのイスの上にあがって、棚の上段のものを取ろうとして転ばれたんだと思うわ。そのはずみで、棚の桟をつかんで、いっしょに倒れたんだわ。床には、棚のものが落ちて散乱して……」

美奈が興奮気味に早口で話していると、由希子のショルダーバッグの中でケータイが鳴った。バッグから取り出してみると、発信者は、またしても井上講師だった。

「平尾君、いま、どこにいる?」

「たったいま現場に来たところです。仮設駐車場で宮本さんといっしょです」

「すぐ事務所小屋にきてくれ。刑事さんがきみに聞きたいことがあるそうだ」

「えっ、刑事が……?　はい、すぐ行きます」

由希子が電話をきると、美奈が腕をつかんで引きとめた。

「きのうのアリバイを聞かれるわよ。わたしも井上さんも、しつこく聞かれたんだから」

「死亡時刻はわかってるの?」

「検視では、きのうの午後三時から五時の間らしいわ」

「事故死なのに、なぜ警察はアリバイにこだわるのかしら?」

「仮眠室が密室だったのが、警察は気にくわないのよ。それに、石棒のことも聞かれるわよ」

美奈は片目をつぶって、なぜか意味ありげな笑みを浮かべた。

4

事務所小屋では、井上講師と五堂冬彦《ごどうふゆひこ》が刑事たちに発掘作業の状況などを説明していた。ほかの発掘スタッフたちは現場検証の邪魔にならないように小屋の外に出ている。

五堂は県の埋蔵文化財センターの調査官である。以前は小野といっしょに京葉大学の考古学科で講師をしていたが、小野が関根教授の娘婿になって助教授に昇格したので、五堂は大学を去って、埋蔵文化財センターへ移ったのである。そして、この春から、ここ西沢貝塚で古巣の大学チームと合同で発掘調査をしているのだった。

関根教授を団長として、大学側の現場主任が小野助教授で、五堂は県の埋蔵文化財センターとF市の郷土資料館の共同チームの主任という肩書である。

由希子が事務所に入ると、五堂は刑事に彼女を紹介してから、

「けさ、井上講師と宮本君がこの事務所小屋にきて、小野助教授の死体を見つけたとき、ほかには誰もいなかった。小野助教授は、きのうの日曜日は、なぜ一人で宿直していたんだね? ふつう、休日の宿直は、男子スタッフが二、三人一組でやるはずだろう。きのうは、たしか郷土資料館チームの菊地君が小野さんと組んで宿直するはずだったのに、なぜ彼は、ここに、いないんだ?」

と、とがめるように由希子に聞いた。

「はい、菊地君が宿直当番でした。彼は小野先生の教え子なので、先生が相棒に選ばれたのです。ところが、きのうの早朝、菊地君から、わたしのケータイに連絡があって、母が救急車で病院へ運ばれて入院することになったので、欠勤したいと言うんです。それで、わたしが

小野先生に、そのことをケータイで伝えて、うちの班から別の者を補充させますと言ったら、先生は自分一人で宿直するから心配するなとおっしゃいました。きのうは朝から小雨模様だったので、発掘現場を荒らすような見学者も来ないだろうし、一人のほうが発掘データの整理など仕事がはかどるとおっしゃって……」

「なるほど、それで、小野さん一人だったのか……」

と、五堂主任は納得した。

「ところで、きのうの午後三時から五時の間、あなたはどこにいました?」

二人づれの刑事のうち、ゴマ塩頭のほうが由希子に質問した。

「きのうは休日だったので、マンションの自分の部屋にいました。発掘作業は野良仕事で疲れますから、休みの日は一日中、ジャージ姿でごろごろしてますわ」

「お一人で?」

「ええ、もちろん。まだ独身なので、あいにくアリバイの証人はいませんけど」

「そのマンションの住所は?」

「天神町二丁目です」

「F市内ですね」

と、刑事は几帳面に手帳にメモする。

由希子は刑事の質問に答えながらも、隣の仮眠室を調べている鑑識員の動きに気をとられていた。境のドアがひらいているので、現場写真を撮ったり、指紋を採取している鑑識員がよく見えるのだ。

仮眠室といっても、簡易ベッドがあるだけの狭い部屋で、壁ぎわのスチール棚には発掘器材や備品、救急箱などを入れた段ボール箱がいっぱい積んである。作業中にケガをしたり、体調をくずした者が休む保健室にも使われている。

主任や副主任が宿直で泊まるときは、この部屋を寝室に使っていた。若いスタッフたちは隣の作業小屋の二階にある大部屋に泊まっていたのだ。

窓ガラスが一枚割れている。けさ井上講師が死体を見つけたとき、窓の錠をはずすために割ったのだ。床には倒れたスチール棚から落ちた品物が散乱して、足の踏み場もない。

鑑識員の一人がドアのノブにある錠をまわして調べていた。そのドアは仮眠室側にひらく。外側(事務室側)には鍵穴がなく、個室トイレのドアのように、内側からしか操作できない。内側のノブの上にある錠のつまみ(サムターン)を四分の一回転して施錠するのである。

由希子が鑑識員の動きに気をとられていると、

「平尾君、ちょっと、この石棒を見てくれ」

井上講師がデスクから細い石棒をとりあげて、彼女に見せた。

それは長さが約二〇センチ、直径三センチくらいの筒形の石の棒で、先端はちょうど膨張したペニスの亀頭そっくりに作ってある。（図A）

図A

さっきまで、若い刑事がそれを手にとって、興味ぶかく見ていたのだが、由希子の前では、さすがに遠慮したのか、デスクに置きもどしたのだ。

「けさ、ぼくが仮眠室に入って小野さんの遺体を見つけたとき、この石棒がドアの内側の近くの床に、ノギスといっしょに落ちていたんだよ。ぼくだけではなく、五堂主任もはじめて見る石棒だとおっしゃってる。いつ、どこのグリッド（区画）から出土したものか、きみは知ってるかね？」

「いいえ、わたしも、いまはじめて見ます」

由希子は顔がこわばるのを気取《けど》られないように、首をふって答えた。

すると、横から、五堂主任がその石棒を取りあげて、

「こんな珍品が出土したら、その時点で、ぼくたちにも知らせて、出土現場の写真を撮ってから、掘り出すのが順序だ。小野君ほどの学者が、なぜそんな手順もとらないで、自分一人でひそかに持っていたんだろう」

と、非難がましく言った。

五堂は、死んだ小野助教授とは同期のライバルなので、遠慮がないのだ。まるで助教授がきのう一人で宿直したのは、この石棒を盗掘するためだったと疑うような口ぶりである。

ゴマ塩頭の刑事は、若い女性の由希子がこのエロチックな石棒を見ても、別段、顔を赤らめないので、

「ほんとうに、これは縄文人が男性のシンボルをかたどって作ったものですか?」

と、井上に尋ねた。こんな質問は、気むずかしそうな学究肌の五堂より、童顔で人あたりのよさそうな井上講師に向けるほうが、刑事も聞きやすかったのだろう。

「ええ、縄文中期の遺跡から、よく出土します。考古学では、石の棒と書いて、石棒《せきぼう》といいます。長さが一メートルもある巨大なものもありますよ」

「ほう、まさに巨根ですな。いったい、なんに使ったんです?」

「子孫繁栄や豊作を祈る祭具に使ったものと思われています。まあ、性器崇拝ですね」

井上はまじめな顔で説明する。

「縄文人も、やっぱり、エッチだったんですな。しかし、あの時代はまだ鉄器がなかったんでしょう。それにしては、なかなかリアルというか、じつに精巧な作りですな」

ゴマ塩頭の刑事が石棒の亀頭を指でなでまわして感心するので、由希子よりも、同僚の若い刑事のほうが照れくさくなったのか、

「千葉県には、貝塚がたくさんありますね。小学生のとき、遠足で千葉市の加曾利《かそり》貝塚博物館へ行ったことがありますよ」

と、話題を変えた。

「あそこは日本でも最大級の貝塚です。貝塚の断層面を展示した館があったでしょう。そういえば、あの貝塚からも石棒が何本も出土してますよ」

井上が答えた。

「竪穴住居を復元した建物があって、中に入って遊んだ記憶がある。盛り土の斜面に、縄文人が食べて捨てた貝殻がいまでも散らばって落ちてるのが珍しく、二つ三つ拾って帰ったおぼえがあります。きょう、ここに来て、白い貝殻まじりの土層を見て、子供のころを思い出したな」

「そういえば、聞き込み捜査で県内を歩くと、あちこちで貝塚遺跡の記念碑をよく見かけるな」

と、ゴマ塩頭の刑事もうなずく。

「千葉県には、貝塚が約五〇〇ヵ所あります。全国一の貝塚の県です。東は太平洋、西は東京湾に面し、北には利根川が流れる霞ケ浦も、昔は海でしたからね」

井上講師は親切に教える。根っからの話し好きである。鑑識員たちが検証を終えて仮眠室から出てきた。事務

室との境のドアを閉めると、そのドアに立入禁止の黄色いテープを張った。

二人の刑事はそれを見とどけてから、

「昼すぎには死因が確定して、遺体も返還されるでしょう。だが、それまでは、この現場を封鎖します。床に散らばってるものも片づけないで、しばらくは現状のままにしておいてください。念のため、警官が数名、警備に残ります」

そう指示して、刑事たちも引きあげることにした。

帰りぎわに、ゴマ塩頭の刑事は小屋の外に立って、広い発掘現場を見まわして、

「ここの発掘調査は、いつまでつづくんです？」

と、五堂にたずねた。

「緊急調査は半年間の予定ですが、もし考古学的に貴重な遺構や遺物が出たら、学術調査に切り替えて、発掘作業は延長されます」

「それじゃ、宅地造成工事を中止された建設会社は、たまったもんじゃありませんな」

「ええ、まぁ……。開発業者と考古学者は、つねに犬猿の仲です」

五堂主任は苦笑まじりに答えた。

5

五堂主任は隣の作業小屋にスタッフを集めて、今後の発掘スケジュールについて話し合い、作業の再開は小野助教授の葬式が終わってからにすると提案した。

「ぼくはこれから関根教授に会って、解剖の結果や葬儀の日どりを聞いてくる。あとで連絡するから、しばらく、きみはここに残ってくれ」

副主任の井上講師にそう頼んでから、

「宮本君や平尾君たち女性は、もう先に帰ってもいいよ」

と、言った。

「いいえ、わたしたちも残ります。うちに帰っても気が落ちつかないから」

美奈がそう言うので、由希子も、うなずいて同意した。

五堂は小屋から出て行きかけて、言い忘れたことを思い出したように、

「そうだ。念のため、トレンチやグリッドを見まわって、きのうの雨で土砂崩れがあったか、あるいは、だれかに荒らされた形跡がないか調べてくれ」

「盗掘があったとおっしゃるんですか?」

井上がけげんな顔をする。

「あの石棒の出所が、どうも気になるんだよ」

五堂はそう言い残して、小屋から出て、裏にある仮設トイレのほうへ行った。

スタッフたちは分散して、発掘中の遺構を見てまわった。

補助作業員のおばさん連中は、すでに送迎バスや仲間の車に相乗りして帰っていった。

由希子と美奈はトレンチを調べることにした。幅が一メートル、深さが三メートルぐらいに掘ってある試掘溝の両壁は、白っぽい貝層と黒や茶褐色の土層が幾重にも積み重なっている。まるでバウムクーヘンの断面を拡大したようである。

第三トレンチの青い防水シートをめくってみると、溝の底に犬の足跡がついて、断層面の一部がすこし崩れていた。

「野良犬がシートのすき間から落ちたか、もぐり込んだんだわ」

「五堂主任が疑ったのは、この土砂崩れのことかしら?」

「犬のしわざを盗掘だと邪推して、小野先生を疑う五堂さんも、五堂さんだわ」

「あの二人は講師時代から、妙な対抗意識があったそうだからね。でも、ここだけの話、考古学者の中には、夜中に盗掘して、出土品をこっそり私物化する人がいるそうよ」

二人は防水シートを掛けなおした。風で吹き飛ばされないようにシートの四隅に砂袋を置きながら、

「小野先生の死因だけど、床に倒れて頭を打っただけで簡単に死ぬかしら? プレハブ小屋は床がリノリウム張りだから、軽いスチール棚の下敷きになって倒れても、それほど強い衝撃は受けないはずよ」

由希子は小野助教授の死因について、もう一度、死体の発見者である美奈に確かめておきたかったのだ。

「仮眠室には、出土した石皿や炉石がいくつか床にじかに置いてあったのよ。その石皿の一つに、もろに倒れたので、頭の打ちどころが悪かったのよ。その石皿に、血痕がすこし付着していたわ」

と、美奈は言った。

石皿というのは、円盤状の平たい石で、まん中がくぼんでいて、木の実や雑穀をすりつぶして粉にする石器である。重いので、棚に保管しないで、床にじかに置いてあったのだ。

「小野先生は丸イスを踏み台にして、棚の上段から、なにを取ろうとしたのかしら？」

「あの棚には、いろんなものがごちゃごちゃ置いてあったから、わたしも見当がつかないのよ」

「小屋の入口ドアはロックしてあったんでしょう。それなのに奥の仮眠室のドアまで施錠するとは、小野先生も用心ぶかいわね」

由希子は、死体現場の小屋が二重に密室だったことが気になるのだった。

「測量器材でも狙って、空き巣が入ることがあるのかしら？」

「測量器材といえば、あの石棒といっしょに、ノギスも床に落ちていたのよ」

美奈が、ふと思い出したように言った。

ノギスというのは、球状の直径や、壺や筒の内径を測る測量器具である。計算尺の一端に、小さい脚が二つついている。その二つの脚で挟んで計測するのである。（図B）

「きっと、小野先生はあの石棒のサイズを測ってたのよ」

と、美奈はくすっと笑った。

「でも、それなら、床に落とすはずないわ。測りおえたら、机か棚に置きもどすもの」

由希子が不審がると、

「だから、石棒といっしょに棚に置きもどしたけど、あとで、その棚が倒れたので、ノギスも石棒も床に落ちたのよ」

美奈がそう言って、

図B

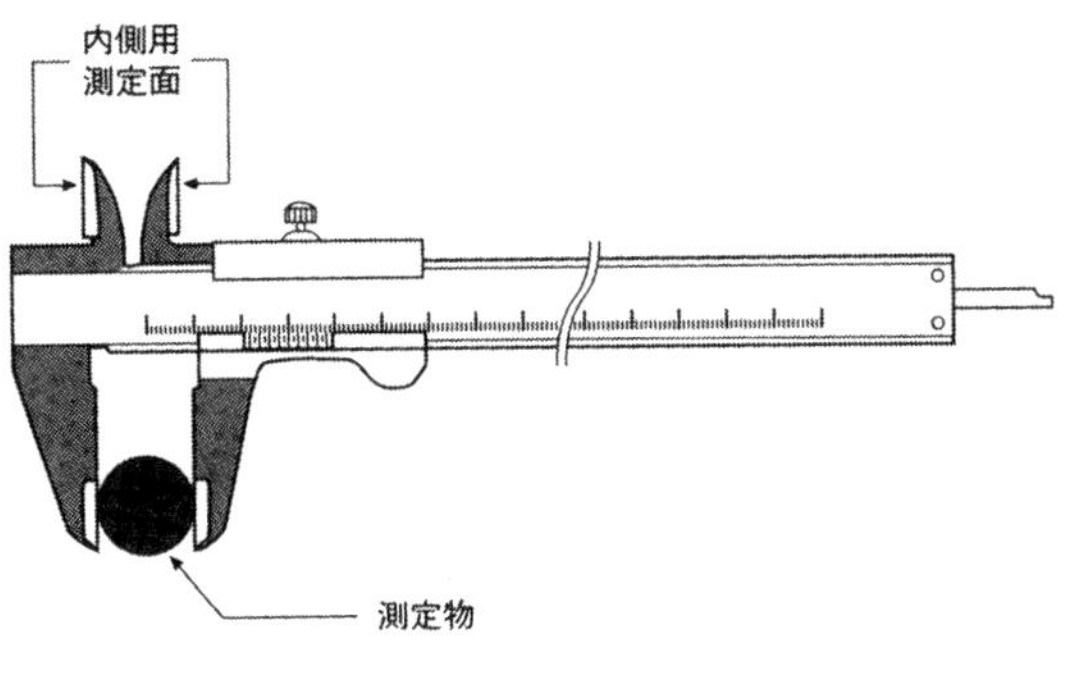

「あら、ちょっと、あれを見て」

と、急に仮設駐車場のほうを指さした。

見ると、五堂主任が市指定のビニールのゴミ袋を片手にさげて、自分の車のほうへ歩いていく。不燃物のゴミを入れる袋である。あれは、たしか事務所小屋の裏に置いてあったものだ。仮設トイレに行ったついでに、ゴミ収集所へ捨てに行くつもりなのだろうか。

ところが、彼は運転席のドアをあけて乗り込むと、その袋を助手席に置いて、さっさと車を発進させたのである。

「五堂さんって、いつもゴミを持ち帰るの?」

「まさか……。ここのゴミは、市の清掃車が週に一度、特別に回収にきてくれるのよ。たぶん小野先生の私物を集めて、景子さんに届けに行くつもりよ」

「遺品を、あんなゴミ袋に入れて届けるかしら」

由希子は、走り去る五堂の車を見つめていたが、ふと、あることに思い当たると、顔が凍りつくのを感じた。それを美奈にさとられないように、両手で自分の頬をこすった。

6

葬儀は西千葉駅に近い斎場でおこなわれた。喪主は二八歳の若い未亡人だが、彼女の父が関根教授なので、大学の関係者や考古学の専門家たちがおおぜい会葬にきていた。関根教授は考古学界のボスの一人で、しかも京葉大学の文学部長の要職にあるのだ。

ホールの入り口で、井上講師と宮本助手が受付係をしている。

もし小野助教授の死が自殺か、または他殺の疑いがあったのなら、ごく内輪の密葬にしただろうが、解剖の結果、死因は脳内出血と判明した。丸イスから落ちて、スチール棚といっしょに倒れたとき、床に置いてあった石皿に後頭部を強く打ったのが原因とされた。その石皿に、彼の血痕が少量ついていたのだ。現場の仮眠室が内側からロックされて密室状態になっていたことで、警察は最終的に事故死と断定したのである。

香が立ちこめる祭壇の中央に、大きな遺影が飾られている。小野助教授がムギワラ帽子をあみだにかぶり、首にタオルを巻いて、人なつこく微笑している。発掘作業中に撮ったスナップ写真を引き伸ばしたものだろう。日焼けした顔に、白い歯がこぼれている。

由希子は郷土資料館の館長といっしょに一般会葬者席の後列に座って、読経を聞きながら、その遺影をじっと見つめていた。見つめているうちに、まぶたが潤ってきて、黒い額縁の中で助教授の顔が二重にかすんで見えた。

遺族席は最前列なので、小野景子の姿は、髪をアップにしている後ろ頭しか見えない。二つ隣に頭ひとつ高いのが、彼女の兄である。文部科学省のキャリア官僚だ。

由希子は大学四年生のとき、卒業論文の指導を小野講師に受けたのがきっかけで、彼とデートするようになったが、ある日、景子が自分の兄とのデートをお膳立てして、由希子にすすめた。由希子は軽い気持ちでそれに応じて、しばらく小野との二股をかけて交際していたが、結局、その兄は文教族の代議士の娘とさっさとお見合い結婚してしまった。あとで気がついたのだが、景子が兄とのデートをすすめたのは、小野講師から由希子を引きはなすための作戦だったように思われる。そのころから、景子は父親の意向で小野と結婚する段取りだったにちがいない。小野と景子の結婚披露パーティに招待されたとき、由希子は小野の心変わりよりも、景子にうまく操られていた自分の愚かさに腹立たしさを感じて、それ以降、景子との交際に距離を置くようになったのである。

「小野先生の奥さんには、子供がいなかったんだね」

館長が由希子にそっと話しかけた。いまはじめて喪主のそばに幼い子の姿がないのに気づいたらしい。

「ええ、妊娠中でなければね」

由希子は目の潤いをかくすように、まばたきした。

「妊娠していたら悲劇だな。それにしても、女は喪服を着ると、みんな美人に見えるね」

「それ、わたしも含めてですか」

「とくに小野未亡人だよ。きみは喪服より、発掘作業着のほうがお似合いだ」

この館長は市役所の社会教育部長から天下ってきたのだが、役人には珍しく野人肌の毒舌家である。

遺族や近親者の焼香のあと、一般会葬者の焼香が三列になってはじまった。

由希子も焼香をすませて、祭壇の横に立っている遺族の前を黙礼して通りすぎたが、景子は口もとにハンカチを当てて悲しみをこらえて、うつ向いたまま、一度も目をあげなかった。彼女につきそっている母親の関根教授夫人のほうが由希子に気づいて、目顔でうなずいてくれた。由希子は在学中、たびたび景子の家に遊びに行っていたので、夫人には親しくしてもらっていたのだ。その隣にいるのが昔デートした文科省官僚の兄である。彼も由希子に気づいたが、そばに妻がいるせいか、表情ひとつ変えずに由希子の黙礼に答えた。

出棺がはじまった。棺が霊柩車に乗せられるのを、由希子は会葬者の輪の後ろから、背伸びするように見つめた。霊柩車が静かに出発すると、会葬者たちは潮がひくように葬儀場から散っていった。

由希子は館長の車で来ていたので、帰りもいっしょに館へもどることにした。あしたから発掘作業が再開されると、また当分、館を留守にするので、今夜までに残務整理をしておきたかった。

館長は車に乗る前に、タバコを一服うまそうに吸った。

「さすがは関根教授の威光だな。盛大な葬儀だった」

と、斎場ホールから供花がぞくぞく運び出されて、葬儀社のトラックに積み込まれるのを見ながら言う。

館長は助手席に乗り込むと、黒いネクタイをゆるめた。

彼女が車を発進させて、斎場の駐車場を出ると、

「さて、つぎの問題は小野助教授の後釜だな」

館長は独り言のようにつぶやいた。

「それなら、当然、五堂さんでしょう。西沢貝塚の発掘調査は県の埋蔵文化財センターと大学の研究室が共同でやってるんですから、小野先生のあとは、五堂さんが現場責任者になるのが筋ですわ」

「いや、ぼくがいう後釜とは、助教授のポストだよ」

「井上講師が昇格するんじゃありませんか」

「彼はまだ若いよ。だれを助教授に選ぶか、関根文学部長の腕の見せどころだ。きょう焼香にきていた若手の学究たちは、それに一番関心があったんじゃないのか。控え室で、こそこそ話していたよ。五堂さんも有力候補の一人だろう」

「でも、彼は大学から外へ出た人ですよ。一度、外へ出たら、カムバックはむずかしいんじゃありませんか」

「ふむ、そうか……。大学は閉鎖的だからな」

と、館長は腕組みしてつぶやいた。

7

郷土資料館にもどった由希子は、ワンピースの喪服を脱いで、閉館後も、ひとり残って仕事をしていた。あすからまた発掘作業に専従することになるので、滞っていた仕事を片づけていたのだ。

一区切りついて帰ろうとしたとき、ケータイに五堂冬彦から着信があった。

「いま、どこにいるんだね?」

「郷土資料館で残業中です」

「こんなに遅くまで?」

「そろそろ帰るところです」

「いま友人を車でF駅まで送ったところだ。ちょっと、そちらへ寄ってもいいかね。それとも、どこかで落ち合おうか?」

五堂の声には、なにか押しつけがましい響きがあった。

「あの、どんなご用ですか?」

「発掘作業が再開する前に、きみに確かめておきたいことがあってね」

五堂は由希子が警戒するのを敏感に感じとったらしく、一拍おいてから、

「じつは、コンビニ弁当の空箱だよ。事件当日、きみが買った二人分のね」

と、声を落として、意味ありげにほのめかした。

彼女は半ば覚悟していたとはいえ、不意をつかれて、すぐには声が出なかった。

「いま運転中だから、長話ができない。じゃ、一〇分以内に、そちらに行く」

彼は返事を待たないで一方的に電話をきった。

由希子は、小野助教授の死体が見つかった朝のことを思い出した。警察の現場検証のあと、五堂は事務所小屋の裏に出してあった不燃物のゴミ袋を自分の車にのせて帰ったが、あの袋の中身に、よもや彼が気づくとは思ってもみなかったのだ。彼女は自分のうかつさに舌打ちしたい気持ちだった。

机の書類をいそいで片づけると、彼女は館内の照明を消して、裏の通用口をロックしてから、暗い駐車場へ向かった。ジムニーの運転席で待っていると、数分後に、表の道路からヘッドライトがこちらへ曲がってきて、車がゆっくり駐車場へ入ってきた。

彼女はジムニーから出て、まぶしいヘッドライトの前に立った。

五堂はゆっくり車をとめて、運転席からおりてきた。そして、タバコをくわえて、火をつけると、ツタに覆われた赤レンガ造りの郷土資料館を見あげて、

「ぼくは定年退職したら、こんなミニ博物館の館長になるのが夢なんだよ」

と、タバコの煙を吐く。まだ喪服姿のままだったが、黒いネクタイははずして胸ポケットにつっ込んでいる。

この郷土資料館は、庭にカヤぶきの竪穴住居が復元してあって、見学者たちが縄文時代の生活を体験できるようになっている。五堂は以前にも何度か、ここの市民カ

ルチャー教室に招かれて、貝塚や遺跡の発掘について講演をしたことがあるのだ。

由希子は、相手の息にアルコールの匂いがまざっているのを嗅ぎとった。

「飲酒運転なさったんですか?」

「ビールを一杯だけだ。すぐ顔にあらわれる体質でね、斎場で大学時代の旧友とひさしぶりに会ったので、いままでいっしょに食事をしていたんだ。まあ、立ち話もなんだから、車の中で話そう」

五堂はタバコを靴の先で踏み消してから、自分の運転席にもどった。

彼女が後部ドアをあけて乗ろうとしたら、

「そんなに警戒しなくてもいいだろう。後ろじゃ、話ができない」

「離婚歴のある男性には近づかないことにしてるんです」

「そのくせ、妻帯者には、ぴったり密着してたじゃないか」

と、彼は嫌味っぽく笑った。

由希子はその当てこすりの意味がわかったので、逆らわずに助手席に移った。

彼は白いワイシャツの胸ポケットから小さい紙切れを出して、黙ったまま彼女にさし出すと、読みやすいように車内灯をつけた。

コンビニの領収証だった。

彼は由希子の顔がこわばるのを見逃さなかった。

「やっぱり覚えがあるんだね。警察は小野君が死んでいた仮眠室だけを調べて、小屋の外はろくに調べなかったが、ぼくは裏口にあった不燃物のゴミ袋に、コンビニ弁当の空箱が二つレジ袋に入れて捨ててあるのを見つけたんだよ。缶ビールの空缶もね。このレシートもいっしょに無造作に捨ててあった」

「……」

「レシートを見たら、店の名は天神町のコンビニで、日付は小野君が死んだ日の午前九時二五分だった。発掘スタッフの名簿をチェックしたら、天神町に住んでるのは、きみ一人だった。それで、すぐピンときたんだ」

彼は由希子の返事を待たずに、さらに話をつづけた。

「あの日、早朝、きみの班の菊地君から宿直に行けなくなったと電話があったので、きみはすぐ小野先生に連絡したんだろう。小野さんは一人で宿直することになったので、きみを誘った。あの日は朝から雨だったから、発掘現場に邪魔な見学者がくることもない。小屋で不倫の密会をするには、絶好のチャンスだ。きみは、さっそく自宅近くのコンビニで二人分の弁当と缶ビールを買って、心はずませてジムニーで事務所小屋へ行った。そして、二人で仲よく食事した。そのあと、きみたちが何をしたか、野暮なことは聞かないよ。しかし、きみと小野君がそんな仲だったとは、意外だったな」

五堂は、由希子が京葉大学の学生だったころ、同じ考古学科の講師をしていたので、数年たった今でも、つい説教口調になる。

「ぼくは野次馬根性で詮索してるんじゃない。誤解しないでくれ。ところで、景子さんはきみたちの関係を知っていたのかね?」

「まさか……。あの日、わたしは昼の三時前には帰りました。ほんとうです。そのとき、小野先生はお元気でしたわ」

「きみが殺したとは思ってないよ。現に、警察は事故死と断定してる。仮に、きみが事故死に偽装して殺したあと、あの仮眠室を密室にして立ち去ったのなら、彼といっしょに食べたコンビニ弁当の空箱などを現場に置き忘れて帰るはずがない。きみはそんなドジな女じゃないからね」

「あの空箱を持ち帰って、どうなさるんですか?」

「心配しなくていい。ぼくがちゃんと保管してるよ」

「いやな方ね」

「ぼくは考古学者だからね。ゴミなら、なんでも漁《あさ》って収集する癖があるのさ」

「わたしの弱みを握った証拠物件として、保管なさるんですか。それとも、犯人の遺留品だといって、警察に提出されるんですか?」

「とんでもない。きみが望むなら、弁当箱は返すよ。そのレシートも、いま燃やすがいい。レシートさえなければ、どこのコンビニで買った弁当かわからないから安心だろう」

彼は百円ライターをあっさり彼女に押しつけた。

彼女は車の外に出て、そのライターで領収書に火をつけた。小さい紙切れは一瞬で燃えつきる。縮んだ灰を靴の先で踏みつぶしてから、彼女は助手席にもどった。

「ぼくが知りたいのは、あの石棒だよ。仮眠室の床に落ちていたからには、きみが彼と密会したときも、あそこにあったんだろう?」

「ええ、彼が見せてくれましたわ」

「いったい、どこから入手したと、彼は言ったんだね」

「第三トレンチの断層面から、ぽろりと転げ落ちたそうですわ」

「いつのことだ?」

「あの日の朝です。外で犬がうるさく鳴くので様子を見にいったら、第三トレンチに野良犬がもぐり込んでいたそうですわ。小石を投げて追っ払ったら、そのとき犬が断層面を引っかいて逃げたはずみに、あの石棒が貝層からぽろりと転げ落ちたそうです」

「まるで花咲か爺さんの昔話みたいだな。ここ掘れワンワンと、黄金の小判のかわりに石棒が出てくるとは……」

「わたしも、まさかとは思いましたが、翌日、警察が現場検証して引きあげたあと、あなたの指示でトレンチを調べてみたら、たしかに犬の足跡が残っていましたわ」

「そうか……。なぜ彼があの石棒のことを秘密にしていたのか、ぼくは理解に苦しんでいたよ」

「月曜日、発掘作業がはじまったら、あなたにも話すつもりだと言ってましたわ。盗掘の疑いをかけられちゃ困りますものね」

あとの言葉は、邪推ぶかい五堂への嫌味だった。

五堂は二本目のタバコをくわえたが、火はつけないまま、

「ゆうべ、きみが通夜にこなかった理由がわかったよ。景子さんとは、学生時代、あれほど仲がよかったのに、やっぱり顔を合わすのが怖かったんだね。ところで、小野君とは、いつから、そんな関係だったんだ?」

「そんな詮索、もういいじゃないですか。彼は死んだんですよ。それこそ野次馬根性ですわ」

「そうだな。とにかく、このことは、ぼく一人の胸にしまっておくから安心したまえ」

「ありがとうございます。それじゃ、おやすみなさい」

由希子は彼の車から出ると、一度もふり返らないで、自分のジムニーのほうへもどった。

8

翌日から、発掘作業が再開された。

午後には、関根教授が現場にやってきて、スタッフに会葬の礼をのべたあと、短時間だが、発掘状況を見てまわった。ふさふさした白髪の顔は急にしぼんだように老けて、いままでの権威主義的な強気さが影をひそめていた。自分の後継者とみなしていた娘婿を失ったのが、よっぽどこたえたのだろう。

五堂が現場主任になると、さっそく発掘スケジュールに変更があった。第三トレンチから石棒が出たというの

で、各トレンチの幅を一メートルほどひろげて掘ってみることにした。だが、期待した新しい石棒は見つからず、大量の貝殻や土器片のほかは、割れた土偶と欠けた石斧《せきふ》、石皿が一つずつ、それに犬の骨だけが、めぼしい出土品だった。

掘り出された土は篩《ふるい》にかけて、遺物の細片を選びわける。ドングリやトチの実、オニグルミなどの堅果類の炭化した殻も一つ残らず集める。植物の種子や花粉がまざっていそうな土壌は、専門の研究者のところへ送って分析を依頼するのである。

もしイネ科のプラント・オパールが見つかれば、ここの集落でもイネが栽培されていたことが証明されるのである。プラント・オパールというのは、イネ科の植物の葉にふくまれている微細なガラス質の成分である。アサリやハマグリの殻には、表面に年輪のような波紋が刻まれている。貝が成長した痕跡をあらわす線である。その成長線を調べたら、春夏秋冬のどの季節に採取したものかわかるので、縄文人の潮干狩りのシーズンが推定できるのだ。

新しく掘ったグリッドから、土器の破片や堅果類の殻が大量に出てきた。それらを集めて収納する箱がたりなくなったので、近所のナシ農家から段ボール箱を買ってきて間に合わせた。ナシを発送する箱である。ナシの出荷は一ヵ月前に終わったので、余った箱を分けてもらったのだ。

折り畳んである段ボールを組み立てて、学生の一人が空箱を四つ重ねて作業小屋へ運んできたが、入口のドアの上枠につかえて、重ねた空箱が崩れ落ちた。

「ドジね。ドアの框《かまち》の高さくらい覚えておきなさいよ」

由希子は落ちた空箱を拾ってやった。

彼女は考古学科の一年生に土器や石器の実測法を教えていたのだ。壺や鉢の内径や外径はノギスを使って測る。その扱い方を教えていたのである。

「カマチって、なんですか?」

空箱を落とした学生が、けげんな顔をして聞き返す。

「ドアの周囲の枠よ。上が上ガマチ、縦の部分を縦カマチというのよ」

彼女はそう説明しながら、頭の中で、一瞬、思考の回路がスパークするような感じを受けた。ノギスを手に持ったまま、しばらくは、と言っても、実際はほんの数秒間だったが、頭の芯が弱電流に感電して、しびれたようだった。

9

夕方、作業が終わって、みんなが帰るのを待って、由希子は一人になると、事務所小屋に行ってみた。立入禁止の黄色いテープは、とっくに外されていた。仮眠室のドアをそっと押し開けた。ドアは仮眠室側にひらく。

室内に入ると、ノブはドアの左手側についている。そのノブの上に、錠のつまみ（サムターン）がある。金属製のつまみである。施錠してないとき、つまみは垂直に立っているが、それを右へ九〇度まわして水平にしたら、錠のラッチが飛び出して、外枠の受け金の穴にはまるのである。鍵は不要である。個室トイレのドアのように、内側からのみ操作できるのだ。

よく見ると、つまみの両側の表面に、引っかいたような傷があった。

ドアを半開きにして、彼女は近くに丸イスを置き、その上に立ちあがって、ドアの上を調べてみた。スチール製の軽いドアだが、四方の框の部分は厚さが一・五センチくらいある。ドアは中が空洞になっているのだ。上の框は、掃除のときも、めったに拭かないので、埃が積もっているのが普通だが、驚いたことに、最近、だれかが拭いたらしく、わずかな埃もなかった。発掘調査がはじまってから、この小屋は一度も大掃除などしていなかったはずだ。

「なにしてるんだね」

ふいに声がした。

足音もたてずに、いつ来たのか、五堂主任がイスの上に立っている由希子を見あげていた。

「密室の謎がとけましたわ」

由希子は彼を見おろして答えた。

「なんの密室だね」

「ここで小野先生の死体が見つかったときの密室です」

「ほう、どんなトリックだね」

五堂は、なぜか口ほどには、あまり驚いた表情を見せなかった。

「あの日曜日、午後三時前に、わたしが小野先生と別れて帰ったあと、この部屋に、だれかがやってきたんです。その人物を仮にXとします。Xは小野先生の頭を石皿でなぐって殺したあと、死体の上にスチールの棚を倒して、棚の下敷きになって死んだように偽装したんです。頭の下に石皿を置いて、その石に頭を打ちつけて転んだように偽装してね。そして、このドアの内側の錠のつまみにノギスをはめて固定した」

　由希子は丸イスから下りて、あらかじめ用意してきたノギスをドアの錠のつまみに固定した。ノギスの先端には、球体の直径を測る二本の小さい脚がついている。その二つの脚で、垂直になっている錠のつまみを挟むと、ノギスの目盛りのある本尺の棒が水平に固定される。


「つぎに、犯人Xはあの石棒をドアの上框に置いてから、外に出て、そっとドアを閉めて立ち去ったのです。いまここには石棒がないので、代わりに、このスパナを使って実験してみます」

　彼女はスチール棚にスパナがあるのを見つけて、それをドアの上框に載せた。ちょうどノギスの目盛り尺の真上になる位置である。そのスパナは石棒と同じ二〇センチくらいの長さだった。（図C）

「よく見てくださいよ」

　五堂を室内に残して、彼女は仮眠室から出ると、そっとドアを手前に引いて閉めた。

　ドアが閉まる前に、ドアの上框にあるスパナはドアの外枠につかえて落ちた。ノギスの目盛り尺にもろに落下したので、その衝撃で、水平だった目盛り尺は下へ傾き、それに連動して、錠のつまみが四分の一回転して水平になったので、錠はロックされたので

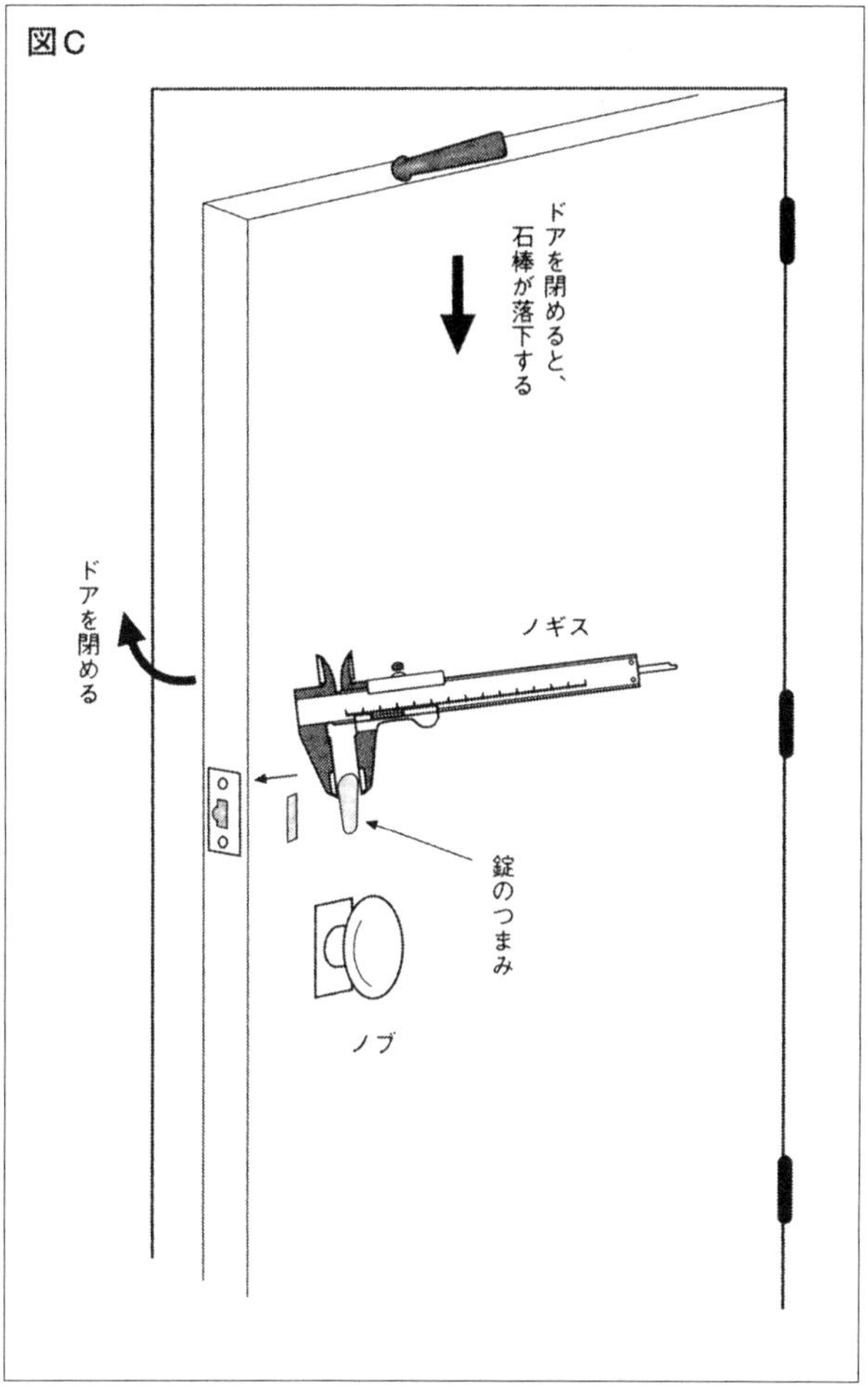

ある。

そして、ノギスもスパナが落下した衝撃で錠のつまみからはずれて、床に音をたてて落ちた。

由希子はノブをがちゃがちゃ回したが、ドアは開かなかった。

五堂が仮眠室内からつまみを回して、ドアを引き開けてくれた。

「なるほど、みごとなトリックだ。で、その犯人Xとは、いったい、だれだね?」

「小野景子さんよ」

由希子は、ずばり断定した。

10

由希子が仮眠室のドアを自動ロックするトリックを実演してみせても、五堂主任は口でほめるのとは裏腹に、いたって冷静だった。

「それで、景子さんが犯人であるという根拠は、なんだね?」

と、口頭試問のような聞き方をする。

由希子は彼のそんな態度をいぶかりながらも、学生時代、彼の講義を受けたことがあるので、学生にもどった気分になって答えた。

「あの日の昼、事務所小屋で、わたしが小野先生と会ってる最中、午後二時半ごろ、景子さんから先生のケータイに着信があったんです。お弁当を作ったから、いまから差し入れに行くと言ってね。それで、わたしは急いで帰ることにしたんです。あの日は、宿直当番だった菊地君が急に休んだので、先生が一人で宿直することになって、わたしがコンビニ弁当を差し入れてあげたのに、もちろん景子さんはそんな事情は知らないから、学生時代の発掘実習を思い出してか、ひさしぶりに発掘現場を見に行く気分になって、手作りの弁当を差し入れに行くことにしたんだわ」

「なるほど……」

「妻の電話を受けてからの小野先生のうろたえぶりが滑稽だったので、わたしは熱がいっぺんに冷めて、そうそうに引き揚げたの。そして、帰宅して、すぐシャワーを浴びたんだけど、そのとき、ヘアピンが一本、なくなってるのに気づいたの。あの仮眠室の簡易ベッドで抜け落ちたにちがいないわ。小屋に来た景子さんは、夫の様子にどことなく不審なものを敏感に感じて、ベッドに女のヘアピンが落ちているのに気づいたかもしれない。あるいは、彼のケータイの交信履歴を見て、その日の朝、わたしと連絡してるのを知って、夫がわたしを小屋に呼んで、さっきまで密会していたんじゃないかと疑ったかもしれない。学生時代、わたしが彼とつき合っていたのを、彼女は知ってますからね。あるいは、あなたが不燃物のゴミ袋で見つけたように、彼女も、わたしがコンビニで買って差し入れた弁当のレシートを見つけたかもしれない。彼女はわたしがF市の天神町のワンルーム・マンションに住んでることを知ってますからね」

「……」

「もしかしたら、彼女も、あの石棒を見つけて、いっそうエッチな妄想をたくましくしたかもしれない。彼女も考古学科の出身だから、あの石棒がどんなものか知ってますからね。それで夫を問いつめて、わたしとの密会を白状させ、カッと逆上して、あの石皿をつかんで、夫の頭をなぐったんだと思うわ。彼女は一見、おしとやかに見えるけど、案外、激高しやすいタイプですからね。衝動的な行動だったかもしれないが、あっけなく夫が死んだので、彼女はびっくりしたにちがいない。でも、すぐ冷静になって、善後策を考えたんだわ。それが、倒れたスチール棚の下敷きになって事故死したという偽装だった」

「部屋を密室にしたのは、事故死を補強するための工作だったというのか？」

「ええ、彼女は学生時代、発掘実習で、ノギスの使い方をよく知っています。そのノギスは、わたしがあの小屋から帰るとき、仮眠室にあるスチール棚に石棒といっしょに置いてあったんです。たぶん小野先生が石棒のサイズを計測するのに使ったんだわ。景子さんはそれを見つけて、とっさにドアの錠のつまみを内側から回転させてロックするトリックを思いついたんだわ」

「なるほど……」

「このトリックでは、死体が発見されたとき、石棒とノギスがドアのすぐ近くに落ちているので、普通なら怪しまれるが、この仮眠室には普段から石器や計測器がいくつか置いてあるので、スチール棚が倒れたために床に散乱したと思われて、別段、不審がられなかったんだわ」

「じつに見事な推理だ。シャーロック・ホームズも顔負けだな。しかし、石棒をドアの框の上に置いて落下させたら、その跡が上框の埃に残ってるはずだ。さっき、きみはもう調べたんだろう」

「きれいに拭いてあったので驚いたわ。きっと景子さんが証拠を残さないようにハンカチで拭いてから、石棒を置いたんだわ」

「さあ、それはどうかな。きみの説によると、彼女の犯行は衝動的だったという。夫を殺すほど逆上していたのなら、ドアの上框の埃のことまで細心の注意がまわるかね」

五堂は理づめに揚げ足をとる。

由希子は、そんな彼の妙に冷めたような態度がすぐには解せなかったが、

「そうか、わかったわ。埃を拭いたのは、あなたね。そうまでして、なぜ景子さんをかばうんですか？」

と、半歩、彼につめ寄った。

「べつに彼女をかばってるわけじゃない。ぼくはきみが犯人じゃないかと思ったから、きみのために証拠を残さないように、埃を拭いてあげたんだよ」

彼はそう答えて、タバコを出してくわえたが、灰皿がないことに気づくと、

「ここは狭苦しいから、隣で話そう」

と、事務室のほうへ誘った。そこの机には、コーヒーの空缶が数個、灰皿がわりに置いてあるのだ。

発掘スタッフは全員がすでに帰宅して、いま小屋に残っているのは、五堂と由希子だけだった。

外は、もうすっかり暮れていた。

彼は丸イスに座って、タバコに火をつけた。そして、ゆっくり煙を吐きながら、

「で、どうする？　景子さんを警察に告発するかね？」

「そこまでは考えていませんわ」

「だったら、この件は、ぼくにまかせてくれないかね」

「どういうことですか？」

「いまのところ、彼女を犯人だと特定する物証は、なに一つない。小野さんの死は事故死として、警察はすでに処理してる。いまになって仮眠室を再検証して、たとえ景子さんの指紋や毛髪が採取されても、犯行時の遺留物だとは断定できない。小野さんの死体が見つかった朝、彼女は父親の関根教授といっしょに死体確認のために駆けつけて、あの仮眠室に入ってるんだから、そのときに残した指紋か、抜け落ちた毛髪かもしれない。それに、きみが解いた密室トリックだって、机上の空論だといわれれば、それまでだ。うかつに景子さんを告発したら、反対に、きみが誣告罪《ぶこくざい》で訴えられる」

「……」

「きみ自身が小野さんとの密会の当人だから、きみが殺したと疑われる可能性がある。不倫の関係がこじれて、きみが発作的に彼を殺した。そして事故死に偽装するために、石棒とノギスを使って、仮眠室を密室にしたんじ

ゃないかと疑われかねないよ。ことを荒立てたら、かえってヤブヘビになる」

「……」

「景子さんは、ぼくには恩師の娘さんだし、きみも学生時代からの親友だろう。きみはその親友を裏切って、彼女の夫と不倫したんだから、たとえ彼女が夫を殺したとしても、その殺しの原因をつくったのは、きみだからね。彼女を責める資格はない。ここは一つ、ぼくにまかせて、しばらく関根教授や景子さんの様子を見よう」

と、五堂は説き伏せて、短くなったタバコを空缶に捨てた。

由希子としては、小野助教授との不倫を責められては言い返す言葉がないので、結局、彼の説得に従うしかなかった。

11

つぎの週から、由希子は発掘作業から離れて、郷土資料館の仕事に専念することになった。館では、来月、江戸・明治の民具を展示する特別イベントをひらくので、その準備に取りかかるのだ。江戸時代からつづく旧家の当主が死んで、遺族から、故人が生涯にわたって趣味で収集した昔の生活用具の膨大なコレクションを寄贈してくれたので、それを顕彰して展示することになったのである。

ひと月後の月曜日、由希子が学芸室で展示パンフレットの文案を練っていると、午後四時ごろ、宮本美奈からケータイに着信があった。

「大変よ。小野景子さんが五堂さんと心中したわ」

美奈の声は上ずっていた。

「シンジュウ……?」

由希子が聞きなれない単語をオウム返しに聞き返すと、

「毒入りコーヒーを飲んで、無理心中したのよ」

「まさか……」

「本当よ。さっき、お昼に、わたしと井上さんが二人の死体を見つけたのよ。またしても、わたしたち二人が死体の発見者になったのよ」

「どこで見つけたの?」

「五堂さんの自宅マンションの部屋よ」

興奮気味に断片的に話す美奈の話を要約すると、きょう昼前になっても、五堂主任は発掘現場に出勤してこなかった。無断欠勤するような彼ではないので、県の埋蔵文化財センターへ電話で問い合せたが、そちらにも五堂からの連絡はない。急病で寝込んでいるとしても、電話くらいは出られるはずなのに、ケータイにも応答がないので、昼食の時間に、井上講師が美奈を誘って、五堂の自宅へ様子を見に行ったという。

五堂は二年前に離婚してからは、千葉市内のマンションに一人で住んでいる。F市の発掘現場からは、車なら三〇分くらいの距離である。

井上たちがそのマンションに行ってみると、部屋はインターホンを押しても応答がないのに、玄関ドアはロックされていなかった。それなのにドアの内側にチェーンがかけてあったので、不審に思い、管理人に頼んでカッターでチェーンを切断してもらって中に入ってみたら、キッチンのテーブルに、五堂冬彦と小野景子が向かい合って座って死んでいたという。

テーブルの上には、飲み残したコーヒーカップが二人分あって、そのコーヒーに青酸カリがまざっていた。

死亡時刻は昨夜（日曜日）の午後八時から一〇時の間と推定された。

「で、いま、あなたはどこにいるの？」

由希子が聞くと、

「井上さんの車で発掘現場へもどってる途中よ。さっきまで警察の事情聴取を受けて、やっと解放されたのよ」

と、美奈は答えた。

「じゃ、わたしも、すぐそちらへ行くわ」

由希子はケータイをきると、手ばやく机の上を片づけて、館長に事件を報告し、早退の許可をえて、ジムニーで西沢貝塚遺跡へ向かった。

ひと月ぶりに来てみたら、発掘現場は面積が倍にひろがって、トレンチ（試掘溝）の数も増えていた。

作業員たちは全員が事務所小屋の前に集まって、ハンドマイクで話す井上講師の話を聞いていた。彼のそばに美奈も立っている。どうやら二人で心中事件を発見した経過を説明しているらしい。

由希子はジムニーから降りて、みんなの輪の後ろに近づいた。

「ぼくと宮本君は、さっきまで警察から、いろいろと事情聴取された。もしかしたら、ここにも刑事が聞き込みにくるかもしれないし、マスコミも取材に押しかけてくるだろうが、余計なことはペラペラしゃべらないでくれ。とくに発掘調査団長である関根教授は小野景子さんの父親だから、くれぐれも言動には注意してくれ。きょうは作業を切りあげて、あすから三日間、作業は中止する。マスコミが押しかけてきて、遺跡を踏み荒らされては、たまらん。発掘中の遺構には防水シートをかけてください」

井上が指示すると、

「臨時休業するより、いっそのこと発掘調査を打ち切ったほうがいいですよ。ここの貝塚は呪われています」

女子学生の一人が大胆な発言をした。

「そうだ。縄文人の祟《たた》りだよ。ここの貝塚からは、先々週、幼児の白骨死体が三体も出土した。その祟りだ」

「小野助教授と五堂主任が死んで、こんど井上さんが現場主任に昇格したら、つぎに死ぬのは、井上さん、あんただよ」

パートで来ている補助作業員のおばちゃんたちが、遠慮なく、ずけずけ言った。

これには、みんなも思わず、失笑した。

井上は苦虫をかみつぶして、解散を告げた。副主任であった彼は、もうすっかり主任気取りで、この緊急事態を取り仕切っていたのだ。

そのあと、彼は各作業班の班長を事務室に集めて、今後のスケジュールを相談した。由希子も、そのミーティングに加わったが、みんなの関心は発掘のことより、心中事件のほうにあった。


「遺書はあったんですか？」

測量班長が井上に聞いた。

「いや、なかったらしい」

「遺体は解剖されるんですか？」

「さあ、どうかな。検視の段階では、青酸カリ中毒死の特徴が顕著に現れていたので、解剖するまでもなく死因が特定できたらしい」

井上の話によると、埋蔵文化財センターの職員が駆けつけてきて、いま五堂の遺体につき添っているという。五堂は離婚後ひとり暮らしだったので、広島にいる両親には警察から連絡がいき、いまごろ両親は新幹線か飛行機でこちらへ向かっているそうだ。

小野景子も、夫の死後はマンションでひとり暮らしだったので、遺体は実家である関根教授宅に引き取られて、ごく身内だけで密葬されるはずである。

由希子は井上講師の話を半ばうわの空で聞いていた。彼女がいま一番気になるのは、二人が服毒心中した場所だった。なぜ景子は五堂のマンションへ出向いて行ったのか解せなかった。五堂は大学の講師時代、景子をめぐって、同期生の小野と競っていたが、小野のほうが彼女と結婚して、助教授に昇格したので、負けた五堂は大学を去って、県の埋蔵文化財センターへ移ったのだ。だから、景子は結婚後は、五堂とは疎遠になっていたはずなのに、夫の死後、二ヵ月もたたないうちに、なぜ五堂のマンションへ出向いて行って、心中までしたのか？

五堂が夫殺しの秘密を知っていると彼女を脅して、自宅に呼びつけたのだろうか。だが、彼はそんな強引な性格ではないはずだが。

由希子は自分が発掘現場から離れている間、五堂からは連絡がなかったので、その後、彼にどんな変化があったのか、井上や美奈に聞いてみたかったが、あまり深く詮索すると怪しまれるので、ためらった。五堂が死んだ今では、景子の秘密を知っているのは自分一人であるからだ。

ミーティングが終わったときは、もう日はとっぷり暮れていた。

スタッフたちが解散して帰っていくと、井上と美奈はコンビニで買ってきた弁当を食べはじめた。

「昼食を食べ損《そこ》ねて、腹ペコよ」

と、美奈は幕の内弁当の卵焼きを口に入れる。

由希子は給湯室で熱いお茶をいれてきて、二人にすすめ、自分はインスタント・コーヒーのカップをもって、いっしょのテーブルについた。

由希子は、五堂のこれまでの言動から、服毒心中事件の真相がほぼ直感的に推理できたが、いまここで美奈たちに教えるわけにはいかない。そこで、あくまで圏外の立場のふりをして、この婚約者たちの推測を聞いてみた。

「服毒心中といっても、どちらが仕かけたのかしら？」

「その点は、遺書がなかったので、警察も判断に迷ってるらしい。二人が合意のうえで服毒心中したのか、あるいは五堂さんが毒をもって、景子さんを毒殺したあと、自分も飲んで自殺したのか、それとも、その反対だったのか……」

と、井上は頰ばったお握りをお茶で飲み込む。

「その場でコーヒーに毒を入れたのなら、どちらかが前もって青酸カリを用意していたことになるから、毒の容器を調べればわかるんじゃないの？」

「二人のどちらも、毒の容器らしいものは持っていなかったそうだから、たぶん犯人は薬用のカプセルを使ったんだろう。相手のカップのコーヒーに毒を入れて飲ませると、自分はカプセルごと口に入れてコーヒーで飲みくだして死んだかもしれない。いま警察は青酸カリの入手経路を調べてるらしい」

「関根教授は、もう現場にこられたの？」

「二人の死体を見つけて、ぼくが一一〇番に通報してる間に、宮本君がケータイで教授に知らせた。教授は奥さんといっしょにタクシーで駆けつけてこられたが、奥さんのほうは現場を見るなり、ショックのあまり失神されて、救急車で病院へ運ばれたよ。五堂さんの実家は広島だから、まだ遺族の方は来てない」

「事件の動機について、教授はどうおっしゃってるの？」

「まったく心当たりがないと、言葉すくなに、刑事に話しておられたよ。なにしろ教授も気が動転して、まともに話が聞ける状態じゃなかった。あんなに取り乱した教授を見たのは初めてだ」

井上がそう言うと、美奈は割り箸を宙に止めたままで、

「景子さんは二ヵ月前に夫を亡くしたばかりよ。五堂さんと心中するはずがないわ。毒をもったのは、五堂さんのほうよ。彼は講師時代から、彼女が好きだったので、彼女が未亡人になったチャンスをつかんで、再婚のプロポーズをしたんだわ。彼女と再婚すれば、助教授のイスも確実ですものね。ところが、冷たく断られたので、自暴自棄になったんだと思うわ。彼女にふられるのは、今度が二度目ですものね」

と、独り合点するように言った。

だが、それには、井上がすぐ反論した。

「まだ喪もあけない彼女に再婚を申し込むなんて、彼はそんな非常識な男じゃないよ。まして女性の場合、配偶者と離婚または死別後は、六ヵ月間、再婚できないんだ。それに、あらかじめ青酸カリを用意してプロポーズするというのも、変な話だ」

「そういえばそうね」

「コーヒーに毒を入れたのは、ぼくは景子さんだと思う」

「その理由は？」

由希子が尋ねた。

「きょう、ぼくと宮本君を事情聴取したのは、千葉西署の刑事だった。五堂さんのマンションが西署の管轄内だからね。ところが、途中から、F署の刑事がオブザーバーの形で加わった。ほら、小野助教授の事件のとき、この小屋へ現場検証にきたゴマ塩頭の年配の刑事だよ」

「石棒に興味津々だった、あのエッチな刑事ね」

「彼は小野助教授の死がこんどの心中事件にからんでるような疑いの目で、ぼくたちにあれこれ質問したよ。助教授の死体を見つけたのも、ぼくたち二人だったから、そう疑われても仕方がないが、さいわい五堂さんの部屋は玄関ドアに内側からチェーンがかかって、密室状態だったので、疑いはすぐ晴れたが、あの刑事は景子さんがコーヒーに毒を入れて、五堂さんを毒殺したあと、自分

も服毒自殺したんじゃないかと疑ってるような口ぶりだった」

「その根拠は?」

「つまり、小野さんをここの仮眠室で事故死に偽装して殺したのは、助教授のイスを狙った五堂さんの犯行で、景子さんはそれを見抜いて、夫のカタキを討って自殺したというわけだ。あの刑事にしては、なかなか穿《うが》った推理だ」

「仇討ちだなんて、そんな大時代な……。あなたは、どう思う?」

美奈が、急に口数が少なくなった由希子をけげんそうに見て聞いた。

「そうね、景子さんはお嬢さま育ちで、外見はおっとりしてるけど、後追い自殺するような一途な性格じゃないと思うけど……」

由希子はあいまいに返事をにごした。

由希子としては、景子の夫殺しの秘密を井上や美奈に気取られないように内心をかくして話すのは、けっこう演技が必要だった。

12

その夜、井上講師たちと別れて、由希子が天神町のマンションに帰ったときは、もう夜の一〇時をすぎていた。

専用の駐車場にジムニーをとめた。見なれない車が一台、近くの路上に違法駐車していたが、彼女は気にもとめないで、マンションの玄関ホールでエレベーターが降りてくるのを待っていると、二人づれの男たちが小走りに追ってきた。その靴音に彼女が驚いて、ふり向くと、一人はF署のゴマ塩頭の刑事だった。どうやら二人は、あの違法駐車の車の中で張り込んでいたらしい。

「やあ、遅いお帰りですな。あんまり遅いので、今夜はあきらめて、明朝、出なおしてこようかと思ってましたよ」

ゴマ塩頭の刑事は目じりに笑みを浮かべて、気さくに声をかけてから、

「こちらは、千葉西署の岩井《いわい》刑事だ」

と、連れの若い男を紹介した。

三〇代前半の男で、体育会系のタイプが多い刑事には珍しく、縁なしメガネをかけた細身の男だった。

エレベーターの扉がひらくと、二人の刑事は彼女を中に挟むようにして、無言のまま乗り込み、F署の刑事が勝手に六階のボタンを押した。由希子の部屋の階である。

「ちょっと聞きたいことがあるので、お部屋まで同行してもいいですね」

岩井刑事はおだやかな口ぶりだが、有無を言わせない押しつけがましさがあった。

「ええ、どうぞ」

「所轄のちがう刑事がきても、あまり驚かないね。新しい事件のことは、もう知ってるんだね」

ゴマ塩頭の刑事は目じりの笑みを消さないで、なれなれしく話しかける。

「ええ、井上さんから聞きました。さっきまで発掘現場で会っていたんです」

「それなら、説明がはぶけて、話は簡単だ」

「でも、こんな夜分に、わたしに何の用があるんですか？　わたしはここ一ヵ月、発掘作業から離れていたんですよ」

由希子がそう言いかけたとき、エレベーターが六階についたので、彼女は廊下をすすんでショルダーバッグから鍵を出して、６０８号室のドアをあけた。

ワンルームの部屋なので、玄関ドアをあけて電灯をつけると、室内はまる見えである。電話ファックスの留守電モードの赤ランプが点滅して、白い巻紙が吐き出されて垂れているのが、すぐ目についた。留守の間に、だれかがファックスを送信してきたのだ。

由希子は刑事がいるので読むのをためらうと、岩井刑事が彼女を押しのけるようにして、すばやくファックス用紙を手にとって見た。ゴマ塩頭の刑事も、肩ごしにのぞき込む。

白い紙に太いサインペンの字で、たったの三行、大きく書いてあったので、由希子も、一目で読みとれた。


夫の死に便乗して、後釜を狙った彼が許せなかった。

石棒の落下トリックの謎解き、お見事ね。

ヘアピンは処分したから、ご安心を。

景子

「やっぱり、コーヒーに毒を入れて、無理心中を仕かけたのは、女のほうだったか」

「この彼というのは、五堂冬彦のことだな。これで被疑者を特定できて、あとは被疑者死亡で書類送検するだけだな」

と、二人の刑事はうなずき合った。心中事件が解決して、ほっとした様子だ。

「個人の信書を勝手に閲覧するのは、違法捜査じゃありませんか」

由希子がムッとすると、

「捜索と押収の令状なら取ってあります」

岩井刑事は上着の内ポケットから折り畳んだ令状を出して、由希子の顔の前にひろげて見せた。

その手ぎわの早さに、彼女はもう抗議する気力もなかった。

岩井刑事はファックス用紙を慎重に電話機から切りとって、

「あなたは、昨夜、外泊したんですか？　このファックスは昨夜、送信されたんですよ」

と、用紙の上の欄を指さした。そこには、発信時刻や発信者のファックス番号が印字してある。

「ええ、きのうは日曜日だったので、横浜の実家に帰っていました。けさ早く実家から直接、郷土資料館へ出勤したんです。でも、昨夜、どうして留守の間にファックスが送信されてきたことがわかったんですか？」

「発信時刻は、きのうの二一時二六分で、発信者は五堂冬彦の電話ファックスの番号になってる。彼と小野景子が毒死していた現場には、どちらがコーヒーに青酸カリを入れたか、決め手になる物証がなかった。そこで念のため、現場にあった固定電話の交信記録を調べてみたら、昨夜のその時刻に、あなた宛にファックスを送信してることがわかった」

「そのファックスを証拠物件として押収するために、わざわざ捜索令状を取ったんだよ」

そばから、ゴマ塩頭の刑事がつけ加えた。

「検死によると、死亡時刻は、二人とも、昨夜の八時半から一〇時半の間と推定された。つまり毒をもった犯人は、相手を毒殺したあと、九時二六分に、このファックスをここの留守番電話に送信してから、自分も毒入りコーヒーを飲んで自殺したことになる。しかも、現場には送信したファックスの原稿が残っていなかったので、小野景子は送信したあと、原稿を燃やして、キッチンかトイレで灰を水に流して捨てたんだろう。しかも、受話器やプッシュボタンについた指紋も、きれいに拭き消してあった。そして、第三者に殺人の濡れ衣がかからないように、玄関ドアの内側からチェーンをかけた。自殺前の行動にしては、まことに用意周到というか、じつに冷静だった」

岩井刑事はそう言ってから、一呼吸おいて、

「そこで、問題は、両親にさえ遺書を残さなかった彼

女が、なぜ赤の他人のあなたに、たとえ大学時代からの親友だったとはいえ、こんな意味深長なメッセージを送ってきたのか、その理由を説明してもらえますか?」と、ファックス用紙を由希子に突きつけた。

「それから、ヘアピンを処分したとか、石棒の落下トリックの謎解きって、なんのことですか? 石棒って、あのエッチな石のペニスのことだね」

と、ゴマ塩頭の刑事も問いつめた。

由希子は頭が混乱して、すぐには答えられなかった。

この二年間、景子とは距離を置いて、電話ですら、めったに話さなかったのに、なぜ死ぬ直前に、こんな最期のメッセージを送ってきたのだろうか。景子の真意が読めなかったのだ。

景子は由希子が仮眠室のベッドに置き忘れたヘアピンを見つけたのだから、それを証拠に夫を問いつめて、不倫の情事を突きとめたにちがいないのだ。とすると、このファックスは、友情を裏切って、夫と浮気したことへの恨みだったのか。それとも、夫殺しの秘密をいままで警察に黙っていてくれた友情への感謝だったのか。

この短い文章から推測できることは、景子が夫を事故死に見せかけるために小屋の仮眠室を密室にしたトリックの謎を由希子が解いたことを知っていることだ。おそらく五堂が毒入りコーヒーを飲む前に景子に打ち明けたにちがいない。

でも、なぜ彼は告白したのだろう。景子の秘密は自分一人だけが知っているとしたほうが秘密の価値が高いはずなのに……。

《夫の死に便乗して、後釜を狙った》とは、どういうことか?

景子の犯行を黙っておく代わりに、小野助教授の後釜のポストを五堂が要求したとしか考えられないが、それなら彼は景子を飛び越して、父親の関根教授と直接、交渉したはずだ。

関根教授としては、娘の犯行をかくすためには、五堂の要求を無条件に飲むしかない。文学部長の要職にある彼なら、助教授のポストを提供するくらいの権限はあるはずだ。

としたら、景子は父が五堂の要求に屈したのを知り、しかも密室トリックの謎を由希子にも知られた以上、自分も死ぬ決心がついて、五堂を道づれにしたにちがいないと、由希子は推理した。

13

それから一週間後の夜、由希子が天神町のマンションの自室でテレビを見ながら、コンビニ弁当を一人でぼそぼそ食べていたら、そばのベッドの上に放り出していたケータイの着信音が鳴りだした。

液晶画面を見ると、発信者は小野景子だった。死者からの発信かと、一瞬、ドキッとしたが、どうやら、だれかが景子のケータイを使ってかけてきたらしい。

由希子は口に入れたご飯をのみ込んでから、用心深く、もしもし……と応答したら、

「平尾由希子さんですか？　F市の郷土資料館にお勤めの……」

「はい、そうですが……」

「ぼく、小野景子の兄の、関根信行《のぶゆき》です。おひさしぶりです。お元気ですか」

と、親しげに話しかけてきた。

由希子は、すぐには返事ができなかった。

彼とデートしたのは大学の四年生の夏だった。景子のお膳立てで四回ほどデートしたが、そのあと彼はさっさと代議士の娘と結婚してしまったのだ。あとで気がついたのだが、あのデートは景子が由希子を小野講師から遠ざけるための作戦だったらしい。その証拠に、景子は大学を卒業すると同時に小野と婚約したのである。だから、この関根信行には、まんまと景子に操られたほろ苦い思い出しかなかった。

「どうも、このたびは……」

景子の葬儀は身内だけの密葬だったので、由希子が口の中でもごもごお悔やみを言うと、

「やっと一段落ついたところです。じつは景子のことで、ちょっとお尋ねしたいんですが、いま、かまいませんか？　あとでかけなおしてもいいのですが……」

「いいえ、どうぞ。いま一人でくつろいでいますから」

「それじゃ……。千葉西署の刑事から聞いたんですが、妹は毒入りコーヒーを飲む直前に、五堂君の部屋にある電話で、あなた宛にファックスを送ったそうですね」

単刀直入な質問に、由希子は思わず体をかたくした。

「ええ……」

「妹は遺書を残さずに死んでしまったので、あなた宛に送ったファックスが、なんだか遺書のような気がして、刑事にその内容を教えてほしいと頼んだのですが、たとえ兄妹とはいえ、第三者に送信した文書は、受信者の承

諾がないと見せられないと言うのです。それで、あなたに電話した次第です。もしお差しつかえがなければ、そのファックスを見せていただけないでしょうか。ぼくだけでなく、うちの両親も、景子がなぜ五堂君を道づれに死を選んだのか、その理由が、いま一つ、はっきりわからないので、その手がかりになればと思って……」

彼はひどく改まった口調で話すが、その声には、キャリア官僚として、いまが働き盛りの自信のようなものが感じられて、ちょっぴり高圧的だった。

由希子は、一瞬、迷ったが、

「わかりました。実物はいま手元にありませんが、短い文章だったので、丸暗記していますから、紙に書いて、ファックスで送りましょうか」

と、言った。あの謎めいた最期のメッセージに、関根家がどう反応するか確かめてみたかったのだ。

「そうしていただけたら、ありがたいです」

関根信行はすぐファックス電話の番号を教えた。それは景子宅の固定電話だった。どうやら彼は妹のマンションの部屋で遺品の整理でもしているのだろう。

由希子はコピー用紙にサインペンで景子の最期のメッセージを書いて、ファックスで送信した。ただし、ヘアピンの一行だけは省略した。小野との不倫の密会までバカ正直に知らせる必要はない。

数分後に、その電話のベルが鳴った。彼が折り返しかけてきたのだ。ほんの一、二秒で読める短い文章だったのに、五、六分もたってから電話してきたのは、文面の裏にかくされている意味をあれこれ推理していたからだろう。

「拝見しました。ずいぶん短いものだったんですね」

と、疑わしげに言う。都合の悪いところは、由希子が勝手にカットしたとでも思ったのだろうか。

「実物は警察がまだ押収していますから、署に問い合わせてくだされば、一字一句、本物に間違いないと保証してくれますよ」

由希子は堂々とシラを通した。

「いや、いや、あなたを疑ってるんじゃない。あまりに簡潔なので、ちょっと拍子抜けしただけです。しかし、これを読むかぎり、やっぱり妹は五堂の要求に屈するのが嫌だったんだな」

「五堂さんは景子さんと話し合ったんですか？　それとも、直接、関根教授と交渉したんですか？」

「うちの親父と取引きした。景子の秘密を黙っておく代わりに、大学へ復帰させてほしいとね。見かけによらず、図々しいというか、大胆な男だった」

「で、教授はそれを無条件に呑まれたんですか？」

「親父としては、呑まざるをえなかった。小野君を事故死に偽装して殺したのは景子だと告発されてはね。彼の口をふさぐためには、助教授のイスを提供するしかなかった」

「景子さんは自分の犯行を否定しなかったんですか？」

「沈黙したまま、あえて否定はしなかった。それで、結局、親父も五堂の要求を呑まざるをえなかった。ところで、あなたも妹の犯行を見抜いていたそうですね」

「五堂さんがそう言ったんですか？」

由希子は警戒しながら問い返した。

「彼は言外に、そう匂わせたらしい。自分一人だけが知っていると言ったら、自分が消されるとでも思って、保険のために、あなたの名前を出したんだろうと、最初、こちらはそう疑ったんだが、このファックスを見るかぎり、本当だったんですね。石棒の落下トリックというのは、そのことを暗示してるんでしょうね」

「ええ……」

由希子はあいまいに濁してから、

「一つ、わたしからお尋ねしていいですか？」

「どうぞ……」

「ファックスには、夫の後釜を狙った彼が許せなかったと書いてありますね。このアトガマというのは、助教授のポストだけのことですか？」

由希子がずばり聞くと、電話の向こう側で、信行が息を止めたような気配がして、一拍おいてから、

「あなたは、なかなか勘がするどい。そこまで深読みしましたか。あれは、うちの親父の勇み足だった。それが景子を追いつめる結果になってしまったんです」

と、声を落として言った。

「勇み足……？」

「あなただから正直に打ち明けますが、親父は五堂君の要求を呑む条件として、景子との再婚を持ち出したんです」

「やっぱり……」

「親父としては、娘の秘密を守るには、五堂君に助教授のイスを提供するだけでは安心できなかった。二人を再婚させたら、夫は妻の秘密を口外しませんからね。百パーセント安全な口封じのつもりだった」

「いかにも完璧主義者らしい教授のお考えね」

「でも、それが妹には過重な枷《かせ》になったと思う。親父も、いまはそれに気づいて、自責のあまり、大学へ辞表を出して、学会からも引退するつもりでいます」

そして、彼は一つため息をもらしてから、

「でも、このファックスの文章を読んでも、ぼくには、まだどうしてもわからないことがあるんです」

「なんでしょう?」

「五堂君の推理によると、妹は発掘現場の小屋まで出向いて行って、自分の夫を事故死に見せかけて殺したというが、なぜ殺したのか、その動機がわからないんです」

「五堂さんは、なにも言わなかったんですか?」

由希子は、内心、警戒しながら尋ねた。

「事故死に偽装するために小屋の仮眠室を密室にしたトリックは、まるで幾何学の問題でも解くように解説してくれたが、景子が夫を殺した動機については、いっさい言わなかった。彼は密室のトリックは見抜いたが、動機までは見抜けなかったのかな」

「景子さん自身は告白してないんですか?」

「口をつぐんだまま死んでしまったよ。だから、あなた宛のファックスに、それらしいことが書いてあるんじゃないかと思ったが、全然、それに触れてないので、正直なところ、ちょっとガッカリしてるんです。小野君の死が、この一連の事件の発端だったように思うんですが……」

と、関根信行は落胆をかくさなかった。受話器を握ったまま、受信したファックス用紙を見つめて、しきりに首をひねっている様子が目に見えるようだった。

だが、由希子はそれに答えるわけにはいかなかった。自分が発掘小屋で小野助教授と密会をしたのが、景子の犯行の動機だったとは……。ヘアピンのことを伏せてファックスしたのは正解だったのだ。

それにしても、なぜ五堂は関根教授との交渉に、小野の不倫を告げ口しなかったのだろう。小野の浮気を暴露すれば、景子の犯行が正当化されて、それだけ五堂の交渉も有利に運んだはずなのに……。

五堂としては、由希子をさし置いて、自分だけが抜け駆けする後ろめたさから由希子をかばってくれたのだろうか。それが石棒落下の密室トリックを互いに解きあかした探偵同士の、せめてもの信義のつもりだったのかもしれない。

「その点は、わたしにもわかりませんわ。景子さんが結婚してから、わたしたちは少し疎遠になっていましたから」

電話口で、由希子はとぼけて、そう答えるしかなかった。そして、静かに受話器を置いた。

評論・随筆篇

まえがき（日本文芸社『5分間ミステリー』）

推理小説の楽しさは、五分の四まで読者をトリックの迷路にさそいこんでおいて、あとの五分の一で、タネをあかし、それまでの推理を全部ひっくり返して、読者の頭を徒労させることにあります。それは快い徒労です。

けれども、そんな頭脳の浪費をのんびり楽しむには、現代は万事が、あまりにもスピーディな世の中です。

ですから、ともすれば、途中のページを読みとばして、せっかちに、最後の絵解きだけを早く知りたがります。無理もありません。生活のテンポが早い、インスタント時代ですから。

そんな気ぜわしい現代人のために、なくもがなの無駄な枝葉を切りとって、トリックと推理のエッセンスだけを抜きだして、ショート・ショートに濃縮した、ミステリー掌篇を集めたのが、この本です。

六十九篇、どれも小粒ながら、長篇に劣らぬミステリーの醍醐味を、たっぷり味わっていただけると思います。

奇想天外な殺人トリックもあれば、推理の盲点をついた解決の意外性もあり、犯人探しの謎解きなど、バラエティーに富んでいます。

たとえてみれば、推理小説の、チョコレート・ボンボンの詰め合わせセット、それが本書です。

夢中になって一気に読み終えるのも結構ですし、また、朝のトイレの中や、通勤電車の中で、たいくつなテレビのコマーシャルのあいまに、あるいは就寝前の寝酒のかわりに、一つか二つずつ、読み惜しみしてくだされば、なお結構です。

あなたの推理力は、日ましに、すばらしくなります。そればかりでなく、この本一冊で、推理小説の通《ツー》にもなれます。

恋人とデートしたとき、ためしに一席ぶってごらんなさい。たちどころに、あなたの株はあがります。なぜなら、推理小説は現代人に欠かせない教養ですからね。

もし幸いにも、この本が歓迎されたら、さらに続篇、続々篇を書いてゆきたいと思っています。

『グリーン家殺人事件』

ミステリーの第一期黄金時代を代表する名作である。

私がこれを読んだのは、中学二年のときだった。

ちょうど終戦の年の夏で、叔父が空襲で焼ける前に大阪から送ってきた疎開荷物の中に、古い世界探偵小説全集があって、夏休みの退屈まぎれに、その中から最初に抜き出して読んだのが、この本だった。

そして、これ一冊で、たちまちミステリーの魅力のとりこになって、そのあと全集を全部読み終わったときは、もう、完全な中毒患者になっていたのである。

戦前の総ルビつきの本で、いまの翻訳の水準と比べたら、ひどく粗雑な抄訳だったにちがいないのだが、しかし、それでも名探偵ファイロ・ヴァンスが殺人事件の謎を理路整然ととといていく推理の精密さに、頭がくらくらするような知的快感をおぼえた。

犯行現場の見取り図が数枚そえてあったのも、子供の目には魅力的で、まるで幾何学の図形を見ながら難解な証明問題に挑戦しているような興奮があった。

それに、各章の終わりにペダンチックな脚注がついているのも、はじめて大人の小説を読破したという満足感があって、そのときの感動が五十年たったいまも飽きずに、おそらく死ぬまでミステリーを読みつづける原動力になっているのだ。

多様性に富んだ現代ミステリーと比べたら、戦前の作品だから、ストーリーの展開にやや単調なきらいはあるが、しかし、トリックの着想の奇抜さと、謎をとく推理のひらめきは不滅のもので、これこそがミステリーの根幹をなすのである。

叔父の疎開荷物は、父母には置き場に困る邪魔物だったが、私には宝の山だったのである。

リヤカーのおじさん

リヤカーといっても、いまの若い世代の人はほとんど知らないだろう。自転車の後ろにつける小荷物運搬用の二輪車である。

昭和二十九年、私が大学三年生のときだった。ある夜、新宿駅で終電車に乗りおくれたので、下宿まで歩いて帰ることにした。二つ隣の駅近くまでである。暗い夜道をとぼとぼ歩いていると、急に腹が痛くなった。歩くごとに激痛がさし込み、腹部がふくれて、息をするのさえ苦しくなった。とうとう我慢できなくなって、電柱の下にうずくまって嘔吐《おうと》していたら、

「どうした？　大丈夫か」

ふいに頭上で、声がした。鉢巻きをした中年の男が自転車で通りかかって、見かねて声をかけてくれたのだ。

「なに、腹痛？　きっと盲腸炎だろう。たしか、この近くに外科の病院があったはずだ。よし、運んでやるから、リヤカーに乗りな」

「すみません。お願いします」

私は腹を押さえながら、自転車の後ろのリヤカーに乗った。リヤカーは空っぽだったが、タイヤの振動が痛む腹にひびく。私はリヤカーの枠にしがみついて、必死に激痛をこらえた。深夜の街をどれくらい走ったか、やっと自転車が止まったところは、戦災をまぬかれた古い病院の前だった。

彼は自転車からおりて、玄関のブザーを何度も押し鳴らした。ドアに電灯の明かりがさして、宿直の看護婦が出てくると、

「この学生、腹痛がひどくて、七転八倒《しちてんばっとう》の苦しみようだ。ゲェゲェ吐いて……。おれはただの行きずりの者だ。じゃ、あとは頼んだよ」

彼は看護婦に私を預けると、彼女がくわしい事情を聞こうとするのを振りきって、名前も告げずに走り去ったのである。

レントゲン検査の結果、ただちに当直の医師が手術した。腸捻転《ちょうねんてん》だった。

それから八年後、私は結婚したが、新婚旅行中に、妻は私の下腹部に大きな手術跡があるのを見て驚いた。

「学生時代に腸捻転をやってね」私がそう答えると、妻の顔が、一瞬、青ざめた。彼女は高校生のころ、父を亡くしていたのだ。田舎の医者の誤診で腸捻転の手術がおくれたのだという。腸がねじれて詰まるこの病気は、手術が手おくれになると、命とりになるのである。

妻の話を聞いて、私は長いこと忘れていたリヤカーのおじさんのことを思い出した。あの夜は、あまりの激痛に、私は体をエビのように曲げてうめくだけで、相手の名前を聞くどころか、お礼を言う余裕さえなかったのだ。

あれから四十余年たったいま、年齢からいって、彼はもう故人になっているかもしれないが、この場を借りて、おそまきながら、ありがとうございましたとお礼を言いたい。

収録作家に訊く

1、本格推理について考えていることがあれば書いてください。
2、好きな作家を国内、国外、それぞれ挙げてください。
3、好きな推理小説作品を国内、国外、それぞれ挙げてください。
4、今後、どのような推理小説作品を書いていきたいですか。また、作家として目標があれば書いてください。
5、シリーズ探偵について考えていますか。考えている（すでに書いている）場合、それについて説明してください。

1、本格推理について考えていること

〈本格推理〉という変なネーミングがいつごろから使われはじめたのか知りませんが、いまでは文庫本のタイトルになるほど、すっかり定着したところを見ると、やっぱり日本にはトリック重視の愛読者が大勢いることの証拠ですね。

2、好きな作家と　3、好きな作品

好きな作品はたくさんありますが、好きな作家はいません。たとえば『本陣殺人事件』は好きですが、だからと言って、横溝正史が特に好きというわけではありません。その理由の一つは、横溝に限らず、E・クイーンにしろ、D・カーにしろ、代表作以外に、あまりに多くの凡作、駄作を書いているからです。

4、今後、書きたい作品

起・承・転・結のすっきりした短編ミステリーを書いてみたいです。特に最後の〈結〉で推理が反転する驚きのある作品を。

5、シリーズ探偵について

若い女検事・不二子を主人公にした短編をつづけて書いていくつもりです。検事は警察の捜査をチェックする権限を持っているので、短編シリーズものの探偵役としては、うってつけのポストだと思います。乞う、ご期待。

白い小石

私には、父親の記憶がない。写真で顔を見たことさえない。父は婿養子の形で私の母と結婚したが、養子失格で二年たらずで放逐《ほうちく》されたらしい。私は母方の祖父母の子として育てられた。父の痕跡は、写真はもちろん、ハガキ一枚にいたるまで、すべて病原菌のごとく消去されたのである。

その後、母は再婚して七十七歳で亡くなったが、死ぬまで、とうとう私に父のことは話してくれなかった。また私も義父に気兼ねして、とても聞きだす勇気はなかった。

こうして空白のまま歳月が流れたが、去年の暮れ、母の十三回忌の席で、八十半ばの叔母から意外な話を聞かされた。

「おじいさんから固く口止めされていたが、もう時効だから教えてあげるわ。あんたのお父さんは広島の原爆で死んだそうよ」

驚いた私は、父の旧姓だけは自分の戸籍謄本《とうほん》で知っていたので、さっそく広島市役所に問い合わせてみた。そしたら、原爆死没者名簿に父の名前が記載されている証明書が郵送されてきた。それによると、昭和二十年八月六日、広島市油屋町《あぶらやちょう》で死亡、享年四十、遺族ナシとあった。どうやら父は再婚もせず、独身のまま被爆したらしい。

今年の夏、私は妻といっしょに広島の原爆ドームと平和記念公園を訪ねて、原爆慰霊碑に線香をあげた。八月の炎天下でも、慰霊碑の前には、手を合わせて祈り、記念写真を撮る観光客があとを絶たない。そんな衆目の中で、突然、妻は鉄柵の間に手を差し入れて、石碑のまわりに敷きつめてある白い小石を数個つかみ取った。そして、ハンカチに包んで、呆《あ》っ気《け》にとられている私に手渡した。たぶん父の遺骨の代わりに失敬してくれたのだろう。

いま、その五つの白い小石は、私の書斎の机の上にある。ときどきワープロのキーを打つ手を止めては、手のひらに載せて、私の体にＤＮＡだけを残して六十年前に被爆死したオヤジの一生を、あれこれ物語を紡ぐように空想している。

本格推理のトリックについて

ミステリーの多様化によって、謎解きを中心にした本格ミステリーは衰退したといわれている。その理由の一つに、トリックはもう全部出つくして、いまさら独創的な新しいトリックはあらわれないという悲観論がある。

だが、本当にそうだろうか?

推理小説のトリックというと、なにか奇抜な機械じかけの殺人方法を連想するが、あまり複雑なトリックはミステリーには通用しない。そんなトリックを使えば、それだけ証拠物を多く現場に残す危険があるので、犯人にとっては不利になる。第一、人間ひとりを殺すのに、手のこんだトリックは不必要だ。鉄パイプでなぐるか、ナイフで刺し殺せば簡単にすむ。単純な犯行ほど証拠が少ないから、完全犯罪の成功率は高くなる。

本格ミステリーのおもしろさは、トリック自体にあるのではない。完全犯罪の謎を、名探偵がなにを証拠にして解くか、その決め手になる手がかりを発見することが、一番重要なポイントである。

一見、なんでもないような単純な事実、平凡な人なら、うっかり見すごしてしまうようなことから、意外な手がかりを見つけて、事件の謎を推理する。そこに思考の盲点をついた意外性があれば、名探偵の頭脳のさえがひときわ光って、読者は知的スリルと驚きを感じる。

中学時代に、幾何学の証明問題で答えが行きづまったとき、ふと思いがけないところに補助線を一本引いてみたら、推理の迷路に光がさして、すらすらと解けたという経験があるはずだ。本格推理小説のダイゴ味は、この隠れた補助線を見つけることである。

密室悲観論

密室ミステリーに悲観論がひろまっている。密室トリックは、もはや出つくしたというのである。現にミステリー評論家のH・ヘイクラフトは、これから推理小説を書こうとする新人に、「密室殺人は避けること。いままでは、それに新鮮さと面白味をつけ加えられるのは、ただ天才だけである」と忠告している。

また同じ評論家の紀田順一郎も、『密室論』の中で、「密室に夕暮れが訪れた。カンヌキのかかった厚い扉をこじ開けようとする者は、すでにいない」といっている。つまり、いまさら新しい密室トリックを考案するのは無駄な骨折りだから、やめておけと極言しているのだ。

たしかに、この言葉には一理あって、たとえば最近のようにハイテク化された防犯システムが普及すると、それを突破する密室トリックも高度に専門技術化して、かえってミステリーとしての面白さが半減するのである。そのせいか近ごろは奇抜な密室殺人ものの新作をあまり見かけなくなった。本格推理のファンとしては寂しいかぎりである。

そこで、あえて悲観論に挑戦するつもりで書いてみたのが、今回の「密室の石棒」であるが、やっぱりヘイクラフトの予言どおり、凡人の駄作だったかも……。

〈インタビュー〉推理小説と歩んだ半世紀

――『藤原宰太郎探偵小説選』刊行にあたってのインタビューに応じていただき、どうもありがとうございます。本日はよろしくお願いいたします。

藤原　こちらこそ。でも、インタビューなんて初めてだし、昔のことはよく覚えていないから、大した話はできないと思いますが（笑）。

――それでは、まず略歴からお聞かせいただけますか。

藤原　出身地は広島県尾道市です。本名は宰《おさむ》。昭和七年三月六日生まれです。今年で八十六歳になります。

――大学進学まで地元の学校へ通われていたのですか。

藤原　小学校と中学校は地元の学校でしたが、高校は福山市の広島県立福山《ふくやま》誠之館《せいしかん》高等学校へ通っていました。誠之館高校は昔からの名門校で、たしか僕が入学する直前まで旧制中学でした。名称も広島県立福山誠之館中学校だったと思います。余談になりますが、「占星術殺人事件」でデビューした島田荘司さんも誠之館高校の出身なので、僕の後輩にあたります。

――高校卒業後、早稲田大学へ進学されたのですね。

藤原　はい。昭和二十六年に早稲田大学露文科へ入学しましたが、病気で一年留年したので五年間通い、昭和三十一年に卒業しました。

――受験された大学は早稲田大学だけだったのですか。

藤原　東京外国語大学へも願書を出しましたが、早稲田への入学が決まったので外語大は受験しませんでした。受験から合否発表まで二週間くらいだったので、すぐに早稲田の受験結果がわかりましたから、他の学校は受験しなかったのです。

――当時は合否発表が早かったのですね。最初に早稲田大学を受験しようと思ったのは、どのような動機からですか。

藤原　東京で生活するのが目的で上京したので、都内の大学なら、どこの大学でもよかったんです(笑)。

――露文科を選ばれたのには理由があるのですか。

藤原　当時はロシア語を習う人が少なかったので、この学科なら合格するだろうと思ったからです。予想どおり、クラス全体が信じられないくらいの少人数でした。無事に入学できたものの、将来は作家か文筆家になりたかったので、在学中はロシア語の勉強をほとんどしていません。もっとも、露文科に入学した初日から助教授に「露文科へ来たら就職はできないよ」と言われ、卒業しても勤め口がないことを覚悟しなければならない時代でしたから、真面目に勉強する気はありませんでした。僕が入学した当時は共産主義が流行《はや》っていたのです。

――昭和二十六年といえば、レッドパージによる公職追放が解除される直前ですね。

藤原　そうです。まあ、僕も会社勤めの就職なんて考えていなかったので、入学初日に「就職はできないよ」と言われても大してショックは受けませんでした。でも、僕が入学したころはロシア文化が文学青年のあこがれだったのか、のちに直木賞作家となる五木寛之くんが昭和二十七年に早稲田大学の露文科へ入学しています。

――五木寛之さんは宰太郎先生の後輩だったのですか。

藤原　五木くんは一年後輩にあたりますが、前にも言ったように僕は留年しているので最後の一年は彼と同じクラスで授業を受けていました。

――同じクラスになってから、五木さんと交流はありましたか。

藤原　いや、彼はアルバイトが忙しくてめったに教室へは来ませんでした。僕の覚えている限り、五木くんと教室で会ったのは二回だけです。

――たったの二回ですか。

藤原　出席の代返をしてもらったり、授業内容をノートに書き写してもらっていたり、そのあたりは彼も考えていたみたいですよ。

――要領がよかったのですね。

藤原　要領がよかったというより、彼には人を惹き付ける魅力があったので、同級生も彼の手伝いをしてあげていたのでしょう。ほとんどの人が学生服だったのに五木くんは背広を着こなしていましたし、言葉遣いも上品で流暢な東京弁を話していたので、僕は五木くんが東京で暮らす文化人の子供かなと思っていたのですが、彼の出身地は福岡県で、数年前に朝鮮から引き揚げてきたばかりだと聞いて驚きました。

――知的な雰囲気を漂わせる学生だったのですね。

藤原　あまり親しくありませんでしたが、五木くんから同人雑誌を作る話を持ちかけられたことがありましたよ。珍しく彼が教室に顔を見せたと思ったら、いきなり、同人雑誌を作りたいとスピーチをはじめたのです。

――その同人雑誌は発行されたのですか。

藤原　はい。確か『凍河《とうが》』という同人雑誌でした。シベリアの河は冬になると凍るでしょう。そこから採ったようです。

――五木さんの小説にも同じタイトルの長編がありますね。

藤原　五木くんの作品に「蒼ざめた馬を見よ」という長編があるでしょう、直木賞を受賞した。あれを読んで僕はびっくりしましたよ。「こんなにすごい小説が書ける男だったのか。ろくすっぽ授業も受けずにバイトばかりしていた男が」って。この作品を読んで、将来、五木くんは文壇で華々しい活躍をするぞと思いました。

――宰太郎先生は病気で留年されたそうですが、どのようなご病気だったのですか。

藤原　腸捻転です。大学三年のころでした。下宿先の奥さんのいとこが医者だったので勤務先の東大病院に運んでもらい、そこで腸捻転の手術をしました。

――腸捻転でしたか。それでは「多摩湖別荘《ログハウス》殺人事件」の冒頭に描かれた久我京介の入院シーンはご自身の体験だったわけですか。

藤原　そうです。すぐに退院できたのですが、腸捻転の再発防止で医者から療養をすすめられ、卒業後は尾道へ戻りました。

――ご実家で療養されていたのですね。

藤原　ええ。卒業しても就職する気はなかったので、しばらく尾道の実家で暮らしていました。

――ワニ文庫などの著者略歴には「早稲田大学卒業後、国内外の推理小説を読破」とありますが、療養中に推理小説を乱読したわけですね。

藤原　そうです。ロシア語がよくわからないまま五年かけて露文科を卒業したものですから小難しいロシア文学を読む気にはなれず、気軽に読める推理小説を読んでみようと思ったのです。療養中、地元で入手できる推理小説を読み尽くしましたが、起承転結ではっきりストーリーが決まっている構成が自分に向いていると思い、それで読書の興味が純文学から推理小説に移りました。

——療養中に読まれたのは早川書房や東京創元社の単行本ですか。

藤原 はい。尾道の田舎でぶらぶらしていたときに見つけた〈世界推理小説全集〉という叢書で推理小説を読み始めました。出版社は覚えていませんが、確か函入りの豪華な四十冊ぐらいの全集でした。

——東京創元社の〈世界推理小説全集〉でしょうか。昭和三十一年から三十三年にかけて全八十冊刊行されました。

藤原 きっと、それですね。その全集で「シャーロック・ホームズ以外にも、イギリスとかフランスにはこんな作家がいるのか」と思って読みだしたのが推理小説に熱中するきっかけでした。僕にとって東京創元社の〈世界推理小説全集〉は原点になります。

——すると、海外ミステリから推理小説の世界へ入門したわけですね。

藤原 そうです。シャーロック・ホームズと同年代に発表されたイギリスやフランスの推理小説はバラエティーに富んでいて、本腰を入れて読む気になりました。同じころ、早川書房から『エラリイ・クイーンズ・ミステリ・マガジン』も創刊され、これで短編作品を読みあさりました。

——〈世界推理小説全集〉と『エラリイ・クイーンズ・ミステリ・マガジン』で推理小説の基礎を勉強されたのですね。

藤原 そういうことになりますね。

——大学卒業後に療養で帰郷されてから、尾道で何年くらい過ごされたのですか。

藤原 四、五年くらいかな。腸捻転の手術後、医者から腸が癒着しないよう安静にしていろと言われたので、療養中は「このまま寝たきりの生活になるのかな」と思っていましたが、案外元気になったので再び上京しました。最初は中野に住んでいましたが、その後、町田市の公団住宅の抽選が当たったので引っ越しました。結婚後、2DKの公団住宅は狭かったので二度目の引っ越しを考えていたところ、千葉県鎌ヶ谷市で4LDKのマンションの一室が売りに出たので『探偵ゲーム』の印税やテレビ番組用台本の原稿料を資金に購入しました。先着順でしたが運よく購入できて嬉しかったです。この間取りのおかげで娘が生まれてからも不自由はありませんでした。ここだけの話、マンション購入を考えていたころ、秋田書店の編集部長が3LDKのマンションに住んでいて羨ましく思っていたので、そこよりも広い4LDKに住めたことが誇らしくもありました。結婚以来、鎌ヶ谷での暮らしは四十年近くになります。歩いて十分くらいのところには日本ハムファイターズのスタジアムがあって、よく二軍選手が練習していますよ。最近だと内野手の清宮幸太郎《きよみやこうたろう》が練習しているのを見かけました。

――宰太郎先生が初めて書かれた推理小説の短編「千にひとつの偶然」が『探偵倶楽部』に掲載されたのは昭和三十二年十二月号ですが、この作品は療養中に書かれたのですか。

藤原 そうです。推理小説を読み始めたばかりでしたが、いずれは作家になりたいと考えていたので自分でも推理小説を書いてみようと思い、本名で投稿しました。

――持ち込みのようなかたちで投稿されたのですか。それとも原稿募集の広告を見て投稿されたのですか。

藤原 書き上げた短編の原稿を『探偵倶楽部』の編集部に直接送ったんです。そうしたら採用してくれて、原稿料も貰いました。煙草銭《たばこせん》ぐらいの金額でしたが、それでも好きな煙草がずいぶん買えましたよ。

――『宝石』や『探偵実話』など、他にも探偵小説雑誌はありましたが、それらへは投稿されなかったのですか。

藤原 原稿を送ったのは『探偵倶楽部』だけでしたね。『別冊宝石』の「新人二十五人集」にも応募しましたが入選しませんでした。『宝石』本誌には宝石賞に応募した「白い悪徳」が載っただけですが、『宝石』の姉妹誌にあたる『エロチック・ミステリー』には何作か短編を載せてもらっています。

――「白い悪徳」は宝石賞候補作として『宝石』昭和三十七年一月臨時増刊に掲載されていますね。

藤原 推理小説のほか、エロチックな作品もずいぶんと書きましたが、それらは『土曜漫画』や『小説club』に掲載されました。双葉社の『推理ストーリー』、学研の学年誌の別冊付録、祥伝社の『微笑』という女性週刊誌にも推理小説の短編を書いています。

――ずいぶんと短編小説を書いておられたのですね。宰太郎先生といえばクイズ作家の印象が強いので意外です。

藤原 推理クイズは『推理ストーリー』に連載したことがあります。たしか「5分間ミステリー」という読み物で、かなり長期間の連載でした。

――「5分間ミステリー」のトリックは先生自身が考案されたオリジナルですか。

藤原　いくつか僕の考えたトリックもありますが、どれだったかは覚えていません。この連載が縁で双葉社から推理クイズの単行本が出たのです。

――双葉新書の『探偵クイズ』ですね。

藤原　そうです。僕の四冊目の著書です。「5分間ミステリー」は短い読物として一冊に複数編掲載されるので、月に十編くらい書いて送っていましたよ。送った原稿は必ず採用されたので、いつの間にか単行本にまとまるくらいの分量になっていました。

――それで推理クイズ本を出されるようになったのですね。もう少し著書についてのお話を伺えますか。

藤原　初めての著書『5分間ミステリー』は、推理クイズの原稿を集めて持ち込んだ日本文芸社が一冊にまとめてくれました。昭和四十五年には、東京スポーツ新聞社が〈ライフ・ブックス〉という新書で『推理力テスト集』を出してくれました。スポーツ新聞に発表した推理クイズをまとめたものです。二冊目の著書の『探偵ゲーム』は昭和四十三年に河出書房から発売されましたが、発行所は河出書房の下請けをしていたKK河出ベストセラーズでした。このKKは株式会社のことでしょう、親元の河出書房が株式会社でしたから。ところが『探偵ゲーム』の刊行間際か直後に河出書房が倒産してしまい、それを機会にKK河出ベストセラーズは河出書房から独立したのです。KK河出ベストセラーズの事務所は河出書房内にあり、社長の岩瀬順三《いわせじゅんぞう》と僕は同じ中学校の友達でした。僕は昭和七年、岩瀬は昭和八年生まれなので、彼の方が一級下です。岩瀬は河出書房の倒産後、時をおかずに独立して出版業を始めたのです。

――なかなか興味深い話ですね。

藤原　河出書房から独立したものの出せる本がない。それで岩瀬が僕に『探偵ゲーム』をKKベストセラーズ名義で再刊したいと言ってきたので了解したところ、この本がベストセラーになり、よく売れたのです。

――『探偵ゲーム』の奥付ですが、KKベストセラーズ版は昭和四十三年二月五日初版発行、KK河出ベストセラーズ版は同年三月一日初版発行になっていますね。KKベストセラーズの方が先に発売されたようになっていますが、倒産時の混乱によるものでしょうか。諸資料をあたると河出書房が倒産したのは昭和四十二年とありますが、奥付の発行年月日を実際の発売日より先にすることは珍しくないので、倒産前に昭和四十三年三月一日発行奥付で発売し、そのあと、岩瀬さんの興したKKベストセラーズが実際の発売と近い二月五日発行奥付で再刊した、と考えられますが……

藤原　そうだと思いますが、その辺りの事情はよく分かりません。僕は出版事情に詳しくないので。しかし、岩瀬も驚いたと思いますよ。まさか独立直後、いきなり友達の本がベストセラーになるなんて（笑）。

――社名のとおり、ベストセラーになったのですね。

藤原　倒産のどさくさで僕は河出書房から『探偵ゲーム』の印税百万円を貰い損ねましたが、その責任を感じたのか、岩瀬は「もう一冊、お前の本を出す」と言ってくれました。それが『世界の名探偵50人』です。これも出た途端にベストセラーになりました。

――『探偵ゲーム』の場合、トリックがイラストで紹介されているので文字だけの説明よりずっとわかりやすいです。

藤原　そうでしょう。目で見てわかりやすい。それが一番です。当時はイラスト入りの推理クイズなんてなかったと思うから、やはりイラストを多用した構成がよかったんだと思います。

――KKベストセラーズから出た三冊目の本『世界の偉人は名探偵』も、やはりベストセラーになったのですか。

藤原　それなりに売れたらしいですが、残念ながらベストセラーにはなりませんでした。タイトルはうけたようですが……

――たしかに『世界の偉人は名探偵』は興味を魅かれるタイトルですね。ベストセラーにならなかったのは不思議です。

藤原　ただ、この本を目にした講談社の編集者から『世界の偉人は名探偵』を子ども向けに書き直してくれと言われてリライトしたら、今度は非常によく売れました。

――『世界の偉人探偵クイズ』ですね。

藤原　そうです。この本に限らず、子ども向けの推理クイズは小中学生に好評だったようです。そのおかげで学研や旺文社からも原稿依頼があり、学年雑誌へは長期間にわたって推理クイズを連載させてもらいました。小学四年生から中学三年生まで全学年の雑誌に書いていた時期もあります。おかげで僕も原稿料で生活できるようになりました。

――毎月のように雑誌へ推理クイズを書くのは大変だったのではないですか。

藤原　いや、それほど大変ではありませんでした。学年誌の読者は一年ごとに入れ替わるため、中学生向けの雑誌に書いた推理クイズを翌年は小学生向けの雑誌で再利用するようなこともできましたから。もちろん、トリックは同一でも文章は書き換えていました。

――そうでなければ原稿依頼を捌ききれないくらい、注文が殺到したのですね。

藤原　神保町にある小学館へは日参しましたし、学研や旺文社へ原稿を持ち込んでから講談社へ寄って漫画雑誌向けの推理クイズの原稿を置いてきたこともあります。

――講談社の漫画雑誌というと、昭和四十五年頃に『週刊少年マガジン』で連載されていた推理クイズの原稿ですか。

藤原　そうです。一ページだったか見開きだったか、漫画ブームのころに『週刊少年マガジン』にも連載をもっていました。あと、スポーツ新聞からたくさん注文がきましたね。当時は学年誌やスポーツ新聞の締め切りに追われていました。

――宰太郎先生は推理小説に精通しておられるので相当量のトリックを考案されたと思いますが、先生自身の考案されたトリックはどれくらいあるのでしょう。

藤原　さあ、どれくらいだろう。最多忙期は書きまくっていたし、どれが自分のオリジナルで、どれがトリック紹介か覚えていません。

――ご自身で考案したトリックは全て推理クイズに使われたのですか。先のお話では短編作品もずいぶんと執筆されていたそうですが。

藤原　短編小説のトリックは全て僕が自分で考えたトリックですが、その他、推理クイズでも自分で考案したトリックを使っていたのです。

――自作短編でのトリックは全て宰太郎先生ご自身が考案されたものだったのですか。海外ミステリの有名作品と同一のトリックもあったので、失礼ですが推理クイズと同じく先行作品のトリックをアレンジしていたのかと思いました。

藤原　まあ、そう思われても仕方ないですね（笑）。それにしても多忙期はよく働いたなぁ。学年誌、漫画雑誌、スポーツ新聞、劇画雑誌。それらに連載しながら小説も書いていたんだから。

――ＫＫベストセラーズから刊行された『悪魔恐怖館』には、「博学ノート」や「コント」と題したコラムや名作紹介が載っていますが、それらも宰太郎先生が書かれたのですか。

藤原　はい。単行本の場合、コラムなんかも全部自分で書いています。

――それでは一冊分の原稿を書き上げるのには相当な労力が必要だったわけですね。

藤原　本文よりもコラム類を書くほうが大変でした。参考文献を読んで調べたことを要約して書かなければなりませんからね。『悪魔恐怖館』の場合は悪魔学や魔術関連の本を読んで悪魔が何人いるとか、こういう魔法陣があるとか、この辞典にはこういう記述があるとか、とにかく調べることが多かったです。降霊術がテーマの小説を挙げるには怪奇小説も読まなければならないし、妖怪の紹介文を書くには民俗学の資料にも目を通さなければなりません。『世界の偉人は名探偵』は偉人伝記を読んで人物紹介を書き、そのほか謎解き短編も書かなければならないので大変でした。

――それだけ忙しければ、短編を書く時間的余裕はありませんね。

藤原　さすがに五十代になると仕事をセーブしはじめ、ようやく長編小説を書く時間が確保できました。それで書きあげたのが「密室の死重奏《カルテット》」です。

――「密室の死重奏《カルテット》」が書下ろし長編として発表されたのは昭和六十一年ですから、五十代半ばですね。

藤原　念願の長編推理小説でした。

――光文社文庫から出たのは、『拝啓　名探偵殿』や〈おもしろ推理パズル〉シリーズが売れて出版オファーがきたからですか。

藤原　いや、どうも鮎川哲也さんが推薦してくれたらしいんです。鮎川さんとは何度か手紙のやり取りをしたことがありますが、そうしたことは一言も書かれていなかったので僕も気がつきませんでした。後日、光文社の編集者から「実は藤原さんの長編を出したのは鮎川さんの推薦があったからですよ」と言われて初めて知りました。

――鮎川さんは宰太郎先生の作家としての才能に気づいておられたのですね。

藤原　僕が書いた推理クイズも読んでいて、だいぶ前から注目してくれていたようです。『密室の死重奏《カルテット》』の解説を鮎川さんが書いてくれたのは、そういう経緯があったからだと思います。

――鮎川さんとは親しかったのですか。

藤原　いいえ、とくに親しかったというわけではありません。何度か手紙のやり取りをしていたくらいです。もともと、僕は社交家じゃなかったし、推理作家とは付き合いがありませんでしたから。ただ、ＫＫベストセラーズの岩瀬は佐野洋さんや生島治郎さんと親しく、プライベートでも付き合いがあったそうです。

――日本推理作家協会には入会されなかったのですか。

藤原　会員だった時期もありましたが、二、三年で退会しました。毎月一万円の会費を払うのが大変でしたが、今も言ったように僕は社交家じゃないから作家との交流も苦手で例会なんかにも出掛けなかったので。

――トリック暴露で推理作家から叱られたり、文句を言われたりしたことはありましたか。

藤原　あまりなかったけど、山村美紗さんからの苦情の手紙はよく覚えています。

――どのような苦情ですか。

藤原　あの人の長編に、外からドアを施錠して鍵を雪玉の中に入れ、それを壁に空いた穴から室内に落とし、やがて雪玉が解けて鍵だけが室内に残って密室になる、こういうトリックが使われている作品があるんです。ところが、このトリックには先例があり、僕はそのつもりで引用したんだけど、山村美紗さんから「私の作品から勝手にトリックを引用されては困ります」というお叱りの手紙が届いたんです。僕としては、そんなつもりはなかったのに（笑）。

――雪玉に鍵を入れて密室内に投げ入れるアイディアに、よほど自信があったのですね。

藤原　でしょうね。僕としても反論するわけにもいかず、「申し訳ない」と謝罪したので、この問題はそれで終わりました。あの人も早くに亡くなりましたね。たしか六十代になったばかりでしょう。

――はい。帝国ホテルで執筆中になくなったそうです。

藤原　人気絶頂期に亡くなったからねぇ。雪玉のトリックではお叱りの手紙を出してきたけど、流行作家になる前の山村美紗さんとは何度か年賀状のやり取りをしていました。

――えっ、それは意外です。

藤原　山村美紗さんが雑誌に投稿していたアマチュア作家のころ、トリックのことで僕に投書してきたのがきっかけで年賀状を貰うようになったのです。

――トリックに先例があるかどうかの確認ですか。

藤原　さあ、どんな内容だったかなぁ。彼女から投書があったことは覚えているけど、その手紙は残っていないし、詳しい内容はわすれてしまったなぁ。

――生前の山村美紗さんは西村京太郎さんと親しかったそうですが、西村さんからは宰太郎先生へ苦情の手紙はこなかったのですか。「伊豆七島殺人事件」や「雷鳥九号殺人事件《サスペンス・トレイン》」のトリックを明かしていますし、「ミステリ列車が消えた」はトリックが非現実的だと痛烈な批判をしておられましたが……

藤原　西村さんからは一度も文句や苦情はきませんでした。彼はおだやかな人でしたから。そうだ、同じ山村でも、山村正夫さんとは多少の付き合いがありましたよ。彼とは秋田書店の児童向け海外ミステリの企画で一緒に仕事をして親しくなりました。

――秋田書店の児童向け海外ミステリといいますと〈世界の名作推理全集〉ですか。

藤原　そうです。

――このシリーズは中島河太郎さんが監修されていますね。中島さんも山村さんも推理小説のトリックに関する著書がありますから、やはり推理小説に精通している宰太郎先生にも声掛けがあったのですか。

藤原　いや、この企画については秋田書店から僕に相談があったのです。

――中島さんが中心の企画ではなかったのですね。〈世界の名作推理全集〉刊行の経緯について詳しく聞かせていただけますか。

藤原　秋田書店の〈カラー版ジュニア入門百科〉というシリーズから、僕の『探偵トリック入門』と『名探偵クイズ』を出してもらったのですが、これがよく売れて、秋田書店では珍しくベストセラーになったそうなんです。その実績があったので児童向け推理小説の企画相談が僕のところにきたのだと思います。

――表紙に〈ゴールド版〉と書かれている箱入りの入門書ですね。

藤原　はっきりとは覚えていませんが、秋田書店編集部から「海外の推理小説を子ども向けにリライトしたシリーズを出したいので、山村正夫さん、中島河太郎さんに連絡をとってくれないか」と言われた記憶があります。

――中島さんや山村さんと面識はあったのですか。

藤原　交流はありませんでしたが、一応の面識はありました。でも、推理小説文壇の末席にいる私が大先輩の中島さんや山村さんに出版社を紹介するようなかたちになったので、もしかしたら、お二人とも「なんで藤原みたいな若造が秋田書店で大きな顔をしているんだ」みたいに思われていたかも知れません。

――秋田書店で推理クイズの本を出したのがベストセラーになり、その著者である宰太郎先生に子ども向け推理小説についての企画相談があったので、先生が山村さんと中島さんを編集部に紹介した。こういう流れになるわけですね。

藤原　そうです。出版社側からすれば売れた本を出した者が勝ちということでしょうから、僕に白羽の矢が立ったのでしょう。

――〈世界の名作推理全集〉の作品選定や訳者の振り分けなど、実務的な采配は中島さんがおこなわれたのですか。

藤原　そうです。中島さんは大先輩だし、推理小説研究者としての知名度もありますからね。中島さんに監修をお願いしました。

――この叢書では、全十六冊のうち宰太郎先生が十冊、山村さんと中島さんが各三冊、訳者としてクレジットされていますが、先生の翻訳が一番多いのは中島先生の配慮によるものでしょうか。

藤原　それもあると思いますが、当時の編集者が「中島河太郎さんの文章は子ども向けの本にしては古いな」と言っていたので、ご自身もそれは感じていたのでしょう、中島さんは監修者に徹するかたちで叢書に関わっておられました。あと、企画の話を持ってきた僕への印税が増えるよう、多めに割り振ってくれたのだと思います。

――翻訳は全て既訳のリライトですか。それとも原書を子ども向けの文章で新訳されたのですか。

藤原　僕は英語が読めないから既訳のリライトでした。山村さんや中島さんは英語が読めたのでしょうが、二人とも多忙だったので、おそらく既訳を子ども向けに書き直しただけでしょうね。

――リライトに使ったオリジナルの翻訳本は宰太郎先生がご自分で選ばれたのですか。

藤原　いいえ、編集部が選んだ大人向け翻訳本の訳文を子ども向けに書き直したのです。権利関係の処理は編集部がやってくれたので、僕は渡された本を読んでリライトするだけでした。

――同じ子ども向けの本のつながりとして、学研の『あなたは名探偵』について、一つ質問させてください。

藤原　どんなことでしょう。

――『あなたは名探偵』は桜井康生《さくらいやすお》さんとの共著になっており、監修者として中島さんの名前もクレジットされていますね。推理クイズのほか、なぞなぞや漫画も収録されていますが、三人で打ち合わせしながら全体の構成を決めて作業を分担し、一冊の本に仕上げたのですか。

藤原　いや、桜井さんや中島さんとは編集会議で顔をあわせたことがないし、打ち合わせなんかもしていません。編集部の采配で、僕は推理クイズ、桜井さんは漫画とイラストを担当し、中島さんが監修されたのだと思います。

――共著でも著者同士が編集会議で顔をあわせないことがあるのですね。

藤原　これは僕の経験だけど、複数の著者がいる児童本というのは誰がどの原稿を書いているのか分からないし、子どもに分かるよう編集部が著者に無断で文章を直してしまうし、酷いときは送った原稿の一部が使われずに捨てられることもあります。編集者が中心になって本を作るから、このときも編集会議での顔あわせをしなかったのだと思います。

――依頼された原稿を書き上げて編集部に送ったら終わり、ということですか。

藤原　そう。子ども向けの本というのは読みやすさが最優先だから、僕の書いた文章を編集者が読みやすく勝手にリライトすることも珍しくありませんでした。だから児童本の場合は印税のパーセントも分からず、振り込まれた金額でしか印税がわからなかったのです。

――編集部がリライトや書き直しをしているので、印税計算も大雑把になってしまうのでしょうか。

藤原　かもしれません。ただ、『あなたは名探偵』の印税については覚えていますよ、よく売れたので。この本は五十万部近く売れて、何度も増刷していたのに印税が2％だったのです。少部数の本なら2、3％の印税でも仕方ありませんが、これだけ売れているのに信じられませんよ。増刷のたびに印税は払ってくれましたが、2％の印税のままだったので出版社にとっては御《おん》の字だったと思います。

――『あなたは名探偵』以外の児童本の印税は、出版社によってパーセンテージが違うのでしょうか。

藤原　パーセンテージどころか、どういう印税計算なのかもよくわかりませんでした。完全に編集者任せというか、先程も言ったように払い込まれた金額を印税として受け取っていました。

――宰太郎先生の創作活動を語るうえで外せないのが「私だけが知っている」の脚本執筆ですが、この番組についての思い出話があれば聞かせていただけますか。

藤原　「私だけが知っている」ですか。懐かしいなぁ。初期のころのＮＨＫテレビ番組ですね。申し訳ないけど、これといった思い出はありませんね。尾道で原稿を書いて、それをＮＨＫ本社に郵送しただけでしたから。

――出演者や番組スタッフとの交流もなかったのですか。

藤原　ありませんでした。

――スタッフと番組の打ち合わせをするために上京したというようなこともなかったのですか。

藤原　僕が書いた原稿を手直しした台本がＮＨＫから

送られてくるのと、「これは何月何日に放送します」という採用通知がはがきで届くだけでした。脚本料はくれましたが、無愛想なものでしたよ。

――完全に事務的なやり取りだけだったのですね。先生が「私だけが知っている」の台本を書くようになったのは、どのような経緯からですか。

藤原　番組プロデューサーに送った原稿が採用され、いつの間にか台本執筆者の一人になっていました。投稿するようになった経緯は思い出せません……

――「私だけが知っている」は昭和三十八年で終了していますが、それ以降、推理ドラマ関連の台本は書かれなかったのですか。

藤原　推理ドラマではありませんが、三年間ほど、名古屋テレビで子ども向けの連続ドラマの台本を書いていたことがあります。放送年やタイトルは忘れてしまいましたが、ほぼ全話、僕が台本を書きました。月に二回は名古屋テレビへ呼ばれ、テレビ番組の収録に立ち会ってから次回分の脚本を書く。それが三年間続きました。おかげで収入には不自由しませんでした。

――その番組は毎日放送されていたのですか。

藤原　いいえ、週に一回です。生放送なので、テレビ局に行ったときは番組の収録風景を見て、次の台本についての打ち合わせをしたこともあります。

――その番組を録画したビデオテープか、番組の台本は先生のお手元に残っていますか。

藤原　ビデオテープやカセットテープは全て処分してしまったし、台本も百冊以上あったけど紙が古くなって汚れも激しかったから古新聞と一緒に捨ててしまいました。プロデューサーの名前も忘れてしまったなぁ。

――それは残念です。

藤原　名古屋テレビの番組スタッフとは食事にいったこともあるけど、そのメンバーの中に大山のぶ代さんもいました。たしか主役クラスで出演していた筈です。あの人とは親しく付き合っていて、何度か一緒に食事もしました。

――テレビ番組といえば、子ども向け番組の短編アニメ「アリス探偵局」にトリック監修として宰太郎先生のお名前がクレジットされていますが、どのような経緯からスタッフとして参加されたのでしょうか。

藤原　「アリス探偵局」も懐かしいタイトルだ。NHKのアニメですよね。

――はい。一九九五年から一九九七年にかけて放送されました。

藤原　トリック監修者としてクレジットされています

が、実際は関わっていません。

——この番組にはまったく関与されていないのですか。

藤原　はい。ＮＨＫからは関連本やＤＶＤが送られてきましたが、なんで僕の名前が使われたのか未だにわかりません（笑）。

——一九九九年にワニ文庫の一冊として発売された『名探偵の奇想館』を最後に新刊が出なくなりましたが、トリックの複雑化やインターネットによる情報共有の影響で新しい推理クイズを書かなくなったのですか。

藤原　いや、出版社から仕事の依頼がこなくなり、それで本を出さなくなったのです。

——光文社文庫の『拝啓　名探偵殿』や『おもしろ推理パズル　名探偵世界一周』は増刷されていますし、光文社文庫からは定期的に新作依頼がきてもよさそうですが……

藤原　光文社文庫からは十冊くらい本を出していますが、その二冊だけしか増刷されてなかったと思います。それ以外は初版止まりだから打ち切られても仕方ありませんでした。

——〈おもしろ推理パズル〉シリーズはベストセラーと思っていましたが、それほど売れたわけではないのですね。

藤原　それなりに売れたようですが、その二冊以外は売り切れても増刷されず、そのまま絶版にされました。

——出版社側からしたら在庫の問題もあるでしょうし、増刷を控えるという考えもわかりますが、売り切れたら絶版というのはもったいない気もします。

藤原　僕の本をよく出してくれたＫＫベストセラーズも社長の岩瀬が死んでから経営方針がかわり、しばらくは僕と面識のある者が頑張ってくれていたけれど、いつの間にか連絡がこなくなりました。

——岩瀬さんは、いつごろ亡くなられたのですか。

藤原　彼は肝臓を悪くして昭和六十一年に死にました。五十二、三歳です。五階か六階建てのビルを新宿に建てて、まだまだ働き盛りだったのに。学生のころから無茶ばかりして、出版社を興してからも徹夜続きで体を酷使していたようです。学生のころは怪しい薬を打っていたと言っていたから、それが本当なら薬の影響が中年になってから出てきて早死にしたのかもしれません。

——ＫＫベストセラーズや岩瀬さんについての思い出話があれば、きかせていただけますか。

藤原　僕が二度目の上京で中野に住んでいたころ、そのあとを追うようにして岩瀬も広島から上京し、いきなり、四畳半しかない僕のアパートへ転がり込んできたのです。同じ郷里の友達なのでひと月ぐらいは居候させてやりましたが、いつまでも居座られてはかなわないので「お前も働きに行けよ」と言って追い出したんです。そしたら、いつの間にか河出書房に入社して次々とベストセラーを生み出す編集者になっていました。やがて「自分で編集プロダクションを設立したい」と社長に直談判して出資してもらい、河出書房の下請けをする編集プロダクションとして河出KKベストセラーズを立ち上げ、そこの代表者になったそうです。

――その後、親会社の河出書房が倒産したので独立し、KKベストセラーズを立ち上げたのですね。

藤原　岩瀬も変わり者でしたよ。ふらっと上京して大手出版社に入社したと思ったら自分で出版社を興し、そのうえプロボクシングの世界タイトルマッチの興行を打ちに朝鮮や韓国へも出掛けていました。

――岩瀬さんはボクシングのプロモーターもしていたのですか。

藤原　興行で儲けた金は全て韓国の博打に費やし、結局、いつも負けて儲けを散財していたようです。

――ずいぶんと派手な生活をされていたのですね。

藤原　彼は出版人として有能だったけど、後進の育成を怠ったことが惜しまれます。

――KKベストセラーズからはワニ文庫のほか、ワニの豆本という小型の本も出していましたが、これも岩瀬さんの企画によるものですか。

藤原　そのようです。文庫よりも小さく、その名の通りポケットに入れて持ち歩けるサイズの豆本として岩瀬が考案したのでしょう。僕と岩瀬は友人でしたが、仕事の面ではビジネスライクな付き合いに徹していたので社内事情なんかはわからないのです。本作りについても、僕は担当編集者から指示される通りに書いていましたから。「今度の本はこうするから」とか「次の本はこういう内容で」とか、そういう指示が岩瀬から担当編集者に出され、それが僕のところに伝達されてくるのです。口の悪い言い方で彼には申し訳ないが、岩瀬は社長特権として独断専行で物事を決めていたようです。

――ワニの豆本からも『名探偵に挑戦』や『ホームズ対ルパン』など、宰太郎先生の著書が数冊出ていますね。

藤原　基本的には新書版で出した本をワニの豆本から再刊し、そこからワニ文庫として再文庫化してもらいました。

――再刊の際、例えばワニの豆本で出た『謎の怪事件』と『名探偵に挑戦』を一冊に再編集してワニ文庫版『名探偵に挑戦第一集　怪事件のトリックをあばけ!』へ新装していますが、これも編集部からの指示によるものですか。

藤原　そうだったと思います。

――ワニ文庫の『名探偵に挑戦第二集　女怪盗との華麗な知恵くらべ』はワニの豆本で出た『ホームズ対ルパン』と『謎の怪事件』を再編集した本ですが、主役となるホームズとルパンをオリジナルキャラクターのダン探偵と女怪盗メグに変更されていますね。これも再文庫化にあたって編集部からキャラクター変更の要望があったのですか。

藤原　これについても僕は詳しい事情を知らないのです。その本の序文では時代との整合性から新しいキャラクターにしたと書いたけれど、実際はキャラクターの著作権的な問題があるのでオリジナルキャラクターに変更させるよう岩瀬が担当編集者に指示したのかなぁ。

――女怪盗メグの名前ですが、なにか由来があるのですか。

藤原　特にありません。発音が単純で覚え易いのでメグと名付けつけたのです。別の推理クイズに出てくる怪盗スパンも由来は同じです。

――ダン探偵の名前も発音のし易さからつけた名前なのでしょうか。

藤原　はい。それから僕の書く推理クイズに団五郎という探偵がよく出てきますが、彼のモデルは中学校時代の数学教師だった団先生です。発音し易い響きから、名前は五郎にしました。

――宰太郎先生の生み出したキャラクターといえば久我京介が知られていますね。

藤原　久我京介の出てくる長編は全てテレビ朝日が〈土曜ワイド劇場〉でドラマ化してくれました。植木等さんの久我京介は飄々とした感じがよかったなぁ、原作のイメージが再現されていて。第一作目の仲谷昇さんの久我京介は冷静沈着な感じで学者っぽかったです。

――シリーズ第一作は「密室の死重奏《カルテット》」という、探偵役と四人を演奏形態の四重奏に見立てた洒落たタイトルですが、このタイトルは先生がつけたのですか。

藤原　小説のタイトルは全て自分でつけています。シリーズ初期の作品は念願の長編なので、力を入れて書いていましたが、だんだん疲れが出てきて、「多摩湖山荘《ログハウス》殺人事件」になると惰性で書いたようなものでした。あれだけ長編を書きたいと思っていたのに……

――「密室の死重奏《カルテット》」のカバーに描かれている久我京介の似顔絵は先生のイメージで描かれているのでしょうか。

藤原　そうだと思います。編集部から「著者のようなイメージで描いてくれ」と画家に言ったのでしょう。

――久我京介は容姿に関する描写がほんどないので画家泣かせのキャラクターですね。

藤原　おそらく担当編集者が著者近影を見せて描いてもらったのかもしれません。

――久我京介という名前には、なにか由来があるのですか。

藤原　久我という漢字は画数が多くないのに字面がよく、読み方も簡単なので昔から好きでした。それで名字を久我にしたのです。京介は、久我の漢字に釣り合う字面として付けた名前です。久我に対して西川はすっきりした字面なので、アシスタントの名字は西川にしました。

――光文社文庫の〈おもしろ推理パズル〉第六巻『トリック博士の事件簿』には久我京介の出てくる短編が収録されていますが、長編シリーズと同じ世界観で書かれたのですか。サブキャラクターや久我の設定が微妙に違っていますが……

藤原　同じシリーズ物だけど、長編版と短編版で久我の細かいキャラクター設定は変えています。山下洋子は同名異人ですし、西川明夫の役割は石井という新聞記者に変更しました。このシリーズ、久我京介以外のキャラクターは、あまり設定を気にしていなかったからなぁ（笑）。

――ドラマ版の西川明夫は「舞台演出家のたまご」になっていますが、明夫を大学生から社会人にしたのは先生の発案によるものですか。

藤原　これは番組スタッフの意向ですが、誰の指示だったのかは分かりません。

――原作提供のみでドラマオリジナルの変更には関わられなかったのですね。

藤原　はい。基本的にドラマ向けのアレンジは番組スタッフに任せていました。

――シリーズ最終作「湖畔の別荘　殺しのパズル」は一九九二年十月にルイジアナ州でおこった日本人留学生射殺事件の影響で原作の射撃トリックが省かれましたが、その代わりにアリバイトリックが使われています。このアリバイトリックも宰太郎先生の提案ではなく、番組スタッフの提案なのですか。

藤原　新聞紙の上にジュースのコップが置かれている

のに下敷きの紙に皺が寄っていなかったからアリバイ証言は偽証だ、というトリックでしたね。これは僕の提案です。

――「湖畔の別荘　殺しのパズル」は原作本『多摩湖山荘《ログハウス》殺人事件』刊行の約一ヶ月後に放送されているので、原作執筆とドラマ撮影は同時進行だったわけですね。それで先生がアリバイトリックを提案されたわけですか。

藤原　だったと思いますが、四半世紀近く前のことだから細かいことはよく覚えていないのです。

――最後のスタッフロールで原作のタイトルが「多摩湖に響く銃声」と表記されていますが、これは単行本刊行前の仮題ですか。

藤原　そんなことはないと思います。どこから「多摩湖に響く銃声」なんてタイトルが出てきたのでしょう。これについては心当たりがありません。

――「多摩湖山荘《ログハウス》殺人事件」以降、久我京介シリーズは書かれていませんが、今後、第六作を執筆される予定はありますか。

藤原　ありません。長編を書く気力もないし、二〇〇八年に脳梗塞を患《や》ってからは短編も満足にかけなくなったので断筆しました。

――脳梗塞ですか。

藤原　それ以来、思うように手が動かなくなってワープロ操作もしんどくなりました。

――宰太郎先生の執筆スタイルはワープロだったのですね。

藤原　いえ、ワープロを使うようになったのは十四、五年くらい前です。それまでは手書きでした。愛用していたワープロも、感熱紙のストックがなくなり、インクリボンも今では手に入らなくなり、もう長いこと使っていません。今になってパソコンの操作を覚えるのは無理だし、ワープロが使えなくなったのも断筆の一因です。

――そうだったのですか。久我京介シリーズの続編や新作長編が読めないというのは残念です。

藤原　久我のキャラクター造形も時代にそぐわなくなりましたし、ワニ文庫の『名探偵の奇想館』を出したころからシリーズの新作を書く気持ちはありませんでした。

――二〇〇五年に藤原遊子《ゆうこ》名義で一時的に創作活動を再開されていますが、別名義による創作活動再開の経緯や新しいペンネームの由来についてきかせていただけますか。

藤原　藤原遊子は娘の名前です（笑）。

――娘さんのお名前だったのですか。

藤原　一九九九年にワニ文庫から出た『名探偵の奇想館』を最後に新作の原稿依頼がなくなったので短編小説を書きはじめました。書き上げた小説を『オール讀物』の新人賞に応募する際、藤原宰太郎の名前を使うと選者にばれると思い、娘の名前を借りたのです。

――『オール讀物』へ投稿した短編は推理小説ですか。

藤原　一応は推理小説と呼べる作品や、推理小説風の作品を書きました。応募原稿は返却されてこないし、僕もコピーをとっていなかったので、『オール讀物』へ投稿した作品は手元に残っていません。『オール讀物』誌上の予選経過に名前が載り、最終選考まで残ったこともありますが入賞はできませんでした。

――オール讀物新人賞へ何度か投稿した後、次に光文社文庫の〈新・本格推理〉への応募を始めたのですか。

藤原　いいえ、オール讀物新人賞へ投稿をしながら、二〇〇四年から〈新・本格推理〉へも投稿していました。年に一度の原稿募集に応募するなら推理小説関連の方が入選する可能性は高いと思い、一時期、並行して原稿を送っていたのです。ペンネームも変えず、どちらも藤原遊子の名前で投稿していました。

――いつころからオール讀物新人賞への応募を始められたのですか。

藤原　新刊依頼がこなくなってからだから、二〇〇〇年か二〇〇一年ごろだったと思います。仕事のメモ類も処分してしまっているので、はっきりとはわかりません。

――〈新・本格推理〉には二〇〇五年度版から投稿作品が採用されていますが、こちらの締め切りは二〇〇四年九月末なので、二〇〇四年からの応募ですと投稿初年から作品が採用されたことになりますね。

藤原　〈新・本格推理〉は二〇〇四年が初投稿です。以降、運良く毎年連続採用されました。

――『新・本格推理07』に採用された「密室の石棒《せきぼう》」は千葉県F市が舞台になっていますが、このF市は船橋市のことですか。東京のベッドタウンと説明されていたり、取掛《とりかけ》西貝塚をイメージさせる貝塚があったり、なんとなく船橋を想像させるのですが……

藤原　そうです。F市は船橋市をイメージしました。

――F市としたのは現実の地名だと差し支えがあるからでしょうか。船橋市は鎌ヶ谷市の近隣だから遠慮したとか。

藤原　いや、とくにそういったことはありません。

――「コスモスの鉢」と「手のひらの名前」は女性

検事が主役ですが、警察官ではなく検事、それも女検事にしたのは女性名での投稿だったからですか。

藤原　いえ、短編小説の主役なら探偵役は女性のほうが殺伐とした雰囲気をやわらげられると思ったからです。それに検事というと厳《いか》めしいイメージがあるでしょう。厳めしくて色気がない。女検事にすれば少し言葉づかいを優しくしても違和感はないし、色気も出せるだろうと思って主人公を女性にしました。また、僕は細かいことにこだわってトリックを作っているので、そのトリックを見破るには細やかな配慮ができる女性のほうが向いていますから。

――手がかりを見つけるならば事件現場の検証ができる警察官のほうがよかったのではないでしょうか。

藤原　女警部というのは主役のイメージではないんですよねぇ。僕はトリックを暴いて事件を解くという謎解きスタイルが好きだから、たしかに探偵役は現場検証ができる警察官のほうがいいのかもしれないけれど……。

――先生のイメージだと、やはり警察官より検事のほうが女性の探偵役に相応しい職業なのですね。

藤原　血なまぐさい現場に出掛けなくても証拠は見られるし、書類に記されたデータからトリックを推測するスタイルが採れますからからね。

――検事だと観察力でトリックに迫れる強みがあるのですね。

藤原　そうです。そういうことも考えると、やはり女検事は理想的な主役です。

――女検事ものを書くにあたり、夏樹静子さんの霞夕子シリーズや和久峻三さんの〈あんみつ検事〉シリーズなど、女検事ものの推理小説を参考にされましたか。

藤原　夏樹さんの霞夕子シリーズは目を通す程度に読みましたが、キャラクター造形に影響は受けませんでした。霞夕子という名前も僕は好きになれなかったです。登場人物の名前は読み方も字面も簡単明瞭なのが一番だと思っていますので、霞という字はごちゃごちゃした字面で苦手でした。

――『真夜中のミステリー読本』では霞夕子について「六法全書をガリ勉した女じゃ、魅力を感じない」と書かれていましたが、宰太郎先生の描く女検事は「小柄なオカッパ頭の女子高生みたいな若い女」と描写されていて、可愛らしく華やかな感じがしました。

藤原　小説の主人公ですから、地味なガリ勉女より、ちょっとくらい非現実的でもコケティッシュな魅力がほしいですからね。

――それでは最後に近況をきかせていただけますか。

藤原　近況ですか。もう執筆活動はしていないし、蔵書も全て処分してしまって読む本もなく、毎日のんびり過ごしています。

――膨大な蔵書をもっておられたときききましたが、全て処分されてしまわれたのですか。

藤原　脳梗塞をきっかけに蔵書は全て手放し、３ＬＤＫの仕事部屋も引き払い、推理小説の世界とは縁を切りました。

――仕事部屋はご自宅の近くだったのですか。

藤原　隣のマンションです。ここが10棟だから11棟になるのかな。そこの五階に仕事場を借りていましたが、エレベーターがないので最上階の五階まで階段を歩いて上らなくてはならず、足が悪くなってからは階段の上り下りが大変になったので引き払うことにしたのです。

――宰太郎先生の膨大な蔵書をインタビューの機会に拝見できればと思っていたのですが、叶わずに残念です。蔵書はどこかの図書館に寄贈されたのですか。

藤原　いえ、神田にある推理小説専門の古本屋を呼んで買い取ってもらいました。

――長年集めた蔵書を手放すのは苦渋の決断ではありませんでしたか。

藤原　視力が落ちて小さな字を読めなくなってきたところでしたし、本を手放す潮時だと思ったので苦渋の決断というほどではなかったです。それに全部売り払ったら何だかさばさばして、憑き物が落ちたような気がしました。蔵書を手放してから十年近く経ちますが、あれだけ推理クイズを書いていたのにミステリのことは呆気ないぐらい忘れていきます。やはり本を読まなくなったからでしょうかね。もっとも、今では拡大鏡がなければろくに活字も読めないくらい視力が落ちていますから、蔵書を持っていても読めなかったでしょうが。

――それでは『新・本格推理07　Ｑの悲劇』に掲載された「密室の石棒《せきぼう》」が宰太郎先生の最後の作品になるのですね。

藤原　そうなりますね。活字が読めなくなると、もうおしまいです。蔵書を処分してから推理小説への情熱がなくなり、昔のことを忘れてもけろっとしている。本当にあっけないものです。

――長時間にわたって貴重なお話をきかせていただき、本日はありがとうございました。

（平成三十年一月二十二日　於・著者宅）

インタビューを終えた本書著者の藤原宰太郎氏。

解題

呉明夫

著者のプロフィールについては本書収録のインタビュー「推理小説と歩んだ半世紀」で語られているが、ここでは藤原宰太郎氏から伺った話を基にインタビューの補足をしつつ、重複を極力避けながらプロフィールを改めて紹介していくことにする。

推理小説のトリック研究家と知られる藤原宰太郎氏は、昭和七年三月六日、広島県尾道市に生まれた。本名は宰《おさむ》。広島県立福山誠之館《せいしかん》高等学校卒業後、上京して早稲田大学露文科に入学。腸捻転による入院で一年留学して昭和三十一年に卒業したが、医者から長期療養を宣告されていたため帰郷し、実家で療養しながら推理小説を読み漁った。

推理小説の面白さを知った藤原氏は作家になることを目指していたこともあって短編推理小説の執筆を始め、初めての創作短編「千にひとつの偶然」（本書収録）を脱稿して『探偵倶楽部』編集部へ送ったところ見事に採用され、それ以降も同誌へ投稿した創作短編が立て続けに採られている。しかし、習作時代ということもあってか作品数は微々たるものであった。

『探偵倶楽部』でのデビューと同時期、『別冊宝石』の「新人二十五人集」（第六十九号／昭和三十三年一月発行）へも作品を投じたが採用には至らず、『探偵倶楽部』廃刊後は、『エロチック・ミステリー』や『小説倶楽部』（昭和四十四年一月号より『小説club』へ改題）、『推理ストーリー』（昭和四十四年八月号より『推理』へ改題）が主な作品発表の場となった。

藤原氏が江戸川乱歩賞へ作品を投稿していたことは意外と知られていないようだが、「密室の死重奏《カルテット》」（本書収録）より約三十年前に「迷宮入殺人事件」と題する長編を書いており、第三回江戸川乱歩賞の予選通過作品に選ばれている（応募総数九十六作品のうち、予選通過は十五作品）。

当時の原稿が現存しておらず、藤原氏自身もどのような作品だったか記憶されていないので内容については憶測の枠を出ないが、記述トリックと意外な犯人像を組み合わせた技巧的な趣向で一発勝負を仕掛ける「昼と夜の顔」（『推理』昭和四十七年二月号）の原型的作品だったのかもしれない（「昼と夜の顔」の重要人物が福山市の高校出身という設定も気にかかる……）。

この作品は江戸川乱歩氏の自宅へ直送され、藤原氏としては乱歩氏に読んでもらいたいと思っていたそうだが、どういうわけか江戸川乱歩賞への応募作品にされてしまったという因縁がある。当時を思い出しながら、藤原氏は筆者へ次のように語ってくれたことがある。

「迷宮入殺人事件」を受け取った乱歩さんから「作品拝受。近日中に拝読します」という大意の手紙が届きました。僕は乱歩さんからの返信を嬉しく思いましたが、どうやら江戸川乱歩賞への送り先を間違えたものだと勘違いされたようで作品についての感想は返信がなく、原稿も返却されませんでした。僕の作品が乱歩賞の候補に残ったのは、原稿に目を通した乱歩さんが選考委員に「この作品は候補に残してくれ」と言ってくれたおかげなのかも知れません。

結果的には乱歩さんに読んでもらえたようですが、勝手に江戸川乱歩賞の応募作品扱いされてしまったことには驚きました。

作家活動を始めた頃、ＮＨＫのテレビ番組「私だけが知っている」（放送期間／昭和三十二年十一月十日～昭和三十八年三月三十一日）へ投稿した台本が採用された事で同番組の執筆スタッフとなるが、投稿に至る経緯や自作台本については藤原氏も覚えておられず、他のスタッフとの交流もなかったそうなので、事典類の紹介文に書かれている以上の新情報は確認できなかった。

郷里での療養生活を終えた藤原氏は再び上京し、活動拠点を中野に落ち着け、推理クイズの連載に力を入れるようになる。その代表格が「５分間ミステリー」（『推理ストーリー』昭和三十六年十二月創刊号～昭和四十五年五月号）で、このコーナーには藤原氏だけでなく読者や既成作家による推理クイズも掲載されている（連載最終回の推理クイズは真野浩明「凶器を探せ」と新羽精之「毒蛇は大凶」であった)。

昭和四十年に『5分間ミステリー　―読みながら推理力とカンが強くなる本―』(日本文芸社、昭和四十年三月刊)を本名の藤原宰名義で刊行後、推理クイズ関連の仕事に力を入れるようになり、藤原氏は「週刊誌やスポーツ新聞を中心に膨大な数の推理クイズを書きまくりました」と当時を述懐されている。これらの連載を含む推理クイズは次々と単行本化され、とくに『探偵ゲーム』(KKベストセラーズ、昭和四十三年三月刊)と『世界の名探偵50人　推理と知能のトリック・パズル』(KKベストセラーズ、昭和四十七年九月刊)は版元でも記録的なベストセラーになったという。前者については戸川昌子氏が「推理小説の10倍の楽しさ」、生島治郎氏が「愉快なトリックにびっくり」、佐野洋氏が「知能の遊びとして大変面白い」と帯文で絶賛している。

藤原氏による推理クイズの著書は五十冊を超え、雑誌の別冊付録まで含めると膨大な冊数となるが、推理クイズの単行本については、漂泊旦那氏のWEBサイト「漂泊旦那の漂流世界」(http://www.geocities.jp/hyouhakudanna/。平成三十年四月十日URL最終確認)内のコンテンツ〈「推理クイズ」の世界を漂う〉で書影や収録内容を確認できる。

やがて推理クイズ執筆の場は子ども向け雑誌や単行本へとシフトし、活躍の場は旺文社や学研の学年誌にも広がっていった。

これら推理クイズでは古今東西を問わず推理小説のネタバラシやトリック暴露があり、藤原氏の著作を嫌悪する推理小説愛好者も多いようだが、福井健太氏が「クイズを通じて読者に推理小説を広めた点は、作者の功績として評価されるべきだろう」(権田萬治/新保博久監修『日本ミステリー事典』、新潮社、平成十二年二月刊より)と述べるように、これらの推理クイズが推理小説の普及に一役買っていたことも事実であり、一概に良し悪しを決めつけられない。

一方の創作活動だが、昭和四十年代以降は『小説倶楽部』や『推理ストーリー』及び『推理』が中心となっていき、本格物よりエロチックな通俗物が増えていった。

こうしたエロチック系作品の収録は著者の意向もあって見送ったのだが、二千人に一人しか持ち主がいない特殊な精液をトリックにした完全犯罪を描く「被害者」(『エロチック・ミステリー』昭和三十八年六月号)、ベッドシーンの盗聴テープでバーのマダムを脅迫した若い男女が予想外の逆襲にあう「情事の罠」(『小説倶楽部』昭和四十二年八月号)、浴室での事故を装った巧妙な殺人計画が不幸な偶然によって崩壊する「万に一つの不運」（『推理』昭和四十七年十月号）など、なかなかの力作に仕上がっているものも少なくない。

捕物帳にも興味を持っていた藤原氏は「現役時代に推理小説だけでなく捕物帳も書いておきたかった」と筆者に語り、『推理力テスト集　五分間ミステリー』（ライフ・ブックス、東京スポーツ新聞社、昭和四十五年十月刊）にも「タフな岡っ引きを主人公にしたハードボイルド調の捕物帳に意欲を燃やしている」と書いているが、実際は数作の捕物作品を書いている。

純粋な捕物帳としては、岡《おか》っ引《ぴき》の銀次が質屋の息子誘拐事件に粋な解決をつける「消えた身代金」（『読切時代小説』昭和四十四年十二月号）を確認しており、「タフな岡っ引きを主人公にしたハードボイルド調の捕物帳」には「春風は死を呼ぶ」（『小説club』昭和四十五年六月号）など数作の〈ハードボイルド捕物帳〉シリーズがある。

創作活動についての余談となるが、国内外の推理小説を読み漁ったという経歴により、例えば、「日光浴の殺人」（本書収録）における射撃トリックがアメリカの有名なユーモアミステリ（一九四九年発表。初邦訳は昭和三十五年）と、「血ぬられた〝112〟」（本書収録）における靴のすり替えトリックがF・W・クロフツの代表長編（一九二二年発表。諸訳は昭和十一年）と、それぞれ類似していることからトリックの流用を指摘する声が上がるかも知れないが、藤原氏より「推理クイズでは他人のトリックを拝借しているが、創作は自分で考えたトリックしか使っていない」と伺ったことがある（久我京介シリーズの長編や短編の一部では、先行作品のトリックを引用しながら謎解きする久我の推理スタイルにより、自作でも他人のトリックを変形、または応用して使っているが……）。

昭和五十年代後半あたりから徐々に推理クイズの連載を減らして執筆ペースを抑えるようになり、念願だった長編の執筆に着手、昭和六十一年に初の長編推理小説「密室の死重奏《カルテット》」を文庫書下ろしとして発表する。

平成元年以降は文庫への書下ろしが執筆活動の中心となり、KKベストセラーズ、日本文芸社、光文社、青春出版社から推理クイズ集を年に二、三冊ペースで刊行する他、久我京介シリーズの長編五冊、短編集一冊を上梓している。

一世を風靡した推理クイズ本だが、「金田一少年の事件簿」（『週刊少年マガジン』連載、平成四年～平成十三年［以降、不定期連載］、原案／原作・天樹征丸、原作・金成陽三郎、作画・さとうふみや）や「名探偵コナン」（『週刊少年サンデー』連載、平成六年～、青山剛昌）などのマルチメディア展開する推理漫画のヒットやインターネットの普及による情報共有によって衰退を余儀なくされたのか、『名探偵の奇想館』（ワニ文庫、ＫＫベストセラーズ、平成十一年十二月刊）を最後に新刊が発売されなくなり、新作の発表もないまま一時的な休筆期間に入った。

新人作家として再デビューするため、平成十三年頃から「オール讀物新人賞」へ、平成十六年からは並行して光文社文庫の公募アンソロジー「新・本格推理」へ、それぞれ藤原遊子《ゆうこ》名義で投稿を始める。このペンネームはお嬢さんの名前を借りたもので、島崎藤村「千曲川旅情のうた」の一節、「小諸なる　古城のほとり　雲白く　遊《ゆう》子《し》」悲しむ」から名付けられたそうだ（久我京介シリーズの長編第四作「千曲川旅情殺人事件」にも、同じく「千曲川旅情のうた」が名前の由来である浜本遊子という女子高生が登場する）

残念ながら「オール讀物新人賞」への投稿は最終選考止まりで入賞に至らなかったが、推理小説への造詣の深さが幸いしたのか「新・本格推理」へは投稿作品が三年連続で採用された。

再デビューの下地が整い始めた矢先、不運にも平成二十年に脳梗塞を患い、残念ながら再デビューの夢が虚しく潰えてしまう。

視力や体力の低下によって読書も執筆活動もできなくなった藤原氏は仕事場を引き払い、蔵書も全て売却、推理小説の世界から完全に離れてしまった。

現在は散歩を趣味に文筆活動とは無縁な生活を送っておられ、今でも時折ゲーム制作会社からミステリ関係ゲームのトリックについての相談や問い合わせがあり、可能な限り連絡に応じているという。最近では、「江戸川乱歩の怪人二十面相ＤＳ」（タカラトミー、平成二十年十二月二十八日発売、ニンテンドーＤＳ対応ソフト）収録の推理クイズをサポートしたとのこと。

御年八十六歳の藤原宰太郎氏。ますますのご健康とご長寿を心から願っている。

以下は本書収録作品についての解題である。作品によっては内容に踏み込んだ記載もあるため、各作品の読了後に読む事をお勧めする。

〈創作篇〉

「密室の死重奏《カルテット》」は、前掲書『密室の死重奏《カルテット》』への書下ろし長編。光文社文庫の創刊二周年記念フェア作品の一冊。帯には「推理トリック研究家として知られる著者が、初めて書いた長編推理！」と書かれている。

藤原氏の長編デビュー作であり、久我京介シリーズの第一作目でもある。

　車のボンネットに着目して丸木順子の偽証を見抜く久我の観察眼には、「一見、なんでもないような単純な事実、平凡な人なら、うっかり見すごしてしまうようなことから、意外な手がかりを見つけて、事件の謎を推理する」（本書収録「本格推理のトリックについて」より）という藤原氏の創作スタイルが垣間見える。

　推理小説トリック研究家の久我は藤原氏が自分自身をモデルに創作したキャラクターで、光文社文庫のカバーイラストは同書の著者近影をモデルに描かれている（左図参照）。

久我京介が描かれている光文社文庫『密室の死重奏《カルテット》』のカバー（イラスト：畑農照雄。右）と同書の著者近影（左）。

　余談になるが、久我が無類のコーヒー好きというのは藤原氏の嗜好が反映された設定であり、現在も藤原氏はブラックコーヒーを愛飲されている。

　久我の基本的な推理スタイルは、読破した推理小説の知識と事件の謎を照らしあわせながらトリックを暴いていくというもの。二人のアシスタントとディスカッションをしながら推理小説の蘊蓄を語るシーンは読んでいて楽しい半面、前触れなしのトリック暴露があるので注意が必要だ。

　久我京介シリーズは「密室の死重奏《カルテット》」から「多摩湖山荘《ログハウス》殺人事件」（光文社文庫『多摩湖山荘《ログハウス》殺人事件』〔平成六年五月刊〕に書下ろし）までの長編五作と『おもしろ推理パズルＰＡＲＴ６　トリック博士の事件簿』（光文社文庫、平成三年五月刊）に収録された短編十二作があり、短編作品では久我のアシスタント役が毎朝新聞の石井記者に換えられている他、久我や山下洋子のキャラクター設定も長編版とは異なる点がある。

　短編に登場する久我京介が「密室の死重奏《カルテット》」以下の長編で活躍する久我京介と同一人物であることは『おもしろ推理パズルＰＡＲＴ６　トリック博士の事件簿』巻頭の「まえがき」に書かれており、該当部分を引用しておく。

『おもしろ推理パズル』シリーズも、これで六冊目になります。今回はちょっと趣向をかえて、推理トリック研究家の久《く》我《が》京介《きょうすけ》氏に登場してもらいました。彼は、光文社文庫から出ている私の長編推理小説、『密室の死重奏《カルテット》』『無人島の首なし死体』『早稲田の森殺人事件』で名探偵ぶりを発揮している人物です。目《もっ》下《か》、ライフワークの意気込みで『トリック百科事典』の執筆に没頭《ぼっとう》しているのですが、その忙しい執筆のあいまの息抜きに、ちょいと探偵役になってもらったのです。


　久我京介は推理クイズにも多数登場しており、少し変わったところでは、『真夜中のミステリー読本』（ワニ文庫、ＫＫベストセラーズ、平成二年七月刊）所収「久我京介のミステリー談義」で（架空人物の）藤原宰太郎と対談をしている。

　藤原氏は創作活動を始めた頃から久我という名字を気に入っていたのか（詳しくは本書収録インタビュー参照）、第一著書『5分間ミステリー』の主役は久我警部という警察官だった。短編でも「千にひとつの偶然」、「骨」（『探偵倶楽部』昭和三十三年六月号）、「白い悪徳」（本書収録）、「美人禍」（『旅と推理小説　ミステリー』昭和三十九年三月号）などに同名異人の久我警部を登場させている。

『多摩湖山荘《ログハウス》殺人事件』の「あとがき」には、「いよいよこれから本腰を入れて、実際の難事件や怪事件の謎ときに乗り出すことにしたのです」と書かれていたが、続きが書かれないまま久我京介シリーズは全十七作で完結した。

　本作「密室の死重奏《カルテット》」はテレビ朝日の〈土曜ワイド劇場〉にてドラマ化され、「密室の死重奏《カルテット》　美しいマドンナをめぐる連続殺人　相似形の謎」のタイトルで昭和六十二年八月八日に放送された。脚本は篠崎好《よしみ》、監督は村川透。配役は久我京介が中谷昇、西川明夫が中村雅俊、山下洋子が斉藤慶子、山下警部が長門裕之。

　明夫の年齢設定が変わっていたり、原作にはない殺人が描かれたり、若干のアレンジは見られるものの基本的には原作重視のドラマ化となっている。

　平成九年十月三十一日に再放送され、最近では日本映画チャンネルで平成三十年三月十五日に放送された。ビデオソフトやＤＶＤでは発売されていない。

「千にひとつの偶然」は、『探偵倶楽部』昭和三十二年十二月号に掲載された。カットを描いている画家は不明。単行本初収録。初出誌の惹句には「うまくしくんだ犯行だったが、どうしてバレたか」と書かれている。

通話中だと気づかずに殺人を犯し、電話越しに被害者の悲鳴が聞こえて殺人が発覚するというネタは藤原氏の推理クイズ本でも何度か使われているが、本作では一刻を争う株取引きについての「返事があり次第、すぐこちらへ電話してくれたまえ。なに、夜でもかまわん」という三島のセリフが、このトリックを無理なく成立させる効果を生んでいる。

「日光浴の殺人」は、『探偵倶楽部』昭和三十三年九月号に掲載された。挿絵は三浦田鶴子。単行本初収録。初出誌の惹句には「朗らか探偵ふたたび登場。ユーモアの中に機智と、新鮮なトリックを盛る新人の力作‼」と書かれている。

島田一男氏のブン屋物を思わせる軽妙な会話でテンポよく読ませ、お色気描写も多めに盛り込まれたユーモアミステリに仕上がっている。

気弱で小柄な太郎と年配で恰幅のよい花子のキャラクター造形は、A・A・フェア（E・S・ガードナーの別名義）の〈バーサ・クール&ドナルド・ラム〉シリーズを思わせる。

「朗らか探偵ふたたび登場」という惹句から太郎と花子シリーズの第二作と勘違いされそうだが、この凸凹コンビが登場する作品は本作だけ。おそらく「朗らかなキャラクター造形の探偵役が再登場」という意味で書かれたのだろう。「日光浴の殺人」の前に『探偵倶楽部』へ発表された「骨」は警視庁捜査一課久我警部の娘が隣人の犯罪を暴くという内容で、惹句では「朗らか令嬢探偵登場、新人の新鮮な魅力を‼」と紹介されている。

「白い悪徳」は、『宝石』昭和三十七年臨時増刊（一月十五日発行）〈昭和37年度新人25人集〉に掲載された。挿絵は油野誠一。単行本初収録。

事件現場周辺の見取図も挿入された本格物で、洋風建築の構造を利用した射殺トリックもよく練られているし、地面に落ちていた薬莢の手掛かりも細やかな伏線となっている。

「〈宝石賞〉選考座談会」（『宝石』昭和三十七年四月号）で、選考委員の四人は本作を次のように評価している。

城昌幸氏曰く「探偵小説作法コンクールがあったら及第点の小説だ。読んでいると息がつまるほど、じつによく書きこんでありますよ。このピストルのたまのトリックもなかなかよくできているし、それから全体がドライですね」と評価する一方、小説としての構成や色っぽさ〈小説の味〉の不足について「小説というものをちょっと知らないいんじゃないかな。その惜しさを感じました」

と画竜点睛を欠く恨みを述べている。

中島河太郎氏曰く「自分で新しいトリックを発明したというところで、そのトリックの説明に夢中になって、肝心の小説としての味つけを忘れたらしい」と評論家らしい視点で小説としての弱さを指摘しつつ、「意外な犯人ということにこだわりすぎたという気がする」や「警察官が（引用者注・トリックを）知っていて、あとでこうだといってきめるのですね。だからわれわれに推理はできないわけなんです。そういう意味で純粋の本格じゃありませんね」と厳しいチェックを入れながらも、小説としての弱点について「あるいは（引用者注・小説としての味つけを）省略せざるをえなかったのでしょう」と同情の意を示し、「五十枚の短篇のばあい、トリックとしてはこの程度でやむをえないと思う」とも擁護しており、最終的に「まあ、本格としてこんなところが精一杯かもしれませんね」という結論を出している。

江戸川乱歩氏曰く「麻薬捜査のことはよく知っているように書いてあるので、その点はプラス」とのことだが、それ以外は「筋にこれという創意が感じられない。ピストルのたまのトリックもアッといわせるほどではない」や「ありふれた探偵小説のような気がした」と手厳しく、最後の意外性についても「僕はないと思った。食堂と台所の間にドアがあるでしょう。ドアの中からできるんだよ」と一刀両断、最終的に「まあ可もなし不可もなしというところ。六十五点」と辛口の評価をつけた。

水谷準氏曰く「麻薬の本元の奴がいるでしょう。殺した奴。あれなんかも僕はキャラクターがわりに書けていると思うんだ。なにも女を書くことが小説じゃないものね。（笑）男だって書けていると思うよ。それから関とかいうアンちゃんの感じもまあ出ている。捜査側の三人も出ているし、トリックは、はたしてできるかどうかわからないけれども、まあ、できるものとして、図などなくても説明できると思うが、ある程度これは本号における本格ものの一つの——二つか三つしかない中の一つだな——珍しいんだけどね。七十五点から八十点ぐらいやってもいいんじゃないか」と好意的な意見を押し通している。

各選考委員による採点（満点は四〇〇点）の結果、残念ながら「白い悪徳」の得点は最下位の二八〇点評価だった（この他、芦沢美佐夫「灰色の扉」、小野昇「だれにしようかな」も同じく二八〇点評価）。

本作では作中に図版を挿入しているが、『真夜中のミステリー読本』には「犯行現場を図版であらわせば、たしかに読者にわかりやすいが、小説としては、いささか安易な手段ではなかろうか。図版にたよるのは、文章の表現力が弱いか、あるいは事件の構成やトリックに一般性がないからである。（中略）ここらで野暮な見取図入りのミステリーから卒業すべきではないだろうか」（同書四十〜四十一頁）と書かれており、評論家としての理想と実作者としての現実のギャップが垣間見える。

「ミニ・ドレスの女」は、『推理ストーリー』昭和四十三年五月号に掲載された。挿絵は由谷敏明。単行本初収録。

殺された女性の服が奪われていた理由はシンプルだが、「赤い服と思ったのは、ピンクのスリップだった」や「彼の視線は女の下腹部の一点に釘づけになっていた。女の秘部を見るのは初めての経験だった」などの扇情的な読者へのサービス描写を煙幕にしてエロチックな通俗物を装い、犯人が殺した相手の服を着て逃げるというトリックを上手く隠す手際のよさは推理クイズの執筆で謎解きのコツを熟知している藤原氏らしい。

「血ぬられた〝112〟」は、『中学一年コース』昭和四十六年十月号別冊付録に掲載された。挿絵は岡野謙二。初出誌扉ページの内容紹介には「9月のある日、国会議員が殺される。血ぬられた床には112の文字が残されていた。このナゾを追う鬼丸警部の前に第2、第3の殺人事件が‼」と書かれている。

国会議員殺害事件という内容が独創的なダイイング・メッセージと深く関わりを持っており、両者を写し絵のように綺麗に重ねて見せる演出の美は中学生向けの短編ながら藤原氏が書いた短編の中でも群を抜いている。

点燈管《グローランプ》のついていない蛍光灯が停電などで消えた場合、再びスイッチを入れない限り再点灯しないというのは意外な盲点であろう。

「停電の夜の殺人」は、『微笑』昭和五十四年五月十二日号／8周年記念号）に問題篇が、五月二十六日号／9年目突入号に解答が、それぞれ掲載された。十万円の懸賞金が付けられた〈犯人捜し小説〉第九回連載作品。挿絵は蟹江健一による切り絵。単行本初収録。初出誌の惹句には「ゆすり屋ルポライター・上杉良一が殺された。死体を照らす、今にも消え入りそうな弱々しい灯。白昼にともる灯だけが、昨夜の事件と犯人を知っている。」と書かれている。

問題篇の途中には〈著者とちょっとひとこと〉というコーナーがあり、藤原氏の「推理小説のトリックを考え出すたびにタバコの量がふえるので困っているよ」とのコメントに対して編集部が「トリックか、禁煙か？ それがもっかの悩みだそうです。」とフォローをしているのが微笑ましい。

　脅迫電話を受けた三人の男女による殺意を描いたあと、ルポライターの死体発見から現場検証とめまぐるしく場面転換が行われ、最後に事件を報じる新聞記事を読んだ容疑者三人の独白で問題篇は終わっている。

　各容疑者の証言から矛盾点と犯行時間を推理して犯人を指摘するというスタイルのせいか、藤原氏の短編小説の中でも難易度が高い部類に入るかもしれない（本書では、同一トリックが使われている「血ぬられた〝112〟」の直後に収録されているので難易度は一気に下がってしまうだろうが……）。

　初出誌ではグローランプの漢字表記が［点火球］となっており、「血ぬられた〝112〟」での［点燈管］表記と不統一だが、著者の原文を尊重するため本書でも統一はしなかった。

「**コスモスの鉢**」は、二階堂黎人編『新・本格推理05九つの署名』（光文社文庫、平成十七年三月刊）に採録された公募入選作品。藤原遊子《ゆうこ》名義。千羽不二子シリーズの第一作。

　以下、選者の二階堂黎人氏による本作の得点と選評である。

独創性	3
雰囲気	4
文章・原稿	3
キャラ立ち	4
トリック	3
論理	4

○　やや気骨な文章でしたが、検察庁を舞台にし、女性の検事を主人公にした硬派な設定が、人情的になりがちな話とうまい具合に合致していました。これが計算上の演出ならばたいしたものです。女性検事という主人公の性格付けもなかなか良い味を出していて、ぜひともシリーズ化してほしいものだと思いました。コスモスという小道具から疑念を膨らませていく過程はやや常套的ですけれど（かつてのノベルス・ミステリーによくあった手です）、うまく使っていることは否定できません。
△　男性検事にも何か役割を振るとか、主人公に悪意をいだく（皮肉を言う）男性事務官がいるとか、同僚の中に敵役的な人物も用意すると、もっと物語が濃くなるでしょう。そうするとさらに、主人公の職業的闘争も際立つと思います。

文章が少し紋切り型である点は、これからたくさん小説を書いていけば、しだいに流暢になるはずです。

千羽検事が民法や刑法の条文を説明しながら悪人を糾弾するクライマックスは検察官が主役の作品らしく、現役復帰を目指す藤原氏の力の入れようが伺える。

代襲相続に関する法律知識は、久我京介シリーズの最終作「多摩湖山荘《ログハウス》殺人事件」執筆時の勉強が活かされているのかも知れない。

「手のひらの名前」は、二階堂黎人編『新・本格推理06 不完全殺人事件』(光文社文庫、平成十八年三月刊)に採録された公募入選作品。藤原遊子名義。「コスモスの鉢」に続く千羽不二子シリーズの第二作。

以下、二階堂氏による本作の得点と選評である。

独創性　4
雰囲気　4
文章・原稿　4
キャラ立ち　4
トリック　4
論理　4

○　今回、藤原遊子氏からは、女検事・不二子シリーズの短編が三編送られてきました。どれも、作品世界がきちんと創られていることから、前回の応募作は〈独創性〉を3点としましたが、これを三作とも4点に引き上げました。

今回の三作は、いずれもキャラが立っていて、文章もずいぶん流暢になりました。物語に膨らみも出てきたので、かなりの高水準に達しています。三編とも入選させてもおかしくはなかったのですが、本全体の分量の関係や、他の収録作との兼ね合いで(基本的にトリックものを優先させたいという希望があり、藤原遊子氏の作品は、どちらかというと写実ミステリーなので)、今回は「手のひらの名前」のみを採用しました。

この作品は、後半の意外な展開が何より良いと思います。

△　前半、一つの段落の中で「～して、」とか「～である。」が何度も続く所がありました。それが、文章を必要以上にかたくしています。

MS－WORDを使っているらしく、ルビを振った時の行間が広がっていました。他の二編も同じですが、きちんと行間調整を行なってください。そうでなければ、手書きでルビを書き込んだ方が良いでしょう。

編集者F氏は、藤原遊子氏の作品について、「プロに近いレベルの作品だが（中略）キャラ立てやトリックにもう一皮剝《む》けてほしい」と評しています。突出したものがあるかないか、作家としての独自性があるかないか、そこがプロのアマの境目です。

「手のひらの名前」と同時に、「四ツ目」（おそらく「四つ目」という不祝儀な畳の仕方をトリックに用いた作品と思われる）、「朝帰りの靴」（二足の靴をつかったアリバイ物。本書収録「血ぬられた〝112〟」の改稿版か？）と題する短編も投稿しており、その中から本作が採用された。

愛人を殺されたヤクザの正当防衛が正当か否かを巡る問題に幻覚キノコによる食中毒が絡み、さらには二十五年前の傷害事件まで掘り起こされるという贅沢な内容になっており、やや長めの短編とはいえ事件全体の構図が要領よくまとめられている。

四半世紀以上前の恩義を返すため辞職覚悟の大胆な行動に出た中村事務官、相棒の意を汲んでインテリヤクザに事実上の司法取引を持ちかける千羽検事、人生を狂わせてまで助けた少年の恩義に応えて控訴せず執行猶予つきの有罪判決を受け入れた九十九。不思議な因縁でつながれた三人が織りなす人間ドラマも読みどころの一つで、ヤクザの九十九が善人に描かれすぎているのが気にかかりはするが、清々しい結末が読後感を良くしている。

しかし、この作品が「新・本格推理」の募集内容に相応しいかどうかは別問題であり、選者の二階堂氏は本作の選評で「トリックものを優先させたい」と希望していたにも関わらず、投稿された三作から人情話のような「手のひらの名前」を採用したのは解せない。トリック重視であれば、海外ミステリに先例があろうとも「朝帰りの靴」をトリック部分の改善を条件に採用するべきではなかっただろうか。

伏線不足で読者に謎を推理させようとする趣向が手薄であり、「手のひらの名前」は「新・本格推理」採用作品としては物足りない。

「密室の石棒《せきぼう》」は、二階堂黎人編『新・本格推理07　Qの悲劇』（光文社文庫、平成十九年三月刊）に採録された公募入選作品。藤原遊子名義。

以下、二階堂氏による本作の選評と得点である。

独創性　4
雰囲気　5
文章・原稿　4（印刷マイナス1）
キャラ立ち　5

トリック　3
論理　4
○　文章の堅実性やうまさは、入選作中一番でした。前回までの入選作では、文章にややかたさがあったのですが、それが改善され、今回は的確で引き締まったものになっています。これはもう完全にプロの域に達しています。物語の展開にも抑揚があり、とても良いと思いました。
△　中心的な課題ではありませんが、密室トリックが常套的かつ凡庸です。
ルビを振った所で行間があいていましたので、印刷はマイナス1点としました。


千羽不二子検事に代わり、新しい探偵役として郷土資料館学芸員の平尾由希子を起用している（主役交代については特に理由がないとのこと。藤原氏・談）。

前年度に採用された「手のひらの名前」はこれといったトリックがなく、物語の進行に伴って事件の全貌が明らかになっていくという、お世辞にも本格ミステリとは言いがたい作品だったが、本作は本格ミステリの王道ともいえる密室物である。

石棒とノギスを利用した密室トリックはヴァン・ダインの長編（一九二七年発表。初邦訳は昭和三十五年）に見られる施錠方法を思わせるシンプルなものだが、貝塚発掘現場を舞台にすることで密室内に物証が残っても不自然さを感じさせない状況にしている点は、さすが古今東西の密室トリックに通じた藤原氏らしい。

《評論・随筆篇》

「**まえがき**（**日本文芸社『5分間ミステリー』**）」は、前掲書『5分間ミステリー』に収録。その後、改訂された同題の再刊本（日本文芸社、昭和四十八年十二月刊、藤原宰太郎名義）にも再掲載された。

『5分間ミステリー』を改題・再編集した『殺人ファイル　犯人は誰だ!?』（にちぶん文庫、日本文芸社、平成六年十二月刊）の「まえがき」にも流用されている。

「**『グリーン家殺人事件』**」は、連載読み物〈次代に伝えたいこの一冊〉として、『ＰＨＰ』平成九年二月号（通巻五八五号）に掲載された。単行本初収録。

不定期だが『ＰＨＰ』へ随筆を寄稿するようになった経緯は、藤原氏曰く「『ＰＨＰ』にイラストを使ったトリック当ての推理クイズを四、五回連載した事があり、その縁で編集部からエッセイも書いてほしいと言われ、何度か小文を書きました」とのこと。同誌連載の推理クイズについては本稿締め切りまでに現物確認ができなかった。

藤原氏の原点とも言える一冊が紹介された随筆で、初めて『グリーン家殺人事件』を読んだ時の感動と興奮が行間から伝わってくる。

ここで紹介されている戦前の総ルビ抄訳本とは、平林初之輔訳「グリイン家の惨劇」を収録した『世界探偵小説全集』第24巻（博文館、昭和四年十月刊、ドロシー・ソールズベリ・デイヴィスとの合本）と思われる。

現役時代はあまり随筆を書かなかった（単行本の序文類を除く）という藤原氏だけに、自身の読書体験を綴った一文は貴重な証言である。

「リヤカーのおじさん」は、連載読み物〈届けそこねたメッセージ〉の第九回として、『ＰＨＰ』平成十一年九月号（通巻六一六号）に掲載された。単行本初収録。初出発表後、『ＰＨＰ』平成十五年十一月臨時増刊号「ＰＨＰ」ベスト・セレクション」で、〈最近、感動していますか？　元気と勇気をくれる21の話〉という特集が組まれた際に再録された。

早稲田大学在学中に腸捻転で入院したことは本書収録のインタビューでも語れているが、帰宅途中の夜道で腹中に苦しんだことや見知らぬ男性に助けられて命を取り留めたという話は、このエッセイで語られたのが初めてであろう。

「収録作家に訊く」は、前掲書『新・本格推理05　九つの署名』内「収録作家8人に訊く」のコーナーに藤原遊子名義で掲載されたアンケート。

本書では著者と選者の了承を得たうえで「収録作家に訊く」と改題して収録している。

「白い小石」は、連載読み物〈心に残る　父のこと、母のこと〉の第十三回として、『ＰＨＰ』平成十八年一月号（通巻六九二号）に掲載された。単行本初収録。

養子失格として放逐され、再婚もせずに孤独のまま原爆によって命を落とした実父への鎮魂として書かれた。原爆慰霊碑の周囲に敷きつめられた小石を、顔も知らないまま死別した父親の遺骨の代わりとして夫に手渡す夫人の優しさに心うたれる。

「本格推理のトリックについて」は、前掲書『新・本格推理06　不完全殺人事件』内「収録作家8人に訊く」のコーナーに藤原遊子名義で掲載された。

本格ミステリの醍醐味が「トリック自体にあるのではない。完全犯罪の謎を、名探偵がなにを証拠にして解くか、その決め手になる手がかりを発見することが、一番重要なポイント」と断言するのは、推理小説トリック研究家としてトリック重視の推理小説に限界を感じたが故の発言であろうか。

「密室悲観論」は、前掲書『新・本格推理07　Qの悲劇』内「収録作家9人に訊く」のコーナーに藤原遊子名義で掲載された。

『おもしろ推理パズルPART5　密室トリック大全集』（光文社文庫、平成二年十月刊）の「あとがき」の一部をアレンジ流用し、末尾の一文を付け加えたもの。

ハワード・ヘイクラフトの密室限界論は『娯楽としての殺人　探偵小説・成長とその時代』（桃源社、昭和三十六年六月刊）で「密室《ロックド・ルーム》の謎は避けよ。今日でもそれを新鮮さや興味をもって使えるのは、ただ天才だけである。」と訳されている（林峻一郎訳。引用は国書刊行会の復刊〔平成四年三月刊〕二七五頁より）。紀田順一郎氏の「密室論」は『宝石』昭和三十六年十月号に掲載され、最近では『幻想と怪奇の時代』（松籟社、平成十九年三月刊）へ収録された。

ヘイクラフトの言葉を借りた藤原氏の密室トリック限界論は『真夜中のミステリー読本』の中でも述べられている。

［著者］藤原宰太郎（ふじわら・さいたろう）
1932年、広島県尾道市生まれ。本名・宰（おさむ）。早稲田大学露文科を卒業後、病気療養中に国内外の推理小説を読みあさった。『探偵倶楽部』へ短編を投稿しながら、テレビドラマの台本も執筆。68年刊行の『探偵ゲーム』と72年刊行の『世界の名探偵50人』がベストセラーとなり、以降、トリック紹介本を多数刊行し、推理小説トリック研究の第一人者となる。漫画雑誌やスポーツ新聞から依頼された推理クイズの執筆と平行し、書下ろし作業も精力的にこなした。86年、初の書下ろし長編『密室の死重奏』を刊行。一時的な休筆期間を経て、2005年より藤原遊子名義で創作活動を再開したが、2008年に脳梗塞を患い断筆し、執筆活動を終了した。

［解題］呉　明夫（くれ・あきお）
1965年、広島県生まれ。都内の大学を卒業後、不動産業を経て現在は建築会社に勤務。藤原宰太郎氏とは25年近く交流がある。

藤原宰太郎《ふじわらさいたろう》探偵小説選《たんていしょうせつせん》　〔論創ミステリ叢書113〕

2018年5月20日　初版第1刷印刷
2018年5月30日　初版第1刷発行

著　者　藤原宰太郎
装　訂　栗原裕孝
発行人　森下紀夫
発行所　論 創 社
〒101-0051　東京都千代田区神田神保町2-23　北井ビル
電話　03-3264-5254　振替口座　00160-1-155266
http://www.ronso.co.jp/

印刷・製本　中央精版印刷

ISBN978-4-8460-1701-9